O JARDIM DOS ÚLTIMOS DIAS

ANDRE DUBUS III

O JARDIM DOS ÚLTIMOS DIAS

Tradução de
MARCELO BARBÃO

EDITORA RECORD
RIO DE JANEIRO • SÃO PAULO
2011

CIP-BRASIL. CATALOGAÇÃO-NA-FONTE
SINDICATO NACIONAL DOS EDITORES DE LIVROS, RJ

D89j
Dubus, Andre, 1959-
   O jardim dos últimos dias / Andre Dubus III; tradução de Marcelo Barbão. –
Rio de Janeiro: Record, 2011.

   Tradução de: The garden of last days
   ISBN 978-85-01-08419-4

   1. Romance americano. I. Barbão, Marcelo. II. Título.

11-0017
CDD: 813
CDU: 821.111(73)-3

Título original em inglês:
THE GARDEN OF LAST DAYS

Copyright © 2008 by Andre Dubus III

Texto revisado segundo o novo Acordo Ortográfico da Língua Portuguesa.

Todos os direitos reservados. Proibida a reprodução, no todo ou em parte, através de quaisquer meios. Os direitos morais do autor foram assegurados.

Direitos exclusivos de publicação em língua portuguesa somente para o Brasil adquiridos pela
EDITORA RECORD LTDA.
Rua Argentina, 171 – Rio de Janeiro, RJ – 20921-380 – Tel.: 2585-2000,
que se reserva a propriedade literária desta tradução.

Impresso no Brasil

ISBN 978-85-01-08419-4

Seja um leitor preferencial Record.
Cadastre-se e receba informações sobre nossos
lançamentos e nossas promoções.

EDITORA AFILIADA

Atendimento e venda direta ao leitor:
mdireto@record.com.br ou (21) 2585-2002.

Para Larry Brown

FINAL DO VERÃO DE 2001

QUINTA-FEIRA

April dirigia para o norte no Washington Boulevard, enfrentando o calor do final da tarde. Passou por casas em construção cobertas por acácias e cedros, musgos pendurados nos galhos como teias de aranhas mortas. Entre suas pernas estava o copo de café que tinha comprado no posto de gasolina a caminho da cidade, mas que estava muito quente para tomar; o sol ainda brilhava sobre o golfo e a cegava se ela olhasse para o lado. Era como se tivesse de prever algo, que Jean ficaria doente e agora não havia ninguém para cuidar de Franny e nenhuma chance de faltar ao Puma. E a pequena Franny estava na sua cadeirinha no banco de trás, cansada e feliz, sem ter ideia de como essa noite será diferente e de como poderá ser estranha.

Mas, mesmo em setembro, quinta-feira era noite de muito dinheiro, setecentos ou oitocentos sem deduções e era nisso que April pensava enquanto dirigia, o queixo de Franny começando a cair sobre o peito — April ficava pensando no gordo rolo de notas de dez e vinte que teria no fechamento, como o enfiaria nos bolsos da frente do seu jeans, então voltaria para o escritório da gerente do clube, depois de passar pelo camarim, e daria a Tina cem dólares antes de encontrar Franny de pijama no sofá marrom, tentando não prestar atenção na parede em cima de sua mesa, coberta com os horários das dançarinas e Polaroides de testes de mulheres nuas, algumas delas embaixo de pôsteres de garotas que já tinham passado por ali. No canto havia uma pequena TV e um vídeo cassete, onde, anteriormente, Louis deixava em exibição um filme pornô estrelado por Bobbie Blue, que costumava dançar no Puma com o nome de Denise, embora seu nome fosse Megan.

Mas Tina nunca deixava essas fitas por aí. Deixaria Franny assistir a vídeos da Disney o quanto quisesse. Traria palitos de frango e batata frita da cozinha. Jogaria cartas ou daria papel e caneta para ela desenhar. E se o barulho do clube ficasse muito alto — as músicas de rock que o DJ tocava com o volume alto, o bater de garrafas e copos do bar, os gritos dos homens —, Tina ligaria *Aladim* ou *Cinderela* ou *A Pequena Sereia* e fecharia a porta de correr pela metade, conseguindo assim controlar o vaivém das garotas, porque tudo aquilo era um show, April dizia a si mesma agora, era só outro tipo de *show business*, e a presença de Franny nos bastidores nesta única vez não seria um problema. Ela só tinha 3 anos e não entenderia o que estaria vendo, e daria tudo certo.

April passou pelo parque industrial, hectares de prédios térreos por trás de cercas de metal, com arame farpado no alto, o céu bastante coberto. Olhou Franny pelo espelho retrovisor. A boca estava suja do Slush Puppie que tinha tomado no posto. April tinha passado bastante protetor solar quando estavam no jardim de Jean, que, com seu corpo pesado e rosto envelhecido, sempre parecia envergonhada por cobrar o aluguel de April e nunca exigira um centavo, em todos esses meses, para cuidar da criança. Mas nada é de graça, e April queria saber como podia ter acreditado tão facilmente que Jean e sua bondade representavam algo em que podia confiar plenamente? Como não procurara pelo menos uma babá reserva em todos esses meses que estava vivendo aqui, só por segurança? E Jean parecia tão culpada ligando do hospital. Dois dias de exames. Um monte de testes, por causa do seu coração.

À esquerda da avenida estava a placa de néon do Clube Puma. Com 10 metros de altura e sempre acesa, mostrava a silhueta de duas mulheres nuas, uma de pé, a outra sentada com o joelho perto dos seios. Ao vê-la, April sentiu um frio no estômago, porque, mesmo quando fizera o teste para Louis em março, apresentando seu número com uma música do ZZ Top no palco do clube vazio às 8 horas da manhã, não tinha levado Franny; estacionara o Sable sob as árvores e a deixara trancada no carro com os livros de colorir e lápis de cor, um copo de leite com chocolate e dois *donuts* com açúcar. Verificara se as portas estavam trancadas e dissera a Franny que se deitasse de barriga para baixo, comesse e desenhasse, enquanto caminhava até o clube tentando ignorar o choro abafado de sua filha, que a chamava do carro. April dissera para si mesma que o veículo estava na sombra e seria difícil encontrá-lo — a menos que alguém o estivesse procurando — que estava todo trancado, e o que mais ela podia fazer? Deixá-la sozinha no motel? Elas viviam ali havia três semanas e não conheciam ninguém. Ela estaria de volta em menos de trinta minutos, embora tivesse demorado quarenta e cinco, e quando correra para o carro e o destrancara, o ar estava muito quente, e Franny suava. Parecia que tinha chorado por um bom tempo. April enxugara seu rosto e a fizera tomar o resto do chocolate, apesar de quente, e prometera nunca mais fazer algo parecido com aquilo, levando-a depois para almoçar e para a matinê do cinema, mesmo não podendo gastar aquele dinheiro.

April diminuiu a velocidade para fazer um retorno proibido no canteiro central e um caminho de pedregulhos fez com que o Sable balançasse, derramando café quente em seus jeans e coxa. "*Merda.*" Ela se virou e olhou para Franny. O seu queixo tinha ido até o ombro, mas ela ainda dormia. April foi para o acostamento e esperou um pachorrento Winnebago cruzar. Sua perna estava queimando. Ela pegou a caixa de lenços de papel e apertou contra a mancha. Ar quase fresco tocava seu rosto, e, nesse momento, ela odiou o carro e seu ex-marido por tê-lo comprado, odiou Jean e seu coração fraco, odiou Tina, a gerente do clube, por ter de cuidar de sua filha, odiou até a Flórida e a costa do golfo, que Stephanie, no norte, tinha dito que ela iria adorar. No entanto, mais do que tudo, odiou a si mesma, April Marie Connors, por fazer o que estava prestes a fazer, por quebrar a única regra que jurara jamais quebrar, virando na entrada de pedras, parando no estacionamento de conchinhas quebradas do Puma Club for Men com sua filha Franny no carro com ela.

Ainda não eram 18 horas, mas perto da cerca havia picapes e caminhonetes, um Mercedes perto de três motocicletas ao lado de um Lexus cinza com adornos dourados. Todo tipo de homem parava ali. Não importa se eram comerciantes ou executivos em escritórios importantes, se eram casados e tinham filhos ou viviam sozinhos e não tinham ninguém — homens eram homens, e no final, parecia, todos vinham até o Puma ou lugares semelhantes. Na maioria das noites nem pensava neles; eram simplesmente objetos, e ela fazia seu trabalho. Mas, esta noite, ela os odiava também.

Embaixo da cobertura de pele falsa de puma na entrada, estavam dois frequentadores regulares de camisa e gravata, conversando e rindo. Um deles fitou-a enquanto passava por eles, os pneus espalhando as conchinhas esmagadas. Ela deu a volta no clube até o estacionamento dos empregados, embaixo de carvalhos e acácias. Já havia vinte ou trinta carros ali, com os últimos raios do sol. Ela viu o Tacoma vermelho de Lonnie e parou ao lado. Muitos dos seguranças usavam camisetas apertadas do Puma Club e dirigiam utilitários esportivos, tudo para mostrar como eram grandes. Lonnie não era tão forte quanto os outros, mas tinha um soco matador, e, quando falava com ela durante o trabalho, sempre olhava direto para seu rosto e não para seus seios nus, da forma como os outros faziam, como se tivessem direito a isso. Como se isso fosse outro tipo de gorjeta.

— Franny? — April tomou um gole de café. Ainda estava muito quente. Ela passou um dedo pelo rosto da filha. A pele ainda estava aquecida, o queixo melado. — Acorde, querida.

April olhou para seu relógio — quatro minutos para entrar. Ela equilibrou o café na outra mão, abriu seu porta-luvas, pegou a caixa de lenços de papel e começou a limpar a mancha roxa ao redor da boca de Franny, que virou o rosto e reclamou. April precisou passar o lenço com mais força para tirar a mancha.

— *Para*, mamãe.

— Acorde, querida. Você vai assistir *desenho!*

Franny empurrou a mão de April. Abriu seus olhos, um pouco avermelhados, verdes como os de Glenn.

— Não quer ver A *pequena sereia?* — April abriu sua porta, jogou fora o café. Soltou Franny da cadeirinha, pegou sua bolsa rosa em forma de estrela-do-mar que continha sua escova e pasta de dente enroladas em papel laminado, seu pijama e dois livros infantis.

Do lado de fora estava quente, e dava para sentir o cheiro das árvores, mas também do lixo ao lado da porta da cozinha; perto dele havia um barril de aço com óleo rançoso. April levava Franny nos braços, a bolsa pendurada em seus dedos, mancando um pouco enquanto caminhava pelas conchinhas esmagadas até a porta da cozinha. Era sempre difícil caminhar ali de chinelos, mas pior agora, segurando a filha, os braços ao redor de seu pescoço, o rosto deitado no ombro de April.

Ela abriu a porta. Ouvia a música vinda da frente do clube, alguém mexendo nos pratos. Um suor frio se agrupava em sua testa e lábios, ela sentiu um mal-estar na barriga e respirou fundo; escancarou a porta e carregou Franny pelo linóleo engordurado, uma fina névoa subindo do outro lado de uma grande máquina de lavar pratos e sua pequena esteira à direita, alguém novo trabalhando ali, um velho com a pele escura lavando um monte de copos. Ele olhou para elas e as cumprimentou com a cabeça, voltando a olhar para os copos. Um cubano provavelmente, um velho cubano que não falava inglês.

À sua esquerda, depois das estantes de cromo laranja que brilhavam sob as fortes lâmpadas, viu as costas de Ditch. Estava cortando tiras de carne na mesa engordurada, a fumaça subindo das fatias de cebola e pimentão que ele mexia com sua espátula. Alguém tinha deixado a porta da máquina de gelo aberta, e ela passou pela portinha que as garçonetes usavam, a música do Foreigner de Renée tocando ao fundo, na escuridão. Por um segundo, ouvir isso não significou nada. Então, percebeu que Renée já estava fazendo sua dança de rainha do gelo, tirando a fantasia de pingentes de gelo, uma peça de cada vez. E, a menos que Tina tivesse mudado a ordem, April estava a menos de duas apresentações para entrar.

Ela passou rapidamente pelo corredor escuro, iluminado somente pela arandela torta acima da porta do camarim. Franny levantou a cabeça. Zeke estava sentado no banquinho, encostado na parede com uma garrafa de Coca gelada, os ombros largos e a cabeça raspada, aquela faixa de pelo bem no meio do queixo. Franny apertou o pescoço de April, e Zeke se inclinou no escuro para abrir a porta do camarim, uma sala comprida e iluminada cheia de mulheres nuas ou seminuas, a maioria conversando e fumando enquanto se aprontavam, e era ridículo que ela tivesse dito a Franny que iria assistir desenho com uma senhora boazinha como Jean sem ter mencionado todas as mulheres que teria de ver agora, a maioria umas piranhas com quem April não se relacionava — sorriam para você enquanto tentavam roubar seu cliente para uma dança particular, pagavam o mínimo a todo mundo na casa, do DJ a Tina, e umas poucas eram viciadas em Oxy e Ecstasy, por isso iam para hotéis com os clientes mais generosos, prejudicando a imagem da categoria.

Mas agora estavam sorrindo para Franny; sentadas ou de pé em frente ao grande espelho para maquiagem, embaixo das luzes, cabelões e costas nuas. Algumas acenaram para Franny no reflexo do espelho, outras se viraram e se aproximaram com seus cigarros, seios nus e sorrisos para sua filha, mas April continuou andando direto para a sala de Tina, que estava com a porta aberta. A gerente, inclinada sobre sua mesa, apagava algo da escala da parede. April se espremeu por trás dela e deixou a bolsa de Franny cair no sofá.

Tina se virou, o frasco do corretivo líquido na mão, o cheiro espalhado por toda a sala.

— Rachel foi embora, e mudaram a Lucy para a tarde, então agora toda a minha escala está ferrada. Você entra depois da Renée, Spring. Desculpe.

Ela olhou para Franny no sofá, aproximou-se de April e segurou-a pela camiseta.

— Meu Deus, eu tinha me esquecido.

Fechou o frasco com suas compridas unhas laranjas e brilhantes. Já trabalhava nisso fazia anos e fora umas das primeiras a colocar silicone, tinha os peitos enormes e rígidos. April pegou a caneta pendurada perto da prancheta.

— Então você é a Annie.

— Franny. — April escreveu: *Spring — 17h58*. Queria perguntar a Tina por que não tinha ligado antes, mas ela estava perguntando a Franny sobre a bolsa em forma de estrela-do-mar, se tinha algo legal para brincar, e Franny estava calada, o que não era um bom sinal. April, no entanto, só pensava que nem mesmo teria tempo para se maquiar, e escreveu correndo no diário de transporte: *Spring — carro próprio. Sable.*

— *Mamãe?*

Renée já estava na sua segunda apresentação, um heavy metal no qual ela terminava com a bunda para o alto.

— Sua mãe tem que trabalhar agora, querida. Mostre-me o que tem na sua bolsa. Está com fome? — Havia certa urgência na voz de Tina, e April sabia que precisava ir rápido, embora isso estivesse deixando Franny com medo, seu rosto acuado a ponto de começar a chorar, os braços querendo agarrá-la. April queria pegá-la no colo e segurá-la por um segundo, mas aí a filha não iria querer soltá-la e April devia entrar no palco em menos de dois minutos.

— *Mamãe.*

— Eu já volto.

Jogou um beijo para Franny e passou por Tina, tendo de cruzar com todas as garotas que tinham tempo para se preparar; correu até a parede de armários cinza de metal em frente ao espelho, tirando sua camisa antes de chegar ao de número 7, Franny começando a chorar, um longo grito, chamando por ela. April levantou o cadeado e girou até o 11 pelo lado direito, então esquerda até 17, depois direita de novo até 6, mas passou o número e agora não ia abrir. E ela precisava recomeçar, mais devagar desta vez.

— Mamãe!

A porta da sala de Tina se fechou. Por trás das paredes do clube, a apresentação de Renée terminava. O cadeado se abriu, e uma das garotas atrás dela, Wendy ou Marianne, perguntou por Franny, se aquela bonequinha era sua. April não respondeu e estava se lixando se ficariam ofendidas. A música terminou e uma casa não muito cheia bateu palmas, alguns poucos assobiando ou gritando. April sabia que Renée estava de joelhos agora, pegando as notas, mostrando sua bunda para quem quisesse dar mais algumas notas antes de ser obrigada a sair. E April só tinha colocado seu top branco, fechado os três botões no meio. Não havia tempo para colocar seu fio dental, meias, ligas e saia. Começou a tirar o jeans, mas não, desistiu — teria de fazer um número com jeans e salto alto.

Tirou seus sapatos pretos de salto do armário e enfiou um pé de cada vez, inclinando-se para afivelar as tiras. Só dava para ouvir as vozes masculinas agora. Duas delas rindo, podia ouvi-las perfeitamente quando Renée entrou no camarim nua, segurando sua fantasia de rainha do gelo e com a mão cheia de dinheiro. O choro de Franny estava mais alto, e April não conseguia enfiar o pino de metal no buraco da correia. Sua música de Melissa Etheridge já tinha começado e Tina abriu um pouco a porta e gritou: "Entra logo, Spring."

— Mamãe! *Mamãe!* — Era demais. O rosto de April estava vermelho, seu peito sem ar, ela respirou fundo, encontrou o furo e nem se importou em afivelar melhor. Passou por Renée, que estava parada de salto alto, brilho prateado e um delineador branco horrível, contando seu dinheiro. Franny continuava chamando por ela, e no clube um homem também a chamava, depois outro, e Tina olhou feio para o jeans de April quando ela passou pela frente de sua sala — sem olhar para dentro; o choro de sua filha era o único som que ouvia ao sair para a escuridão do corredor e caminhar até o brilho azulado do corredor que dava nos bastidores e nos três degraus acarpetados por que subiu. Disse para si mesma que sua filha ia ficar bem. Sim, ia ficar tudo bem. Ela esperou atrás da cortina pelo momento de entrar, pela voz de Etheridge que ouvia agora, mas, merda, como iria tirar o jeans sem tirar primeiro os sapatos? E Louis não permitia ninguém descalça no palco — tudo, menos os pés. E quando tirasse o jeans, seria a *sua* calcinha que mostraria para eles. Não a de Spring, mas a da April. Etheridge começou a cantar sobre atravessar janelas, e os homens estavam chamando, chamando Spring, e ela sorriu forçadamente seu sorriso noturno, abriu a cortina e pisou no palco.

Alguns assíduos soltaram gritos. Outros bateram palmas. Ela sorriu, e seus quadris começaram a fazer o que tinham de fazer. Jogou a cabeça para trás e olhou para o fundo, para as mesas escuras, sorrindo como se nada a fizesse mais feliz do que isso. Os homens estavam sentados com seus drinques e garrafas de cerveja. Olhavam para ela, para sua virilha, seus peitos. Um universitário com boné branco sorriu para ela, mas não conseguiu olhar em seus olhos, e foi para ele que April se voltou, que desabotoou seu jeans primeiro, que fez com que sentisse que o show era dela, que *ela* os controlava e sempre seria assim, que ela estava bem — esse era o seu show e estava tudo bem. Com ela e com Franny.

B assam dirige o Neon junto à água sob o sol poente. No lugar que se chamava Mario's-on-the-Gulf, ele se sentou entre os infiéis e comeu uma cesta pequena de anéis de cebola, bebeu um copo de cerveja e duas garrafinhas de vodca. Viver de forma tão *haram* durante todos esses meses fez com que gostasse dessa sensação que a bebida dá, como se fosse um espírito flutuando solto dentro de sua própria pele. Dentro do envelope aberto ao lado dele, havia 160 notas de cem dólares. Algumas delas eram novas, outras velhas, e a mulher *kafir* no banco insistiu para que aceitasse um cheque, por segurança, mas não, ele preferia dinheiro.

Ela era jovem e gordinha, mas, mesmo com uma mancha embaixo do queixo, não deixava de ser bonita da forma como essas *mushrikoon* são bonitas, mostrando seus braços e pernas, suas gargantas e rostos pintados. Isso foi o que mais o surpreendeu — que os *kufar* são inconscientes do mal que fazem.

Ele se afasta do sol e passa por um pequeno parque, suas palmeiras e árvores cheias de espinhos evocando sua casa. Mas só isso. Com os últimos raios do sol, sua luz cor de fogo tocando as lojas e os restaurantes, ele passa por homens e mulheres sentados em mesas ao ar livre, rindo, fumando e bebendo. Passa por um jovem casal andando de mãos dadas. O homem é jovem, magro e usa um boné de beisebol da Nike, como Karim em Khamis Mushayt, que está perdido, mas não acredita nisso. A mulher é loura, uma puta norte-americana, mas, ainda assim, Bassam olha duas vezes para ela pelo espelho retrovisor, seu coração batendo forte dentro do peito, a boca repentinamente seca porque ele sabe para onde está indo.

Não se esqueça, Bassam, foi o egípcio, o homem que odeia todas as mulheres, não só as *kufar*, que o levou ali. Foi Amir, certo de que estavam sendo seguidos, que o conduziu até aquele lugar ali. Teria feito isso se não tivessem permitido que ele voasse sozinho e, no final de tanta alegria, não tivesse feito todas aquelas perguntas sobre os limites de peso da aeronave? Se existia um compartimento de carga e uma forma de liberá-la? O instrutor ficara de olho neles, e Amir tinha percebido seu erro; por isso, enquanto saía do pequeno aeroporto, continuou a olhar pelo espelho retrovisor do Neon e mandou você acender um cigarro e soltar a fumaça pela janela, ligar o rádio e mexer a cabeça. Amir, que nunca sorri, que sempre cuida do dinheiro, usa muita colônia e nunca fuma, entrou na área de estacionamento de um clube para homens. Saiu logo do carro e estudou a estrada, mas não havia ninguém. Mesmo assim, falou:

— Vamos entrar, mas rezemos antes. Agora.

Bassam ainda está surpreso por ele ter ligado para seu celular esta manhã, uma ligação da cidade ao norte, não porque houvesse dinheiro extra para mandar de volta para Dubai, mas por lhe ter pedido que fizesse isso, Bassam al-Jizani, aquele monitorado tão de perto. Tinha sido a principal tarefa deles todos esses meses: não chamar atenção. Viver como *kufar* quando estiver entre eles. Fumar cigarros em público. Beber álcool moderadamente. Usar bermudas em dias de calor e nunca carregar o Livro consigo. Nunca falar do Criador ou de tudo que sabemos ser sagrado. Os politeístas vão ver. Vai causar medo e levantar suspeitas nos *mushrikoon*.

Mas, para Bassam, viver como os infiéis o deixou fraco, e, é preciso admitir, começara imediatamente naquela noite em Dubai antes de voar para o Ocidente, o taxista tão idoso quanto seu pai e seus tios, rindo para você, Imad e Tariq no banco de trás, a felicidade sombria em seus olhos enquanto dirigia devagar passando por hotéis, suas placas elétricas brilhantes, até que, como se encontrasse um formigueiro na areia, surgissem muitas mulheres descobertas na calçada chamando por você.

Sua respiração pareceu parar, e o motorista riu mais alto e diminuiu a velocidade:

— Esses russos as chamam de borboletas noturnas.

E ele explicou para você e seus irmãos de Asir coisas que você nem queria saber. Essas prostitutas eram do Uzbequistão e da Ucrânia, Geórgia,

Chechênia e Azerbaidjão, as primeiras mulheres descobertas que você já tinha visto, e não somente os braços, mas também as pernas, as barrigas e metade dos *nuhood*, os rostos bastante pintados, joias baratas penduradas em suas orelhas, os lábios escuros e brilhantes.

— Não olhem, irmãos — disse Imad. — Não olhem para essas *jinn*.

Mas você olhou, Bassam. Você olhou para seus *nuhood* e suas costas, ouviu como conversavam e riam, e viu como andavam em seus sapatos de salto, e claro que essa foi a primeira das muitas tentações do próprio Shaitan. Mas você foi firme. No quarto alugado, vocês três realizaram o ritual de ablução na pia do banheiro, e você determinou a *qiblah* e fez a oração de *Isha*, tentando ignorar o barulho do outro lado da parede, os carros passando e a música nos rádios, os gritos de um homem, o riso de mulheres descobertas que, no reino, seriam apedrejadas até a morte.

Aqui tudo piorou. Todos esses meses, em todos os quartos alugados, Amir manteve as janelas fechadas. Ele fechava todas as cortinas. Acendeu incenso no *mabakhir* e colocou o Corão numa pequena mesa na parede leste, para onde eles olhavam diariamente quando faziam as cinco orações. Bassam se obrigava a esquecer as jovens do outro lado daquela parede, dirigindo carros conversíveis sob o sol, entrando e saindo tão descobertas de lojas e shopping centers, sentadas em toalhas na areia lendo livros e revistas, conversando e rindo, os cabelos louros compridos, suas pernas e pés, seus rostos descobertos olhando diretamente para quem quisessem, incluindo ele. Obrigou-se a pensar nas companheiras reservadas para ele e seus irmãos no Jannah, *Insha'Allah*, não essas sujas *kufar* que, sorrindo, o levariam para o meio de suas pernas e direto para o fogo eterno.

Mas agora ele está dirigindo para o norte, quando deveria estar indo para o oeste. Falou a Imad e Tariq que voltaria antes da oração final, se Alá quisesse. E amanhã é tão importante, e a primeira coisa será mandar esse dinheiro para Dubai. Ele já gastou um pouco, apesar de não ter deixado nada extra para o barman, algo que o deixou feliz enquanto ia embora do Mario's-on-the-Gulf, essa sensação de se fortalecer mais ainda, de virar suas costas para essas pessoas que deveriam temê-lo, mas nada temiam.

Logo isso vai mudar, se Alá quiser. Não vai demorar.

E quando a placa amarela com prostitutas nuas aparece, Bassam olha pelo espelho retrovisor e vê a estrada vazia atrás. Mas como pode saber se não despertou suspeitas ao mostrar todo o dinheiro que tinha no bolso dentro daquele bar? Ele deveria ter feito como o egípcio, não? Entrar no lugar maldito uma última vez, onde pareceria ser inofensivo? Onde iria se parecer com outro homem qualquer? Normal em sua sede pela exibição dessas prostitutas?

Esse Neon é barato, simples e lento, porque Amir o alugou, e Bassam estaciona ao lado de uma picape. Desliga o motor. Do envelope do banco, tira as 160 notas de cem dólares. Divide o monte em duas metades, dobra as duas, empurrando uma no bolso direito da frente, a outra no esquerdo. Precisa de cigarros e se lembra que há uma máquina na entrada cor-de-rosa. Rosa — uma cor que ele teme por ser a cor da sedução e das mentiras; pega seu celular e o enfia no bolso esquerdo, embaixo do dinheiro.

A mulher que dançou para ele antes. Os longos cabelos negros e olhos que olhavam direto para ele, que retribuía. Se o egípcio não estivesse ao seu lado, segurando seu suco, mal suportando a sujeira da estada deles ali, já longe desse mundo, então Bassam teria pagado por um tempo a sós. Teria pagado por ela como qualquer *kafir*. É correto fazer isso agora, para eliminar suspeitas e aparecer dessa forma uma última vez.

Ele fecha os olhos, as chaves em suas mãos suadas. *Ó, Senhor, peço o melhor deste lugar e peço que me proteja de seus males. Você é maior do que toda a Sua criação. Ó, Senhor, proteja-me deles de acordo com a Sua vontade.*

No começo, ela achou que era uma dor de dente.

April tinha levado Franny para a praia, e Jean, em seu vestido solto, desenrolara a mangueira que ficava embaixo das escadas e estava molhando a ixora e a alamanda com um jato fino d'água. Tinha passado uma manhã particularmente divertida com a filha e era nela que pensava quando afastou a água das flores vermelhas da ixora para as três-marias penduradas como uma gravata frouxa no tronco da palmeira.

Nessa manhã, tinha feito minipanquecas para ela e Franny, fritando-as em manteiga derretida na chapa enquanto tomava seu café e descascava um kiwi para enfeitar. Franny sentou ao balcão sobre dois livros de jardinagem em seu banquinho perto da janela, e hoje estava desenhando com um lápis roxo quase sem ponta, falando com aquela voz absurdamente aguda. Mesmo agora, com seis meses passados, Jean não conseguia parar de olhar para ela, esse pequenino ser humano de 3 anos, com seu cabelo cacheado, que já estava escurecendo e se aproximando da cor do da mãe, as bochechas redondas e o pescoço bastante gracioso. Seus olhos eram de um verde profundo. Sempre que Franny estava ouvindo, sentava-se completamente em silêncio e levantava o queixo, inclinando o rosto. E ficava animada com as tarefas mais simples, como alimentar o gato ou colocar os pratos na lavadora ou se agachar no chão e segurar a pá com as duas mãos, enquanto Jean varria a sujeira.

As primeiras semanas cuidando dela tinham sido assim, Franny saltando com esperança e entusiasmo a toda sugestão que Jean fazia, algo que tocara a mulher em um ponto que ela pensava já estar insensível. Essa manhã tinha sido uma dessas vezes, apesar de Jean não saber exatamente o que tinha provocado aquilo: a luz da manhã entrando pela janela e tocando o rosto e os braços da menina; ou aquela voz enquanto Franny conversava sem parar com ela, contando seu sonho com estrelas-do-mar, Teletubbies e um jardim como o delas, mas que voava — o fato de se referir ao jardim de Jean como *delas*; talvez fosse o cheiro delicioso de panquecas fritas na manteiga, o gosto do café com creme e muito açúcar, o verde brilhante, quase transparente, do kiwi que ela estava cortando — toda essa *vida*; tudo que sabia era que naquele momento sentiu-se tão plena, tão abençoada, que seus olhos se encheram de água, e ela precisou se virar para a chapa, assim Franny não veria; pois como explicar que a alegria a fazia chorar? Como poderia explicar isso para si mesma? Esse buraco dentro do peito que parecia se encher com um amor indescritível por essa criança e tudo a ela relacionado nesse dia especial?

Pouco antes das 11 horas, April foi até a escada externa de roupão e chinelo, segurando uma caneca de café. Eram o som e a imagem que Jean tinha aprendido a temer, porque assinalavam o fim de sua manhã com Franny, e quase sempre era o mesmo: ela ouvia a porta no andar de cima se abrir e fechar, depois o plat-plat abafado dos chinelos de sua inquilina na escada externa. Pela janela, via a canela e o pé de April, a bainha de seu roupão. Em algumas manhãs, April parava, inclinava-se sobre o corrimão e olhava pela janela da frente da casa de Jean. Mas, mesmo se visse Franny desenhando ou pintando, ou assistindo à TV, continuava descendo e saía no jardim, sentando-se em uma das cadeiras Adiroudeck embaixo da mangueira. Sentava-se ali e tomava o café no jardim cercado de Jean, onde ninguém podia vê-la.

Na primeira semana cuidando de Franny, se ela não estivesse perto da janela, Jean a chamava e apontava para sua mãe. A garotinha sempre parava o que estava fazendo e corria para fora — e era isso: o tempo com Jean acabava. Ela ficava parada na porta e via a menina subir no colo de April, cortando a visão de Jean. Parada ali, olhando para as duas, o tempo parecia correr menos rápido; ela conseguia sentir cada momento; tinha 71 anos e vinha de uma família na qual ninguém tinha vivido mais do que 74. Nem sua mãe ou seu pai. Nem um avô, tia ou tio. E ela era uma mulher grande que trabalhava muito. Suava muito. Ficava tonta. Em sua solidão, nos momentos mais fracos, via a terrível injustiça disso: tinha tão pouco tempo e estava descobrindo esses sentimentos só *agora*? April teria noção de como era afortunada por ser tão jovem? Essa era uma pergunta nascida da inveja, Jean bem sabia, e sentia vergonha de querer fazê-la.

Mas em uma certa manhã de sexta-feira, justo quando April estava levando a caneca aos lábios, Franny correu e pulou no colo da mãe, e o café saiu voando; ela empurrou a filha e se levantou rapidamente, batendo no roupão. A criança ficou sentada no chão, o cabelo em seu rosto, em silêncio por um segundo antes de soltar um uivo e começar a chorar. April levantou-a imediatamente. Jean molhou uma toalha na água fria e saiu correndo; April abraçava forte a menina, explicando que o café estava quente e ela não queria que a Franny se queimasse, por isso mamãe a havia empurrado. Só por isso.

O cabelo comprido e negro de April estava amarrado em um rabo de cavalo. Nos discretos pés de galinha de seu rosto havia traços da base que ela usava para trabalhar. April começou a cantar baixinho, e Jean se aproximou, batendo carinhosamente nas costas da menina, sentindo as pequenas costelas, a respiração cortada, mas era como se estivesse se metendo na conversa íntima de duas pessoas e afastou a mão. Ficou ali sentindo-se inútil, segurando a toalha molhada.

Depois disso, parou de contar a Franny que sua mãe estava no jardim. Convenceu-se de que fazia isso para que April tivesse um pouco de solidão matutina, para proteger sua filha do café quente, mas sabia que fazia aquilo para prolongar o tempo que passava com a criança.

Minutos depois que as duas tinham ido embora, começou a sentir uma dor no queixo. Um molar podre? Mas a dor passou para seu braço esquerdo e isso pareceu estranho, porque naquele instante ela estava molhando os hibiscos com o braço direito, então por que aquele membro doeria? Fez alguns movimentos no ar, a carne balançando. A dor não desapareceu, mas ela deixou para lá e virou a mangueira para os jasmins perto do muro. Ainda conseguia ver as duas meninas, Franny de maiô por baixo de uma camiseta de Cinderela, o cabelo encaracolado preso em uma viseira solar. Estava usando chinelos como sua mãe, que segurava sua mão e parecia tão jovem e graciosa em sua bermuda cáqui e camiseta roxa, os óculos de sol e o rosto sorridente, o cabelo comprido e brilhante. Ela carregava uma bolsa com toalhas e brinquedos, provavelmente um lanche e água; olhando para ela, ninguém adivinharia que passava as noites fazendo o que fazia. Jean começou a se preocupar de novo. Com as duas. Que tipo de vida iriam ter, afinal?

No portão, elas se viraram e acenaram, e aquela imagem ainda estava em seus olhos quando a dor aumentou e uma pontada forte subiu do braço para o ombro e o queixo. Ela sabia o que era. Agora, um peso começou a pressionar seu peito, e ela passou a sentir um suor frio na testa e no lábio superior. Largou a mangueira, deixando que caísse no meio da ixora. Caminhou com cuidado pela sombra da mangueira, os olhos fixos na porta em frente. *Sua* porta. Uma porta em estilo francês que mandara colocar para poder olhar melhor seu jardim e deixar a luz entrar. Agora ela a via melhor do que quando tinha passado dois dias pintando-a; mas neste momento não parecia bonita, e sim um mecanismo frio e distante que precisava aprender a usar para conseguir ajuda, e todo o amor que tinha sentido por Franny naquela manhã se transformara em um terrível peso dentro de seu peito.

Era isso. Ela morreria como Harold. Sozinho em seu escritório em Oak Park, os noturnos de Chopin no toca-discos. Ela se lembrou de como o havia encontrado. Caído em sua cadeira acolchoada, o rosto quase bonito para baixo e roxo. *Roxo.* A língua para fora e rígida; na hora, sentira uma vaga aversão, além de uma tristeza permanente, mas era sua vez, e ela se recusava a ir, queria ficar, ficar com suas duas garotas, que não eram dela, mas deveriam ser. Suas sobreviventes.

Entrou, passou de alguma forma pela porta, o telefone sem fio que raramente usava estava em sua mão. Sua mão rechonchuda e manchada. Tinha dificuldade para respirar, uma força maligna estava pressionando mil quilos em seu peito, e era terrível morrer dessa forma. Sufocar sozinha na luz do final da manhã, a luz exuberante da casa em Sarasota, que era dela e do pobre Harry.

A porta da sala de Tina estava escancarada quando April se aproximou, nua e descalça. Trazia na mão seus sapatos e seu jeans enrolado, junto com a calcinha e o top. Os aplausos tinham acabado, a apresentação de Wendy era a próxima, e ela passou de négligé e salto alto. April segurava um maço de notas que deveria ser maior, mas, como não havia nenhuma cinta-liga para os clientes colocarem dinheiro, ela precisara ficar de calcinha para colocarem a grana ali, e muitos não gostaram. E havia Franny sentada no sofá marrom de Tina assistindo à TV, o chinelo cor-de-rosa nem chegando à beirada do sofá. A lâmpada na mesa de Tina estava apagada, e nas luzes que saíam da tela da TV ela podia ver a boca aberta de sua filha, suas bochechas brilhosas; precisava assoar o nariz, e quem estava cuidando dela?

April correu até seu armário, jogou suas roupas e sapatos no chão. O camarim estava vazio, exceto pela maquiadora em um canto, lendo um livro.

— Cadê a Tina? — perguntou ela baixinho. Donna nem olhou. Gorda, deixava seu kit de maquiagem no balcão embaixo do espelho. Sabia fazer seu trabalho, apesar de April nunca precisar dela.

— Donna, cadê a Tina? Ela devia estar cuidando da minha filha.

— Foi pegar algo na cozinha. Estou cuidando dela. — Donna voltou ao seu livro, um romance sobre vampiros, e April sabia que ela esperava pelo menos uma nota de dez antes de ir.

No seu armário, contou as notas: 18 de 1 dólar e uma de 5. A apresentação não era bem uma mina de ouro, mas, se Tina tivesse ligado, ela poderia ter chegado antes, com tempo de vestir-se de forma apropriada, ganhando mais.

Percebeu que ainda estava com o relógio no pulso. Tirou-o e enfiou-o no bolso da frente do jeans. Ouvia Michael Bolton cantando que não conseguia mais viver, e também havia a música do *Rei Leão*, tambores africanos e algum animal falante cantando com voz aguda. April conseguia ouvir a voz grossa do ator que fazia Mufasa, o jeito doce como ele falava com seu filho, Simba. E ela queria se vestir logo e ver Franny. Talvez pudesse se sentar com a filha por alguns minutos enquanto ela comia.

No piso do armário havia uma bolsa de plástico com zíper que April comprara na Walgreen's, na seção de material escolar. Devia carregar lápis e canetas, mas ela gostara porque era roxa; enfiou o dinheiro ali e fechou o zíper, quando a porta se abriu e Louis entrou, Zeke fechando a porta.

Louis tinha o cabelo duro e ruivo, a pele rosa e cheia de sardas, e passava o máximo de tempo possível em seu barco. Essa noite estava usando as lentes de contato azuis que combinavam com a camisa Tommy Bahama e com a calça de pregas. No pulso, tinha uma pulseira turquesa e prata e também um bracelete prateado. Qualquer outro homem vestido assim pareceria elegante, mas Louis era pequeno demais para tal, e convencido demais de que as outras pessoas tinham o objetivo de roubá-lo. Ficou parado olhando para ela. April colocou sua bolsinha de dinheiro no armário e começou a colocar seu fio dental.

— O que foi essa apresentação, Spring?

— Pergunte a Tina.

— Estou perguntando a você.

April podia sentir que ele continuava olhando enquanto ela colocava o fio dental e sempre se sentia nua de novo quando Louis a olhava. No clube, Michael Bolton gritava forte, como sempre fazia, e a casa estava animada e feliz por causa da apresentação de Wendy. Da sala de Tina vinha outra música da Disney, e April esperava que Louis não percebesse e não fosse até lá.

— A tabela dela mudou. Não sei. Acho que não teve tempo de me ligar. — Ela colocou o sutiã, fechando-o na frente, pegou a blusa do chão, virou do lado certo, enfiou os braços. — Não tive tempo de me preparar.

— Sabe quanto eu pago de seguro, Spring? Sabe?

April puxou a liga até a metade da coxa, começou a colocar a outra, uma amarela já gasta que estava querendo trocar havia algum tempo, e ficou quieta, porque qualquer resposta era a errada para Louis se ele não respondesse primeiro; então esperou.

— Pode olhar para mim quando estou falando, por favor?

Ela se virou para ele, viu seus olhos azuis indo de sua bunda para o resto do corpo. Donna virou uma página do livro sem fazer barulho.

— Mais do que você ganha em um mês, com certeza. Não me importa a merda dos seus problemas. Da próxima vez, você *não* tira seus sapatos, certo? Fique com eles e mexa as tetas ou vou encontrar outra pessoa, porque sempre tem outra. Tá certo?

— Certo. — Ela colocou a saia, e a puxou até a cintura. Louis já tinha acabado, apesar de não ter se movido. Ela conseguia ouvir o *Rei Leão*, e ele também, seu coração batia forte, não porque Louis se importaria com o fato de Tina estar cuidando da menina, mas porque era Louis, e ela não queria que ele visse Franny, que olhasse para a menina com seus olhos falsos, que a avaliasse.

Ele começou a caminhar para a sala de Tina.

— Louis, minha filha está aí, e ela finalmente se acalmou — disse, sorrindo para ele. Era seu sorriso noturno e sabia quando usá-lo, talvez Louis até acreditasse. Ele não respondeu ao sorriso, mas seu rosto mudou; agora era um homem na frente de uma mulher, esqueceu sua política de seguro por um momento. Mexeu nas moedas do bolso.

— Desde quando você tem uma filha?

— Três anos. Acabou de completar. — Eram palavras do seu mundo diurno e ela não conseguiu sorrir, precisando desviar a vista. Agarrou sua escova e maquiagem.

— O que foi, acha que vou assustá-la?

— Não de propósito. — Passou por ele e foi até o espelho de maquiagem, deixando seu braço tocar o dele, e esperou que ele fizesse o que acabou fazendo: virar-se para olhá-la pelo reflexo, porque ninguém tocava Louis, especialmente depois do que tinha acontecido com Denise, mas ele não disse nada.

A segunda apresentação de Wendy começara, uma música de Celine Dion que ela achava elegante, apesar de terminar com ela de quatro, e era hora de April voltar ao palco. Louis parado ali como um réptil rosado ao sol, com o olho pregado em sua bunda sob a saia. A porta do camarim se abriu. Tina entrou carregando uma bandeja de comida — hambúrguer e fritas e um copo de leite aguado do bar. Franny não comia pão e não havia garfo e faca para a carne.

— Bela escala esta noite, Tina.

— Não venha falar merda pra mim, Louis. Você sabe o que fez.

— Você podia ter feito Wendy entrar antes.

— *Claro.*

Tina já estava em sua sala, fechando a porta; era a única que podia falar assim com ele, porque os dois viveram juntos anos atrás, depois do divórcio dele, e Louis parecia precisar dela como alguns homens precisam de suas mães ou irmãs. Mas ele não gostava quando ela falava assim na frente de outras pessoas, e por isso gritou na direção da porta fechada:

— Quero você lá em cima, Tina. Está me ouvindo? Assim que puder.

— Ela está de mau humor, Louis. Não é culpa de ninguém.

Ele ficou parado, estudando April no espelho. E ela sorriu. Louis fez um gesto com a cabeça, as lentes de contato lhe davam um ar patético, a única parte de seu rosto que não era rosa, queimada pelo sol, seca e feia. Então ele sorriu como se nunca a tivesse visto antes, um sorriso que abrigava um **segredo** que achava que compartilhava unicamente com April, e era como **se uma** fina rede invisível tivesse florescido de sua barriga frouxa e a tivesse agarrado, sua nova conquista.

A porta do camarim se abriu. Retro entrou com seus sapatos de salto alto vermelho, sua calcinha de couro e sutiã de renda, ambos vermelhos, a pele morena brilhando.

— Oi, Lou.

Retro fingia estar feliz por vê-lo ali, sorrindo enquanto caminhava direto para seu armário. Desabotoou seu sutiã na frente com os dois dedos compridos. Louis a olhou só por um ou dois segundos, e então sua atenção voltou-se para April, que penteava o cabelo. Ela sabia que devia evitá-lo, queria que fosse embora; a parte do *Rei Leão* que assustava Franny estava chegando, irmão matando irmão. O rosto aterrorizado do leão Mufasa enquanto caía abismo abaixo. April precisava dizer a Tina que avançasse essa parte.

As moedas de Louis fizeram barulho em seu bolso, mas ela tinha parado de sorrir ou conversar com ele. Aproximou-se do espelho para passar batom, e era sempre difícil não olhar para Retro, aquela pele morena, suas costas e pernas longas, enquanto tirava o short. Ela tirou de dentro do armário seu vestido, uma das únicas garotas a fazer uma apresentação mais formal, com luvas de cetim e tudo. Agora Celine Dion estava terminando de cantar, sua voz de sereia sobrepondo-se aos aplausos e gritos.

April colocou os brincos:

— Como está o VIP?

— Nada mau para setembro.

Retro colocou seu vestido de cetim cor de marfim que precisava de uns pontos na bainha, mas não era nada que os clientes percebessem. April fechou o outro brinco e começou a passar blush, e Louis ainda estava parado ali como um garoto que precisava de mais um sinal para ter certeza. A porta da Tina se abriu.

— Spring?

Franny estava chorando de novo, um som que se espalhava pela sala e doía em April até o osso. O *Rei Leão* estava desligado ou mudo.

— Vou para o meu escritório, Tina. Não demore.

— Vou para lá quando der, Louis. Spring?

Franny começou a gritar, mas ia ter de esperar mais dois segundos, só mais dois, porque, quando havia dinheiro na bolsa roxa, não dava para deixar o armário aberto, mesmo sabendo que estava atrasada para salvar Franny do que a amedrontava; estava atrasada para isso, e mais ainda para o VIP.

No Amazon Bar, três degraus acima do palco principal, Lonnie Pike conseguia ver por cima das pessoas até o outro lado do clube, onde Paco estava sentado no bar VIP, e Little Andy vigiava as cortinas negras que levavam à Sala Champanhe. Pequenas lâmpadas roxas marcavam o caminho entre ele e o VIP; na luz laranja do palco, Spring dançava de jeans, o que era estranho, e o DJ tinha colocado a música tão alta, que Lonnie conseguia sentir o gelo vibrar em seu copo. Era setembro, a baixa temporada, mas o lugar estava enchendo, e ele se encostou no bar com seu ginger ale, olhando por todo o clube à procura de bolsões, esses obscuros espaços humanos na sala onde algo tinha acabado de mudar: um homem dá um grito de incentivo mais alto que a música, quando antes estava quieto; uma das dançarinas do salão dá uma gargalhada ou se afasta muito rápido; um pé de cadeira se arrasta pelo tapete — algo que Lonnie não consegue ouvir, só sentir, uma mudança de objetos no espaço ali, essa mudança no ar, um bolsão de possíveis problemas.

Duas garotas subiram a escada, movendo os quadris. Subiram para chegar perto dos homens no bar; eram só quatro, mas vestiam camisa e gravata, e um deles tinha um Rolex de ouro. Spring dançou, e ele não olhou para ela. Deixou que todos os outros olhassem, porque havia 17 garotas trabalhando entre as mesas. Ele as contou e recontou. Dezessete mulheres com pouca roupa, nenhuma delas igual. Algumas iam de mesa em mesa com seus sapatos altos, shorts curtos e camisetas Puma cortadas logo abaixo dos seios. Outras usavam saias, blusas e o cabelo preso, porque, na quinta, a bebida entrava em promoção, e elas sabiam que os office-boys pagavam para vê-las tirar as mesmas roupas que as mulheres usavam nos escritórios. Algumas das mais jovens vinham quase nuas, só com uma cinta-liga, uma tanga e um négligé transparente que mostrava bem a bunda e os peitos, mas às vezes isso não funcionava, já que ninguém pagava por algo que já estava vendo de graça. Mas nas noites lotadas da alta temporada, quando se vendiam muitas bebidas e todo mundo estava feliz, como se aquilo fosse uma grande festa, tudo que precisavam fazer era sorrir e chacoalhar; conseguiam sete ou oito privativas na área VIP antes de precisarem subir para se apresentar no palco.

Lonnie olhou para lá. O top de Spring já tinha desaparecido, ela estava de costas para ele, o cabelo comprido balançando sobre sua pele. Movia os quadris de um lado para o outro, as duas mãos no botão e no zíper. Entre as apresentações, ela trabalhava nas mesas com uma saia de algodão e uma blusa desabotoada, o cabelo brilhoso e escovado. Usava brincos de prata e sorria para você como se fosse a melhor amiga da sua irmã, aquela que você sempre quisera, e era nessa noite que ela vinha contar que também sentia o mesmo por você. Era desse sorriso que os homens gostavam, porque ela estava sempre sorrindo, sem nunca parecer falsidade.

Exceto agora. Ela estava na ponta do palco, o cabelo cobrindo um dos bicos do peito, abaixada para tirar o sapato direito. Ela perdeu o equilíbrio e caiu, os seios balançando fora do ritmo. Dois ou três homens riram, embora Lonnie não os ouvisse, apenas, vira e sentira. Spring sorriu para eles, mas não era um sorriso de verdade, não o profissional, pelo menos. Era um sorriso que Lonnie nunca tinha visto antes.

Outro bolsão se abriu. Um assíduo frequentador alto se levantou para ir à área VIP com uma das três garotas de shorts curtos cujo nome começava com M, porém Lonnie não conseguia se lembrar do resto. Nomes não tinham importância. Só seus corpos. Controle os corpos e garanta que ninguém os toque.

O clube estava um pouco mais cheio agora, os quatro bartenders trabalhando bastante, sem parar. Havia a batida de um baixo e de uma bateria, a voz boêmia da cantora; havia o barulho das pedras de gelo batendo nos copos, as conversas e as risadas de homens e algumas mulheres. Spring estava começando mal sua noite, chutando o jeans para trás, dançando de calcinha, só calcinha, não de tanga, nem pelada, e outro bolsão começou a se formar à direita; um grandalhão com um boné do Miami Dolphins se sentou e jogou uma nota enrolada para ela. O dinheiro acertou as costelas de Spring, mas ela ignorou, virou-se e começou a baixar sua calcinha, mostrando a todos uma parte de sua bunda, antes de voltar a subi-la. Outros bolsões começaram a se formar na entrada, novos clientes chegando em pares ou trios, abrindo as cortinas e deixando entrar a luz rosada do corredor onde Big Scaggs e Larry T estavam sentados em bancos altos.

O Boné dos Dolphins jogou outra nota enrolada. Spring foi para o outro lado do palco. Enrolara as laterais da calcinha no alto do quadril e estava dançando na ponta agora, segurando o cabelo com as mãos. Lonnie se afastou do bar, olhando o homem amassar outra nota. Atrás da orelha dele havia um cigarro apagado. Na sua frente, um uísque com gelo, e ele tinha bigode e cavanhaque, o que é tão popular hoje em dia; então, dava para apostar que tipos assim não tinham nem metade da bravura que tentavam aparentar. No meio das mesas, abriu-se outro bolsão, e outro mais, mas eram apenas clientes sendo levados para a área VIP, e o Boné dos Dolphins jogou outra nota que não acertou Spring e caiu nas mesas do outro lado do palco; ela tinha poucas notas enroladas em sua calcinha, a segunda apresentação estava quase terminando, hora de mostrar tudo.

E o Boné dos Dolphins não merecia.

Lonnie desceu a escada devagar, movendo-se entre as mesas como uma névoa. Estava consciente da batida de seu coração, de que suas glândulas suprarrenais tinham acabado de soltar um pouco de hormônio, mas ele não precisava de muito; estava relaxado e tranquilo. O Dolphins gritou algo feio, e Lonnie não ouviu as palavras exatas, só sentiu que elas aumentavam ainda mais o bolsão, e caminhou de lado entre as cadeiras ocupadas na ponta dos pés, e, se esbarrasse no ombro ou na cabeça de alguém, não sentiria, porque só existia o Boné do Dolphins sentado no bolsão que ele tinha criado, levantando o braço para soltar outro insulto amassado. Paco ou Little Andy iriam agarrar seu braço e torcê-lo até ele soltar o que estava segurando. Mas Lonnie preferia o toque mais suave, a aproximação silenciosa; eles ficavam sempre mais surpresos assim.

Ele passou pela última mesa. Dolphins nem olhou, só virou seu punho na direção de Spring, quando o braço esquerdo de Lonnie se levantou e sentiu as pontas macias de um dólar amassado em seus dedos, a ponta do palco às suas costas. O Boné dos Dolphins olhou para ele com olhos pequenos e escuros, tão instintivo que parecia que ia morder sua própria carne. Era isso que estava querendo? Ou estava surpreso? E se estava surpreso, era algo bom ou ruim? Mas o que Lonnie viu naqueles pequenos olhos por cima do cavanhaque clichê era um homem acostumado a ser contrariado, um homem tentando decidir, naquele exato momento, até onde poderia aguentar. Por isso, Lonnie ia facilitar a vida dele; levantou a mão, apontou o dedo em sua direção e balançou a cabeça. Atrás, no ar, a música ia terminando, o que significava que Spring estava nua e pegando as notas dos homens que sabiam como se comportar, mas o Boné dos Dolphins não se moveu, nem parou de olhar para os olhos de Lonnie, e isso, ele sabia, era sua vantagem, porque era alto e magro, ao contrário dos outros rapazes de Louis. Tudo que tinha eram suas mãos e o que elas eram capazes de fazer.

A música terminou, ouviram-se palmas e algumas vaias. O homem parou de olhar suficiente para ver a linda bunda de Spring desaparecer atrás da cortina. Voltou a olhar, mas era evidente que tudo tinha terminado. Lonnie colocou a nota amassada na mesa e se afastou, indo de volta para a escuridão. Olhou para trás uma vez, mas o aglomerado de pessoas tinha se dissipado, o Boné dos Dolphins estava bebendo e olhando diretamente para as cortinas, como se as dançarinas que vinham delas, e não Lonnie Pike, tivessem acabado com sua diversão.

Três quartos das mesas estavam cheios, principalmente com homens, embora houvesse algumas mulheres também, esposas ou namoradas que talvez ficassem excitadas com dançarinas ou fossem lésbicas, ou apenas fossem mulheres que gostavam de se sentar no escuro e beber sozinhas em um lugar onde ver uma mulher dançando as colocasse em um patamar que raramente ocupavam — o topo, sendo servidas em vez de servirem.

Mas era para os homens que Lonnie olhava. Os mais quietos, os mais barulhentos, aqueles que andavam em bando e aqueles que vinham sozinhos.

Os solitários eram os mais perigosos; vinham porque não podiam ficar longe. E bem agora havia cinco deles: o Boné dos Dolphins era um, provavelmente. E um magro duas mesas depois. Do outro lado do palco havia mais três, incluindo Gordon, um frequentador de longa data com um bigode branco certinho que usava gravata de seda e camisa engomada. As garotas diziam que ele tinha vendido sua empresa, e só nos últimos seis meses tinha gastado mais de cinquenta mil dólares com Wendy na Sala Champanhe. Esse era o problema. Um solitário que se apaixona.

No começo, ele vinha uma ou duas vezes por semana. Pegava uma mesa no salão principal, segurava o dinheiro e assistia a todas as apresentações. De vez em quando, uma das garotas se aproximava dele para oferecer uma particular, mas durante um tempo — na maior parte das noites ou durante uma semana inteira — ele sorria, balançava a cabeça e recusava. Mas uma delas vinha para cima dele, e não dava para dizer não, então ele se deixava levar para a área VIP, para uma particular, e depois que começara a ir, não parara mais, a vinte dólares a dança, várias vezes. Às vezes se apaixonava por uma ou outra. Então, a cada noite, esperava por ela. Como o homem sentado três mesas atrás de Gordon estava esperando. Estava ali bebendo, recusando todas as outras garotas, porque esperava pela sua, e, quando ela finalmente vinha, queria que viesse direto a ele. E quando ela não vinha, podia surgir todo tipo de problema. Mas mesmo quando conseguiu sua garota, quando ela vinha até sua mesa e ele pagava para que fossem para as poltronas da área VIP, ele não queria que ela dançasse — queria conversar; a vinte dólares a música, ele só queria sentar e conversar. Como o homem na área VIP agora, o quarto solitário no clube, sentado com Marianne, que não tinha tirado roupa nenhuma.

Durante semanas ele a tinha escolhido, o cabelo era pintado de um preto tão forte que parecia roxo no palco. Seus olhos azuis, lábios carnudos e peitos falsos, os bicos grandes como uma moeda. Ela não devia ter mais de 22 ou 23 anos, e falava com um sotaque do leste do Texas, em uma voz aguda e nasal. Ria forte e geralmente sem motivo, e, apesar de tudo, tinha o olhar ingênuo e amigável de uma criança.

Mas esse homem gostava dela. Tinha o cabelo louro brilhante e ombros largos, inclinava-se apoiando os cotovelos sobre os joelhos, sua mão abrindo e fechando, fazendo gestos estranhos. Marianne se inclinava para a frente, também, balançando a cabeça com interesse bastante entusiástico, mas fingido, e, no palco, o vestido de Retro já tinha desaparecido quando sua segunda apresentação começou, um Luther Vandross que fazia com que o lugar se parecesse com uma van-garçonnière acarpetada. Na fumaça iluminada, cinco ou seis dançarinas estavam com seus clientes felizes sentados nas poltronas e se despiam ao som da música da Retro. O garoto da Marianne ainda estava com os cotovelos nos joelhos, uma das mãos segurando a dela, o que não era permitido, enquanto gesticulava com a outra. Ele estava olhando para sua Budweiser de oito dólares e, enquanto falava, balançava a cabeça como se estivesse profundamente contrariado. Havia um meio sorriso no rosto de Marianne. Ela ficava olhando para trás, na direção de Paco, que estava parado à luz azul do bar VIP conversando com um frequentador assíduo, sem perceber nada.

Lonnie subiu a escada. Era o posto de Paco naquela noite, mas, mesmo assim, um bolsão era um bolsão e precisava ser fechado.

A apresentação de Retro estava terminando, Luther tinha acabado, ouviam-se somente uns acordes de sintetizador no ar enquanto a plateia aplaudia e gritava. As longas pernas de Retro estavam abertas e, apoiada em uma mão, ela se tocava de leve com a outra. Lonnie subiu a escada e avançou no meio das pessoas até chegar à área VIP. O ar estava pesado da fumaça de charutos e cigarros, perfume e colônia, além de frituras da cozinha. Lonnie teve de parar ao lado de uma garçonete equilibrando uma bandeja e, quando estava a ponto de pular a mureta, viu que Paco tinha chegado antes. Meio cubano, meio chinês, de mãos e braços fortes, Paco se meteu entre eles e apertou o punho do Solitário e o girou, e foi como se uma corrente elétrica tivesse passado por sua poltrona: o torso se enrijeceu imediatamente, suas pernas se esticaram embaixo da mesa.

Marianne puxou o braço e se levantou.

A apresentação de Retro terminou em sininhos eletrônicos, e, no ar, só umas poucas vozes e sons de bar, a porta da cozinha se abrindo e fechando, os ganidos altos do cliente de Marianne segurando a mão de Paco. Alguns segundos se passaram antes de a música de Hank Jr. começar a tocar nos alto-falantes, bateria, piano e guitarra, e apesar de os olhos do Solitário estarem apertados, o rosto molhado apoiado nas articulações de Paco, Marianne ficou ali parada, os peitos siliconados redondos e duros. Ela deveria ter pegado o dinheiro primeiro, mas estava claro para Lonnie que não o fizera; por isso, estava olhando para seu cliente machucado. Paco soltou-o, e ela se inclinou e disse algo. Em seguida se levantou, colocou uma das mãos no quadril e esticou a outra para receber seu pagamento.

April pegou Franny no colo na escuridão do escritório de Tina. Caminhou lentamente de um lado para outro, murmurando alguma música. Beijou o alto da cabeça da criança, sentiu resquícios de cheiro de praia em seu cabelo, o sal e o sol, o xampu de melancia de ontem, quando tomaram banho juntas antes de jantar. Tentou ignorar a música country que Sadie estava dançando com chapéu e botas de caubói e acariciou o cabelo de Franny, sentindo em seus braços as vértebras da espinha da filha.

Era tão errado deixá-la aqui. Não havia como ir embora agora, não depois de ter deixado Louis bravo e depois, despistá-lo. Se fosse embora, ele levaria isso para o lado pessoal e seria ainda mais complicado ganhar dinheiro. Nenhuma ajuda de Glenn, nunca. Os seus cinco meses passados no terceiro andar, em cima do velho Woolworth que fora vendido e transformado em ponta de estoque de tapetes. Enquanto subiam as escadas que rangiam, sentia-se um cheiro de tapete, os tecidos poeirentos e aquele odor de produto químico, apesar de terem um apartamento grande de três quartos, com vista para a base naval no rio Piscataqua e a ponte, os grandes navios que Glenn sempre ficava olhando. Ele lhe entregava Franny, ainda com a camiseta e a gravata da loja no shopping onde vendia jogos de computador todo dia para adolescentes isolados ou homens solitários. Glenn se encostava no vidro e fumava seu baseado diário, soltando a fumaça pela janela. Tinha as costas amplas e os quadris estreitos porque ele se cuidava, a primeira coisa que notara quando se conheceram num bar, um ano antes, seus braços fortes e os ombros largos, sua pele macia como a de uma mulher; mas foram seus olhos verdes que a conquistaram, tão brilhantes, com traços de azul, como se estivessem acesos, e quando ele finalmente olhara para ela e sorrira, fora como se estivesse sorrindo bem dentro dela.

Provavelmente a mesma coisa que conquistara a nova mulher. E ele provavelmente estaria com alguma outra depois daquela, trabalhando num emprego de merda diferente, numa cidade diferente. Indo à academia, fumando seus baseados, olhando uma janela de onde estivesse, talvez pensando nos barcos em que nunca tivera coragem de entrar. E nem mesmo um dólar dele depois dos primeiros dois meses. Simplesmente desaparecera.

Ela deveria odiá-lo, mas não o odiava. Preferira ficar pensando em seus olhos naqueles primeiros meses, como ele parecia acolhê-la inteira, como parecia amá-la completamente.

April continuou cantando, indo de um lado para o outro. Voltou a colocar o som na TV e torceu para que Franny quisesse assistir ao novo filme que Tina havia colocado antes de sair. Naquela saleta escura, ouvindo o clube barulhento e pulsante, April sabia que o lugar estava ficando cheio e a cada minuto que permanecia ali ia perdendo dinheiro. Sadie já estava em sua segunda apresentação, a terceira dançarina na escala depois de April. Ela parou de cantar e falou no ouvido de Franny:

— Quer um pouco de sorvete?

— Quero ir pra casa.

— Nós vamos. Nós vamos. — April pegou os dedos de Franny e suavemente fez com que soltasse seu cabelo. — Chocolate ou baunilha?

Franny não respondeu, seus olhos fixados em Netuno e sua filha sereia nadando lado a lado no fundo do mar. A boca de April estava com gosto do café que mal tocara no caminho; sabia que tinha de chupar uma bala das que guardava no armário antes de ir para as mesas, já estava pensando nela, seu coração, rosto e corpo se preparando para o sorriso noturno que precisava sair de dentro de si. Soltou a mão de Franny, mas não se levantou. Esperou até o desenho conquistar toda a sua atenção. Mais uns segundos, era tudo de que precisava.

Aumentou o volume de a *Pequena Sereia*, abriu a bolsa de Franny e tirou seu pijama, a calça de algodão cor-de-rosa e a camisa com botões. Tirou os chinelos dos pés da menina, fez com que ela se deitasse de costas para poder tirar seu short também.

— Estamos indo, mãe?

— Daqui a pouco. — Pegou as duas pernas do pijama, enfiou nos pés de Franny e puxou por cima da calcinha. Fora Jean quem a ensinara a usar a privada. Não sua mãe, mas Jean.

— Levante os braços.

Franny os levantou devagar, um sorriso tímido surgiu em seu rosto quando outra música boba começou a tocar. April conseguia ouvir a multidão, conseguia sentir as notas do baixo saindo dos alto-falantes. Tirou a blusa da filha, passando o braço esquerdo pela manga, depois o direito, abotoando. Deu-lhe um beijo na testa, sussurrou "Eu te amo". Então enrolou suas roupas e colocou-as na bolsa, levantando-se devagar e saindo da sala de Tina, as luzes artificiais da TV iluminando Franny, seu rostinho, seu cabelo que precisava de um pente, a boca aberta enquanto prestava atenção na história, que também tinha uma parte assustadora. Desta vez, April diria a Tina que avançasse a fita antes que fosse tarde, e que trouxesse uma tigela de sorvete e garantisse que a menina fosse ao banheiro antes de dormir, além de colocar uma toalha no sofá.

Então April se tornaria Spring; colocaria uma bala na língua, ajeitaria a saia e finalmente sairia para o salão escuro e barulhento cheio de homens, seu sorriso, cabelo e corpo caminhando pelas mesas até a área VIP e de volta até toda a cinta-liga estar cheia, cheia dos motivos pelos quais ela continuava a fazer aquilo.

ean estava deitada em seu quarto particular, no nono andar, olhando para o golfo do México. Antes, tinha olhado o sol se pôr, deixando para trás uma orla verde brilhante. Agora, céu e água formavam uma massa negra distinta somente pelas luzes de um navio-tanque ao longe. Debaixo de sua bata, presos ao peito, estavam dois fios conectados do monitor cardíaco ao seu lado. A cada trinta ou quarenta minutos, uma enfermeira alegre e condescendente vinha até o quarto, estudava tudo rapidamente, media a pressão sanguínea, marcava as informações numa prancheta e perguntava a Jean, em voz alta, com as palavras bem pronunciadas, se ela estava confortável. Se queria reclinar a cama ou ligar a TV.

Jean respondia que não e sorria polidamente, mas ficava aliviada quando ela ia embora; por que, quando alguém está acamado, todo mundo automaticamente presume que você está surdo e pirado? Ela nem deveria estar aqui; o eletrocardiograma tinha dado um resultado normal, assim como seu teste sanguíneo. Ela só estava deitada na cama, presa nesse lugar e sem tomar conta da Franny, porque tinha pensado que ia morrer e cometido o erro de contar ao cardiologista sobre todos os ataques cardíacos em sua família, a pressão alta, o colesterol e sua idade verdadeira. Eles lhe deram uma aspirina e algo para acalmá-la, mas tudo isso a deixou inconsciente por algumas horas, e agora ela só queria se levantar e ir embora.

Amanhã de manhã, iam liberá-la de qualquer forma, obrigá-la a voltar mais tarde para discutir a perda de peso, abaixar o colesterol e a pressão sanguínea, coisas que havia anos ela tentava fazer sem sucesso, e para quê?

O que acontecera com ela hoje era o que iria acontecer quando morresse de verdade; era como as pessoas morriam em sua família — até Harold — o alto e magro Harry. Ele também.

Ela sentia muita saudade dele agora; sabia que, se ainda estivesse aqui, estaria sentado numa cadeira ao lado da janela, de olho no monitor como se entendesse o que estava vendo. Suas pernas longas estariam cruzadas, os óculos na beira do nariz aquilino. Ele interrogaria a enfermeira sobre a frequência dos medicamentos, os fluidos, descanso, possíveis contraindicações dos medicamentos. No final, ela presumiria que ele era médico, apesar de não saber nada de medicina. Fora conversa de vendedor e barcos, ele não era entendido em quase nada, mas sempre lera diariamente e sobre muitas coisas, então sabia um pouquinho de tudo. Ela já tinha visto especialistas sendo enganados por ele — do rapaz reformando o teto na casa velha em Oak Park ao dentista recomendando uma coroa cara, e até o instalador da TV a cabo que viera fazer uma melhoria no serviço, Harry sempre fazia perguntas com a terminologia exata para conquistá-los e obrigá-los a serem honestos. Disse que fazia isso porque se interessava por tudo, mas ela sempre achara que era fruto dos muitos anos vendendo todos esses sistemas para filtrar água, janelas sobressalentes, empilhadeiras industriais, sistemas de segurança doméstica e até ovos. Ele dizia que tinha o dom do bate-papo, mas o que realmente queria dizer era que sabia encontrar algo em comum com todo tipo de pessoa, usar o pouco que sabia para fazer os outros pensarem que sabia mais: seus dias e suas noites, as vidas que estavam vivendo e, portanto, tudo de que mais precisavam. Ele a fazia se sentir dessa forma também. Ela sentia falta disso mais do que de qualquer outra coisa, a certeza de que ele tinha as melhores intenções o tempo todo e que ela podia deixar todas as questões práticas para ele: manutenção do carro e da casa, banco, investimentos e seguro, todos esses serviços que proporcionavam uma deliciosa sensação de proteção. Pelo menos era o que pensava até ele ter morrido em seu escritório, ao lado de prêmios de melhor vendedor — ela acreditava que era *o que* ele fazia que a deixava segura, mas semanas depois do enterro, deitada no escuro em sua cama meio vazia, brava com ele por abandoná-la, viera a lembrança de Harry em sua mesa na frente do computador falando ao telefone com algum agente ou assessor, visualizando com os óculos alguma cifra, sua calculadora por perto, uma caneta entre os dedos longos, e os olhos dela se abriram, porque *isso* era o que a fazia se sentir segura, não a ideia de que ele estava cuidando dos negócios deles, mas realmente vê-lo e ouvi-lo fazer isso.

E todo o resto também: era tê-lo ali para atender a porta — o rapaz da entrega, Testemunhas de Jeová, crianças no Halloween, a associação de moradores. Ela ouvia da sala ou da cozinha como ele conversava com todos, fazendo perguntas razoáveis antes de desejar sorte e mandá-los embora sem lhes dar dinheiro. Quando os dois organizavam jantares, ela preparava os aperitivos e a refeição, mas podia contar com ele para ser o motor central da noite, preparar as bebidas e deixar todo mundo confortável, fazendo as perguntas corretas.

Nos 35 anos em que foram casados, ela nunca tivera um único ataque de pânico. Ficara nervosa, claro. Mas nada como o que vinha sentindo nestes últimos meses. Nada como o que sentia hoje.

Às vezes, eles surgiam sem aviso e sem origem definida; certo dia ela dirigia pelas lojinhas de St. Armand's Circle procurando um lugar para estacionar, vendo, de dentro de seu casulo refrigerado, todos os turistas vestidos com roupas coloridas, caminhando pelas calçadas ou cruzando as ruas com suas bolsas de compras e refrigerantes, os sorvetes derretendo, quando sentiu aquele peso pressionar no peito; começou a suar e não conseguia mais levar o ar até os pulmões. Tudo começou a parecer um sonho — um jovem olhando para ela e seu carro como se não estivessem ali, o movimento de uma bolsa na mão de uma velha, o verde das folhas de palmeiras penduradas precariamente no alto de seus longos troncos cinzentos. Pensar em de fato parar o carro e caminhar a deixou aterrorizada; era como se fosse testemunha de algo horrível que só ela pudesse ver.

Foi direto para casa, trancou o carro e o portão, refugiou-se em seu jardim, na sua cadeira embaixo da mangueira com uma taça cheia de Cabernet. Logo sua respiração voltaria ao normal e ela começaria a ter aquela perspectiva lateral que o vinho proporcionava, a capacidade de refazer seus passos, e caminhar como se fosse outra pessoa olhando para si mesma; percebeu que fora a busca por uma vaga de estacionamento que detonara tudo, aquela pequena insegurança quanto a encontrá-la abrira um abismo negro que engolfara tudo:

não sabia mais se teria saúde, dinheiro, bondade, Deus, um futuro; começara a se perguntar se encontraria alguma ajuda, conforto ou sentido neste mundo antes de virar pó, que ninguém se lembraria ou falaria dela, nem mesmo pensaria de passagem enquanto passava manteiga no pão ou destravava a porta.

Mas hoje. O que poderia ter desencadeado aquilo hoje? Ela fechou os olhos, viu novamente a água jorrando sobre as pequenas flores brancas do jasmim-manga perto do muro. Havia a forma como Franny acenara do portão, um adorável gesto de "vou sentir saudades" que fizera com que Jean sentisse saudades. Fora quando começara a se preocupar com elas de novo, a se perguntar por quanto tempo April poderia fazer o que fazia sem corromper a vida de Franny. Quanto tempo ela demoraria para começar a vender mais do que apenas uma olhada em seu corpo? Jean nem sabia se ela já não estava fazendo isso.

Eu preciso levá-la.

Jean não parava de lembrar da voz de April no telefone quando ligou do aparelho ao lado da cama, já tonta pelo que lhe tinham administrado. No começo, April parecera realmente preocupada, perguntando se estava tudo bem e se precisava de algo, mas então surgira uma tensão distraída em sua voz.

— Conhece alguém que possa cuidar da Franny? Não posso deixar de ir hoje. Não dá.

— Não. Não conheço mesmo.

Havia a mulher que tinha vendido a casa, o homem que a aconselhara na compra de suprimentos para o jardim, havia seu novo dentista em Longboat Key, o sóbrio dono por trás da caixa registradora na delicatessen, quatro ou cinco jovens donas de casa que a ajudavam no mercado, havia o jovem Teddy, que colocava gasolina em seu carro, e os ocasionais garçons e garçonetes que a atendiam no restaurante. Ela os conhecia? Sim. E não.

Desligou, envergonhada por não estar em casa para cuidar de Franny, e mais ainda por não conhecer ninguém a quem pudesse recorrer. No fundo, porém, talvez fosse o que queria: cansada de ser tratada como uma viúva em Illinois, sentia-se contente por ser só *ela* por um tempo. Conhecia outras pessoas, principalmente mulheres, que não podiam sair da casa que haviam compartilhado com os maridos por tantos anos porque elas estavam cheias de relíquias dos mortos: as fotografias da família de várias décadas, armários cheios de roupas e sapatos, livros e cadeiras favoritas, uma garagem cheia de ferramentas. Mas, para Jean, o que tinha enchido sua casa de tanta vida fora o próprio Harry, e quando ele se fora, também desaparecera a sensação de que aquela era sua casa.

Os velhos amigos vinham tentar preencher o vazio: Lindsey e Bob Andersen, Mary Ann e Dick Hall, Joan e Larry Connorton traziam comida e preparavam as bebidas que antes Harry fazia; sentavam-se à sua frente ou ao seu lado, hesitando em falar sobre ele. Como se isso a deixasse pior, quando era o contrário. Preferiam falar sobre seus filhos ou sobre a situação local, uma aula que estavam tendo, um carro que precisavam trocar. Certificavam-se de que ela estava comendo o que tinham trazido e bebiam mais do que o normal, ou nem tocavam nas bebidas.

Às vezes, Jean balançava a cabeça para algo que um deles estava dizendo e retrucava: "Harry teria conseguido um preço melhor." Ou "Harry odiava isso". Ou "Harry sempre quis vender tudo e se mudar para a Flórida". E quando ele era mencionado, seus amigos se entreolhavam ou sorriam tristes, ou as duas coisas, balançando a cabeça respeitosamente. Por um tempo, Jean achou que não falavam muito sobre ele porque não queriam lembrá-la de sua permanente ausência. Mas, depois do primeiro mês, mais ou menos, quando as ligações e as visitas se tornaram menos frequentes, ela começou a suspeitar que a questão era outra. Harold Hanson foi o primeiro do grupo a morrer. Harry, que jogava golfe duas vezes por semana e caminhava trinta minutos toda noite antes de jantar. Harry, que nunca tinha fumado e sabia quando parar de beber. Harry, que podia usar a mesma calça de quando se formara em Loyola; *ele* caiu morto em uma tarde comum de terça-feira, e, se acontecera com ele, poderia facilmente acontecer com os outros também; por que ficar ali e lembrar-se o tempo todo *disso*?

Enquanto isso, viver sozinha naquela casa que tinha sido sempre dela e de Harry começou a parecer antinatural, como se estivesse andando em uma bicicleta de dois lugares, o da frente para sempre vazio.

Jean levantou seu braço e olhou o relógio. Era difícil ver por causa da luz fraca, os óculos tinham ficado no balcão da cozinha em casa. Seriam talvez nove e meia ou dez e meia. Se fossem dez, já teria colocado Franny para dormir no quarto que tinha montado para ela. Teria puxado os lençóis azuis até os ombros da menina, coberto seu pé e as pernas com a colcha que havia costurado — nada muito ornamentado, somente pedaços das cores favoritas de Franny: vermelho, rosa e amarelo, alguns quadrados, outros losangos, todos cobertos por uma borda com imagens de dançarinas que Jean cortara de outros tecidos. Ela tinha comprado uma cômoda de pinho e colocado cortinas cor de limão; nas paredes tinha pregado pôsteres dos Teletubbies e outro grande que mostrava a mão de uma criança entre raios de sol.

Ela cuidava de Franny havia apenas uma semana quando decidira montar esse quarto; odiava ver sua mãe acordá-la do sofá às 3 ou 4 horas da manhã e carregá-la para o andar de cima. Jean a via toda manhã, então por que não deixá-la dormir no andar de baixo? Mas, no tempo que levou para decorar o quarto de hóspedes, veio a sensação de que estava fazendo algo um pouco errado e inapropriado. Não se tratava da filha dela, afinal, mas sim dessa lindíssima mulher que tinha batido em sua porta no mês de março de jeans e suéter leve, segurando Franny no colo, April com um largo sorriso e um ar sincero que beirava o desespero. Sua filha tinha olhado direto para o rosto de Jean como se fosse entrevistá-la. Foram as primeiras a responder ao anúncio, e, quando as vira, sabia que queria uma inquilina não pelo dinheiro, já que ainda tinha muito e por um bom tempo, mas pela companhia.

Onde estaria Franny agora? Em algum clube masculino cheio de fumaça? April tinha dito que a gerente, quem quer que fosse, cuidaria dela, mas *como*? E onde? Em que parte de um lugar como aquele, uma criança poderia estar segura e ser capaz de dormir? Por que não ficar em *casa*? April certamente não precisava pensar em dinheiro para cuidar da menina, porque Jean nunca nem pensara em cobrar; seria errado aceitar dinheiro pela felicidade que Franny proporcionava ela.

A enfermeira entrou com um amplo sorriso e segurando um copo de papel. Aproximou-se do monitor cardíaco, estudou-o por um momento, então colocou duas pílulas pequenas e o copo de água na mesinha ao lado da cama.

— Seu coração está mais rápido. Como está se sentindo? — Apertou dois dedos contra o pulso de Jean.

— Bem. Preciso ir para casa. Tenho coisas para fazer.

— Terá de esperar. Seu médico receitou algo para ajudá-la a descansar. — A enfermeira colocou as duas pílulas na mão de Jean.

— Prefiro não tomar.

— Vamos lá.

Sorriu ainda mais, entregando o copo de papel a Jean. Ela se virou a fim de pegar o medidor de pressão, e Jean levantou a perna, escondeu as pílulas embaixo e bebeu a água. Sua mentira fez com que o coração batesse mais rapidamente. A enfermeira abriu a braçadeira, mas parou para olhar o monitor.

— Está preocupada com alguma coisa?

— Tenho uma neta. Realmente preciso ir para casa.

— Oh, a senhora vai. Mas não esta noite, tá?

Fechou a braçadeira ao redor do braço de Jean e começou a pressionar a bombinha, apertando fortemente, estrangulando o braço como uma cobra.

— A senhora precisa se acalmar. Aquelas pílulas vão ajudar.

Aos poucos ela deixou o ar escapar, e Jean olhou para ela. Era mais jovem do que tinha percebido antes, sua pele suave e sem manchas, os lábios apertados pela concentração. O relógio dela era fino e dourado, mas ela não usava anéis nos dedos. Nenhuma verdadeira complicação humana ainda. Era assim que pensava quando ficara bastante claro que ela e Harry nunca teriam filhos, o que fizera com que sua vida fosse menos complicada, mais livre do que a de seus amigos. Mas livre de quê? Dessa obscura e urgente visão de que alguém precioso precisava dela?

le a vê. Ela leva um homem de cada vez para as poltronas. Seu rosto está erguido, e cada infiel paga por uma música ou duas. Bassam só consegue ver suas costas quando ela dança, seus cabelos compridos, seus quadris. Ele olha para outro lado. Bebe sua vodca, algo novo para ele, mas ainda tão velho. Está pronto para ir embora. Mas ainda não. Ainda não.

Muitas prostitutas se aproximam dele. Consegue sentir o cheiro dos seus olhos, dentes e pele quente, mas as afasta. Vai esperar. Vai olhar todas que se apresentam no palco; e esperar que ela se aproxime dele. E se ela não o fizer, ele aceitará isso, *Insha'Allah*.

As notas fazem volume no seu bolso. Isso lhe dá a impressão de que tem combustível para uma longa viagem, quando, na verdade, ela está quase terminando. Não é algo que ele pensa, só sente. Um final se aproximando. E um começo. Todos aqui estão em um mundo de sombras.

A mulher dançando no palco está usando somente um chapéu de caubói. Ele se senta longe o suficiente para ela não tentar seduzi-lo e tirar suas notas, só dos *kufar* perto dela. Sua *qus* estava raspada, e ela abria seus joelhos, Bassam conseguia ver suas dobras ligeiramente abertas. Ele devia olhar para outro lado, mas um desejo cresce nele, fazendo com que se sentisse só no mundo. Ele não vê mais o pecado que irá condená-la. Só vê as ervas florescentes e as ruas poeirentas de Khamis Mushayt, sente que é apenas um zé-ninguém. Bassam, filho de Ahmed al-Jizani, irmão de Khalid e de outros 14 irmãos, mais duas irmãs cujos olhos sorriem através de suas *abayas*. Boas garotas, boas muçulmanas. Não eram como ele. Não eram como Khalid, apesar de viverem em frente à mesquita construída pelo pai e seus muitos trabalhadores do Iêmen e do Sudão, a cada dia as cinco chamadas para a oração ecoadas pelos alto-falantes. Tantas vezes durante o dia, trabalhando como estoquista como qualquer árabe, não um saudita, não um al-Jizani, trabalhando na loja de utensílios domésticos que ficava atrás da Al Jazeera Paints, ele cuidava e guardava artigos baratos, incensários, carpetes enrolados, lâmpadas, caixotes de pratos e copos para chá, até varria a poeira vermelha da rua que estava por toda parte, precisava obedecer aos comandos de Ali al-Fahd, que fedia e só queria mais e mais riales, sua roupa apertada ao redor da barriga, seu bafo de café e cardamomo velho, então Bassam usava as orações de Dhuhr e 'Asr não para louvar ao Criador, mas para fugir da loja e de Ali al-Fahd, que ficava no escritório para rezar. Outros trabalhadores também, os vendedores que tratavam Bassam como se não fosse filho de Ahmed al-Jizani, eles rezavam voltados para a parede do lado de Meca, mas Bassam caminhava até o *souq* ao ar aberto usado para as orações e se sentava embaixo de uma tenda para fumar um cigarro norte-americano. Se seu pai perguntasse por que não estava na mesquita que tinha construído, ele mentia, dizia que tinha rezado na loja com os outros. Mas às vezes Ali al-Fahd trancava sua sala e ia com os outros para a mesquita, então Bassam tinha de ir também, mas não fazia suas abluções direito, e quando estava de pé e descalço, com os outros homens, olhando as costas do imame e virado para Meca, realizava as *raka'ats*, mas sua mente não estava com aquele que Sustenta e Fornece, pensava no tempo livre com seu irmão e seus amigos; viajava para o que fariam dentro da inconsciência que ele não sabia que tinha.

Depois do trabalho de Bassam, eles dirigiam o Grand Am de Khalid pela estrada 15. Seu irmão mais velho, com diploma universitário, era desempregado e passava seus dias no café em Abha jogando bilhar e dados, fumando tabaco de maçã no narguilé ou seus Marlboros, pagando para se sentar em frente às telas dos computadores feitos pelos *kufar*. Seu rosto, sempre bonito, ganhara uma cor amarelada, e no mercado negro tinha conseguido um toca-fitas para o Grand Am, instalando-o embaixo do assento do motorista; só tocava as músicas proibidas quando ele e Bassam estavam correndo na Estrada da Morte, passando por Imad e Karim no seu Le Mans, e também por Tariq em seu Duster azul com motor 440 que ficava para trás na estrada quente, Khalid inclinado sobre o volante, a música infiel do lado de dentro, assim ninguém poderia ouvir.

Era um som estranho. Um barulho alegre e raivoso. E o cantor David Lee Roth, um judeu norte-americano, usava um chapéu de caubói como o dessa prostituta, enchia a cabeça deles com inconsciências, o que fazia com que Khalid dirigisse mais rápido. Sempre ganhando, sempre vitorioso.

— Outra bebida, querido? — A garçonete infiel se inclinou, o cabelo tocando os braços dele, que se afastou.

— Sim.

Aponta para as notas na mesa, e ela concorda, pega os 20 dólares pela bebida que ele ainda não recebeu, mas não se importa. Amanhã, *Insha'Allah*, ele, Imad e Tariq viajarão para o norte, Amir e os outros já estavam lá, e havia a sensação de que ele já tinha partido, como se voltasse para o parque nacional em Asir, vendo o vale do alto do monte Souda — acima de tudo, além de tudo, nada abaixo poderia tocá-lo.

Exceto o que o estava enfraquecendo.

Uma nova prostituta está dançando agora. Suas pernas e braços são brancos e magros, mas seus peitos balançam muito, e o animal nele começa a aparecer; ele volta a procurar pela outra. Ela dança para um *kafir* que está sentado na frente dela. O homem usa óculos e sorri aprovando, por isso Bassam volta a olhar para essa nova. Ela tirou tudo muito rápido e parece jovem e estúpida. Ele olha mais uma vez para as mulheres dançando sozinhas para os *kufar* sentados. E ela ainda está lá, Bassam, e é difícil não olhar para suas costas nuas, seu cabelo balançando. Na pouca luz, há mais dançarinas agora, e, no canto escuro, um *kafir* gordo guarda a sala privativa, a entrada fechada por uma cortina negra.

— Aqui está, querido.

A mão da garçonete, sua bebida deixando a bandeja, as notas que deixou esperando que ele dissesse que podia ficar com elas.

— Por favor. — Bassam aponta para a sala fechada e o *kafir* gordo. — Aquela área, o que *é*?

Ela acompanhou seu braço, seu dedo:

— Sala Champanhe. Muito caro, querido. Trezentos para o clube, 200 para a dançarina. Uma hora.

— Obrigado.

Ele a dispensou. Dispensou e se sentiu como um rei. O poder de um homem neste mundo que se preocupa com este mundo, as coisas do mundo, suas coisas.

No campo de pouso de Venice, eles permitiram pela primeira vez que Amir voasse sozinho. Bassam se sentou ao lado dele enquanto voavam sobre a água, a mesma cor marrom-esverdeada e azul-escuro do mar Vermelho. Ficaram em silêncio por um bom tempo. A terra e as cidades do inimigo estavam embaixo deles, num leste distante, e Amir levantou o bico do avião, o peso da Terra puxando a cabeça de Bassam para trás, acima deles somente o azul profundo; e ele sentiu medo.

— *Allahu Akbar* — disse Amir, tranquilo. O egípcio estava sorrindo, de olho nas portas invisíveis do Paraíso, Bassam nunca de piloto ou motorista, sempre o passageiro, Khalid sozinho quando o Grand Am bateu num monte de areia na estrada e talvez Khalid tenha virado o volante, o carro da música proibida capotou uma vez, duas, três, seu corpo jogado uns tantos metros para o lado oeste, afastando-se de Meca, o judeu norte-americano ainda cantando dentro do chassi destruído.

Um homem parado perto do palco segurando uma nota para a jovem prostituta deitada de costas. A música está muito alta. Em Khamis Mushayt só havia a caverna das ruas, os brados dos vendedores nos *souqs*, os carros e micro-ônibus que passavam, os chamados às orações. Mas aqui, na terra de al-Adou al-Baeed, só há barulho — música dos rádios e estéreos, televisões em cafés, em vitrines, em aeroportos, terminais de ônibus, shopping centers, das janelas abertas de cada casa, conversa, conversa, conversa, as buzinas dos *mushrikoon* impacientes, os motores altos das motocicletas, as pás giratórias dos helicópteros voando para informar sobre o meu trânsito, pequenos aviões sobre a praia puxando faixas para convencer os *kufar* a gastar seu dinheiro sujo em mais coisas inúteis. E a carne das mulheres. Exposta em todas elas. Mesmo as velhas usam vestidos acima dos joelhos; as jovens, bermudas curtíssimas que só serviam para tentar os homens. Estão quase nuas nas capas de todas as revistas, em livros, na televisão, mesmo quando estão vendendo cerveja, relógio ou picapes — e álcool em todos os lugares. Em bares.e restaurantes em cada esquina. Em lojas de comida. Até em postos de gasolina, dá para comprar essas mulheres junto com cigarros e revistas, e as garrafinhas que dá para beber enquanto você vai para casa ver televisão. E essas igrejas e sinagogas, esses prédios de pedra e tijolo, de falsos ídolos para que esses politeístas os adorem, Bassam armaria as bombas e mandaria todas para o inferno.

As mãos de uma mulher nos seus ombros, seu hálito quente em sua orelha:

— Quer uma dança particular, querido? Só eu e você?

— Não.

— Vamos, querido, uma dança. Eu e você.

O perfume dela é forte e agora mostra seu rosto. É da China, do Japão ou do Camboja, suas mãos no peito dele, os olhos brilhando ávidos por dinheiro.

Chega. Ele se levanta, deixa as notas na mesa e vai em busca daquela pela qual veio até ali, a que tem os olhos que parecem ver Bassam, filho de Asir, filho do clã de Ghamdi da tribo Qahtan, escolhido pelo próprio Abu Abdullah, Bassam. Mansoor Bassam al-Jizani.

D epois que você os machuca, não pode virar as costas, por isso eles precisam ir embora. A regra de Louis era que dois seguranças os acompanhassem, um de cada lado. Às vezes, era preciso mais, mas o solitário de Marianne só precisou de Paco, seu rosto uma careta de dor, pois Paco não soltava seu pulso torcido, conduzindo-o para fora entre as mesas. Lonnie sabia que ele estava prometendo quebrar outros ossos se o outro voltasse a fazer uma merda como aquela, mas de longe parecia que Paco o confortara, dizendo palavras que lhe seriam úteis na vida. Na entrada principal, o segurança abriu a cortina, e uma luz rosa banhou os dois até desaparecerem.

A noite estava a todo vapor agora, uma verdadeira máquina de fumaça. Era o momento em que a moça que estava no palco não era mais a atração principal; havia outras coisas acontecendo, bolsões se abrindo e se fechando por todo o salão, nenhum problema, eram apenas homens se levantando um de cada vez para ir até a área VIP. Estava quase lotado, e Lonnie ficou na mureta, olhando as duas salas até Paco voltar. Little Andy estava de olho na VIP também, apesar de ser o mais lento para enxergar problemas. Com seu cabelo reto e porte inclinado, o peito musculoso e só um pouco mais largo do que a barriga, Little Andy jogava futebol americano na FSU e contava a quem quisesse escutar que ia entrar na NFL. Então se machucara, ao pular bêbado da varanda do segundo andar de um motel, esmagando os tornozelos no concreto ao lado da piscina que era o alvo real. Agora ele cuidava da Sala Champanhe. Olhava para as dançarinas mais do que deveria e nunca via um bolsão até este estar completamente aberto e outros seguranças já estarem cuidando de tudo. Mas por ser um infeliz, era malvado e um bom finalizador, gostava de levar o cliente para o estacionamento e enfiar sua cara nas conchinhas quebradas à luz néon da placa do Puma.

Spring parecia ter voltado à ativa. Caminhando com postura ereta, seu cabelo longo batendo na blusa e saia, ela levava um empresário bronzeado de volta para sua mesa e só tinha de tocar no ombro de seu companheiro de mesa para que este a seguisse. De volta para a área VIP, ela sorria para todos, cuidadosamente mirando em cada homem que olhasse para ela, e estava descontraída, seus brincos balançando, sua maquiagem um pouco pesada, mas correta para aquele lugar. O que quer que Lonnie tivesse visto nela antes parecia ter desaparecido. Ela era de novo a profissional de sempre, e, no final do turno, olharia para ele e sorriria com verdadeira gratidão, nada do acerto apressado e ressentimento mal contido que às vezes recebia das outras.

Paco estava no bar agora. Mexeu a cabeça e piscou para Lonnie, que se virou e cruzou as mesas barulhentas, voltando para o Amazon. Olhou para trás, viu Spring acomodar seu cliente. Conseguia ver somente seu cabelo, bunda e pernas, seus quadris rebolando enquanto começava a desabotoar sua blusa. Lonnie se virou e andou até seu posto. Não sabia por que — era sempre difícil assisti-la. Nenhuma das outras. Só ela. Despir-se só para um. Seu galã vinte dólares.

Algumas noites eram como uma cesta cheia de maçãs. Ela não precisa agir como se amasse todos eles, só sorrir, chamar com o dedo para que a seguissem, e eles obedeciam. Um ou dois sempre precisavam de encorajamento, então ela pegava o dinheiro deles, guiava-os pelas mesas até a área VIP, onde todas as poltronas podiam estar ocupadas, e ela precisava esperar até que a apresentação terminasse e o cliente de alguém se levantasse para ir embora. Todo o tempo, conversava com ele, sorrindo. Era difícil ouvir qualquer coisa, então ela precisava deixar que ele colocasse sua boca úmida perto da orelha, chegando perto só para aborrecê-la perguntando seu verdadeiro nome. Como se seus vinte dólares permitissem isso. Como se ele fosse o primeiro a ter a coragem e a sensibilidade, era o que achava, para perguntar isso.

A maioria das noites, April aproveitava a música para balançar a cabeça como se não tivesse ouvido. Outras noites, ela simplesmente ignorava e perguntava se queria sua sessão particular na escuridão azulada da entrada VIP. Só os dois no escuro. Alguns concordavam, os olhos já postos em seu corpo, que ela nunca parava de mexer porque era assim que deveria fazer; se parasse, era como se estivesse somente ali conversando, o corpo esfriava, a batida e o ritmo abandonavam seus músculos, e pior ainda, era mais difícil continuar sendo Spring se parasse; se parasse de se mover e começasse a conversar, era muito fácil que April aparecesse. Que fosse ela mesma. Simplesmente April, parada ali num clube enfumaçado de saia e blusa, conversando, quando não era para conversar, e odiava quando era isso que um homem queria na área VIP. Por que não ficar em casa e conversar com sua *esposa*?

Mas se ela somente sorrisse, aceitasse o dinheiro e tirasse a roupa, então era Spring. Seios e abdômen, bunda e coxas, cabelo comprido a bailar e o grande sorriso. Todos podiam olhar para *isso*, e ela, April, podia ficar lá dentro, no escuro, em uma parte silenciosa dela que não estava ali, nunca estivera, estava em casa com sua filha, embora Franny hoje estivesse no escritório de Tina e, ao dançar agora na área VIP para um gordo com a gravata afrouxada, estava na verdade no sofá de Tina com sua menina, as duas comendo sorvete e vendo como Ariel se apaixonava por um príncipe na terra que a amaria para sempre se ela pudesse se unir a ele.

April sentia como Franny estava perto, sabia que tinha de ir para lá antes de subir ao palco para sua segunda apresentação. Na pele de Spring e não de April, era sempre mais fácil aguentar tudo — os *se incline assim* e *senta aqui*, essas caras dos homens, tão bêbados e solitários, seus olhos maldosos e mortos. Mas aqui, na fumaça da área VIP, sob a luz fraca em cima da poltrona, esse ficava sorrindo para ela. Deixaria sua bebida na mesa e ficaria apenas sorrindo. Uma cara larga com óculos e dentes retos, as bochechas brilhando. Ela já tinha tirado a blusa e a saia, colocando-as sobre os braços da poltrona e o colo dele, onde gostava de deixá-las. Dava a impressão de que os achava especiais, por isso muitos davam uns cinco dólares a mais. E agora sem sutiã. Havia garotas que arrancavam pelo velcro os seus de uma vez, lembrando um par de torradas a saltar da torradeira, deixando o suspense para a apresentação no palco, mas Spring não era assim; ela mantinha seu estilo a noite toda e agora balançava os quadris de lado a lado, deixando que ele olhasse enquanto ela soltava devagar o fecho segurando-o com os dedos; via como ele olhava guloso para seus peitos ainda cobertos e para seu rosto, depois de volta para seus dedos, e era quando a mão esquerda dela subia e deixava parte do sutiã cair, balançando, o peito direito ainda coberto, e era engraçado como eles sempre olhavam para o seio livre por alguns segundos, e logo seus olhos se voltavam para a mão que estava segurando o outro seio. Essa música era boa. A voz de um homem cantando alto e choroso, a guitarra gemendo. E por que eles não olham mais tempo para o seio nu? Por que o coberto se torna mais interessante? Às vezes, ela se perguntava por que eles vinham aqui.

Agora a música mudou, ficou mais pesada e rápida, a voz do homem tinha tanta ansiedade que estava quase feroz. Ela tirou a mão e deixou os seios livres. Tirando uma mão, depois a outra, deixou-o cair sobre os joelhos dele — calças de seda, ela percebeu agora, aqui há dinheiro, um banqueiro ou advogado, ou advogado de banco.

A música tinha quase acabado e era hora de mostrar a parte de baixo também. Ela deixou seu corpo obedecer à música. Colocou as duas mãos atrás do pescoço, levantou o cabelo, subindo um pouco os cotovelos, rebolando no ritmo, embora não tivesse sobrado muito tempo. O olhar dele estava na barriga dela, lisa como sempre; ela podia comer de tudo e nunca se preocupar, porque estava sempre se movendo, nunca parada. Agora parara de olhar seus peitos e se fixara na próxima coisa escondida, sua virilha. Só faltavam uns poucos segundos da música, e quando terminasse ela teria seus vinte dólares e não precisaria fazer mais nada, mas esse tinha dinheiro — podia senti₁ — e poderia ser generoso, e ela deslizou os dedos das costelas até os quadris, enfiando os polegares na tanga, bem quando a música estava terminando, a voz do cantor ainda solitário e sumindo junto com o último acorde da guitarra, e ela notou que seu cliente estava tendo uma ereção, algo que normalmente acontecia com os jovens, mas não com esses homens ocupados de meia-idade, esse estava com uma pequena tenda em sua calça, a genitália dela perto de sua cara, a música já tinha terminado, mas ela mostrou para ele da mesma forma, puxou sua tanga para baixo até seus braços ficarem retos e deixou que ele visse os pelos ásperos que ela não raspava tanto quanto as outras garotas, porque elas não tinham o mesmo que ela: uma cicatriz da Franny. Seu bebê saíra pelo corte que fizeram nela, mas não costuraram direito. Glenn sentado chapado em um banquinho. Ele não a tocara uma só vez. Nada de mão no ombro ou na testa. Só ficara sentado ali, dentro daquelas roupas que fora obrigado a colocar, seus olhos, poços fundos sobre a máscara azul.

Com um estalo, recolocou sua tanga no lugar. Sorriu para esse bancário gordo de óculos e rosto brilhante apesar de, nesse momento, não se preocupar em saber se ele iria viver uma vida longa e feliz ou se iria morrer bem ali naquela cadeira. Pegou seu sutiã e sua saia do joelho dele. A música seguinte tinha começado, e ela estava atrasada, gostava de já estar vestida antes disso. Recolocar as roupas era até mais importante do que tirá-las. Ela colocou sua saia e a puxou para cima, os olhos dele ainda em seus peitos. Deu uma risada noturna e disse que ele estava ganhando um presente, e se quisesse ela faria essa apresentação também. Ele não respondeu. E não parecia querer dar qualquer dinheiro extra também. Sua calça ainda tinha aquela tenda armada. As calças de seda cheias de dinheiro que ele não parecia disposto a tirar.

Ela pegou sua blusa do braço da cadeira e se virou de costas para ele. Colocou o sutiã, fechou e saiu rapidamente da VIP, pensando, do lado de fora, *Foda-se*. Mas era errado se deixar levar por esse tipo de emoção. Isso permaneceria vivo a noite toda.

— Tudo bem? — Conseguiu ouvir a voz de Paco acima da música e do barulho quando passou por ele. Ela assentiu e continuou. No escuro azulado, perto da mureta, colocou sua blusa e abotoou. No palco, uma nova garota já tinha tirado sua blusa, meio cedo, a multidão gritando, vários jovens esta noite, bêbados e fumando charutos. April fechava o último botão, quando Retro passou por perto e piscou para ela, levando um dos frequentadores pela mão. Ele tinha a cara comprida e uma gravata fora de moda e não estava olhando firme para a bunda de Retro dentro do minúsculo short de couro vermelho, mas para a sua nuca, como se fosse ali que quisesse estar — no *cérebro* de Retro. Para ver o que ela pensava sobre ele.

E agora seu bancário gordo estava no bar pedindo uma bebida e olhando para seu próprio reflexo no espelho. Os vinte dólares estavam bem dobrados em sua cinta-liga, junto com outros três, e Renée ia entrar depois dessa garota nova, essa ruiva magra que tinha tirado tudo muito rapidamente, então agora o público esperava um pouco de acrobacia no palco. Agora eles esperavam que ela ousasse, que se abaixasse, abrisse os lábios e mostrasse um pouco de rosa.

April já estava vestida e pronta para trabalhar, mas seu corpo não obedecia. Sentia Franny na sala de Tina, em algum lugar atrás dela; os 13 quilos da sua filha estavam entre ela e Spring. Esta noite, estava presa entre as duas, e nesse momento queria passar pelo meio das pessoas, voltar para o camarim, e ver seu bebê. Talvez se sentasse com ela até dormir, ou pelo menos até sua apresentação no palco, seria melhor; seria capaz de ver que estava tudo bem e finalmente outra vez na pele de Spring. Poderia dançar sem se preocupar com isso.

Era tarde demais para essa música, mas logo começaria a segunda apresentação, um sucesso açucarado de alguma cantora country de cabelo cheio que April tinha visto na TV. A menina nova já estava havia muito tempo na barra, pendurada ali e batendo o cabelo fora do ritmo da música. Ela tinha toda a música pela frente e já havia tirado tudo. Suas pernas eram finas e brancas, sua bunda era magra, e ela fazia movimentos estranhos que não vinham da música, April sabia que Louis só a tinha contratado pelos peitos. Eram enormes e de verdade, mas, como ela dançava tão mal, eles ficavam balançando como se fossem tetas de vaca. April não tinha nada a ver com nenhuma das garotas, mas conversaria com essa. Diria que precisava ouvir a música. Trabalhar melhor a pista. Tirar os homens de suas cadeiras, um de cada vez. E não mostrar tanto no começo. Não fazer o que estava começando a fazer agora, entrar em pânico porque via que eles queriam muito mais antes que terminasse, e, por ser novata, achava que tinha de atendê-los, deitar de costas e se abrir, depois transar com o ar, rosto voltado para as luzes, olhos fechados, provavelmente rezando para que o DJ acelerasse a música. Um homem de boné branco ficou de pé de forma a conseguir ver tudo. Ele mostrou uma nota para ela como se fosse uma daquelas iscas em shows de golfinhos de Miami, e agora a menina nova estava sorrindo para ele, por entre os joelhos, preparando-se para se abrir toda. O homem se inclinou sobre ela com a nota. April estava surpresa por deixarem-no aproximar-se tanto.

Afastou-se da mureta e voltou para a fumaça e a escuridão do salão principal lotado. Mais da metade das mesas estavam ocupadas e iluminadas com velas elétricas dentro de copos. Bem em cima das luzes do palco, perto do teto, na parede mais distante, estava o brilho vermelho da janela da sala de Louis; ele se achava parado ali, uma sombra negra olhando o dinheiro que estavam ganhando para ele.

Os homens olhavam-na passar, mas havia mais gente olhando para a apresentação do que antes. Vendo essa nova garota aumentar o desafio para todas elas. Algo que teria de ser discutido com Tina. Ou Marianne. Se Wendy ou Retro soubessem o que ela estava fazendo certamente a ameaçariam com uma surra se tentasse de novo. Lonnie estava descendo os degraus do Bar Amazon, seus olhos focados no homem do palco que ainda acenava sua nota para a garota.

As pernas de April pesavam, a parte superior do corpo estava dura. Ela não devia ter parado de jeito nenhum. Não deveria ter trazido Franny. Deveria ter corrido o risco, dito que estava doente e aceitado o prejuízo; agora estava andando só por andar, só para voltar a ser Spring, e ali, a poucas mesas, estava um dos assíduos de Wendy sorrindo para ela. Um homem alto com mãos grandes e rosto doce. Sorriu seu sorriso notívago, jogou o cabelo por cima do ombro e passou entre duas mesas. Ainda havia tempo para esse, e talvez ainda conseguisse uma dança dupla antes de precisar se trocar para sua apresentação. Ele olhou para o palco e esticou o pescoço para ver melhor. Ela tinha de se esforçar para conseguir chamar sua atenção, e, como ele era um frequentador regular, sabia que não veria nada especial na área VIP.

— Senhorita?

Um dedo pressionou seu braço, depois se afastou. Um homem baixo estava parado, a luz âmbar do palco em seu rosto. Jovem, da idade dela provavelmente, com olhos profundos, e sorria para ela, balançando a cabeça. Ela olhou para o assíduo da Wendy, mas ele já tinha se esquecido dela, e voltou a olhar para o estrangeiro baixo, grego ou italiano, e se inclinou.

— Quer uma particular?

— Quero, quero.

De sotaque estranho, o cheiro de cebola e cigarros em seu hálito, ele usava camiseta polo e calça cáqui. Ela o levou pelo meio das mesas para a área VIP, caminhando rapidamente para pegar pelo menos a última metade da música. Sorria para quem olhasse, apesar de querer fazer uma dança dupla com esse. A voz da cantora de country continuava, até que se ouviu algo caindo. Foi atrás de April, e ela sabia o que era, mas não queria parar para ver e talvez distrair seu cliente, diminuir sua vontade de segui-la. Na luz azul da entrada para a área VIP, no entanto, ela se virou e viu Lonnie parado de costas para o palco, e a nova garota, de pernas fechadas agora, vendo Scaggs e Larry T levantarem um homem do chão, os olhos fechados e a boca aberta.

Ela se virou e levou o rapaz estrangeiro para além do bar, para dentro da fumaça de charuto e marcas de copo nas mesas com uísques, batidas e garrafas de cerveja. Foi direto a uma poltrona, Retro do outro lado, sentada na mesa de coquetel ouvindo seu frequentador assíduo falar. A maioria das outras garotas já tinha tirado suas blusas, dançando, passando as mãos por seus quadris, algumas se virando e se inclinando para ver a interrupção no salão principal.

Na mesa de coquetel, em frente a uma poltrona vazia, April soltou a mão do homem e sorriu para que ele se sentasse, os quadris já se movendo, seus dedos no botão da blusa.

— Não, por favor.

Ele balançou a cabeça. Apontou na direção de Little Andy no canto. Andy quase nunca saía de seu banco, mas agora estava parado ali olhando os outros seguranças carregarem o homem para fora do clube.

— Está tudo bem. Ele fica sentado ali o tempo todo. Sente-se.

— Não.

Ele enfiou a mão na calça e tirou um rolo grosso de notas. Segurou como se fosse a resposta para algum tipo de pergunta que ela não precisasse fazer. Seus olhos viajaram sobre seu corpo — seios, barriga e quadris.

— Por favor, Champanhe.

— A Sala Champanhe? Você quer ir para lá?

Ele assentiu e tirou 500 dólares do rolo, apertando 200 na mão. Cinco meses e meio no Puma, e só uma vez ela tinha sido levada à Champanhe. Ficaria fora de escala e podia permanecer lá o tempo que ele quisesse. Duzentos para ela só por uma hora.

Ele estava andando na frente dela com o dinheiro para Little Andy, que continuava em seu banquinho no canto escuro, e ela tinha de segui-lo.

Mas Franny. Primeiro ela tinha de voltar. Dar uma olhada nela. Ele podia esperar cinco minutos, não?

Mas o homem já estava dando os 300 para Little Andy, que se levantou e abriu a cortina de veludo negro, olhando para ela, esperando por ela. O estrangeiro também; estava ali parado com expressão ávida, a cabeça de lado, os olhos, dois buracos negros. Ele pegaria outra, ela sabia. Agora era o momento que ele queria, e se ela se virasse e fosse embora, o fizesse esperar; ele pediria seu dinheiro de volta para dar a Retro ou Wendy ou Marianne, então ela precisava, seu corpo já a levava para lá, seu sorriso notívago também, Franny no fundo, entre as paredes estreitas da sala de Tina. Seria só por uma hora.

April passou pelo estrangeiro esperando e por Little Andy. Ele cheirava a loção pós-barba e bacon.

— Você avisa a Tina que estou fora da escala, certo?

— Claro.

Ele deixou a cortina de veludo cair atrás dela, a porta negra na frente deles, uma lâmpada vermelha em cima, seu cliente Champanhe parado ali çom os olhos atentos e o rolo gordo de dinheiro. Ela pegou a maçaneta de cristal e sentiu como se estivesse saindo do corpo e voltando quando cruzou a cortina, entrou no camarim e na sala de Tina iluminada pela TV, sua filha no sofá esperando por ela. April ali com ela. As duas juntinhas na mesma almofada. Somente Spring virando a maçaneta e entrando na Champanhe. Não April. Somente Spring.

No canto do Bar Amazon, Lonnie apertou um guardanapo umedecido na base de seu dedo médio. O Boné dos Dolphins tinha caído fácil, mas debaixo da barba ele devia ter um dente quebrado ou talvez sua boca estivesse aberta. Ninguém tocava as garotas. Não ali na frente de todos, pelo menos. E mesmo os caras que mais gastavam não conseguiam fazer o que o Boné dos Dolphins fizera. Inclinar-se sobre o palco e passar seu dólar dobrado no lugar que essa dançarina estava mostrando, outros homens o incentivando, um fogo que devia ser controlado. E quando Lonnie chegou lá, a nova, essa ruiva magra com seios grandes, não sabia que podia sair de perto dele, e estava ali se abrindo toda. O Boné dos Dolphins a chamava de *boceta*. Algo mais e *boceta*. Com a luz do palco na frente de todos eles, Lonnie bateu no tornozelo da garota nova e balançou a cabeça. No começo, ela não parecia saber o que ele queria, o Boné dos Dolphins parado ali com seu dólar. Mas ela percebeu a camiseta do Puma de Lonnie, e seu sorriso fingido desapareceu, e ela se sentou. O Boné dos Dolphins se afastou, agora olhando para Lonnie. Olhava feio para ele, era uns 15 centímetros mais alto e mais pesado, mas era para os clientes atrás de Lonnie, que estavam gritando, que era necessário mostrar algo. Um deles pediu com o braço para que Lonnie saísse da frente.

Lonnie apontou para o peito de Boné dos Dolphins, depois para a porta. Ele fez *cai fora* com a boca, viu a luz rosa quando a cortina da frente se abriu, e Larry T veio andando. Scaggs também.

— *Cai fora.*

O Boné dos Dolphins olhou para trás, para a garota nova, a fivela prateada do cinto dele faiscou à luz do palco. O DJ tinha abaixado a música, mas o vocalista ainda cantava, e era tudo que Lonnie ouvia; via os lábios do homem embaixo do bigode dizer *boceta* enquanto amassava sua nota e a jogava na direção dela, e o choque era quase sempre uma surpresa, um impulso no seu ombro, uma picada na mão, seu braço somente um conduíte entre os dois, com Boné dos Dolphins caindo para trás sobre a mesa dos rapazes barulhentos, derrubando o rum e as cocas, as vodcas e as garrafas de cerveja pela metade, o cinzeiro cheio de cinzas caindo sobre o Boné dos Dolphins, embora ele parecesse não perceber ou se importar; seus olhos estavam fechados, e Lonnie viu Larry T e Scaggs içarem-no e carregarem-no para fora.

Havia mais uns acordes na música da garota nova, mas ela estava de joelhos recolhendo as notas no palco empoeirado ao seu redor, os seios sacudindo muito. Louis enviou duas garçonetes para limpar a bagunça e trazer uma nova rodada para os jovens. Alguns saíram do caminho de Larry T, Scaggs e do que carregavam. Dois deles ficaram olhando para Lonnie de alto a baixo, e quando seus olhos se encontraram, desviaram o olhar e esperaram a garota nova sair do palco. Ela foi embora com sua roupa embaixo do braço. Na luz piscante — rosa e branco para a próxima apresentação —, ela parou na cortina e olhou para ele. Um fio de cabelo no rosto, e ela parecia embaraçada, aliviada e um pouco amedrontada. O DJ pulou a pausa entre as apresentações e aumentou o volume, um monte de baixo para "You're as Cold as Ice", Renée entrou correndo com sua roupa de rainha do gelo, os peitos falsos e o delineador branco. Ninguém gritou para ela. Demoraria uns minutos para a festa voltar aos trilhos, e Lonnie passou ao lado dos rapazes barulhentos, que estavam quietos agora, na mesa já limpa.

As juntas da sua mão doíam. Ele se descobriu pensando em bactérias e injeções de tétano e como aquela noite estava ficando estranha. Desde cedo ele já sabia que teria de enfrentar o Boné dos Dolphins novamente, mas achou que ainda demoraria, e enquanto molhava um guardanapo novo na água gelada e o apertava em seu dedo, o que geralmente fazia depois de derrubar um deles, pensava se o fizera porque precisava ou só porque queria, e com esse tinham sido as duas coisas; fechara a boca suja dele; calara a mesa atrás dele também.

Seu coração estava apenas começando a voltar ao normal. Na área VIP, as garotas estavam numa noite boa, corpos nus e seminus se contorcendo nas luzes baixas das poltronas. Little Andy abria a cortina da Sala Champanhe para

Spring e um homenzinho numa camiseta polo. Lonnie observou-os. Começou a sentir algo na barriga. Olhou para o outro lado, viu Paco na luz azul da área VIP levantando o copo de Coca-Cola para ele, seu rosto asiático escuro sorrindo. Lonnie acenou com a cabeça e olhou o salão principal em busca de mais bolsões. Ficaria de olho na porta de entrada. Abria e fechava a mão. Às vezes, especialmente quando estavam bêbados como o Boné dos Dolphins, dava um pouco de remorso machucá-los, mas não muito. A verdade é que adorava fazer isso. Talvez outras pessoas se sentissem assim ao rebater uma bola e ver como ela voava pelo campo ou, no basquete, ao acertar uma bola de longe, dobrar o pulso e ouvir o barulho da rede. Para ele, era derrubar um homem mais alto, seu queixo e ombros caindo, girando por cima das costas, o torso seguindo no mesmo caminho, seu punho sendo somente o mensageiro.

Renée estava balançando ao redor do cano. Nos mamilos, ela tinha colado aplicações com fitas compridas prateadas. Ninguém fazia mais isso. Lonnie olhou para Little Andy sentado em seu banquinho, a cortina da Sala Champanhe imóvel. Olhou as garotas trabalhando no salão. Então olhou de novo para Renée e, por um momento, ficou olhando como ela balançava e girava aquelas fitas. Spring não era realmente diferente das outras, então por que ele sofria ao saber que ela estava sozinha com algum merdinha com dinheiro para gastar?

A qui fora estava quieto. Ele só ouvia o barulho do clube quando alguém entrava ou saía. Sentado atrás do volante de sua picape, o pulso ardido e inchado, pensava: ela ficava dizendo que queria, mas era óbvio que estava mentindo, e aquele filho da puta grandalhão podia ter quebrado seu maldito braço.

Ele continuava vendo o rosto de Marianne, aqueles olhos azuis redondos, seu sorriso, que, no início da noite, fora terno e amigável como sempre. Então ficara falso, e ela ficava olhando para o leão de chácara quando tudo que ele queria era segurar sua maldita mão. Ela já tinha deixado antes, por que agora não?

Ninguém precisava explicar. Ela tinha mentido desde o primeiro dia, desde a segunda semana em que gastara cem dólares por noite só com *ela*. Ele sabia. Ela não queria ouvir seu plano porque estivera mentindo o tempo todo. Nunca dizia a verdade quando falava que o encontraria em outro lugar. Nunca dizia a verdade quando falava que gostava dele e o achava doce e bonito, com boas maneiras, quando nenhuma das outras dissera algo tão *legal*. Ela dissera que precisava dançar para todos, mas ele era o único cara com quem gostava de se sentar e conversar, porque era tão legal e, claro, vamos a algum lugar *legal* outra hora.

Mentirosa sem-vergonha.

Mas ele não iria soltá-la. Não poderia. Fora então que ele devia ter começado a apertar. Mas ela sabia quanto dinheiro ele gastara com ela? Dinheiro que ele tinha *sangrado* para conseguir? *Ela* podia tentar ficar sentada no banco de uma escavadeira oito, nove horas por dia — os mosquitos e o cheiro de diesel, sem permissão para escutar walkman, então passar nove horas sem ouvir nada a não ser o ferro vibrando, os barulhos do braço e da caçamba, o motor estridente na sua cabeça junto com toda a merda inútil: melodias ruins do colégio que tinha deixado dez anos antes, os resmungos incessantes de sua esposa sentada no sofá sem fazer nada, a ordem de restrição que ela pensou que evitaria que ele se aproximasse quando *quisesse*. E o pequeno Cole. Seu bebê Cole. Muito jovem para saber que seu pai fora embora. Ideia dela, não dele. Apesar de que irá pegá-lo um dia. Irá destruir aquela casa com sua escavadeira de 35 toneladas e *levá-lo*, e aquele pedaço de papel não irá servir para afastá-lo de seu filho.

Trabalhando e pensando desse jeito, às vezes os pneus da escavadeira batiam numa pedra ou numa peça enferrujada, resquício dos dias em que a Flórida estava cheia de piratas, prostitutas, reis crioulos, escravos nus, e todo mundo sabia qual era seu lugar. Ninguém fazia merda porque conhecia seu castigo, sempre pensava na espada e no cara grande o suficiente para alcançá-la e usá-la.

Aquele chinês filho da puta levando-o por todo o estacionamento. Dizendo que podia voltar outro dia se ficasse calmo. Que puto. Ele iria esfriar a cabeça *dele*. Encostou o cotovelo na janela, mas não conseguia mexer a mão para cima e para baixo, para a esquerda e para a direita, e como, diabos, ia fazer para trabalhar numa escavadeira desse jeito?

O espelho do carro, nessa luz ele enxergava um amassado no cromado, a picape tinha só dois anos, e ele não conseguia lembrar onde nem quando isso tinha acontecido. Outra coisa que tinham roubado dele quando não estava olhando. Mais homens embaixo do toldo iluminado para ver todas as prostitutas mentirosas. Pessoal com jeito de rico. Da sua idade ou mais velhos. Todos arrumados com suas roupas de clube — as calças bem passadas e camisas abertas, relógios e anéis brilhantes. Jovens executivos que vinham de longe. Vinham até aqui, ficavam tempo suficiente para se sentar em um dos novos arranha-céus no golfo, dos quais ele provavelmente fizera a fundação, olhavam para as marinas e a água, vendiam o que vieram vender, depois enchiam a cara em clubes como esse com prostitutas mentirosas como Marianne. Depois, voavam para casa. Nenhum deles burro o suficiente para ficar. Nenhum deles burro o suficiente para se ligar a alguma dessas putas mentirosas e traidoras.

Ele olhou para sua picape, ligou o motor só para sentir o fogo dos oito cilindros. Seu pulso estava do tamanho da mão; tinha quebrado algo, com certeza. Ia ter de faltar ao emprego por causa disso. Teria de perder pelo menos um dia de trabalho. E já devia dois meses da pensão do Cole. Não podia vê-lo, e ela ainda queria seu dinheiro. Bom, essa noite alguém mais do que A.J. Carey iria pagar. Alguma outra pessoa, jurava por Deus, iria pagar a maldita *conta*.

eus cigarros estavam na mesa de coquetel. Marlboros. Ele estava sentado no canto do sofá para dois, as pernas cruzadas nos joelhos, olhando para ela. Disse algo. A música do clube estava baixa ali, mas ainda era forte o suficiente para você ter de falar alto.

— Perdão, o que você disse?

— Cigarro? — Ele apontou para o pacote na mesa em frente a eles.

— Não, obrigada. Não fumo. — Ela sorriu, mas ele não retribuiu, só assentiu e deu uma tragada. O champanhe estava descendo doce e frio, e ela não percebera até então como tinha sede, mas era estranho beber no clube, a Sala Champanhe era o único lugar em que Louis permitia, até *esperava* que ela ajudasse a terminar a garrafa para que o estrangeiro tivesse de pedir mais.

Seus olhos estavam fixos nos brincos, nos braços nus, nos seios sob o sutiã e na blusa. Ele provavelmente queria que ela dançasse. A segunda apresentação de Renée ainda não tinha terminado, o vocalista gritava no microfone, as guitarras elétricas pareciam serras elétricas cortando alumínio.

Seus lábios se moviam. Ele balançou a cabeça para ela, que precisou se aproximar para ouvi-lo. Ela endireitou-se um pouco, podia sentir-se afundando no vinil negro do sofá. Sorriu. Viu o brilho em seus olhos a partir da fraca luz no teto, sob a qual iria dançar.

— O que você disse?

Ele se inclinou um pouco.

— Diga qual é o seu nome.

— Spring.

— Não.

— Não? — Ela sorriu para ele, tomou um gole da taça. Via que seus dentes eram feios, manchas de tabaco e chá ou café entre cada dente torto. Ele levantou sua taça e bebeu-a toda. Olhou para a garrafa no balde de gelo. Ela encheu a taça dele, depois a dela, enfiando a garrafa fundo no gelo. Little Andy tinha trazido a primeira, e ele teria de buscar a próxima. A cada 15 minutos, ele devia vir pelo corredor e bater duas vezes na porta, para garantir que tudo estivesse bem, mas não tinha vindo ainda, e ela sentia o peso do olhar do pequeno estrangeiro.

— Por que você conta essa mentira?

— Perdão?

— Falei "por que você conta essa mentira?"

— Como sabe que estou mentindo?

Ele sorriu, como se tivesse dado umas duas ou três voltas ao mundo e não tivesse percebido isso. A música de Michael Bolton de Wendy tinha terminado. April pôs sua taça na mesa, levantou-se e moveu-se para o foco de luz do teto de madeira pintado de negro, sendo todos os dez quartos como esse somente tetos de madeira negra. Cada um do tamanho de um banheiro grande. Pouco espaço para dançar, mas ela conseguia. Mantinha os pés juntos e se movia devagar, deixando seu cabelo esvoaçar de um lado para o outro. No canto escuro, ele bebia seu champanhe e fumava seu cigarro, olhando para ela, a boca um pouco aberta, e Spring passou a abrir os botões da blusa a partir do mais alto. Ele estava na sombra, e ela só precisava olhar na direção de seu rosto, e não gostava dele. Apesar de ganhar mais aqui do que na área VIP, pelo menos lá ela poderia olhar para as outras garotas também dançando, sentir que era somente uma engrenagem de uma máquina maior e necessária. Mas nesse quarto escuro, sob a única lâmpada que iluminava esse tapete vermelho cafona, eram somente os dois, e ela tirou sua blusa e ficou pensando em qualquer outra coisa, menos nisso; o que acontecera essa manhã, como se levantara depois das dez, colocara seu roupão e chinelos, carregara sua caneca de café, descendo as escadas até o jardim de Jean. A melhor parte de viver ali era estar cercada por um grande muro de estuque pintado de azul, descascado em alguns pontos, uma mistura de fios aparecendo um pouco. Por toda a base, Jean tinha plantado arbustos de jasmim-manga, as flores brancas de cheiro doce, e nos cantos cresciam um jacarandá e uma palmeira. Uma três-marias, grossa com flores laranja, escalava seu tronco, e na ponta do jardim havia uma mangueira fazendo sombra para duas cadeiras em cima de umas lajotas. Fora aí que April se sentara, tomara o café e esperara Franny vir correndo descalça de camiseta e maiô, seu cabelo enrolado entre os hibiscos amarelos e as alamandas cor-de-rosa em forma de trombeta, os lírios brancos e a ixora, buquês de flores vermelhas em forma de estrela, tão lindas que ficavam quase feias. Tudo isso Jean tinha ensinado com aquele seu jeito brusco do Meio-Oeste. April soltou a saia e deixou que caísse. Saiu do meio dela e sentiu uma necessidade tão forte de voltar para ver Franny, que quase não via o que o estrangeiro estava fazendo, balançando a cabeça e gesticulando, pedindo que ela parasse de dançar, parasse e voltasse ao sofá perto dele.

Ela odiava aquilo. Ter de se sentar e conversar somente de calcinha e sutiã, cinta-liga e salto alto. Ele tirou a garrafa do gelo e encheu o copo dela. Michael Bolton cantava bem agudo como não conseguia mais viver, se viver é estar longe de você, e ela queria colocar a saia de volta, mas sabia que ele não iria gostar disso. Sorriu, agachou-se e pegou a saia, colocando-a sobre a mesa de coquetel, sentando-se depois no sofá. Ele entregou a taça cheia para ela.

— Por favor, sente-se.

Ela pegou o champanhe e sentou-se na beira da almofada, juntando os joelhos. Na mesa, a garrafa vazia. Ele ficava olhando para ela enquanto bebia, e Spring fazia o mesmo. O champanhe ainda estava frio e isso ajudava; ela sentia que a bebida parecia aliviar alguns dos problemas dessa noite de merda onde nada tinha dado certo. Não bebia muito, nunca além disso.

Duas batidas fortes na porta.

— Está tudo bem, Andy.

— Por que ele faz isso?

— O quê?

— Interromper. Não gosto disso.

Ele estava inclinado para a frente, os cotovelos sobre os joelhos, a fumaça dos cigarros subindo pela frente de seu rosto. Seus olhos se afastaram dos olhos dela e foram da barriga até suas coxas. Seus ombros eram estreitos como os de uma moça, os braços, finos.

— Ele só quer saber sobre o champanhe. Peço outro?

Ele se inclinou para trás e tirou seu dinheiro. Era um rolo bem grosso, e somente notas de cem. *Cem.*

— E brandy ou conhaque ou como vocês chamam — disse, entregando duas notas. — E rápido.

Normalmente ela não obedecia a ordens assim de qualquer um; sem um por favor, sem um sorriso. Mas, a esse, ela obedeceu. Não sabia por quê, só obedeceu.

Pegou o dinheiro dele e a garrafa vazia, deixou a sala sem a saia e a blusa. O corredor estava escuro, iluminado somente pela fraca luz branca da fiada de minilâmpadas no rodapé. As outras salas estavam escuras e vazias, de portas abertas. A apresentação de Wendy estava acabando, e ela provavelmente voltaria aqui com Gordon. April sabia que tinha sorte por entrar na Champanhe, mas pressentia que seu estrangeiro tinha algo de ruim dentro de si; abriu a porta e passou pela luz vermelha e pelas cortinas de veludo.

Little Andy olhou para ela. A área VIP já estivera cheia, mas agora só havia umas três garotas dançando. Isso era comum. Vários homens iam para a área ao mesmo tempo. Talvez porque vissem os outros indo. Sentavam-se para suas danças particulares, gastavam seus vinte dólares, então voltavam para as mesas se queriam beber mais e tinham guardado dinheiro para isso. A maioria deles não tinha. Homens de família. Ela provavelmente *tinha* sorte de conseguir esse estúpido e suas notas de cem, poderia até dar mais dinheiro para ela. Ela daria o que ele quisesse e poderia dar uma olhada em Franny também.

Caminhou pela luz esfumaçada da sala VIP até o bar azul. Uns poucos homens nas mesas a olharam. Ela não gostava de caminhar no clube dessa forma, permitindo que olhassem sua bunda de graça. Retro estava de volta ao palco ondulando com seu vestido formal em uma música lenta de que April nunca gostaria muito.

Ela ficou atrás de Paco, que se apoiava no cotovelo para conversar com o bancário gordo para quem ela tinha dançado antes. O barman era novo, uns cinquenta anos, com cabelo ralo e oleoso dividido de lado. Usava óculos de aro grosso, e na luz azul brilhante do bar estava abrindo a geladeira de cervejas, os olhos no umbigo dela, mas parecendo não vê-la. Ele se levantou e colocou duas Budweisers na bandeja da garçonete, depois se virou para April, seus olhos viram a garrafa vazia de champanhe.

— Outra?

— Sim e dois Rémys, por favor.

Ela estava a ponto de perguntar seu nome e dizer o dela, mas ele se abaixou para pegar a garrafa na geladeira. Ela precisava atravessar o salão principal para ver Franny, e não gostava de atrair todos os olhares dos homens nas mesas, a maioria deles frequentadores regulares que só a viam trabalhando de saia e blusa, com classe, e não como o item de fim de feira que ela deveria parecer agora.

O ar estava pesado com a fumaça, os jovens na frente trazendo charutos, enquanto Retro tirava seu vestido de seda. Praticamente em todas as mesas havia uma garota tentando conseguir uma particular, e April não olhou diretamente para nenhum dos homens enquanto caminhava. Mas alguns deles estavam de pé, e quando dois ou três deles olhavam, ela sorria e continuava andando; viu Lonnie olhando do bar Amazon quando contornou o canto do palco, saindo de lado para deixar uma garçonete passar, abrindo a porta da cozinha e entrando na escuridão, a cortina deslizando de seu ombro e rosto, e agora os cheiros de carne frita e detergente, e o velho cubano parado na frente do vapor, tirando uma bandeja de copos do lava-louças. Ela estava indo para o camarim à sua esquerda, mas o pé direito ficou preso no chão e ela caiu, segurando-se na ponta da máquina de gelo, o salto preso entre dois capachos de borracha que Louis devia ter colocado recentemente, porque não estavam ali na noite passada, droga.

Ela se apoiou na máquina e puxou o sapato. Então, as mãos úmidas do velho cubano estavam em seu cotovelo e quadril, ajudando-a a se levantar. Ela podia sentir o cheiro de suor e de sabão nele, viu como seus olhos eram amarelos, as linhas fundas no rosto. Um velho.

— Obrigada.

Ele sorriu e assentiu, dando um leve cumprimento quando voltava para seu trabalho. Ditch estava tirando o excesso de óleo quente de duas cestas de batatas fritas, e a apresentação de Retro terminou. April tinha certeza de que o barman novo já tinha preparado seu pedido. Deveria voltar para lá, mas deixou esse pensamento para trás quando entrou no corredor escuro, e Zeke abriu a porta para ela, que teve de piscar por causa da luz no camarim vazio.

Ela podia sentir a tepidez do Möet na garganta e precisava ir ao banheiro. Donna ainda estava lendo no canto.

A porta da sala de Tina estava um pouco aberta. No chão, encostada na parede, estavam a bandeja de comida e os pratos sujos. A maioria das batatas tinha desaparecido, sobravam apenas algumas no meio do ketchup. O hambúrguer estava sem o pão de cima, e a carne tinha somente três mordidas, três pequenas meias-luas.

O barulho do bar era alto. Do outro lado das paredes finas dava para ouvir a voz de Paco sobreposta à música, às conversas e ao barulho do gelo nos copos, ao baixo nos alto-falantes, às pessoas aplaudindo Retro.

April colocou suas mãos na porta e espiou pela fresta. Franny estava dormindo no sofá. Uma toalha do Puma Club embaixo dela, como lençol, outra por cima. April sentiu-se obscena com cinta-liga, tanga e salto alto, por isso se virou e perguntou a Donna.

— Onde está Tina?

— Escritório do Louis. E é melhor ela voltar logo, porque não tenho o que fazer esta noite, vou embora.

— *Merda.*

April andou rápido até seu armário, marcou a combinação no cadeado e abriu a porta. Tirou sua bolsinha de dinheiro e colocou os duzentos. Pensou em seu cliente na Sala Champanhe, sentado sozinho, talvez fumando e olhando para o relógio. Rápido, ele tinha dito. *Rápido.*

Ela fechou a bolsa e trancou o armário.

— Diga a Tina que não gostei de ela ter deixado esta merda de sala, Donna.

— Diga você.

Donna nem parou de ler seu livro, e estava certa, mas April sentiu vontade de enfiar sua cara nele. Correu até o banheiro, fez xixi e lavou as mãos. Olhou para o espelho, viu aquela mulher bronzeada com cabelo castanho comprido, bunda branca com marca de biquíni, cujos brincos de argola balançavam.

Retro sempre fazia uma boa apresentação. Esta noite ela estava até melhor do que o normal e precisou de toda a pausa entre as apresentações para pegar seu dinheiro no chão do palco. Os jovens na mesa continuaram a aplaudir, e ela sorriu e piscou para eles. Agora Hank Jr. estava de volta, e Retro tinha acabado de sair com suas roupas antes de Sadie entrar dançando com seu chapéu de caubói, colete e botas. Um bolsão se abriu à esquerda de Lonnie, a cortina da frente deixando entrar a luz cor de rosa, dois homens saindo, três entrando. O salão principal ainda estava cheio, barulhento e com fumaça, mas havia somente três garotas dançando na área VIP, e Hank Jr. continuava a cantar sobre sua tradição familiar, o que fez com que Lonnie voltasse a Austin, onde crescera, a pequena casa de frente para um aqueduto onde crescia uma *bluebonnet* no meio do concreto quebrado, sua mãe sempre feliz e bêbada, e seu pai incapaz, que passava a vida cuidando dos livros na biblioteca da universidade. Catalogando-os. Limpando a poeira. Emprestando-os para milhares de pessoas durante anos. Ele era alto como Lonnie, mas quieto, e deixava que todo mundo gritasse e brigasse com ele sem fazer nada, de sua esposa ao homem no trânsito no Boulevard MLK. Nas horas de folga, ouvia discos — Bob Wills and the Texas Playboys, Waylon Jennings e Jerry Jeff Walker, Hank Sr. and Jr. Para Lonnie, era difícil ouvir o filho sem pensar no pai, o dele, embora agora Spring estivesse saindo rápido da cozinha e cruzando o palco ainda meio despida da Sala Champanhe, o cabelo comprido batendo por cima de sua bunda nua. Ela parecia alta como sempre, mas não era comum que fosse para a Champanhe ou que saísse meio despida, e Lonnie começou a andar sem perceber. Passou no meio das mesas, e interceptou-a na frente dos rapazes com seus Portofinos, as luzes sobre Sadie brilhando fortes num estroboscópio. Pôs a mão no ombro de Spring. Pele suave e músculos quentes. Ela parou e olhou para ele, o rosto bonito, mas distraído. Ele se aproximou da orelha dela, o brinco roçando em seu queixo.

— Está tudo bem?

Ela disse algo.

— O quê? — Ele virou a orelha e sentiu o nariz dela perto de sua têmpora, o hálito quente.

— Minha filha está dormindo na sala de Tina, Lonnie. Dá para ficar de olho nela? Tina está lá em cima.

Ele assentiu, endireitou-se, ficou olhando-a se afastar. *Filha*. Ela estava correndo pelo meio das mesas, não se importando com ninguém no seu caminho para a Sala Champanhe, e pegou algo. Uma caverna fria se abriu no seu estômago de Lonnie — Wendy, sim, e talvez Retro ou Sadie ou Marianne, se pedissem —, mas não a única mulher nesse clube que realmente parecia estar acima de tudo que faziam aqui. Diga-me que não era uma camisinha na mão dela. Não me diga que Spring voltou a seu armário para pegar uma porra de uma *camisinha*.

Ficou parado ali entre as mesas cheias, sabia que estava bloqueando a visão dos clientes, mas não se moveu. Viu como ela corria para a luz azul do bar VIP, sorria para Paco e entregava o dinheiro que trazia na mão — não uma camisinha, mas *dinheiro*, Lonnie. Dinheiro.

Ele sentiu a caverna se fechar e seus pulmões se encherem com o ar enfumaçado do Clube Puma. Um dos garotos do charuto gritou mais alto que qualquer outro aquela noite, e Lonnie virou-se para falar algo, mas no palco Sadie estava girando os peitos em movimentos horários perfeitos, uma mão no ar girando um laço imaginário, então deixe o cara gritar. Deixe todos eles gritarem. Até o limite, onde ele estará esperando.

Subiu de volta ao Bar Amazon, mas só conseguia pensar no cara esperando por Spring. O ricaço safado estava sozinho com ela naquela salinha de madeira negra.

E le não deveria ter vindo. Estão na fase final, e ele não deveria ter vindo. Mas não pode ir embora. Ainda não.

No tapete velho está a blusa que ela tirou para ele. Sua saia está do outro lado da mesa, onde ela deixou, ao lado de sua taça vazia, o balde de gelo, o cinzeiro e a taça dele, vazia também. Ele pega a roupa, dobra e coloca ao seu lado. Não deveria beber mais. Deveria parar. Por que então mandou-a pegar mais? Porque quer que *ela* beba. Quer que ela beba para falar honestamente com ele, para esquecer por um momento seu trabalho. Só por uma ou duas horas, talvez. Não é algo que o egípcio precise saber. Ou Imad ou Tariq, seus irmãos, que estão esperando por ele na outra costa.

Mas essa música *kufar*, até mesmo pelas paredes, parece um animal selvagem. Por que Khalid gostava tanto? Seus olhos na autoestrada, ele aumentava o volume até que as cinzas do cinzeiro começassem a pular, sua cabeça balançando, rindo enquanto pisava fundo no acelerador, Bassam com medo e agarrando a maçaneta da porta, mas rindo também.

Esse David Lee Roth, se houvesse tempo Bassam o encontraria e o mataria. Porque ele se preocupa. Quando morreu, Khalid estava vivendo como o *kufar*. Não tinha voltado à santidade e ao Livro ainda. Não tinha visitado o imame várias tardes entre as duas últimas orações, não tinha se sentado no tapete olhando para os olhos do xeque que brilhavam com sabedoria, e a luz do imame revelando o nada dentro deles, o nada que os fazia correr na Estrada da Morte e fugir para o monte Souda para fumar tabaco e tocar música, alguns dos rapazes usando seus celulares para ligar para garotas e conversar, conversar, conversar.

O imame apontara na direção da base aérea dos norte-americanos, a base aérea que Ahmed al-Jizani ajudara a construir, a base aérea que seu próprio rei permitia na Terra dos Dois Lugares Sagrados. "É o que eles querem. Quanto mais nos afastamos de nossa fé, mais fortes eles se tornam. Os costumes do Ocidente, é assim que Shaytan espalha confusão entre os crentes."

E o corpo de Khalid foi lavado e envolto em panos brancos e deitado do lado direito, de frente para Meca.

Bassam começou a fumar mais. Ele e Imad levaram amigos para monte Souda e fizeram fogueiras. Sentavam-se ao redor do fogo, Tariq tocava o *oud*, eles fumavam cigarros e só ficavam falando mal dos outros — o shopping em Abha onde as garotas entravam com um guardião masculino só para se separar e encontrar suas amigas, suas cabeças cobertas, o riso, os olhos que ficavam olhando para eles. As salas de chat onde dava para ficar horas conversando. A música permitida em outros países que faziam o coração bater mais rápido e a tentação de dançar, algo que era permitido fora do reino em clubes noturnos aonde homens e mulheres iam livremente. E cerveja. Tariq queria provar cerveja. Provar a bebedeira que ela proporcionava, segundo ouvira dizer. Sua cabeça voando.

Bassam, deitado ao lado do fogo, ouvia seus amigos desejarem mais daquele nada, algo que ele apenas começava a sentir que era um nada. Ficava deitado no chão duro e ouvia as fagulhas subindo para as estrelas no céu azul-escuro. Um babuíno começou a guinchar. Lá estava ele sob a luz da lua numa árvore caída, sua cabeça virada para cima. *Esse sou eu. Apenas um babuíno numa árvore caída. Não sou nada. Nenhum de nós. Não somos nada.*

Até que viera o imame. Até que viera o jejum cuja sede e fome o aproximam do Criador, o Que Sustenta, Provê e de Tudo Sabe, os ensinamentos de sua juventude, que todas as outras crenças diferentes da nossa são vazias, e é o plano de Ahl al-shirk separar-nos de nossa fé, ocupar nosso país com os exércitos deles, nos afastar do Deus Verdadeiro e de Jannah. Como Bassam poderia ter perdoado o fato de seu próprio rei ter permitido a entrada de *kufar* no local de nascimento do Profeta, a paz esteja com ele? Como poderia esquecer, sendo um garoto de 14 anos, o som dos jatos norte-americanos levantando voo para bombardear seus irmãos muçulmanos no Iraque e no

Kuwait? Era o som de Shaytan rindo deles. O som era tão forte que não dava para ouvir o chamado do mu-adhin para a oração. Não dava para ouvir as orações do imame dentro da mesquita construída por Ahmed al-Jizani, somente os motores dos jatos dos *kufar* atacando nossa fé.

Mas lembra-se também dos oficiais norte-americanos caminhando pelo *souq*. Os uniformes passados, os sapatos levantando poeira. Eles falavam muito alto e riam com muita frequência. Apontavam para odres de azeite e faziam piadas.Um deles pegou um incenso precioso que se queima para convidados em casa, almíscar, mirra e âmbar, e o aproximou do nariz como se fosse deliberar sobre o seu valor. Você os via, Bassam. Via, com fome e com sede, já que estava no jejum do Ramadã e via pintada em seu braço a cruz do falso ídolo que é proibida, e você olhou para os dois lados da rua lotada, mas não havia nenhum *mu'taween* para denunciar, e não dava para mentir, havia algo naqueles homens que o fazia querer ser um deles. Altos e fortes, sem medo de nada. Guerreiros. Acima das regras. Vivendo sob as regras de outro mundo.

Khalid. Aquela noite durante o Ramadã. Um vento frio soprava das montanhas, e ele veio para casa sem seu casaco. Perdeu o Iftar para quebrar o jejum, e muitos tios e primos estavam na porta de casa com Ahmed al-Jizani, que chamou Khalid para entrar e comer.

Onde está seu casaco?

Estou sem ele.

Onde está?

Dei para um homem no souq.

Por quê?

Ele estava com frio. Não tinha casaco.

Mas agora é você que não tem casaco.

Sim, isso é verdade. Khalid sentou-se e o pai deles estava sorrindo, e em seus olhos estava o brilho do orgulho.

Em apenas três dias, *Insha'Allah*, eles vão brilhar mais forte do que nunca, porque o lugar mais alto em Jannah está reservado para o *shahid*, mas também para o homem que ajuda viúvas e pobres. O Profeta disse isso, paz sobre ele, e assim Bassam irá rever Khalid, não é? Ele deve ter fé em que irá revê-lo muito breve. A vontade de Alá, *Insha'Allah*.

— **S**ra. Hanson? — A jovem enfermeira entrou correndo no quarto. Apertou um botão no monitor, e o bipe parou. Jean passou por ela, caminhou até o móvel com poucas gavetas no canto e tirou seu vestido.

— Vou para casa.

Uma segunda enfermeira apareceu no corredor, alta e mais velha, o cabelo puxado para trás numa trança justa.

— Qual é o problema aqui?

Novamente, falando muito alto, enunciando suas palavras de forma bastante clara.

— Nenhum problema — disse Jean.

Desamarrou sua bata e deixou-a cair no chão.

— Preciso ir para casa e estou indo.

Encontrou seu sutiã na gaveta e o colocou, fechando pela frente, depois dando a volta e enfiando seus peitos dentro de cada um. Ela não conseguia lembrar a última vez que tinha feito isso na frente de outra pessoa — anos. Com Harry, anos atrás.

— Sra. Harrison — disse a jovem enfermeira. — Você deveria ficar e descansar.

— Obrigada, mas preciso ir.

A outra enfermeira tinha entrado no quarto, encostara na parede, os braços cruzados.

— Se algo acontecer com a senhora, não somos responsáveis. A senhora entende isso, não?

— Claro.

Ela enfiou os braços nas mangas do vestido e nem se preocupou em tentar fechar os botões atrás. Franny fazia isso por ela às vezes, seus dedinhos encostando no pescoço de Jean.

— Não posso deixá-la sair sem assinar uma liberação.

— Está bem.

Seus tênis sujos de terra estavam lado a lado no chão, e ela colocou um, depois o outro, sentando-se na cama para amarrá-los. Estava respirando forte e suando um pouco, mas sentia-se bem por respirar, por se mover.

— Sra. Hanson? — disse a jovem enfermeira. — Seu seguro-saúde não vai pagar por isso, dessa forma. A senhora deveria saber disso.

Pela primeira vez, a voz dela não era alta nem condescendente. Ela simplesmente parecia preocupada, e Jean tocou sua mão.

— Tenho mais dinheiro do que sei gastar, querida. Dinheiro não é nenhum problema.

A enfermeira assentiu e sorriu, parecendo um pouco envergonhada.

— Espero que alguém venha buscá-la. Não pode dirigir com o medicamento que lhe dei.

Jean olhou para o lençol, as duas pílulas perdidas em algum lugar.

— Preciso pegar um táxi, mesmo. Grata pela preocupação, querida. De verdade.

Jean sentou-se no banco de trás do táxi, e o motorista arrancou, subindo a Tamiami. Era um homem idoso, talvez uns dez anos mais jovem do que ela, e usava uma bandana na cabeça, além de um rabo de cavalo curto e grisalho. Mascava chiclete e tinha ligado o rádio assim que eles saíram, uma estação de jazz. Parecia Chet Baker. Harry adorava jazz, e se ela reconhecia alguma música, era só por causa dele.

Como era estranho sentar no banco de um táxi sem nada — sem bolsa, sem a carteira de motorista ou cartões de crédito, sem dinheiro, sem as chaves do carro. Ela podia ser qualquer pessoa indo para qualquer lugar, e quando chegasse lá, quem sabe o que seria dela? Seu vestido ainda estava desabotoado atrás do pescoço e ela deixou desse jeito; esta noite, toda a sua vida parecia desabotoada. Não conseguia se lembrar se já tinha feito algo parecido com isso antes, desobedecer a pessoas que estavam cuidando dela, ignorando suas restrições e fazendo o que bem entendesse.

Novamente o pensamento recorrente de que tinha uma vida insignificante e segura, os anos antes de Harry começar a cuidar dela foram passados com seu pai doente, que, como seu marido, deixara-a com a vida confortável e sem necessidades. Até conhecer Harry num concerto sinfônico beneficente quando tinha 36 anos, ela passava o tempo participando de organizações de conservação de árvores e da vida selvagem nos cantos mais distantes do país, estabelecendo um fundo para as viúvas dos policiais e dos bombeiros, construindo uma nova ala para o hospital infantil; ia a almoços com amigos, lia clássicos de Proust a García Márquez; passava algumas tardes de domingo no Museu de Arte de Chicago aprendendo tudo que podia, apesar de gostar mais dos impressionistas, principalmente Monet.

A voz de Baker era aguda e melodiosa como a de uma mulher. Era doce ouvi-lo enquanto passavam por cima da água escura. Do outro lado, a uns 400 ou 800 metros, estavam as luzes das casas de Siesta Key. As palmeiras inclinadas sobre os quintais e os deques iluminados com barquinhos amarrados. Além deles estava a praia pública aonde April levava Franny quase todo dia para brincar na areia e nadar no golfo. Franny tinha convidado Jean muitas vezes para vir com elas, e April sorrira e repetira o convite da filha, mas Jean sempre recusara, certa de que April estava sendo somente educada e preferia que ela não fosse.

— Senhor, quando chegarmos lá, terá de esperar enquanto entro para pegar minha carteira.

Ele olhou pelo espelho retrovisor, um quê de preocupação em seus olhos.

— Fui de ambulância. Não tive tempo de pegar nada.

Ele abaixou o rádio.

— Você está bem?

— Oh, acho que sim. Eles me disseram que não tive um ataque do coração.

— Ataque do *coração*?

— Isso.

— Teve dores no peito?

— Tive, sim.

— Desceram para o seu braço e todo o resto?

— Foi isso mesmo.

— Tem certeza de que não teve um ataque do coração?

— Foi um tipo diferente de ataque. Eu tenho coisas assim, às vezes.

Agora no rádio havia cordas e um sax-tenor, Charlie Parker, parecia. Enquanto iam para o norte, o taxista estudava-a pelo espelho retrovisor, e Siesta Key parecia acima do golfo escuro pouco antes do lado sul de Lido Key, ali onde era a Marina do Rex, o estacionamento lotado de carros luxuosos, toda a estrutura náutica acesa com uma luz turquesa. Ela e Harry tinham comido ali alguns anos antes. Lembrava-se da garrafa de Pinot Grigio que compartilharam, sua salada de camarões, o fettuccine Alfredo.

— Como são?

— Não entendi.

— Seus ataques. Importa-se que eu pergunte como são?

— Oh. É besteira, na verdade. Cada detalhe parece crescer muito e parece que tudo vai cair sobre você e esmagá-lo.

Ele assentiu. Sua curiosidade parecia satisfeita, e ele diminuiu a marcha por causa de um sinal. Virou à direita na Buena Vista sem ligar a seta. Subiu o volume do rádio, os sopros e a bateria de uma banda de sessenta anos atrás. Jean apertou o botão da janela e deixou o ar quente entrar. Sentia o cheiro do combustível dos barcos, do golfo e de um churrasco. De repente, sentiu muita fome, mas comer teria de esperar: ela começou a pensar que deveria seguir até onde April trabalhava, entrar e encontrar a gerente, pegar Franny e levá-la para casa. *Casa.*

April segurou as duas taças na mão esquerda. Enfiou o troco do estrangeiro em sua tanga, agarrou o gargalo do Moët aberto e abriu caminho pelas luzes escuras da área VIP. Estava um pouco mais cheio, e ela precisou passar apressada pela garota nova que estava fazendo uma dança ruim para um dos assíduos de Sadie. Havia outras garotas dançando para outros homens, e April passou apressada por elas, os Rémy Martínis chacoalhando em suas taças, o Moët frio contra sua perna.

Seu cliente estava inclinado para a frente, falando rápido e alto num celular que apertava contra o ouvido com dois dedos. Na outra mão, havia um cigarro queimando, com cinza de 2 centímetros. Seu dinheiro estava na mesa. Dois ou três mil, fácil. Mal olhou para ela, enquanto ela deixava os conhaques e o troco à frente dele, que balançou a cabeça e disse algo numa linguagem que não era francês, italiano ou grego, isso ela sabia. Voltou para pegar o champanhe que tinha deixado no chão a fim de poder abrir a porta, e, como ele parecia tão ocupado, caminhou todo o corredor e fechou a porta da frente também; a música não estava tão alta agora, o ar mais silencioso do que antes.

Ele ainda estava no telefone quando ela fechou a porta. Assentia ao que estava sendo dito do outro lado, seus olhos na virilha e na barriga de April, enquanto ela carregava a garrafa cheia, enchia as duas taças e enfiava a garrafa no gelo. Sua saia e sua blusa estavam dobradas no braço da poltrona. Ela não gostava que os clientes tocassem em sua roupa assim, principalmente esse, e queria que estivessem no seu lado do sofá. Ele olhou para o rosto dela. Ela sorriu e sentou-se na ponta da poltrona, bebendo um longo gole de seu Moët & Chandon.

Ele falou mais baixo. Muitos dos sons de seu idioma vinham da garganta. April pensou em Marrocos, Argélia, Líbano — lugares assim. Ele pegou seu Rémy. Ela ficou vendo as bolhas de seu champanhe subindo para a superfície. Tivera um chefe, Fuad, na loja do Subway em New Hampshire onde usava luvas de látex o dia todo e fazia sanduíches para executivos e trabalhadores da construção, além de algumas mulheres do Empire do outro lado da autoestrada. Ele era grande, careca e sempre encontrava um pretexto para ficar atrás do balcão, fingindo que procurava alguma coisa, e se encostava nela o máximo que conseguisse. Ele sabia que ela tinha Franny e estava divorciada, algo que contara em sua entrevista porque havia sido perguntado.

— Por que você deixou esse pai?

— Não disse que o deixei.

— Mas que homem deixaria *você*?

Ele olhou para ela por um bom tempo, para seus olhos, seu cabelo, seus **seios.** Contratou-a por 7,50 dólares a hora para trabalhar das 10 horas às 18h30 todo dia, enquanto sua filha ficava com a avó, que deixou bem claro que já tinha criado seus filhos e não queria criar outro. *Isso é só temporário, April, certo?* As strippers do Empire não gostavam de ser chamadas desse jeito, mas havia uma que era gentil e tinha uns 35 anos com as curvas de uma garota de 20 — peitos falsos, pernas firmes e cabelo louro comprido, também falso. Sempre que vinha comer, normalmente às cinco horas, antes de seu turno do outro lado da autoestrada, sorria para April. Pedia peru, alface e tomate num pão light com mostarda — sem maionese. Usava anéis caros, braceletes e pegava o dinheiro de uma bolsa Gucci, sempre dando 3 dólares de gorjeta para uma refeição de 5 dólares. Uma tarde de outubro, olhou direto para os olhos de April quando entregou o dinheiro.

— Espero que você saiba como é bonita.

April sorriu. Sabia e não sabia. Não desde Glenn e depois de ter o bebê, e ouvir isso dessa mulher generosa usando tanto ouro, uma mulher difícil de passar despercebida, fez com que se sentisse bem, e ela agradeceu e foi fazer seu sanduíche. Fuad saiu de seu escritório. Sempre vinha quando a mulher estava ali. Tinha o hálito de menta e passou por trás de April para conversar com a mulher por cima do balcão, seu corpanzil bloqueando o caminho de April para as caixas de peru fatiado e alface picada.

. — Olá, Summer. Muito prazer em revê-la.

Summer conversou com ele, sorrindo e jogando o cabelo por cima do ombro. April se comprimiu atrás de Fuad para fazer o sanduíche. Ele não se moveu, e ela o sentia em sua bunda, as chaves e as moedas em seu bolso. Fez o sanduíche bem rápido. Logo Summer se sentou na mesa ao lado da janela. Fuad se esfregou em April a caminho do escritório, e ela deixou a área de preparação para levar o sanduíche de peru.

Quando April se virou para voltar, a mulher tocou seu pulso.

— Se vai ser tratada assim, deveria ganhar para isso, querida.

Ela apontou com a cabeça para o escritório.

— Eu ganho cinquenta adiantado antes de deixá-los chegar tão perto. E olhe para você; nossa, poderia ganhar um monte lá. *Um monte.*

Já estava escuro, o estacionamento pouco iluminado por alguns postes de luz. No viaduto, dava para ver as luzes dos carros que passavam correndo, e, embaixo, do outro lado da autoestrada, brilhava o néon roxo do clube em que Summer trabalhava.

— O que está escrito na sua identificação?

— April.

— Veja, April, você ganharia muito dinheiro ali, querida. — Deu uma mordida, mastigou bem, balançou a cabeça. — Mais em uma noite do que em duas semanas trabalhando para esse aí.

Ela apontou com a cabeça para o escritório de Fuad. A porta estava aberta, a luz fluorescente em cima da área de preparação piscava.

— É sério.

April sentiu o rosto ficar vermelho. Não sabia o que dizer e ficou grata quando um grupo de colegiais entrou. Sorriu para Summer, que fez o mesmo, limpando uma gota de mostarda do canto da boca.

— Meu verdadeiro nome é Stephanie. Pense nisso.

April não conseguiu *parar* de pensar nisso. No que ela dissera sobre dinheiro, pelo menos. Depois de seu turno, foi para casa de sua mãe em South Hooksett, para a mesma casa em Rowe's Lane onde tinha sido criada. Havia campos e bosques dos dois lados da estrada, mas agora tudo tinha desaparecido, vendido para empreiteiros que tinham construído dezenas de casas. Todas do mesmo tamanho e formato, caixas retangulares de dois andares e meio com tetos em triângulo, cada um com uma janela redonda embaixo da torre central, cada lado pintado com cores que variavam um pouco do cinza ao azul. Havia um deque no fundo das casas que dava para jardins plantados com grama verde e fechados por cercas ou sebes, e não eram casas feias, pensou April, mas serem exatamente idênticas era, e ela sempre pensava que, se tivesse dinheiro para dar entrada numa a primeira coisa que faria seria pintar de vermelho, construir um deque na frente, tirar a janela redonda e colocar uma oval, algo — qualquer coisa — para se diferenciar. E aquela noite em outubro, passando pelas novas casas onde antes havia prados, flores púrpura e pinheiros altos atrás de muros de pedras de trezentos anos, ela não conseguia parar de ouvir a voz da mulher em sua cabeça. *Mais em uma noite do que em duas semanas trabalhando para esse aí.*

Quanto *era* isso? Porque o salário bruto que Fuad pagava era de 300 dólares por semana. Ela poderia ganhar o dobro disso em uma única *noite*? Como poderia ser possível? Como alguém poderia ganhar tanto dinheiro? Mas havia todas aquelas joias que essa Stephanie usava, suas roupas, sapatos e bolsas, o Acura novo que dirigia e dava para ver da janela.

O clube estava do outro lado de uma passarela: poderia ser segredo dela por pouco tempo. Só até ganhar o suficiente para deixar essa casa para a qual estava voltando agora, deixar sua mãe, seca e sacana, que nunca fora uma mãe de verdade, para começar. April pensou em seu pai, morto há 10 anos — o que ele diria? Apesar de nunca falar muito. Só quando rezava no jantar e na hora de dormir, quando dirigia sua gráfica e passava os fins de semana longe de casa, fazendo qualquer coisa. Se seu espírito a visse nesse lugar, será que se importaria?

Ela se importaria? Não sabia. Nunca tinha entrado num lugar como o Empire, só visto alguns filmes onde havia cenas de mulheres dançando nuas em palcos para homens sentados educadamente nas mesas embaixo. As luzes estavam sempre baixas, e as mulheres se moviam como gatas brincalhonas, com dinheiro enfiado em suas cintas-ligas. Ela se imaginou ali. Tinha de parar de dar o peito para Franny logo para poder trabalhar, e seus seios tinham apenas começado a diminuir de tamanho. Sua barriga tinha voltado ao normal, mas com um pouco de pelanca. Ela precisava se preparar antes de tirar as roupas para estranhos, um pensamento que a deixou um pouco excitada — para dizer a verdade. Não por ficar nua, mas por quebrar uma regra só por quebrar. Como fazer algo errado só por fazer. Como deixar a escola e nunca voltar. Conseguir empregos de merda como esse. Passar muito tempo em bares e, às vezes, acordar com alguém na casa dele. E o dinheiro. Em que outro lugar ela poderia conseguir tanto dinheiro?

Mas todos esses pensamentos desapareceram quando ela estacionou na frente da casa de sua mãe e, minutos depois, estava abraçando seu bebê na cozinha, sua mãe lavando os pratos de costas para ela. A TV na mesa estava ligada com o volume muito alto, um infomercial de alguma imobiliária. Franny agarrou-se a ela com força, o cabelo tão bonito. April sentiu-se suja só por pensar no que tinha pensado.

Diminuiu a TV, sentou-se na mesa em frente a um prato vazio. Começou a brincar com Franny, fazendo-a rir, embora a fralda precisasse ser trocada; sentia o volume quente em seu joelho. O queixo de Franny estava sujo de molho de tomate.

Sua mãe falou algo na pia.

— Quê, mãe?

— Disse que essa garota come como um passarinho.

Era o que costumava dizer sobre ela também. As costas cheias da mãe, seu corte de cabelo curto e prático. Seu cigarro queimando no cinzeiro sobre o parapeito. Ela ainda estava vivendo do seguro de vida e do negócio do falecido marido e reclamava o tempo todo de quase não conseguir sobreviver, apesar de sair num cruzeiro com as amigas uma ou duas vezes por ano.

April pegou um guardanapo e limpou o queixo da filha, distraindo-a para poder fazer isso. Queria dizer à sua mãe que Franny comia o suficiente, tinha um quinto do seu peso, e que, por favor, parasse de fumar perto dela, e havia quanto tempo sua fralda estava assim molhada?

Mas ela sabia o que receberia em troca, nada mais que insultos sobre como ela tinha sorte de poder voltar para casa em primeiro lugar, como era ingrata — *e é melhor não se acostumar com esse acordo também. Não sei o que você vai fazer, mas deveria ter pensado melhor antes, não é mesmo?*

— Há almôndegas no fogão.

— Obrigada.

April levou Franny para seu quarto, o que antes tinha dividido com sua irmã, Mary, que fora para a faculdade e se casara com Andrew Thompson, que agora era vice-diretor de uma escola de ensino médio. Tinham três filhos e viviam num rancho moderno em Connecticut. No antigo quarto estavam todos os livros infantis de Mary: uma série de histórias sobre uma campeã de softbol que trabalhava escondida como detetive particular, *Little House on the Prairie*, Nancy Drew. April nunca tinha gostado muito de ler. Do seu lado tinha colocado pôsteres de bandas que sua irmã odiava: AC/DC, Dokken, KISS, embora não gostasse tanto da música, preferindo o visual, o cabelo comprido e as calças apertadas, os braços musculosos cheios de tatuagens, os olhos fundos, cheios de maquiagem, que pareciam olhar diretamente para o mundo, como se não se importassem com o que pensassem ou dissessem ou até sentissem sobre eles, porque eram o que mais ninguém tinha coragem de ser: *livres*.

E Stephanie fazia o mesmo. Gastando como se dinheiro crescesse em árvores. Comprando roupas de 300 dólares só porque tinha vontade. Não era o que April faria com seu dinheiro, mas era a imagem de uma mulher que ela nunca tinha visto antes, uma mulher que ganhara tanto com seu próprio esforço, que tinha plena liberdade de ir e vir. Se aquilo não era ser livre, o que poderia ser?

O estrangeiro parou de falar. Desligou o celular, colocou-o na mesa perto do dinheiro. Ela sorriu e tentou olhar direto para ele, mas era difícil — pelo menos com esse. Olhou para o cigarro que ele deixou cair no cinzeiro, para seu dinheiro.

— Quer que eu dance?

— Por favor, me diga seu nome. O nome que seu pai lhe deu.

Um pedido tão pouco original e tolo. Ele empurrou o copo de Rémy para perto dela, sorrindo com seus dentes podres. Seus olhos pareciam mais fundos do que antes, como se não comesse nem dormisse nem fizesse nada do que gostasse.

— Diga-me o seu.

— Mike.

— *Mike?*

— Sim, Mike. Beba.

Entregou-lhe o conhaque. Ela colocou o Moët na mesa e tomou um gole de Rémy. Engoliu, queimando a língua, descendo pela garganta, e ela o recobriu com um gole de champanhe doce e frio, engoliu duas vezes, sabendo que ficaria bêbada se continuasse nesse ritmo.

— Você não gosta disso, gosta? — Ele pegou seu copo e bebeu todo o conteúdo.

— *Você* gosta disso.

— Gosto. — Seus lábios estavam molhados. Ele pegou sua taça de champanhe. — Quantos anos você tem?

— Quantos anos aqui?

— Não, sua idade?

— Idade suficiente, Mike.

— Vinte e quatro, é? Vinte e cinco?

Ela assentiu.

— E você?

— Tenho 26.

Ela sorriu.

— Está aqui a negócios, Mike? Ou estudando?

— Meu nome não é Mike.

— Eu sei. Não quer que eu dance?

— Se eu contar meu nome, você me diz o seu?

— Por quê? Não precisamos nos conhecer, não é verdade, Mike? Vamos só fazer de conta.

— O que você quer dizer?

— Fingir. Atuar. Como se estivéssemos num jogo.

— Você quer dizer mentir?

— Não minto, finjo.

— Não, você mente. Todas essas garotas mentem também.

Ele meneou a mão no ar como se estivesse desculpando-a e fosse grande e generoso por fazer isso.

— Mas você diz se chamar Mike.

Ela ficou de pé. Olhou para o dinheiro dele. Mais dinheiro do que já tinha visto junto na vida.

— Você quer isso?

— Quem não iria querer?

— *Eu* não quero. — Acendeu outro Marlboro, olhando para ela no meio da fumaça.

Não acredito em você. Pensou nessas palavras, as que queria dizer.

— Mas é seu, certo?

— Está dizendo que roubei?

— Não, não estou dizendo isso.

Nunca deveria falar de dinheiro com eles, Summer ensinara isso. Mantenha os olhos deles em você, no corpo que está permitindo que eles vejam, e aja como se o dinheiro fosse uma boa surpresa, um sinal da generosidade deles que seria rude negar.

— Gostaria de mais alguma coisa?

Ela tomou outro gole, balançou a cabeça, engoliu.

— Seu nome é Kelly.

Ela balançou a cabeça de novo, a música de Sadie terminando no salão principal. A reação das pessoas estava sendo pouco entusiástica, uns poucos aplausos educados. Talvez o lugar já estivesse esvaziando ou a área VIP estava cheia de novo. Ela queria voltar lá. Voltar para a escala e dar uma olhada em Franny antes de sua apresentação.

— Gloria.

— Não.

— Está vendo isto?

Ele deixou o cigarro entre os lábios, inclinou-se para a frente e tirou uma nota de cem dólares do resto do rolo. Colocou-a esticada no sofá negro entre os dois.

— Diga-me seu nome e pode ficar com ela.

Estúpido. Ela gostava mais quando ele olhava seus peitos. Agora a olhava nos olhos, e os dele eram escuros e distantes, enterrados em sua cabeça, e vai saber o que se passava ali dentro.

— Não quer?

— Por que não danço para você?

— Não tem música.

Era verdade; a apresentação de Sadie tinha terminado, e eles estavam na pausa entre as garotas. Ela tomou um gole de champanhe, colocou sua taça na mesa, virou-se para vê-lo colocar mais duas notas de cem dólares, mais perto da outra. Estava sorrindo para ela com seus dentes feios.

— Como você vai saber?

— Vou saber.

— Mas como?

— Simples: você não vai se parecer mais com uma garota norte-americana.

— Como é?

— A verdade é algo novo para você. Seus olhos vão mostrar, porque é novidade.

Ele deu uma longa tragada no cigarro, os olhos no teto negro, para algo que estava lá e não estava. No salão, tinha recomeçado a música, um hard rock que ela não reconhecia. Talvez a garota nova, ela não sabia; tinha perdido a orientação na escala e ao lado dele estavam sua blusa e saia dobradas no braço do sofá. Como se tivesse planejado ficar com algo dela, como se tivesse planejado mantê-la ali.

Duas batidas na porta. Ela gritou que estava tudo bem, embora, dentro de uma hora, fosse se levantar para ir embora. Ainda assim, trezentos dólares só para dizer seu primeiro *nome*? Ela não sabia o que ele estava dizendo sobre verdade, mas o que poderia fazer se ela contasse a verdade?

— Só isso? Eu digo e você me dá isso? — Ela apontou com a cabeça para o dinheiro. Ele tinha vindo para a frente. Parecia distraído, os cotovelos sobre os joelhos, a fumaça do cigarro subindo.

— Esse gordo, ele acha que pode salvá-la se eu quisesse machucá-la? Por que ele fica batendo se não pode fazer nada? Ele dá um tempo muito grande, sabe? O que ele vai fazer?

Ela sentiu um frio no estômago, um medo profundo a que não tinha dado atenção. Mas sorriu.

— Agarrá-lo, acho. Acho que ele o agarraria.

— Não, nada disso vai acontecer.

— Eu sei.

— Não sabe, não. — Ele apontou os dólares. — Agora, não minta, por favor. Ela se obrigou a olhar direto nos olhos dele. Para seus olhos embriagados.

— April.

— Pode pegar.

— Tem certeza?

— Tenho.

Ela pegou as notas, enrolou-as, enfiou em sua cinta-liga, embora preferisse colocá-las no bolso da blusa com o resto e não deixá-las à vista, para que ele se lembrasse de quanto já tinha gastado com ela. Queria perguntar se ela parecia ou não norte-americana, mas ele poderia entender mal. Ou bem.

— Como você sabe?

— Já disse.

— Ah.

Ele colocou o cigarro no cinzeiro, pegou seis ou sete notas com os dedos, colocou-as no sofá. Uma nota de cem espetou a carne dela, como se fosse um pequeno inseto.

— Explique-me por que faz isso, e estas serão suas também.

— Não quer que eu dance? Sua hora está quase acabando.

Ele assentiu calmamente, como se ela tivesse dito algo que não esperava, algo inteligente e útil, seus olhos passeando por todo o rosto dela: seus olhos, suas bochechas, nariz e boca. Ela tomou um gole de seu Moët. Tentou não olhar para as notas e contá-las. Já tinha recebido quinhentos dólares do homem.

— O que você quer saber?

— Por favor. — Ele apontou para o sutiã. — Tire isso.

— Quer que eu dance?

— Não.

Ela preferia fazer isso dançando, parecia menos íntimo, mas levantou os braços e descolou o velcro, abrindo o sutiã, tirando primeiro um braço, depois o outro. Essas salas eram mais frias do que o clube, o duto no teto para a fumaça, um ar-condicionado em algum lugar. Os bicos do peito ficaram duros, e ela se sentiu estranha; sentiu timidez.

Sentiu-se nua.

le queria foder a vida dos dois, do grande filho da puta *e* de Marianne, embora agora quase não conseguisse fechar o punho da mão esquerda, sendo difícil segurar o volante para tomar um gole do Wild Turkey que tinha ido comprar no centro. Na loja iluminada, precisou segurar a carteira aberta com dois dedos para o homem na caixa registradora, um velho filho da puta que não queria mexer na carteira de AJ, mas então viu como seu pulso estava machucado e pegou uma nota de 10. Deu um dólar de troco, mas AJ foi embora e deixou de gorjeta para não ter de ficar se mexendo mais.

Agora ele passava pela Washington Boulevard, dirigindo com o joelho para conseguir tomar uns goles, a mão esquerda inutilizada, e tudo que o homem precisava ter feito era dizer *solte*. Solte a mão de Marianne, e ele soltaria. Sabia as regras da maldita casa melhor do que ninguém, mas tinha sido Marianne quem as quebrara. Fora *ela* quem primeiro apertara a mão *dele*, duas semanas atrás, numa noite de quarta, quando ele tinha contado sobre Cole. Como não fazia nada mais do que se matar de trabalhar para pagar as contas, e agora não podia ver o garoto.

— Aposto que você é um ótimo pai — dissera *ela*. Sorrira para ele e pegara sua mão, como se se importasse, e, claro, ouvindo aquilo e sentindo sua mão quente na dele, era melhor do que vê-la balançar a bunda e tetas, então contara aquilo para ela, que respondera que ele era *legal*. Repetira várias vezes depois disso.

Até aquela noite.

Ela achava que fora fácil ter pedido aquilo? Achava que ele não sabia que não era o primeiro a fazer aquilo? Droga, tudo que fizera fora dizer a hora e o lugar; *ela* é que dissera que seria legal ir até outro lugar com ele, o maldito pai legal.

Sua F-150 avançava sobre as luzes dos faróis, seu pé no acelerador, ele pensando nela e no japa-chicano filho da puta. Devia esperar o clube fechar e seguir o merda até a casa dele.

Tinha passado o parque industrial, a avenida era uma linha escura e vazia que cruzava o pântano, seu rifle em casa, não no claustrofóbico apartamento em que vivia agora com sua mãe, mas em casa, em sua casa. No maldito armário do quarto. Deena tinha mudado as fechaduras, mas ele ainda podia entrar. Ela não sabia? *Todo mundo* achava que ele era burro?

No lado sul, uns 2 quilômetros adiante, a placa do Clube Puma era somente um ponto amarelo, e o Wild Turkey estava descendo bem, ajudando a diminuir o ardor no pulso e na mão. Ele prendeu a garrafa entre as pernas, desligou o ar-condicionado e abriu a janela. Dez horas da noite em setembro, e o ar ainda estava quente, com cheiro de raízes de cipreste, asfalto e merda de jacaré. Pelo menos era o que ele achava. Adorava esse sul de Everglades. Sempre quisera viver aqui. Conseguir um barco e construir sua própria cabana no cais. Ensinar Cole a pescar e caçar, os dois balançando numa rede protegidos dos mosquitos, comendo jacaré assado, lince e peixe-boi. Andando por aí como guerreiros nus. E sem mulheres. Nenhuma maldita mulher.

Mas ele não conseguia parar de pensar em Marianne, sua voz aguda e alegre. Seus doces olhos azuis e aquela cintura, a bunda em forma de pera na qual ele poderia se enroscar até ficar velho. Seus peitos eram falsos, mas só porque ela não sabia como era bonita. Não sabia que era muito melhor do que todas as outras. Era o que ele tinha dito e era verdade. E a forma como ela olhava para ele era o que o deixava assim. Convencido de que tinha uma chance. Seus olhos azuis um pouco molhados nos cantos, sua boca aberta como a de uma criança.

Bebeu um pouco mais de bourbon, gostava de sentir como o calor se espalhava pelo peito. Tinha começado a ler para o pequeno Cole. Livrinhos sobre um cachorrinho e seu amigo Steve, o jacaré. AJ deitava na cama com ele, sentia a cabecinha do filho encostada em seu braço enquanto lia cada palavra bem devagar, tentando fazer com que a história se prolongasse, tentando fazer o tempo passar mais devagar. Às vezes, Cole apontava uma figura, tentava repetir uma palavra que seu pai tinha acabado de dizer. Sua mão era tão pequena e macia, todo o seu corpo assim, seu pé nem alcançava a cintura de AJ. Ele olhava para Cole encarando o livro, o cabelo louro curtinho e a cabeça redonda, o narizinho, os lábios cor-de-rosa e o queixo macio. Então o pai o abraçava, e beijava sua cabeça, fungava o xampu de bebê que a esposa usava. Quase doía tanto amor. Ele nunca sentira nada próximo a isso antes, e tinha medo; deitado ali com Cole, queria protegê-lo com todo o seu corpo. Construir uma casa de aço e concreto ao redor dele. Montar uma cerca de 4 metros ao redor da casa. Andar com ele dentro de um tanque e nunca deixar ninguém maldoso chegar perto o suficiente para olhá-lo, falar seu nome ou mesmo *saber* que ele existia.

Estava indo bastante rápido, as linhas brancas da avenida engolidas por sua picape. O Clube Puma passou à sua esquerda, e ele nem viu o brilho amarelo. O que todos pareciam esquecer é que ele não tinha feito nada de errado. Nada. Tudo que dera a Marianne foram seu afeto e o dinheiro que ganhava com seu trabalho. Só dera à sua esposa o que ela merecia, e aquele pedaço de papel do juiz dizia o quanto precisava ficar distante de seu próprio filho e de sua própria casa — 50 metros ou 100, ele não se lembrava, e não dava a mínima, porque, mais 20 quilômetros e algumas curvas por essa estrada, estaria em sua casa, a que *ele* tinha comprado. Já fazia cinco semanas que não via Cole. Estava na hora de vê-lo. Era a porra do momento certo para vê-lo.

Pressionou o joelho contra o volante, pegando a garrafa que estava entre suas pernas. O vidro estava macio e quente. Pensou em como ela e sua F-150 eram as únicas companhias que tinha esta noite, as únicas em que podia confiar.

A segunda garrafa de Moët estava quase terminando. Ele era baixinho e devia estar bêbado, talvez já estivesse, mas não parecia. Ela se sentou perto dele na ponta do sofá somente de fio dental, cinta-liga e sapatos de salto. Ele pouco olhou para seu corpo; prestou atenção no rosto dela, seus olhos apertados e cansados, mas com uma curiosidade urgente. Era o que parecia para ela — urgente.

— Por que você se vende?

— Você acha que estou me vendendo, Mike?

— É, você se vende.

— Não é o que todo mundo faz?

Ele acendeu outro cigarro.

— Não, April. Não é.

Ela não gostou de como ele disse seu nome. Como se a conhecesse. Esse nome nem mesmo pertencia a este lugar. Por que ela tinha contado?

— O seu pai foi para a universidade?

— Acho que não.

— Você não sabe?

— Não. E o seu?

Ele enrugou a testa e soltou fumaça pelo nariz e pela boca ao mesmo tempo.

— Tire a parte de baixo, por favor.

— Eu tinha que dançar.

— Por quê? Logo vai terminar minha hora com você, e vou pagar mais trezentos dólares a este lugar. Você acha que o dono se importa com o que você faz nesta sala?

— Você quer outra hora?

— Por favor, eu gostaria que você me contasse por que faz isso. E não diga que é pelo dinheiro, porque isso é mentira.

Ele tirou a garrafa do gelo e serviu o resto do Moët na taça dela. Levantou-se, pegou seu dinheiro da mesa, entregou-lhe mais duzentos dólares, mas deixou os setecentos no sofá.

— Vou comprá-la por mais uma hora. Quando eu voltar, você não estará usando a parte de baixo e vai me surpreender, está bem?

Sorriu para ela, os dentes ruins à mostra, seus olhos famintos, mas distantes, passeando por seu rosto, seios e joelhos como se a quisesse, mas tivesse se cansado dela havia muito tempo. Suas costas eram estreitas, a camiseta polo amassada como se ele tivesse passado dias dirigindo. Ele caminhou firme, não olhou para ela e fechou a porta quando saiu.

Atrás de Bassam, as prostitutas dançavam para *kufar* sentados, e ele parou no bar, sob a luz azul, a música estava mais alta aqui, a fumaça mais espessa. Um homem grande ao lado dele, um dos protetores das prostitutas. Estava de costas para ele de forma rude, sua camiseta branca esticada e apertada nos ombros musculosos, mas ali, por cima da brancura de sua camisa, seu pescoço escuro — claro, esse *kafir* poderia quebrar o corpo de Bassam em dois, mas não se ele atacasse primeiro. Não se o *kafir* fosse atacado quando não esperasse, quando estivesse à vontade como agora.

Por baixo do pé de Bassam, o chão parecia se movimentar. Seus braços e pernas pareciam líquidos, seu rosto uma máscara sorridente que ele mostra para o barman quando ouve sua voz perguntar pelo champanhe francês.

— *Moët?*

— Sim.

Como seria fácil enfiar a faca em sua garganta. Como seria fácil se virar, pegá-la e enfiá-la abaixo da orelha.

Por que ele está aqui? Por que continua aqui? Ele a sente esperando por ele. Nua e começando a falar. Sua última chance com alguém assim, ele tem certeza. Sua última oportunidade.

Ele coloca uma nota em cima do balcão, e o barman a pega, entregando a garrafa. Bassam deve correr para a última mulher que é a primeira mulher. Deve voltar correndo para ela e se disciplinar para ficar só por mais uma hora.

A garrafa está fria e pesada, ele não espera pelo troco. Caminha de volta passando pelas prostitutas nuas, e elas se retorcem como cobras frente ao fogo. Ele se sente fraco por deixar tanto dinheiro para o barman. Quantos dólares? Cinquenta? Sessenta? Mas não, deixe que ele seja enganado. Que todos sejam enganados.

— Ei, baixinho. Vai beber isso sozinho?

Uma *kafir* negra, muita pele aparecendo entre as poucas roupas vermelhas. Ela é alta, sorri para ele. Khamis Mushayt, a filha do sudanês que misturava a argamassa para a mesquita construída por Ahmed al-Jizani, como ela era alta e totalmente coberta na *abaya* negra e trazia água para seu pai. Bassam era um garoto, mas olhava para ela, seu corpo e sua cabeça cobertos, mas não seu rosto, os olhos como os dessa, a pele morena como a dessa.

— Você, na Champanhe?

— Venha, por favor — ele se ouve dizendo para ela. — Eu compro você também.

O porco na cortina, ela diz algumas palavras sobre escala e ri; entra na luz vermelha e abre a porta negra. A música entra tão alta em seus ouvidos, tão alta, o ar tão enfumaçado, muita gente, o cheiro de suor e perfumes vencidos, e isso deve ser um sinal, o Sagrado mostrando o que, *Insha'Allah*, ele vai evitar.

O ar noturno soprava quente no rosto de AJ, e ele dobrou para o leste na Myakka City Road. Sua mão ainda doía, e ele ia fazer algo em relação àquele filho da puta, mas tinha ficado muito tenso por contar a Marianne aonde iria levá-la, por perguntar quando queria ir, e apesar de ela ter feito pouco da cara dele, pelo menos isso já era passado. Pelo menos seu coração não ia ficar sofrendo mais quando não deveria estar sofrendo por essa mulher que nada sabia dele.

Sentado atrás do volante de seu Ford, todo o seu corpo leve e solto no ar do Wild Turkey quente, e conseguia ver tudo um pouco mais claro agora, conseguia até filosofar. Ela simplesmente não o conhecia, era isso. Ele cometera o erro de não falar o suficiente sobre si. Fizera perguntas sobre ela porque queria saber e porque queria que ela soubesse que ele queria saber. Mas a mulher nunca contara muita coisa. E tudo que contara sobre si fora a saudade de Cole e que a achava incrivelmente linda, que *ele* tinha muita sorte de conhecer uma mulher tão linda, e ela sorrira de verdade e segurara na mão dele pela primeira vez, sentindo os calos que tinha por trabalhar nos controles de sua escavadeira. Ela provavelmente pensara que ele era apenas isso. Não sabia que ele sempre tinha sido bom em matemática e números, que tinha sido o gerente noturno na Walgreen's da Bradenton com *21 anos*, que queriam que ele fosse fazer um treinamento numa clínica no norte. Deena trabalhava na Caixa Registradora 3, doce e calada, suas costas lindas de se olhar no avental do Walgreen's, toda curvilínea, e ela o chamava de Sr. Carey, o que o agradava, e uma noite precisara de uma carona, e ele a levara, no caminho eles pararam e compraram umas cervejas Miller, e ele pedira que ela parasse de chamá-lo de senhor, contara uma piada sobre o verdadeiro gerente, Simon Blau, e os dois riram e pararam embaixo de algum carvalho, onde se beijaram e se agarraram, e de repente ela estava grávida, e eles se casaram, e o pai dela se ofereceu para treinar AJ com equipamento pesado porque pagava melhor, e agora ele não via seu filho havia 37 dias, e todos os bons meses que ele e Deena tiveram juntos eram poeira embaixo de suas rodas enquanto ele dirige pela I-75, pensando em como a esposa tinha mudado, como não gostava mais de se divertir.

Não queria beber. Ou jogar cartas. Nunca queria trepar, nem mesmo abraçá-lo e deixar que a tocasse um pouco. Só ler suas malditas revistas sobre estrelas da TV e os malditos carros que elas dirigiam e as casas em que elas viviam e as pessoas bonitas que elas abandonavam para ficar com outras ainda mais bonitas. Ela engordara e sabia disso, mas, em vez de sair do sofá e se exercitar, ficava pintando as unhas, que eram muito compridas; pintava de cores diferentes a cada semana. E sempre mexia em seu cabelo, nunca estava feliz com a forma como Deus o tinha criado, liso e marrom. Pegava o Corolla de segunda mão que AJ tinha comprado e dirigia até Bradenton para pintar o cabelo ou fazer permanente ou descolorir ou fazer chapinha ou a merda que fosse. E então ele chegava em casa, seus ombros e costas doloridos, tossindo poeira, um zumbido nos ouvidos por causa do motor a diesel e aquele braço de metal e todas as coisas que o fazia fazer, e lá estava ela fazendo comida na cozinha, gorda e infeliz com seu novo cabelo — louro ou ruivo, às vezes um pouco roxo ou verde, às vezes reto, outras, enrolado —, parada ali fritando um bife acebolado, ou frango e bolinhos de fubá, alimentando Cole na cadeira alta, seu rosto redondo e todo engordurado, e ele não sabia se deveria chorar ou rir ou abraçá-la e dizer que ela era linda do jeito que fosse, que não precisava fazer aquilo, mas nunca fizera nada disso, porque estava bravo demais, sentia o ódio em seu sangue, músculos e pele, isso o deixava tenso quando tudo que queria fazer era relaxar, e balançava a cabeça para ela, dizia que estava ridícula, e quanto dinheiro *aquilo* tinha custado? Porque sabia que eram pelo menos *duas horas* do trabalho dele, não é verdade? Talvez três horas, *dele*, sentado naquela jaula, trabalhando com aquela máquina no meio da fumaça, da poeira e dos mosquitos para eles, para Deena e Cole, para o banco que tinha a hipoteca da casa de dois quartos, para a Caporelli Excavators, por cujos lucros ele sangrava para ficar só com as migalhas. E — precisava admitir — para ele, para Alan James Carey e seu autorrespeito ganho com dificuldades, pois quando fizera mal a essa garota, fizera a coisa certa por ela e pelo bebê, pedira emprestado à velha mãe o dinheiro para dar entrada na casa deles em Myakka City Road, esse bloco de cimento abandonado cercado de grama e pinheiros. Mas que tinha um poço e eletricidade, e à noite e nos fins de semana ele se desvelava, construía novas divisórias, refazia o isolamento, refazia as vedações, colocava novas janelas, refazia o teto e o piso. Deena ainda não tinha tido o bebê, e eles moravam com os pais dela em Lake Manatee. Dormiam no quarto em que ela tinha crescido, as paredes ainda cobertas com pôsteres daquelas malditas boy bands, e, depois de trabalhar das 7 às 11 horas, não conseguia mais olhar para eles, odiava estar ali, odiava ter de pedir dinheiro ao pai dela para a maior parte do material. Mas podia ver que o velho o respeitava. Via como ele trabalhava e como aprendia rápido. E a mãe dela era uma dessas mulheres sempre sorridentes, em que não dá para confiar. Ele estava feliz por Deena não ser bajuladora como ela. A mãe dela estava sempre perguntando sobre o dia dele, o sorriso grudado no rosto, os olhos brilhando, encarando-o.

Mas Deena estava bem, sua barriga crescia a cada semana. Eram entre dez e meia e meia-noite, e a luz da varanda estava acesa, quando ele parou atrás da F-250 do pai dela, tão desgraçadamente cansado que quase não conseguia girar a maçaneta da porta. Debaixo da calha no lado norte da casa havia um mata-insetos atrás de uma cerca, emitindo um brilho azulado fraco, e ele sentou ali por um ou dois segundos, olhando as mariposas e moscas serem atraídas, via seus corpinhos de inseto faiscarem e virarem pó. Malditos insetos burros. Não viam os outros sendo fritados na frente deles? Ficou pensando nisso e sentiu que seu próprio destino estava de alguma forma ligado ao deles, e isso o deixou mal. Se bem que estar cansado até o osso sempre fazia isso. Fazia com que sentisse que estava perdendo tudo, que tudo era demais para ele — a máquina gigante que deram para ele, a casa, Deena e esse quase-bebê —, que ele ia escorregar, cair e ser esmagado embaixo de todo esse peso.

Mas então a porta da frente se abriu, e ali estava Deena parada na luz, estendendo uma Miller gelada, sorrindo para ele. Ela tinha começado a usar um vestido de grávida com flores amarelas para dormir à noite. Era fino, e ele conseguia ver seus seios e sua barriga; ele sabia que outros homens não gostavam de olhar para grávidas, mas naquelas noites, entregando uma garrafa gelada de cerveja que tinha colocado no freezer para ele meia hora antes, sentindo aqueles seios enormes e aquela barriga dura encostada nele, sentindo sua boca quente, ele não conseguia imaginar uma mulher que se parecesse mais com a imagem de como uma mulher deveria ser, e foi aí que soube que tudo ia dar certo. Os dois e o filho que tinham gerado, porque não conseguiam ficar longe um do outro, apesar de pouco conhecerem quem vivia dentro das cabeças um do outro.

AJ tomou um gole da garrafa, o Turkey quente e medicinal descendo pela garganta. A dor em seu pulso não tinha desaparecido completamente, mas conseguia aguentar bem mais do que antes. Pela janela aberta, vinha o perfume dos pinheiros e as grossas folhas de palmeira entre os troncos nus que queimavam na estação seca, ao contrário dos pinheiros. Demorava anos para chegarem a ficar assim, 20 a 25 metros de troncos nus, com todas as suas agulhas de pinheiro no topo, onde o fogo não poderia alcançá-las. Soltavam um cheiro que dava para sentir agora, cheiro de lar, e ele sentiu um pouco mais de esperança do que antes, esperança de que Deena pudesse perdoá-lo, porque ele nunca tinha tocado um dedo em Cole e só batera nela duas vezes. Duas vezes. Só isso. E ela não sabia por quê? Ela não sabia que o tinha simplesmente *abandonado*? Que o melhor momento para eles fora quando havia algo no futuro que mal podiam esperar para conseguir — ele terminando a casa, ela tendo o bebê, e então os dois podendo tomar uma cerveja juntos de novo, os dois na casa à prova de furacões, na grama que ele cortava baixa, atrás de uma longa fileira de pinheiros abeto. Junto à estrada, ele cavara um buraco, enchera de concreto e fincara um poste, construíra uma caixa de correio igual à própria casa, e em cima pintara de um lado: *Os Careys*.

Precisava mijar. A saída estava a poucos metros, mas ele não queria bater à porta com vontade de mijar. E, merda, deveria ter trazido algo para eles. Um brinquedo para Cole. Algo bonito para ela, apesar de não saber o que deveria comprar. Uma blusa? Uma blusa grande?

Ele saiu do asfalto e subiu no acostamento gramado. Sua picape deu um tranco, e ele viu que a marcha já estava no modo estacionar. Mais de metade da garrafa já tinha ido. Hora de ir mais devagar. Não conseguia lembrar a última vez que tinha bebido algo tão forte. Era melhor se não estivesse assim agora, fedendo a boteco quando a visse. Tinha alguns antiácidos no porta-luvas por causa de todas as amofinações por que ela o fizera passar, diarréias e azias. Às vezes, durante o dia, indo ou voltando do trabalho, fazia as contas de como a vida era mais cara agora: a pensão e a hipoteca, a gasolina na picape, porque a casa da mãe era muito mais distante; seu novo hábito solitário no Clube Puma. Ainda não pagara sua picape, mas, graças a Deus, pagara ao pai dela pelo material da casa. Deixara que descontasse de seu pagamento por sete meses, e agora ficaram quites, e logo depois, Deena conseguira aquele mandado judicial, ele pedira demissão da empresa do pai dela e fora trabalhar com Caporelli por seis dólares a mais por hora. Mesmo assim, nada disso era suficiente, e ele tinha começado a usar seu cartão de crédito no Puma. Pedira adiantamentos só para beber cervejas a peso de ouro e olhar para prostitutas mentirosas como Marianne.

Precisava demais dar uma mijada. Colocou a garrafa no assento do passageiro e segurou na maçaneta da porta. Mas sua mão esquerda estava inutilizada, então ele girou, abriu a porta com a direita, desceu cambaleando. Encostou-se na porta aberta, abaixou o zíper e se liberou. Não tinha percebido até esse momento que precisava das duas mãos para fazer isso.

Duas: Bem melhor que uma.

Sempre seria assim para ele. Nunca tinha gostado de estar sozinho. Parado ali, mirando no escuro embaixo de sua picape, sentia todo o cansaço, via o quanto sentia falta dessa estrada e da casa que tinha construído. O quanto odiava sua cama de armar em frente à TV na casa de sua mãe, as refeições silenciosas que tinham em frente ao programa que estivesse passando. Seu pulso doía, e ele cansado e um tanto bêbado com o alívio merecido, mas, acima de tudo, estava cansado. Cansado de trabalhar tão duro a troco de nada além de aborrecimentos.

Talvez essa noite fosse diferente. Talvez ela sentisse saudades também. Talvez se lembrasse de quando Cole era apenas um bebê e todos brincavam juntos sobre uma coberta na grama. Ele o levantava e beijava, soprava sua barriga e o fazia rir. Como, mais tarde, depois de estar deitado e dormindo, eles se sentavam de costas para a casa com cervejas geladas e viam o sol se pôr atrás dos pinheiros. E apareciam as estrelas.

Como ela se cansara disso? Por que tinha começado a reclamar de tudo? Ele sacudiu o pênis e puxou o zíper o melhor que pôde. Alguns dos aborrecimentos estavam voltando, e ele não queria pensar neles. Ninguém mais do que ele sabia que não tinha orgulho do que tinha feito, golpeando-a, com seu cabelo caro, na cozinha. Todo esse peso sobre ele, e tudo que ela queria era gastar mais. Não dava para ver o quanto ele trabalhava, inclusive em casa? Cortando a grama, raspando e pintando os batentes da janela e da porta, refazendo a vedação onde fosse necessário, e todo o resto. E devia ter sido Cole quem mudara tudo, porque, antes de ele nascer, ela ainda o olhava, via o orgulho tímido em seus olhos, a certeza de que tinha conseguido um homem bom, um homem que *fazia* coisas. Pegava uma pá e começava a *cavar*. Mas aquilo mudara na mesma velocidade de seu corpo. Eles tiveram o bebê e se mudaram para a casa pequena, mas sólida, e o que mais precisavam fazer a não ser olhar Cole crescer, olhar um para o outro na mesa da cozinha ou no sofá em frente da TV ou naquelas cadeiras no fundo?

Talvez ela devesse sair mais de casa. Não era culpa dele que ficasse entediada por passar o dia todo com Cole. Que não tivesse amigas e odiasse visitar sua mãe do outro lado do lago, que não tivesse nenhum hobby que pudesse destruí-lo quando Cole estava dormindo, que se limitasse a assistir a essas novelas cheias de galãs mais bonitos do que ele, usando ternos que ele nunca seria capaz nem teria vontade de comprar, dormindo em quartos maiores que a casa deles. Assim, quando ele voltava para casa, percebia que ela estava diferente; ficava no sofá balançando Cole no joelho e a flagrava olhando para eles. Às vezes, parecia feliz, mas era porque gostava de ouvir Cole rir da forma como só o pai conseguia fazer. E AJ não sabia o que ela via quando olhava para ele, só o que demonstrava — que a tinha desapontado. Nada mais que um homem comum que trabalhava duro, não era bonito nem rico, nem nunca seria, e ele nem começara a conhecer os segredos do seu coração. Vendo aquele olhar, abria as mãos nas costas de Cole, sentia isso e acreditava que ela estava certa.

Começou a deslizar para trás do volante. Sentia um torno imaginário apertar seu pulso de novo, pois tinha colocado a mão esquerda na maçaneta onde sempre colocava quando entrava na picape, as coisas que se faz sem pensar são ótimas até começarem a machucar. Contava com isso no caso de Deena. Ela não era nada de especial, e, depois de todas essas semanas, devia sentir saudades dele, assim como ele sentia dela. Agarrando-se somente ao travesseiro de noite. Ela devia até estar com saudades, apesar do que ele fizera.

Ele agarrou o volante com a mão direita e subiu, em seguida tentou puxar a porta, errou e quase caiu. O rosto de Marianne. Aqueles grandes olhos azuis. Ainda sentia a forma doce como ela segurara sua mão e o ouvira. Toda aquela pele cálida que mostrara para ele, claro; no entanto, melhor ainda era como o olhava quando contara sobre seu filho e a casa que tinha construído para ele — não como se fosse um homem simples ou algo assim, mas como se fosse forte, bonito e algo mais.

Ele se endireitou, fechou a porta. Prendeu a garrafa no meio das pernas, ligou a picape e saiu de cima da grama. Um par de faróis estava vindo em sua direção, agora estava bem em cima, e uma buzina tocou alto ao passar; era uma El Camino acabada — e qual o problema daquele corno? Havia uma sensação no pulso e braço latejantes de AJ de que ele era uma presa fácil. Mas nunca tinha levado desaforo de ninguém para casa e não ia começar agora; havia Marianne estendendo sua mão para receber o dinheiro dele, o cheiro daquele chinês que o havia expulsado — colônia, gel fixador, bafo de Coca-Cola —, o empurrão final que lhe dera do lado de fora da casa, no chão de conchinhas esmagadas. Tinha sido desnecessário. Tudo aquilo.

As luzes de sua picape iluminavam a estrada ao longe. Ele dirigia devagar, tomava goles da garrafa, viu no painel o ponto azul que mostrava que o farol alto estava aceso, e tinha sido por isso que aquele filho da puta buzinara, e o cara não podia deixar para lá, como se *ele* nunca esquecesse o farol alto.

Deixar para lá. Era tudo. Ninguém podia relaxar e deixar para lá um pouco? Ele já não trabalhava o bastante para merecer um pouco menos de rigor?

E lá estava, iluminada pelo farol alto que ele não estava a fim de apagar agora, aquela velha palmeira-anã na saída da rua de sua casa, suas folhas se abrindo no tronco marcado e descamante. As luzes do carro passaram por ele, eram como um baluarte marcando a entrada da fortaleza, só para ele, e, mais uma vez, teve certeza de que estava fazendo a coisa certa ao voltar para casa. Cansado e surrado. Carente pelo que Marianne tinha prometido, mas somente Deena poderia dar.

A estrada tinha dois caminhos de barro amassado em que sua picape cabia perfeitamente, levando-o para o lugar em que ele mais queria estar. Pensou em como seria bom estar lá dentro com Deena. Que nunca tinha deixado de ser bom. Mesmo com todo o peso que ela ganhara. Ainda era um lugar doce e quente para se afundar, com seu desejo por ela e o que podiam fazer juntos. Ele e essa mulher, a mãe do seu filho. Pegou a garrafa entre as pernas, mas pensou melhor e deixou-a ali. Prendeu o volante com o joelho e pegou os antiácidos no porta-luvas, enfiou dois ou três na boca. Uma brisa soprou do leste, fazendo a grama alta balançar dos dois lados da estrada. Fazia anos que não havia nenhum incêndio na seca, e agora já eram os meses de chuva, mas era só uma questão de tempo até que um raio caísse, e toda a grama queimasse, e ele esperava que ela tivesse cortado a que estava perto da casa, que nunca queimaria, de qualquer jeito — apesar de tudo, o pequeno Cole.

O filho dele e de Deena. Cole.

E la chora. Está com calor e suada embaixo desse cobertor e chorando pela mamãe. Onde está ela? Vê a luz na mesinha e mamães nuas nas fotos da parede. Sons altos e gritaria da música alta. Às vezes, a mamãe liga o rádio, e elas vão à loja. Essa música. Essa mesma.

Mamãe?

Ela não gosta desse cobertor e do chão. Está descalça. Onde estão os seus chinelos? Não há maçaneta na porta, e ela enfiou os dedos na abertura, e é difícil ver, porque está chorando, e onde está a mamãe? Usa as mãos, a abertura aumenta, e uma moça pelada está subindo seu vestido e fechando o zíper, e a moça olha para ela, e seus olhos estão todos pretos em volta. Algo brilha no rosto dela, e Franny corre de volta para o travesseiro macio. A moça com os peitos duros. Para onde ela foi?

Mamãe.

Sua garganta dói. Tudo é difícil de ver. Não quer que a moça pelada entre aqui. Quer Jean. Onde está Jean? Tem medo da abertura da porta com a moça pelada e cobre os olhos para não vê-la, mas os olhos estão molhados, e está escuro, e ela abre. Quer Jean. O tapete está sujo. O chão deixa seu pé frio. Ela limpa os olhos para conseguir ver. Quer que a outra moça não esteja ali agora. Quer que ela vá embora, porque mamãe passou pela abertura e entrou naquela sala grande.

Agora a moça foi embora, e ela vai para a outra sala. Espelho bonito, mas as luzes doem nos seus olhos. Ela sente cheiro da fumaça que a vovó fazia com a boca quando elas viviam na casa dela, bem longe. O espelho bonito, tantas luzes, e seu cabelo está no espelho. Seu nariz está entupido, e Jean a faz usar lenços, e ela vê a caixa com um para fora, um amarelo. Tudo é bonito aqui, mas bagunçado. Muitas cores. Colares brilhantes, braceletes bonitos. Ela não alcança a caixa amarela, e sua mão está no espelho e parece estranha. Ela gostaria de ter o lenço para o nariz, como o que Jean sempre lhe dá. Uma echarpe bonita de maquiagem como a de mamãe. Ela faz força com o nariz e limpa o rosto, e a música está alta, mas é legal com essas luzes. Brilhantes. Luzes redondas e brilhantes.

Não olhe para o sol, querida, diz a mamãe. Não olhe para o sol ou vai ficar sem ver. Ela tem medo e pisca os olhos, mas a sala grande está enfumaçada, uma fumaça que brilha, e mamãe deve estar naquela sala. Como a porta de seu quarto em casa. O mesmo tipo. Ela caminha pelo chão sujo. A sujeira grudando na sua sola do pé. Onde estão seus chinelos?

A maçaneta é redonda e dourada como a de casa, mas Jean tem maçanetas de vidro na casa dela. Parecem grandes joias. E essa está solta, e ela a gira com as duas mãos e abre bem rápido, e está escuro e barulhento, e um homem enorme está olhando para ela.

— Aonde *você* vai?

E ela se vira e corre. Corre rapidinho para a abertura e para dentro da sala da moça. Um bum-bum-bum dentro do peito, e ela se arrasta para baixo da cadeira, que está atrás da mesa com a luz em cima. Abraça seus joelhos com os braços e acha que o homem vai chegar, e seus olhos estão molhados de novo e ela aperta a boca e ouve a música alta e os gritos e os risos.

Mamãe.

O homem está na sala agora? Há riscos na madeira embaixo de seus dedos. Um é a letra do alfabeto — F —, ela conhece todas. Há chiclete embaixo da mesa onde a moça coloca as pernas. Ele entrou aqui? *Mamãe.* Se ela colocar a cabeça embaixo da cadeira e olhar, vai vê-la, e isso vai ser ruim. Ela não é *pequena.* Não é. Ela faz xixi na privada, e Jean diz que é quase uma moça.

Por isso, não está nem chorando mais e ao olhar debaixo da cadeira para a abertura vê a porta fechada do outro lado da sala iluminada e vazia. Mas uma nova moça pelada está entrando por uma porta diferente. E ela está com um sapato de salto alto como o da mamãe, que Franny calçou uma vez, e a mamãe riu e depois não gostou mais. A mulher abre uma porta na parede, coloca dinheiro ali e fecha, girando uma coisa de metal azul, e se veste, mas suas roupas são curtas, um short brilhante e uma camiseta pequena, e Franny gosta porque são da mesma cor — combinam.

Essa é legal. Não tem os olhos pretos em volta. Nada brilhante na bochecha, e umas fitas brancas ao redor das pernas. Mas ela não pode falar com a moça. Mamãe vai ficar brava. Como quando conversou com aquele homem na loja de doces. Mamãe não estava olhando. Estava colocando comida naquela coisa que se mexia e ficou brava.

Alguns adultos são maus, Franny.

Agora o barulho forte de novo. Dentro do seu ouvido ela também conseguia ouvir. A música muito alta. É uma festa. Mamãe está numa festa e acha que ela está dormindo, mas vai fazer uma surpresa para ela. Não consegue mais ver a moça. Talvez esteja no espelhão de luzes fortes. Ela quer perguntar onde está a mamãe, mas mamãe vai ficar brava.

Ela espera. Está com sede. Em casa, Jean coloca água ao lado da cama numa caneca azul com borboletas laranja. Talvez a moça tenha deixado um pouco na mesa ao lado do sofá. Ela procura. Vê o sofá, o travesseiro e a coberta, a TV. Agora vê a nova moça de short brilhante passar rápido de salto alto ao lado do espelho até a porta onde está o homem. Ela bate, a porta se abre, e o homem sorri para a moça e diz algo, e a moça está rindo e desaparece no escuro. O cabelo dela balança como se ela tivesse saído do banho, e Franny quer chorar, mas não pode ou o homem vai ouvi-la, e ela fica com medo de novo e quer beber água fresca e quer seus chinelos. Empurra a cadeira e começa a engatinhar para fora. O chão está sujo embaixo de seus joelhos e mãos, e ela precisa encontrar mamãe, mas não gosta dessa sujeira no seu pé. Levanta a coberta. Olha para o chão perto da parede, depois se vira e vê uma prateleira alta perto da porta. Uma prateleira com papéis e livros grandes para o telefone, e sua mochila e os chinelos no alto. Ela fica parada embaixo e se estica toda, fica na ponta dos pés e toca o ar. Mamãe tinha usado a cadeira da cozinha para pendurar fotos na parede que compraram na loja, uma figura de uma lua e mar. Franny olha a porta pela abertura. Só a sala grande e nenhuma moça pelada, e ela corre e arrasta a cadeira com suas mãos pelo chão sujo. Ela é forte. É uma moça.

Você é uma mocinha.

A voz de Jean em sua cabeça. Lembrava do cheiro dela também. Perfume bom, café e suor do esforço. Franny se esforça também. Sobe na cadeira. A base esburacada com botões. Ela coloca um pé, depois o outro, e seu corpo desliza um pouco, mas ela não cai. Tenta pegar o chinelo, mas a cadeira está muito longe, então ela desce e a empurra até a estante negra estar acima dela e sobe de novo na cadeira. O estofado é macio. É gostoso pôr os joelhos ali, mas ela tem medo de escorregar outra vez e se levanta devagar, se apoiando com os braços. E agora ela consegue alcançar a mochila. Consegue sentir que suas roupas estão ali. Tenta alcançar seus chinelos, mas os dedos só conseguem encostar na mochila.

A música está alta novamente, e os adultos estão gritando. Ela vai sair para a festa descalça. Está bem, pensa. Eu ando pelo jardim de Jean descalça e não dói. Não mesmo.

É melhor descer da cadeira. E ela já se acostumou com o chão sujo embaixo de seus pés. Enfia a cabeça pela abertura. Não tem ninguém. Nenhuma moça pelada. Nenhum homem. Mas ela não pode voltar para a porta dele. Vai pelo outro lado. Por onde a outra moça pelada entrou.

Ela ainda está com sede. A mamãe lhe daria algo quando a encontrasse. Talvez Jean também esteja aqui. Mas por que a música está tão alta? Por que os homens gritam e todo mundo está rindo?

Ela vê uma cortina preta. Como aquela na casa mal-assombrada a que sua avó a levou da última vez e tinha esqueletos e teias de aranha e dois fantasmas, e ela não tinha gostado. Mas havia uma abertura azul entre elas. Uma luz azul bonita.

Ela toca a cortina. É macia e grossa. Diferente da cortina na casa mal-assombrada. Fina e áspera e cheirando a cachorro. Ela abre e entra. Mas cadê a festa? Dá para ouvir melhor, mas não dá para ver. Tudo está azul-escuro. Suas mãos e seus braços. Seus pés descalços. Ela toca a parede com os dedos azuis, e ela é preta e dura. Não tem porta.

Uma luz azul está brilhando do outro lado, porque não é um quarto, é um pequeno corredor, como em casa. O quarto da mamãe está no fim dele, e, no andar de baixo, também está o quarto da Jean. A luz é bastante azul.

E redonda como uma luz brilhante. Ela pensa no inverno onde está a avó. Deslizando com a mamãe pela colina de neve atrás da casa da vovó quando já era quase noite, e mamãe segurava suas pernas, e o vento vinha frio e forte no seu rosto e seus olhos ficavam cheios de água, mas era divertido, e a neve parecia azul. Desse jeito.

Ela sabe que dormiu quando a moça leu sobre Stellaluna, mas sente saudades da mamãe agora, como se fizesse muito tempo que não a via, e caminha sob a luz azul. Um. Dois. Três passos. A música e os gritos estão mais altos e há outra cortina. E se não conseguir encontrá-la? Ou Jean? E se elas não estiverem aqui?

Seu rosto está esquisito. É difícil engolir, e ela está chorando de novo. Está chorando quando sobe os degraus e toca na cortina macia com seus dedos azuis, porque *sempre tente fazer o melhor. Sempre tente fazer o melhor.*

April olhou para o dinheiro, tocou as notas de leve com os dedos. Ele as daria tão fácil como dera os outros trezentos e depois mais duzentos por mais uma hora? Ela realmente ia ganhar tanto só com um cliente aquela noite? O máximo que ganhara foram oitocentos, e isso antes de ter de pagar a casa e dividir uma parte com as outras.

Estava frio. Louis tinha deixado o ar-condicionado muito forte. Os bicos de seus seios estavam duros, e ela começou a esfregar os braços e pernas. Ela tomou outro gole de Moët, que esquentou suas veias e sua cabeça. Não estava tão nervosa junto do estrangeiro como antes. Talvez porque ele fosse tão pequeno. Talvez porque estivesse mostrando algum interesse nela, não sabia. Levantou-se e tirou o fio dental, depois pegou sua saia e blusa dobradas e colocou-as no chão ao seu lado, enfiando a tanga no meio. Voltou a se sentar. Sentiu-se estranha por estar só de cinta-liga e saltos altos, sem dançar. Uma vez no Empire, Summer tinha tido problemas com um cliente bêbado que havia colocado um dólar na calcinha dela, depois tentara enfiar o dedo nela; a mulher se inclinara e chutara a cara dele, o salto do sapato rasgando seu rosto. Mas a maioria dos homens não fazia isso com dançarinas no salão, protegidas por seguranças pagos. A menos que McGuinness estivesse ruim de dançarinas, todas começavam como garçonetes primeiro, só para provocar os frequentadores durante semanas andando de topless numa saia e meias arrastão, assim o lugar enchia para sua primeira noite dançando.

McGuinness era jovem e maior do que a maioria de seus seguranças. Tinha a cabeça raspada, e seus olhos a faziam lembrar de Glenn, azul-claros, quase bonitos, mas se acendiam e apagavam como um farol. Sua primeira noite no Empire empunhando bandeja, depois de ter se trocado no banheiro de piso de concreto com zelo, os cheiros de desodorizados e canos enferrujados — o camarim era exclusivo para dançarinas —, depois de ter fechado o zíper de sua saia jeans apertada e ter alisado sua meia, fechado as tiras do escarpim que precisara comprar com seu próprio dinheiro, ela se levantara e olhara para seus seios. Ainda estavam pesados da amamentação que tinha acabado de suspender. Gostaria de poder usar um colar discreto ou algo assim. A porta se abria sem nenhuma batida, e McGuinness entrou, um pager na mão, mascando chiclete, olhando direto para os seios dela, suas pernas, o ligeiro pneuzinho acima do cinto de sua saia.

— Tire o cabelo de cima deles.

Ela obedeceu, o rosto em brasa, uma confusão dentro dela. Ele a mandara amarrar o cabelo toda noite e perder uns 5 quilos, então fora embora.

Ela não sabia o que fazer com suas roupas, sua bolsa. Não podia ir para seu carro no estacionamento assim, e não queria levar aquilo para o clube, como se não tivesse ideia do que estava fazendo. No canto, embaixo de uma máquina de Tampax, havia uma lixeira grande. Enfiou sua bolsa no espaço sujo atrás dela, enrolando seu jeans e blusa ali também.

Parou no espelho, não olhou para seu corpo, só para o rosto, viu a expressão que tinha quando era pequena sempre que fazia algo que não devia. Sentia seu coração batendo rápido, pronta para começar, e aquela mesma voz dentro de sua cabeça: *Não paro não! Vem me obrigar.*

A porta da Sala Champanhe abriu. Uma onda de música do clube entrou, isso e risos, a perna morena de uma mulher circulada por uma cinta-liga vermelha — era a Retro. Ela entrou segurando uma garrafa de Moët, piscando para April, depois sorrindo por cima do ombro para o estrangeiro baixo que não estava sorrindo, e cujos olhos fitaram April quando fechou a porta.

SEXTA-FEIRA

Quando Jean chegou em casa, a torneira do quintal ainda estava pingando. Ela precisou desviar de uma poça no caminho de pedra e entrou para pegar sua bolsa, e agora pagava ao taxista que gosta de jazz pela janela, dando uma gorjeta de 5 dólares.

Ele agradeceu e fez a volta com o carro.

— Cuide-se, hein?

Os faróis a cegaram por um momento, então ele desapareceu, e ela ficou parada ali na entrada escura de sua casa, perguntando-se o que ele teria pensado dela: apenas uma velha gorda? Ela normalmente não pensava essas coisas dos homens, mas, quando ele dissera que se cuidasse, tinha sido sincero, como se ela fosse tão preciosa quanto a garotinha de que iria tomar conta agora.

A conexão da mangueira na parede estava havia horas soltando um jato fino contra a casa. Ela pisou na poça, enfiou a cabeça embaixo da escada e tateou até agarrar a torneira molhada e fechá-la. Tudo estava quieto. O jardim escuro no fundo parecia uma presença benevolente. Ela conseguia sentir o cheiro das três-marias e dos hibiscos. Ainda sentia fome.

Dentro da cozinha, parou na frente da geladeira aberta e pegou uma ameixa. O número do Puma Club for Men estava preso na geladeira. Quem sabe ela pudesse ligar antes? Dizer a April que estava a caminho. Mas e se April tentasse dissuadi-la? Tentasse convencê-la de que a tal gerente estava cuidando de tudo?

Jean acendeu os faróis e deu ré no DeVille. Fora o último carro que Harry tinha comprado, e, sempre que pensava em vender, via seu rosto triste; agora o dirigia pela rua mal iluminada, passando pelas casas de estuque e azulejo dos vizinhos que ainda não conhecia.

Eram 12h17 no relógio digital, os números jogando uma luz azul-esverdeada em seu colo. Pensou que devia ter perguntado ao taxista qual era a estação que ele estava ouvindo; o jazz a acalmara, mas não se sentia mais calma; estava respirando rápido, e suor apareceu em sua testa. Talvez *tivesse* tido um ataque do coração e tivesse errado ao sair do hospital daquela forma.

No final da rua, parou na Heron Way, os sinais no sentido centro à sua esquerda, à direita a rua vazia marcada pelas palmeiras a perder de vista até o golfo. Ela virou à esquerda, pensou em algo: o que iria fazer quando chegasse a esse lugar escuro ao norte? Só entrar e vagar pelo meio do que, ela imaginava, seria um salão cheio de fumaça e homens berrando, de olho na sua inquilina nua dançando.

Parou no cruzamento de Heron Way com Washington Boulevard, olhou pela janela para o posto e loja de conveniência onde enchia o tanque. Um carro esporte cinza estava na bomba de gasolina, cheio de jovens conversando e rindo. O banco do motorista estava vazio. Uma jovem bonita se achava parada ao lado do porta-malas, uma mão na bomba de gasolina, outra no celular que segurava ao ouvido. Ela sorria, o cabelo comprido, liso e brilhante, o jeans apertado da forma como usam hoje em dia. Tinha juventude, beleza e aquele ar de confiança que vem do dinheiro.

Uma buzina tocou atrás de Jean. Ela acelerou e virou para o norte no Washington Boulevard, seus faróis passando pelo brilho turquesa da piscina iluminada de um motel, e ela sabia que um dia, talvez logo, não ia mais sair do hospital, um pensamento que, bastante estranho, não a amedrontava tanto; o que a atemorizava mais era não fazer o suficiente antes disso. O suficiente por Franny.

Os faróis da picape de AJ faiscaram em sua caixa de correio e sua cobertura de alumínio. Estava coberta de pó, mas as letras do nome de sua família estavam ali, visíveis e negras, do jeito que ele tinha pintado. A casa estava iluminada. O Corolla de Deena estava estacionado perto da entrada, e o Papai Noel inflável que tinha trazido para Cole estava de frente para a rua, seus decalques refletindo a luz do carro de AJ.

Ele apagou os faróis e estacionou a picape devagar, em silêncio, atrás do Corolla. Em cima dele, através da janela com cortinas, havia um brilho de TV, mas ele só conseguia ver parte da perna de Deena no sofá, uma perna ao lado da outra, e desligou o motor, abriu a porta com a mão esquerda, sentindo um fogo subindo pelos ossos do braço até o ombro. E a garrafa. Droga, ele a derrubara no chão, e agora sua calça estava molhada, e o efeito que os antiácidos deviam ter na boca, para diminuir o cheiro, agora era inútil.

Deena espiou entre as cortinas. A entrada só estava iluminada pela TV, e ela não conseguia ver além do próprio carro, tinha certeza. Ele não queria assustá-la. Deixou sua porta semiaberta e caminhou rápido até a frente, o para-choque quase tocando o do carro dela, suas pernas passando pelo meio dos dois, e pelo brinquedo de Cole até o caminho de tijolo que ele mesmo tinha feito, enquanto ela acendia a luz de fora que ele instalara, e agora sua voz pela porta por ele colocada. Sua voz de gorda amedrontada.

— Quem está aí?

— Eu, querida. — Ele pegou mais antiácidos, mascou rápido, engoliu.

— AJ?

— Quero ver você, Deen. Tudo tranquilo, está bem? Só quero fazer uma visita.

Ele ouviu vozes na TV. Um ventilador estava ligado.

— Você não pode. Sabe que não pode.

Seu pulso doía mais quando ficava pendurado assim, mas ele não o moveu. Sua calça estava molhada, e ele respirava fundo pelo nariz, sentia-se mais cansado e sozinho do que nunca. Talvez desde que era criança. Talvez mais.

— AJ?

— Quê?

— Ouviu o que eu falei?

— Ouvi.

— Vai embora? — Som da TV. Uma sirene. Sons falsos enchendo uma casa de verdade.

— Estou machucado, Deen.

Ela não disse nada. Ele a imaginou parada ali com seus braços cruzados olhando para o chão que ele tinha instalado, no umbral que ele tinha cortado, ajustado e pregado.

— Deena?

— Como assim, machucado?

— Uma briga.

Ela estava calada de novo. Só a maldita TV e o barulho do ar-condicionado que ele tinha colocado no quarto de Cole. O único na casa, e esfriava tudo. Um Sears Coolsport.

— AJ, não me obrigue a chamar a polícia.

O aperto de novo. Desta vez, uma corda que parecia apertar diretamente seu saco. Ele não sabia quanto aguentaria, e agora sua garganta estava inchada, e sentia algo estranho no rosto.

— Deen? Preciso colocar um pouco de gelo nisto. Alguma coisa. Sei lá. Preciso ver minha *família*.

Seus olhos começaram a se encher de água, e ele tentou lutar contra as lágrimas, mas elas saíam do mesmo jeito. Sem serem convidadas, nem planejadas, o surpreendiam, envergonhavam e humilhavam, e não ia tentar contê-las ou escondê-las, só deixaria que caíssem, porque, depois de cinco semanas longe, cinco semanas fingindo que não se importava de ter todo esse peso tirado de suas costas, que não se importava de ser de novo um homem solteiro que não precisava se preocupar com a infelicidade e a falta do que fazer da esposa, que podia ficar até tarde pagando prostitutas mentirosas no Puma, que trabalhava mais do que nunca o dia todo e mentia para si mesmo que ia aguentar viver assim, que mentia para si mesmo dizendo que só sentia saudades do seu filho e não daquela mulher parada do outro lado da porta do bloco de concreto que eles tinham transformado em lar, então, dane-se, deixe as lágrimas caírem se quiser, porque eram de verdade, não de crocodilo.

Mesmo assim, ela não ia abrir a porta. Uma porta que ele podia derrubar com um só chute, porque nunca colocara a trava — queria, estava na lista de afazeres, mas simplesmente não tinha dado tempo. E agora esse choro saía dele, e seu pulso doía tanto que ele o levantou para que o sangue não fluísse mais, e estava cansado. Tão, tão cansado. Era como se o peso nunca o tivesse abandonado, e agora estivesse empilhado sobre suas costas, e ele só quisesse deitar em algum lugar; mas seria louco se a deixasse continuar a ouvi-lo chorar; apertou seu pulso, sem limpar o rosto, não viu a borda dos tijolos e caiu para a frente, um som ainda saindo da sua boca quando recuperou o equilíbrio, a capota do Corolla dela brilhando.

— AJ?

Ele se virou. Lá estava ela no umbral, a luz da cozinha acesa atrás de si. O cabelo estava cacheado, havia um halo ao redor de sua cabeça. Ele enxugou os olhos com as costas da mão boa.

— Promete que não vai começar nada?

Ele assentiu. Sua garganta parecia um cano entupido. Ela ficou ali olhando para ele, para as calças molhadas e o pulso inchado que ele sustinha no ar. Olhando nos olhos. Ela estava descalça, de jeans e camisão, os seios soltos por baixo.

— Obrigado.

Sua voz saiu fraca. Ele sentia vergonha de si e voltou a subir para a varanda; ia beijar o rosto dela, mas ela entrou na casa, segurando a porta como se não soubesse se deveria fechar na cara dele ou deixá-lo entrar. Ele entrou, parou de chorar, ficou fungando sob a luz fluorescente da cozinha, vendo como tudo parecia limpo, mais limpo do que quando ele vivia ali — os pratos lavados e dispostos para secar, os balcões limpos e enxutos, o chão varrido.

Deena olhou seu pulso, que ele esquecera que estava segurando. Tocou de leve com a ponta dos dedos, ele sentiu uma dor leve. Seu rosto estava limpo, sem maquiagem, o cabelo louro falso nas pontas dos cachos. Ele sentia seu cheiro; por baixo de todos aqueles novos produtos para o cabelo, que sempre cheiravam igual, estava o cheiro *dela*, um suor feminino que ele nunca tinha deixado de amar. Nunca.

— O lugar está ótimo.

Ela disse algo quando se virou para abrir a porta do freezer e tirar uma fôrma de gelo. Ele não ouviu o que ela tinha dito, mas não importava. Tinha esquecido o aroma de sua própria casa, e agora isso era como um presente que alguém poderia furtar dele a qualquer momento — sua comida gostosa e gordurosa, o cheiro de frutas do banho que ela sempre dava em Cole antes de deitá-lo, e algodão, que vinha de algum lugar: das almofadas no sofá, dos lençóis limpos da cama. O corredor estava escuro. Ele podia ver a porta aberta do quarto de Cole, a luzinha ligada na tomada, uma palmeira verde-amarela.

Deena começou a colocar um cubo de cada vez dentro de uma bolsinha plástica, o mesmo tipo que usava para guardar sanduíches. Dentro de sua camiseta, os peitos balançavam muito, e ele sentiu aquele velho desejo por ela, sentiu a escuridão do corredor por trás dele, e queria ver o garoto também, beijar sua testa e ajoelhar ao lado da cama, rezar por ele, a mesma oração que fazia toda noite na casa de sua mãe em Bradenton: *Meu Deus, esqueça de mim se for preciso, só tome conta de Cole, por favor? Zelai por ele.*

— Eu não devia estar fazendo isso, sabe?

Ela fechou a bolsa e entregou-a a ele, que sentia aquele aperto de novo. Ele ia perguntar: Por quê? Porque aquele mandado judicial dizia que ele não podia? Fora *ela* quem o sacaneara primeiro, não? Mas não disse nada, pegou a bolsa de gelo e apertou sobre o pulso, apertou todas as palavras para a escuridão dentro dele, também.

O gelo causou uma sensação boa na pele. Ele a viu virar para a torneira e encher a fôrma com água. Sua bunda estava maior do que antes, e ele sentiu pena dela. Sentiu, também, como se a tivesse abandonado, não só como esposa mas como amiga, uma amiga que precisava de ajuda.

— Sinto *muito* pelo que fiz, Deena. Queria que soubesse disso.

Ela se virou da pia.

— O quê?

Ela equilibrou a fôrma enquanto caminhava até o freezer, voltou-se para ele, seu rosto redondo, até bonito, estudando-o de olhos apertados.

— Eu disse...

— Você disse isso da primeira vez, AJ. Agora tenho medo de você.

Ela abriu a porta do freezer, empurrou a fôrma e disse, de costas para ele:

— Tenho mesmo. — Fechou a porta e olhou para ele. — Tenho medo do meu próprio marido.

Parecia que ia chorar, mas balançou a cabeça e passou por ele, indo para a salinha cujas paredes ele tinha vedado, limpado e pintado. Fizera tudo isso para que não precisassem olhar para blocos de concreto pintados, para que parecesse mesmo um lar. Ela se sentou no sofá novo que tinham comprado com o cartão de crédito que ele não seria capaz de quitar por muito tempo, os olhos de volta à TV que ele não tinha quitado ainda também, tudo aqui dele e somente dele, e ela tinha medo? Que tal agradecida? Que tal um pouco de *gratidão*, porra? Sentiu um repentino aperto no estômago e por todo o esterno, até a nuca. Uma tensão que só um grito forte poderia relaxar, mas ele não estava aqui para isso; não, já tinha sido o suficiente.

Ele se virou e começou a andar até o quarto de Cole.

— AJ? — Sua voz aguda e irritante, como sempre, e era melhor ela não levantar a bunda do sofá e tentar impedi-lo de dar uma olhada em seu próprio filho. A TV ficou sem som, sua mão gelada apertando a bolsa contra seu punho, só o barulho do ar-condicionado de Cole enquanto ele passava pela porta e pela palmeirinha iluminada, a cama de Cole bem na sombra. Uma cama em forma de trenó que tinha sido de Deena quando era garota, e os dois pintaram juntos em cima de uma lona sob o sol, ouvindo rádio, e agora seu filho dormia ali sob o lençol e o cobertor com dinossauros, seu pequeno tórax subindo e descendo embaixo dos T. Rex.

Seu rosto estava virado para o seu lado, os olhos fechados, sua boca entreaberta. Era como ver seu próprio interior, o cerne mais profundo de quem ele, AJ, realmente era. Ajoelhou-se. Em cima das sandálias de Cole.

Deixou a bolsa de gelo no chão, inclinou-se para a frente e passou um dedo pela testa do filho. Os olhos de Cole se apertaram. Ele virou o rosto. Dedos frios. AJ enfiou-os embaixo da axila, esperou que esquentassem. Não queria esperar. Com a mão machucada, passou um dedo pelo rosto do menino.

Uma sombra o cobriu e veio com sussurro de Deena:

— Por favor, não o acorde.

Por que não acordá-lo? Ele não quer ver o próprio pai? Não sente saudades?

Mas ela estava certa — ele sabia disso. Não valia nada como esposa, mas era uma boa mãe, e talvez, se ele se levantasse agora como ele podia, pudessem chegar a um acordo. Alguma coisa melhor do que isso.

Ele se levantou. Não conseguia ver o rosto de Cole muito bem por causa da sombra dela. Mas era bom estar aqui nesse quarto. Só os dois. Ele e seu filho. Um homem faz tudo que deve fazer — multiplicado por dez — e faz merda uma, talvez duas vezes, e perde tudo.

Tudo.

— Não esqueça seu gelo.

Nada de voz chorosa agora, também não chegava a gentil, mas pelo menos era prestativa. Ele se abaixou para pegá-lo, deu uma última olhada em seu filho — seu perfil sereno adormecido — e se afastou. Ela estava indo para a sala, sua bundona branca embaixo da camiseta e do jeans. Lembrou-se como era senti-la, aquela maciez quente de mulher. Ele a queria, quem sabe ela o quereria um pouco também. Ela se virou, cruzou os braços e ficou parada no linóleo que ele tinha assentado entre a cozinha e a sala. Como se estivesse presa ali e não soubesse o que fazer ou para onde ir.

O efeito do Wild Turkey estava começando a diminuir. Ele apertou o gelo no pulso, queria uma cerveja fria, mas não queria pedir em sua própria casa.

— Sua calça está molhada.

— Está.

Ela olhou para ele. Como se ele não fosse o homem que tentava ser e sentia que era, nos bons dias.

— Eu derrubei uma coisa nela, Deen. Foi isso.

Ele ouvia mágoa em sua voz, e ela pareceu um pouco agitada por isso, seus ombros caindo um pouco. Como se ele tivesse feito muito pior do que fizera. Não era justo que tivesse medo dele. Isso o deixava triste.

— Você se importa se eu sentar, Deen? Só quero sentar e conversar, tá bom?

Os olhos dela estavam pregados em AJ, enquanto ele se sentava no tapete azul que comprara na liquidação do Home Depot, desenrolara e prendera no rodapé. A mesa de centro estava coberta com revistas, a maioria delas porcarias cheias de estrelas de cinema. O ventilador de pedestal estava no canto, ventando fraco e virando páginas, e perto do controle remoto havia uma tigela de sorvete pela metade, a colher enfiada dentro.

— Pode terminar seu sorvete.

— Quer um pouco?

— Acho que não.

Queria perguntar se havia cerveja, mas ela estava a caminho do sofá, e ele não queria abusar, então se sentou onde sempre sentava, encostado no braço do sofá, embaixo da luminária, perto da janela. Daqui ele sempre podia ver tudo: a TV; o que estava acontecendo na cozinha; Cole brincando no chão; qualquer um que pudesse chegar pela estradinha. O ventilador o refrescava. O gelo tinha acabado com a dor no pulso. Ela pegou o sorvete e se sentou no lado oposto do sofá, seus olhos na TV muda, um filme ou um dos programas de que ela gostava, um bando de médicos e enfermeiras bonitões numa emergência salvando pessoas e às vezes não conseguindo salvá-las. Ele assistira àquilo com ela algumas vezes, mas não gostava de ver todo o sofrimento pelo qual as pessoas passavam — acidentes de carro e vítimas de tiroteio; pessoas com câncer, e os cardíacos; os bêbados e os loucos, os esfaqueados, queimados e esmagados. Era como assistir a seus piores medos passando na sua frente, e ele se levantava antes de terminar, dava uma olhada em Cole, se lavava e o olhava de novo.

— Está assistindo a isso, Deen? Pode aumentar o som se quiser.

Ela olhou para ele. Sua boca era uma linha reta, e, novamente, não quisera soar do jeito que soou, como se estivesse dando permissão para fazer o que ela já estava fazendo. Ela pegou o controle, desligou a TV, ficou ali com seu sorvete no colo.

— Você está cheirando a bar, AJ. É o que anda fazendo hoje em dia?

Clube de strip-tease, pode ser. Mas não bar.

— Não. Não é isso. Só derrubei um pouco em mim.

Os olhos dela eram azuis, não tão bonitos quanto os de Marianne, mas, ainda assim, azuis.

Ela levantou uma colher de sorvete, depois a abaixou, depôs a vasilha na mesa.

— Você está atrasado na pensão, sabe disso, não?

— Sei.

— Minha família está ajudando, mas odeio pedir a eles, AJ.

— Você vai receber.

Os dois ficaram quietos. O ventilador fazia um ruído baixo.

— Por que não vai à reunião de controle de agressividade, AJ? Então você poderia ver o Cole.

A voz dela era doce, mas aquela sensação ruim estava crescendo de novo nele. Ele a odiou naquele momento, sentada ali com suas mãos no colo, sorvete derretendo à sua frente. Deixou a bolsa de gelo em cima do *TV Guide*.

— Eu alguma vez bati no Cole, Deen? Ou gritei com ele? Ou levantei minha *voz*?

Ela olhou para o chão. Suas costas estavam retas, e ela parecia amedrontada, mas ele não estava nem aí, o problema é que não conseguiria chegar a lugar nenhum com ela assim, não é mesmo? Respirou fundo e deixou o ar sair.

— Só estou perguntando, Deena. Eu já fiz isso?

— Não. Você é um bom pai; todo mundo sabe disso.

— *Você* sabe?

— Sei.

Ela olhou para ele, depois para o chão de novo. Tímida, talvez. Talvez não. Ele conseguia ver os bicos de seus seios por baixo da blusa. O vento que o ventilador produzia era quente, e ele colocou a mão boa no joelho nu dela. Era macio, pegajoso e mais gordo do que o de Marianne, mas tão familiar quanto tudo que era dele e que tinha usado ou dirigido por algum tempo, e, por um segundo, foi difícil lembrar como tinha sido afastado de seu uso constante. Tocou o braço dela, deixou seus dedos ali, de leve.

— Exceto pelo que fiz, não sou um mau marido, sou?

— Não.

— Era um bom marido?

A capa de uma revista balançava levemente com o vento. Ele sabia que tinha forçado demais a barra com aquela pergunta e gostaria de ter ficado com a boca fechada. Ela olhou diretamente nos olhos dele, e era como voltar a vê-la pela primeira vez, seus olhos — só por um segundo — redondos e azuis, respeitosos. *Sr. Carey.* Era engraçado que ela o chamasse assim. Mas agora o peso da experiência estava sobre eles, e ela olhou para outro lado.

— Quando não estava bravo o tempo todo.

As páginas da revista continuaram virando. Havia o zumbido do ventilador, o barulho mais distante do ar-condicionado de Cole. A boca de AJ estava seca por uma cerveja, mas ele pensava muito no que ela tinha dito. Tentava lembrar se era assim. E não conseguia.

— Eu não estava bravo o tempo *todo.*

— Boa parte do tempo.

Porque você desaparecia na Terra da Fantasia e nunca conversava comigo e olhava para mim como se eu não fosse nada e gastava meu dinheiro no seu cabelo estúpido e nunca queria trepar — havia muito a ser dito, mas o braço dele estava morno, ela não tinha se mexido, e tudo que ele queria fazer era deitar na cama com ela e falar mais tarde; falar, falar, falar de tudo isso mais tarde.

Do fundo do corredor veio um gemido, a vozinha de Cole. Deena tirou seu braço e se inclinou para a frente. Cole disse *Mamãe* e *caminhão,* e outras palavras que AJ não conseguiu entender. Mas o som da voz de seu filho tocou fundo nele, e parecia impossível ter sido capaz de ficar sem ouvi-la esses dias e noites infindáveis.

Deena voltou e se sentou.

— Ele fala enquanto dorme.

— Há quanto tempo ele faz isso?

— Não muito.

Era o tipo de resposta que o deixava bravo; quanto tempo era "não muito"? Cinco dias? Cinco semanas? Desde que ele partira, pelo menos — isso ele sabia.

Dessa distância conseguia sentir o cheiro dela, o cheiro de Deena. Tinha efeito claro sobre ele; tinha sido assim desde que eles estacionaram debaixo de um carvalho na Myakka City Road e arrancaram as roupas na parte de trás de sua picape. Seu pulso estava latejando de novo, ali no sofá entre os dois. Ele deveria pôr mais gelo, sabia, mas não agora. Agora sua esposa estava ali, sem medo e sem reclamar dele, sem olhar para a TV nem se levantando para fazer outras coisas. Sentada ali, presa entre dois mundos. Ele tocou seu rosto. Quente e cheio.

— Sinto saudades, querida.

Ela piscou. Ia chorar? Ele a beijou no rosto, o mesmo em que tinha batido, deixando-o roxo. Como pudera ter feito isso? Como chegara a *esse* ponto? Respirou o perfume dela, sentiu que tinha ficado excitado. Seu pulso doía um pouco, mas e daí? E com a mão boa colocou o dedo em seu queixo, virou o rosto dela para ele. Ela fechou os olhos. Ele se inclinou, os lábios abertos.

— Não, AJ. *Não.*

Ela se afastou. Abriu os olhos. Balançou a cabeça. Colocou as mãos no sofá para se levantar, mas uma delas esbarrou no pulso dele, o peso dela em cima, o fogo subindo pelos ossos de seu braço, indo até o ombro e o pescoço. Seus olhos se aguaram, e ela estava de pé, olhando para ele, as mãos na cintura, um borrão de mulher brava.

— Você acha que pode vir até aqui, bêbado, e tudo vai voltar ao *normal*? Como se nunca tivesse me *batido*?

Perdeu a fala. Começou a chorar, indo para trás, uma mão na boca, a outra apontando para a porta.

— Vá embora. Por favor, vá ou vou chamar a polícia, AJ. Vou ligar, vou ligar agora mesmo.

Tinha de estar quebrado. Ele quase não conseguia fechar os dedos ao redor. Aquele chinês tinha começado, e sua linda esposa tinha terminado, e assim seria a noite, não? Sem recepção calorosa. Sem deitar na própria cama com sua esposa.

Sem Cole.

E parecia que um cão raivoso estava mordendo seu pulso.

— Você machucou meu braço, Deen.

Ela ainda era um borrão. Ele pegou a bolsa de gelo, mas não podia nem pensar em apertá-la contra o pulso, largou-a, levantou-se.

— Foi sem querer, AJ, mas talvez você devesse pensar nisso. Como se sente quando alguém faz isso com você?

Ela continuou chorando, baixinho, um som lúgubre que o deixava se sentindo triste, equivocado e inútil. Ele ergueu o pulso e caminhou até a mesinha da sala, passando pelo ventilador e parando no linóleo onde ela chorava.

— Você age como se eu fosse ruim, Deena. Mas eu não sou. Não sou um homem ruim.

Ela balançou a cabeça, então fungou, limpou o nariz, olhou para o rosto dele. O dela estava inchado e sem maquiagem, mas até bonito se você não pensasse nisso; com ou sem dor no pulso, ele ainda a queria. Colocou os dedos sãos na cintura dela. Ela recuou como se tivesse se queimado.

— Você só tem de ir àquelas aulas, AJ.

Seu rosto estava virado para ele, o queixo exposto, os olhos azuis bordejados de lágrimas; ele via que ela o amava. Amava sim. Isso o confundiu, e ele não conseguiu mais olhar para ela, abaixou os olhos, viu seus pés e dedos gorduchos, as unhas recém-pintadas de vermelho-escuro.

— Você deveria ir a trinta delas. Vá à primeira, é tudo que peço. Por favor.

— Eu vou se você estiver me pedindo, Deena, mas não se estiver mandando.

— Estou pedindo, AJ. Sério.

Ele olhou de novo para seu rosto. Viu uma mulher. Uma mulher que provavelmente era mais forte do que ele. Como isso acontecera? O pensamento deu sensação de solidão. Seu braço pulsava.

— Preciso de você, Deena. De verdade.

Ela olhou seu pulso, vermelho e inchado, com certeza fraturado.

— Você deveria ir até o hospital ver isso.

— Ouviu o que eu disse?

— Ouvi.

Ela abriu a porta de tela, segurou-a para ele. Suas bochechas estavam molhadas, mas ela tinha parado de chorar; ele via. Ele saiu na varanda, e Deena fechou a porta atrás dele. Atrás dela, no fundo do corredor, a porta de Cole estava iluminada pelo abajur. AJ só conseguia ver o canto da sua cama e queria voltar lá mais uma vez.

— Não é justo que eu não possa ver meu filho.

Ela falou com a voz calma e com cuidado.

— Disseram que você teria direito a visitas supervisionadas assim que começasse as aulas.

Ter de se encontrar com o filho em algum lugar público, enquanto os pais dela observavam tudo o que ele fazia com ele, sentados ali só para garantir que não tocaria em Deena. Tinha imaginado isso por semanas, e aquela imagem era suficiente para impedir que fosse para aquelas malditas aulas. Sentiu uma pontada forte no pulso. Precisou levantá-lo de novo.

— Ligue-me depois de ir à primeira. — Ela limpou o nariz com as costas da mão. — Eu deixo você conversar com o Cole. A gente marca uma visita.

— Sem seus pais?

— A gente vê isso.

Ela fechou a porta devagar, educadamente, trancando com chave. Ele ficou parado por um segundo. Sentiu-se como um homem jogado fora de seu próprio barco no meio do mar escuro. O som da TV voltou, mas não tão alto. Somente um disfarce para que não pensasse que ela estava esperando que ele fosse embora. Ele apertou o pulso contra o peito e foi direto para sua picape, sem olhar para trás, passando entre os para-choques de sua F-150 e o Corolla dela. Não conseguia esquecer a imagem dela, toda aquela dor que só podia vir do amor. Todo esse tempo tivera certeza de que ela o expulsara não porque tivesse batido nela, mas porque não o queria mais — esse era o verdadeiro motivo, e ela fora até a Justiça para oficializar tudo. Mas, subindo com cuidado na sua picape, fechando a porta com a mão direita, a luz da TV caindo sobre ele, era como se tivesse saído de um grande banco e recebido a promessa de uma nova linha de crédito. E Deena cumpria as suas promessas: uma aula; era tudo que ele devia fazer. Só uma.

Ele ligou a picape e deu marcha a ré pelo caminho que tinha pavimentado. Na estrada, deu uma última olhada em sua casa, Deena parada na janela, olhando para ele, o ventilador atrás dela, Cole dormindo seguro e arejado em seu quarto de concreto. AJ piscou os faróis em despedida, dando tchau, e então a estrada estava correndo embaixo de suas rodas, e ele sabia que deveria ir para o hospital, mas antes precisava de uma cerveja gelada e umas aspirinas. E pensou em Marianne. Era errado pensar nela, mas pensou mesmo assim.

O sofá para dois estava lotado, Retro sentada entre eles, a perna nua encostada em April.

O estrangeiro baixo tinha colocado os setecentos dólares na mesa para Retro poder sentar, e agora parecia ter se esquecido deles. Sentou-se encostado no braço da cadeira, fumando, conversando tão baixo com Retro, que April só ouvia um murmúrio e a música do clube. Exceto por sua cinta-liga e pelos saltos altos, estava nua. Ele tinha oferecido um cigarro a Retro, e ela estava fumando com ele, balançando a cabeça para o que ele dizia, seus brincos balançando ligeiramente. April terminou seu champanhe, pegou a garrafa do balde de gelo e se serviu mais. Ela olhou a taça do cliente e de Retro, mas as duas ainda estavam cheias, então se encostou e ficou bebendo, Retro de costas para ela, sua coxa morena e quente encostada na dela.

No começo, não gostou de ele ter pagado por uma hora com Retro também, mas esse cara era estranho e estava se embebedando, por isso agora achava bom só ficar ali sentada e deixar outra trabalhar para ele, por um tempo. Retro estava usando sua roupa de trabalhar no salão, uma minissaia vermelha, um top vermelho, cintas-ligas vermelhas e sapatos da mesma cor. Quatro ou cinco dias por semana na praia com Franny tinham deixado April mais queimada do que nunca ficara, mas, perto da pele de Retro, a sua parecia pálida. Havia algo profundamente atraente em pele mais escura. Ela sempre pensara isso.

Franny.

April gostaria que ela estivesse em casa com Jean, e não dormindo na sala de Tina, embora o Moët tivesse feito com que se sentisse melhor, diminuindo e harmonizando os trancos e barrancos do início da noite. Ela e Glenn costumavam beber juntos, antes de Franny. Ela jamais gostara de ficar completamente bêbada, mas essa sensação, esse afastamento gentil de toda a merda que sempre precisava ser feita, era gostoso, e ela estava até um pouco desapontada com esse cliente estranho que não perguntara de novo por que ela fazia isso. Porque ela tinha uma resposta para ele. Uma resposta honesta, se ele ainda quisesse saber.

Será que ele queria saber? Ela se inclinou para a frente e olhou sobre o ombro musculoso de Retro, os olhos do estrangeiro nos dela. Ele assentiu a algo que Retro dissera, depois balançou a mão, levantou e limpou metade da mesa de coquetel, empurrando de lado o cinzeiro e o dinheiro, os copos ainda melados de Rémy. E se sentou ali, depois cruzou as pernas, o cigarro entre os lábios e os olhos direto nelas. Estava mais bêbado do que ela tinha pensado. Retro colocou a mão na perna de April e apertou.

— O que você quer que a gente faça, querido? Hã? O que você quer ver?

— Nada, não quero ver nada.

— Sério?

Retro parecia cética, a mão ainda em April, um peso quente que ela podia sentir em toda a sua cintura. O estrangeiro a estudava agora, seus olhos no rosto dela, no bico dos peitos. Olhou para elas por um longo tempo. As notas de cem dólares estavam esparramadas ao lado dele, uma delas de lado, encostada no balde de gelo. Era difícil não olhar para elas. Ela esperava que ele não estivesse bêbado demais e tivesse esquecido o acordo.

— Nada, hein, querido? — Retro levantou sua coxa esquerda e colocou o sapato de salto alto na mesa próximo à perna dele. Deixou a direita aberta, mas ele não olhou para sua barriga morena nem para sua virilha. Soltou a fumaça, bateu a cinza na mesa, queimando a ponta de uma das notas.

— Qual é o seu nome verdadeiro?

— Não podemos dizer, querido, é contra as regras. — Retro forçou uma risada. Sua mão se afastou de April e foi na direção dele. Começou a passar os dedos num círculo sobre seu joelho.

— Não me toque, por favor.

— Vamos lá, querido.

Com seu polegar e dedo indicador, ele apertou o pulso dela, afastou sua mão como se fosse algo venenoso e soltou sobre suas pernas abertas.

— Diga seu nome para ele, Retro. O cara vai pagar por isso.

— Só se ela não mentir.

— Como você vai saber, querido?

— Ele vai saber.

— Não, eu não preciso do nome dessa.

— Mas você acabou de me perguntar. — Havia um sorriso na voz de Retro, mas o atrevimento que estava ali há um segundo tinha desaparecido. Sua mão estava no sofá onde ele a largara.

Ele acendeu outro Marlboro.

— Tire suas roupas, por favor.

Retro se levantou e começou a rebolar no ritmo da música que tocava no clube.

— Não, sem dançar.

Retro parou, os brincos enormes refletindo a luz na fumaça acima de April.

— Olha, querido, eu danço. Se não quer a *dança*, então precisa *pagar*.

Ele olhou para April, reparando em sua genitália. Eles se demoraram na cicatriz de Franny. Ele pegou uma nota e entregou a Retro.

— Responda à minha pergunta e vai receber isso.

Ela esticou o braço, segurou a nota, os dedos dele ainda segurando.

— Pergunte, rapaz.

— O que vai acontecer com você depois que morrer?

— Isso é um pouco estranho, querido, mas, sabe... comida de verme, querido. Vou ser só comida de verme. — Ela puxou a nota. Ele não soltou.

— O que isso quer dizer?

— Significa que somos somente comida para os vermes, querido. Sabe, aquelas pequenas cobrinhas sem olhos? Vermes.

Ele segurou a nota de cem e começou a rir. Era um riso cansado, bêbado e cruel; ele balançou a cabeça e soltou a nota, Retro a dobrou ao comprido e enfiou em sua cinta-liga.

Ele parou e assentiu, seus olhos nos peitos dela.

— Roupas, por favor.

— Claro.

Retro olhou para April sentada ali com seu champanhe, medindo-a, e April se sentiu cúmplice de alguma agressão. Retro ficou de pé e se despiu rapidamente encostada na parede, ficando de tanga, cinta-liga e salto alto, os brincos balançando para a frente e para trás. April já tinha visto seus seios muitas vezes, mas aqui, nesse pequeno quarto embaixo da luz enfumaçada, nesse sofá negro vagabundo, bebendo Moët, era como se nunca os tivesse visto antes, pequenos e bonitos, seus bicos da cor de tronco de árvore. April olhou para outro lado.

— Tudo, por favor.

Ele pegou outra nota de cem, apontou como um revólver para o fio dental de Retro.

— Essa é a cereja do bolo, querido. Se quer a cereja, precisa me dar mais do que isso.

— Já paguei por isso, não é? Não tenho que dar mais nada para ver.

— Só se dançamos, querido, mas você não quer a dança.

Ele se sentou reto na ponta da mesa. Olhou direto para o rosto de April, e seus olhos tinham um brilho duro e acusador. Pegou o isqueiro, acendeu e aproximou uma nota de cem dólares.

— Mike — disse April —, não faça isso.

— Veja, eu não me importo com dinheiro como vocês. Não mesmo.

A nota pegou fogo imediatamente. Retro arrancou-a dos dedos dele e tentou apagar, batendo e esfregando contra o quadril; erguendo-a contra a luz, um quarto da nota tinha desaparecido. Ele pegou outra nota de cem da mesa e aproximou da chama.

— Merda. — Retro soltou a nota queimada, enfiou os polegares na sua tanga, puxando-a pelas longas pernas, chutando-a para perto do monte de suas roupas vermelhas. Sua vulva estava a centímetros do rosto de April, e esta sentia seu cheiro, o perfume dos pântanos, de lugares férteis, molhados e escuros de onde vem a vida, e, como a maioria das garotas, Retro estava raspada, só uma pequena tira de pelo subindo pelo osso púbico. April não virou a cabeça, e sabia que estava um pouco bêbada: deixou-se ficar olhando o tempo que quis.

Mike, o estrangeiro, entregou a nota para Retro, depois lhe deu outra também.

— Obrigada.

Ela dobrou-a e enfiou-as embaixo da cinta-liga, e se sentou entre os dois. Uma das notas encostava de leve na coxa de April.

Ela tomou seu Moët. O quadril de Retro estava quente, encostado no dela. Ele segurou a garrafa pelo gargalo e colocou champanhe nas duas taças, os olhos indo da virilha de April para a de Retro.

— Eles cortaram um bebê de você, não é?

A pergunta fez com que se sentisse mais nua do que estava, e ela não conseguiu responder. Tentou sorrir para ele. Assentiu.

— E você? — ele perguntou a Retro. — É mãe?

— Por que quer saber, homenzinho?

Ele colocou outro cigarro entre os lábios.

— Abra as pernas.

— Peça com carinho, querido.

Ele olhou para April: seus olhos estavam mais doces, como se fosse uma velha amiga que esperava que o ajudasse. Ele agarrou o restante das notas e amassou-as até ficarem uma bola apertada, e enfiou-as na mão de Retro. Ela não disse nada, só abriu as pernas e mostrou sua vagina, uma coxa por cima das pernas de April, a outra em cima do braço oposto da poltrona. A música do clube era country de novo, Sadie já estava de volta. Um homem bradou e havia muita bateria e guitarra tocando, e Retro estava tentando parecer excitada, jogando a cabeça para trás, esfregando-se levemente com dois dedos, Mike olhando para o que ela estava fazendo.

Não parecia estar tão bêbado agora. Os olhos estavam mais doces, e ele parecia anos mais jovem. Como uma criança, na verdade. E a pele de Retro contra a dela já fora uma sensação boa, mas agora sua perna estava pesando e fez April se sentir cercada. Ela ficou olhando para a mesa, vazia das notas de cem dólares que ela queria ganhar.

Uma luz fraca embaixo da escada. Ela fica de quatro como o gato de Jean, e havia um lugar ali. Longe, uma porta abre e fecha, a perna de um adulto vem da escuridão para a luz. Ela pode engatinhar por lá. Só precisa se encolher bem e não sentir medo. Não sente. Engatinha para aquele lugar, e o chão é duro e empoeirado, e a música não está mais tão alta, só que está em cima dela, a madeira faz barulho com alguém caminhando ou correndo. Sua mão toca algo, um pedaço comprido de madeira que não se move. Mas não é grande, e ela engatinha por cima dele. Poeira, poeira. Dá vontade de tossir. A música para, e ela só ouve vozes, pés se arrastando sobre sua cabeça. Como mamãe poderá encontrá-la aqui? A música alta volta a tocar, e mais pés se rangem sobre sua cabeça. Tão perto. Ela se senta no pedaço de madeira, e sua mão, no escuro, toca mais madeira.

Ela engatinha.

Mais pedaços compridos de madeira, mas ela não está muito assustada. *Faça o melhor que pode, querida. O melhor.* E não está muito longe. Está tão perto agora. Sente cheiro de comida como a que acabou de comer, como a que ela e mamãe compram às vezes, pela janela o homem entrega batatas fritas dentro do carro. Garotos sorrindo para mamãe. E esse buraco é um quadrado. Um pequeno quadrado. A porta abre e fecha e abre. A luz e o cheiro estão do outro lado. Outra cortina também. A festa do outro lado, ela não vai lá. Senta-se de pernas cruzadas perto do quadrado da parede ao lado da escada. Uma moça empurra a cortina e está levando copos numa bandeja redonda e empurra a porta deixando a luz entrar. Um forno de metal brilhante, e um homem pega os copos, e Franny não quer entrar ali agora. Mas não quer voltar para o lugar escuro. Seu rosto está quente, os olhos queimando, e ela não deve fazer nenhum barulho. Não deve.

No escuro frio da cabine de sua picape, o pulso de AJ estava inchado, e ele o deixava imóvel em cima da perna. A cerveja estava fria, a lata suada, e toda vez que ele tomava um gole de sua Miller, apertava o joelho contra o volante para permanecer no Washington Boulevard, enquanto Bob Seger cantava sobre estar completamente sozinho outra vez no palco. Mas AJ ainda tinha aquele bom pressentimento sobre Deena, que talvez ela *realmente* o amasse e esperaria por ele afinal, de que poderia ter Cole nos braços de novo e provavelmente Deena também; estava feliz por ter desobedecido àquela maldita ordem e ido para casa, mas agora não conseguia parar de pensar em Marianne, em vê-la da forma como tinha visto pela primeira vez, sob a luz azul, sorrindo timidamente e balançando as tetas para ele. Era da mão dela que ficava lembrando, sua palma esticada esperando ser paga mesmo depois que aquele filho da puta torcera seu pulso até quebrá-lo, tinha certeza.

Terminou a cerveja e jogou a lata vazia sobre o ombro, fazendo-a cair sobre as duas outras na cadeirinha de Cole. Dois quilômetros adiante, pela quinta vez em meia hora, as luzes amarelas da placa do Puma em cima do estacionamento lotado. AJ pisou fundo, sua F-150 respondendo como uma arma. Sob o toldo havia três ou quatro homens rindo com alguma prostituta mentirosa, e na entrada estava um dos fortões fumando um cigarro, Sledge ou Skeggs, algo assim, só bigodes, músculos e bafo podre, fora ele quem abrira a porta quando o china jogara AJ para fora como se fosse lixo.

AJ deixou o clube iluminado para trás, cruzando o Washington Boulevard. O homem o tinha tratado como se ele fosse um problema que não precisava ter, mas, droga, AJ não precisava ter o pulso quebrado também, e, a menos que fosse trabalhar amanhã e fingisse ter se machucado lá, não receberia o salário durante o tempo de recuperação. Tentou imaginar como iria esconder esse inchaço. A escavadeira estava no local de trabalho, uma drenagem municipal no canal de Lido Key. Teria de chegar lá antes do merda do filho de Caporelli; jogaria a pá no canal, depois baixaria o carregador e desceria, forçando seu pulso embaixo dele. Quando Caporelli chegasse, AJ gritaria que estava preso, que tinha descido para limpar os dentes quando o carregador caíra em cima dele. Gritaria para Junior levantar o cabo e soltá-lo.

Isso funcionaria. Principalmente com Caporelli Jr., que não era nada mais que um sortudo filho da puta nascido num lar confortável, sem fazer por merecer. Era cinco ou seis anos mais novo que AJ e dirigia uma V-10 de que não precisava, nenhuma ferramenta nela, e que brilhava de tão limpa. Passava a maior parte do dia na cabine refrigerada falando no celular com a namorada ou fazendo apostas. AJ o faria dirigir até o hospital em Sarasota, deixaria que os Caporellis pagassem por tudo, incluindo o tempo de licença, umas semanas com certeza.

Ele queria outra cerveja gelada, mas a dor tinha diminuído o suficiente, e novamente havia a sensação de que sua sorte estava mudando; com aquela licença paga, ele poderia fazer aquela maldita aula, deixar que falassem o que quisessem, e então Deena ia prender os cachorros, e ele poderia ver Cole de novo. Ainda ouvia o filho falando durante o sono, naquela voz fina, pura, cheia de esperanças do filho que ele morreria para proteger. *Feliz.* E hoje à noite, depois de cinco longas semanas, tinha sentido seu rosto macio, o cheiro gostoso do seu cabelo, esses pensamentos jorravam pelo caminho que o farol de sua picape criava, a grama comprida dos dois lados da estrada, as latas de cerveja vazias, um maço de cigarros amassado, a pele emaranhada de um animal morto há muito tempo.

Em frente pairavam as luzes de segurança dos prédios do parque industrial, dos lados norte e sul. Quando tinha a idade de Cole, não havia nada ali, só pinheiros, bosques de palmeiras e palmeiras-anãs, ele e sua mãe indo para casa depois de seu turno como camareira no grande resort de Longboat Key. Ela usava uma blusa branca e saia preta, já tinha uns cinquenta, fumando um Tareyton atrás do outro, velha e seca. E não se lembrava muito agora, mas ela tinha pedido que deixassem o menino ir junto nos quartos e limpar, disse que gostava de jogar as toalhas sujas na cesta, que sentia orgulho de mudar os rolos de papel higiênico nos prendedores na parede. E nos últimos anos tinha trabalhado com seu padrasto em Myakka City. Reformando casas principalmente de pessoas mais velhas, reformando as soleiras das portas, trocando os azulejos nos banheiros mofados, construindo varandas e deques novos, trocando telhas, armando varais e cavando buracos para colocar estacas e levantar cercas, e Eddie ia até a van a cada meia hora para um gole de vodca ou gim cujo cheiro ele escondia com Wrigley's e cigarros. No final do dia, estava com o rosto vermelho e mais cansado do que deveria, mas rindo e contando vantagem para os velhos enquanto AJ limpava e guardava as ferramentas, e, com 14, 15, 16, dirigia a van para casa.

E então, uma sexta-feira de manhã, Eddie era somente um monte inerte sob as cobertas da cama da mãe, e AJ conseguiu um emprego noturno depois da escola na farmácia Walgreen's, e estava cada vez melhor com números e com o estoque do que era com as mãos, e eles iam mandá-lo para a escola a fim de treiná-lo ainda mais, colocá-lo à frente de uma loja algum dia, talvez uma cadeia de lojas, mas aconteceu Deena e seu cheiro, e os dois loucos para entrar um dentro do outro, e agora a mão esquerda de AJ parecia uma salsicha a ponto de estourar no fogo.

Sempre trabalhou. Toda a droga da vida, trabalhou e trabalhou e trabalhou. Não conseguia se lembrar de ter tido algum tempo livre. Nunca. E só queria descansar, um lugar para descansar que não fosse uma cama dobrável no apartamento da mãe. A pele e o cabelo de Marianne, seus olhos grandes e doces. A forma como ela olhava direto para ele enquanto contava sobre Cole, como tinha segurado sua mão com os dedos pequenos, como, antes dessa noite, tinha olhado para ele com admiração. Respeito.

Será que ela tinha ficado com medo dele? Será que ele tinha apertado tanto a sua mão?

Diminuiu a velocidade e olhou o retrovisor, passou para a faixa do meio. Precisava pedir desculpas. Era errado que ela pegasse o dinheiro dele quando ele estava machucado assim, mas, mesmo assim, deveria pedir desculpas. Talvez ela também.

AJ sentiu-se como o cara que, na mesa de pôquer, passa a noite toda só recebendo cartas de merda, mas precisa continuar jogando. Havia a nova promessa de Deena, e Cole de volta em casa, também a de algum tempo livre dos Caporellis, e sentiu a esperança, não dos que têm sorte, mas de quem trabalha para aquilo, aquele que observa e conta as cartas e sabe que ainda há, pelo menos, dois valetes e um rei no baralho.

Sua picape esbarrou em uma vala, saiu, depois se estabilizou no asfalto, e ele acelerou, o motor fazendo o ruído tranquilo de um aliado leal.

O jazz acalmou Jean um pouco, e não foi difícil encontrar a estação, as escovinhas nos pratos, o clarinete grave e tranquilizador. Mesmo assim, começou a suar frio e passou duas vezes pelo luminoso néon amarelo do Puma Club. O estacionamento estava cheio de homens e carros, o lugar em si era uma estrutura baixa sem janelas. Indo para o norte, estava à sua esquerda, do outro lado da pista. Indo para o sul agora, estava à sua direita, muito mais perto, e, quando se aproximou, dava para ver o longo caminho coberto até a porta cor-de-rosa da entrada, um cor-de-rosa que abria e fechava, quase obsceno.

Alguns vagabundos fumavam cigarros encostados numa picape e ficaram olhando enquanto ela passava com seu Cadillac. Ainda havia tempo para entrar no estacionamento, mas ela acelerou, sentindo-se enjoada e covarde. Havia um peso tremendo no seu peito. Aumentou o volume do jazz e inspirou fundo pelo nariz. *São só os nervos, é só isso. Não é o seu coração, sua cabra velha. Só seus nervos.*

De ambos os lados da avenida estavam escuras camadas de campo. Todo o mato e as árvores que, em alguns anos, seriam transformados em loteamentos. Ela sabia que era o sonho de April comprar um lugar para ela e sua filha. April nunca conversara sobre isso com Jean, mas Franny tinha falado; brincando com uma bola vermelha e amarela de massinha, fizera porta e janelas e dissera: "Você vai nos visitar quando eu e mamãe comprarmos nossa casa, não vai?" Ou certa manhã bem cedo, quando estava ajudando a regar as plantas e flores, segurando um pequeno regador que Jean comprara para ela: "Você faz um jardim igual a esse na nossa casa nova?"

Claro que faço, querida. Claro.

Ao longe brilhavam as luzes de segurança do parque industrial sobre os edifícios baixos de concreto, empresas que provavelmente faziam microchips e enchimento de poliestireno, vassouras de plástico e cadeiras de escritório, o tipo de objetos de que a pessoa precisa, mas em que raramente fica pensando. O conjunto de edifícios era horroroso, e para Jean lembrava prisão, castigo e mau comportamento. Temeu por Franny mais uma vez, e, com ou sem medo, decidiu voltar àquele lugar, entrar por aquela porta rosa obscena e levá-la embora.

onnie olhou para o salão lotado, passou por cima da mureta e das luzes azuis enfumaçadas da área VIP onde Zeke estava encostado com Paco, fingindo não olhar para as garotas. Andy sentado em seu banquinho, uma forma escura de cabeçorra branca. O que Spring poderia ter feito durante duas horas ali dentro com aquele cliente baixinho? Sua filha. Ela lhe pedira que desse uma olhada, mas ele não tinha tido tempo. Tina deve ter conseguido. Ela descera do escritório de Louis e voltara para lá. Então fora para o bar da área VIP, conversando com a garota nova na penumbra. Voltara então ao escritório de Louis. Talvez Lonnie devesse dar uma olhada. Quantos anos tinha a filha de Spring mesmo? E isso significava que ela era casada? Será que Spring morava com alguém?

Lonnie se afastou do bar, mas no canto do palco um dos rapazes de charuto estava falando alto com outro, os olhos escuros e raivosos, e Lonnie esperou para ver se era um bolsão ou somente fanfarronice de bêbados que podia ignorar.

Como estava ficando cansado disso tudo. Antes, o pensamento de mudar de vida só aparecia em seus dias de folga, quando estava sozinho, e um enorme vazio escancarado se abatia sobre ele, e, a cada respiração, se enterra mais fundo, essa pergunta em aberto: o que estava fazendo ali? Não no clube ou na costa do golfo, não em todos os lugares pelos quais tinha passado — três universidades, uma em Austin, onde seu velho trabalhava, as outras em Nova Jersey e aqui na Flórida, todas as discussões em aula quando se defendia, questionando tudo, da "Teoria da Burocracia" de Weber às diretorias corporativas, até a ascensão do pós-modernismo, todas as bobagens, porque ele sabia pouco. O que sabia, ou pensava que sabia, não vinha dos livros, mas das aulas que registrava em garranchos e má ortografia que só ele conseguia decifrar. Que ironia, o filho de um literato não conseguir ler; mas as palavras eram bonitas para Lonnie, como som, como vogais aéreas e consoantes férreas, como coisas para memorizar e pensar mais tarde, porque ele não conseguia ler como os outros, nunca conseguiu. Uma palavra que outra pessoa decifrava facilmente se transformava em um problema matemático que ele precisava resolver antes de poder continuar. Em vez de ver uma fila de letras simbolizando sons específicos, via mil patas quebradas de insetos que precisavam ser rejuntadas antes de obter a mensagem.

Adorava música e ouvia o tempo todo. Alto e repetente em tudo, menos álgebra e geometria, caminhava pelos corredores do colégio com seu walkman, cobrindo seu mundo de Springsteen, Berlin, Mozart, 'Til Tuesday, Albinoni, The Clash. Lonnie atraía as mulheres. Não as que brilhavam lindas no alto da hierarquia, mas as desprezadas como ele, garotas inteligentes que fumavam muito e não se importavam com o fato de tomar uma cerveja quente em uma tarde fria, na grama, que gostavam tanto de música quanto ele e ainda mais de como Lonnie dançava, gentilmente puxando-as uma de cada vez, por uma ou duas estações, mantendo o ritmo, entrando nelas até serem uma só nota pulsante chegando a um crescendo e então, separavam-se.

Algumas o amaram, e, com o tempo, quando o ensino médio se transformou em faculdade, que se transformou em trabalho, quase chegou a amá-las também. Na presença delas, sentado em um banco, em frente a ovos e café, dirigindo pela autoestrada ou só deitado na cama pouco antes de dormir, na maioria das vezes, sentia uma grande ternura por quem estivesse com ele, por cada cabelo, cada piscar de olho, cada pequena mancha ou linha na pele. Atraía-se pela voz e pelo hálito dela, pelo som de seu carro estacionando na porta da casa, sua calcinha suja caída no chão, seu criado-mudo empoeirado cheio de qualquer coisa: com uma eram recibos inúteis, uma escova de cabelo e elásticos de cabelo, além de um cinzeiro lotado; com outra, eram trocados, um celular e maço de cigarros; com uma terceira, nenhuma bagunça, só uma toalhinha esticada, pronta para não receber nada. E, mesmo assim, as amava, ou pensava assim até elas precisarem de alguma prova concreta, e dias ou semanas depois ele tinha ido embora.

Plantou árvores em shopping centers em Nova Jersey. Dirigiu um caminhão com máquinas de venda de produtos em Austin. Dobrou tapetes para potenciais fregueses numa loja em Houston. Alugava apartamentos com um ou dois dormitórios em bairros que as pessoas pareciam evitar, e, à noite, ouvia música ou livros em fita.

Logo descobriu sua alta tolerância a ficar sozinho; preferia assim, na verdade. Embora isso sempre mudasse nos sábados à noite. Ele queria boa música ao vivo, bourbon e cerveja gelada, e, quando encontrava os três, precisava de uma mulher para dançar, talvez levar para casa se ela quisesse; às vezes ele queria também, mas essa raramente era sua intenção quando saía à noite. Via homens assim o tempo todo, no entanto. No bar ou encostados nas mesas de sinuca, sentados perto da banda, usavam mil correntinhas no pescoço e nos pulsos; o relógio que usavam para trabalhar tinha ficado em casa, trocado por um modelo mais brilhante. As camisas estavam passadas, e o cabelo bem cortado, muitos deles usavam gel. Podia sentir o cheiro da loção pós-barba por cima da fumaça de cigarro, e eles tinham aquele olhar furtivo e calculado de jovens caçadores.

E talvez, por não ser assim, talvez porque saísse de camiseta, jeans solto e botas de trabalho, às vezes sem se barbear, sempre precisando de um corte de cabelo, porque prestava tanta atenção no vocalista cantando e no baixista e no baterista mantendo o ritmo, atraía as mulheres em quem não estava nem prestando atenção; sozinhas ou acompanhadas, bonitas ou mais ou menos atraentes, elas dançavam e bebiam e dançavam um pouco mais. Ele pagava bebidas e cigarros, e elas se inclinavam e conversavam. Um dos solitários poderia se aproximar, outro daqueles que não significavam nada quando elas olhavam para o alto e magro Lonnie que tinha chegado e tomado a caça deles sem ter se preparado todo para isso.

E que viessem farejar. Se ela quisesse um deles, se saísse da pista e não voltasse mais, tudo bem também. Ele voltava para sua música e seu Maker's Mark, deixava a noite rolar.

Mas se ela não queria o solitário, Lonnie não se importava em pedir que ela puxasse o carro. Algumas obedeciam. Outras poucas, não. Ele esperava, pedia de novo e geralmente não esperava mais, e o que fazia se perdia em toda a movimentação seguinte, o solitário caindo para trás no meio das pessoas ao som feliz de uma banda de sábado à noite num bar escuro, os braços abertos, todo desconjuntado e inútil, a boca, um buraco oval de choque e surpresa, a última coisa que Lonnie geralmente via antes que pedissem que fosse embora ou saísse espontaneamente. Às vezes a mulher o seguia, mais interessada nele do que antes. Outras vezes, ela se afastava como se *ele* fosse o cachorro, aquele em que você queria fazer carinho antes de o bicho mostrar os dentes.

Uma, baixa, bonita e musculosa, de Nova Jersey, seguiu-o e levou-o para casa. Vivia num complexo de apartamentos chamado Jersey Shores, e nas paredes tinha colocado fotografias de seus dois filhos crescidos. Na luz fluorescente da cozinha onde serviu vinho, dava para ver o rosto dela, pela primeira vez. Era uns 10 anos mais velha do que ele pensara, 53 ou 54, o cabelo encaracolado cheio de fios brancos. Lavou o punho cortado dele na pia da cozinha, o sangue escorrendo em cima de um prato e um copo, e secou a mão com uma toalha limpa, apertou seus dedos e levou-o pelo corredor até seu quarto, onde o despiu como se fosse um garoto.

Mais tarde, deitada na cama, o suor dos dois secando, seus braços e pernas esgotados e cansados, ela disse:

— De onde vem toda aquela raiva?

— Raiva?

— Quando você acertou aquele pobre vagabundo.

— Não estava com raiva. — Ele percebeu como a luz do corredor caía sobre a cama, como dividia os dois ao meio.

— Não estava? Você bateu muito nele.

— Só para tirar sua vontade de brigar.

— Você briga muito?

— Não diria isso. — Não mesmo. Só uns socos. Socava um alvo vivo porque assim tinha se apresentado: o rosto de um homem reduzido a dois olhos úmidos, um nariz que o chamava e dentes convidativos; então era só colocar o peso no pé de trás e jogar o ombro e deixar voar, por um momento nada complicado o interrompia ou continha, só o doce impulso que poderia provar sua opinião como nenhuma outra coisa.

Nas manhãs seguintes, tinha a boca seca e a cabeça pesada, e se sentia mal por machucar outro ser humano, apesar de a claridade de seu remorso ser sempre nublada por algum grau de orgulho atlético, saber que tinha acertado seu alvo com a força exata no momento exato. Mesmo assim, ainda dizia para si mesmo que evitasse isso no futuro e obedecia por algumas semanas, até um par de meses, sem arranjar qualquer problema. Mas havia tantos homens procurando problemas, que era como alguém de dieta entrar todo sábado num bufê completo com pratos e sobremesas espalhados à sua frente.

Louis o viu, então, em Houston numa dessas noites. Estava no bar de um hotel perto do shopping Galleria no distrito dos teatros, um dos últimos lugares aos quais Lonnie ainda não tinha sido banido, e não havia nenhuma banda tocando, só um pianista medíocre que passava, sem um pingo de vergonha, de Neil Sedaka para Brubeck e depois para Billy Joel. O bar estava meio cheio com homens e mulheres em trânsito, geralmente a negócios, as gravatas dos homens soltas, as mulheres de saia e salto alto, alguns com celulares ou pagers, um copo vazio na mão livre.

A maioria dessas pessoas não era muito mais velha do que Lonnie, mas pareciam milhares e milhares de dólares mais ricas. Só que ele não queria ser como elas, desperdiçando suas vidas atrás de dinheiro e tudo que acreditavam que dava para comprar com ele, tomava seu bourbon, completava com cerveja gelada e olhava para elas conversando e rindo, sentindo-se como quando era criança, como se lhe tivessem mostrado uma festa em pleno vapor para a qual ele não tinha sido convidado e nunca seria. Não simplesmente porque não era como eles, mas porque tinham a confiança de serem mestres num jogo cujas regras sabiam de cor, enquanto Lonnie nunca tinha entendido completamente a questão: havia trabalho que se fazia para sobreviver; havia o teste ocasional de capacidade em que nem todos os homens passam; havia boa música, bons livros e bourbon, a cada par de semanas, uma mulher. Mas justo naquela noite, quando seu humor estava passando de autopiedade para superioridade semiamarga, uma mulher à sua direita deu um repelão no homem ao lado dela, o rosto dela pálido e tenso.

— Me *larga*.

Os ombros dela estavam um pouco encurvados. Um minúsculo brinco prateado balançava acima do decote de seda da blusa. O homem falava baixo, e Lonnie se afastou do bar para vê-lo melhor, um macho alfa bonito, o cabelo negro arrumado, os dentes retos e a barba bem-feita. Usava um terno azul-escuro que lhe caía bem, parecia uma propaganda, e estava inclinado sobre a mulher, apertando seu braço, a boca a um centímetro do ouvido dela. Lonnie deu um tapinha nele:

— Ela mandou você soltar.

O homem olhou para ele como se fosse a criança malcriada de alguém, como se nem precisasse falar nada.

— Ela é minha *esposa*, então vai se foder.

Mais tarde, com o coração ainda batendo forte no peito, parado na calçada úmida daquele sábado em Houston, o gerente do bar olhando para ele da porta, Lonnie estava novamente surpreso com a rapidez dos acontecimentos — Palavras, Ação, Reação, depois sua bunda mais uma vez na rua. Teria rido se seu sentimento de superioridade não tivesse se dissipado. Teria sorrido, balançado a cabeça e ido para outro lugar. Mas para onde? Já tinha sido banido de todos os bares do centro. Teria de ir para os bares mais barra-pesada, onde seu hábito o mataria? Porque ele terminaria tomando um tiro ou uma facada se continuasse com aquilo. Talvez jogado em alguma cela.

E tinha errado o cálculo um pouco dessa vez também; a primeira direita tinha aceitado o Alfa na lateral da cabeça, derrubando-o de lado, os ombros se encolhendo, os joelhos caindo, mas a segunda acertara somente metade do nariz, e quando Lonnie se afastara para um terceiro golpe, seus dedos acertaram a orelha da mulher que estava defendendo, que deu um grito: seu brinco saíra voando. E agora estava claro que o gerente do bar, com aquele cheiro de chiclete e suor, estava esperando pela polícia, por isso Lonnie enfiou os dedos inchados no bolso e começou a caminhar.

— Ei.

Um homem encostado em uma das colunas do hotel fumava um charuto. Estava usando calças de seda, uma camisa com colarinho aberto e sandálias de couro. Ao redor do pescoço e dos pulsos o ouro faiscava, o cabelo ruivo para trás. Entregou um cartão a Lonnie.

— Pegue.

E, havia dois anos, Lonnie era seu braço direito, só porque Louis tinha ido ao oeste para um casamento na família e uma feira de motores de barco e vira o Macho Alfa cair entre os bancos do bar como uma trouxa de roupa suja, e Lonnie se mudara para a Flórida porque, bom, por que não? Mas Lonnie estava cansado de bancos de bar, cansado de derrubar homens como o Boné dos Dolphins e outros como ele. Nunca tinha sido supersticioso, mas cada vez mais, nos últimos meses, esse vazio profundo dentro dele tinha piorado com os pressentimentos de perigo adiante; quanto tempo até o bolsão que tentava fechar não se fechasse, até que o cara que ele estivesse tentando derrubar não caísse, ou, se caísse, quem garantiria que ele não viria atirar nele? No último inverno, um colega em um clube em Venice tinha tomado um tiro na cara. Sobrevivera, mas metade de seu queixo tinha sumido e nunca mais voltaria.

E essa hora da noite era a pior, uma hora para as luzes se acenderem, os bolsões se abrindo e fechando por todo o salão, no ar muita fumaça de cigarro e charuto que irritava os olhos, as dançarinas batalhando para levar os homens para a área VIP. No fim da noite, algumas entregavam uma nota de 10, quando deveria ser cinco por cento.

Somente Spring passava o dinheiro certo, regularmente. A segunda coisa que Lonnie tinha percebido nela: que era honesta e olhava nos olhos dele quando dava sua parte e agradecia de verdade. A forma como levantava seu queixo, como se não tivesse vergonha de nada, e aquele brilho escuro nos olhos — afetuosa, inteligente e um pouco machucada. Fora a primeira coisa que percebera nela. Fora a primeira coisa, e agora era a última, e era com essa lembrança que ele dormia à noite.

— **C**hega.

O estrangeiro olhou entediado para Retro e o que ela mostrava para ele. Levantou-se e puxou aquele maço de notas de cem, entregando três para ela.

— Mais bebidas, por favor. — Retro fechou as pernas. Levantou-se devagar, olhando para ele. April conseguia vê-la de perfil. Ficou olhando Retro colocar sua míni vermelha e rebolar para entrar no top. Antes de sair, Retro trocou um olhar com April como quem diz: melhor não deixar aquele merdinha conseguir algo dela.

— Ela faz qualquer coisa por dinheiro, não?

April estava um pouco bêbada. Não queria beber mais, não importava quantas vezes ele tentasse encher sua taça. Deu de ombros e não respondeu, mas tinha mais trinta minutos antes de poder olhar Franny, e aquele dinheiro na mão dele era tudo em que conseguia pensar. Ele estava olhando para os peitos dela, suas pernas cruzadas. Seu rosto.

— Você não acredita em nada?

— Acredito em algumas coisas.

— Em quê?

— Em manter a palavra, Mike. Acredito nisso.

— O que você quer dizer? — Ele estava com os olhos semicerrados, apesar de a fumaça na sala ter desaparecido.

— Você me perguntou por que eu danço. — Ela apontou com a cabeça para o maço ainda na mão dele. — Pôs oito dessas no sofá e me perguntou.

— Mas eu sei por que você está fazendo isso, April.

— Spring.

— April. — Ele se levantou e se sentou na poltrona, o dinheiro na mão. Um monte. — Fique de pé, por favor.

Ela não queria ficar de pé. Ele puxou uma nota de cem do bolo e deixou-a cair na frente dela.

Dinheiro tão fácil. Era como ela devia pensar nisso tudo. Ela enfiou a nota em sua cinta-liga, depois colocou a taça na mesa e ficou de pé, com a virilha na altura do rosto dele. O estrangeiro estava olhando bem nos olhos dela. Dava para ver como estava perdendo cabelo no alto, o couro cabeludo macio e moreno, sob a luz. Novamente, parecia um garoto que perdera a curiosidade e ganhou uma tristeza que o deixara amargurado. Ela não tinha mais medo dele. Quase sentia vontade de passar os dedos pelo seu cabelo, confortá-lo da forma como faria com sua filha. Então os dedos dele apertaram sua cicatriz no meio dos pelos púbicos, e ela deu um passo para trás, com a garganta formigando, quente.

— Nada de tocar, Mike. Você sabe disso. — Ela sorriu. Era o sorriso notívago, duro, e tinha ficado, de repente, com frio, os bicos de seus seios duros. Queria cruzar os braços.

— Por dinheiro suficiente, você me deixa tocá-la em qualquer lugar, não?

— Não, eu não. Chame uma das outras para isso. Eu não faço isso.

Ele sorriu, mostrando seus dentes feios. Pela primeira vez na noite toda, parecia satisfeito de verdade com alguma coisa. Manteve seus olhos nos nela e separou mais três notas de cem do bolo. Duas em cima do sofá, a outra dobrou e caiu no chão.

— Para que isso, Mike?

— Por isso.

Ele apontou para sua vulva.

— O quê?

— Onde cortaram você.

— É só uma cicatriz. Você não quer tocar numa cicatriz.

Mais duas notas de cem voaram e caíram como cartas sobre as outras duas. Seiscentos. Ele estava louco, de alguma forma, e, a menos que voltasse outro dia e fizesse tudo de novo, ela nunca teria outra noite como aquela.

— Por que você quer tocar?

— Eu quero, só isso.

— Preciso saber primeiro. Ou não vai ser possível.

— Saber. Por que você precisa saber? Não sabe nada.

— Sobre você?

— Sobre nada.

— Por que você quer tocar, Mike?

— Eu vou tocar se quiser, você sabe disso, não é?

— Eu teria de chamar o Andy. Isso seria ruim.

— Bom? Eu posso matar aquele homem de muitas formas, April. Quer saber quantas?

A porta se abriu, Retro entrou com um Moët e um Rémy, Celine Dion cantando ao fundo.

— Está uma loucura lá fora. Uma *loucura*.

Ela se agachou e colocou o Rémy na mesa. Havia três ou quatro notas de vinte em sua mão, e ela encheu as taças com Moët, transbordando a de April. April ficou olhando a poça que se formava enquanto Retro embicava a garrafa bem no fundo do balde.

— Obrigado, você pode ir embora agora.

— Como é, querido? — Retro jogou a cabeça para o lado, os brincos balançando.

Ele colocou um Marlboro entre os lábios. Apontou com a cabeça para o troco em sua mão.

— Pode ficar com isso.

— Qual é o problema, homenzinho? Não gosta de garotas negras?

— Gosto delas, sim. Só não gosto de você.

— É recíproco, querido.

Retro deu um olhar gelado para April. Pegou sua taça de champanhe e saiu, deixando a porta aberta, o rosto de April ficou vermelho, como se, de alguma forma, a tivesse traído. Podia ouvir os homens bradando com a apresentação de Wendy e sentiu vontade de ir embora também, voltar para o camarim e dar uma olhada em Franny. Estaria provavelmente dormindo, mas, com todo o barulho, talvez não estivesse.

— Feche a porta. — Ele acendeu um cigarro, encostou na poltrona, cruzou as pernas. Ela deu a volta na mesa e fechou a porta.

— Por que não gosta dela, Mike?

Ele a estava estudando novamente, seu cotovelo no braço da poltrona, a fumaça do cigarro subindo por seu rosto.

— Porque ela não me mostra nada.

— Achei que tinha mostrado muito para você.

— Não, não quero aquilo.

— Então por que veio aqui?

Ele soltou muita fumaça.

— Porque é permitido.

— Permitido?

— Sim, é permitido para mim, então eu vim.

— Permitido por quem?

— Você não entenderia.

— Sua esposa?

— Não tenho esposa. Nunca vou ter esposa.

— Nunca?

— Não quer isto? — Ele deixou o cigarro entre os lábios e juntou as notas do sofá ao seu lado, jogando-as sobre a mesa.

Ela olhou para a que estava no chão, perto do seu pé.

— Quero.

— Venha aqui, por favor.

O coração dela começou a bater mais rápido. Ela descruzou os braços de cima dos seios e caminhou até a mesa, parando onde estava antes de Retro voltar. Nunca tinha deixado nenhum cliente tocá-la desde o Empire, onde tinha de fazer *lap dance* na área VIP, se esfregando contra homens excitados, tentando pensar que não era uma prostituta porque não tocava neles com suas mãos, e eles não tocavam nela com as deles. Embaixo de seu pé descalço havia uma nota de cem. Mike parecia ter esquecido dela.

— Você vai me deixar tocar aquilo e vai me contar por que acha que faz isso, e eu dou seu dinheiro sujo.

— Minha cicatriz?

— Isso.

— Ninguém nunca a tocou além de mim, Mike. — Era verdade, nem mesmo Glenn. Sua boca estava seca. Ela sentia a batida do coração dentro da cabeça. Apontou para o dinheiro. — Não é o suficiente.

Uma batida forte na porta:

— Quinze minutos. Tudo bem?

— Sim.

— Spring? Tudo bem?

— Sim, Andy!

O barulho do clube explodia do outro lado da parede, o peso maciço de Andy rangendo no chão enquanto ele voltava para a área VIP.

— Você acha que ele está aqui para protegê-la, mas não é verdade.

— Você nunca o viu jogando alguém para fora.

— Ele só tem poder se eu me importar com o que acontece comigo; ele não está aqui para me impedir de machucá-la. Eu poderia ter feito isso mil vezes. Ele está aqui para me punir *depois* de eu tê-la machucado.

— Isso faz com que a maioria das pessoas não faça nada, Mike.

— Só vocês, *kufar*.

Ele apagou o cigarro no cinzeiro cheio, soltou dois filetes de fumaça pelo nariz.

— Você ama esse mundo e não tem Deus.

— Algumas de nós temos um Deus.

— Então por que veneram seu profeta? Ele não era o filho. Só existe um Alá, e Ele não tem filho. Esses são seus deuses. — Ele pegou o dinheiro, entregou todo para ela. — Aqui, pegue os seus deuses. Quanto quiser. Eu não me importo.

— Não acredito que você não se importe.

Ela pegou o maço de notas de cem, os dedos tremendo um pouco.

— Vê como está tremendo? Está na presença de seus deuses. Mas eu posso queimar seus deuses. Você já me viu queimar seus deuses.

— Por quê? — Ela não queria perder tempo contando; ele podia mudar de ideia a qualquer segundo, como tinha feito com Retro. Separou metade ou três quartos do resto, devolvendo o bolo para ele, dobrando o dinheiro e jogando sobre a saia e a blusa no chão atrás dela. Dois ou três mil, com certeza. Era difícil não sorrir para ele. — É porque você não liga para dinheiro, Mike. Você tem o bastante.

— Meu nome não é Mike.

— Eu sei.

— Meu nome é Bassam.

— Bonito nome.

— Venha aqui.

Ela se aproximou, um pouco nervosa.

— Sente-se, por favor.

— Só a cicatriz, está bem?

— Está bem.

Ela se sentou ao lado dele. Bassam colocou dois dedos no ombro dela e suavemente a empurrou para trás. Os pés dela estavam no chão, seus joelhos juntos, e era uma posição desconfortável, mas ela não queria levantar a perna e mostrar uma coisa pela qual ele não pagara.

Ele olhava para os pelos púbicos dela, a pequena cicatriz horizontal embaixo. Ela pensou em Franny na véspera, na Siesta Key, deixando a areia branca escorrer pelos seus dedos. Agora os dedos dele passavam pela linha espessa da pele que tinham cortado havia três anos e meio, como tinham costurado mal, o inútil Glenn sentado ao lado dela.

— É bem pequena.

Ela não falou. Esperava que ele tivesse esquecido o resto do acordo, que não tivesse de contar nada. O rosto dele parecia muito mais jovem, e ele a tocava tão levemente que ela estava prestes a chorar e não sabia por quê; preferia que ele só quisesse ver sua xoxota, qualquer coisa menos isso. Como ela tinha deixado?

— Diga-me, por favor.

— O quê? — Sua garganta estava seca. Se continuasse falando, acabaria chorando.

— Diga-me por que faz essas coisas.

Ele a tocava de leve, passando os dedos de um lado para o outro sobre a pele dela, uma comichão na barriga. Os olhos de April começaram a se encher de lágrimas. Ela queria dar um tapa na mão dele e se levantar, mas em poucos minutos Andy viria bater na porta, e, mesmo se esse cara quisesse comprar mais tempo, ela iria embora. Pegaria todo o dinheiro que ele tinha dado e iria embora.

— Estou esperando. — Agora ele apertava dois dedos sobre a cicatriz, como se fosse um médico tentando fazer um diagnóstico.

Ela respirou fundo.

— Pela minha filha, está bem? Faço isso por ela.

Ele olhou para April, balançou a cabeça:

— Não.

— Sim. — Estava furiosa e não se importava se ele ficasse também. Tinha seu dinheiro, e Andy logo viria para cá, e esse estrangeiro rico poderia ir foder com a vida de outra pessoa.

Ele estava sorrindo para ela, seus olhos brilhavam.

— Você faz por isto. — Ele bateu na cicatriz, passou a mão sobre os pelos.

— O quê?

— Faz isso pela pele... como é que vocês dizem?... pela carne.

— Carne?

— Sim, porque ama isso. Mesmo se não tivesse filhos, venderia sua carne.

— Não vendo minha carne. Eu danço.

— Está dançando agora?

— Já chega. — Ela se sentou e se afastou dele, a mão dele passando por sua coxa.

— Eu paguei. *Eu* digo quando chega.

— Você acha? — Sabia que sua voz saía tão raivosa quanto ela se sentia, mas esse cara era pequeno e estava bêbado. Ela ainda estava de salto, poderia se inclinar e enfiar um salto bem na cara dele, se fosse preciso.

Ele se sentou, pegou a garrafa de Rémy, colocou um pouco no copo.

— Você faz isso porque acha que é permitido.

Ele rodopiou o conhaque no copo. Olhou para o copo como se houvesse algo ali que só ele pudesse ver.

— Mas não é. Não para você. Não para nenhuma de vocês.

N os fundos do clube, uma lâmpada brilhava solitária sobre uma porta de tela, e através dela era possível ver uma luz fluorescente fraca perdida no meio do vapor. Do lado de fora, duas paletas de madeira se escoravam em um barril de óleo perto da caçamba do lixo, o ar com cheiro de fritura e detergente. Ele encostou bem atrás de um Sable, depois deu ré nas conchinhas quebradas, passou por todos os carros dos funcionários e estacionou embaixo de uns manguezais. Apagou as luzes e desligou o motor.

Seu pulso estava doendo de novo, latejava e refletia até no ombro e no pescoço. Ele tirou o selo do frasco de Tylenol, abriu-o e jogou uns quatro ou cinco na mão, engolindo com cerveja. Seria melhor se ainda tivesse a garrafa de Turkey, mas o resto das cervejas teria de funcionar, e, droga, tinha deixado o casco na entrada de casa? Deena não devia ver aquilo. Não seria bom para sua imagem.

Pensou em Deena e Cole, como, desde que tinha ido embora, não pensava neles separados, como em sua cabeça via os dois juntos, mãe e filho, filho e mãe, ela segurando-o nos braços, alimentando-o, trocando-o, balançando-o no colo. Mulher e garoto, sua família. Era isso que queria de volta, apesar de não ter certeza sobre Deena, não é? Se ela não fosse a mãe de seu filho, se não fosse parte da fotografia, será que realmente iria querê-la? E, se quisesse, por que estava sentado aqui esperando por Marianne?

Ele deu outro gole. A música do clube ficou mais alta, a porta da frente provavelmente aberta. Ouvia um ou dois homens rindo. Portas de carro ou picapes batendo, motores sendo ligados. Na cozinha, um velho tirava um monte de copos pingando e soltando vapor. Outro homem apareceu. Vestido de cozinheiro, garrafa de cerveja numa mão, avental na outra. Desligou a lavadora de pratos e começou a apontar para cá e para lá, dando algum tipo de instrução. Então se virou, jogou o avental num balde e saiu. Deixou a cerveja na tampa da caçamba e acendeu um cigarro. Tinha o corpo largo e poucos cabelos. Provavelmente da mesma idade que o pai de AJ, onde quer que ele estivesse. Quem quer que fosse. Até hoje, sentado com a mãe no pátio de concreto olhando o gramado, sua estátua da Virgem Maria e o aquário de peixes dourados, ela não contava nada para ele.

— Essa pergunta de novo? — dizia ela. — Foi só um erro que durou dez dias, querido. Eu já falei. Foi o Eddie quem criou você. Pense nele.

Eddie. Magro, bêbado, Eddie não contava.

O cozinheiro terminou sua cerveja e jogou a garrafa vazia no lixo. Eles paravam de servir comida à meia-noite. Não faltava muito.

A primeira coisa que o atraíra em Marianne não foram seus quadris e cabelo, aquele rosto doce, mas a música que ela dançava: "I'm Not in Love". Era famosa nas rádios de velharias quando era garoto, trabalhando para o Eddie, e vê-la dançar fizera com que pensasse em um AJ mais jovem, triste o tempo todo. Louco por garotas que nunca pareciam notá-lo. Essa mulher seminua sorrindo para ele durante toda a maldita canção. E era como ver o que desejara antes aparecer agora, e ele tinha certeza de que a amava mesmo antes de ela ter terminado sua apresentação e mudar de roupa, vindo até sua mesa.

O cozinheiro disse algo pela porta de tela para o velho, depois se virou e caminhou pela fila de carros estacionados, subindo em seu Chevy novo. AJ ficou olhando enquanto ele dava ré, os faróis iluminando os outros carros e a picape de AJ e o manguezal antes de desaparecer na esquina do clube. Talvez o tivesse visto por um segundo. Talvez não. AJ não se importou; queria ser visto. Pelo seu pai que nunca tinha conhecido. Por Marianne, do jeito que ele era. Ela ainda o veria como um bom homem? Seu pai faria isso? O que seu pai veria se alguma vez se encontrassem?

O pé de Jean pisou forte no freio, seu carro parou de repente na entrada do estacionamento cheio de homens. Os faróis iluminaram todos eles. Jovens e velhos. Alguns recostados em seus carros ou picapes, outros em grupinhos de dois ou três no centro do estacionamento, uns poucos se virando ao verem o brilho dos faróis. Dois homens, em suas motocicletas, rugiram pelo lado esquerdo dela, um deles — o rosto barbudo e bêbado — olhou para ela como se avaliasse um produto à venda. Uma ampla mão invisível pressionava seu peito, e ela precisava respirar rápido. O suor escorria por sua testa e pelo pescoço, as palmas das mãos agarrando o volante, e ela não conseguia, simplesmente não conseguia.

Engatou a marcha a ré e voltou, ouviu uma buzina, viu o brilho dos faróis, gritos ferozes de um jovem num conversível em alta velocidade; das motocicletas também. Ela engolia o ar, os olhos queimando de lágrimas, e se desprezava por ter se afastado, mas não conseguia respirar. Apertou os dois botões das janelas para deixar mais ar entrar, mas o que entrou foi um vento quente e úmido com fumaça e sujeira, desarrumando seu cabelo.

Ela acelerou. Tentou respirar pelo nariz. As janelas se fecharam, e ela não se lembrava de ter feito isso. Ligou o rádio, mas não havia mais jazz, só a voz de um locutor, baixa e melodiosa, e tentou ouvi-lo, não as palavras, só o som — harmonioso, fundamentado em muito conhecimento e articulação, uma voz racional em um mundo louco.

O peso contra o peito começou a diminuir, e ela conseguiu respirar fundo. A voz do homem dizia *contralto* e *Hampton*. Dizia muitas outras coisas, mas era o som que ela ouvia, não as palavras. *Tudo está como deveria ser,* parecia dizer. *Está como era e como sempre será. Você só precisa ouvir, caro ouvinte. Sente-se e não faça mais nada.*

AJ mijou no tronco da árvore. Estava bêbado, cansado, e quando sacudiu o pau com a mão boa e guardou-o dentro das calças, não conseguiu fechar o zíper. Uma garota já tinha ido embora. Uma chinesinha de quem ele nunca gostara. Tinha pernas curtas e gordinhas, seios pequenos e olhos sem brilho. Ficou sentado ao volante observando-a ir embora em seu Camry. Tantos carros novos. Todas as prostitutas mentirosas dirigindo carros bonitos por causa dos imbecis como ele. Agora, estava de pé, à sombra do manguezal. Ouvia a música emanar de dentro, um country, e sabia que a garota de chapéu de caubói branco e botas estava dançando. E Marianne, para quem estaria dançando?

Dentro da cozinha do Puma, o velho tinha desaparecido, mas, antes de ir embora, limpara tudo, as costas estreitas e corcundas. Levando AJ a pensar nas costas da mãe, como ela tinha ficado corcunda, e sabia disso, não demoraria a perdê-la, e depois a única família que teria, o único de sangue, até onde sabia, seria Cole.

Devia dizer isso a Marianne. Era o tipo de coisa que faria com que olhasse doce para ele, claro, embora não fosse correto tentar ganhar com suas perdas dessa forma. Sentia que só pensar nisso já traria azar. Ele e Deena, sentados no fundo da casa deles, às vezes de mãos dadas, olhando para as constelações das quais nenhum dos dois sabia os nomes. E as lágrimas que ela tinha chorado esta noite. O rosto de Cole dormindo. O que o pai dele estava fazendo aqui, esperando pela mulher que o desdenhara? Entra na sua picape e volta para a casa da mãe, porque você vai ter que enfiar suas roupas de trabalho antes de amanhecer, não é? Caporelli vai acreditar em sua história se estiver com roupa de sair?

Ele teria de cortar a mangueira do compressor para deixar cair o carregador. Cuidadosamente cortar a borracha perto da fôrma num ponto já gasto, e devia parecer um rasgo natural, porque Caporelli pai era um filho da puta pão-duro, colocando todo o lucro em seu campo de golfe em Longboat Key em vez de investir no negócio, deixando o equipamento apodrecer. Mas agora AJ percebeu que estava calculando muito baixo. Merecia mais que compensação e umas semanas. Na verdade, deveria *processá-lo*. Processá-lo por problemas no equipamento e condições de trabalho inseguras. Arrebanhar uma bolada. Cinquenta, cem mil, talvez mais.

Ele queria outra cerveja. Conseguia ouvir os gritos do lado de dentro, o baixo e a bateria retumbando como se fosse o coração do mundo, velho e cansado.

E la sente cheiro de bolhas de sabão e comida velha, e está de pé no chão molhado. Está quente e um pouco escorregadio, e ela se lembra de quando o sol ainda estava no céu e ela dormia no ombro da mamãe, o pescoço suado, e mamãe a carregava para longe da porta verde que ela vê agora do outro lado da cozinha. Quer sua mochila, seus livros e chinelo, mas não quer ir até onde está o homem grande, porque mamãe vai voltar e pegá-los depois. *Depois a gente pega. Depois a gente faz isso. Depois a gente faz aquilo.* Mamãe e Jean sempre estão falando isso.

Ela caminha pelo chão molhado, coloca os dedos na grande máquina prateada. É macia e quente, e ela tira os dedos. Vê a luz em cima da porta do lado de fora, muitos bichos voando ao redor. Como as luzes da varanda quando mamãe costumava acordá-la do sofá de Jean e carregá-la para cima, para a casa delas. Os bichos voando. Suas asinhas batendo. Como a Stellaluna que caiu no meio do bosque porque era um bebê. E está bem. Passarinhos bons a encontraram.

Ela fica parada em frente à porta de tela, apoia os dedos contra os buraquinhos no metal e abre. Do lado de fora tem um cheiro ruim, e ela ouve os bichos batendo na lâmpada, voando por todos os lados como se quisessem entrar, mas não conseguem. Ela fica dentro, deixa que a porta se feche e fica na cozinha, pensa que vai chorar de novo, esquece quando parou de chorar. Os carros do lado de fora estão depois dos bichos e do cheiro ruim. O carro delas. Com sua cadeirinha e suas duas canequinhas no chão. Uma foto dela e da mamãe pendurada no espelho, gostou quando tiraram aquela foto. Na loja com a caixa preta onde podiam entrar e sentar, e mamãe colocou uma nota de dinheiro na parede. Antes da casa de Jean, quando viviam num motel com a TV grande que dava para ver da cama, e a pele quente da mamãe perto da dela.

ole estava chorando.

AJ podia ouvi-lo claramente acima de todos os barulhos noturnos: a música alta que martelava as paredes da boate, carros partindo e chegando no estacionamento, a insuportável gritaria de bêbados do lado de dentro — sobre tudo isso, ele conseguiu ouvir o choro do filho. E ali, sob a luz cheia de mosquitos, traças e mariposas, uma garotinha chorando, parada do outro lado da porta de tela da cozinha no Clube Puma para Prostitutas. Era a última coisa que ele esperava ver, tanto que demorou uns 2 segundos para acreditar naquilo. A música da boate estava mais alta, os homens rugiam. Na frente, um carro ou picape dava ré na avenida, algum bêbado filho da puta às gargalhadas.

Quem traria sua filha para um lugar como esse?

Caminhou rápido, pisando nas conchinhas quebradas, abaixando a mão machucada para não assustá-la.

— Oi, pequenina. Oi.

Ela deu um passo para trás.

— Está tudo bem, querida. Onde está sua mamãe? Onde está sua mamãe?

Ele se agachou no concreto, o ar rançoso com o cheiro do lixo — carne podre e peixe oleoso. Conseguia ver por baixo do corrimão da porta como ela era pequena — devia ter 3 anos, no máximo, parada ali, descalça no chão sujo, o vapor ainda saindo da lavadora de pratos industrial ao seu lado.

— Onde está sua mamãe, querida?

Ela balançou a cabeça e voltou a chorar, um pouco mais baixo desta vez. Ele deteve-se, sentia muita dor no pulso e no braço. Girou a maçaneta e abriu a porta o suficiente para enfiar sua cabeça:

— Onde está sua mamãe, querida?

— Mamãe?

Seus olhos redondos, molhados com as lágrimas, olhavam para cima como se *ele* conhecesse sua mãe e pudesse levá-la até ela. E se fosse um desses safados que gostavam de crianças? Que *droga* ela estava fazendo aqui, separada por apenas uma parede de um ninho de prostitutas mentirosas e uma gangue de bêbados gritando por uma boceta no escuro?

— Mamãe?

Aquela menininha estava apontando para fora, algum ponto atrás dele. Ela estaria aqui *fora*? Uma das garçonetes que já tinha ido embora?

Não. Ele entrou. Ela ficou onde estava, olhando direto para ele, o rosto marcado pelas lágrimas. O cabelo dela era da mesma cor do de Cole. Estava usando um pijama cor-de-rosa e seu lábio inferior tremia.

O braço de AJ doía. Ele se agachou e o apoiou em um joelho. A música estava ainda mais alta aqui atrás, acordes de guitarra na sua cabeça.

Ela estava dizendo alguma coisa, os olhos assustados, mas parecia confiar um pouco nele. Ele não conseguia ouvir, colocou a mão boa ao redor da orelha.

— O que foi, querida?

Ela apontou.

— Nosso carro. Nosso carro vermelho.

— A sua mamãe está no carro?

Ela assentiu, os lábios separados, o cabelo pincelando os ombros.

— Quer me mostrar?

Ele precisou falar mais alto do que a música. A boca estava seca, e ele tinha começado a sentir dor de cabeça. Deveria ir embora, voltar para Bradenton, preparar-se para a valeta de Lido Key, mas como poderia deixá-la ali sozinha? Como alguém poderia fazer isso?

E vê-la se aproximar dele e segurar sua mão era aterrorizante. Será que Cole também iria com estranhos? Sua mão era quente e desapareceu completamente dentro da dele. Algo doeu entre seu peito e sua garganta, algo que vinha da tristeza, a memória dos dedinhos de Cole. Há quanto tempo não segurava aqueles dedinhos? Deveria parar e explicar a ela que não deveria conversar com ele, deveria se virar e correr. Mas para onde? Para a porra da *boate*? *Meu Deus*.

Abriu a porta de tela com a ponta da bota, viu que ela estava descalça, pensar que teria de carregá-la?

— *Bichos.*

Ela apontava para eles, voando, zumbindo e batendo na lâmpada. Puxou a mão dele, parecia novamente assustada.

— Quer que eu a leve no colo?

Ela concordou devagar, como se não estivesse certa disso. Ele se agachou e a levantou, sua bundinha em cima do braço, as mãozinhas ao redor do pescoço dele, embora estivesse inclinada para trás, como se ele cheirasse mal.

— Só me mostre onde ela está, certo?

— Hã-hã.

Sua mãe não estava em nenhum carro, ele sabia. Mas poderia descobrir quem ela era.

— Ali. Ali está.

O cabelo da menina cobria parcialmente seu rosto. Coçava, mas ele não queria que ela se afastasse. Seu cheiro era de melancia e ele seguia seu braço esticado, ouvindo o alívio e o entusiasmo em sua voz, e não sentia isso há muito tempo. Mesmo antes de Deena expulsá-lo. Mesmo antes.

— Aquele é o carro da minha mãe. *Meu* carro.

— Qual é o seu nome, querida?

— Franny.

— Vamos dar uma olhada, Franny.

Era um Sable castanho. Só com a luz da cozinha, ele conseguia ver que não havia ninguém, nem na frente, nem atrás.

— Sua mamãe não está lá, querida.

— Mamãe ainda está *dentro*?

Sua voz falhou um pouco, e ele não sabia se ela estava falando do carro ou do Puma. Colocou-a sobre o capô. Seu braço estava pendurado. Os olhos da menina perderam o brilho, e, se sua mãe estivesse aqui agora, seria difícil não dar um tapa na cara dela.

— Qual é o nome da sua mãe, Franny?

— *Eu sou* Franny.

— Isso mesmo. Qual é o nome da sua *mãe*?

— Hum, você sabe onde *está* minha mãe?

AJ usou a mão para tentar olhar dentro da janela do motorista. Havia um copo de café vazio no banco do passageiro. Pendurada no retrovisor havia uma foto com moldura de concha.

— Fique aí, querida. Não quero que caia.

Havia uma cadeirinha presa no banco de trás. Um copo de papel caído ao lado, mas não havia nada no chão ou no banco, e o Corolla de Deena era uma pocilga comparado a esse — livros do Cole, brinquedos quebrados do McDonald's e canudinhos de pirulito por todos os lados. Essa era uma prostituta organizada.

Daqui ele mal conseguia ver a foto na frente, duas pessoas. Uma grande, uma pequena. Olhou para a garotinha sentada no capô. Ela esfregava um olho e bocejava. A cada batida do coração, seu braço e mão pulsavam com uma dor que refletia em sua cabeça. Queria mais uísque, um punhado de analgésicos, algumas horas de sono antes de enfrentar o Caporelli. Por um segundo, viu-se carregando a criança de volta para a cozinha e deixando-a ali, antes de ir embora para o que tinha de fazer. Mas não podia. A única coisa que lhe permitira ficar afastado de Cole nesses meses não fora o mandado judicial conseguido por sua esposa, mas saber que seu filho estava numa casa de concreto onde ninguém poderia entrar, que estava seguro mesmo com ele longe.

— Você conhece minha mãe?

— Acho que não.

Ele apertou o punho contra o ombro, e com a mão boa tentou abrir a porta do motorista. Estava aberta.

Merda.

Atrás dele, com apenas duas finas paredes se interpondo, a multidão gritava mais do que o normal, a parada final de corpos no palco vendendo camisetas. Ele se inclinou, sentiu o cheiro que sempre havia no carro dos outros, o cheiro estranho, de bronzeador e vinil. Tirou a foto do espelho, endireitou-a, estudou-a.

— É minha.

— Eu sei, querida. Vou colocar de volta.

Ele segurou a foto em cima do teto do Sable até que a lâmpada cheia de insetos atrás dele conseguisse iluminá-la. Era uma daquelas fotos 3x4 automáticas, e, no começo, ele não a reconheceu ali sentada, num vestido sem mangas, a filha no colo, sorrindo para a câmera. Aí se lembrou: Spring. Uma das putas mais insensíveis do Puma. Tinha um corpo bonito que sabia usar para deixar os homens com vontade, mostrando as coisas certas no palco para você pagar para vê-la na área VIP, coisa que ele já tinha feito. Ela o fizera sentar, dançando e tirando a roupa para ele, olhando no olho, embora fosse como assistir a alguém pela TV e não receber nada em troca. Ela mostrara suas tetas, sua xoxota e sua bunda, mas só isso. Nada como Marianne, que ainda não tinha aprendido como fazer aquilo, colocar aquela porta de aço atrás de suas pálpebras para evitar que alguém a visse de verdade. Mas essa Spring, essa era *profissional*. Andava entre as mesas com o queixo alto, como se ele e todo o resto fossem inferiores a ela. Quando ele lhe dava dinheiro, ela pegava e sorria como se estivesse realmente agradecida, mas ele se sentia sempre um fraco.

— Sou eu e a mamãe.

— Eu sei.

Ele deixou a foto no banco do motorista e fechou a porta. Olhou para a tal Franny, com um cacho de cabelo pendurado sobre um olho, os ombros estreitos arqueados, olhando para ele da mesma forma como alguns cães faziam, como se pensassem que você tinha um plano e fosse qual fosse eles o seguiriam. Mas ela parecia assustada também, seu rosto nas sombras, parado.

Ele descansou o braço no teto. Sentiu-se enjoado, precisava de algo para a dor, rápido.

— Sua mãe está lá dentro. É melhor voltar para lá.

Ela continuou olhando e balançou a cabeça. Primeiro devagar, depois rápido, sem cabelo balançando, o lábio inferior sobressaindo.

— Não quer vê-la? Eu conheço sua mãe. Sei que ela está ali.

Atrás dele, no canto do clube, as vozes de uns homens, algumas bêbadas e altas, outras mais calmas, dirigiam-se para os veículos. Alguns motores foram ligados. Um rádio foi ligado com um heavy metal que ele sempre odiara, e alguém estava falando sobre boceta raspada, como se cansara de bocetas raspadas. A garotinha estava chorando. AJ só conseguia balançar a cabeça, e com o braço bom pegou-a no colo de novo. Ela apertou forte seu pescoço e não queria soltar. Ele sentia seu coraçãozinho pular no peito. O que iria fazer? Voltar lá e dizer que a havia encontrado, quando nem deveria estar ali?

Por outro lado, estava tarde, e logo aquela merda de mãe iria voltar. Ele podia colocar a garota no carro dela e esperar. E daí? Ficar sentado com uma criança num carro que nem era dele até a mulher de aluguel finalmente sair para ir para casa? Fazer tudo isso por uma puta que nem merecia sua ajuda? Enquanto isso, seu braço precisava de analgésicos mais fortes bem agora, analgésicos que permitissem que ele acordasse cedo amanhã.

Não, ele ia ter de deixá-la onde a havia encontrado. Virou-se e a carregou de volta, o ruído lá dentro no máximo: vagabundos roucos gritando os nomes falsos das prostitutas com as quais tinham gastado todo o seu dinheiro, os alto-falantes jorrando música tão alta que pareciam a ponto de estourar.

O ar tinha cheiro de gordura empedrada e coisa morta.

— Vamos, querida. Você precisa voltar para sua mãe agora. Solte.

Ela estava apertando seu pescoço mais forte do que nunca. Ele tentou agarrar seu braço com a mão machucada, mas era demais. Colocou-a no chão, conseguia ouvir seu choro apesar de todo o barulho do encanamento do Puma, queria soltar uma granada lá para calar a boca deles.

— Tenho medo. Não quero entrar, tenho *medo*.

Droga. Ele se levantou, a pequena sentada em seu braço. Era mais leve do que um saco de compras, e ele caminhou rápido pelas conchinhas até as sombras do manguezal onde estava sua picape, e mais Tylenol e cerveja gelada para limpar tudo isso. Ele ainda tinha alguns brinquedos de Cole no porta-luvas?

— Aqui, vamos esperar pela sua mãe bem aqui, está bem?

Ela fungou, não disse nada, apesar de ter levantado a cabeça para ver onde iam.

— Está bem?

— A mamãe vem *logo*?

— Juro que espero que sim, Francie.

— Meu nome é *Franny*.

— Segure de novo no meu pescoço.

Ele tentou agarrar a maçaneta, abriu a porta e a colocou sentada no banco da frente. Sentia o cheiro do Turkey derramado, o fedor de diesel, areia e sujeira, que eram os odores normais de picape. Ela era tão pequena que podia ficar de pé no banco e sua cabeça não tocaria o teto. A menina colocou as mãos no volante, e ele se lembrou daquela família que estacionava do lado de fora do Walgreen's em Miami, uma jovem mãe que deixava seu filho de dois anos sentar no banco da frente enquanto prendia o bebê no banco de trás. Só que um velho estacionando o carro batera na frente do carro dela, ativando o air bag e matando a criança.

— Vá para o banco de trás um minuto, por favor. — Ele a levantou, o braço um pouco baixo, e ela começou a cair para trás, mas esticou a mão e agarrou seu braço machucado; uma queimação atravessou os ossos de seus braços até o ombro. — Ah, *merda*.

Ela começou a chorar de novo, parada descalça no banco de trás, de pijama rosa, ao lado da cadeirinha de Cole cheia de latas vazias. Ele queria dizer que não tinha sido culpa dela, que não estava zangado com ela, mas, cara, precisava de alívio. Abriu o frasco de Tylenol e o levou até a boca, engolindo uns cinco ou seis comprimidos, metade ficou parada na garganta. Abriu uma Miller e bebeu-a quase toda. O choro diminuiu para uma lamúria. Ele apertou a lata fria contra o pulso, pensou em colocar um pouco de gelo, mas desistiu, porque aquilo precisava parecer bem feio embaixo do carregador pela manhã. Quanto pior, melhor.

— Calma, calma, não estou zangado nem nada. Só tenho a mão machucada. Não estou zangado com você.

Não estou zangado com você. Algumas vezes ele tinha gritado isso para Deena, não estou zangado com *você*, droga! Apesar de estar. Ela podia ter facilitado as coisas se quisesse, e nunca quisera.

No câmbio, estava pendurada sua bandana de trabalho, meio dura de suor seco. Ele colocou a cerveja no degrau, pegou o pano e suavemente limpou o nariz da menina. Ela chorou mais forte, depois diminuiu, fungando e secando os olhos, o peito subindo e descendo rápido.

— Você só está bem cansada, não é?

Ela estava olhando pela janela para o fundo do clube e a porta iluminada da cozinha onde ele a havia encontrado. Não havia ninguém ali.

— Ei, veja isto.

Ele abriu o porta-luvas, remexeu entre o manual da Ford e seus documentos, entre canudos do Burger King, brocas e medidores de pneus, até sentir o plástico duro de um sapo roxo que pulava quando você dava corda. Virou-se e entregou-o para ela, que o pegou como se estivesse sendo obrigada.

— É um sapinho, viu?

Ele apontou, queria dar corda nele, mas precisava das duas mãos para isso, e também pensou que aquele pulo do sapo poderia deixá-la com medo de novo.

— Aqui. — Ele se inclinou por trás dela. Jogou as latas vazias no chão. — Sente-se aqui, querida. Há uma mesinha para você brincar.

Ela olhou para ele com olhos escuros e perdidos; depois se sentou e logo pareceu melhor.

— Parece a minha cadeira. É a minha cadeira?

— Não, é a cadeira do meu filho.

Em cima da cabeça dela estava pendurado o fecho do cinto de segurança da cadeirinha que AJ deixara aberto desde a última vez em que Cole tinha sentado ali. Durante semanas aquilo tinha bloqueado a visão no retrovisor, mas, mesmo assim, ele nunca o tinha abaixado, não podia nem pensar em ver aquela cadeira fechada, como se Cole estivesse ali sentado. Agora ele passou a bandeja pela cabeça da menina até o plástico tocar o plástico e ela ter uma superfície plana à frente para colocar o sapo.

— É igual à *minha* cadeira.

Ela passou os dedos sobre a mesinha, colocando o sapo em cima. Estava mais calma agora. Mas o que ele iria fazer com ela? Estava cansado, suas pernas estavam pesadas, seu braço era algo com que teria de conviver por um tempo. Esvaziou a Miller, jogou a lata nas árvores que estavam atrás dele, pegou outra e fechou a porta de trás. Sentou-se no seu banco e precisou se virar para fechar a porta.

Só precisava pensar por um minuto. Tomar uns goles refrescantes. Ajustou o retrovisor para poder vê-la sem se virar. Ela estava olhando para o sapo que tinha na mão, tentando não chorar. A janela dele estava aberta, o estacionamento cada vez mais barulhento com homens saindo do Puma, alguns deles falando besteiras que aquela garotinha não deveria ouvir. Enfiou a lata no meio das pernas e ligou a picape; fechou os vidros e ligou o ar-condicionado. Ela começou a choramingar de novo.

— Ei, não vamos a lugar nenhum. Eu só precisei ligar o motor para o ar-condicionado, só isso.

Ele a viu olhando pelo meio dos dedos, seus olhos abertos e brilhantes, olhando pela janela, para um dos leões de chácara, um filho da puta tonto chamado Deke ou alguma merda assim, um homem que só parecia levantar peso, comer, dormir e levantar mais peso. Só que agora ele parecia bravo, afastando-se rápido da porta da cozinha e da caçamba, parando para olhar por todo lado, a mão no quadril, os braços duas silhuetas grossas contra a luz fluorescente atrás dele.

A garota estava chorando baixinho. O que seria? Ele lhe fizera alguma coisa? O sangue de AJ parecia se espalhar por todo o seu corpo, o coração se acelerando como um motor parado há tempos. O homem procurou à direita no estacionamento barulhento, caminhou um pouco naquela direção, porém foi direto para o Sable da garotinha. Olhou dentro do veículo. Primeiramente a parte de trás, depois a frente. Levantou a cabeça e olhou ao redor do carro. A criança ainda cobria o rosto com as duas mãos, o choro abafado.

— Ei, está tudo bem. Vou tomar conta de você. — E, quando disse isso, sabia que falava sério, apesar de não saber como. O fortão parou e olhou o estacionamento de funcionários, depois olhou para trás, para a faixa de grama escura, virou-se e correu de volta para o clube.

Na luz fluorescente da cozinha havia algumas dançarinas, e o homem que tinha quebrado o pulso de AJ. Naquela luz, AJ conseguia ver como seu rosto era achatado e largo, como ele era muito maior do que os outros, parado ali, numa camiseta apertada do Puma Club. Com o pé, abriu a porta, deu uma rápida olhada para fora e deixou a porta bater atrás dele.

A cozinha estava vazia. AJ pensou que esse era o momento de sair da picape, pegar a garotinha e levá-la para dentro. Mas entregar a quem? Para as pessoas que poderiam pensar que ele era outro tipo de homem? Eles o segurariam e ligariam para a polícia, e, mesmo não tendo nada do que se envergonhar — só tentara ajudar a garotinha —, não poderia se arriscar a que alguém *pensasse* isso. Eles nunca mais o deixariam ver Cole.

Mas quando não encontrassem a menina, sairiam de novo, e a polícia poderia chegar ali mesmo antes disso. Ele podia colocar a pequena no carro da mãe, ir embora com sua picape e ligar para o clube do celular dizendo onde ela estava, mas como poderia deixá-la no estacionamento com todos os homens andando por ali, quinze ou vinte deles, em pares ou trios, fumando, rindo e falando obscenidades — alguns sozinhos, mãos nos bolsos vazios, indo para seus carros para fazer sabe-se lá o quê?

Olhou para ela no retrovisor. Ela estava olhando para a janela por trás de seus dedos, o sapo de cabeça para baixo na cadeirinha de Cole; e com a mão boa, ele mexeu no câmbio, com a ponta da bota apertou o acelerador, a picape rolou sobre as conchinhas, passou pelo lixo fedido do clube e pela porta iluminada. E agora o ar de sua cabine estava tomado pelos gritos aterrorizados dessa criança que só ele podia salvar. Bem embaixo do toldo na entrada, dois ou três jovens executivos olharam para ele com as gravatas frouxas, balançando as chaves. Ele ligou o rádio e aumentou o som, um DJ falando sobre o tempo, mais calor amanhã, e se obrigou a olhar direto para a frente, a fim de não olhar para a menina chorando atrás, esperar o furgão à sua frente sair do estacionamento, essa merda de lugar de que essa criança chorando tinha sorte de sair, sorte que AJ Carey tivesse aparecido, encontrando-a no momento exato.

Ele estava em algum lugar, fumando, balançando a cabeça. Em poucos minutos, ela estaria livre dele. Nessas duas horas, tinha ganhado o mesmo que em seis ou oito semanas, e pensar que quase não tinha vindo, que por alguns minutos tinha pensado em ligar para dizer que estava doente.

Tomou o restinho de seu Rémy, sorriu para ele, que estava bêbado e pensativo. Apesar de ele tê-la deixado com medo, furiosa e chamá-la de mentirosa, não podia evitar sentir-se um pouco grata — por mais louco que ele fosse. Por mais estranho. Todo aquele dinheiro que podia ter dado a qualquer uma, mas tinha escolhido ela. E em nenhum momento tentara tocar em outra coisa a não ser sua cicatriz. Ou abrir o seu zíper e pedir algo que Wendy, Retro ou Marianne teriam feito.

Uma parte dela queria mantê-lo ocupado de alguma forma, para que continuasse conversando, até deixá-lo tocar sua cicatriz de novo, distraí-lo do fato de que ela permanecia sentada ali sem fazer nada enquanto seu maço estava muito menor do que antes.

Porque ela não acreditava nele: como alguém poderia não se importar com dinheiro? E essa conversa de morte e destino, sobre o fato de que nada disso era permitido? Uma vez, ela ouvira um evangélico dizer a mesma coisa, chorando, olhando para a nudez pela qual estava pagando.

Do outro lado da parede, os clientes estavam gritando juntos, tão alto que a música era apenas uma vibração; outra razão para agradecer a esse cara: ela não precisou ficar vendendo camisetas para Louis. Havia também a forma como ele olhava para ela antes da sua apresentação, a sensação do braço dela encostando no dele. Ela só podia esperar que ele tivesse esquecido, apesar de duvidar disso. Sabia que precisaria vê-lo mais tarde. Mas tinha a desculpa da Franny. Assim que tivesse se trocado e pagado, era levá-lo para casa. Talvez fosse o suficiente para assustar Louis de vez — Franny.

— Nós corríamos num Grand Am, sabia disso?

Ele estava olhando para ela. Tinha tirado os sapatos. As meias eram finas e vagabundas. Havia um furo num dos calcanhares, e seu pé cheirava a suor e couro.

— O carro?

— Isso, Grand Am. Norte-americano. Como você.

— Você correu em um?

— Isso, éramos corredores.

— Quem?

— Khalid.

— Quem?

— Eu e meu irmão.

— Qual é o nome dele?

Ele ficou olhando para ela.

— Tudo bem, não precisa me contar.

— Khalid.

— Halid?

— Não, *Khalid*. Não consegue falar direito.

Se fosse mais cedo, ela poderia tentar provar que ele estava errado, mas não agora; sua hora com ele estava acabando. Era bom terminar quando as coisas estavam calmas assim. Eles podiam ser um casal relaxando no sofá depois de um dia e uma noite longos.

— Ele adorava velocidade. Eu também, mas Khalid era mais veloz. Nunca tinha medo. Chegava a 200, 300 quilômetros por hora. Era muito forte — olhou para a parede negra. — Ele teria se tornado um *shahid*. O melhor *shahid*.

— O que é isso?

Ele olhou para ela, depois desviou o olhar.

— Ele odiava todo *kufar*, odiava todos vocês, mas usava um boné de beisebol, bebia Pepsi e Coca-Cola, só fumava cigarros de caubói.

— Por que ele *nos* odeia?

Ela olhou para ela por um tempo que lhe pareceu longo. Sentiu-se tentada a sorrir, mas achou melhor não.

— Sim, muitos de vocês são cegos.

— Muitos de quem?

— Vocês, *kufar.*

— O que é isso?

— Eu já falei demais.

— Não falou, não. Estou curiosa.

— O que significa isso?

— Curiosa?

— Sim.

— Significa que quero saber algo.

— É mesmo, há muitas coisas que você deveria saber.

Ele balançou a cabeça, fez como se quisesse dizer algo, mas ficou quieto, os olhos no celular em cima da mesa. O barulho do clube estava abafado, e Andy logo estaria aqui, ela não queria levar o dinheiro sem dizer nada.

— Vocês ainda correm?

— Não.

— O seu irmão está em seu país?

— Está em Jannah.

— Onde é isso?

— Você nunca vai saber.

— Por que não?

— Pessoas como você vão para o inferno, April.

Pessoas como ela. April tentou sorrir, mas estava novamente furiosa e, de qualquer forma, o tempo tinha terminado. Todo aquele dinheiro, o preço era aquele. Era como receber uma Testemunha de Jeová na porta. No clube, o barulho tinha terminado. Até a música estava mais baixa, o lugar esvaziando aos poucos, um ou dois clientes a cada vez. Andy estava atrasado, só podia ser.

— Acabou seu tempo, Mike.

Ela se esticou por cima do braço da poltrona, tirou o dinheiro do meio das roupas — ainda bem dobrado por ele. Encontrou seu fio dental e ficou de pé, puxando-a e ajeitando-a ao redor do quadril.

— Você não me verá nunca mais, April.

— É uma pena, Mike.

— Bassam.

Ela pegou seu sutiã, olhou para ele. Agora ele parecia mais jovem novamente, um menino com uma flor na sua porta.

— É bonito.

— Quer dizer "sorriso". Algo assim.

— Você não sorri muito, no entanto.

Era uma piada, mas ele olhou para o chão como se ela o tivesse ofendido. Ela vestiu a saia e a blusa, os olhos na porta, o dinheiro no tapete sob a sombra da poltrona.

— Eu não deveria gostar de você, April.

— Por que não?

Ele acendeu outro cigarro, inspirou profundamente.

— Porque então eu seria como você. E não sou. Algum dia, *Insha'Allah*, você vai me conhecer.

— Eu estou conhecendo agora, não é?

— Não, mas vai. Todos vão.

— Achei que não ia vê-lo mais.

— Não vai.

— Então como vou conhecê-lo melhor, Bassam? — Ela riu, mas ele não.

— Você vai ver, *Insha'Allah*. — Ele apagou seu cigarro, embora não tivesse fumado nem a metade. — Quando vai parar de fazer isso?

— O quê?

— Isso. — Ele abriu os braços e olhou ao redor da sala como se ela fosse muito maior e mais importante do que era na verdade.

— O que você tem a ver com isso?

Ela sorriu para ele, e era o sorriso *dela*, April, mas percebeu no ato que fora um erro, o rosto dele ficou sério enquanto ele pegava o copo, olhava para o Rémy dentro, como se fosse um oceano ou uma fogueira.

— Isso, isso, ria, e depois espere até o *Youm al-Qiyama*.

A batida na porta ecoou por toda a sala. A voz de Andy veio abafada do outro lado, como o guardião que era.

— Acabou o tempo, Spring. E Tina quer vê-la.

Ela ficou olhando o estrangeiro, agachou e pegou seu dinheiro, um maço incrivelmente gordo. Ele se levantou como se fosse um amante desprezado, a ponta da camiseta polo para fora da calça. Ela já tinha enfrentado loucos antes, e era fácil voltar a ser Spring. O que ele sentia por ela não era pessoal, dava para ver. Estava falando como se fosse, mas odiava todas elas, não é mesmo?

Andy bateu mais forte.

— Spring? Precisa de mim?

Bassam acendeu o último Marlboro, seus olhos nos dela. Se dissesse sim a Andy, eles o jogariam para fora e não o deixariam voltar por um tempo, talvez nunca mais. A maçaneta virou e apareceu a cabeça raspada de Andy, o rosto cor-de-rosa e os pômulos proeminentes, as sobrancelhas eriçadas que brilhavam um pouco com o suor. Ele pareceu desapontado, como se estivesse esperando encontrá-los trepando ou que o pequeno estrangeiro a estivesse estrangulando, para que pudesse fazer algo.

— Você me ouviu, Spring? Tina quer vê-la.

— Ouvi.

Ela agarrou o dinheiro bem forte, olhou uma última vez para o rosto de Bassam. Agora ele parecia bêbado, cansado e mau, outro cara com grana no final da noite que tinha gastado muito, bebido muito e agora precisava vê-la ir embora e nem olhar para trás.

— Está tudo bem, Andy. Não poderia estar melhor, na verdade. Não poderia estar melhor.

Era tranquilizador estar de volta ao brilho fraco das luzes da área VIP. Quase toda cadeira estava ocupada por um homem segurando uma camiseta branca do Puma Club, vendo sua garota dançar para ele. April passou rápida por todas elas, os dedos segurando o dinheiro. A garota nova dançava mal, encostada na mureta, e olhou direto para o dinheiro; seus olhos muito maquiados se iluminaram e April sabia que ela estava pensando que era assim que acontecia com os clientes da Champanhe, e não ia contar que isso nunca acontecia, que ninguém saía com tanto dinheiro.

A própria April quase não acreditava, e apressava-se para voltar ao camarim, não tanto porque Tina queria vê-la — Franny provavelmente teria acordado, sentira sua falta e queria ir para casa —, mas porque precisava levar esse dinheiro até sua bolsa roxa no armário com chave antes que alguém o percebesse. Mas será que o armário era seguro? Começou a pensar onde mais poderia enfiar o dinheiro até a boate fechar.

Apertou as notas ainda mais e passou pela luz azul do bar VIP, entrando nas sombras do salão principal. Um terço dos clientes tinha ido embora, embora os que tivessem ficado, os solitários do final da noite, os bêbados e os excitados, estivessem gritando de pé para ver Renée como rainha do gelo nua ou sentados com os braços cruzados, os pés numa cadeira vaga, os queixos encostados no peito. Um ou outro olhou sua blusa, seus seios, seu rosto. Um esticou o braço para ela, os dedos tocando seu braço, e Lonnie Pike já estava indo na direção dele, vindo do bar Amazon, seus olhos nos dela apenas um segundo antes de ganhar velocidade. Ela sentiu que tinha se afastado dali por muito tempo. Sua boca estava seca, e ela precisava fazer xixi de novo. A cabeça alternava entre pesada e leve. Louis estava no bar com uma bebida na mão — sempre um Captain Morgan's com Coca e duas fatias de limão, as luzes do show refletidas em seus óculos. Ele podia estar olhando para qualquer um, apesar de ser provável que fosse para ela. Ela *teria* de enfrentá-lo, não é? Encontre uma forma de rejeitá-lo sem ser demitida. Estava louca para ver Franny. Quase queria mostrar todo esse dinheiro, mostrar como a sorte finalmente tinha vindo, que, de alguma forma, dando um passo de cada vez e fazendo o que vinha fazendo, sua vez estava chegando. Não a grande chance; ainda assim, esse pouco de sorte parecia ser isca para sortes maiores.

Ela deu a volta no palco. A música tocava tão forte nos alto-falantes que ela a sentia nas têmporas. A fumaça de charuto era muito forte, e alguém tinha vomitado, aquele cheiro de azedo, e April esperava que Tina não a colocasse na escala imediatamente, que tivesse a chance de olhar Franny, guardar seu dinheiro e ir ao banheiro, depois refazer a maquiagem no espelho.

Tentou pisar com cuidado nos novos tapetes de borracha e seus buracos, mas, mesmo assim, seus saltos altos se prenderam neles, e ela queria tirá-los e ir descalça, mas Louis estava no Amazon e a veria, e ela não queria ouvi-lo reclamar.

Maldito Louis. Ela foi arrancando os saltos de cada buraco até passar pela primeira cortina negra, depois pela segunda. Pela janela via a luz fluorescente fraca da cozinha, que a fez estreitar o olhar. Era estranho ver Tina e Zeke parados perto da porta de tela, os braços de Zeke cruzados, enquanto ele olhava feio para Tina e balançava a cabeça para o que ela estava falando. Nessa luz, ela parecia velha, seu cabelo descolorido, seco e crespo, os peitos ridiculamente grandes. April empurrou as portas e deixou-as balançando atrás dela, Tina virou a cabeça na direção dela. Seus lábios eram um traço reto, como quando ela ficava zangada, mas seus olhos eram difíceis. Com medo.

— Qual é o problema, Tina?

E dos lábios vermelhos de Tina vieram as palavras que April já temia, e o chão pareceu se abrir, e ela estava caindo, caindo num vazio escuro.

O ar-condicionado de sua picape sempre fora muito forte. Ele diminuiu, para ela não ficar resfriada naquele pijama fino. A pobrezinha chorara só quinze ou vinte minutos antes de cair no sono na cadeirinha de Cole, sua cabeça num ângulo ruim, encostada no ombro, o cabelo caindo sobre um olho, e a boca aberta. Ele tinha terminado sua cerveja, jogado a lata vazia no banco do carona, e se segurava para não tomar outra.

Mais uma vez estava dirigindo para o norte pela escuridão do Washington Boulevard. Só o zumbido de seu V-8, o derrapar abafado da borracha no asfalto, o cicio baixo de seu ar-condicionado, a respiração da criança atrás dele, um ruído que não conseguia ouvir. Olhou para ela pelo retrovisor, sentiu a mesma coisa que sentia quando olhava para Cole dessa forma. Era bom voltar a fazer aquilo, cuidar de uma pequenina como essa. Seu pulso e braço doíam muito, não eram apenas pontadas entre momentos suportáveis, só uma longa onda de dor. Mas não se importava. Não conseguia lembrar a última vez que tinha feito algo tão puro para outra pessoa, algo tão bom. *Boceta raspada*. Ele continuava ouvindo um deles falando isso, e com essa lembrança e a do choro dela na cozinha do Puma, o barulho dos bêbados à sua volta, depois ter ido embora com ela na cadeirinha, sentia-se como se estivesse cumprindo uma missão. Ele tinha *resgatado* essa criança.

Eram uma e onze no relógio de sua picape, três minutos atrasado. Ou seja, quase 15 minutos. O clube fechava em 45 minutos, mas, depois de ver o gorila — tão tenso — procurando a garota, sabia que certamente continuariam a busca por algum tempo, e já teriam chamado a polícia agora. Havia aqueles executivozinhos sacudindo chaves embaixo do toldo, eles o viram quando a garota começara a chorar. O vidro traseiro era escuro, por isso não poderiam ter visto nada, mas quem sabe o que podiam ter contado e para quem?

Bem a oeste, sobre a grama, estavam as luzes piscantes de um estacionamento para trailers. A maioria, de velhos. A porra do Estado cheio deles. Como se Deus levantasse o país, o sacudisse, e todos aqueles que não estavam presos a empregos e compromissos escorressem de suas casas, de seus joguinhos de cartas e suas visitas aos netos, dos seus nove buracos de golfe e suas saídas com outros velhos que tinham sobrevivido para outro jantar de sábado à noite — a cada ano, mais e mais gente tinha escorregado pela vida e caído na Flórida.

E agora mamãe era uma delas, apesar de ter vivido toda a sua vida aqui fazendo o que hoje só as cubanas, asiáticas e negras faziam — limpando o eixo de outras pessoas que tinham vindo morar aqui só para exibir o dinheiro que ele mesmo nunca tinha visto, nem ela. Todos aqueles anos limpando motéis em Longboat Key, St. Armand's, Lido. Empurrando o carrinho cheio de vassouras e produtos de limpeza, sabonetes e garrafinhas de xampu, toalhas limpas dobradas, lençóis e fronhas, rolos fechados de papel higiênico. Sua mãe de tênis branco, meias-calças preta, saia e avental branco. O molho de chaves que ela carregava no bolso da frente. A redinha com que prendia o cabelo, o batom vermelho, e como ela sempre fumava e abria uma das portas do motel e deixava seu cigarro queimando do lado de fora numa lata com areia da praia. Ela equilibrava seu cigarro na borda da lata e deixava queimar.

E quantos filhos da puta tinham se fingido de mortos quando ela batia na porta e a deixavam entrar só para ver um cara com o pinto balançando ou duro? Agindo como se ficassem surpresos por vê-la ou nem um pouco surpresos — e, realmente, como ele poderia ter certeza? Quando tinha de acompanhá-la, quando brincava no chão embaixo de uma janela com seus Transformers de plástico, nunca a vira fazer nada, a não ser trabalhar de forma rápida e eficiente, às vezes cantando uma música antiga, só querendo terminar tudo e voltar para o corredor com a lata de cinzas e seus cigarros — mas quem sabe mais tarde, quando ele ia para a escola ou trabalhava com Eddie, ela não transava com alguém? Havia aquelas brigas tarde da noite com Eddie, AJ deitado na cama, no escuro, a janela aberta, o cheiro das laranjeiras tomando o ar, o cheiro de fuga

— Não minta para mim, Virginia. Nem pense em *mentir* para mim. Eu ouvi uns rumores, droga. Eu ouvi a merda de *uns rumores*.

Uns 100 metros à frente, a placa amassada de Myakka City o chamava, suas luzes cintilando como se uma guinada para o leste fosse possível. A cara de Deena quando ele batesse na porta segurando essa garotinha. Ficaria ali parado, cansado e machucado, dizendo que ela não tinha escolha a não ser ajudar, mas como poderia fazer isso sem contar que estivera no Puma? Sobre seus gastos ali? Sobre Marianne? E, mesmo se ela aceitasse ficar com a menina aquela noite — ele a conhecia —, ficaria preocupada com a mãe da garota e chamaria a polícia. Não importava como isso o prejudicasse, ela chamaria a polícia e não iria querer se envolver. Mas já era tarde agora. Não podia virar e voltar para o Puma, tentar convencer algum policial filho da puta que provavelmente salvara a criança do tipo de homem que pensariam que ele era. E ainda não tinha esquecido os dois que vieram quando Deena telefonara, a forma como acreditaram em suas palavras, como se saíssem direto da Bíblia, enfiando sua cara na parede, algemando-o na frente de Cole, parado ali tão quieto. Ouvi-lo chorar teria sido quase melhor do que ouvir aquele silêncio vindo de onde ele estava, na frente da TV, de short e camiseta manchada de suco de pêssego.

— Está tudo bem, Cole. Papai vai voltar logo.

— Você não devia mentir assim para ele.

O grandalhão segurara seus pulsos por trás e o tirara da casa; Deena ficara quieta, parada na cozinha com o rosto machucado que ele não quisera deixar roxo de propósito, e dava quase para chamar de acidente, seus braços explodindo do corpo só para silenciar aquela gritaria, só para que ela desse um tempo, só isso — e era como ver o braço de outra pessoa voar e acertá-la no meio da cara e do nariz, e vê-la cair por causa de alguma força que não podia ser dele.

Como se Deena fosse uma mãe perfeita. Quantas vezes ele a pegara deixando Cole trancado no carro enquanto corria para a farmácia ou alguma loja de conveniência para conseguir algo? Cole dizia: *Queria ir com a mamãe, papai. Mas a mamãe disse que ia voltar logo. Ela sempre volta logo, papai.* Quantas vezes ela olhava o menino antes de ir dormir? Nunca. Só AJ entrava bem devagarzinho, via as cobertas caídas, o travesseiro no meio da cama, o pescoço dobrado. E delicadamente o levantava e colocava no meio da cama, levantava sua cabeça e ajustava o travesseiro, puxava as cobertas até o peito, inclinava-se e beijava na testa. Desejava a ele, seu filho, bons sonhos.

Perto da uma e meia agora. Em cinco horas, ele teria de estar naquela vala em Lido Key. Seu estômago queimava com o Tylenol, e sua boca estava seca, e ele lutava contra a vontade de tomar outra cerveja gelada. Já tinha passado seu limite pessoal, quando estava levando uma criança. Com Cole, ele nunca dirigia depois de tomar duas cervejas. Se saíam para comer, e ele tinha tomado três ou quatro, Deena dirigia. Se não quisesse, ela dizia antes da terceira, e ele mudava para água ou Coca. Essas coisinhas nunca apareciam antes de um juiz assinar uma ordem impedindo-o de ver seu filho.

Seus olhos queimavam. Ele sentia-se escorar um pouco em cima do volante. Sentia-se cansado demais. Quando conseguisse aquele dinheiro do Caporelli, iria alugar uma cabana em Longboat Key, abrir as janelas e dormir à brisa do golfo por dias ou semanas. Então acordaria, tomaria um banho e faria a barba, faria aquelas aulas de controle de raiva que tinha prometido a Deena. Ela o deixaria voltar para casa, e os dois trabalhariam muito para não voltar a ser como era antes. Ele pagaria todos os cartões de crédito e prestações, talvez vendesse a casa em Myakka City Road para comprar uma mais perto da água. Não do lago e dos pais de Deena, mas do golfo. Um daqueles apartamentos de cor creme perto da areia, um lugar onde Cole pudesse brincar e nadar. Ele e Deena olhando tudo. Um lugar com pôr do sol todo fim de tarde.

Mas ele se viu com Marianne ali. Os dois fazendo amor num cobertor sob o luar.

Nunca tinha sido de mentir, trair ou roubar. Nunca. Mesmo dirigindo Walgreen's à noite. Como seria fácil roubar uma coisinha aqui, outra ali. Mexer nos números do estoque. Enfiar a diferença no bolso. Mas confiavam nele, e ele não queria desapontar ninguém, e o que estava planejando fazer agora não era uma coisa errada. Caporelli tinha seguro. Não perderia nada de seu bolso, e de qualquer forma precisava de uma boa sacudida por negligenciar seu equipamento. Deixar este e outros detalhes para aquele merda inútil do seu filho. E não era como se estivesse roubando da empresa de seguro também.

Bom, talvez estivesse. Mas cem mil eram um troco para aqueles putos e, cara, de qualquer forma era a vez *dele*, droga, a vez de AJ Carey ganhar, já que só trabalhava muito e ninguém parecia apreciar.

Por que não tinha pensado antes nisso? Porque você sempre pensou *pequeno*, por isso. Nunca tinha pensado *grande*. Sempre feliz só com 20 ou 30 dólares no bolso e as contas do mês quitadas, algo bom para comer e umas Millers geladas na geladeira. Uma mulher para amá-lo. Um filho para abraçar. Talvez o pé na bunda dado por Deena tivesse sido a melhor coisa que já tivesse acontecido, AJ. Tirou sua bunda desse mundinho pequeno, e você começou a pensar grande. É hora de pensar GRANDE.

Com esse novo dinheiro, ele a encorajaria a ter algum hobby, talvez entrar na academia em Samoset, ter alguma aula noturna. Reformaria a casa, acrescentaria um segundo piso com um quarto principal e uma varanda de frente para os pinheiros. Eles voltariam a fazer amor, teriam outro bebê, um irmãozinho ou irmãzinha com quem Cole pudesse brincar. À noite, depois que as crianças dormissem, eles se sentariam na varanda nova, debaixo das estrelas, olhariam um livro e aprenderiam seus nomes. Deena seria feliz e esqueceria que tinha ficado desapontada com ele, que ele fizera aquilo com ela; talvez AJ fosse feliz também. Isso não importava. Talvez a felicidade fosse não sentir nem fome nem sede por mais. Ficar satisfeito só de parar o barco no cais e deixá-lo amarrado.

Um barco. Há quantos anos não queria ter um *barco*? A vida toda na costa do golfo, e ele estava preso à terra como um habitante de Iowa. Quantas vezes não sonhara em ter seu próprio bólido branco para navegar? Isso Eddie fizera. Levara-o quatro ou cinco vezes num barco à Intracoastal Waterway, entre Sarasota e Venice. Muitos pais e filhos, algumas mulheres, pescando robalos e sargos, pargos, pompanos e amber-jacks. Eddie, magro, rosto vermelho e barba por fazer, abria sua primeira Miller a uns 10 metros da costa, rindo com algum outro companheiro de bebida pré-oito da manhã. Mas era muito bom estar ali perto da água azul-esverdeada, do sol do amanhecer, do vento salgado na cara de AJ, passando rápido por todas as grandes casas nas praias com seus gramados e palmeiras imperiais, como se pudesse esticar o braço e pegar uma. Mais tarde, lá pelo meio-dia, o sol a pino, todo mundo conversando relaxadamente, pescando algo ou feliz só de poder estar ali no suave balanço das ondas e esperar. Do oeste e do sul, onde o verde da água encontrava o azul-claro do céu, havia barcos, de todos os tipos, alguns com velas altas estalando na brisa. Havia lanchas puxando esquis aquáticos. Iates com ponte, e um deque para tomar sol na proa, cozinha e cabine para dormir. Mesmo naquela época, já era o que ele mais queria. Esses velozes e grandes barcos nos quais era possível morar. Onde só precisaria de combustível e dinheiro para manutenção, um cais para deixá-lo. Se vivesse ali, não podia custar muito, podia? *Talvez Deena concordasse.* Mas o pensamento morreu antes de criar raízes. Ela não gostava nem de entrar no lago na lancha de seu pai. Dizia que era chato e ficava enjoada. E não deixaria Cole morar num barco. Ficar junto daquela água funda o tempo todo. Via seu filho caindo da beirada, ele tendo de abandonar o timão para pular no meio do rastro branco deixado pelos seus próprios motores, cego pela água salgada, nadando para salvar o que esperava ser o seu filho.

Passou pela placa de Oneca. A estrada estava escura e vazia, o brilho ocasional de vidro quebrado no cascalho dos dois lados. Não, se fosse realmente cuidadoso e sabotasse direito aquele carregador, fizesse Caporelli parecer ainda mais negligente do que era, poderia ganhar o suficiente para conseguir sua casa *e* um barco. O barco do papai. Algo para as noites e os fins de semana, uma pequena lancha. O que havia de errado? Algo para tirar um pouco de peso das costas. Um lugar para relaxar a cabeça.

Era como ele sentia o Puma no começo. Aquela primeira meia hora da primeira noite antes de a primeira dançarina chegar e tentar arrancar vinte dele. Antes disso, havia uma bebida e a luz azul suave, boa música, uma mulher nua com cabelo escuro e olhos azuis dançando lá em cima só para ele. Sabia que não estava, mas era como sentia. Como se ela estivesse deixando-o olhar o que quisesse. A forma como se virava e arqueava as costas para proporcionar uma visão melhor. Aquele sorriso. Marianne.

No retrovisor, o rosto da criança tocava o ombro. Ele deveria parar e ajustar sua cabeça para que não desse um mau jeito no pescoço. Mas poderia acordá-la, ela ficaria toda confusa, com medo, e voltaria a chorar. E como iria fazer quando chegasse à casa da sua mãe? Não podia deixar a garota com ela enquanto saísse por — o quê? — talvez metade do dia? Tentou calcular: trinta minutos para chegar ao emprego. Outros trinta ou quarenta para cortar a linha do carregador e depois se arrastar embaixo e colocar sua mão. Seria uma hora e dez minutos. Outros vinte ou trinta para Caporelli Jr. chegar e tirar o carregador de cima dele e levá-lo para o hospital. Já foram duas horas.

Acrescente outras duas ou três para raios X, gesso e telefonar para um advogado. Com certeza, metade do dia antes de conseguir voltar.

Durante esse tempo, algo poderia passar na TV que sua mãe deixava ligada o tempo todo. Talvez mostrassem uma foto da garota. E mesmo se isso não acontecesse imediatamente, mesmo se a garotinha não ficasse com muito medo ao acordar perto da sua velha mãe, a ponto de chorar tanto que os vizinhos chamassem a polícia, mesmo se sua mãe e a garotinha acabassem se dando bem, o que ele iria fazer quando voltasse? Levar a criança de volta para o Puma sob o sol do meio-dia? Levá-la de volta para a mesma merda de lugar de onde a tinha resgatado?

Não, fez com a cabeça, e acelerou em direção às luzes fracas de Bradenton, quilômetros à frente: teria de deixá-la em algum lugar essa noite, um lugar onde estivesse segura, e ele pudesse ficar de olho nela até a polícia chegar, um lugar em que estivesse perto o suficiente para defendê-la se algum filho da puta se aproximasse, mas longe o suficiente para que a polícia não o percebesse. Mas o que iria impedir que ela fosse embora? Ou cruzasse a estrada? Ou voltasse para sua picape e apontasse a cara dele para algum policial louco para bater nele?

Deena, certa manhã do ano passado, tinha pegado aquele Benadryl líquido e colocado um pouco no suco de Cole para ele enfrentar a viagem até o casamento de seu primo em Jacksonville. Quatro horas e meia de viagem, e ele dormira o tempo todo. Mas, mesmo se AJ fizesse isso, onde a deixaria? Não podia ser em qualquer lugar. E por que não procurara seu endereço no porta-luvas de Spring? Ele podia deixar a garota na porta da casa dela, tocar a campainha, depois dar o fora. Mas e se não houvesse ninguém?

Um suor frio começou a escorrer por sua testa e lábio. Ele esticou o braço e aumentou um pouquinho o nível do ar-condicionado. Eram quase duas agora. Fez a curva para oeste na 301, as luzes de néon de uma Bradenton ainda dormindo estavam se aproximando. Era uma boa reta, e ele queria dar um gás na sua picape, não porque quisesse ir mais rápido, mas porque queria sentir a força e o poder sob seus pés, essa jaula de aço voando pela noite de setembro da costa do golfo, como se fosse uma noite qualquer e tudo estivesse sob controle, soubesse muito bem o que estava fazendo e o que deveria fazer em seguida.

Nem tentaria dormir. Não com tudo que tinha a fazer. Havia um Walgreen's vinte e quatro horas na Manatee Avenue, perto da casa de sua mãe. Pararia ali, trancaria a picape e ficaria de olho nela através da vitrine da loja. Do mesmo jeito que Deena confessara que olhava Cole, apesar de AJ nunca ter gostado daquilo. Nem um pouco.

Olhou pelo retrovisor para a criança dormindo. Sua cabeça estava tão dobrada para o lado, que o cabelo cobria metade do rosto. Era tão louro quanto o de Cole. Ela podia ser irmã dele. De verdade. Podia mesmo.

Duas portas, nenhuma janela.

Duas portas, nenhuma janela.

Naqueles primeiros segundos ou minutos complicados em que não conseguira respirar e nem se lembrar do que dissera dito ou com quem falara isso foi tudo em que April conseguiu pensar — que não havia janelas na sala de Tina, nem no camarim, nem no banheiro, que Zeke tinha vigiado a porta, e Franny não podia ter ido para o outro lado ou sairia no palco, então *onde* podia estar?

Tina falava alguma coisa e Louis tinha aparecido, e Zeke, e agora Retro, mas April estava tentando ser Franny, tentando ser do tamanho dela, e o que todo mundo estava falando não era registrado enquanto ela empurrava o sofá de Tina da parede e via, no escuro, um gancho para pendurar casacos, um invólucro de camisinha, um isqueiro plástico. Ela passou por Tina, a mão empurrando seu peito de silicone, e abriu todo armário destrancado chamando o nome da filha, apesar de não conseguir ouvir sua própria voz, só senti-la na garganta, as portas de metal batendo uma contra a outra, todas vazias; seus tornozelos se torcendo nos sapatos de salto, ela se abaixou e os jogou longe. Olhou embaixo do balcão de maquiagem, viu dezenas de tênis, sandálias e sapatos, havia sacolas e bolsas e áreas de piso exposto e tudo estava perdendo os contornos; limpou os olhos, tentar a porta do banheiro de novo — privada e pia cor-de-rosa, o espelho redondo com moldura cor-de-rosa, a escala de Tina presa na parede, o nome de sua filha estava no ar, sua garganta era de onde saía; ela se virou e passou correndo por Louis, que estava no celular, Tina e Retro tinham sumido, o inútil do Zeke parado ali, ela correu pelo corredor azulado até o palco. Parou e repuxou a cortina empoeirada, olhou para a direita no canto escuro, agachou, estendeu a mão procurando a menina, sentiu o ar, a parede de madeira pintada. Sentiu agora o vazio das suas mãos, o dinheiro — onde estava? Onde tinha colocado? Mas era como se preocupar com o café derramado enquanto o seu carro capotava na ribanceira, e ela olhou para a escuridão azul à esquerda, viu dois buracos de cada lado da escada que dava para o palco. E enfiou a cabeça ali...

— *Franny! Franny!*

Sabia que estava gritando, mas só conseguia ouvir o barulho e a gritaria da música do clube, os gritos, assobios e palmas dos homens. Do outro lado havia um pouco de luz vinda da porta da cozinha, só um pouco, mas estava muito escuro para ver mais, e ela tinha levantado e voltado para o camarim iluminado. A outra porta estava aberta, Zeke de volta a seu posto, Tina e Louis na sala dela — *polícia*; Tina disse *polícia, ligue para eles*, e ouvir isso só fez com que tudo se embaralhasse de novo, Zeke olhando para ela, seus olhos vazios.

— Tina está com seu dinheiro. Você deixou cair.

— Eu só quero a *porra* da sua lanterna!

De volta ao azul-escuro, enfiando-se no buraco ao lado das escadas, iluminando seu próprio terror porque não havia nada ali fora a estrutura de madeira do palco, um pouco de poeira, uma lata amassada de Coca. Seus olhos ardiam, e ela estava chorando. Era como se estivesse num riacho pedregoso e a água viesse subindo rapidamente, a corrente ficando mais forte, arrastando-a, mas ela não podia deixar. Não podia.

Correu de volta para o camarim. Outra garota estava lá, Sadie se preparando para sua apresentação na frente do espelho. April queria enfiar a cara dela no espelho por agir como se fosse uma noite normal nesse camarim normal desse clube normal para homens fodidos normais.

— *Zeke. Você saiu de perto dessa porta? Alguma vez?*

— Saí, mas só por uns dois segundos.

Como se ela fosse da polícia. Como se pudesse fazer algo contra ele.

— *Quando?*

— Fui ver o Louis. Logo depois das camisetas.

Ela passou por ele, a corrente levando-a para a cozinha, que estava bem acesa e não tinha cantos ou nichos para se esconder. Empurrou a porta de tela e saiu pisando nas conchinhas esmagadas. Algumas se enfiavam na sola de seu pé. Uma rajada de insetos voou por cima dela. Havia a saída ruidosa dos homens no estacionamento, cheiros podres do lixo, o ar frio. Ela iluminou com a lanterna os carros estacionados e encontrou seu Sable, a corrente levando-a até ele. Seus pés doíam, mas ela não se importava, e, até antes de chegar ali, sabia que seu carro estaria vazio, que Franny não estaria sequer por perto.

AJ parou a picape na faixa de emergência e desligou o motor. Franny ainda estava dormindo, de boquinha aberta. Sob as luzes do estacionamento do Walgreen's, meia dúzia de carros estacionados, e num deles havia um rapaz e uma garota sentados no banco da frente, conversando e fumando. Na loja onde trabalhara, os policiais passavam duas vezes por hora, e ele esperava que aqui um deles tivesse acabado de passar; poderia receber uma multa por estacionar na faixa de emergência, mas não ia deixar a garota muito longe, onde não pudesse vê-la muito bem. Desligou a luz do teto para que não a iluminasse quando abrisse a porta. Pegou suas chaves, cruzou o braço para puxar o trinco, depois saiu, empurrando a porta devagar até fechar, travando-a.

Suas pernas estavam duras e pesadas, o braço com uma dor lancinante a que ele já estava se acostumando. Mas era bom tomar um pouco de ar. Os dois jovens estavam rindo, e ele pensou como deviam estar drogados, e se não tivessem cuidado iriam trepar por aí, e então — de repente — seus anos de liberdade terminariam e eles estariam caminhando sob a luz fluorescente de um Walgreen's com um osso quebrado que teriam de ignorar até de manhã, procurando remédios para manter os pequeninos seguros e dormindo.

Uma velha atrás da registradora. Uma avó. Estava lendo um desses livros de Danielle Steel dos quais Deena tinha uma pilha. Olhou-o por cima dos óculos. AJ sorriu, mas não gostou de sua expressão. Como se ele estivesse com más intenções. Como se nunca tivesse gerenciado uma dessas lojas e pudesse tê-la contratado e demitido quando quisesse.

O corredor dos remédios de alergia ficava no fundo, perto da farmácia. Ele se virou e olhou além de uma gôndola de óculos de sol, pela vitrine, para a picape estacionada, a garota segura lá dentro. Caminhou rápido, e sabia exatamente onde encontrar o que buscava. Ninguém a veria por causa das janelas escuras, e, quando passou pela estante cheia de balas, revistas e romances, produtos de limpeza e cadernos, canetas e durex, sabia que se fosse Coles, sangue do seu sangue, não o teria deixado lá.

O Benadryl líquido estava bem onde sabia que estaria. Havia sabor uva e sabor chiclete. Ele pegou o de uva. Algo chamou sua atenção. Era seu pulso. Duas, três vezes o tamanho normal — todo rosado e inchado. A mão estava inchada também. Talvez ele devesse tentar diminuir o inchaço. Talvez Caporelli não acreditasse se estivesse assim logo depois do carregador ter caído em cima dele. Ele continuou caminhando pela estante. No fundo havia um farmacêutico magro com óculos grossos estudando algo que AJ não conseguia ver. AJ levantou o pulso até o ombro e passou por ele para chegar aos analgésicos. Pegou um Motrin Extra Forte, uma bolsa de gelo. Colocou a bolsa embaixo do braço, o Benadryl e o Motrin na mão, e passou rápido pelas tinturas de cabelo, pentes, escovas e guarda-chuvas, depois das fitas VHS e todos os tipos de pilhas, mais doces, até chegar à senhora da registradora, colocando as compras no balcão. Era assim que chamavam quando ele trabalhava numa loja dessas — compras. Ela fechou seu livro devagar, marcando a página com um desses marcadores com frases bíblicas escritas sobre as palmas abertas de Jesus.

A boca de AJ estava seca. Ela olhou pela vitrine, viu sua picape e nada mais.

— O que aconteceu com *você*? — Ela passou o Benadryl pelo scanner. Tinha a voz parecida com a de sua mãe, rouca de tanto fumar, e estava sendo simpática.

— Acidente.

— O que houve?

— O carregador de uma escavadeira caiu em cima dele.

— Você vai a um médico?

— Ainda não.

— Parece que quebrou.

— É, vou logo de manhã.

— Querido, já *é* de manhã.

Ela riu, mas não foi para tirar um sarro. Ele a tinha julgado mal, não é mesmo? Isso fez com que se perguntasse no que mais tinha errado.

— Dezessete e quarenta e três, por favor.

Ele enfiou a mão no bolso, tirou sua última nota de vinte. Pensou nos milhares que receberia com o seguro de Caporelli, o pão-duro filho da puta. Observou-a embalar suas mercadorias. Colocou o Benadryl por último, e ele ficou tentando imaginar como iria colocar um pouco na boca da pequena sem acordá-la nem engasgá-la.

— Aqui está, senhor. Espero que sua mão melhore.

Ele agradeceu, abraçou a bolsa. Na porta, virou-se e disse:

— Já fui gerente de uma dessas. Estou trabalhando nesta área agora. Qual é o seu nome?

— Gladys Evans.

— Vou recomendá-la ao seu gerente, Gladys.

— Nossa, obrigada. — Ela sorriu, apesar de sua expressão confusa, olhando para o braço quebrado dele, supostamente machucado por uma escavadeira.

— Estamos abrindo uma loja nova em Tampa.

— Oh. Cuide-se, senhor. Mais uma vez, obrigada.

Ele assentiu e sorriu, abrindo a porta com os ombros. Do lado de fora, no ar úmido, ouvia mais vozes vindas do estacionamento atrás de sua picape. Mais jovens. Velhos demais para a escola, e vagabundos ou azarados demais para estarem na faculdade, ficavam sentados em seus carros a noite toda sem fazer nada. E a mentira que contara não parecia ser mentira. Se não tivesse optado por esse emprego com equipamentos pesados, *seria* realmente gerente da área e *recomendaria* essa mulher por sua eficiência e cortesia.

Ele segurou a bolsa entre os joelhos, destrancou a picape e olhou dentro. A menina dormia profundamente, Cole era assim também: quando dormia, era possível dirigir com o rádio no máximo, levá-lo de um lado para o outro, colocá-lo de volta na sua cadeirinha, pôr o seu cinto de segurança, que ele não acordava. A parte mais difícil era fazê-lo dormir. Mas talvez essa fosse assim também, e ele não precisaria dar nenhum remédio, afinal.

onnie nunca tinha ouvido falar de ocorrência parecida: Um dono de boate, fechando alguns minutos antes para esvaziar o lugar, acender as luzes e procurar uma criança. A filha de Spring. E por que ele não tinha ido olhar, como ela pedira? Tinha visto Tina andando de um lado para o outro a noite toda. Ele deveria ter ido olhar. Cara, deveria ter deixado seu posto por dois segundos e ido *olhar*, merda.

Agora Spring corria descalça pelo clube com as luzes acesas, sua pose e confiança desaparecidas. A blusa estava parcialmente abotoada, e o cabelo balançava desalinhado na frente do rosto toda vez que ela se abaixava para procurar embaixo de uma mesa e se levantava, passando em correria pelos últimos homens, ignorando-os.

Quando a luz acendia na hora de fechar, o clube sempre parecia sujo, mas essa noite estava pior: os rapazes dos charutos tinham deixado nuvens e nuvens de fumaça que pairavam no ar como remanescentes de algum desastre. As mesas estavam cobertas de copos de coquetel e cervejas pela metade, cinzeiros lotados, as cadeiras todas espalhadas. O tapete vermelho — quase rasgado em alguns lugares — estava sujo dos milhares de botas e sapatos que o tinham pisado, das bebidas que tinham caído, moedas perdidas e cinzas de cigarro.

Paco e Little Andy estavam acompanhando alguns dos homens, balançando as cabeças e enxotando-os como se fossem crianças que teriam grande prazer em espancar. A maioria das garotas da área VIP ainda estava nua ou seminua, estavam paradas sob a fumaceira iluminada, vestindo-se e conversando entre si, um pouco espantadas. Faziam Lonnie lembrar-se dos treinamentos anti-incêndio do colégio, aquele mesmo olhar nos rostos das garotas que tinham de sair do ginásio só de camiseta e short. Tina batia palmas para chamar a atenção delas, e Spring passou pelo meio. Estava chorando, suas bochechas brilhavam, listradas pelo delineador, e ela olhou para Lonnie como se fosse desmaiar. Ele sentiu-se distante de uma situação que seria natural conhecer melhor. Ela atravessou correndo as cortinas da Sala Champanhe, todas as salas vazias ali dentro onde a menina podia ter se escondido, enquanto April estava em uma delas — mas como uma criança poderia chegar à área VIP ou ao clube sem ser vista primeiro? *Ele* a teria visto. *Deveria* ter visto.

Lonnie andou entre as cadeiras e mesas vazias do salão principal.

Uma garotinha, dizia Tina na área VIP. *De 3 anos, com pijama cor-de-rosa.*

E le estava em Bradenton agora, rumando para oeste pela Manatee Avenue. Passou por casas de estuque com entradas de concreto, carros travados com correntes. Algumas tinham holofotes iluminando seus jardins patéticos que mal davam para um churrasco, mas essa cidade onde mamãe tinha se estabelecido era boa; logo ele estava passando pelo bairro histórico sobre o rio Manatee, onde havia velhos edifícios — um tribunal feito de pedras entre chalés de madeira que eram do tempo dos semínolas e dos espanhóis. Havia uma cabana para barcos usada para fazer rum nos tempos da Lei Seca, e, nas calçadas e no canteiro central, havia carvalhos mais antigos do que o estado da Flórida, os galhos longos e retorcidos cheios de musgo pendurado. Entre as velhas estruturas, começavam a surgir novas, grandes placas de EM BREVE estaqueadas em frente. A cada 20 ou 30 metros, aparecia o largo rio Manatee, agora escuro, algumas poucas luzes de Palmetto City tremulando na superfície.

Na casa da mãe, ele deixaria a garota dormindo na picape, entraria para colocar as roupas de trabalho, faria café e colocaria gelo na bolsa. Esperava que o cheiro de café não acordasse sua mãe. Seria bom sentar na varanda dela e tomar uma xícara, colocar gelo no pulso e pensar. Uma igreja — era nisso em que ele pensava agora. Um lugar sagrado para deixar a menina. Algum lugar perto da valeta em Lido Key.

Seus olhos ardiam, e ele reduzia a marcha para virar na aldeia dos velhos onde sua mãe tivera a sorte de ter comprado aquele apartamento. Nunca tiveram muito, mas sua mãe sempre tinha sido boa com dinheiro, guardando sempre que podia, conseguindo amealhar durante anos uma soma respeitável, que aumentara quando Eddie morrera. Ele tinha mais seguros do que AJ imaginava, mamãe era a única beneficiária, mesmo tendo outros dois filhos adultos vivendo em algum lugar do norte que nem vieram para o funeral. A filha, Nancy alguma coisa, mandara flores.

Dirigiu devagar pelo asfalto. Dos dois lados havia calçadas orgânicas iluminadas por arandelas de chão. Tarde da noite, depois do Puma, dirigindo de volta para a casa da mãe quando a única coisa que queria era ir para sua casa, as luzes sempre o confortaram, faróis na tempestade. E neste momento era bom tê-las ali, por isso reduziu a marcha para uns 15 quilômetros por hora, apertando o botão da janela com o cotovelo do braço ferido. O ar quente entrou na cabine. Ele sentia o cheiro do rio que ficava depois do manguezal. A estrada dobrava para o sul, e seus faróis iluminaram as ruínas de um castelo que fora do homenageado pelo nome Bradenton, o doutor Braden e seu sonho de habitar nesse lugar, o pobre coitado, toda essa área — 360 hectares —, seu engenho de açúcar, o castelo que tinha construído com taipa — areia, cal, conchas moídas e água —, só para ser tomada pelos índios semínolas, e anos mais tarde, incendiada. Turistas vinham vê-lo, suas grandes muralhas floridas sob as sombras das palmeiras, borrifadas de cocô de gaivota e pelicanos. Mas, nessas longas semanas vivendo com sua mãe, AJ nunca dera uma boa olhada, mesmo quando passava; era um monumento àqueles que tropeçam e aterrissam num monte de merda. Lembrava-o de sua própria casa de pedra lá em Myakka City Road, onde viviam seu filho e sua esposa injuriada; o único consolo era que tinha feito um bom trabalho por eles e esperava poder voltar àquele castelinho sólido, algum dia.

Mas essa noite, quando os faróis da sua picape iluminaram as ruínas, elas representavam Caporelli pai. AJ pensou que era o castelo *dele* caindo. AJ, o astuto semínola, a ponto de arrancar um pedaço de sua bunda rica e preguiçosa.

Agora estava na clareira, um amplo gramado em declive onde o rio Manatee se encontrava com o Braden. Adiante, estava o complexo de edifícios e trailers adormecido, às escuras. Já passava das duas da manhã, e ele apagou os faróis, dirigindo sobre o brilho amarelo das arandelas de chão. Quase todo prédio tinha uma lâmpada brilhando na porta da frente; velhos, ele percebeu, eram os mais preocupados com arrombamentos. Na frente de alguns deles, havia garagens, o telhado de treliça tomado pelas três-marias. Em cada um cabiam dois carros, e ele parou no terceiro à direita do Buick da sua mãe.

Seu motor destoava tanto do silêncio do complexo que desligou-o rapidamente; virou-se para ver o rosto da garotinha dormindo, o cabelo dividido bem no meio. Será que era sua mãe que o penteava e dividia bem no meio? Será que se sentia uma boa mãe quando fazia isso?

Seus olhos doíam. Ele precisava de água fria no rosto, uma xícara de café quente na mão. Os ombros da criança não podiam ter mais de 25 centímetros de um lado ao outro, e subindo e descendo com a respiração dela. Seria muito ruim se ela acordasse agora e abrisse um berreiro, mas ele não podia deixar sua cabeça assim, o queixo tocando o peito. Abriu a porta e saiu, depois abriu a porta de trás e, com três dedos da mão boa, levantou a cabeça dela e a encostou no canto acolchoado da cadeirinha. Fios de cabelo cobriam seu rosto, mas ele não ousou tirá-los. A noite tinha esfriado. Ela estava descalça. No chão atrás do banco do passageiro havia uma camiseta com o logo dos Caporellis que aquele velho maldito tinha dado pela janela de sua F-350 como se estivesse entregando um abono. AJ pegou-a, sacudiu-a e cheirou-a — algodão, suor seco e diesel velho. Inclinou-se e contornou a mesinha da cadeira, envolvendo os ombros e pés da menina. E mais uma vez surgia aquela ternura nele: de que estava fazendo algo bom para um estranho, embora, desde que Cole fizera dele um pai, não visse mais os filhos de outras pessoas como estranhos; verdade, antes de Cole, nunca tinha prestado atenção neles; eram como o latido de um cão, que você escuta mas não ouve, e nem registra. Mas, agora, toda criancinha que ele via — os barulhentos no Publix seguindo os carrinhos de compras das mães, os quietinhos amarrados nas minivans que ele ultrapassava na autoestrada, os que ficavam nos jardins e quintais das casas nos bairros pelos quais passava, os que agora o preocupavam, por temer que saíssem correndo pela rua movimentada, especialmente estes — era como se fossem dele; amava-os e se preocupava com eles, com cada um deles.

Durante um bom tempo, quando as luzes ficaram mais fortes, a música terminou e os seguranças estavam gesticulando para todos os *kufar* se levantarem e saírem, Bassam presumiu que era chegado o momento de fechar e ficou aliviado, porque, depois de sair da sala escura, não conseguia concentrar-se para ir embora, caminhar desse covil Shaytan e ir para junto de Tariq e Imad, a leste.

Não, mais uma vez ele foi muito fraco.

Sentou-se na mesa junto à parede mais escura para que pudesse ver mais algumas dançando para os *mushrikoon*, para ver de novo o que a prostituta negra lhe mostrara e o que não tivera coragem de pedir a April. Nunca tinha visto uma tão de perto antes, e ainda tremia por isso, seu ódio por esses *kufar* crescendo com o conhecimento de sua própria fraqueza.

Inclina-se contra o Neon alugado por Amir. Fuma procurando se acalmar ao lado da picape vermelha que trancava sua vaga temporariamente.

Viu as jovens se vestirem, viu-as colocarem suas roupas íntimas que ainda mostravam suas bundas. Viu que colocavam seus sutiãs negros, vermelhos ou prateados, colocando suas *nuhood* para dentro sem nada sentir. Como agora estavam bem-iluminadas, ele conseguia ver que em uma havia uma alergia atrás do joelho; em outra, a carne das nádegas era ondulada, o que na luz mais escura não se via; em outra — uma da China ou do Camboja que tinha tocado seus ombros —, havia uma cicatriz no braço, como se tivessem queimado ou removido um símbolo pintado em sua pele.

Elas eram tão claramente dessa terra, e não o que esperava por *ele*. Não, não se esqueça disso, fraco Bassam, não se esqueça de que por você e seus irmãos estarão esperando mulheres mais lindas do que poderiam existir aqui, mulheres escolhidas pelo Criador, o Misericordioso, o Sustentador e Provedor que Tudo Sabe, não se esqueça de que Ele escolheu para você mulheres que nunca estiveram com outro homem.

E não é melhor chegar puro até elas?

No bar, duas prostitutas fumam cigarros. Ele se obriga a pensar em cortar as gargantas delas, em como a espada curta poderia entrar na pele embaixo de seu queixo. Ali há aquela artéria. Não se importa se sentissem dor, porque duraria pouco, e não se preocupa com suas almas queimando no inferno porque elas mesmas pediram por isso.

Mas matar corpos com os quais nunca tinha se deitado — é isso o que o enfraquecia.

O apartamento da mãe estava sempre frio como uma cripta. Dizia que a ajudava a respirar melhor. Dormir melhor. AJ normalmente não gostava disso, mas, agora, parado no corredor escuro, as chaves na mão sadia, a porta fechada atrás dele, equivalia a jogar água fria no rosto e colocar os pensamentos no lugar. Ouviu sua mãe respirando em seu quarto. Ela nunca tinha roncado até seus pulmões começarem a falhar, e agora precisava usar aquele tubo de oxigênio que, dia e noite, soltava um assobio baixo, mas que aumentava quando dormia. Ou talvez não aumentasse, só desse essa impressão quando não havia outros barulhos no ar. Ele o ouvia agora, o som ao qual tinha se acostumado nas últimas semanas.

Precisava se apressar. Não podia arriscar que a criança acordasse com medo e começasse a chorar, e ele gostaria que a casa da mãe não fosse de fundos, sem janelas voltadas para a garagem. Não havia uma lanchonete 24 horas ali por perto. Se não tomasse café logo, não conseguiria chegar até de manhã, e seria uma desgraça se cochilasse e se acidentasse com aquela criança na picape.

Teria de fazer café. Pegar gelo para a bolsa também. Caminhou até a sala escura onde dormia, cada noite, no sofá-cama. Se ia para o Puma, ela sempre o armava para ele. Estava ali, agora, e sua mãe tinha arrastado a mesinha de centro para os pés da cama. Ele só queria se esticar e descansar um pouco. Jogou as chaves no colchão e sentou-se na mesinha de madeira que Eddie tinha construído para ela pouco antes de morrer. Não era o aniversário dela, nem deles, nem nada, mas ele costumava fazer isso às vezes, construir algumas estantes, uma gaiola ou um vaso, e colocar areia, poliuretano ou pintar, depois dar de presente como um garoto tímido e orgulhoso, o rosto vermelho, os olhos gázeos que iam dela para o presente e de novo para ela.

AJ sentou-se ali, a mão e o braço pulsando e doendo até os ossos. Manteve-o pressionado cruzado sobre o peito, e com uma mão desamarrou suas botas e tirou-as com facilidade. Encostou-as na TV e ficou de pé, ouviu um grito. Segurou a respiração e ficou ouvindo. O grito ressurgiu, e ele pelo corredor, até a porta, ouviu outro ainda mais próximo do último — muito regular. Parou. Vinha do quarto da sua mãe, só uma variação do assobio, só isso. Mesmo assim, precisava dar uma olhada na garota.

Abriu a porta e correu de meias pelo corredor acarpetado até a pequena escada que levava à janela na entrada. Cortinas de algodão com motivos de golfe que abriu para espiar a garagem. Dali, só conseguia ver pelo vidro do carro os pés descalços dela escapando da camiseta dele. Eram minúsculos e não se mexiam. Ele abriu a porta da frente e enfiou a cabeça para fora. O ruído do ar-condicionado, o silêncio retumbante da noite. Mas nenhum choro de criança.

Correndo de volta para o frio escuro, pensou em como ela *era* doce, e imaginou-se ficando com a menina. Uma amiguinha para Cole. Uma boneca viva para Deena amar e cuidar. E, naquela idade — quantos anos tinha? Dois? Três no máximo? —, dava para levar uma criança para uma nova família, e, depois de uns anos, ela nem se lembraria da antiga.

Na cozinha, AJ acendeu a luz do forno. Pegou um filtro de papel, encheu-o com o café colombiano Eight O'Clock, o suficiente para fazer um bule. Segurava o pulso dolorido contra o peito e viu que teria de pôr a jarra de vidro na pia porque não conseguiria segurá-la *e* abrir a torneira; bastaram umas poucas horas trabalhando só com uma mão, e sua mente já estava se ajustando a essa nova ordem. Era o que o preocupava em ficar longe de Cole: as crianças se acostumam a coisas novas muito mais rápido que os adultos, seus neurônios e células se multiplicando e dividindo dia e noite, recebendo novas informações e novos alimentos e crescendo e transpondo limites como as flores que tomavam as ruínas do Dr. Braden. Quando visse Cole novamente, será que ele correria para os seus braços? Ou ficaria tímido e não se lembraria de quanto se divertiam, esquecendo-se de como, às vezes, depois do trabalho, AJ o levava até a grama e o jogava para cima em direção ao sol, seu rostinho iluminado de medo e alegria quando o pai o colocava embaixo do braço e caía com ele na grama alta, os dois rindo e querendo se levantar e fazer tudo de novo? Teria ele se esquecido disso?

AJ jogou água na cafeteira, colocou a jarra de vidro embaixo e ligou. Poderia demorar um tempo entre processar Caporelli e receber o dinheiro. Meses, provavelmente. Mas ele receberia o seguro de trabalho e seguro-desemprego: Iria às aulas de gestão de agressividade por Deena, depois se mudaria de volta para casa. Perguntava-se como ela receberia a ideia dessa grana inesperada. Gostaria da ideia de acrescentar outra suíte e varanda? Ou iria querer vender a casa e comprar outra maior e melhor? Talvez uma casa mais perto da água, um chalé caiado em uma das ilhas. Talvez a indenização desse para isso. Não conseguiria fazer muita coisa na casa até seus ossos ficarem bons de novo, mesmo. Dessa forma, teriam tempo só para os três. Poderiam entrar na picape e dirigir pela costa olhando casas. Poderiam sair para almoçar em restaurantes à beira-mar. Poderiam brincar com Cole na praia, assistiriam ao sol se pôr no golfo. Seria um novo começo para eles. Como Deena poderia não ficar feliz?

AJ começou a desabotoar a camisa com dois dedos, uma tarefa que estava feliz de ver que não exigia as duas mãos. Voltou para o corredor escuro e, o mais silenciosamente possível, abriu a porta que dava para o closet que sua mãe tinha esvaziado para colocar suas roupas. Tentou tirar a camisa sem abaixar o braço machucado, mas o colarinho ficou preso nos ombros, então ele precisou esticar as duas mãos, apertar os dentes e deixar a camisa cair atrás dele.

Mas com as calças foi pior ainda. Eram as calças de algodão que Deena tinha comprado para ele, um cinto prateado segurando-as acima do zíper. Se fosse um botão simples ou de pressão, ele poderia soltar com dois dedos, algo que tentou, mas não deu certo; o lado esquerdo tinha de ficar parado para o direito ser empurrado para a esquerda, depois para fora. Isso colocaria pressão sobre seu pulso bem onde aquele bosta tinha quebrado.

Por meio segundo, pensou em ficar com elas, colocar uma camisa de trabalho, suas botas de ponta de ferro e esperar que Cap Jr. não percebesse. Mas não. Essa calça era de pregas e era por isso que ele as reservava para o Puma. Se ficasse com elas, poderia estragar seu plano. Poderia pedir ajuda à sua mãe? Não, nem eram 3 horas ainda, e ela precisava dormir.

Ele estava sozinho. Já estava se acostumando, de qualquer forma, não? Agarrou as calças com o polegar e o indicador machucados, fechou bem os olhos, deu uma respirada funda, cerrou os dentes e empurrou, sentindo como se uma espada lhe entrasse pelo cérebro. Soltou um grito, deve ter soltado, porque a sala parecia ecoar, e sua cabeça estava muito leve. O cheiro de café fresco entrava pelo seu nariz como um indulto vindo do próprio Deus.

— Alan? É você? — Sua voz estava abafada, depois mais alta, como se tivesse falado deitada no travesseiro, depois levantado a cabeça.

Ele esperou. Talvez ela pensasse que tivesse sonhado o grito que ele deu. Mas estava certo de que ela via a luz da cozinha e sentia o cheiro do café.

— Alan?

Ouviu o ranger da cama quando ela se levantou. Com a mão boa, segurou as calças e correu para a porta do closet.

— Sou eu, mãe. Pode voltar a dormir. — O quarto dela cheirava a fumaça de cigarro, velho, novo e futuro.

— O que houve, querido? Você estava gritando?

— Não. — Seu braço doía mais agora do que antes. Imaginou a fratura no osso se abrindo mais pelo que tinha acabado de fazer. — Você deve ter sonhado.

A luz fraca das lâmpadas de segurança entrava pelas cortinas. Naquela luz sua mãe parecia velha e pequenina. Sua cabeça estava curvada, e o tubo de oxigênio corria de seu rosto pela escuridão do chão até o tanque de ar.

— Por que está fazendo café? São 3 horas da manhã, querido.

— Um cano estourou em Sarasota. Fui chamado para fazer hora extra.

— Oh.

Ela pegou seus cigarros, tirou um e acendeu com o isqueiro. Era um movimento que ele tinha visto umas 10 mil vezes, tão parte dela quanto sua voz e seu cabelo, seus olhos e seu cheiro. Mesmo assim, nunca tinha gostado de ver aquela chama ao lado do oxigênio.

— Não ouvi o telefone tocar.

— Foi meu celular, mãe. — Ele segurou a maçaneta de sua porta. — Quer que eu feche para você poder dormir?

Ela soltou uma fumaça azulada no ar escuro na frente dela. Balançou a cabeça e apagou seu cigarro.

— Não, vou fazer algo para você comer.

— Não dá tempo, mãe. Como algo mais tarde. Pode dormir. — Ele entrou em seu quarto acarpetado, segurando as calças e deixando o braço machucado ao longo do corpo como se não houvesse nada errado com ele. Beijou a testa dela, seus cabelos que já tinham sido pretos e agora eram brancos, finos e secos. — Pode dormir.

— Tome cuidado.

— Boa-noite, mãe.

— Aquela sua esposa sabe como você trabalha duro?

— Sabe.

Ela voltou para baixo dos lençóis, o tubo de oxigênio batendo no criado-mudo.

— Espero que sim, filho. Espero que sim.

Jean se sentou no escuro embaixo da mangueira bebendo vinho. Já tinha engolido a primeira taça e metade da segunda; isso e os muros altos ao redor do seu jardim e o próprio jardim — suas fragrâncias noturnas, toda aquela beleza à sua frente — acalmaram-na o suficiente para poder respirar com mais facilidade, o peso momentaneamente desaparecendo de seu peito. Mas ela continuava vendo o rosto do homem na motocicleta, seus bigodes e olhos vazios, e agitava-a o pensamento de ficar nua num palco em frente a esse tipo de homem. Como April conseguia?

Claro que poderia ser mais fácil se não tivesse vergonha de seu corpo — como Jean tinha, como sempre tivera —, então não seria difícil exibi-lo. Mas, mesmo assim, elas tinham de mostrar tudo, não é mesmo? Os seios e o bumbum, a *genitália*? Ela nunca os mostrara nem a Harry; era um sofrimento quando faziam amor à luz do dia, e ele olhava para baixo quando se posicionava entre suas pernas. A vergonha que sempre sentira. Por quê? Mas espantou essa pergunta como se fosse uma mosca importuna: não tinha direito a esse tipo de introspecção; saíra para trazer Franny de volta e fracassara. Jean sabia que April gostava de ter dinheiro, que tinha boas roupas e planos de casa própria, mas não podia ter faltado só *dessa vez*?

O coração de Jean batia surdo e rápido no peito. Ela se esticou para trás e respirou fundo pelo nariz. Tentou relaxar os ombros e as costas. Seu braço estava dolorido por causa do tubo intravenoso e, apesar de saber que não tinha tido um ataque do coração hoje, sofrera dois do outro tipo, e quantos mais seu velho coração poderia aguentar?

A despeito de todos os seus medos, da facilidade com que entrara em pânico, a morte em si não a amedrontava tanto; quando ela tinha 10 ou 11 anos em Kansas City, seu pai a levava junto quando ia fazer o parto das fazendeiras nas planícies. Todos aqueles trigais, grandes celeiros e maquinários, alguns puxados por cavalos, as casas de ripas rústicas embaixo das árvores, o cheiro de esterco de porco e os galinheiros, a fumaça adocicada do cachimbo de seu pai, que sentia quando o seguia orgulhosa e feliz pelos degraus das varandas onde ficava esperando enquanto ele subia aos quartos onde estavam as mulheres.

E às vezes os bebês nasciam mortos. A caminho de casa, ele dirigia em silêncio, esticando o braço de vez em quando para apertar seu joelho ou dar um tapinha no ombro; falava sobre natureza, e Jean podia sentir seu fracasso espesso dentro do carro e ficava grata por não ter morrido ao vir para este mundo. Ele contava como as pioneiras costumavam ter muitos filhos, em parte porque sabiam que alguns iam morrer, e então era um ciclo constante de esperança e perda, esperança e perda, embora não fossem essas as palavras que ele usava.

Durante dias ou semanas depois de cada natimorto, Jean passava suas tardes num estado de deslumbramento e gratidão. Olhava para seus dois irmãos por cima do prato de carne de porco e ervilhas, os dois mais velhos, pesados e repulsivos, e agradecia pelo fato de que o pior para ela era aguentá-los, que a chamavam de Jelly Bean, tratando-a como se tivesse sido um erro desprezível. Mas ela sabia: tinha sobrevivido ao nascimento, quando muitos não conseguiam. Portanto, independentemente de outro motivo, era especial de alguma forma, tinha algo a fazer neste mundo.

Agora, décadas depois, tomando a última garrafa de Shiraz embaixo de sua mangueira, o tormento invisível por hora aliviado, não tinha ideia de qual fora sua missão — levantar dinheiro para parques e museus? Ser a companheira e amante de Harry Hanson esses anos todos? Cuidar desse jardim e de Franny Connors? Não eram coisas bobas na verdade, especialmente a última — se não fosse por aquela criança, Jean acreditava que estaria pronta para morrer. Antes de Franny, de fato só objetos para deixar — sua casa e carro, seus investimentos, seu lindo jardim.

Mesmo agora, no escuro, banqueteava-se no que podia ver e cheirar; ao longo do muro havia dúzias de flores brancas do jasmim-manga; aos seus pés, em canteiros de cedro, estavam os hibiscos amarelos e as alamandas com sua fama de trombeta, e mais além, penduradas nos troncos das palmeiras, as flores levemente alaranjadas da três-marias, ao redor do jacarandá. Antes de Franny Connors, isso era a única coisa que ela sentia pena de deixar para trás: Quem iria cuidar do seu jardim? Os novos donos iriam mantê-lo? Ou destruí-lo para colocar uma piscina ou jogar fora todas as plantas — com raiz e tudo? Só de pensar nisso, já ficava com medo, que aumentava nos últimos meses, e ela presumira que isso se devia, em parte, ao fato de seu jardim ter ficado tão mais exuberante e viçoso que ver seu zênite já provocava nela a expectativa de sua destruição.

A noite estava silenciosa. Jean olhou seu relógio, um exercício inútil no escuro. Mesmo assim, devia ser muito tarde, perto das duas, provavelmente. Em uma hora April estaria em casa, tiraria Franny do carro e a carregaria para cima. As manhãs de Jean com ela — era como se neste último estágio, seu corpo tivesse descoberto um órgão que não sabia que existia, uma ação que a fazia sentir-se mais viva e necessária do que nunca. Esse sentimento ela nunca tivera por ninguém: nem por seu pai, nem por seu marido — a palavra amor não era suficiente.

Do golfo veio o eco distante de um apito de navio. Jean tomou um gole do vinho, o calor se propagando pelo peito, e sabia que, se para a vida de Franny ser longa e alegre, ela, Jean, tivesse de morrer no seu escuro jardim bem agora, que assim fosse. Que viesse a morte, pois havia de encontrá-la disposta a ir com ela. Feliz.

J pegou uma calça jeans que podia fechar com uma só mão. Desamarrar sua bota de trabalho tinha sido uma coisa, mas amarrá-la de novo seria outra. Talvez depois que colocasse gelo no pulso conseguisse usá-lo, embora duvidasse. Doía mais agora do que quando Deena tinha colocado seu peso considerável sobre ele. Assim que chegasse ao hospital, insistiria em algum analgésico, daqueles que o farmacêutico da Walgreen's trancava num armário.

Colocou um pouco de café numa das canecas de sua mãe. Ela tinha uma coleção de todos os hotéis e motéis em que já trabalhara. Essa tinha um desenho de um jacaré, um barco e duas raquetes de tênis cruzadas. Assoprou o café e o bebeu, forte e amargo como gostava. Sua camiseta estava limpa, por isso decidiu ficar com ela, e vestiu as botas que ainda não ia tentar amarrar. Abriu a porta da frente do apartamento, deixou-a destrancada e carregou o café pelo corredor, pelas escadas e do lado de fora, para olhar a garota; o cadarço das botas voando por todo o caminho.

Deu a volta pela frente de sua picape. Ela ainda estava dormindo, o rosto voltado para o teto, a boca meio aberta. Ele conseguia ver as solas de seus pezinhos, sua camiseta cobrindo as pernas dela. Balançou a cabeça e tomou um gole de café. Aquela vagabunda da Spring. Aquele seu sorriso falso e seu jeito de andar pelo clube, como se todo mundo estivesse abaixo dela. A forma como a criança chorava quando ele a encontrara, parada ali sozinha na cozinha, perdida e com medo dos bichos do lado de fora e do homem do lado de dentro. E aquele filho da puta, era melhor não ter feito nada com ela.

Era perto das três agora. Três horas e meia até ele poder ligar a escavadeira e descer até a valeta. Apesar de ser um merda, Cap Jr. era pontual quando o turno de AJ começava às seis e meia. Talvez devesse chegar uns quinze ou vinte minutos antes, para não correr o risco de Junior chegar primeiro. Senão, não havia como esconder sua mão. Ele *precisava* chegar ali primeiro. E quem sabe quanto tempo levaria para encontrar um lugar seguro para a menina?

Seguro. Onde poderia ser seguro? Talvez uma igreja não fosse o melhor lugar. Tinha aquelas histórias todas de padres abusando de crianças. Talvez um templo judaico fosse melhor. Ele tinha visto um em Lido Key. Uma sinagoga. Tinha um arco na entrada e, se ela continuasse dormindo, ele podia colocá-la no canto oculto, protegido da visão de quem passava na estrada. Do outro lado ficava o estacionamento da marina, que era onde poderia ficar estacionado até uma patrulha passar pelo templo, e então ele poderia sair com o carro discretamente na direção de Lido Key. Mas, mesmo se tudo acontecesse como previa, mesmo se ela continuasse dormindo e ele conseguisse dirigir sem ser parado, para onde iria a garotinha? De volta para aquela merda de mãe que a amava tanto? De volta para o Puma?

Bebeu o último gole de café e entrou. Queria a caneca que Deena lhe dera, uma Nissan inox que ela sempre o obrigava a tirar da picape para que pudesse lavar e secar. Era onde estava agora. De volta à sua casa, limpa e virada para baixo no armário em cima da pia. Tanta coisa que ele queria e de que precisava naquele lar. Nunca deveria ter voltado ao Puma essa noite. Deveria ter vindo aqui e tentado dormir um pouco. Agora tinha a filha da prostituta em sua picape, e, se fosse pego com ela, seria preso, com certeza.

Mas por que não mentir? Por que não ir até a delegacia e contar que tinha encontrado essa garotinha caminhando sozinha na 301? Isso ia foder bem mais com a vida de Spring e ele seria o bom samaritano. Poderia até ajudar sua situação com Deena e Cole. O juiz veria que tipo de homem ele era. É a única forma de resolver, não é?

No entanto, a garota sabia falar.

Ela falava muito bem e contaria como e onde realmente entrara em sua picape, não é mesmo? Na verdade, o que a impediria de falar sobre ele e sua picape quando fosse encontrada na sinagoga?

Seu coração batia forte dentro do peito. Ele pegou a bolsa de gelo e apertou-a entre seu braço machucado e suas costelas, abrindo-a. Foi até o freezer, o ar frio atingindo seu rosto. Como não ouvia mais sua mãe, provavelmente ela ainda estava acordada, deitada, ouvindo-o na cozinha enquanto jogava nove ou dez cubos na bolsa, fechava o freezer e depois a bolsa. Não, ele estava com medo à toa. A garota não podia falar *tão* bem. Não seria capaz de descrevê-lo, e havia só uns quatro milhões de picapes na costa do golfo. Mesmo assim, seria melhor se conseguisse deixar a garota dentro de algum recinto. Quando era criança, a igreja do Nazareno em Briar Road nunca estava trancada. Às vezes, ele entrava tarde da noite e ficava sentado num daqueles bancos vazios. Estava sempre escuro, a não ser por uma lâmpada perto do altar que o pastor sempre deixava acesa. AJ nunca rezava nem nada assim, mas era legal ficar sentado na madeira lisa dentro do prédio silencioso, feito para as pessoas entrarem. Isso fora antes de sua mãe conhecer Eddie, quando ela tinha um monte de namorados, dois ou três por ano, parecia, e era horrível ficar ouvindo enquanto eles trepavam, a forma como sua mãe gemia, como se a estivessem machucando. AJ saía da cama e fugia pela porta da frente, caminhava até a igreja ou outro lugar. Talvez a sinagoga estivesse aberta também. Seria bom se estivesse.

Dois carros da polícia entraram rapidamente e em silêncio, as luzes azuis girando, as antenas e rádio indo de um lado para o outro. April tinha olhado cada picape, carro e van parados ali, os olhos ardendo, a garganta dolorida, seus pés machucados, o coração pelo avesso, quando correu para o primeiro patrulheiro e colou as duas mãos no vidro, apesar de saber que era uma esperança estúpida e sem sentido, porque Franny nunca sairia sozinha no escuro para poder ter sido resgatada por eles. Mas ela olhou, encontrando mais um banco vazio, a luz interna se filtrando pela grade entre os bancos da frente e de trás.

O primeiro policial estava dizendo algo a Lonnie e Louis. Alguns homens gritavam que queriam prestar queixa por estarem sendo obrigados a ficar ali. April correu para o segundo carro, as luzes azuis machucando seus olhos, a porta do motorista se abrindo. Ela tentou dar a volta. Uma mão a parou:

— Epa, epa, aonde você vai?

O policial a apertava forte, sua voz neutra — como poderia estar neutro? Como tudo podia ser como antes, agora?

— *Vocês a encontraram? Estão com ela?*

— Não achamos ninguém. Você é a mãe do garoto?

— *Garoto?* Não consigo encontrar minha *filha*. Ela tem 3 anos, e alguém...

Estava chorando de novo. O policial deu a volta na patrulha com ela, alguns dos homens olhando de seus carros e picapes, parados, fumando, conversando em voz baixa, olhando direto para ela como se fosse por sua culpa que tivessem de ficar ali enfrentando a polícia em vez de ir embora. O estrangeiro da Champanhe estava afastado de todos eles, encostado no porta-malas de um carro branco novo. Acendia um cigarro, os olhos fixos nos dela.

O policial abriu a porta do carona para ela. Pelos olhos embaçados, ela viu uma prancheta no banco, um monitor de computador e um rádio no painel. No porta-copo, uma caneca com *Vovô nº 1* em letras douradas. April não conseguia parar de chorar. Enxugou os olhos e assistiu ao policial conversar com o outro e com Louis sob a luz azul giratória. Lonnie tinha caminhado até onde Paco e Little Andy estavam parados, perto de uns homens em uma picape. Havia mais homens espalhados no escuro, um deles gritando algo para a polícia, e os olhos de April ardiam, e Franny estava por aí em algum lugar, e não podia continuar sentada dentro desse carro sem fazer nada.

O policial vovô acendeu uma lanterna grande e passou o facho pelos clientes. Gritou uma ordem. Portas de picapes e carros começaram a se abrir, e homens desceram; outros começaram a voltar para o clube. Lonnie e alguns dos seguranças ficaram olhando para eles. Ele lhe pedira que desse uma olhada em Franny, não pedira? E ele tinha ido? Pelo menos uma vez? O policial mais velho sentou atrás do volante, pegou o rádio e ligou para o operador. Esperou um segundo. Olhou para ela como se fosse um problema a resolver rápido. A voz da operadora surgiu do outro lado — uma mulher. Ele conversou com ela, disse que precisava de outro carro se houvesse algum e que ficasse de prontidão para uma possível emergência.

April sabia o que era isso. Toda mãe sabia o que era. April chorava forte agora, o corpo em convulsão. Tentou se controlar para que ele conseguisse ouvir e fazer seu trabalho, por isso cobriu o nariz e a boca, e lá vinha Tina, saída do outro lado do estacionamento, iluminada pelos faróis, pelas luzes azuis, o rosto aterrorizado e preocupado, e April estava fora da patrulha gritando por cima da porta aberta:

— Sua *filha da puta*! O que você fez com a minha *filha*? *Onde ela está?* Cadê a minha *filha*?

Então April estava em cima de Tina, que jazia de costas contra o chão, o policial contendo April, ameaçando algemá-la, dizendo que poderia prendê-la. Ela bufava, um tufo do cabelo de Tina em sua mão. Sentia-se melhor e pior, e agora ele a obrigara a se sentar no banco de trás, a porta fechada. Sem maçaneta para sair. Na frente dela uma grade, e ela ficou olhando o Vovô nº 1 voltar para o banco do motorista, pegar sua prancheta e se virar, mandando que ela se acalmasse e lhe pedindo que descrevesse sua filha. Foi através daquela tela de arame que contou tudo sobre Franny.

ra difícil não ter mais curiosidade sobre ela agora. Mais policiais tinham chegado, e ela estava com eles nos fundos, respondendo às perguntas. As duras luzes da boate estavam acesas. Embaixo delas, uns 23 clientes sentados em mesas que precisavam ser limpas. Uns poucos conversavam baixinho, outros riam de alguma piada ou história, mas a maioria estava quieta, olhando para baixo, depois para os lados, para baixo de novo, como crianças de castigo numa sala que achavam que já teriam deixado a essa hora.

No Bar Amazon, Lonnie esperava sua vez com o resto dos seguranças. Estavam sendo interrogados por um policial jovem sob a luz cor-de-rosa do corredor de entrada. Ele já tinha liberado o DJ, agora parecia que Big Skaggs e Larry T estavam saindo também. Skaggs enfiou a cabeça pela cortina de entrada e disse para Louis que ligaria mais tarde, mas Louis, Retro e Wendy estavam ocupados servindo café para qualquer cliente que quisesse. A maioria recusou, mas todos pareciam gostar de ver Louis andando com bule de café e açucareiro, chantilly e colherinhas de plástico. Sempre no final do turno, ele bancava uma rodada para os rapazes antes de fechar, e Lonnie sentia falta de seu Maker's on the rocks, da Heineken que tomava em seguida, da forma como mitigavam a adrenalina concentrada em seus músculos e cérebro. Little Andy estava no banco ao seu lado. Ficava girando o anel de faculdade ao redor do dedo. Era difícil acreditar que tinha estudado. Do outro lado, Paco mascava chiclete e conferia as mensagens do celular, olhando os caras que tinham de ficar ali como se fossem móveis que alguém devia jogar fora. Um deles tocou no quadril de Retro quando ela se inclinou sobre a mesa com um copo e um pires, mas Lonnie não considerava isso um bolsão: era somente um turista tostado de sol fazendo uma simples pergunta, seus olhos respeitosos, e, de qualquer forma, o turno de Lonnie tinha terminado e ele não se importava mais — que Louis se responsabilizasse por isso, ou um dos sádicos ao lado dele. O que ele realmente queria fazer era sair, pegar Spring e ajudá-la a encontrar sua filha. Ainda sentia como se a tivesse desapontado e não parava de ouvir seu grito para que ele impedisse qualquer saída do estacionamento, como tinha interposto seu Tacoma na entrada, seu lindo rosto contorcido com desespero e pânico. Ela poderia ter pedido a qualquer um que fizesse aquilo, só que, mais uma vez, tinha pedido a ele.

Mas por que trouxera sua filha aqui, para começar? Poderia ser casada, mas ele duvidava disso. Sadie era a única que tinha marido, um personal trainer que fazia strip-tease num clube gay em Tampa. Ele tinha vindo uma vez assistir à apresentação da esposa. Sentara numa das primeiras mesas com sua roupa justa, os músculos queimados e raspados, mostrando-se grátis enquanto sorria para sua esposa nua, assobiando e batendo palma quando ela se inclinava e exibia — para ele e para os outros — sua bunda. Era como ver um boxeador torcendo em outra luta, elogiando seu estilo, habilidade e série de golpes. Era, imaginou Lonnie, a única forma de ser casado nesse emprego.

Mas a maioria dessas garotas não era casada, e metade nem tinha namorado; e como conseguiriam? Você trabalha até as duas, fica por ali bebendo até as três, depois vai para casa e tenta dormir, mas está muito agitado e, no final, liga a TV e bebe. Você tem TV a cabo e duzentos canais, mas nada nunca prende sua atenção: um leão comendo os filhotes da leoa que ele pretende montar; um conjunto de facas de cozinha que corta madeira antes de fatiar seus tomates com um golpe só; vídeos musicais de negros da metrópole com suas calças largas e correntes cafonas, os carros brilhantes e mansões ensolaradas; uma freira sorrindo serenamente para a câmera, citando a Bíblia — livro que Lonnie queria comprar em CD mas sempre esquecia de pedir; havia um programa de policiais da época da sua infância que seu velho assistia porque gostava do líder musculoso e bufão; havia programas dedicados a reduzir o tamanho da cintura e da bunda; programas que mostravam como ficar rico sem precisar gastar nenhum dólar; havia canais de notícia mostrando execuções em algum lugar do Oriente Médio, homens barbados atirando em pessoas ajoelhadas na grama macia de estádios onde, em outro dia, atletas chutariam uma bola sobre o sangue; havia canais de esporte, dúzias deles, todos com uniformes coloridos, bolas voando e fãs superexcitados; e havia história: universal, dos Estados Unidos, até mesmo a história dos aparelhos de tortura — um egípcio projetou um leão de latão oco sob o qual era aceso um fogo muito forte, e que era construído de tal forma que o condenado, dentro do leão, ao soltar seus últimos gritos, soava como o leão, com a boca aberta, e dentro desse aparelho o torturador egípcio foi confinado pelo seu rei, que tinha vontade de ver como funcionava.

Era o suficiente para fazer Lonnie beber mais do que provavelmente deveria, por isso ele desligava a TV e saía para seu pequeno quintal maltratado. Via o sol se levantar sobre a loja de suprimentos marítimos do outro lado da rua. Voltava, cozinhava uns ovos e dormia até as 14 ou 15 horas, acordava para tomar café e assistir a mais TV até ser hora de voltar ao clube, lá pelas cinco.

Mas essa era só a sua rotina claustrofóbica; ele sabia que era muito pior para as garotas. Depois de uma noite lutando por dinheiro, se mexendo o tempo todo, tirando as mesmas roupas muitas vezes, balançando os peitos e abrindo as pernas, fingindo que gostavam de estar ali, depois ainda bebiam na área VIP, Louis lhes dando apenas uma rodada, depois recolhia feliz seu dinheiro em cima do que já tinha cobrado delas por trabalhar ali. Depois, elas saíam em pares ou trios e iam achar um lugar para festejar, mas na maioria das noites muitas já estavam doidas de pó ou Oxy, e outras fumavam maconha do lado de fora pouco antes de se apresentarem. Algumas pegavam os cartões enfiados em suas lingeries e ligavam para os celulares dos homens hospedados em Sarasota ou Tampa Bay, que prometiam algumas horas lucrativas numa suíte de frente para o golfo. E era para onde várias iam, e mais tarde acordavam, deixavam passar o porre ou se drogavam de novo a tempo de voltar para o clube no começo da noite. E depois de alguns meses ou anos disso, começavam a perder os critérios, os caras ricos não eram mais tão generosos como antes e não as levavam para suítes à beira-mar, mas para motéis onde prometiam bebidas e drogas grátis se elas os deixassem tirar algumas fotos, só umas. Daquilo que elas já mostravam a noite toda de qualquer forma, e ora, por que não um videozinho? Só uma chupada para a minha coleção particular. Ou talvez duas. E por que não fazer do jeito que eu gosto? Vai ser divertido, comigo você vai continuar doida por semanas, querida. Semanas.

Tina atravessou as cortinas vinda da cozinha. Parou naqueles novos tapetes de borracha, os olhos semicerrados por causa da luz, o cabelo todo bagunçado de um lado. Lonnie gostava dela. Seus anos de transformar as necessidades dos homens em dinheiro tinham acabado, e ela parecia contente em cuidar das garotas que podiam ser suas filhas. Era por isso que estava à beira das lágrimas, parada ali, acenando para Louis vir até o fundo; ela tinha falhado na sua principal missão: cuidar das garotas.

Esses *kufar*, olhe para eles. Sentam-se nas mesas sujas nesse buraco sujo usando bermudas e se mostrando. Fumam e riem, alguns deles parecem ter medo da própria polícia quando são interrogados um de cada vez na parte da frente. Logo Bassam será questionado também. Duas vezes olharam em seu bolso, e três vezes inspecionaram sua carteira de motorista para ter certeza de que era da Flórida. Não da Virgínia. Apesar de que sua célula será ativada em Massachusetts, uma palavra que ele não consegue pronunciar. Só Boston. Essa ele consegue.

A maioria desses policiais é jovem como ele. Acreditam que são fortes, mas seria fácil matá-los. Aprendera tantas formas de fazer isso — mano a mano, faca contra arma, arma contra bomba. No campo de treinamento, ele era o melhor com as armas pequenas, e tinha a sensação de que tinha um dom que nunca iria usar. Ao lado da sua mesa, dois homens riram. Nos seus dedos estavam as alianças. Um deles usa gravata e camisa, as mangas dobradas revelando um relógio de ouro, e sorri rapidamente para Bassam, que não corresponde. Mas balança a cabeça, para não incitar uma discussão, para não chamar a atenção.

Um jovem policial chamou o empresário com o dedo; ele diz um gracejo para o outro e se levanta. Bassam devia pedir para sair logo. Toda a viagem de volta para o leste. Deveria estar ali antes de o sol nascer para a primeira oração. Amir está no norte agora, mas há dias, toda manhã, o egípcio chutava seu colchão, o de Tariq e o de Imad.

— A época de viver como os *kufar* terminou. Acordem e façam suas abluções, meus irmãos. Rezemos por força. *As-salaatu khayrun min'n-nawm.* Orar é melhor do que dormir. Erguei-vos!

O dono judeu passa pelas mesas com sua jarra de café. Quer confortar essas pessoas porque quer que voltem. Uma das prostitutas, a branca com cabelo ruivo, vai atrás com creme e açúcar, e Bassam permite que o judeu coloque café, embora não vá encostar no copo tocado pelo judeu.

Esse ódio lhe dá força.

O ódio que era tão puro e claro nos meses de disciplina no campo, o ódio que começara a enfraquecer em Dubai e enfraqueceu ainda mais nessa Flórida com o calor e todas as mulheres que a cada dia mostram muito de si.

Amir os fizera passar por muitos lugares. Del Ray Beach, Boynton Beach, Hollywood, Deerfield, os pequenos quartos com cheiro de homens, incenso e pizza que comem tanto, as caixas vazias empilhadas perto da pia da cozinha onde realizavam suas abluções.

Mas mudar tanto fez com que ficassem unidos. Bassam, Imad e Tariq eram como um só agora, um *shahid* com três cabeças, mas um só coração.

Um coração.

Com Amir, eles tinham ido a academias em cada cidade, lugares aonde os *kufar* vão para manter seus corpos tão bem conservados como o Grand Am, o Le Mans e o Duster que Bassam e seus irmãos dirigiram na perdição da juventude. Na primeira, em Venice, como eles não sabiam nada de musculação, o gerente da academia mandara uma treinadora que Amir ignorara. Ele não vestira a roupa de exercício como os outros fizeram, ficando de camisa de colarinho, calças e sapatos de couro da Alemanha. Passou de uma máquina para outra, empurrando ou puxando as barras que deviam ser seguradas, suando pouco, sem falar ou nem mesmo olhar para a treinadora chamada Kelly, que tentava corrigi-lo.

Era jovem. Da idade de Bassam, Tariq e Imad. Tariq, com aquele hábito de nunca fechar os lábios completamente, o que o faz parecer burro apesar de não ser, começou a olhar para o corpo dela, que dava para ver muito fácil sob a roupa de ginástica apertada, seus braços e pernas descobertos, centímetros de sua barriga também. E Imad, o alto e pesado Imad que em casa contava piadas e ria fazendo todos os outros rirem, desde os campos tinha ficado quieto, seu riso virara pedra, e ele ouviu a jovem falar como se estivesse decidindo a forma mais eficiente de matá-la.

Mas Bassam gostou de seus olhos castanhos, seu cabelo moreno, a forma como ela o tinha prendido, revelando o pescoço. Como sorria para ele e tocava seu ombro, braços ou costas quando o instruía. Ela era doce. Ele podia ver e sentir. Era doce.

Como muitas outras. Gloria, a corretora de imóveis que encontrara o primeiro apartamento para eles em Del Ray Beach. Era baixa e usava muitas joias e batom, mas ria com tudo que falava e olhava direto nos olhos de Bassam, azuis e sorridentes, e ele sentiu que ela gostava dele, apesar de não conhecê-lo. Fez com que quisesse se sentar com ela, uma *kafir* mulher, tomar chá e contar coisas que nunca tinha contado a ninguém. Perguntou seus nomes e tentou pronunciá-los corretamente, apesar de não conseguir, e riu de si mesma, apertou o braço dele, e ele não pôde ficar na presença dela nem mais um segundo.

Havia Cliff, o cara no posto de gasolina três quarteirões para o sul. Mais alto que Bassam, tinha a idade do seu pai, o cabelo louro, o bigode cinza. Nos braços, imagens pintadas de mulheres nuas e quando Bassam vinha comprar mais leite, pão ou Coca, ele perguntava como andavam os estudos, se estava se *divertindo* um pouco. Havia as mulheres que serviam comida nos restaurantes, as jovens e as velhas, as bonitas e as feias, eram educadas e sorriam olhando direto nos olhos deles. Exceto nos de Amir. Os sorrisos delas mudavam. Viam e sentiam o ódio dele, e Bassam sentia-se amolecer, indigno do seu título de *shahid*; essas pessoas deviam temê-lo também. Ele estava preparado para fazer o que tinha sido escolhido para fazer. Que não duvidassem disso. Que ninguém questionasse isso.

Havia meses desde o treinamento e agora ele, Tariq e Imad estavam de volta. Depois da purificação do campo, onde diariamente lutavam mano a mano, onde corriam atirando com AK-47, onde montavam explosivos plásticos enquanto recitavam o Al-Anfal e o Al-Tawbah, onde jejuavam e se purificavam, e onde a fraqueza deles desaparecia como gordura de um cordeiro, depois foi difícil retornar às ruas sujas e vazias de Khamis Mushayt; Karim e os outros queriam correr, fumar, fofocar, permanecer na ignorância. Imad e Tariq tinham deixado as barbas crescerem e tentaram ensinar seus velhos amigos a ficar longe desses males. Mas Karim, na frente deles com seu boné, camisetas e jeans da Nike, o celular brilhando na mão, já estava perdido; por dois anos tinha estudado em

Londres, algo de que se gabava o tempo todo, e tinha mostrado a fotografia da sionista de Jerusalém que o amara, o cérebro já danificado, o coração cativo do Ocidente. Karim disse que eles não deviam acreditar em tudo que os imames diziam. "Leiam o Corão, meus amigos. Ali diz que Ahl al-Kitab, o Povo do Livro, *cristãos e judeus*, merecem respeito porque também são monoteístas. Já leram todas as suras? Porque eu já li. Leiam 3:113-115: 'Creem em Deus e no Juízo Final, aconselham o bem e proíbem o ilícito, e se emulam nas boas ações. Estes contar-se-ão entre os virtuosos.'"

— E é por isso que eles escravizam os palestinos? — perguntou Tariq. — Por isso ocupam nossa terra e matam nossos irmãos no Iraque? Você comeu uma judia, como pretende nos ensinar alguma coisa? Vá brincar com seu celular. Você não vai para o mesmo lugar que nós.

— É mesmo — riu Karim. — Façam boa viagem.

E se afastou, o sol nas costas, a poeira nas solas de seu Nike; logo seria um descrente e, depois da sua morte, caminharia pela ponte sobre o inferno como fazem todas as almas, e Bassam só poderia contar com o Mais Misericordioso para evitar que ele caísse no Jahannam. Porque Karim e o resto não sabiam com quem estavam falando: *shuhada'*, mártires que se sentariam nos mais altos lugares com Alá, homens cujos nomes nunca seriam esquecidos.

A lua ia alta no céu. Brilhava azul sobre a abóbada da mesquita do outro lado da rua. Era depois da *Isha*, a oração final, e Bassam estava sentado no pátio de sua casa em frente a seu pai. Muitos dos irmãos de Bassam queriam sentar também, mas Ahmed al-Jizani mandou que saíssem até o jantar ser servido, pois queria conversar a sós com Bassam. Bebiam chá quente. Dentro da casa, a mãe de Bassam e suas irmãs estavam preparando cordeiro *kufta*. O cheiro lhe atingia as narinas e ele sabia que iam espremer limão sobre a carne e servir com molho de tahine e haveria *laban bi khiyar*, e ele estava com muita fome depois dos jejuns no campo. Seu pai se recostou na parede usando um novo *thawb* alvo. Era muito folgado, e ele parecia cansado.

— Então você escolheu a *jihad*?

— Exato, pai.

— Você entende o que isso significa?

— Entendo.

Seu pai olhou para ele como sempre, como se todos os filhos antes de Bassam tivessem sido os melhores.

— Diga-me, então, o que isso significa?

— Significa que estou preparado para morrer por Alá.

— Não, isso não é a *jihad*. Esse é o significado mais vulgar. — Seu pai tomou um gole de chá, os olhos voltados para ele. — O que ensinaram nesse lugar?

— A verdade, Pai. Me ensinaram a verdade.

— E qual é a verdade, Bassam? Quem pode saber a verdade além de Alá?

Bassam assentiu. Ele não receberia as bênçãos de seu pai. Por que ficar sentado aqui? Por que ficar sentado na frente deste homem que, sim, tinha construído uma mesquita, mas também partes da base aérea dos *kufar*. Seu pai era um homem importante, um al-Jizani, mas sua mente e seu coração tinham perdido força por causa dos ahl al-shirk, os politeístas e descrentes.

— Pai?

— Sim, fale.

— Eles querem nossa terra. Querem nos afastar do Islã. Khalid...

— O que tem Khalid?

— Nada.

— Não diga isso. O que tem Khalid?

— Ele estava perdido. Morreu porque estava perdido.

— Seu irmão dirigia rápido demais. Entendeu? Ele não estava mais perdido do que eu.

Bassam olhou para suas mãos. Estavam limpas, seus pés também, o corpo era forte, puro e preparado, mas ele sentia vergonha. Sentado ali na frente de seu pai, estava com vergonha. *Dele*. De Ahmed al-Jizani.

Seu pai se inclinou para a frente. Abaixou a xícara de chá, derramando um pouco na própria mão.

— Você nunca foi muito brilhante, Bassam, então me ouça bem. A *jihad* é isso: uma luta dentro de si. É a luta para viver como Alá deseja que vivamos. Como boas pessoas. Está entendendo? Como boas pessoas. Agora vá chamar seus irmãos, por favor.

Logo estavam todos comendo *kufta*, e tinha ficado claro para Bassam, o tonto, o lento, que seu pai tinha como favorito não Rashad, o oficial, ou Adil, o engenheiro, nem os empresários que muitos de seus irmãos tinham se tornado, três deles se mudando para Riad, nem mesmo aquele que tinha trabalhado tão duro como estoquista para Ali al-Fahd, não, o pai deles tinha como favorito aquele que não tinha feito nada a não ser sonhar com o Ocidente, fumar e dirigir rápido demais ouvindo um judeu norte-americano.

E Alá o levara de Ahmed al-Jizani.

Alá levara o filho cuja morte o deixaria mais triste.

Porque Ahmed al-Jizani, construtor de bases aéreas para os *kufar*, tinha esquecido do Criador, do Poderoso, do Sustentador e Provedor. Como tantos outros no reino. Eles permitiram televisão em seus lares. Instalaram antenas parabólicas em seus telhados, e agora suas famílias se reúnem entre Maghrib e Isha para assistir a programas do Ocidente. Censurados, sim, mas as mulheres estão descobertas, e os homens carregam armas e dirigem carros brilhantes em suas cidades perdidas. Nas sextas-feiras, Dia da Reunião, famílias inteiras costumavam fazer piqueniques no deserto entre as orações da tarde; agora ficam dentro de casa olhando para a televisão dos *kufar* enquanto milhares de jovens como Karim se reúnem nas ruas em roupas de *kufar*, ouvindo secretamente a música deles e sonhando em deitar com judias.

Enquanto isso, a aliança sionistas/cruzados mata seus irmãos e irmãs muçulmanos na Chechênia e em Caxemira, Afeganistão, Bósnia e Palestina.

Faltavam duas horas para a oração final. A mesquita estava vazia. Bassam, Tariq e Imad estavam vestidos com *thawbs* limpos e tinham realizado suas abluções devagar e com cuidado. A barba de Tariq era cerrada, enquanto a de Imad era rala e volumosa; e restava uma migalha de pão que suas abluções não tinham levado, e Bassam a retirou com a mão.

Os olhos de Imad faiscavam como se ele estivesse a ponto de fazer uma piada, mas então ele fez um sinal e se ajoelharam de frente para Meca. Deram as mãos, a de Tariq era pequena e áspera, a de Imad, grande, ainda úmida das abluções. No campo, muitas vezes durante o dia eles tinham de recitar a *Shahaada*, e era o que faziam agora, as cabeças abaixadas.

— *La ilaha illa Allah wa Muhammad ar-rasulullah*. Não há deus digno de ser adorado exceto Alá, e Maomé é o mensageiro de Alá.

Imad olhou para Bassam como se estivesse inseguro sobre o próximo passo. Bassam fechou os olhos e respirou o ar ainda doce do incenso queimado para a Maghrib. Dentro de sua cabeça e coração ressoavam as palavras que tinha recitado inúmeras vezes enquanto limpava sua arma no campo, soltando o pente, soprando pólvora da culatra, usando uma vareta untada para limpar o cano.

— E de Seu Livro: Oh, Senhor, derramai Tua paciência sobre nós e tornai firmes nossos pés e dai-nos vitória sobre os descrentes. Senhor, perdoai nossos pecados e excessos. O Senhor move as nuvens. Dai-nos vitória sobre o inimigo, conquistai-o e dai-nos vitória sobre ele.

— *Allahu Akbar, Allahu Akbar, Allahu Akbar*. Não há nenhum deus digno de adoração a não ser Alá.

E, sim, Bassam, repita o juramento que fez no campo.

— Que o juramento de Alá e Sua aliança estejam sobre mim, para ouvir e obedecer energicamente aos superiores que estão fazendo esse trabalho, levantando cedo de manhã nas horas de dificuldade e relaxamento.

— *Bismillah*. Em nome de Alá.

E, mais uma vez, a *Shahaada*:

— *La ilaha illa Allah wa Muhammad ar-rasulullah*.

Bassam se levantou primeiro, Imad e Tariq o seguiram. Os olhos de Imad brilhavam. Ele sorriu e colocou os braços sobre o pescoço deles.

— Irmãos, nós fizemos uma promessa ao Sagrado como *shuhada'*. Esse *bayat* selou isso. *Insha'Allah*, vamos viver juntos para sempre em Jannah.

E abraçou Bassam e Tariq, seu *thawb* cheirando a recém-lavado, seu pescoço a água e sabão.

Antes de ir para Dubai, Bassam abraçou sua mãe na porta. Quando ele era novo, ela usava somente *kaftans* debaixo do *jamah*, mas agora estava vestida como uma *kufar*; sim, um vestido roxo decente com longas mangas que cobriam os braços, mas ainda assim, um vestido feito por nosso inimigo, e ela sorriu para ele, sua mãe baixa e gordinha, com os cabelos grisalhos e olhos castanho-escuros que tinha passado para ele. Ela parecia querer chorar, porque ele estava viajando para um lugar cujo nome não podia revelar. Ela o abraçou e o beijou em cada face, chamando-o de Bassam, quando ele era agora Mansoor, o Vitorioso, nome que decidira adotar em seu juramento.

Desde que tinha se tornado um *jihadi*, viver com sua família era como viver em um sonho, exceto que no sonho todo o resto está dormindo, enquanto você está acordado. Eles dormem e não sabem que dormem. Sua mãe nem sabia que não estava mais acordada com o Criador como deveria estar. Ela andava perfumada e cheirava também ao incenso de âmbar que gostava de queimar. Ele não podia mais se conter.

— Logo, pela vontade de Alá, todo mundo vai saber meu nome, mãe. Você ficará orgulhosa de ser minha mãe.

— Bassam, querido, eu *tenho* orgulho. Por favor, não faça bobagem. Você é um bom rapaz. Por favor, para onde vai? Por favor, me conte. — Ela esfregou seus polegares no rosto dele, pela barba.

Ele balançou a cabeça para sua mãe adormecida. Pegou os pulsos dela e juntou-os com carinho.

— Vou ligar para a senhora. Logo.

Mas nunca ligou. Já tinham se passado meses, e ele nunca ligou.

A prostituta negra soltava fumaça de seu cigarro e olhava para ele. Está perto do dono judeu, e eles bebem café em xícaras brancas como a que ele não tocou. Ela sorri para Bassam, e este desvia o olhar. Sabe que, quando forem liberados por esses policiais, ela vai tentar conseguir mais do dinheiro que ele não deveria ter gastado. Vai oferecer seus *qus*, e não só para ver, ele sabe disso, e é como sangrar no mar Vermelho, tubarões farejando seu sangue a quilômetros de distância, sua fraqueza, Shaytan tentando arrancá-lo dos mais altos postos de Jannah para os mais baixos e quentes de Jahannam. Como ele pode ser enganador e, sim, Bassam tem medo de gostar tanto que não vai querer deixar essa terra; vai perder sua determinação, seu *bayat* com seus irmãos e com o Todo-Poderoso será rompido, e há fogo mais quente do que o reservado para um *shahid* fracassado? Para alguém que perde seu rumo?

Mas o pior é que ele nunca poderia imaginar quando se endurecia e purificava no treinamento, quando orava incansavelmente em tendas, quartos de motel e carros, era que ia *gostar* desses *kufar*, que ia gostar de Kelly, Gloria e Cliff, e, sim, dessa April que se chama Spring, seus olhos castanhos que podiam pertencer a uma boa moça de Khamis Mushayt, cuja pele é macia, quente, e cujo cabelo é brilhante, e que não tem cheiro de luxúria, mas de companheirismo; ele gosta dela também. E há uma pontada em seu coração por causa do que lhe disse por último, não porque não seja verdade — porque ela vai queimar, todos eles vão queimar —, mas porque ele estava usando a verdade para se afastar dela e de sua própria fraqueza. Sua cicatriz por ter tido sua filha, tão seca e protuberante, da cor de pele de cabra, não como se tivesse cortado e sarado, mas crestado pelo fogo, como a pele de alguém queimado. Obrigou-se a ver todo o seu corpo daquela forma, a barriga, os quadris e as pernas, seus ombros redondos, pescoço e rosto, o *nuhood* que ele tanto queria tocar em sua fraqueza. Ele se forçou a imaginar como seria.

Todo o dinheiro que ele tinha dado para ela. Como poderia justificar isso? Como explicaria para Amir, que saberia precisamente quanto ele tinha?

— Senhor? — Um jovem policial apontava para ele, gesticulando de forma rude para que se aproximasse.

Havia outros quatro *kufar*. Quando Bassam se levantou, um deles assentiu e sorriu para ele, como se fossem todos irmãos nesse equívoco, como se esse fosse um pequeno preço a pagar pelo prazer deles aqui, o único preço.

Bassam o ignorou e se afastou das mesas e cadeiras vazias, úmidas com álcool e sujas de cinzas. Sua camisa estava grudada no suor das costas, e ele tinha sede. Manteve os olhos no jovem policial, mas podia sentir os olhos da prostituta negra sobre ele, seu sorriso, as pernas e braços longos escuros, seus dentes brancos, Shaytan entrando nela para tentar derrubá-lo com esses *mushrikoon*.

Bassam não olha para ela. E não vai olhar. O tempo de olhar terminou. O tempo de viver tão *haram* está terminado. Ele levanta o queixo e segue o policial. A cortina é aberta por um desses homens pagos para proteger essas prostitutas, este alto e sem músculos, olhando para Bassam como se fosse um cachorro, um cachorro que alguém deveria ter prendido há muito tempo.

D eena não conseguia dormir. Conseguira adormecer um pouco, mas agora estava acordada, deitada de barriga para cima no escuro, o vento constante do ventilador em seu rosto. Não parava de pensar em como AJ parecia mal. Sua mão quebrada, os olhos vermelhos por beber e chorar, e, apesar de tê-la machucado e de ter sido correto chamar a polícia, parecia culpa dela que ele estivesse assim. Empurrou os lençóis com os pés.

As primeiras noites depois que ele fora embora, a sensação era de que a temporada de furacões tinha finalmente terminado. Ela e Cole jantavam juntos, e, sempre que ele perguntava sobre seu pai, ela dizia que a vovó estava doente e que ele precisava cuidar dela. Mas chegara o momento em que ficara com medo. Pensou em todas as histórias de maridos ignorando ordens de restrição e voltando mais loucos do que antes. Havia aquela mulher com três filhos em Venice. O marido tinha batido nela durante anos, e, quando ela finalmente chamara a polícia e conseguira um mandado judicial, menos de um dia depois o cara voltara com uma espingarda, abrira a porta da frente aos chutes e a perseguira pela casa até o banheiro, matando-a na frente dos filhos. Ela não conseguia ver AJ fazendo isso, mas tampouco tinha imaginado que ele bateria nela. E como não poderia ficar cada vez mais louco, tendo de conviver com o chiado da mãe e longe do filho?

Certa noite, no final da primeira semana, depois que Cole tinha dormido, Deena tirara o rifle .22 de AJ do armário. Era uma arma bonita, de coronha brilhante e cano comprido. Tinha sido um presente do padrasto dele, e AJ quisera ensiná-la a atirar, mas ela já sabia; seu pai tinha todo tipo de armas, e, quando ela tinha oito ou nove anos, ele carregava a cesta de piquenique até a praia, e enfileirava latas de Budweiser e sopa. Não demorou para ela conseguir acertar todas com um rifle parecido com esse. Era boa com pistolas também, mas as semiautomáticas de seu pai a amedrontavam com o coice na mão, e como era fácil atirar três ou quatro balas sem pensar.

Vou matá-lo. Seu pai na cozinha de casa, o rosto marcado e a barrigona, a forma como olhava para sua mãe, como se esperasse que dissesse alguma coisa, mas ela não dizia nada. *Se ele encostar um dedo em você, juro por Cristo que dou um tiro na cara dele.*

Isso não ajudou em nada. Quatro noites seguidas, depois que AJ fora embora, seu pai veio e brincou com Cole, assistiu à TV com ela, o .380 preso na cintura.

— Papai, o senhor não pode vir aqui toda noite.

— Posso, sim.

— E se ele aparecer e o senhor atirar nele? Vou acabar perdendo o senhor também.

— O que você quer dizer com *também*? Sente *saudades* dele?

— Ele é meu marido.

— Você pode arranjar outro. Um melhor.

Podia? De verdade? Podia? Seu pai sempre tinha ignorado como ela era gordinha. Como, na escola, só tinha Reilly, que era magrelo e odiava pessoas e animais, que com seu bigode e nariz pontudo parecia um roedor. Ele a chamava de puta gorda, e isso depois que eles transaram no sofá mofado da varanda da casa dos pais dele.

— Por favor, vá embora, papai. Se ele aparecer, eu chamo a polícia, como deve ser.

Ele foi, mas antes tirou seu .380 e colocou-o na pia da cozinha.

— Fique com ele.

— Não quero isso na casa com o Cole. Se o deixar aí, juro que vou jogá-lo fora.

Ele sorriu triste, guardou a arma, deu um abraço nela.

— Me chame se precisar de algo.

— Chamo.

Apesar de saber que não chamaria; sabia que, se alguma vez tivesse de ligar por causa de AJ, seu pai viria com outra arma carregada. Era por isso que as pessoas tinham armas, não era? Porque queriam uma boa razão para usá-las, uma melhor do que atirar em latas e em esquilos, certo? Mas ela tinha ficado ainda com mais medo de ver seu pai assim, e durante uma semana tinha dormido com o rifle de AJ no chão, no lado dele da cama. A cada manhã, antes de Cole acordar, colocava o pente carregado no criado-mudo, depois guardava o rifle de volta no armário, atrás das camisas de AJ.

Ver aquelas camisas a deixava triste. Ele as usava somente para ir à igreja ou jantar na casa da família dela perto do lago, e ela sabia que, se os dois resolvessem seus problemas, sua mãe e seu pai teriam de aceitá-lo de volta, apesar de que não seria mais igual a antes. Antes de ele ter batido nela, não uma, mas duas vezes, e da última vez ela voara pela cozinha na frente de Cole, e precisara chamar a polícia, precisara mesmo.

Mesmo assim, no final da segunda semana, o medo tinha desaparecido; tudo que ela sentia era tristeza, culpa e solidão. Lia e cantava para Cole dormir, depois assistia à televisão, folheava revistas e fazia um lanche. Quando finalmente ia para a cama, deixava o rifle no armário e tentava relaxar, mas não conseguia. Ficava pensando nele, lembrando dele, como era antes, quando ela trabalhava no Walgreen's e ele era o chefe. Ela não estava tão gorda e era boa no trabalho, seu caixa quase nunca dava diferença. O que gostava nele era sua timidez, como poderia estar falando com ela e a outra caixa sobre algo novo ou uma regra que tinha sido mudada pelo gerente da área e seus olhos esbarravam em seus seios, e ele desviava rápido, o rosto ficando vermelho. Era educado e ficava bonito de camisa branca, gravata e calça cáqui com pregas. Ela se perguntava se ele mesmo passava suas roupas. Ele era pouco mais velho do que ela, logo, tinha de ser bem inteligente para já ser gerente de turno.

Depois, aquela noite fria de janeiro quando a bateria de seu carro morreu. Fora a última caixa a sair. Ainda estava sentada em seu carro quando o gerente da noite substituiu AJ, e ele saiu e a viu ali. Parou na calçada, a luz fluorescente da loja atrás dele, olhando para ela sentada no banco do motorista do Geo de sua mãe. Por um segundo, pareceu que não ia fazer nada além de ficar ali parado. Então se aproximou, e ela abriu a porta, dizendo que a bateria tinha morrido, que ia ligar para seus pais, mas não queria acordá-los.

— Eu levo você.

Sua picape tinha cheiro de nova, e sentada ali, com o cinto de segurança, saindo do estacionamento, ela se sentiu vitoriosa. Ele disse que estava com sede, que era sexta-feira, e perguntou se ela queria beber uma cerveja.

— Só tenho 19 anos.

— Tudo bem, eu compro.

Estava fria, e foi uma ótima sensação depois de sete horas de pé. Ficou surpresa por ele beber sua Miller enquanto dirigia. Ele parecia tão cuidadoso no trabalho. Perguntou onde morava, e ela disse.

— É mesmo? — Como se estivesse surpreso, como se não esperasse que ela morasse numa casa perto da água. Mas então olhou para ela e sorriu. — Você precisa parar de me chamar de Sr. Carey.

— Bom, então qual é o seu nome?

— AJ.

— O que quer dizer?

— Aleluia Jesus.

— Você está me gozando.

Ele olhou para ela. Ligou o rádio, colocou numa boa estação de Tampa. Estavam na escura Myakka City Road. Ele terminou sua cerveja e abriu outra. Ela também. Andaram um tempo em silêncio, ouvindo música, REM cantando sobre um homem na lua. Ele abaixou o som.

— Onde você fez o segundo grau?

Sua voz era suave. Ele parecia realmente interessado, e não perguntando por perguntar.

— Bradenton.

— Você tem irmãos?

— Um irmão, Reggie. Está no Exército.

— E o que você gosta de fazer?

— O que *você* gosta de fazer?

— Não sei... Trabalhar, acho.

— Para se divertir?

— É, gosto de trabalhar. E você?

— O quê?

— Gosta de trabalhar?

— Ah, um pouco. Gosto de ler, assistir a um pouco de TV. Jogo cartas com minha mãe.

Ele olhou para ela um pouco mais do que seria seguro.

— Jogo cartas com minha mãe também. — O rosto dela estava mais vermelho, e sua boca ficou seca, mas ela se sentiu bem com aquele olhar. Então ele saiu da estrada principal e estacionou embaixo de uma árvore. Desligou o motor, deixando o rádio ligado. — Você tem namorado?

— Não.

Sua mão no joelho dela, e como ela se inclinou para um longo primeiro beijo que logo se transformou em algo que não tinha previsto, mas não foi nada parecido com o Reilly; ele se mostrou gentil e a deixou excitada, e ela sabia que deveria ter se feito um pouco mais difícil, mas como podia saber se ele iria levá-la outra vez para casa, se estaria assim com ele novamente? E, depois disso, a forma como abaixou a cabeça até seus seios, encostando o rosto neles.

Depois aquela quitinete dele no prédio barulhento e fedido atrás do shopping. Parecia que tudo que faziam era transar, assistir à TV e comer, depois transar mais. Seus peitos ficaram logo mais macios, e ela se sentia um pouco diferente.

Estava sozinha no apartamento dele quando fez xixi naquele kit no banheiro. Não soube como contar para ele. Não sabia nem se queria fazer isso. Mas não era o tipo de mulher que conseguiria tirar o bebê, então ele precisava saber e deveriam resolver o que fazer. Ele nunca tinha dito que a amava, então o que diria disso? E como ia contar para ele? Decidiu deixar o kit num guardanapo em cima da pia, perto da máquina de café. Rasgou um pedaço de uma bolsa de compras e escreveu: *Me liga. Deena.*

Passava da uma, e ela estava dormindo em frente à TV, esperando o telefone tocar em sua mão. Seus olhos estavam fechados e havia as vozes da TV, depois outra, e uma batidinha. Que se transformou numa pancada, o que a obrigou a abrir os olhos. Ela olhou para trás e conseguiu ver o rosto dele depois da sala e da cozinha escuras, sob a lâmpada de fora, na janelinha da porta.

Não sabia se tinha dormido. Estava meio preocupada com seu hálito, mas não queria deixá-lo batendo na porta para não acordar seus pais. Levantou-se e deixou que entrasse. Ele a acompanhou até a sala banhada pela luz da TV; Deena encontrou o controle remoto, apertando o botão Mudo. Ele ainda estava com a roupa do Walgreen's, a gravata afrouxada. Ficava olhando e desviando o olhar dela, como costumava fazer na época em que não conseguia deixar de espiar seus peitos.

— Acho que devíamos ter tido mais cuidado, não? — falou.

— Devíamos.

Ele olhou para a tela. Uma picape nova subia uma estrada montanhosa, depois carregava madeira, então era um monte de crianças e cachorros indo até um campo verde para jogar bola.

— Nós vamos tê-lo?

Ela gostou que ele tivesse dito "nós". Sabia que ia fazer a coisa certa, independentemente de sua vontade, e sentiu vontade de chorar, apesar de se sentir incomodada por ele ficar reto como um soldado esperando suas ordens.

— Vamos.

Seus olhos estavam de novo na TV.

— Vamos casar também?

— Se você quiser.

— Você quer?

— É melhor para o bebê, não é?

Ele assentiu, olhou para ela.

— É. — Ele sorriu, mesmo não parecendo feliz.

— Venha cá.

Ela bateu na perna, e ele deitou sua cabeça no colo dela. Ela passou as unhas pelo meio do cabelo dele e queria dizer algo para fazer com que se sentisse melhor, apesar de não saber o que era. Agora, a sala estava silenciosa demais. Ela apertou o botão de Mudo, e a voz brincalhona de Jay Leno tomou conta do ar. AJ parecia estar olhando o programa, e ela olhava para ele: Quem *era* ele? De todos os milhões e milhões de homens no mundo, como esse viera a ser o pai do seu filho? Ela o conhecia? Amava? Ela o *amava*?

Acho que não. Ainda não. E ela tentou não pensar muito em suas qualidades físicas, como suas orelhas eram um pouco atrás demais da cabeça, como seu tronco era curto e as pernas longas demais; seus olhos azuis eram lindos, mas ficavam no fundo de uma testa que era muito curta. Fazia com que ele parecesse menos inteligente do que ela sabia que era. Será que o filho deles teria um visual assim? Meio bobão?

Seu rosto enrubesceu, e ela parou de coçar a cabeça dele. Na TV, Jay estava entrevistando uma atriz que ela reconhecia, mas não conseguia lembrar o nome. Devia ser da idade de Deena, tinha milhões de dólares e cabelos negros compridos, um corpo que nenhum homem no mundo recusaria, e como Deena poderia esquecer como AJ não parava de pegar nela? Como poderia esquecer que ele a tratava como se ela se parecesse com *aquela* garota na TV?

— AJ?

— Quê?

— Você está bem?

Ele levantou a cabeça.

— Dá para desligar isso?

Ela desligou. Ele foi sentar na outra ponta do sofá. A sala estava escura, e ela só via seu rosto por causa da fraca luz.

— Eu me sinto um imbecil, Deena.

— Não é culpa sua.

— Eu sei, mas... — ele deu de ombros.

— O quê?

— Eu devia ter gozado fora.

— Não gosto disso. — Reilly gozando na barriga dela, nenhum carinho.

— Pode ser difícil. Não ganho muito, e você não precisaria ficar em casa com o bebê?

— É melhor.

Ela queria perguntar se ele a amava. Ela conseguia sentir a pergunta bem ali na sua garganta, mas ele poderia fazer a mesma pergunta, e o que iria responder?

— Seus pais sabem?

— Ainda não.

Ele desviou o olhar de novo. Ela sabia que estava sentada ali só com sua camiseta larga e as calças de pijama, o cabelo despenteado, sem maquiagem, mas se sentia melhor do que nunca, como se tivesse todo o poder do mundo, que dominava tudo completamente e fosse bonita por causa disso, não importa quão perdido ele parecesse estar agora, o pé dela pressionando seu joelho. Ela levantou sua camiseta e começou a tirar a calça.

— Seus pais.

— Fazemos em silêncio.

Quando ele gozou, as calças em volta do joelho, começou a soluçar, e ela o abraçou.

— A gente se ama, AJ?

— Vamos nos amar.

Passaram pelo juiz de paz, e AJ treinou com equipamentos pesados, depois trabalhando com seu pai. Compraram a casa abandonada que AJ foi reformando. O bebê crescia, e ela começava a amar a guinada que sua vida tinha dado. Adorava toda a atenção que seu pai e sua mãe lhe davam, como sua mãe a levava para comprar coisas para o bebê, e, à noite e nos fins de semana, seu pai sorria para ela da forma como fazia quando era criança, como se fosse a única menina que existisse. Antes de dormir ao lado dela, AJ dizia aquelas três palavras, e ela retribuía; não se sentia mentindo, mas tampouco sentia amor. Eles se mudaram para essa casa, e ela não queria ser ingrata, mas era minúscula. Eles a pintaram de branco e de amarelo, mas, mesmo assim, ela não conseguia respirar. Enquanto AJ estava trabalhando ela ficava lá sozinha longos dias com Cole, seus brinquedos espalhados pelo chão, impedindo-a de caminhar sem pisar em algum; ela o levava para brincar na grama e tomava um pouco de sol nas pernas, rosto e braços. Folheava suas revistas e tentava não comer nada. Era a única coisa que queria fazer — comer. Não queria admitir, e se sentia uma mãe horrível só de pensar, mas estava *entediada* só tomando conta de Cole. Amava-o mais do que o próprio coração; adorava ver as caretas que ele fazia — curioso, bravo, confuso, às vezes triste ora alegre; adorava a forma como ele voltava os olhos azuis para ela como se fosse o único outro ser humano que existia; adorava que ele tivesse saído dela, mas ainda assim tivesse um corpo dele; adorava seu cabelo e pele, suas orelhas e nariz, seus joelhos, arqueados para dentro como os dela; adorava seu cheiro de leite, adorava sua voz fina, e como não conseguia pronunciar os *r*; adorava vê-lo subir no seu colo para ver um vídeo, como dormia encostado em seus peitos.

Mesmo assim, precisava sair e *fazer* algo. Até mesmo trabalhar para o Walgreen's era algo; estava ajudando pessoas que precisavam de coisas, e era paga para garantir que elas as recebessem. Era do que mais gostava. Receber aquele cheque com seu nome e descontá-lo, ter no bolso o merecido dinheiro. Tinha guardado mais de dois mil dólares, mas precisou dar cada centavo para AJ comprar essa casa. Isso lhe deu uma sensação de orgulho — dera mesmo. Mas agora ela sentia que sua contribuição para o mundo tinha se encerrado. Não podiam pagar uma creche, mas será que sua mãe não poderia cuidar de Cole agora? Pelo menos alguns dias ou noites por semana? Será que iria realmente passar o resto de sua vida cuidando dos outros? Do seu filho e talvez de mais filhos, e de AJ, que, nesses últimos três anos, tinha se tornado um briguento cansado, impaciente, cheio de quereres e necessidades que ela tinha de resolver sozinha: Deena lavava, secava, dobrava e guardava suas roupas. Fazia a cama depois que ele ia embora, tinha que limpar a pia depois que ele fazia a barba, todos aqueles pelinhos de bigode entupindo o cano que precisava limpar; preparava seu almoço — quase sempre a mesma coisa, manteiga de amendoim com gelatina de morango, duas bananas, um saco de batatas Ruffles e uma garrafa térmica de limonada. Se ela usasse atum, em vez disso, ou substituísse as bananas por maçãs, ouviria suas reclamações à noite, quando precisava ouvir tudo que não estava fazendo direito: *Por que não consegue tirar os malditos brinquedos do chão, D? Por que você cozinha com tanta gordura o tempo todo? Cole não estava usando a mesma camiseta ontem? Por que não consegue deixar um par de cervejas geladas na geladeira, Deena? Você não tem ideia de como essas malditas máquinas esquentam nessa merda de calor?*

Sempre terminava assim: sua raiva contra ela, seu ressentimento por ter de fazer, durante o dia todo, algo que ele odiava, enquanto ela ficava em casa com Cole brincando de casinha. Ele dizia assim — "brincando de casinha". Então, quando ela gastava um pouco de dinheiro *consigo mesma* — algo que acontecia a cada quatro ou cinco semanas —, para pintar o cabelo um pouco ou ondulá-lo ou qualquer outra coisa para que não se sentisse completamente invisível, ele gritava com ela, dizia que estava melhor antes, e quanto tinha custado tudo aquilo? Ela mentia que custara trinta dólares, quando tinha sido o dobro, e mesmo assim ele xingava e balançava a cabeça, pegava outra cerveja da geladeira e se sentava na frente da TV, Cole brincando no chão aos seus pés.

E, mais tarde, quando estavam na cama, deitados quietos um ao lado do outro, parecia que quase sem respirar, ela queria perguntar por que ele estava tão furioso e triste o tempo todo. Era só o emprego? Porque, se fosse, por que não pedir demissão e voltar a trabalhar na loja? Quantas vezes tinha jogado isso na cara dela? *Eu poderia ser gerente de área agora, sabe. Poderia estar ganhando a mesma coisa.* Ela queria perguntar essas coisas, mas parte dela se sentia tão machucada e irritada pela forma como ele a tratava, pela forma como desvalorizava o que ela fazia, que ela não conseguia nem abrir a boca. Então ele se virava para ela, que sempre se deixava enganar. Não sabia por que deixava, mas deixava; achava que ele ia falar algo, conversar mesmo o pouco que conversavam antigamente, mas sentia os dedos dele passando por sua perna, sentia sua palma no meio de suas coxas, tentando separá-las. Era a última coisa que ela queria fazer, não porque não gostasse, mas porque não gostava quando não gostava *dele.*

Havia aquelas tardes quentes quando se sentava embaixo do sol de short e camiseta, descalça, Cole brincando com seus caminhões na grama; ela fechava os olhos e às vezes sentia uma pulsação quente entre suas pernas, imaginava-as se abrindo para o homem beijando tudo que ela oferecia. Às vezes era o rosto de AJ que via, aquela testa curta e orelhas grandes, aqueles olhos azuis nos quais tentava se concentrar, mas às vezes eram outros homens. A maioria deles não tinha rosto nem nome, mas alguns eram atores de que ela gostava e sobre os quais ficava lendo: Pierce Brosnan e aquele sorriso safado, como se tivesse uma surpresa para você e ainda não pudesse contar; Billy Baldwin, Brad Pitt e, por mais estranho que parecesse, Morgan Freeman, não por ser negro — embora tivesse curiosidade sobre as diferenças —, mas porque era mais velho e parecia tão doce e carinhoso com aquele sorriso sábio, como se ele soubesse exatamente o que fazer se ela se entregasse a ele.

Mas não eram outros homens que ela queria, nem mesmo sexo; era aquela sensação que existia antes com AJ, de que não era só desejável, mas querida. Que era *querida.* E todas aquelas lágrimas no rosto de AJ essa noite. Ele só estava sentindo solidão e autopiedade ou sentiria mesmo a falta dela? E, se sentia, era só pelo sexo? Ou era *ela*? E se fosse ela, isso era bom? Ela realmente o queria de volta? Ou ele só era melhor que nada? Melhor do que não ter ninguém?

Deena jogou as pernas para sair da cama e andou pelo corredor escurecido, passando pelo quarto de Cole, até a cozinha. Abriu o freezer e pegou a sobra de sorvete, uma colher do escorredor de louça, recostou-se na pia e comeu devagar. Pensou no pulso quebrado de AJ. Sentia uma vaga curiosidade sobre como tinha acontecido aquilo, mas não muita. Só ficou pensando em como seria difícil bater nela daquele jeito, como doeria.

D irigindo ao longo do Manatee pouco antes do sol nascer, não tinha como tentar beber seu café *e* colocar gelo no pulso *e* dirigir *e* ouvir a garotinha choramingar que tinha fome e queria a mamãe. Talvez não devesse tê-la acordado para lhe dar um pouco de Benadryl, mas sabia como as coisas funcionavam — se deixasse alguma coisa de lado, ela podia aparecer de surpresa e acertá-lo bem na cabeça: E se ela acordasse quando ele fosse tirá-la da cadeirinha do Cole no templo em Lido Key? E aí, como faria para deixá-la em algum lugar? Mas agora estava tão acordada quanto Cole depois de uma boa soneca, sentada reta, tirando o cabelo dos olhos, olhando uma Bradenton escura e adormecida.

— Estou com fome.

— Está tarde, Francie. É melhor voltar a dormir até chegarmos à casa de sua mãe.

Ele olhou para ela pelo retrovisor. Ela parecia entender o que ele tinha dito: dormir, depois mamãe.

— Meu nome é *Franny*.

— Franny.

Ele sorriu para ela pelo espelho. Gostava que ela fosse corajosa, mas qual seria o resultado disso? Corajosa se transformava em atrevida que se transformava em megera que se transformava em puta. Igual à mãe dela. Quem garantia que essa tampinha não ia acabar se tornando outra Spring? Outra Marianne? Só sorrindo e balançando as tetas até deixar os caras quebrados, com o Visa estourado e de pinto na mão?

— Estou com fome.

Seu pulso machucado estava apoiado na maçaneta da porta. Sempre que ele diminuía ou acelerava, o pacote de gelo caía sobre a perna, e ele precisava pressionar o joelho contra o volante e reajustar o pacote com a mão boa. Não ia nem tentar beber o café. Nunca encontrara uma caneca que fosse boa para beber enquanto dirigia, e ficara com uma de plástico vermelho do Busch Gardens sem tampa, e um terço do café já tinha caído no tapete. Precisava parar e conseguir uma caneca melhor. Precisava parar e comprar um lanche para essa menina, assim ela voltaria a ficar quieta, e o Benadryl poderia fazer efeito.

— Por favor, tô com fome. E com sede.

— Eu já ouvi, querida.

No escuro, ele dirigia por baixo dos carvalhos, musgo pendurado como lembranças irritantes de coisas que ele tinha esquecido de fazer. Passou por jardins horríveis e casas pequenas, pessoas dormindo dentro delas, provavelmente enroladas com alguém que amavam. Nunca se cansara de fazer isso com Deena. Mesmo depois que ela ganhara todo aquele peso. Mesmo depois de noites reclamando e gritando, tudo terminava lá pela uma ou duas da manhã, e eram apenas ecos em sua cabeça, e ela era um corpo macio e quente contra o qual ele se enrolava, o nariz em seu cabelo, sua mão e um braço no quadril macio dela. Sempre que sonhava com Marianne, nunca chegava tão longe — mas Deena ele via como se não fosse somente uma mulher, mas seu próprio lar.

— Tô com sede.

Na saída da 301, as luzes do posto Mobil brilharam lívidas, e havia uma loja de conveniência, e ele apostava que ali faziam café. Olhou o marcador de gasolina. Um quarto de tanque ainda. Compraria café, gasolina e um lanche para essa garota. Mas ele queria isso? Será que não absorveria um pouco do Benadryl que tinha dado a ela? Não seria mais complicado para ela voltar a dormir? Ele não sabia, mas não dava para deixá-la com fome: ela continuaria reclamando.

Parou e desligou o motor, a sacola de gelo caiu sobre sua perna. Jogou-a em cima das latas vazias de cerveja no banco do passageiro.

— Quero um Shush Puppie.

— Um Hush Puppy? — Sua mãe costumava fazer quando ele e Eddie vinham para casa com peixe, fubá, ovos e cebolas verdes enroladas num bolinho e fritados com óleo quente numa frigideira de ferro. Ele sorriu e abriu a porta da picape. — Não vão ter *hush puppies* aqui. A sua mãe faz isso? — O respeito por Spring talvez tivesse crescido um pouco ao imaginá-la fazendo comida para sua filha.

— Não, *Slush* Puppie. Posso tomar um Slush Puppie, por favor?

Ah, uma raspadinha de gelo. Bom, Cole gostava delas também.

— Claro, vou comprar uma.

Ele passou a bandejinha plástica por cima da cabeça dela. Era uma coisinha linda, olhando para ele com seu rostinho, alguns dos finos cabelos presos ao rosto suado.

— Quero de uva.

— Está bem. — Ele estava a ponto de tirá-la da cadeirinha, quando se lembrou da gasolina. — Espere, querida. Preciso colocar gasolina primeiro, tá bom?

Começou a fechar a porta de trás, mas acabou deixando-a aberta, pegou a mangueira de combustível, abriu o tanque e começou a encher. Conseguia vê-la através do vidro traseiro, sua cabeça quase não chegando ao alto do banco. Ela bocejou e esfregou os olhos com as mãos. Aproximou-se da porta aberta e olhou para ele através do vidro escuro.

— Quero a mamãe.

Mas não chorou. Só olhou para ele como se estivesse quase brava, como se fosse sua culpa que não estivesse com sua mãe agora. E estava um pouco certa, não é mesmo?

— Você quer um Slush Puppie de uva, certo?

Ela assentiu.

— É só esperar um minutinho, então.

Spring poderia ser tão má assim se sua filha sentia tanta falta dela? Talvez, apesar de ser uma puta mentirosa que levava seu bebê para um lugar que nenhuma criança deveria conhecer, fosse legal. A gente fazia o que precisava fazer para — não, *mentira!* Havia aquela mulher em Oneca que, alguns anos atrás, batia no seu filho de 11 meses com um pau, e mesmo assim o bebê voltava engatinhando para ela, para sua mãe, para a única esperança que tinha, a mesma pessoa que quebrara nove de seus ossos. E Spring deveria *agradecer* a ele por tirar essa garotinha daquele lugar. Deveria se ajoelhar na frente dele. Mas não o faria. O melhor que pode esperar é dar um puta susto nela.

A bomba parou. Quase 34 dólares, e nem tinha enchido o tanque.

— Quero um Shush Puppie, por favor.

A dor no seu braço tinha se mudado permanentemente para seu pescoço e cabeça. Seus olhos doíam, e o inchaço em sua mão tinha diminuído, mas não muito. Precisava colocar mais gelo, por mais tempo desta vez. Parar em algum lugar para que a bolsa não ficasse caindo do seu pulso. Deveria ir direto para a marina do outro lado da sinagoga. Estacionar a picape perto das palmeiras, proteger-se atrás dos manguezais e aplicar o gelo por uma hora. Tinha todo esse tempo antes de carregá-la até lá. E carregando-a agora, com cuidado, junto ao braço bom, se deleitava com o cheiro do seu cabelo e com seu pouco peso. Ela não tinha medo dele, e isso o fazia sentir-se bem. Como se fosse o tipo de homem que sabia que era, o tipo que nunca deveria ser expulso de casa por um juiz, mas um homem bom que tinha sido maltratado.

Preso na porta do Mobil Mart havia o pôster de uma feira de barcos em Tampa. Depois do hospital e de ligar para um advogado, depois de descansar por um dia e uma noite, esse seria o primeiro lugar aonde iria. E não seria legal levar Cole com ele? Será que Deena não gostaria de ir também? Para a costa, ver os barcos reluzentes?

S eu nome era sargento Doonan. Tinha mandado April se sentar na frente e colocar o cinto de segurança, e agora ela estava ali do outro lado da tela do computador e do rádio enquanto a levava para casa sem sua filha, sem sua Franny. O nariz de April estava entupido, sua garganta, inflamada de tanto gritar e chorar, e era como se cada linha branca a passar embaixo do carro da polícia levasse junto uma parte de seus intestinos, agasalhando-a na estrada, no escuro da noite, transformando-a apenas em uma casca de músculos e ossos com um coração que não parava de bater pelo que tinha feito e pelo que não tinha feito e pelo que não podia fazer agora — abraçá-la e protegê-la, e, Deus, Oh Deus, por favor, Deus, alguém a *encontre*.

— Nós vamos encontrá-la.

Ela falou? Estava falando? Olhou para ele, para seus óculos na ponta do nariz, para esse avô levando-a para casa, para esperar uma ligação, porque não havia nada a fazer agora, só sair do caminho e deixá-los trabalhar. E seu carro era uma prova, a fotografia dela e de Franny arrancada do fio em que estava pendurada, caída no banco como se ela e Franny tivessem sido o alvo de alguém que as conhecia, sendo que ela não conhecia ninguém ali; havia somente Jean. E as pessoas em casa.

— Tome.

A mão do policial estendia-lhe um lenço. Seu relógio era de ouro. Os pelos em seu pulso eram compridos, sua voz era firme e grossa, não parecia a de um velho. Ela não tinha percebido que estava chorando de novo. Aceitou o lenço e pressionou-o contra seus olhos fechados, mas no escuro era o rosto de Franny que ela via, o rostinho de quando ela estava dormindo, seus olhos serenos, suas pestanas absurdamente compridas, o cabelo para trás, depois as mãos de um homem em seu pescoço, uma faca, um cinto, fita isolante, um cobertor velho e erva daninha, uma valeta cheia de lama, gasolina e chamas. Franny embaixo d'água, de boca aberta — Oh, Deus, Oh, Deus, o gemido subindo desde a cicatriz que April tinha deixado o estrangeiro tocar, como se vender o lugar da origem de sua filha tivesse violado seu princípio e predestinado seu final, dissolvendo-a, amaldiçoando-a, fazendo com que desaparecesse.

O oficial *kafir* segura a carteira de motorista de Bassam. Olha para ele, depois outra vez para a carteira. Vira-a. O coração de Bassam bate muito forte dentro do peito por causa do muito dinheiro que ainda há em seus bolsos. Será que o policial vai pedir para ver os seus pertences? E o que ele vai dizer? No reino, já teriam mandado que tirasse as roupas, tirado tudo dele. Torturado até contar tudo. Até entregar todos. A boca de Bassam está seca como a fumaça, e ele tem medo de que, quando falar, sua língua vá se atrapalhar, fazendo com que se revele, e ele faz um *du'a* silencioso para que o Poderoso o proteja.

— O que você está fazendo na costa do golfo?

— Visitando um amigo.

— Onde?

— Venice.

— O que está fazendo em Deerfield Beach?

— Sou estudante.

— Onde?

— Gainesville.

— Então por que está em Deerfield Beach?

— Tenho um emprego só de verão. Pizza.

— Você faz pizza?

— Levo.

— Pizza?

— Isso.

— Você entrega?

— Isso, entrego.

— Viu uma menina pequena esta noite?

— Não, só mulheres. Muitas mulheres.

O oficial dá um sorriso fraco. Entrega a carteira para Bassam.

— Está liberado.

— Perdão?

— Está liberado.

Bassam olha para o *kafir*, para o pescoço irritado pelo atrito de gilete, o cabelo escuro no braço como o dele. *Liberado.* O que isso quer dizer?

— Pode ir.

O policial fez um movimento com a mão, o mesmo movimento que Ali al-Fahd fazia quando queria que Bassam, mais novo do que hoje, se apressasse, e agora ele entendeu e se virou, saindo do covil de Shaytan, agora bem iluminado e sujo.

No estacionamento, havia mais veículos policiais do que antes, as luzes azuis piscando, o ar mais frio e com cheiro de escapamento de motor, mas ainda assim ele se sente leve: Bassam liga o Neon e fecha os olhos. *Todas as honras são para Alá por cujo favor as boas obras são conseguidas.* Ele engata a marcha a ré e sai devagar sobre as conchinhas do mar, os olhos nos policiais atrás dele, alguns parados ao lado de seus carros, outros sentados dentro, nenhum deles prestando atenção quando ele engrena a primeira e desaparece.

Ele dirige para o sul, deixando a luz amarela da placa em seu retrovisor cada vez menor. Os gritos de April. Muito parecidos com os gritos de sua própria mãe, como eles vieram mais tarde, depois que seu pai lavou o corpo de Khalid, cortado, quebrado e machucado, segundo a ordem prescrita de abluções. Na lavagem final, ele acrescentou cânfora na água, secou seu corpo com uma toalha, cobriu-o de branco. Na mesquita, sua mãe recitou com os outros o salaat-l-janazah e não chorou porque sabia que a alma do seu filho estava com o Sustentador. O túmulo de Khalid não está longe de um figueiral, e consolava-se em saber que eles o tinham enterrado antes de se passar um dia.

Porém, depois dos três dias de luto, ela não pôde mais esconder seus gritos. Eles irrompiam sempre atrás de portas fechadas. Seu rosto estava enfiado em travesseiros, mas seu clamor não podia ser abafado. Era o de uma mulher sendo perfurada por uma espada incandescente. As irmãs de Bassam ou até mesmo Ahmed al-Jizani, o rosto cinza, os olhos escuros e fixos, iam até ela, mas não conseguiam fazê-la parar. Seu sofrimento não tinha fim, e Bassam saía de casa em busca de Karim ou Tariq ou Imad ou até mesmo um cigarro que pudesse fumar como péssimo muçulmano que era.

Antes, quando se encostara no Neon e fumara enquanto olhava todos esses *kufar*, esses homens cujo vazio nunca deixará de existir, vira April correr de um veículo para o outro, e o som que ela fizera o confundira, porque era quase o mesmo que sua própria mãe fizera por Khalid, e como o amor e o medo dessa *kafir* podiam ser iguais ao de uma boa esposa e mãe sob o Criador no lugar de nascimento de Maomé? Como podiam ser?

Novamente, a confusão e a fraqueza. Como era possível que esses gritos fossem difíceis de suportar? Como era possível que ele quisesse ajudar essa April que se chama Spring? Na ponta dos dedos, ainda sente o pelo acima de seu *qus*, mas é o longo cabelo de sua cabeça que quer tocar. Quer segurar seu rosto e beijar seus lábios. Quer olhar em seus olhos orgulhosos. Porque isso é o mais próximo que chegará de uma mulher nesta Terra, e será que bastou?

Ao celular, na saleta negra, quando a enviara para pegar champanhe e conhaque, dissera a Imad que não se preocupasse, que voltaria mais tarde do que o planejado, mas voltaria.

Mas, Bassam, onde você está?

No covil de Shaytan.

Onde?

Esse clube para homens.

Por quê, Bassam? Devemos estar preparados.

Posso ter sido seguido, Imad. Vim aqui para parecer normal.

Bassam, você esteve bebendo. Deve parar e tomar muito cuidado no retorno.
Sim, Insha'Allah.
Por favor, rápido, Bassam. Rápido, e não perca tempo.

Mas ele *tinha* perdido tempo. E dinheiro. Muito. É esse álcool. Começou a gostar demais disso. A sensação de liberdade que lhe dá, de flutuar acima de tudo aquilo que não consegue controlar. E lhe dá coragem para conversar com uma *kafir* descoberta em um lugar maligno que o domina. Quando ele se aproximou dela nas sombras, seu corpo tão perto do dele, seu coração batendo tão rápido, era difícil olhar nos seus olhos, pedir um tempo sozinho com ela. Era algo que ele não poderia ter feito se não estivesse bêbado. Novamente ignorara a sabedoria do Provedor e do Sustentador ensinada pelos imames. Eles conheciam essas vodcas, cervejas, conhaques e champanhes, são da cor da água e da terra, mas fabricados nas fogueiras de Jahannam. Só servem para nublar as mentes dos homens e enfraquecer a disciplina, fazendo com que seus corações só se preocupem com a carne mortal.

Aquela primeira vez em Fort Lauderdale. O egípcio temia que estivessem sendo monitorados, a mesma minivan branca estacionada do outro lado da rua do motel deles durante dias, e os instruíra a sair do apartamento rindo e fumando cigarros, andar diretamente para o bar na praia. Sentaram-se em uma mesa perto da rua. Pediram cerveja a um garçom magro, com um piercing no nariz. O primeiro gole com Imad e Tariq, a primeira vez deles também, era doce e amargo, e o egípcio disse: "Vocês parecem mulheres. Chamam muita atenção. Assim", e bebeu o copo todo, ergueu-o pedindo mais. Imad o imitou primeiro, a espuma da cerveja branqueando seu bigode. Depois Tariq, e Bassam, e era mais gostoso bebendo de uma vez só, enchendo o estômago, mas continuando com sede. Mal baixou o copo, já o garçom voltava com quatro outros cheios na bandeja, o egípcio inspecionando os carros na rua, havia a compreensão de que, para ele e seus irmãos, esse gosto do *haram* só poderia deixá-los mais sábios, fortes, apesar de que Tariq estava rindo, e Imad olhava para o egípcio e não tocaria o segundo copo até Amir ter engolido o seu.

Talvez aquilo *tenha* feito dele alguém mais sábio, mas então o que há de bom na sabedoria, se sua decisão de usá-la é enfraquecida pelo mesmo líquido que a proporciona?

Bassam acelera pela I-75 em direção ao sul. Olha para o medidor, calcula gasolina suficiente para uns 160 quilômetros ou mais. Em Everglades Parkway, só há um posto no caminho, e ele vai encher o tanque novamente, comprar cigarros e Coca-Cola para ficar alerta. Mas não foi ao banheiro, e agora está precisando ir. Passa pela cidade adormecida de Sarasota, seus bancos e butiques fechados e escuros, seus semáforos piscando, amarelos. Nos pátios e nas curvas há espinheiros e palmeiras, e ele poderia aliviar-se ali, escondido, mas não, vai procurar um posto de serviço ou um beco, porque só faltam três dias, e não vai se aliviar numa árvore como a que tem em casa. Não vai profanar nenhuma árvore de casa.

N a cama king-size, seu gato Matisse dormindo sobre um travesseiro perto de seu rosto, Jean sonhou que ela e Harry estavam fazendo amor num clube noturno em frente a uma banda de jazz. Ele ainda estava morto, e ela sabia, mas ele não parecia. Parecia o Harry que sempre tinha sido, exceto que a cada segundo parava, saía de dentro dela e a olhava. Uma luz do teto iluminava bem ali, embora fosse uma luz com som, um motor de motocicleta, e era difícil ouvir a música por cima dela, e isso a incomodava mais do que tudo. Não Harry parando para que uma luz brilhasse sobre sua virilha, mas o motor tão alto que ela não conseguia ouvir o piano, o trompete e os pratos. Depois Franny estava no palco, segurando a mão da mãe, as duas estavam vestidas para ir à praia.

Jean abriu os olhos ao ouvir a batida na porta, seu sonho desaparecendo rápido e Matisse descendo da cama.

— *Senhora?* — Era voz de homem, a batida forte e insistente. Seu primeiro pensamento foi o hospital, que tinham vindo, mesmo ela não querendo ficar lá. Mas isso não era jeito de acordá-la, seu velho coração aos pulos enquanto ela tirava o roupão do cabide e o vestia. No criado-mudo, a hora brilhava verde: 3h47.

— *Senhora?*

Ela andou rapidamente pelo corredor escuro, amarrando o roupão na cintura. A lâmpada em cima da porta da cozinha estava acesa; na luz forte estavam um policial e April. Seu cabelo estava despenteado, e seu lápis de olho tinha escorrido, o rosto molhado. Tinha agarrada ao peito a mochila de Franny, e Jean mal conseguia abrir a porta.

— O que aconteceu? Cadê a Franny? O que foi?

— O que você está *fazendo* aqui? Achei que estivesse doente. Achei que estivesse *doente*!

April estava chorando, arfando profundamente, o braço do policial alto amparando-a enquanto entravam na casa de Jean, onde ela ouviu a notícia de roupão — que seus medos não eram pura neurose afinal, mas uma profecia de que o mais temido é precisamente o que a persegue no escuro, na forma de um policial com voz suave e essa jovem de quem você nunca gostou e agora despreza; seu cabelo comprido sobre o rosto molhado de lágrimas, sua blusa amassada e a saia curta, suas pernas nuas, salto alto e unhas pintadas. O mais desprezível de tudo era a forma como ela abraçava a mochila de sua filha como algum tipo de prova de que tinha feito o melhor que podia. Jean a desprezava por completo, e como era cruel que ele balançasse a cabeça e dissesse a Jean que iria deixá-la porque sabia que não estava sozinha. Como era cruel isso.

E ele foi embora, a luz da entrada se apagou, e as duas mulheres ficaram paradas ali na cozinha escura, April chorando. Sem falar nada. Só chorando. Dar um passo e abraçá-la seria a coisa mais humana a fazer. Mas Jean não se mexeu. Não conseguia. Cruzou os braços e se abraçou como se estivesse com frio, o rosto de Franny em sua cabeça, a forma como se virara ontem para acenar antes de ir para a praia. O sorriso quase secreto que elas se deram.

— April, estou com tanta raiva de você que nem consigo...

...a mochila caiu no chão, e April lançou os braços ao redor de Jean, chorando alto e os brincos em suas orelhas, seus peitos contra os braços cruzados de Jean, que não teve escolha a não ser descruzá-los e deixá-los ao lado do corpo, o cabelo de April recendendo a charuto, suor e colônia masculina: Jean queria afastá-la, mas estava a ponto de chorar também, embora lutasse contra isso, enquanto a mochila de Franny pressionava sua canela.

Agora que todos os comprimidos de Tylenol tinham finalmente se dissolvido em sua corrente sanguínea, seu pulso e braço disparavam meras lembranças da dor. As coisas estavam mais calmas e tranquilas: a noite, a garota, seus planos para a manhã. Ele dirigia para o sul pela escuridão da Gulf of Mexico Drive, bebericando café quente, o joelho pressionando o volante. À sua esquerda estavam as casas dos ricos. À direita, praias particulares de areia fina, depois a infinita água salgada que achavam que era deles também. A alguns quilômetros de distância estavam as luzes piscantes de um cargueiro ou barco de pesca, não tinha certeza. Havia muitas coisas sobre o mar que ele não sabia, exceto que, na temporada de furacões, ele podia subir, arrasar casas e destruir todas as coisas que você prezava. Ele precisava ter um barco que não fosse muito grande, um que pudesse guardar em terra — ele, Cole e Deena seguros na casa à prova de furacões. Ficou olhando para a garotinha pelo retrovisor. Crianças são como cães: ficam quietas quando é hora de comer. No posto de gasolina, lhe comprara um cookie que já tinha acabado antes de chegarem ao golfo e virarem ao sul para ir até a Lido Key. Agora ela estava sentada ali, ereta, chupando forte seu Slush Puppie pelo canudinho.

— Quer uma colher?

Ela olhou para a nuca dele e assentiu. Ele encaixou o café no porta-copo, apertou mais o joelho contra o volante, e com a mão boa levantou a tampa do compartimento entre seu banco e o do passageiro. Apertou o botão da luz do teto. Havia formulários de cartão de crédito e um monte de moedas soltas, sachês de ketchup, uma luva rasgada, três ou quatro pregos e um abridor de garrafas, a picape dançando na avenida. Ele agarrou o volante e deixou a tampa fechar. Seu coração estava batendo forte, e isso fazia sua mão doer, por isso foi para o acostamento e parou.

— Quero uma colher.

— Espere um pouco.

Olhou o espelho do seu lado, viu o brilho vermelho do seu freio, atrás a noite escura. Se a polícia o parasse, diria que ele e sua filha estavam a caminho de casa vindos de uma excursão até Montgomery ou Savannah e tinham viajado a noite toda.

Filha. Seria legal se ela fosse mesmo, não é?

Levantou a tampa do compartimento e ficou segurando-a com o cotovelo enquanto seus dedos ajustaram a luva para pegar a colher de plástico branca que já estava ali havia pelo menos um ano, provavelmente deixada ali por Deena, como os sachês de ketchup. Sempre juntando essas tranqueiras. Às vezes ele admirava isso nela, como odiava desperdício. Mas outras vezes, vendo como estocava condimentos e utensílios plásticos, sentia que a mulher duvidava de sua capacidade de cuidar deles, que em algum momento eles realmente iriam *precisar* daquelas tranqueiras.

Como agora.

Deixou a tampa cair, enxugou a colher no seu ombro. Esticou o braço para trás e viu, pelo espelho, como ela tirava o canudinho e enfiava a colher. Tirou muito gelo, colocando tudo na boca de uma vez, seus olhos se arregalando antes de cuspir tudo na mesinha de Cole.

— Foi muito, não?

Ela olhou para ele, depois de volta para a poça de gelo derretendo à sua frente, umas lágrimas começando a se formar.

— Está bem, não é nada. Não se preocupe.

Ele agarrou sua bandana e jogou em cima da mesinha. Mas ela começou a choramingar, e ele abriu sua porta, saindo da picape no ar úmido com cheiro de alga seca e óleo queimado do golfo, a estrada escura e vazia ao sul e ao norte. Abriu a porta de trás, a lâmpada do teto iluminando a garotinha chorosa, seu cabelo louro pendurado sobre um dos olhos, e o rosto molhado, migalhas de cookies nos lábios e no seu pijama cor-de-rosa.

— Quero minha mãe. Quero minha *mãe*.

— Eu sei. Eu sei que você quer. Vamos para casa daqui a pouco. Já estamos indo, tá, querida?

Ele pôs o Slush Puppie e a colher no compartimento, jogou a bandana melada em cima das latas vazias no chão e levantou a mesinha, passando por cima da cabeça dela, com cuidado para não puxar seu cabelo, algo com que não se preocupava no caso de Cole. Ela só gritava agora, sem emitir palavra, e já havia menos energia, não porque não sentisse falta da puta da mãe, mas porque estava muito cansada, e o Benadryl tinha começado a fazer efeito. Agora ela precisava de um pouco de colo, não é mesmo?

Ele passou sua mão boa sob os braços dela. Espalmava as costelas da menina e sentia a batida de seu coração. Puxou-a com delicadeza do banco; ela ficou de pé e chorou mais alto, olhando por cima do ombro dele, como se estivesse procurando algo. Ele a levantou com o braço e tirou-a da picape.

— Shh, shh. Está tudo bem, está tudo bem.

Carregou-a pelo acostamento recoberto pelas mesmas conchinhas esmagadas do Puma. Ela agarrou sua camisa e ficou quieta. Ele fizera a coisa certa ao evitar a 301. Conseguia ouvir a ressaca das ondas à distância, e o som, ou talvez fosse ele — talvez fosse *ele* —, parecia acalmar a garota, porque agora ela descansava a cabeça no ombro dele e segurava sua camisa com os dedos. O cabelo dela roçava o rosto dele, suas pernas magrinhas ao redor do tórax dele, que começou a andar de um lado para o outro, e poderia segurá-la assim a noite toda, se fosse preciso. E ela não sentia isso? Não sentia como ele usaria sua força só para protegê-la? E Deena, também não sentia? Se ele nunca mais levantasse a mão contra ela? Não seria difícil, seria? Tudo que ela precisava fazer era amá-lo, só isso. Só amá-lo, parar de reclamar e evitar seus maus hábitos, talvez perder algum peso. Ou talvez eles só precisassem de outro filho. Como essa. Nascida de uma puta fria, e não podia ser mais doce, podia?

Então cante uma música para ela, AJ. Ou pelo menos cantarole algo. Mas ele nunca cantarolara nada na vida e não conhecia nenhuma música. E o pai verdadeiro dela? *Havia* um? Talvez ele tivesse julgado mal, e houvesse pai. Talvez fosse um pobre-coitado expulso de casa como ele.

Ele falou com ela.

— Fran? Franzie?

— Quero ir pra *casa*.

Sua voz estava abafada contra o ombro dele, o hálito quente.

— Nós vamos, querida. — AJ continuou andando de um lado para o outro, os olhos naquelas luzinhas distantes no golfo. — E seu papai, querida? Ele está em casa também? Ou mora em outro lugar?

Ela disse algo, ele conseguiu sentir no ombro, mas não ouviu.

— O que você disse, querida?

— Céu.

— Céu?

Ela assentiu. AJ ficou ali parado um bom tempo. Sentia sua respiração ir ficando mais calma e queria perguntar quanto tempo fazia que seu pai tinha ido para o céu, como tinha morrido e se ela o conhecera. Mas ela estava quase dormindo, essa criança sem pai, e ele começou a cantarolar algo que nem lembrava que sabia; começou em sua garganta, depois foi direto para seu peito. E era bom que essa pequenina pudesse sentir ou ouvir isso ali, essa música graciosa, como era doce o som de um homem que estava perdido — mas que agora tinha se encontrado.

onnie dirigia para Sarasota, ao sul. Seu farol direito parecia mais escuro que o esquerdo, e as duas janelas estavam abertas: o vento da estrada ruflava por dentro de sua picape — como é que alguém *tenta* encontrar uma criança? E ele não ficara impressionado com as perguntas também.

Você viu o bebê esta noite?

Não.

Conhece o pai?

Não.

A mãe tem marido ou namorado?

Não sei.

Algum cliente suspeito?

A mesma coisa de sempre. *Os lobos solitários. Os bêbados silenciosos. Os melancólicos.*

Lonnie falou do Boné dos Dolphins para o policial, sobre seu desrespeito e como tiveram de expulsá-lo. O policial sentou num banco na luz rosa-vagina da entrada e anotou a descrição do homem, o boné, a barba e as roupas de que Lonnie conseguia lembrar. Agradeceu a Lonnie, entregou seu cartão e disse que podia ir. Depois chamou o homem seguinte, o estrangeiro com quem Spring tinha passado muito tempo na Sala Champanhe. Lonnie segurara a cortina para ele, esse tampinha com dentes feios e ombros estreitos cheirando a cigarros, suor e loção pós-barba, que passara por ele sem dizer obrigado.

Louis estava no Bar Amazon bebendo café e fumando um cigarro. Lonnie ainda queria aqueles três dedos de Maker's com gelo, mas Louis olhava para ele com uma expressão de sofrimento tal que ele soube que não era o momento de pedir algo por conta da casa. Estava indo para a cozinha, prestes a sair pelos fundos e entrar em seu Tacoma, mas Louis o chamou.

— Eles liberaram você?

— Liberaram.

Lonnie se encostou no bar e olhou a sala. Os homens estavam falando mais alto, as vozes em tom normal. Pareciam mais relaxados, como se soubessem que esse era um procedimento demorado, como se estivessem na fila do banco ou do Departamento de Trânsito. Era o preço de fazer o que precisava ou escolhera fazer; um deles, um cara grande com a gravata solta, estava falando sobre o Devil Rays. Beisebol. Outra coisa de que Lonnie nunca tinha gostado.

— Dessa vez a Tina fez merda mesmo, Lonnie. Ela *me fodeu.*

Lonnie concordou, pensou naquela palavra, e como a usávamos tanto para uma das melhores coisas que podiam acontecer conosco como para as piores.

— Não estou falando merda. Eles podem me fechar por causa disso. Vai ver, vão fechar a porra da porta e jogar a chave fora.

— Disseram isso?

Louis balançou a cabeça, olhou sobre o ombro para a entrada. Abaixou a voz, e Lonnie se inclinou, sentindo cheiro de rum, café e, ao fundo, medo.

— Aquele que levou Spring para casa, sabe?, disse que ninguém menor de 21 significa ninguém menor de 21. E se alguma coisa acontecer com aquela menina? E aí, Lonnie? Estou dizendo, é melhor começar a procurar emprego. — Balançou a cabeça de novo e deu uma longa tragada no seu cigarro. Soltou a fumaça pelo nariz. — Malditas vagabundas.

Quem? Lonnie ficou pensando. As mulheres que vinham aqui e se alugavam e o deixavam rico? Ou somente Tina e Spring, que algum policial estava levando para casa agora sem sua filha? Lonnie continuava ouvindo seus gritos de quando correra descalça de carro em carro no estacionamento daquela espelunca que ele não dava a mínima se fechasse. E na sua vida não havia ninguém que doeria tanto perder.

Ninguém.

Nem sua mãe e seu pai em Austin. Nenhuma das mulheres que tentara amar nesses anos. Talvez Troy, seu golden retriever atropelado por um caminhão no Martin Luther King Boulevard quando Lonnie tinha 10 anos. Talvez ele.

Louis reclamava que aquele lugar não era uma porra de uma creche, e Lonnie continuava assentindo. Não havia nenhuma possibilidade de conseguir dormir; estava pensando em Spring, como ela lhe pedira que desse uma olhada na garota, e ele não o fizera. Devia ir até ela e ajudar de alguma forma.

— Sou bonzinho demais, Lonnie? É esse o meu problema? Porque a Tina já está me dando problemas há muito tempo, e nunca fiz nada contra ela como deveria, sabe por quê? Porque sinto pena dela. Já está tão velha e gasta que nem dá para vê-la, mas eu a mantive porque sei que ela não tem merda nenhuma, e agora veja, Lonnie. Veja só.

Lonnie colocou sua mão no ombro de Louis, sentiu carne e osso embaixo da seda.

— Espero que tudo dê certo, Lou. Eu ligo mais tarde.

— Só espero que eu esteja aqui para responder. Está ouvindo o que estou dizendo?

— Claro.

Louis assentiu, olhando-se no reflexo do espelho do bar atrás da bebida que ele vendia uns mil por cento mais caro. Lonnie foi para trás. O camarim se achava vazio, mas as luzes do espelho ainda estavam acesas. Sobre a penteadeira, escovas de cabelo, uma nécessaire com zíper, cinco ou seis copos vazios e dois cinzeiros cheios, as guimbas com batom que o lembravam de sua mãe.

Tina estava em sua sala dobrando uma toalha de mesa, seus peitos imensos apertados na camisa. Eles o faziam lembrar de palhaços e balões, e uma festa que tinha terminado muito mal.

Estava a norte de St. Armand's Circle agora, dirigindo de cima para baixo pelas ruas de casas a poucos quarteirões da praia. A maioria era feita de paredes de estuque com telhados de terracota, e ele acendeu a luz interna de seu Tacoma e leu novamente o endereço que Tina escreveu para ele: *April — Orchid Avenue, 44.* Na frente havia um posto Mobil, as bombas brilhando sob a luz fluorescente, e ele parou ao lado de um compacto branco e entrou.

O lugar estava muito iluminado e cheirava a desinfetante. Um indiano ou paquistanês sentado na caixa registradora. Atrás dele, bem atrás do mostruário de cigarros, havia um rádio soltando música baixa, uma mulher cantando uma música de amor na língua do caixa.

— Bom-dia, estou procurando a Orchid Avenue.

— Sim, Orchid Avenue.

— Pode me dizer onde é?

— Sim, ali. — O homem apontou pela janela além das bombas de gasolina.

— É essa?

— Não, mais uma rua, senhor. A oeste.

Ouviu-se uma descarga, e Lonnie agradeceu ao homem, mas estava com sede e foi até a geladeira iluminada, onde pegou uma água mineral. Uma porta se abriu na parede do fundo. Um homem que Lonnie conhecia, mas ao mesmo tempo não conhecia, olhou para ele, depois passou rapidamente, sua camisa tropical enfiada na calça, o pequeno estrangeiro que pagara para ficar a noite toda com April.

Lonnie ficou olhando-o sair, entrar no carro e ir embora. Novamente, aquela caverna fria se abrindo dentro dele. *Será* que ela só dançou para ele? Por *tanto* tempo? Só isso?

Agora ele dirigia por uma avenida com pouca luz e palmeiras imperiais, algo que parecia estranho nesse bairro de aposentados ricos. No entanto, por que não? Esperava que ela morasse como ele? Numa avenida principal barulhenta, em frente a uma loja de suprimentos para barcos? E seu nome — April; ele sabia que não era Spring, mas a verdade era que isso o desapontara; a única April que conhecera estudara com ele no ginasial, uma garota lenta e queixuda. Ele tivera de se sentar com ela numa sala para crianças que precisavam de ajuda extra com a leitura. E recentemente tinha ouvido um poema em fita. T.S. Eliot, certo? *Abril é o mês mais cruel.* E assim a palavra começou a significar algo cruel, lento e desagradável aos olhos, totalmente diferente de Spring, que sempre fora gentil com ele, e era a garota mais inteligente do lugar e mais bonita do que todas as outras, porque parecia ser mais real, real por causa de seu orgulho, pela noção de que estava ali por ela, não por você.

Entrou na Orchid. Número 44. Lá estava, os dois números luzidios sob a arandela de parede de uma garagem fechada. Parou no meio da rua. A casa era em estilo colonial espanhol, suas paredes turquesa no mesmo tom dos muros altos ao redor do pátio. Deviam ser 3 horas da manhã, mas as luzes estavam acesas na janela de cima, e embaixo de cada uma delas havia canteiros cheios de trepadeiras. Talvez ele devesse seguir em frente. Talvez ela precisasse ficar sozinha agora ou já houvesse alguém cuidando dela. Mas não parecia, pela forma como saíra correndo descalça de carro em carro no estacionamento, com a blusa desabotoada, o cabelo comprido batendo em sua cara. *Não deixe que ninguém saia, Lonnie! Não deixe que ninguém saia!*

Ele embicou na entrada. Os muros altos faziam com que se sentisse protegido e um pouco claustrofóbico. Apagou as luzes e desligou o motor. Ficou ali sentado sentindo-se um incapaz. O que *ele* poderia fazer? Sentar com ela e segurar sua mão até receber alguma ligação? Por que ele estava ali? Não estaria apenas tentando fazer com que ela continuasse a precisar dele? Ia pedir desculpas por desapontá-la, embora cuidar da menina nunca tivesse sido sua obrigação?

Uma luz se acendera à sua esquerda. Havia um arco de madeira, e, debaixo dele, um pequeno portão de mogno, meio aberto, o trinco do mesmo material que os números na parede. Nas sombras do outro lado do jardim repleto de flores e trepadeiras, surgiu uma mulher. Era mais velha do que Spring e muito mais gorda, os cabelos grisalhos num corte na altura do ombro. Usava um roupão que fechava com uma mão e, quando abriu o portão e saiu sob a luz brilhante da entrada, Lonnie achou que devia ser a mãe dela. Spring mora com a mãe.

Ele abriu a porta e desceu da picape.

— Eles a acharam? — perguntou ela. — Acharam?

Ela o media de cima a baixo, percebendo o símbolo do clube no peito de sua camiseta. Tinha sotaque do Meio-Oeste.

— Não, senhora, ainda estão procurando. — Ele deu um passo e estendeu a mão. — Meu nome é Lonnie Pike, senhora. Você é a mãe de April?

Ela fez que não com a cabeça. Sua mão pequena estava suada.

— Você trabalha com ela?

— Trabalho sim, senhora. — Ele olhou para uma das janelas acesas. — Como ela está?

— Ela pegou meu carro.

Estava olhando para a rua vazia, uma mão apertada contra o peito, a boca aberta.

— A senhora está bem?

Ela balançou a cabeça de novo, o queixo gordo balançou junto.

— Preciso voltar para dentro. Eu devia voltar para dentro. — A mulher respirou fundo, seus ombros rechonchudos inflando. — Por favor, ela não tem celular, podemos conversar lá dentro.

Ele a seguiu. Ela estava usando chinelos de tecido abertos na parte de trás, seus calcanhares rosados. Ele fechou o portão ao entrar, e ela já estava entrando em casa, todo o jardim uma profusão de plantas, flores e árvores. Ele sentia cheiro de algum tipo de flor noturna — doce e forte. Ela deixou a porta aberta, e ele atravessou uma escada externa, entrando bem quando um gordo gato tricolor pulava na pia, e a mulher pegava uma taça de vinho de um armário em cima da pia.

— Desculpe, às vezes tenho ataques. Gostaria de um pouco de vinho?

— Não, obrigado.

Ela tirou a tampa de borracha de uma garrafa de vinho tinto pela metade e serviu-o na taça.

— Eu estava no hospital. Foi por isso que ela precisou levar a Franny. Porque não pude cuidar dela.

Ela tomou um grande gole de vinho, seus olhos na sala escura atrás. Em cima do sofá havia um espelho cuja moldura tinha desenhos em giz; muitos eram de pessoas paradas em volta de casas sob um sol brilhante. Ele estava cansado; seus pés doíam; e precisava de café.

— Tentei ir pegá-la. Saí do hospital, mas não consegui. Deus do céu, simplesmente não consegui.

A mulher começou a chorar em silêncio, cobrindo a boca com três dedos. O gato caminhava pela pia e se esfregou no braço dela. Lonnie queria ir embora; queria voltar à sua picape e encontrar Spring.

A mulher soluçou, balançou a cabeça, bebeu mais vinho. Engoliu e olhou para baixo.

— Não consegui nem entrar no estacionamento; tive um ataque e — e não consegui. Oh, Deus, eles acham que ela foi *sequestrada*? Como é que essa gerente *perdeu* a menina? Como isso aconteceu? Por favor, me diga!

— Não sei os detalhes.

O gato pôs a pata sobre a mão dela. Seus dedos eram curtos, as unhas aparadas. Os olhos dela passaram pelas letras na sua camisa, e ele se sentiu culpado por omissão.

— O que você faz lá? Se não se importa em dizer. — Ela colocou mais vinho na taça.

— Cuido do salão.

— Cuida?

— Leão de chácara.

Ela assentiu.

— Está ali para proteger as mulheres.

— Isso. — Ele se sentiu um mentiroso. — Que carro ela está dirigindo?

— Meu Cadillac.

— Eu devia procurá-la.

— Por favor, não vá ainda. Não estou me sentindo bem.

Ela não parecia bem; seu rosto largo e enrugado estava pálido, e havia manchas em seu pescoço, os dedos tremiam quando ela segurava a taça. O gato pulou no chão e caminhou indiferente pelo corredor.

— Estou preocupada. Não sei, eu...

— Talvez você devesse se deitar.

— Não, eu... não antes de... não, não posso. Quer café? Está com fome? — Ela respirou fundo pelo nariz, passou a mão pelo cabelo. — Posso fazer algo para você comer?

— Eu tenho mesmo que ir.

— Por favor, ainda não. Por favor.

— Café seria ótimo. Obrigado.

E ele se sentou no banquinho e viu a senhoria de Spring, sentindo-se mal em seu roupão e chinelo, colocar um filtro na máquina de café e perguntar com voz vacilante se ele gostava de ovos. Ela adoraria fritar uns para ele.

April estava dirigindo em alta velocidade pela Washington Boulevard no Cadillac de Jean.

Vou com você, April. Eu dirijo.

Não, *alguém tem de ficar aqui, então me dê as chaves.*

O rosto redondo de Jean quando entregara as chaves; seus olhos não a julgavam mais, só passavam medo e desconfiança.

O carro parecia roubado, os faróis ligados, pedaços de vidro quebrado, depois o mato alto da Flórida, mas nada de Franny, nada de Franny, e aquela foto que tinham tirado juntas na máquina na Walgreen's — por que ela estava no banco, o buraco para o fio rasgado como se tivesse sido deixado por alguém que a conhecia? Alguém com raiva. Na luz fluorescente às 3 horas da manhã, sua mãe de camisola T. J. Maxx fumando um cigarro, April contando onde realmente estava trabalhando e o que fazia ali, que ganhava mais em um turno do que em uma semana na Subway, que era temporário, até ela guardar o suficiente para dar entrada numa casa para ela e Franny.

— Temporário — Sua mãe deu uma tragada profunda, balançou a cabeça e soltou fumaça pelo nariz. — Você não vai parar. Não depois de ganhar esse dinheiro fácil. — Ela apagou o cigarro no cinzeiro. — Quero que você vá embora.

Em seguida veio a festa de Natal do McGuiness. Ela acordando nua debaixo de um cobertor de lã. Tudo doía. Tudo estava machucado.

Ligou para dizer que estava doente, e aquela noite, na casa da Stephanie, April e Franny dormiram no sofá-cama, as paredes cobertas com quadros comprados no shopping center: montanhas, florestas, rios. O que estava em cima da TV era um pôr do sol sobre a água, o golfo do México, e ao acordar na manhã seguinte, depois de deixar a casa de sua mãe, Franny dormindo meio fora do travesseiro ao lado dela, April ficou olhando para ela durante um bom tempo e ouvindo a voz de sua mãe: *Você não vai parar. Não vai parar. Quero que vá embora.*

Ela tinha quatro mil dólares no banco, teria bem mais se McGuiness não tivesse aumentado as taxas da casa para que garotas que não ganhavam muito como ela tivessem que ganhar tanto como num sábado sempre que trabalhavam, o que não era possível, então a dívida com a casa aumentava, e algumas das coitadas tinham de fazer vídeos para ele, para conseguir pagar. Mas ela tinha saldado sua dívida e não ia voltar. Tinha dinheiro e dois cartões de crédito, nada a prendia ali.

Exceto Glenn.

Mas isso nem era real; era só uma lembrança mantida viva agora por uma esperança cada vez mais fraca de que ele mudasse, que um dia aparecesse como homem, em vez de um garoto bonitão drogado, ainda apaixonado por ela, segurando um brinquedo para a filha que nunca quisera e nunca ajudara a criar. Ela podia brigar por isso. E se não tivesse começado a trabalhar no Empire, teria mesmo. Mas algo tinha mudado. Algo nela. Pensou que era seu corpo ou como ela o via — deixando de ser dela para ser deles. Como era fácil se acostumar com isso; como era fácil se acostumar a ficar nua e se guardar dentro de si mesma, fechar a porta e ficar ali até que seu corpo, seu rosto e seus olhos tivessem terminado a noite. Como era fácil ir para casa e simplesmente deixar tudo para trás, olhando para a frente: um chuveiro quente ou um banho de banheira, beijar os dedos de Franny e tocar sua testa enquanto ela dormia, enfiar-se nos lençóis limpos de sua infância sabendo que aquilo era temporário, até ela se estabelecer: e Stephanie dissera que na Flórida dava para comprar uma casa não muito distante da água, que era barato; as taxas dos clubes eram razoáveis, e o movimento era sempre bom, toda noite era como se fosse sábado, se você trabalhasse na área VIP. Que os clientes tinham mais classe, a única coisa em que se equivocara. Mas April estava ganhando 10 mil dólares todo mês, e passara a adorar, precisar, depender disso. Não pelo dinheiro em si, mas pela sensação que isso dava; com cada depósito em sua conta, ela estava juntando mais força, independência e respeito. Já juntara mais de cinquenta mil dólares, o suficiente para dar entrada em qualquer casa de dois quartos à venda na costa. Mas por que só uma casa? Podia trabalhar mais seis meses e comprar duas, alugar uma e ter o suficiente para pagar as duas hipotecas. Podia trabalhar mais um ano e comprar uma terceira ou quarta. E depois seria somente a mãe da Franny. Seria como Jean, recebendo o aluguel, dona de seus próprios dias e noites. Seria rica e não precisaria de mais ninguém, nunca.

— Mentira. — Os dedos dele na cicatriz, aquele olhar de total certeza em seu rosto. — Mesmo se você não tivesse filho, venderia isso.

— Oh, Franny, *Franny!*

Estava falando sozinha no Cadillac de Jean, e lembrou-se de que precisava reduzir a marcha. O clube estava a apenas 2 quilômetros de distância. Franny poderia ter vindo até aqui. Poderia. April procurou os botões do vidro, apertando qualquer coisa que seus dedos tocassem.

Com um gemido elétrico, as janelas começaram a baixar, o ar quente a bater na lateral de seu rosto, e agora sua garganta e seus braços estavam travados de raiva, porque ela sempre fora disciplinada e cautelosa, mantivera o controle, e isso não deveria ter *acontecido* nunca. Estivera há mais de um ano no Empire, seis meses aqui, e não encontrara ninguém tão disciplinada quanto ela. Ninguém. Nenhuma delas olhava para o futuro como ela, nenhuma, nem mesmo Stephanie, que gastava todo o seu dinheiro em roupas e joias, em limpezas de pele, manicures e pedicures, em conversíveis novos, nos peitos, lábios e bunda. Mas April era melhor do que todas aquelas putas fracas que bebiam a noite toda e davam chupadas na área VIP a cem dólares, equivalente a uma semana de Oxy, aquelas mulheres rudes e incapazes, tão ignorantes que não conseguiam nem ver o buraco em que estavam caindo.

Ela espiou pela janela do motorista para a trilha de luzes entre as árvores. Ao lado da estrada estava um corpinho enrodilhado, seu coração despencando numa escuridão total, mas o corpo estava coberto de pelos, uma orelha para cima, o peito esmagado.

— É um cachorro. É só um cachorro.

E ela fechou a janela e acelerou pela Washington Boulevard.

ão foi fácil colocá-la de volta na picape. Estava bem adormecida contra o ombro de seu braço bom, o outro inútil ao lado do corpo. Depois de abrir a porta com a mão que a segurava, ele se inclinou para trás para que ela ficasse apoiada nele, depois ficou procurando a manivela embaixo do banco do motorista, puxou, e o banco deslizou para a frente. Sentiu uma pontada nas costas, mas não foi nem perto do que sentiu no pulso. Estava respirando rápido, o coração batendo forte junto do da menina. Levantou o joelho até colocar a perna no chão da picape, encostou o cotovelo no banco, depois levantou o outro joelho e se inclinou para a frente, colocando a criança na cadeirinha de Cole. Sua cabeça se recostou no estofado. Ele ficou ali, de joelhos, um ou dois segundos, olhando para ela. Sua cabeça estava caída para trás, a boca aberta, o cabelo não estava cobrindo o rosto. Pequenas migalhas de cookies ainda nos cantos dos lábios, e ele aproveitou para limpá-la. Segurou a respiração e ajeitou o pescoço e a cabeça dela para que não ficassem tão para cima. Abaixou a mesinha de plástico, mas, só com uma mão, não conseguia fechar a trava, que ficava escorregando do seu dedo, tentou duas vezes com medo de acordá-la, mas finalmente conseguiu fechar — *merda*.

O cabelo dela era lindo. Muito lindo. Ele a cobriu novamente com sua camiseta de trabalho, cobrindo primeiro um ombro, depois o outro. Essa pequena estava dormindo pesado mesmo. Será que ia mesmo deixá-la em algum lugar sozinha? E se a sinagoga estivesse trancada? Ele iria deixá-la no chão de concreto em frente às portas fechadas, depois esperar do outro lado da rua no estacionamento da marina até a polícia chegar? Esperando que nenhum cachorro aparecesse para farejar? Nenhum morcego ou inseto? Nenhum tarado caminhando de manhã por Lido Key? Como iria fazer isso? Se eles respondessem rápido à ligação, ele poderia ir embora em sua picape sem ser notado? E ficou imaginando algum carro da polícia o perseguindo, talvez os mesmos filhos da puta que o expulsaram de casa na frente de Cole.

Como seria bom colocar essa garota na cama de Cole. Tanto espaço. E ele contaria a Deena a verdade: era uma criança abandonada. Temos a obrigação de cuidar dela. Mas sabia que ela nunca permitiria isso. Pensaria que ele tinha roubado a menina. Sabia disso, então por que ficar pensando nela? Não, precisava esquecer o quanto estava começando a gostar dessa garotinha e colocá-la em segurança dentro de um prédio e ir embora antes de fazer a ligação.

Ligou sua picape. Fechou a porta, e tinha 15 anos de novo, parado no barco cheio de iscas, o golfo verde ao redor, o sol em seus olhos quando deixava cair um pargo filhote de volta na água, o saracoteio de seu rabo quando ele mergulhava, essa esperança desaparecendo em seu peito, de que iria viver até pescá-lo novamente, Eddie bêbado, de cara vermelha e piscando para ele como se já soubesse o fim daquela história, e AJ não, nem nunca fosse descobrir.

ram quatro da manhã, seu filho tinha saído uma hora atrás, e Virginia se serviu de um pouco de café frio, colocou a caneca no micro-ondas e apertou o botão. Apoiada na pia, acendeu um cigarro. Alan sempre fazia café demais. De manhã, fazia uma jarra inteira e bebia um terço, enquanto ela bebia outro terço, e precisava jogar fora o resto. O fluxo de oxigênio em seu tubo nasal estava ficando fraco. Ela ia ter de trocar o tanque logo. Mais tarde, quando o sol nascesse e as empresas começassem a abrir, ligaria pedindo um refil.

O micro-ondas apitou. Ela pegou a caneca quente, jogou o café fumegante numa xícara mais fria, pôs três cubos de açúcar e equilibrou o cigarro no cinzeiro, levando-o com o café para a sala escura, a mangueira de ar arrastando atrás dela.

A cama de Alan estava arrumada, cobertor e lençol em cima do travesseiro do jeito que ela deixava para ele. Tinha sido chamado cedo para o trabalho e ainda estava lá fora fazendo sabe Deus o quê, apesar de que duas ou três vezes ela tinha visto na cômoda, entre seus trocados e papéis amassados, um guardanapo de papel com o desenho de uma mulher nua sob o nome do lugar. Ela sabia onde era. Anos atrás, era um salão de bilhar aonde ela e Eddie iam até que começaram a brigar por causa do alcoolismo dele.

Ela balançou a cabeça e deu a volta no sofá-cama até sua cadeira junto à porta de vidro. Colocou o cinzeiro e o café na mesa e estava prestes a sentar, mas o tubo de ar comprimiu seu lábio superior, e ela se virou, vendo que o cano tinha ficado preso embaixo da perna da cama. *A culpa é sua, Virginia. Nem comece.* Era uma conversa que sempre tinha consigo mesma. Essa corrente de trabalhos forçados que precisava usar para respirar porque nunca conseguira parar. Nem agora.

Ela liberou o tubo com o pé, puxou-o para trás de si e sentou. Deu uma tragada profunda no cigarro e segurou o café quente embaixo do nariz. Ainda era noite, embora o céu tivesse ficado um pouco mais claro, e logo ela seria capaz de ver seu pequeno pátio gramado, a estátua da Virgem Maria que Alan tinha colocado para ela, encostada na cerca. Ele fizera isso num domingo, não foi? Porque ela se lembrava de que estava sentada com a esposa dele na mesa do quintal enquanto ela dava o peito para a criança, e as duas falavam sobre Deus.

— Vocês vão batizá-lo?

— Acho que não. — A garota olhou para o bebê sugando seu peito. Passou os dedos em sua cabeça, os cabelos louros como tinham sido os de Alan. — Deus está em toda parte, não é mesmo?

— O demônio também, Deena. Já pensou nisso?

A voz de Virginia tinha soado mais contrariada do que fora a intenção, mas quem era essa garota gordinha e simplória, sem vida nos olhos nem sorriso no rosto? O que Alan tinha visto nela, afinal? Lá estava ele junto à cerca, enfiando a pá no carrinho de mão com pedras e jogando-as no canteiro que tinha feito com todo o cuidado. Sempre trabalhador. Sempre trabalhando.

— Você realmente acredita no demônio, Virginia? — Sua nora olhava para o bebê.

— Acredito. Como posso acreditar em Deus e nos anjos, se não acredito no lado escuro também?

— Simplesmente não acredito nisso tudo. Inferno ou demônio.

— E em céu e Deus?

A garota olhou para ela, o brilho do desafio em seus olhos.

— Às vezes, sim. Às vezes, não. Não sei.

Voltou a olhar para o neto de Virginia, colocou dois dedos em seu seio para lhe dar espaço para respirar, mas era Virginia quem precisava de espaço para respirar; em que tipo de casa essa criança seria criada? Alan não gostava nem que ela citasse a Bíblia, o que era culpa dela, porque tinha vivido nas trevas até recentemente; tinha dado o melhor de si, mas o criara sem orientação de Deus, e agora ele estava bebendo e gastando mal seu suado dinheiro, expulso de casa, longe do filho, e a culpa era daquela gorda ateia com quem tinha se casado. Era toda dela.

Virginia apagou o cigarro e tentou não acender outro por pelo menos cinco minutos. Via o relógio na cozinha do outro lado da sala: 4h24 da manhã; todo o resto estava ruim — seus pulmões, a força na perna, sua bexiga, intestino e audição, mas ela ainda enxergava tão bem quanto antes. Pelo menos o outro lado da sala. Precisava de óculos de leitura, mas quem não precisava?

Bebeu mais café. Todo dia queria ligar para sua nora e dizer exatamente o que pensava dela, e todo dia rezava para se conter, porque sabia como atrapalharia o caso de Alan. Mas, Deus a perdoe, ela nunca gostou daquela mulher, principalmente agora que tinha puxado seu filho para as trevas. E a forma como aquela garota sempre olhava para ele, seus olhos baços semicerrados, medindo-o como se estivesse aquém das expectativas dela. Ela nem sabia como era abençoada por ter um homem como Alan James. Um homem que trabalhava por três. Um homem que não mentia, roubava, nem traía. Um homem que era mais doce com seu filho do que qualquer homem já fora com ele.

Ainda ao lado dela no banco da frente, enquanto dirigia de um emprego para o outro, os pés nem tocavam o chão, o cabelo louro e o queixinho levantado para ver por cima do painel e pela janela. Quantas noites, quando ele era novo — quando estava sozinha e não aceitava o primeiro homem que desse uma piscada e um sorriso —, ela se deitara e desejara um pai na vida do menino? E quantas noites — *admita, Virginia; foram uma ou duas* — ela se deitava e ficava se perguntando por que tivera aquele bebê?

Já tinha 41 anos, limpava os quartos dos turistas e dos ricos, contente com seu trabalho e por viver sozinha, sabendo que o amor sempre reaparece. Estava pensando nisso quando aconteceu? Será que estava pensando?

Era domingo à tarde no resort de Longboard Key. Ela já limpara mais da metade dos quartos que tinham esvaziado no fim de semana, a praia branca sob o sol, o golfo de um verde intenso que ficava azul perto do horizonte sem nuvens. Ela estava parada na janela, querendo um cigarro e admirando a vista. Ouviu a porta se fechar. Pensou que era a outra garota da limpeza, mas era um homem, parado ali com camisa e short brancos, os braços e pernas fortes cobertos de pelos louros enrolados, os olhos do azul mais brilhante que ela já tinha visto, mas não era bonito; tinha o rosto todo enrugado, da testa ao queixo, e ela pediu desculpas, disse que achou que o quarto estava vazio, e largou seu espanador no carrinho, algo de que se lembrava porque ele se moveu na direção dela bem quando o espanador caiu em cima das toalhas sujas, e, mesmo antes de se aproximar, ela viu como estava bêbado, sentiu o cheiro de bebida e de loção pós-barba, um desses homens que ficam em bares tropicais na praia, bebendo a manhã toda com roupa de tênis sob o sapê.

O coração dela começou a bater tão rápido que ela se sentiu mal, e havia uma luz mortiça nos olhos dele, o que a amedrontou mais do que as mãos dele nos seus ombros, mais do que a queda, mais do que o impacto das costas no colchão. Virou-se e tentou jogar as pernas para sair da cama, mas a mão dele apertou sua garganta, e ela sentiu toda a força dele, e só conseguiu olhar para seu rosto mais uma vez, e precisou olhar para o outro lado, porque estava evidente que o homem já tinha se decidido sobre isso havia muito tempo, sua mão levantando sua saia e arrancando a calcinha, o avental virado para cima. Então a soltou, e ela ouviu o zíper dele abrir, e *você poderia ter chutado e corrido*; durante trinta anos, essas palavras sangraram em centenas de momentos silenciosos como esse, agora arruinados, assim como ela mesma, seca, esfolada, ele demorou muito, muito tempo, e quando terminou, ela estava sangrando, sabia que seu sangue ia se misturar com o sêmen dele, o sol do começo da tarde entrando em faixas no quarto.

Foi difícil respirar embaixo do peso dele. Sentia uma queimação profunda entre as pernas. Ele a mataria agora, da mesma forma que milhares de mulheres na história do mundo já tinham sido mortas? E, estremecendo como se fosse uma memória sua, ela se sentiu unida a elas sobre todos os pisos e becos de velhas cidades, enroladas em cobertores e jogadas no mar; em carroças e valetas à beira da estrada e em vagões de trem; nas traseiras de caminhões e ônibus; em celeiros com feno, porões escuros e galpões úmidos; em mesas de bar e no frio asfalto de estacionamentos; na lama do fundo do rio, campos e bosques, em quartos iluminados pelo sol como esse, numa quinta-feira em que estava sozinha e pensando no amor — ela era igual a todas as outras agora, mais uma na irmandade de que nenhuma delas quis fazer parte.

Parecia estranho que ele estivesse tão quieto, tão parado. Tinha ficado mole, e ela quase não o sentia dentro; queria seu peso longe dela e sabia que era besteira querer isso. Mas a respiração dele tinha serenado. Ouvia-o respirar pelo nariz e pela boca entreaberta, sentia o lento ofegar de seu peito. Como tudo isso era familiar, sair debaixo de um bêbado que tinha desmaiado depois de gozar, e talvez nem se lembrasse do que fizera? E, se só ela se lembrasse, o ato realmente teria acontecido?

Tinha medo de tentar empurrá-lo de cima dela. Agarrou a ponta do colchão e puxou até ficar meio livre. A cabeça dele estava enterrada no travesseiro agora, seu rosto virado para o dela, seu hálito ruim, e ela o odiava, esse pedaço de lixo desmaiado que se servira dela como se ela fizesse parte do pacote de suíte, quadra de tênis e praia. Ela puxou mais forte e sacudiu as pernas e o quadril até ele não estar mais em cima dela, a barriga para baixo, o short ao redor do tornozelo queimado de sol. Evitou olhar para o resto dele. Saiu da cama e se levantou, o sêmen escorrendo de dentro dela pela coxa, pegou uma toalha do carrinho e se limpou como se fosse gasolina perto do fogo. Enfiou a toalha no meio das pernas, limpou bem e jogou-a de volta no carrinho.

O sol feria seus olhos. Ela os cobriu com a mão e encontrou sua calcinha embaixo da janela. Ele estava roncando, de bunda branca para cima. Ela enfiou a calcinha rasgada uma perna de cada vez, deixou a saia cair sobre os joelhos. O braço dele pendia da cama, seu relógio de ouro faiscando à luz do sol. A calcinha estava meio bamba. Ainda ardia, e ela sabia que ficaria assim durante dias, e se ele acordasse agora?

A gaveta da quitinete fez barulho quando ela a abriu e pegou uma das facas de churrasco. Era pesada e gelada. Ela tinha sede, mas temia abrir a torneira. Um centímetro de couro espiava do bolso de trás de seu short, e seu coração tinha desacelerado, ela estava quase calma ao se aproximar e, com dois dedos, puxar a carteira dele. Era velha e gasta. Abriu. Havia uma foto dele sorrindo para a câmera na carteira de motorista. Os dedos dela tremiam. Ward Dunn Jr. Era dez anos mais jovem que ela e morava em Louisville, Kentucky.

Ward Dunn Jr.

Ela tirou todas as notas — de cem, vinte, cinquenta. Enfiou o dinheiro em seu avental e lutou contra o sentimento crescente de que isso fazia dela uma prostituta que tinha pedido aquilo.

Ward Dunn Jr. ainda estava roncando. Ela gostaria de enfiar a faca em seu pescoço. Na cabeça. No rosto. Mas o que aconteceria? Era só ir até o gerente e contar? Ele acreditaria? E a polícia? Mesmo se acreditassem, ela perderia seu emprego, e aliás, como ficaria aqui? Como poderia voltar a esse lugar onde Ward Dunn Jr. poderia estar?

Havia cartões com o nome dele, dois números de telefone embaixo da imagem de um cavalo. Ward Dunn Jr. era criador de cavalos. Cavalos de corrida. O Kentucky Derby e o dinheiro das montanhas de lá. Ela tinha ouvido falar nisso e agora o odiava ainda mais. Sentiu-se mal de novo, mas seu medo tinha voltado e, ela puxou as fotos de trás de sua carteira de motorista. Fotos em preto e branco de um bebê, quatro, depois a de um Ward Dunn Jr. mais jovem, mais em forma, de smoking, os braços ao redor de uma loura baixinha usando um vestido de casamento marfim.

Virginia pôs a foto dentro do bolso do avental. Tirou a carteira de motorista de Ward Dunn Jr. e um dos cartões, enfiou no bolso também. Olhou para ele mais uma vez, a faca pulsando na sua mão, e foi quando ela viu a pinta em suas costas, a que descreveu muito mais tarde.

Ela tinha fumado e dirigido durante horas: sul, leste, norte, depois sul novamente; parou e comprou uma Coca e um maço de Tareytons; mais tarde, quando seu Chevrolet ficou sem gasolina em Myakka City, entrou num posto Texaco e pediu a um rapaz magricelo com graxa no queixo que completasse o tanque. Entregou uma nota de vinte de Ward Dunn Jr. Ainda estava de uniforme, a saia negra, a blusa branca e os sapatos brancos, só desamarrara o avental cheio de dinheiro e o carregava embaixo do braço, e, apesar de ainda doer entre as pernas, não conseguia deixar de sentir que estava fugindo de um crime que havia cometido.

No banheiro feminino, lavou as mãos. Usou a água quente, molhou uma toalha de papel, levantou sua saia e esfregou-a no meio das coxas. Dobrou um quadrado pequeno de papel, pressionou contra o miolo das pernas. Passou-o pela região, mas queria enfiá-lo dentro de si e raspar as paredes da própria carne.

Lavou as mãos de novo. Secou. Mexeu na bolsa, encontrou seu batom e colocou um pouco de cor nos lábios: vermelho-vinho. Os dedos tremiam. Seus olhos pareciam cansados e velhos, o branco cortado por muitos capilares.

Deixou o banheiro com sua bolsa e avental cheio de dinheiro de Ward Dunn Jr. O rapaz estava limpando seu vidro e talvez até tivesse verificado o óleo. Ela sentiu que alguém cuidava dela, pelo menos naquele momento; se sentou atrás do volante fumando um cigarro, esperando que terminasse. Observou-o com o rodo, limpando a faixa de borracha no jeans depois de cada passada; fez com que pensasse em espadas, sangue pingando das espadas antes de serem enxugadas. E pênis. Eles eram enxugados também? Ward Dunn Jr. acordaria, e se lembraria, depois limparia o sangue seco dela?

O rapaz deixou cair o rodo no balde. Passou um pano seco no vidro, fazendo círculos com a mão. Era difícil acompanhar, e ela soltou a fumaça pela janela aberta, olhando uns manguezais além das bombas de gasolina, o céu de um laranja desmaiado. Perto da rua havia uma cabine telefônica meio caída para a esquerda.

O rapaz acabou. Caminhou até sua janela e entregou seu troco. Notas e moedas. Os dedos dele roçaram a palma dela, e ela tirou a mão, deixando cair uma moeda em seu colo.

— Desculpe, senhora.

Ela não disse nada. Ligou o carro, engatou a marcha e passou pelo estacionamento, indo até a cabine telefônica. Apagou o cigarro no cinzeiro, desenrolou o avental no banco, pegou a carteira de motorista de Ward Dunn Jr., sua foto de casamento e o cartão. Pegou seus óculos de leitura na bolsa. A moeda ainda estava no seu colo.

A porta da cabine não fechava completamente. Iniciais e desenhos de namorados estavam marcados ao lado do telefone, uma lista telefônica pendia de uma corda contra o vidro. Ela colocou a foto de casamento na prateleira de metal e olhou para a esposa de Ward Dunn Jr., seu rosto, olhos e cabelo, e recitou o número para a telefonista de longa distância, dizendo que era uma chamada a cobrar de Ward. Era urgente.

— Querido, é você?

Querido. A esposa de Ward Dunn Jr. tinha uma voz aguda e um forte sotaque do Kentucky. Virginia conseguia ouvir crianças ao fundo. Brigando ou brincando, não conseguia distinguir. E música. Um rádio ou gravador. Pareciam felizes. Parecia uma família feliz. Mesmo assim, ela devia saber. Ela *tinha* de saber.

— Ward?

— Não. — Virginia tentou engolir. — Não. Não, sou a mulher que seu marido violentou hoje em seu quarto na Flórida, e não desligue, Sra. Dunn, porque estou dizendo a verdade, em nome de Deus, e digo que ele tem uma pinta na bunda esquerda, e me desculpe, mas...

Escutou um clique e o sinal de linha. Carros passando pela estrada. Virginia pôs o telefone no gancho e enxugou os olhos; não quisera atacar a esposa assim, só ele. Mas teria de começar com ela, não?

E agora? Não conseguia se imaginar indo para o norte, de volta para Samoset, até seu apartamento silencioso no edifício novo. Algumas noites ela ia para sua piscina iluminada e nadava. Voltava para dentro, esquentava um pouco de sopa. Fumava um cigarro e lia uma revista. Mas tudo isso tinha mudado — mesmo se fosse para casa nesse momento, não seria a mesma Virginia naquela piscina ou em seu sofá ou em sua cozinha. Era uma nova Virginia, mais suja, mais fraca, mais forte, entretanto menos capaz, que já estava tentando esquecer uma péssima tarde; era o que tinha sido, não era? Uma péssima tarde que teria de esquecer?

Então deixou a foto de casamento de Ward Dunn Jr. naquela cabine. Deixou seu cartão também. Mas ficou com o dinheiro. Para jantar em algum lugar normalmente inacessível aos seus poucos recursos. Não, haveria pessoas ali. Homens e mulheres com quem teria de conversar e sorrir, então era melhor ir para casa. Colocar o dinheiro sujo dele em um banco sujo e deixar esse dia para trás e nunca mais pensar nisso.

Virginia acendeu um cigarro. Tinham se passado seis minutos e meio. Ela estava ficando melhor, apesar de precisar chegar aos dez minutos, depois vinte. Por que não tentar uma hora? Só uns 15 ou 16 por dia? Isso lhe daria alguns anos a mais. Claro, o Senhor permitiria isso. Era muito querer que seu neto a conhecesse e se lembrasse dela? Ela já o amava tanto, e, apesar de não gostar da mãe de Cole, estava aliviada por ele se parecer mais com a família dela e não com a de Ward Dunn Jr.

Seu pobre filho. Ela colocou o cigarro aceso no cinzeiro, fechou os olhos e ofereceu sua primeira oração do dia para Alan, que ele encontrasse força e luz para guiá-lo de volta para sua família, mesmo com aquela Deena, que ele recupere logo o Cole, e que o Senhor o guie, querido Deus, enquanto ele trabalha essa manhã, operando aquele equipamento pesado e reparando aquele cano em Lido Key.

O café estava fraco, mas quente, e Lonnie tomou um gole e terminou seus ovos. Ela fritou os três na manteiga, servindo-os com duas fatias de torrada num prato com borda florida. Molhou a frigideira na pia, colocou na lavadora e enxugou o balcão, e ele furou a gema com seu garfo e comeu em silêncio, mas rapidamente; não queria que Spring voltasse e o encontrasse tão confortável, enquanto ela estava sofrendo. E sua senhoria, cujo nome ele ainda não sabia, ficava perguntando coisas que ele não sabia responder: Onde *estava* Franny? Como alguém poderia ter deixado a menina *sozinha*? Onde April poderia ter ido procurar?

— Ela deveria estar aqui, para o caso de eles ligarem. Droga, ela deveria estar *aqui.* — Terminou seu vinho, enfiou a rolha de volta na garrafa. — Vocês estão tendo um caso?

Ele balançou a cabeça, engoliu o último pedaço de torrada.

— Não, senhora.

Ela deixou um pouco de água sair pela torneira, molhou os dedos e passou pelo pescoço.

— Ela pode estar se escondendo, não é mesmo? Talvez tenha ficado com medo e se escondido em algum lugar não é?

Ele assentiu, apesar de saber que as garotas tinham revirado todo o clube E os policiais também.

— Obrigado pelos ovos

— Satisfeito? — Ela pegou seu prato e garfo.

— Sim, senhora.

— Desculpe, fui muito mal-educada; meu nome é Jean.

Ele ficou olhando enquanto ela lavava o prato e o garfo. O céu do lado de fora da janela da cozinha começava a ficar cinza. O sol logo apareceria, e ele teve uma visão do corpo da garotinha ensanguentado no mato ao redor do Puma. Balançou a cabeça, engoliu o café; queria voltar lá e fazer o que pudesse, o que fosse, não tinha ideia do quê.

— A senhora tem uma foto da garota? Infelizmente, eu nem sei como é a cara dela.

Ela o estudou por um momento. Parecia aliviada, como se ele tivesse passado por algum tipo de teste.

— Por favor.

Ele a seguiu pelo corredor até um quarto infantil. Ela acendeu o abajur ao lado da cama, e a sombra criou a figura azulada de uma sereia, o cabelo ruivo fluindo além de sua cauda. A cama era pequena e coberta por uma colcha. Havia três ou quatro travesseiros com formato de lua e estrelas. Nas paredes havia pôsteres de personagens de um programa infantil que ele não conhecia e um quadro com uma mão e um braço de criança esticado contra um céu azul.

Ela entregou-lhe uma fotografia. Ele foi até a lâmpada e segurou-a embaixo da luz. A mulher começou a chorar atrás dele. Lá estava ela, na foto, sorrindo para o sol com a garota no colo. Tinha o cabelo encaracolado, louro, um rosto redondo e não se parecia muito com Spring, exceto em como seu queixo estava erguido com orgulho.

— É uma garotinha muito bonita.

Jean respirou fundo, fungou e pegou a foto que ele devolveu. Colocou-a na cômoda e voltou-a para a porta.

Lonnie saiu no corredor; a fotografia e o quarto pareciam um oratório, e ele teve um mau pressentimento, como se estivesse de repente em algum lugar muito privado e não tivesse cabimento estar ali. Nenhum cabimento.

Mas os ovos e o café tinham servido para acordá-lo, e agora ele não podia ir para casa sem ver April pelo menos uma vez. *Você pode dar uma olhada nela?* Seu hálito contra o ouvido dele, seu ombro macio embaixo da mão dele. E mais uma vez, ele disse para si mesmo que não havia tempo para isso, que era dever da Tina, mas aonde mais ele poderia ir senão de volta para o clube? O interior estava iluminado, e a fumaça tinha se dissipado, Louis ainda sentado no Amazon com Tina. A maioria dos policiais estava parada por ali, sem fazer nada. O que tinha entrevistado Lonnie deixou que ele entrasse e depois foi direto para o bar.

Louis levantou a cabeça:

— Tome alguma coisa.

Lonnie agradeceu e pegou uma Heineken na geladeira, apesar de ter perdido a vontade de beber.

— Sua amiguinha Spring voltou também. Mesmo depois de a terem mandado ficar em casa.

— Calma, Lou. — A mão de Tina apertava o braço dele com delicadeza.

— Você foi até a casa dela, Lonnie? — A voz dela estava cansada e mortificada. Na luz da casa, seu cabelo louro parecia mais amarelo ainda.

— Ela está aqui?

— Eles a mandaram ir pastar, Lonnie Boy.

— Lou, chega.

Tina pegou seu cigarro. Lonnie deu um gole na cerveja e olhou para o palco vazio e a cozinha. Alguém tinha aberto as cortinas e as portas. Do lado de fora, holofotes em tripés brilhavam sobre o carro de April, e uma mulher de luvas, ajoelhada no banco da frente, jogava pó sobre o volante e o painel. Ela segurava um pedaço de cartolina, com um fio pendurado. Jogou uma luz azul sobre o lugar e olhou.

— Spring viu que estavam fazendo isso?

— Não — disse Tina —, mas o sargento acha que vão encontrar essa pessoa se ela estiver no sistema. Ele disse isso.

Tina acendeu o cigarro e deu um trago fundo, olhando para a frente, mas com a mente distante.

— Alguém deveria contar — disse Lonnie. — Ela deveria saber disso.

Louis levantou seu rum e Coca-Cola. Depois olhou para Lonnie por sobre o copo como se ele tivesse falado algo pela primeira vez, algo que não tinha entendido.

á estava o parque industrial escuro, o mato alto dos dois lados da estrada, pedaços de vidro faiscando, mas nada. Não havia nada, e era difícil respirar; ela dirigiu até o clube, onde o cara alto a parou na porta e lhe disse que fosse para casa esperar. *Esperar.*

O policial que a seguiu era mais novo do que o outro. Ela não gostou de como ele estava parado na porta dela e ficava olhando para sua blusa meio desabotoada, suas pernas nuas e pés descalços.

— Agora você fica quieta aqui, certo?

Seu tom era meio reprimenda, meio gentil. Ela não gostou disso também. Assentiu, ficou olhando ele ir embora, pensou na mochila de Franny ainda com Jean. Queria pegá-la, ficar perto das coisas de Franny. E se lembrou do dinheiro ali junto de suas lembranças de Franny, um calor enjoativo subindo por seu rosto.

Novamente surgiram as imagens.

As pernas de Franny abertas. As mãos de um homem. Seu rosto aterrorizado. Ah, meu Deus, meu Deus, não. Não, pense em outra coisa. Qualquer outra. Não podia ser uma mulher? Aquele crime de Nebraska, não fora? Nebraska? E aquela jovem grávida morta em sua lavanderia, uma bala na cabeça, o bebê arrancado de sua barriga? Só demorou um dia para a encontrarem: tinha sido levada para casa por uma senhora que contou a seu marido que ela tivera o bebê, uma senhora obesa que poderia estar grávida ou não, e o marido acreditara nela, na mulher que tinha matado uma mãe e roubado sua filha.

Todas aquelas putas sem filhos no clube, a forma como tentaram fazer festas na Franny quando chegaram no começo da noite. Como April tinha evitado, ficando de costas para elas, porque não confiava em nenhuma, nem gostava delas, porque não era realmente uma delas. Poderia ter sido *uma delas?* Não pelo dinheiro, mas só para feri-la?

Por favor, que fosse isso. Que fosse a China, que todo mundo sabia que fazia chupetas dentro dos carros no estacionamento e guardava cada centavo, ou que tivesse sido a Sadie Vaqueiro, e o Oxy que fazia seus olhos brilharem, ou até mesmo a Wendy VIP, que venderia toda a sua família por um cara na Champanhe. Por favor, que tenha sido uma dessas putas, porque nenhuma delas machucaria Franny — disso April sabia; nenhuma delas era tão fria ou a odiava tanto.

Passos na escada exterior. Ela ouviu barulho do outro lado da porta de tela e conseguiu ver a noite desaparecendo, o céu se abrindo cor de coral acima dos muros do jardim de Jean e dos telhados das casas do outro lado da rua, das palmeiras altas e das acácias.

Ela correu para a porta. Lonnie estava sob a luz, olhando para ela. Seus ombros estavam um pouco encurvados, dentro da camiseta do Puma Club, e ele tinha dois cafés do Dunkin' Donuts na mão.

Ela o deixou entrar. Seus braços tremiam.

— A gente não se encontrou no clube por minutos.

Ela assentiu. Sua mão enxugou uma lágrima, pressionando-a contra a pele. Ele entregou o café. O copo de papelão esquentou sua palma. Ela agradeceu, convidou-o a entrar e acendeu a luz da cozinha. Havia pratos na pia do almoço de ontem, a vasilha onde tinha preparado o atum para seus sanduíches de praia, a jarra plástica cujo suco tinha colocado na garrafa térmica.

— Não posso ficar aqui.

Ela pegou o telefone sem fio, caminhou até o patamar onde estava Lonnie e saiu. Os galhos da mangueira estavam a centímetros de distância. Embaixo estava a luz da cozinha de Jean, na escada velha, sempre molhada, e ela esperava que Lonnie a seguisse. Mas descer correndo os degraus era como fugir de uma casa queimando e deixar todo mundo que você ama dentro. Como era terrível levar o café para baixo, ela descia com o café toda manhã, o sol quente e luminoso, Franny saindo da casa de Jean.

April ignorou as janelas acesas de Jean e caminhou até as cadeiras sob a mangueira. As solas cortadas de seu pé ardiam. Ela esperou por Lonnie antes de se sentar.

— Tudo bem eu ficar aqui?

— Tudo bem. — Ela apoiou o copo quente no joelho, lembrou-se de ter se queimado com o café do posto ontem à tarde, levando Franny, de ter entrado correndo na sala de Tina. — Eu podia ter matado Tina, Lonnie. Juro por Deus que queria matá-la.

— Ela está se sentindo muito mal.

— É o mínimo que poderia fazer, porra.

— Mas eu deveria ter olhado, como você me pediu. Eu não...

— Não, Lonnie, era a *Tina*. Eu paguei a ela para fazer isso. — Era sincera, não estava brava com ele. Levou o copo até os lábios, mas sua garganta travou, e seus olhos começaram a se encher de lágrimas, e ela se sentiu envergonhada. — Eu deveria ter ligado e dito que estava doente, Lonnie. Mas o merda do *Louis*.

— Estão tirando impressões digitais do seu carro. Acham que vão encontrar algo.

Ela olhou para ele, que tomava seu café, seu pomo de adão subindo e descendo na garganta.

— Você quer dizer encontrar *alguém*.

Ele assentiu. O jardim atrás dele estava escuro, com uma luz cinza-azulada, e a porta de Jean se abriu, seus chinelos batendo na sola dos pés. Ela parou na frente dos dois. O roupão estava bem amarrado, e a mochila de Franny pendia de uma das mãos. Os sapatos de salto alto de April estavam saindo da mochila meio aberta.

— Alguma notícia? Alguma coisa?

— Não, senhora — disse Lonnie, se levantando. — A senhora quer se sentar?

— Não, obrigada. — Jean estava olhando para April. — Aonde você foi?

— A todo lugar. A lugar nenhum. — Não conseguia olhar para a mulher. Balançou a cabeça.

Jean entregou a mochila de Franny.

— Tem muito dinheiro aqui dentro.

April pegou e colocou-a no chão ao lado de seus pés. Podia sentir seu coração batendo e queria dizer a Jean que nunca tinha ganhado tanto, que pegara um estrangeiro bêbado na Sala Champanhe, que cada nota ali não significava nada para ela agora, nada.

— Ela trabalha muito — disse Lonnie.

— Sim, com certeza.

— Você está me julgando, Jean?

Jean cruzou os braços.

— Quem é você para *me* julgar, caralho? — April levantou da cadeira, seu copo caindo e derrubando café no chão. — Você nunca trabalhou uma porra de um dia em sua vida. Você nem sabe o que *é* trabalhar. Isso não teria acontecido se você não fosse hipocondríaca e não tivesse ido para o *hospital*. Eu tive de levá-la por *sua* causa, Jean! *Sua*!

— *April*.

O telefone estava no meio de uma poça de café quente, e April o pegou, agarrou a mochila e contornou Jean, as escadas que ela não iria mais subir, o apartamento de Jean com mais presença de Franny do que o do andar de cima, onde ela realmente morava; jogou a mochila em cima do ombro e foi caminhando na direção do alvorecer sobre a estrela da garagem, Jean chamando seu nome.

J dirigia devagar pelo sul de Longboat, suas pálpebras inchadas de cansaço. Depois da praia branca estava o golfo, que ele já conseguia ver, apesar de estar escuro; logo seria dia, e ele não queria beber enquanto estivesse levando a criança, mas o que mais poderia fazer? O café já tinha acabado, e só tinha dado azia e boca seca. Ele precisava de algum tipo de combustível para essas próximas duas horas. Só mais duas.

Pressionou o joelho contra o volante e pegou uma Miller no banco do passageiro. A lata estava fria, e ele a prendeu no meio das pernas, abriu, ficou olhando para a estrada e tomou um bom gole. Na frente estavam as luzes fracas da ponte levadiça de Lido Key. Sentiu o coração bater mais forte. Olhou pelo retrovisor, via no escuro seu cabelo em cima da camiseta que a cobria.

VOCÊ ESTÁ SAINDO DE LONGBOAT KEY

A placa estava salpicada de merda de pelicano, e ele passou pelo estacionamento do aquário, depois pelos grossos manguezais por entre os quais tinham montado passagens de madeira. Queria levar Cole ali quando ele crescesse, para ver um lince, um peixe-boi, uma águia-pescadora. E levaria. Com certeza.

Bebeu e acelerou, passando a ponte levadiça em direção a Lido Key. Terminou sua Miller e jogou a lata no banco do passageiro. Depois parou no silencioso St. Armand's Circle, postes de luz brilhando fracos entre as palmeiras e os hibiscos no centro, e contornou com sua picape o círculo que John Ringling desenhara antes de morrer. O homem construíra também a estrada para Sarasota, usara os elefantes de seu circo para arrastar a madeira para a ponte. AJ sempre gostara de ler sobre Ringling, um homem de visão e coragem, com boa cabeça para números e sem medo de trabalhar, um homem com o qual AJ francamente acreditava ter muito em comum; só precisava de alguma ajuda para começar. Só precisava que apontassem a direção correta.

AJ fez a volta completa. À sua direita havia lojas para turistas e livrarias, sorveterias e cafés, tudo fechado. Nenhuma luz nas vitrines, e algumas estavam cobertas por portas de ferro fechadas com cadeado. A maioria dos prédios estava pintada de branco-ostra, mesmo o Mario's-on-the-Gulf aonde tinha planejado trazer Marianne, seus faróis iluminando o lugar — toldo vermelho e janelas em losango, as mesas externas e os pontudos guarda-sóis fechados, parados como abutres; havia a sensação de que ele era um merda que nunca deixariam entrar num lugar bom com uma mulher tão linda nos braços, e ele pegou outra Miller, mas as luzes de um carro brilharam em cheio na sua cara, e ele diminuiu a velocidade, girou para a direita e saiu da rotatória.

Dirigiu-se para uma alameda de palmeiras e casas boas com muros de estuque. À sua esquerda havia um terreno entre duas delas, e ele virou ali, na rota obscura para o lixeiro e os entregadores de comida e gelo, os homens e mulheres que mantinham tudo funcionando sem chamar atenção. Era um lugar estreito; ele estava a ponto de parar, quando surgiu uma curva à direita, e ele virou de novo e estacionou numa entrada de garagem curta, holofotes acendendo forte em seu rosto, mas ele ficou tranquilo, tranquilo. Têm detector de movimento, só isso. Como aquelas luzes que quase comprara para ele e Deena. Então é só ficar parado que elas logo se apagarão. Desligue o motor e sente-se parado.

Estava tudo em silêncio. Ele abriu a Miller e se virou para olhar para Franny. Seu queixo tocava o peito, a divisão do cabelo perfeitamente no centro. Ele imaginou outra vez Spring fazendo a divisão com um pente antes de escovar seu cabelo — *alguém* deveria ter feito isso —, e havia a sensação de que fizera algo de errado, que talvez houvesse mais coisas que não sabia. E se a patrulha (porque o que mais poderia ser? Bairros pobres não são vigiados a noite toda, como os ricos) o parasse agora, sentado nessa entrada de serviço esperando a luz apagar, ele seria preso, com certeza, e não haveria nenhuma chance de conseguir processar o Caporelli. Ele só teria mais problemas.

Odiou vê-la dormindo assim; ela acordaria com torcicolo. Ele se inclinou para trás e com dois dedos empurrou sua cabeça até ver seu rosto, mas então a cabine da picape ficou escura, tudo ao redor também. Ele a soltou e ficou torcendo para que seu queixo não caísse de novo.

Ela é velha. Tão velha quanto sua querida mãe. Sua pele é escura como a dele, seu rosto redondo, e seu cabelo é cinza e preto, os olhos também são pretos. Na sua frente está uma pequena televisão, e sua audição deve estar ruim, por isso está tão alta que Bassam a ouve do outro lado da loja, sons de tiros, de gritos, de carros correndo e mais tiros. E é aqui, debaixo dessa luz branca na frente das geladeiras com garrafas de água, Gatorade, Pepsi e Coca, que ele sabe que ainda não está recuperado, que ainda está mal por causa da bebida.

Um negrume lá fora, quilômetros e quilômetros dela. Mais de uma hora dirigindo, e passou por um único carro vindo do leste, os faróis fortíssimos. Depois, mais escuridão que os faróis do Neon não conseguem cortar. O protetor das putas no posto de gasolina. Bassam sentiu-se seguido e não comprou combustível, bebidas ou cigarros. Ele se disciplinou para não dirigir muito rápido, e, quando saiu da cidade, ligou o rádio, mas só tinha fala sem sentido nessa língua que odiava, a língua do inimigo distante que seu pai insistira que todos os seus filhos aprendessem. E assim Bassam aprendera, e isso o tinha tornado mais valioso do que Ahmed al-Jizani poderia imaginar. Ele abre a porta de vidro e tira três garrafas de Coca-Cola e vai até o balcão para pagar, ela sorri e talvez tenha dito algo, ele não sabe, sua televisão está tão alta.

Atrás dela estão revistas de putas. Acima delas, maços de cigarro. Ele pede Marlboros. Ela balança a cabeça, abaixa o volume da televisão.

— O quê, querido?

— Marlboros, por favor.

Ela se vira para pegá-los. Nas costas da sua roupa está escrito: Miccosukee Indian Resort. *Indian*. Ele não conhece essa palavra, nem a que está antes. Tira muito dinheiro do bolso, a surpresa nos olhos velhos dela. Grande surpresa.

Mais uma vez do lado de fora, o ar está quente, mas começando a esfriar, e é difícil segurar ao mesmo tempo o maço de cigarros e as três garrafas. Ele balança a cabeça por sua própria estupidez, por sua própria imprudência. O Neon branco está estacionado ao lado da bomba de gasolina, e ele apoia no teto duas das garrafas de plástico e abre a porta, mas uma das garrafas rola pelo para-brisa até o chão, a seus pés. Ele se abaixa para pegá-la e, enquanto se levanta, pensa: cuidado com isso, Bassam. Cuidado com as coisas que podem explodir.

onnie se apoiou na porta do motorista e olhou para April. Sob a luz azul-âmbar, ela estava sentada no banco do passageiro, encolhida, a mochila da filha no chão entre suas canelas, o telefone sem fio na mão. Ainda estava com a maquiagem da noite passada, mas o rosto estava cansado, e ele tinha vontade de beijá-la.

Pelo vidro, ele olhava para a rua vazia.

— Diga alguma coisa, Lonnie. Não posso ficar em silêncio agora. Não posso.

Ela começou a bater o pé descalço no chão.

Ele se inclinou sobre ela e abriu o porta-luvas, cinco fileiras de fitas cassete em cima dos documentos do carro e do manual.

— Livros em fita. Ouço porque não consigo ler.

Ele fechou o porta-luvas, seu pulso passando perto do joelho dela.

— É mesmo? — Ela estava olhando para ele agora. Lonnie sentiu-se com 14 anos e desejou não ter falado nada.

— Não sou analfabeto. Consigo ler sinais e essa merda. São só as sentenças. Elas ficam todas confusas na cabeça. A não ser que eu as ouça. Aí as palavras não se confundem.

— O que você ouve?

— Romances. Um pouco de poesia.

April continuou olhando para ele. Seus lábios estavam abertos. Ela enfiou a mão no porta-luvas.

— Podemos ouvir uma? Podemos ficar sentados aqui ouvindo uma?

Ela puxou uma fita. T.S. Eliot.

— Poesia. Quer essa?

— Qualquer coisa.

Lonnie não gostava da voz do leitor; ele parecia um dos merdinhas que tinha visto em clubes durante anos, que foram para colégios particulares na Costa Leste, ganhando, de alguma forma, um sotaque britânico.

Mas Eliot era Eliot, e April queria ouvi-lo. Lonnie girou a chave e enfiou a fita.

— Quer que eu volte a fita?

— Não.

— Esse é de A *terra devastada*.

"Nas areias de Margate.
Não consigo associar
Nada com nada.
As unhas quebradas de encardidas mãos.

Meu povo humilde povo que não espera
Nada."
      la la

A Cartago então eu vim

Ardendo ardendo ardendo ardendo
Ó Senhor Tu que me arrebatas
Ó Senhor Tu que arrebatas

Ardendo

IV. Morte por Água

April apertou os botões.

— Pare. Desligue.

Ele desligou. Ela estava respirando forte, balançando a cabeça. Lonnie pôs a mão no ombro dela.

— Está tudo bem. — Ele sentia os pulmões dela se enchendo e esvaziando. — Está tudo bem.

Ele começou a esfregar as costas dela, mas seus músculos se tensionaram, e ele tirou a mão. Ela olhava para a estrada como se algo estivesse vindo de longe. Lonnie olhou, mas só havia o asfalto azulado e as palmeiras e hibiscos ao longo dos muros rosados.

— Lonnie? Você sabe aquele estrangeiro com quem eu fui para Champanhe?

— Sei. — Um bosta cheirando a nicotina e colônia, a forma como passara por ele no posto de gasolina.

— Ele ficou dizendo que algo ruim ia acontecer com todos nós. Falou que todos nós vamos queimar.

— No inferno?

— Não sei. Ele ficou profetizando algo ruim.

— Você acredita nisso?

April fungou, passou o dedo pelo nariz.

— Ele olhava para mim como um desses crentes renascidos. Como se eu estivesse morta e nem soubesse disso.

— Eles culpam você pela própria fraqueza, April. Não aguento esse tipo de gente.

— Talvez devessem.

— O quê?

— Me culpar.

— Pelo quê? Mostrar o que eles vieram ver?

— Mas eu ganhei dinheiro dançando, Lonnie.

— Que bom.

Ela olhou para o telefone na mão.

— Muito.

— Não tanto quanto Louis.

Lonnie sentia seus olhos secos, e seus braços pesados, o dedo que tinha batido na boca do Boné dos Dolphins ainda inchado. Ele queria mais café.

— Sempre superei as coisas, Lonnie. Jurei que nunca seria uma dessas putas que arrastavam os filhos para o clube e nunca, Lonnie, nunca tinha feito isso. — Ela balançou a cabeça e abaixou o queixo. — Só ia fazer isso até não precisar mais.

— Nada de errado com isso.

Ela assentiu. Olhou novamente para o telefone em sua mão.

— Continue falando, Lonnie. Por favor, continue falando.

Ela balançou a cabeça e começou a chorar, e ele se inclinou e abraçou-a. Começou a acalentá-la. Depois cheirou seu cabelo e se sentiu muito mal por fazer isso.

le virou de lado em seu banco e olhou como ela dormia. Seu cabelo estava em seu rosto, e ela sibilava ao inspirar. A cerveja tinha deixado sua cabeça mais leve: esqueça a sinagoga ou qualquer outro prédio público no círculo ou fora dele. Não podia correr o risco de cruzar com a polícia outra vez. Além da janela da picape e do muros de estuque, as estrelas tinham desaparecido. Era um doce de criança, e ele não queria se afastar dela, mas em vinte ou trinta minutos o sol ia nascer, e agora era hora de sair dali.

Virou o resto da Miller, colocou-a, vazia, no banco ao lado, abriu a porta com a mão boa e estava fora da picape três ou quatro segundos antes de a luz voltar a brilhar em cima dele. *Só não a acorde. Só não acorde a garota.* Sua mão e pulso encostados no quadril, queimando, e ele conseguia ver a pintura manchada em cima da maçaneta da porta da garagem que agarrou e puxou, um barulho de molas e rodas num trilho de ferro que precisava de graxa.

Seu coração estava rápido de novo. Segurou a porta acima da cabeça, ficou parado olhando para o Honda Civic novo à frente dele como se fosse um presente.

Soltou a porta, que subiu mais alguns centímetros, fazendo barulho contra a mola, depois tudo ficou quieto, mas aquela droga de porta tinha feito barulho — *ele* teria acordado com aquilo —, e se ia fazer o que tinha de fazer, esse era o único momento de que dispunha. Deslocou-se pelo piso de concreto e tentou abrir a porta de trás do carro. Ela não abriu, e o que ele esperava? Começou a olhar ao redor, procurando um lugar no qual pudesse colocá-la e em que alguém a visse rapidamente, onde não seria atropelada, seus dedos tentando agora a porta da frente, o clique metálico em sua mão com a abertura da porta, a luz interior se acendeu.

Havia uma maleta de couro no lado do passageiro, pilhas de papéis no banco de trás. Ele destravou a porta de trás e a abriu, jogando todos os papéis no tapete, o cheiro de carro novo — plástico recém-fabricado e estofado sem manchas, o óleo novo e o vidro límpido — era o cheiro do Primeiro Lugar, a justa recompensa pelo trabalho duro, e AJ achou que isso era um bom presságio, seu próprio prêmio chegando bem quando ele ia fazer a coisa certa quanto àquela criança.

Voltou rápido para sua picape, o holofote em cima dele, como se tivesse som próprio, e ele precisasse se concentrar, ignorar o osso quebrado e carregar a menina o mais rápido possível.

Deixou a porta de acesso aberta e se inclinou. Sentiu cheiro de Wild Turkey e diesel, café, raspadinha de uva e sujeira. Estava respirando rápido e fechou a boca; sentiu seu coração batendo. Tinha lhe dado uma dose dupla, mas talvez devesse ter triplicado — cara, e se ela acordasse? E se ela acordasse e começasse a gritar?

Ele a deixaria ali de qualquer forma.

Tirou a camiseta que a cobria, tentou soltar o cinto, mas não conseguiria, a menos que empurrasse a perna dela. Começou a tentar levantar sua mão esquerda, mas ela era inútil, de tão inchada. O ar pesava em suas costas, e ele colocou seus dedos ao redor do tornozelo e o empurrou um pouco, depois apertou o botão, e o cinto se soltou; passou a mesinha por cima de sua cabeça. Queria tirar o cabelo do rosto dela, queria fazer muito mais do que estava fazendo, mas era só isso que podia, e se inclinou mais perto, passando a mão por trás das costas dela, deixou seu rostinho descansar em seu ombro, os dedos escorando-a por baixo da bundinha dela, em sua cabeça Marianne se balançando para ele no palco embaixo da luz azul, como não seria certo se aquela garota crescesse para terminar fazendo aquilo — tantas coisas estavam erradas, e ele pressionou seu rosto contra a cabeça dela e saiu da picape apoiando-se num joelho. Respirava de uma maneira forte, e o concreto a seus pés bambeava, como se toda a cidade fosse um barco no golfo, um barco festivo onde devia haver alguém que cuidasse dessa criança melhor do que Spring.

O Honda era baixo. Ele precisou se inclinar, a cabeça dela apoiada em sua palma, as costas em seu braço, e seu joelho escorregou nos papéis, mas ele a deitou no banco novo desse carro novo na garagem limpa. Agora o cabelo dela envolvia seu rosto como hera em flor. Uma mão estava embaixo dela, a outra suportando a barriga. Queria liberar aquela mão, mas ela tinha parado de roncar e poderia acordar e ele ficou de pé e correu de volta para sua picape para pegar sua camiseta e cobri-la. Mas — merda — estava escrito Caporelli nela. Eles o encontrariam muito fácil. Em um par de horas, o ar estaria bastante quente, mas agora estava frio e não havia mais nada para cobri-la.

Exceto a camisa que estava usando; agarrou o próprio colarinho por trás com a mão boa e puxou-a por cima da cabeça, juntou-a nos dedos, segurou a respiração quando levantou a mão quebrada e puxou de novo, passando pelo outro ombro.

Tinha passado muito tempo desde que abrira aquelas portas. O céu estava azul-claro, e ele conseguia ver o alto da fachada, as janelas escuras de persianas puxadas.

Inclinou-se no Honda e colocou sua camisa em cima da garota, dobrando-a ao redor de sua cintura e pernas. Ela tinha um rostinho lindo; que não se parecia em nada com Spring. Ele beijou seu dedo e levou-o até o rosto dela, depois se afastou e fechou a porta. Pressionou o botão de travar na porta do motorista, as quatro travaram, e empurrou a porta para fechá-la — *em silêncio, em silêncio* —, e puxou a maçaneta, mas não conseguia mais abrir, e nenhum outro filho da puta conseguiria, a não ser o dono, e apostava que o motorista desse carro novo, que carregava esses papéis no chão, era um cara decente como ele, um cara que faria a coisa certa.

Mesmo assim, deveria chamar a polícia assim que pudesse, dizer onde ela estava. Mas não conseguiriam rastrear uma ligação do celular? Acessar sua conta de celular mais rápido do que ele poderia encurtar a chamada? Pensava nessas coisas enquanto fechava a porta da garagem e fazendo muito barulho, começou a abaixá-la. Queria deixá-la meio aberta, deixar entrar algum ar fresco, mas, quando soltou, a porta começou a se levantar de volta. Ele puxou de novo até quase chegar ao chão, mas ela subiu de novo e, droga, precisou fechar tudo, correr de volta para sua picape, ligar o motor, o barulho perfurando a quietude do beco. Fechou a porta e, com o peito nu, deu a ré.

Acendeu os faróis e se deslocou devagar pelo beco, do jeito que tinha entrado. Olhou por cima dos muros e dos telhados para o céu, a luz fraca vindo do leste. O relógio no rádio mostrava que ele só tinha trinta minutos para pôr a mão embaixo do carregador da escavadeira, e ia ser complicado fazer um corte na mangueira que se parecesse com um rasgo. Talvez devesse desapertar as porcas do grampo. Manutenção de merda poderia soltá-las também. Seu kit de chaves estava na caixa de ferramentas, não é? Não tinha certeza, mas por que não estaria? Seu coração começou a desacelerar agora, mas ele sentia sua cabeça pesar sobre o pescoço, os olhos e ombros doíam, e gostaria que seu pulso e mão não estivessem tão inchados. Não que Cap Jr. fosse perceber alguma coisa. Mas será que o médico no hospital iria dizer alguma coisa? Era possível. E isso mudaria tudo.

No final do beco, ele parou. Do outro lado da rua, na luz azul-escura da manhã, um tatu rastejava na grama da casa de algum cara rico. Os faróis de AJ estavam sobre ele, mas a criatura prosseguia surpresa, as placas se mexendo enquanto caminhava. Fora correto deixar a garota ali, longe de insetos e répteis, mas havia um vazio dentro dele que o magoava igual à sua proibição de ver Cole, e, quando dobrou à esquerda deixando o St. Armand's Circle, sabia que não tinha muito tempo, mas não poderia deixá-la ali sem ligar para a polícia. Devia haver um telefone público em algum lugar. Ele olhou para trás, para a placa com o nome da rua. Uma palmeira estava na frente, e ele precisou parar, dar a ré e ler as palavras com o brilho branco das luzes da ré — *Fruitville Road*.

Olhou para o beco mais uma vez, sem nem distinguir o prédio; engatou a primeira e acelerou, o motor V-8 levando-o sob um céu cobalto que ficava cada vez mais claro do lado leste.

assam desliga o motor e se senta. Amanhece no estacionamento do Acacia Inn, e do outro lado da rua há dois hotéis, as várias sacadas iluminadas por baixo. Ele vê o oceano entre os prédios. O céu agora está quase visível, um azul-escuro que torna a água cinza, suas ondas quebrando na areia. O peito dói. Ao lado dele está meio pacote de cigarros que fumou enquanto dirigia, as três garrafas vazias de Coca. Khalid.

Bassam enfia o pacote de cigarros no bolso e sai do carrinho alugado. No posto de gasolina, no meio do estado, antes de ir embora, contara quanto dinheiro tinha sobrado: 9.565 dólares. Mas, do banco, ele tinha retirado mais de 16 mil que devia enviar diretamente para Dubai. Não queria fazer essa subtração, e caminha pela entrada de concreto, as chaves na mão.

O quarto está escuro, com cheiro de incenso barato, e seus irmãos dormem. Logo seria a hora da primeira oração, mas hoje eles viajariam para o norte, então ele vai deixar que durmam um pouco mais. Fecha a porta devagar. É empurrado para trás, um braço aperta seu peito, metal pressionando em sua garganta.

— Bassam?

— Sou eu, o que vocês têm?

Imad larga a arma, e Bassam se afasta, seu coração batendo muito rápido. Suas pernas estão fracas, e ele respira fundo; a sombra de Tariq se move no canto da quitinete.

— Bassam?

— Sou eu, o que deu em vocês dois? Quem teria a chave, além de mim?

A luz do criado-mudo se acende, Imad parado ao lado da parede, completamente vestido, descalço. Semanas antes, tinha raspado a barba e o bigode, e ao olhar para Bassam mais parecia um garoto grande, os olhos brilhando.

— Por que não respondeu às minhas ligações? Você deveria ter voltado na hora de *Isha*.

— Não pude.

— Mas onde você estava? — Tariq também está vestido. É mais jovem do que os dois, mas seu bigode bem aparado faz com que pareça mais velho, quase bonito. — Pensamos que tivesse sido preso.

— Não, me desculpem, eu deveria ter ligado de novo.

— Mas, Bassam — Imad joga o estilete na cama —, onde você estava?

Ele pode mentir. Bassam pode mentir para seus irmãos, mas fazer isso seria como se deitar com a puta negra. Seu rosto esquenta de vergonha, um babuíno gritando numa árvore espinhenta enquanto eles se aquecem à volta da fogueira de Shaytan.

— Uma das putas perdeu a filha, e a polícia nos segurou enquanto procurava.

— Bassam — disse Imad —, e se eles o tivessem segurado por mais tempo? Você poderia ter estragado tudo.

— Você mandou o dinheiro?

A camisa de Tariq está para dentro das calças. Ao ver isso, Bassam se sente sujo, despreparado.

— Vamos enviar antes do nosso voo, *Insha'Allah*. Irmãos, não se preocupem. Eu fui lá para me fortalecer. Agora corram, o sol está se levantando e devo realizar minhas abluções, e, depois do Fajr, precisamos fazer as malas e ir embora.

Bassam passa por Imad sem olhar para Tariq e entra no banheiro. *Ó Alá, eu me refugio em Ti de todo o mal e todos os malignos.* Ele fecha a porta, mas está escuro, e ele precisa abri-la de novo para tentar encontrar o interruptor e acender a luz. Imad está de pé ao lado da cama. Bassam o ignora e fecha a porta. Ao redor da pia há uma poça de água, pelos negros flutuando. Duas lâminas descartáveis. Um frasco da colônia preferida de Amir. Três escovas de dente ao lado, Bassam fecha os olhos para se preparar para as abluções, mas no escuro está a mentira que contou a seus irmãos, que tinha ido até as prostitutas para se fortalecer, quando fora o contrário, tinha ido ali porque não conseguia evitar. E o dinheiro que distribuíra de forma tão liberal, sim, seria usado para o futuro, *Insha'Allah*, e ele não deveria ter dado à *kafir*, mas sentado ali, bêbado, entre as putas, queimando uma nota, depois outra, podia sentir sua determinação se fortalecendo mais uma vez, porque, de todos os tesouros dessa terra reencontrados em Jannah, sabia que o dinheiro não seria um deles, o dinheiro sujo e todo pecado cometido para ter mais.

O homem em Dubai pode estar bravo, assim como Amir no norte, mas Alá está satisfeito. E Bassam al-Jizani abre seus olhos e começa a lavar seu corpo, do qual está perto de se libertar.

O sorvete ajudou, tinha acalmado o estômago de Deena e deixou-a com sono. Mas ela não conseguiu dormir e ficou deitada mais uma hora, pode ter dado umas cochiladas, porque não tinha certeza se seus pensamentos eram sonhos ou seus sonhos eram pensamentos: lá estava AJ chorando essa noite, cheirando a álcool; estava seu rosto, meses atrás, depois que ele tinha batido nela, meses atrás, como se estivesse apenas começando, mas quisesse que alguém o segurasse também, seus olhos azuis se desculpando e ao mesmo tempo a culpando; estava Cole tomando o café da manhã que ela teria de fazer sem demora, rabanada coberta com manteiga derretida e cobertura — já se via cortando o pão antes de servir para ele, e seu coração começou a bater mais rápido, preparando-a para essa tarefa, e ela continuou falando para si mesma que devia parar de pensar e dormir, boba. *Dormir.*

Depois, ela abriu seus olhos no escuro. Talvez tivesse mesmo dormido, porque não conseguia lembrar o que pensara por último e havia um gosto amargo em sua boca. Ela desistiu e desceu da cama para escovar os dentes. O banheiro era o cômodo mais bonito da casa. Era um banheiro grande e AJ tinha colocado azulejos azuis que o deixavam mais fresco, e ela pendurara cortinas verdes, e era sempre ali que sentia as melhores intenções dele e lamentava o rumo que as coisas tinham tomado.

Ela enxugou os lábios na toalha, evitou olhar para a mulher sem graça no espelho. Apagou a luz e cruzou o corredor para dar uma olhada em Cole. Ele estava deitado de lado, de costas para ela. Acordaria cedo, e ela sabia que pagaria por essa insônia depois do almoço, quando precisaria descansar um pouco.

Às vezes, colocava-o em frente a um filme da Disney e dormia no sofá, mas, uma tarde, ela acordara, e a tela da TV estava apagada, e Cole se achava no jardim empilhando pedras no seu caminhão. Menos de uma hora depois, AJ chegara em casa, e se tivesse visto aquilo, a bronca nunca terminaria. Só mais uma prova de que ela não era boa o suficiente. Nunca seria boa o suficiente.

Ainda estava surpresa pelo estado dele essa noite, tão solitário e infeliz. E, mais uma vez, sentiu que tinha sido dura demais com ele; parte dela honestamente acreditava que merecia o que ele tinha feito, que era seu castigo por não sentir tanto amor por seu marido.

Já tinha passado das cinco. Ela devia desistir de dormir e fazer café, começar o dia cedo. O sol sairia por volta das sete. Poderia ler suas revistas e ver um pouco de TV, depois sair enquanto o céu se iluminava em cima dos pinheiros do outro lado da estrada. Ela se sentaria com seu café fresco e pensaria um pouco, refletiria sobre as coisas. Virginia chamava isso de rezar. Deena a invejava de verdade, ter fé em que existe alguém ou algo por aí que a ama e se preocupa com o que acontece com você, talvez até cuide da gente. Ela queria acreditar, mas não conseguia. Não fazia sentido, um ser eterno que conhece cada um de nós. E as outras pessoas de outras religiões, com seus outros deuses? Elas realmente acreditavam que os deles eram os verdadeiros?

Na cozinha, Deena esquentou água para fazer seu café instantâneo. A casinha estava tão quieta que a deixava nervosa, mas ela não queria ligar a TV ainda; cada vez mais percebia que estava sempre querendo algo ou passando de uma coisa para outra ou algum lugar que achava que seria melhor ou mais confortável. Quantas vezes, mesmo quando estava satisfeita, queria comer mais sorvete ou outro queijo quente ou mais batatinhas fritas? Com que frequência estava procurando o controle remoto e indo de um canal ao outro sem nunca ficar satisfeita? Quantas revistas lia em uma semana? Seis? Sete? E raramente lia um artigo inteiro, só folheava todas aquelas fotos e anúncios da vida sexy e rica que nunca teria.

Era evidente que Virginia não gostava muito dela, mas havia um tipo de calma em sua velha sogra que Deena admirava. Ela fumava e gostava de café, que sempre parecia estar bebendo, quente ou frio, mas a mulher conseguia sentar no seu quintal sozinha com o rádio desligado, sem nada para ler nem ninguém para conversar o dia todo. Sentava-se com aqueles tubos de oxigênio embaixo do nariz e olhava para o pequeno gramado que AJ mantinha bem bonito. Olhava para o céu ou para a estátua da Virgem Maria. Talvez isso fosse parte de envelhecer, quando você está cansado demais para se mexer muito e passa muito tempo olhando para o passado. Mas não era isso. Virginia simplesmente *sabia* que havia um Deus cuidando dela, e era como se o visitasse de alguma forma, conversasse com ele.

Bom, isso devia ser um conforto.

A água estava fervendo e começou a assobiar. Antes que o som virasse um apito, Deena agarrou uma luva, tirou a chaleira do fogo e jogou a água fervente na caneca. Deus era coisa da gente fraca, era o que ela pensava. Era para as pessoas que não conseguiam encarar o fato de que nascemos e morremos sozinhos, e, durante boa parte das nossas vidas, simplesmente estamos sozinhos. Ninguém estava cuidando da gente, a não ser nós mesmos e talvez um punhado de pessoas que nos amavam por ser parte da família.

Até Cole chegar, ela não tinha entendido o amor de sua mãe e seu pai por ela. Ou talvez, à medida que envelhecia, não tivesse sentido nada tão forte assim. Mas, tão certo quanto conseguia sentir essa caneca quente em suas mãos, sabia que havia um amor em nós que não conseguimos explicar. Era difícil acreditar num Deus, mas acreditava nessa força cálida e obscura dentro dela de que faria qualquer coisa, *qualquer coisa*, por aquele garotinho dormindo no quarto.

Até matar. Até morrer.

Não bastava? Ter somente um ser humano que ame você assim? A memória disso não basta para nos manter? Não é como uma oração viva dentro de você?

Ela colocou creme no café, jogou três colheres de açúcar e suspeitou que estava cheia disso; tinha sido amada a vida toda pela família e não era suficiente. Tinha um bebê saudável e uma casa sólida construída pelo homem que a amava, e nada disso tinha sido suficiente; ela queria uma casa maior e um homem mais bem-sucedido e mais bonito, e queria mais filhos, quatro ou cinco, mas, mais que tudo, queria *ser* outra: queria olhos mais bonitos e um rosto menor; queria um corpo que não lhe desse vergonha, um que não precisasse de comida todo dia e toda noite, consumindo apenas o necessário; queria ir para a faculdade e ler livros dos quais nunca tinha ouvido falar e ser uma pessoa interessante com coisas interessantes para dizer. Queria dizer a AJ que sentia muito por querer demais. Mas também queria que ele parasse de amedrontá-la com seu temperamento, que parasse de repreendê-la o tempo todo, que parasse de fazer com que sentisse que tudo que acontecia de errado era culpa dela.

Era um pouco. Mas também era da Virginia. Tarde da noite, às vezes depois de fazerem amor, AJ contava como era ser criança na casa dele, como, até aparecer seu padrasto Eddie, era um namorado atrás do outro. Alguns duravam umas semanas, outros, meses. Ele passava muitas noites sozinho na frente da TV enquanto sua mãe e seu namorado bebiam e jogavam cartas, riam e fumavam na cozinha, ou iam para o quarto dela cedo, e ele ouvia os dois transando, ouvia as molas do colchão, e sua mãe gemendo, e aumentava a TV ou saía de casa. Havia muitas brigas também.

— Alguém já bateu nela?

— Não sei. Eu saía para caminhar.

— E se algum deles *batesse* nela? — Isso foi antes que ele tivesse batido *nela*.

— Eu era criança, Deena. Jesus, o que você queria?

Ele estava certo. Sabia que ele estava certo. Ela deitava o rosto em seu peito e dizia isso. Era errado julgar uma criança desse jeito, mas não gostava do que isso mostrava de seu caráter mesmo naquela época — que, quando surgiam problemas com alguém que ele amava, sua reação era se levantar e ir embora.

Mas Virginia nunca o amara muito, nunca o abraçara ou brincara com ele — pelo menos não que ele se lembrasse. E agora ele não tinha confiança em si. Agora, era um homem que podia bater em sua própria esposa. Mesmo se ela tivesse sido dura com ele de alguma forma; será que tinha pedido por isso? Ela acreditava mesmo nisso?

Como uma súbita resposta, a frente de casa foi iluminada, e dois homens saíram de um carro de polícia, a antena comprida balançando no brilho vermelho das luzes traseiras, Deena pensando em AJ — bêbado, acidentado, morto. E seu rosto ficou em fogo pelo que sentia, não medo, terror ou preocupação, mas esperança, não de que estivesse errada sobre o que tinha acontecido com AJ, mas de que estivesse certa.

Ela já ouvia os passos do homem no cascalho, e, com dedos trêmulos, colocou o café no balcão e foi abrir a porta.

AJ conduzia mais rápido do que devia, e sabia disso, passando por todas as casas silenciosas, algumas com as luzes acesas nos dormitórios. Era uma visão que o fazia sentir saudade de Deena e Cole, e a noite toda ele sentia que tinha feito uma coisa boa pela menina, e agora não tinha tanta certeza. E se o dono do Honda estivesse fora ou planejasse dormir até tarde e tirar o dia de folga? As janelas estavam fechadas, e, cara, depois que o dia começasse de verdade, podia ficar bem quente ali dentro. E como ela se sentiria quando acordasse sozinha no carro de um estranho, dentro de uma garagem estranha?

Droga, ele deveria ter levado a criança para a casa da sua mãe ou para Deena. Se ia fazer algo de bom por essa garota, então deveria ter feito direito.

Estava indo para o norte quando deveria estar indo para o sul, para Lido Key, mas havia o cais de pesca municipal no norte da Ringling's Causeway. Poderia encontrar uma cabine telefônica lá, apesar de duvidar disso; desde os celulares, elas simplesmente tinham desaparecido.

Sua cabeça doía. Ele estava com fome e com sede. Mas era muito tarde para pegar outra Miller. Não queria estar com cheiro de cerveja quando Caporelli chegasse para encontrá-lo embaixo do carregador. Levantou sua mão doída e olhou para ela na luz clara da aurora. O pulso estava mais inchado do que seu antebraço, e os dedos de sua mão estavam duros e dobrados. Fazia mais de seis horas que aquele filho da puta o quebrara, e mais uma vez AJ não tinha dúvida de que Cap Jr. ia acreditar em sua história, mas será que o médico não notaria a diferença entre o que diria que tinha acontecido e o que realmente acontecera? Ou talvez não. Talvez estivessem sobrecarregados como aqueles coitados daquele programa de que Deena gostava e nem teriam tempo de pensar nisso. Um osso quebrado era um osso quebrado.

Por um momento, AJ considerou desistir completamente do plano. Só ir trabalhar e cuidar da sua vida, mas, dando risada ao lembrar de como eram as coisas, ele abaixou sua mão inútil de volta ao colo. Se *não* fosse adiante com isso, então estaria fora do trabalho sem ganhar nada durante semanas, talvez meses. Poderia ser capaz de receber compensação, mas como o juiz veria isso? O pai de Cole estava desempregado porque um leão de chácara no Puma achara que ele estava sendo muito rude com uma das garotas.

Muito rude.

Seu sangue começou a correr por todo seu corpo novamente, e ele pisou no acelerador, lançando sua picape pelo viaduto, produzindo um estalo ao passar por cada liga de expansão que era mais regular que a batida de seu coração. À sua direita, as águas roxas da baía de Sarasota, depois as luzes da manhã, os postes de luz e os sinais acima dos cruzamentos vazios, o brilho fluorescente das portarias noturnas dos escritórios no centro, o brilho do néon do que deveria ser uma cafeteria 24 horas, onde ele pudesse comprar um café e um muffin. Mas não havia tempo. Já se via o céu sobre os prédios no leste, uma faixa de azul-acinzentado caindo para o rosado que o fazia pensar em Marianne, em seu cabelo negro, na rosa que ele daria quando saíssem. Uma flor para outra flor. Um homem que a tratasse como uma dama. De um *cavalheiro* para uma *dama*.

Que merda ridícula que ele era.

Diminuiu a velocidade e seguiu a costa pelo viaduto, virando à esquerda no estacionamento de asfalto do cais da cidade. Com seu cotovelo, pressionou o botão da janela e sentiu o cheiro de água salgada, tripas de peixe seco, merda de pelicano e areia.

Sentia algum frio sem sua camisa. Deixou a janela aberta e dirigiu até a beira da água. O golfo estava escuro sob o céu cor de aço, e seus faróis brilharam sobre as amplas tábuas do cais, suas balaustradas, os mastros brancos e cascos de barcos ancorados abaixo. Eles balançavam com a maré.

Deixou o motor ligado, saiu da picape e correu até o único prédio ali, uma cabana com janelas novas e um telhado de palha como dos índios semínolas. Na parte da frente havia duas máquinas, uma da Pepsi, outra de garrafas d'água. E na extrema direita, presa à parede, havia uma placa oval: TELEFONE. Seu braço pulsava, e ele o levantou, correu até a quina, viu a cabine presa à parede, a prateleira de metal, e a lista telefônica pendurada numa corrente, mas não havia telefone. Droga nenhuma de telefone.

Ele se virou e caminhou rápido para o caminhão, pensando: Fruitville Road. Estava na primeira garagem no primeiro beco da esquerda, indo para o leste do St. Armand's Circle em Fruitville. Por que não pegar seu celular, ligar para a polícia e contar isso? Levaria menos de um minuto. Mas, cara, era tudo de que precisavam para conseguir seu número e pegá-lo. Por que não deixara algo para ela beber? Podia ter deixado seu Slush Puppie derretido ali no chão, para que ela o encontrasse. Estaria gelado e doce, e também seria familiar.

Uma brisa soprou do leste pelo estacionamento. Sentiu-se bem quando ela acariciara seu rosto e o peito nu, mas já estava esquentando, o céu claro em sua faixa clara no horizonte. Ia esquentar. Ele precisava voltar. Estava na mesma direção de Lido Key e somente a uns poucos quarteirões de sua escavadeira. Ele abriria a garagem, deixaria o Slush Puppie, depois pegaria o número exato da rua de onde tinha deixado a menina. A caminho da valeta, ligaria para o serviço de informações, tentaria conseguir o número a partir do endereço, ligaria diretamente para o dono do Honda, contaria a ele ou ela que a garota estava na garagem. E desligaria.

Mas, merda, seu número ficaria marcado *naquele* telefone, e, além disso, já estava ficando muito claro. Os vizinhos poderiam identificar sua picape. E se Francie acordasse quando ele voltasse? E, droga, ele não poderia entrar, tinha trancado o carro!

Merda. Ele abriu a porta de trás, pegou sua camiseta que estava em cima da cadeirinha vazia e colocou-a na cabeça. Com cuidado por causa da mão machucada, buscando suavemente a manga, o mundo um pouco mais escuro agora e com cheiro de diesel, sujeira e seu próprio suor. Era cheiro de beco sem saída, o cheiro de uma vida que só conheceria trabalho, trabalho e mais trabalho. Mas quando passou sua cabeça e o braço bom pelos respectivos buracos, a brisa do golfo bateu de novo em seu rosto, e algo mudou dentro dele: a garota não era mais problema dele; tinha feito o que podia, e agora era a vez de outra pessoa. Simples assim. Só tinha de confiar a segurança da menina ao Deus da sua mãe, porque ele tinha uns vinte minutos antes de Cap Jr. chegar e fingir que um dia de trabalho estava começando, e AJ Carey ainda tinha de colocar um enorme balde dentro da valeta onde seu pulso e seu braço deveriam estar, esse pobre braço que agora tinha de fechar a porta. AJ engatou a ré e acelerou, manobrando para o sul; o céu sobre Sarasota parecia um coral esbranquiçado, e daqui a pouco o sol apareceria.

Eles apareceram justo quando o sol começou a iluminar o jardim; a face da Virgem Maria parecia aceitar tudo tristemente, até mesmo o assassinato de seu único filho.

Virginia ainda estava de roupão. A TV ligada, passava o jornal da manhã, e ela fazia torradas na cozinha quando a campainha tocou, e ela pensou, Alan, mas ele tinha chave e estava trabalhando, e ela atendeu o porteiro eletrônico e perguntou quem era. E, quando a voz falou, o ar pareceu ficar sem ar, e ela viu seu filho esmagado embaixo de uma escavadeira derrubada ou enterrado vivo em alguma valeta, e deixou os homens entrarem e os encontrou no corredor escurecido, o tubo de oxigênio atrás dela, dois policiais de Sarasota e um de Bradenton, de uniformes diferentes.

— O que foi? É o meu filho? Aconteceu algo com Alan?

Havia um mais alto, mais velho e de óculos, que foi quem perguntou se podiam entrar, e sim, sim, mas vocês precisam me dizer. E agora eles já tinham ido, a visita deles na cozinha pequena tão rápida que parecia ter sido uma miragem.

Exceto que o cartão do mais alto estava na bancada, com seu nome e cargo na polícia, o ar da cozinha cheirando a loção pós-barba e chiclete que o de Bradenton tinha mascado em silêncio enquanto o de óculos tinha mostrado uma foto de seu filho segurando Cole no colo, os dois de olhos apertados sob o sol.

— Esta é uma foto recente?

— É sim.

Ela os deixara entrar nos três quartos do apartamento, e um deles saíra no quintal. Não queria contar nada para eles, mas o que poderia fazer? Dera o nome e o número da empresa em que Alan trabalhava, contara sobre Lido Key, que ele tinha sido chamado para trabalhar cedo, algo a ver com um cano quebrado.

Virginia deixou a torrada na tostadeira e, com cuidado para evitar que o tubo prendesse no sofá-cama, caminhou rapidamente para sua cadeira perto da cama. Sentou-se, colocou a televisão no Mudo e pegou o telefone. Era com Deena que queria falar, de Deena que queria umas respostas, mas seu dedo estava marcando o celular de Alan. Ela respirava com alguma dificuldade. Na TV havia um jogador de beisebol sendo acertado nas costas por uma bola lançada, largando o taco e correndo atrás do lançador, acertando um soco na cara dele na frente de um campo cheio de jogadores dos dois times, que começaram a dar socos, chutes e gritar um com o outro.

— Aqui é o AJ. O telefone está desligado ou estou trabalhando, então deixe uma mensagem.

— Alan? É a mamãe. A polícia veio aqui procurando por você. Eles acham que você sabe algo sobre uma garotinha perdida. — Virginia olhou o relógio do outro lado da sala. — São 7h16 e eles acabaram de ir embora, querido. Tive de dar o número do seu chefe, e eles sabem que você está em Lido Key. Por favor, me ligue, querido. Por favor, me conte o que está acontecendo.

Ela desligou. Tinha esquecido de dizer que o amava e gostaria de ter dito. Começou a apertar os números da casa dele, mas não se lembrava bem deles. Havia um quatro e um sete, mas vinha o três ou o cinco primeiro? Seus olhos estavam na TV, uma barafunda de notícias de esportes de marmanjos de roupa colorida correndo atrás de vários tipos de bola.

7435. Eram esses os últimos quatro dígitos do lar de seu filho, e estava certa de que era um grande mal-entendido: ela conhecia o filho; sabia que ele gostava de cerveja e uísque de vez em quando; sabia que estava com o coração partido e sentia saudades de Cole, que estava gastando um dinheiro que não tinha com aquelas mulheres daquele lugar, que, sim, ele tinha ficado cheio e dado uns tapas naquela mulher e não deveria ter feito aquilo, mas não era um perigo para crianças. Não Alan. Não seu filho.

Ela digitou os números do lar em que ele não podia entrar, e o telefone começou a tocar. Na televisão apareceu uma fotografia de uma garota. Era uma foto 3x4 de máquina, e ela estava no colo de uma mulher bonita. A garotinha

tinha cabelo louro encaracolado e bochechas gorduchas, olhando para a câmera com grande determinação, como se soubesse que essa foto teria algum objetivo especial. No começo Virginia achou que o nome da garota era Amber. Depois se lembrou de ter visto esse nome algumas vezes antes nas notícias de crianças com nomes muito diferentes, garotos e garotas, mas principalmente garotas. Essa pequenina se chamava Franny Connors. Davam um telefone para o público ligar. Então a imagem desapareceu, substituída por uma jovem e bonita dona de casa colocando crianças felizes numa minivan nova em folha.

Só de ver o local de trabalho debaixo do céu brilhante, ele se sentiu quase normal: a escavadeira amarela e seu comprido braço dobrado junto à cabine, o carregador parado embaixo, como se fosse um pulso fechado; havia o barro e as raízes das árvores que ele arrancara ontem dos dois lados da valeta, a fileira de árvores entre seu trabalho e as casas do lado oeste. Se não fosse por seu pulso e sua mão machucados, seria uma manhã normal de trabalho, mas quando ele parou a picape na clareira atrás da escavadeira, a palavra *recompensa* surgiu em sua cabeça, e ele sentiu nas costas todas as semanas, meses e anos que trabalhara desde que tinha 14 anos, sua infância um borrão de aulas claustrofóbicas e construções barulhentas e quentes, além das longas horas sob a luz fluorescente no Walgreen's enforcado por uma gravata, depois Deena e a reforma de sua casa à prova de furacões, o treinamento em equipamentos pesados, com o pai dela e seu cansaço até para brincar com Cole, depois a perda de controle e ter de morar com sua mãe. Bom, sua recompensa estava chegando, e já estava mais que na hora.

Ele só tinha 15 minutos antes de Cap Jr. chegar. Estava fora do caminhão, caminhando rápido ao redor da escavadeira. Era muito tarde para fazer um corte realista na linha hidráulica. A única coisa que tinha a fazer era dizer que o carregador tinha escapado quando fora trocá-lo. Mas eles não podiam dizer que tinha sido erro dele? E como ia mudar o carregador só com uma mão? *Merda*, tinha perdido muito tempo e energia na filha daquela puta, quando deveria ter pensado mais *nisso*.

Com sua mão boa, agarrou a alça de segurança, pisou no degrau e abriu a porta da cabine. Apertou o pulso machucado contra o peito, entrou e ligou a escavadeira. Era um som reconfortante, o motor diesel trepidando com todo o poder embaixo dele. Só poderia abaixar o carregador na valeta e dizer que a parte hidráulica tinha falhado, o que era altamente improvável.

Sua boca e garganta estavam secas. Toda a sua cabeça doía tanto quanto sua mão, que ele esperava que não estivesse tão inchada a ponto de não parecer um machucado recente. Olhou pelo espelho lateral. A estrada atrás dele era uma serpente de asfalto por entre as árvores iluminadas, e talvez fosse um bom sinal que o controle da mão direita fizesse todo o necessário sem que ele tivesse de cruzá-la para usar o do outro lado. Acelerou um pouco o trator e levantou o carregador acima da valeta, a parte hidráulica gemendo. A escavadeira precisava de um pouco de lubrificante, e Cap Jr. era quem ficava com a bomba de lubrificação, apesar de só passar metade do necessário. AJ estendeu o carregador.

Algo se moveu no espelho e ele o seguiu com o olhar, seu rosto em fogo. Um caminhão da Seminole Spring Water passou e desapareceu. Ele abriu a porta da cabine e estava colocando as pernas para fora, quando viu, pelo vidro riscado e bem em cima do carregador, o adaptador amarelo-vivo que Cap Sênior instalara. Ele o instalara em todas as suas máquinas novas, não por segurança, mas para mudar o carregador mais rápido e economizar dinheiro. Era uma mudança que AJ tinha esquecido, e ele saltou da cabine, correu para sua picape a fim de pegar suas ferramentas. Com isso, conseguiria soltar o adaptador com uma só mão, deixar cair o carregador e dizer que ele estava embaixo com sua pá quando o novo adaptador falhara e quase o *matara*.

Só esperava que o alicate estivesse à mão ou ele perderia preciosos segundos entrando na caçamba. Sustendo a mão machucada, alcançou a picape, e estendeu a mão para a caçamba, puxando a alça que abria a caixa de ferramentas. Havia o som de um carro ou picape à distância, se aproximando, e ele nem queria olhar para a estrada; se fosse Cap Jr., contaria a primeira história sobre o problema nos freios hidráulicos, diria que tinha sorte de ter conseguido tirar sua mão.

Estava inclinado para dentro da caçamba, afastando uma velha lona, sua corda de guincho, o cabo quebrado do cortador de grama que nunca consertara, uma bola de praia murcha de Cole, duas ou três garrafas de cerveja vazias, até encontrar sua caixa de ferramentas, então passou a mão por chaves de boca e catracas, pregos e parafusos, até encontrar o alicate, que agarrou e tirou da caixa, o som do carro mais alto, o motor parecendo uma força fora do seu controle. Estava vindo do norte, da direção de Cap Jr., e AJ tinha de olhar, porque, para que iria querer o alicate se tivesse acabado de quebrar o maldito pulso?

Era uma picape, uma lata-velha, o para-lamas da frente ausente, de teto vermelho e lataria azul-celeste. Um velho sem camisa a dirigia. Era pequeno e de pele escura, o rosto marcado com bigodes grisalhos, e acenou para AJ quando passou. Uma trilha de fumaça azulada pairava no ar. AJ caminhou até o cheiro de monóxido de carbono da escavadeira, sentindo-se vagamente abençoado pelo estranho. Algo nos olhos do velho, o aceno de sua mão, e AJ pressentiu que tudo daria certo.

Colocou o alicate ao redor do adaptador. Apertou, virou para baixo, e ele se soltou, o carregador caindo com um *vump*, caindo direto na valeta, sua vibração se propagando pelo chão sob as botas de AJ.

Ele se virou e jogou o alicate no meio das árvores. Agarrou a pequena pá do chão, jogou-a na vala e pulou para dentro. O carregador tinha se enterrado dos dois lados e havia um grande espaço entre os dentes e o fundo, grande demais para enganar os outros. AJ pegou a pá com a mão boa e começou a cavar o solo arenoso do lado do carregador. Suava muito, a boca pegajosa, a garganta seca, um fluxo de azia subindo pelo esôfago. Mas teve sorte de não encontrar raízes, e em pouco tempo cavou um pequeno buraco escuro, ajoelhou-se e enfiou o pulso quebrado nele. Estava fresco ali, e AJ se sentou com as costas contra a terra, esticando suas pernas o máximo que podia.

E agora esperava. Esperava ajuda.

O sol começou a se erguer sobre o muro do seu jardim, iluminando o corredor e o interior do quarto, e Jean tinha tentado descansar, mas não conseguiu. *"Precisei levá-la por sua causa, Jean! Sua culpa!"* O rosto de April, a dor e a raiva nele, até mesmo nojo. *Nojo.* E ela realmente acreditava nisso? Estava querendo se eximir de *toda* responsabilidade? Mas o que tinha dito sobre Jean e seu trabalho, aquelas palavras pareciam vidro quebrado dentro dela, que lutava contra elas desde que o policial e April tinham perturbado seu sono, contivera a respiração para se acalmar, tomara três taças de vinho, mas agora não conseguia se segurar mais, essa imagem de sua querida Franny flutuando nas águas rasas, de olhos fechados, o lindo cabelo se contorcendo na corrente, sua garganta roxa e azul, seus braços e pernas nus, pálidos e duros. Um choro começou a subir do peito de Jean, e ela balançou a cabeça, mas lá estava e não iria embora. Durante segundos, minutos, tentou pensar em outra coisa, mas só via Franny, suas quase sa-gradas manhãs com ela, e agora as imagens dela morta estavam mais claras e fortes, cortando dentro de Jean, machucando-a. Depois a cama se mexeu e o teto parecia escorrer pelos lados, e Jean disse a si mesma para inalar profundamente através do nariz e soltar o ar devagar pela boca — *inspire, expire, inspire, expire.* Fez isso por um bom tempo. Depois, como que das profundezas, chegou uma calma escura, Harry caído na sua cadeira, o peito estreito afundado e parado sob a camisa; dissera a si mesma que era a luz acinzentada da tarde que a enganava. Através dos acordes de piano de Chopin, chamava o nome do marido e ouvia a falsidade da própria voz, porque seu coração já sabia o que o resto dela não tinha força para aceitar. Era desrespeitosa ao negar aquela realidade bem na frente dela: o mínimo que podia fazer era testemunhá-lo, testemunhar o que ele fora, essa escultura fria de todos os seus anos e também de seus últimos momentos, esse corpo que ela tinha alimentado, amado e com o qual deitara desde que era jovem; o mínimo que podemos fazer para aqueles que amamos é enfrentar o destino deles de cara limpa, sem esperanças fabricadas nem mentiras de fachada.

Matisse subiu no colchão e caminhou por cima da barriga de Jean. Ela o pegou e puxou para perto de si, mas o gato enfiou as garras em seu ombro e pulou para o travesseiro atrás dela. E lá ficou encostado em sua cabeça, como se ela devesse saber, como se ela devesse saber mais do que sabia.

No sonho de AJ, seu braço esquerdo estava esticado, e Deena estava nua e sentada em sua mão, que estava toda dentro dela. Era frio e arenoso seu interior, e ela não se mexia. Continuava se virando para ele e sorrindo. Parecia que nunca o tinha visto antes, como se finalmente estivesse feliz por tudo, era por causa da sua mão. Algo a ver com sua mão.

Cole estava sentado à direita, numa cadeirinha de plástico, e vestido com calça, camisa de botão e gravata postiça. Seus pés descalços não tocavam o chão; Marianne estava ao seu lado num vestido negro, os lábios pintados de vermelho. Conversaram em voz baixa. Ouviu a batida de uma porta, passos de botas.

— AJ?

Ele abriu os olhos, viu a parede da vala acima dele, sentiu o grande carregador de ferro do seu lado.

— Merda, você *se machucou?*

AJ olhou para cima bem quando Cap Jr. pulou, sua barriga coberta por uma camisa limpa dos Caporellis enfiada numa calça jeans nova, o cabelo negro ainda molhado do banho matutino. AJ sentia o cheiro de loção pós-barba dele.

— *Porra*, AJ.

— O carregador caiu em cima de mim, cara. O adaptador abriu.

— Merda, consegue se mover? O que ele acertou?

— Não sei. Acho que só minha mão.

AJ olhou para Junior. Seus olhos estavam fixos no braço de AJ preso entre o carregador e a terra. O suor começou a escorrer de sua testa, e AJ sentiu como se tudo o que tivesse dito fosse uma verdade absoluta.

— Consegue tirar?

— Tentei. Acho que desmaiei.

— *Merda.*

Junior pegou a pá, segurou por um segundo, soltou.

— Não deveríamos fazer isso sozinhos.

Tirou seu celular prateado do cinto, e, enquanto ligava para a emergência, o céu limpo e azul acima dele, AJ fechou os olhos, queria um pouco de água fria, sabia que iria tê-la, sabia que tudo que precisasse viria para ele agora.

Junior estava dizendo à telefonista onde eles estavam, dando o nome da estrada e descrevendo a escavadeira e as duas picapes que veriam ao chegar. AJ imaginava os lençóis limpos de uma cama de hospital, um bom descanso à tarde, a ligação para Deena, sua voz apaixonada e preocupada, e será que ele devia falar sobre o dinheiro que teriam? Deveria contar agora ou esperar?

E não era estranho que um carro da polícia parasse a poucos metros da vala, se Junior ainda estava falando no telefone? Deveria ser uma linha aberta com a operadora ou algo assim. AJ não tinha esperado a polícia, mas eles só podiam ajudar, não é? Podia contar sobre a queda do adaptador, e isso ficaria registrado.

A porta do passageiro se abriu, e um policial saiu. Era jovem e usava o mesmo uniforme verde daqueles que tinham algemado AJ na frente de seu filho. Olhou para AJ dentro da vala, para sua mão enterrada, o carregador com os dentes ainda sujos do trabalho de ontem, depois para Cap Jr, que segurava o celular aberto à frente como se ainda tivesse ligações a fazer.

— A mão dele está presa. Acabei de chegar.

O policial assentiu e apareceram outros dois, um de cada lado dele, ambos mais velhos, um de uniforme azul.

— Você chamou uma ambulância? — Era o mais velho de verde. O sol da manhã refletia em seus óculos, e ele era alto e magro, parecia ter entendido a cena mais rápido que os outros dois.

— Chamei, sim, senhor.

O mais alto falou com AJ.

— Há quanto tempo você está aqui, filho?

— O suficiente para desejar não estar.

— Você é Alan Carey?

AJ assentiu. Sua boca ficou completamente seca, e seu coração começou a bater mais rápido. Como diabos ele sabia disso?

O policial olhou para Junior.

— E qual é o seu nome?

— Mike Caporelli. Sou o dono da escavadeira.

A voz de Cap Jr. vacilava, o mesmo tom de sempre que ele perdia dinheiro no jogo ou quando um inspetor aparecia querendo ver a papelada.

— Esse rapaz trabalha para você?

— Sim, senhor. Olha, era uma peça nova. Não sei como se soltou assim.

— Não estamos aqui por causa disso. Venha para cá, precisamos conversar com Alan.

O policial velho ofereceu sua mão, e Junior a segurou, enfiou o bico da bota no barro e subiu. Junior olhou para baixo, para AJ, o celular ainda na mão, o rosto pálido contra o céu azul.

— Vá se sentar no seu veículo até eu chamá-lo, está bem?

AJ o viu desaparecer, o coração batendo descontroladamente. Mal conseguia olhar para cima, os três homens o encarando, e só podiam estar ali por uma coisa, mas não fazia nenhum *sentido*.

O mais velho se agachou, colocou os cotovelos em cima dos joelhos. Seu coldre era preto e estava gasto.

— Está sentindo dor?

— Estou sim. Como sabe meu nome, senhor?

— Melhor que eu faça as perguntas, se estiver tudo bem para você.

AJ olhou para ele. Ouviu o barulho de Cap Jr. fechando a porta de sua picape.

— Sei que está machucado aí embaixo, Alan, mas a ajuda está a caminho, e, ouça, preciso que você *me* ajude agora, está bem?

— Ajudá-lo?

— É isso. Você esteve no Puma Club na 301 na noite passada, não é mesmo?

AJ tentou engolir, não conseguiu.

— Você sabe onde quero chegar, não é?

Sua voz estava calma. O coração de AJ tinha acalmado, mas ele sentia como se fosse vomitar, e talvez devesse dizer a verdade; se não fizesse isso, daria a impressão de que tinha feito algo errado, e não fizera. Mas eles já o estavam tratando como se tivesse feito, talvez tivesse mesmo, mas, droga, não como eles pensavam.

— Não, senhor.

— Alan, estivemos em sua casa. Conversamos com sua esposa. — O policial olhou para suas mãos fechadas. — Sabemos que você violou o mandado judicial indo lá, mas minha preocupação é encontrar essa garotinha, Alan, e, antes que você diga qualquer coisa, quero que imagine se estivéssemos falando do seu menino aqui. Pense nisso. Como se sentiria se não soubesse onde está ou o que aconteceu com ele ou se o veria de novo. Ninguém deveria passar por isso, Alan. Ninguém merece isso.

— Tem certeza?

As palavras saíam da sua boca sem pensar, como um arroto, e não havia como retirá-las, e, de qualquer modo, ele se sentia bem ao dizê-las. Havia um formigamento no seu rosto. Ele viu novamente a menina chorando sozinha na porta dos fundos da cozinha quente e iluminada do clube.

O velho policial abaixou os óculos. Virou na direção do outro, o de uniforme azul.

— Você poderia ir com meu parceiro pegar os dados do Mike, por favor? Gostaria de ficar um minuto com o Alan aqui.

— É AJ.

Os outros se afastaram juntos, sumindo atrás da escavadeira.

— Sua esposa o chama assim, não é?

— Costumava.

— Vocês andaram com problemas ultimamente, não foi?

AJ desviou a vista. Para sua mão enterrada na areia.

— Sua esposa me disse que você estava bastante nervoso antes.

Uma onda de calor atravessou o peito de AJ: será que ela mencionara sua mão? Será que ela mencionara a merda da *mão*?

— Você sente saudades de sua família, não é?

Ele sentiu a garganta espessa. Não conhecia esse homem e não gostava do uniforme dele, mas sentia que pela primeira vez alguém o ouvia. Fazia muito tempo que não sentia isso.

— Você trabalha duro, não é?

AJ assentiu.

— E não é um trabalho fácil, posso ver.

É verdade. É *verdade*, merda.

— Sua esposa me contou que você é um bom pai. Que vocês dois tiveram seus problemas, mas que você sempre protegeu seu filho.

Os olhos de AJ começaram a arder, e ele não sentiu vergonha da lágrima que escorreu, primeiro uma, depois outra, porque esse era um homem que *sabia*. Um homem que estava fazendo seu trabalho, sim, mas, droga, ele *sabia*.

— Você está dizendo, AJ, que talvez a mãe da garota não devesse ficar com aquela criança?

AJ limpou os olhos. Podia ver Spring vendendo sua bunda, andando tão orgulhosa de mesa em mesa, seus cabelos compridos e brilhantes.

— Eles não me deixam ver meu filho, e ela leva seu bebê para a porra do *Puma* Club?

— Continue.

— Ela estava lá sozinha. Cara, estava aterrorizada, chorando enquanto procurava pela mãe. Falei para voltar, mas ela disse que estava com medo, e eu não sabia que tipo de merda nojenta estava acontecendo, então só a tirei dali, só isso.

— Você cuidou dela.

— Isso mesmo.

Som de pneus cruzando a estrada. O homem olhando para ele entendia das coisas, mas quanto mais AJ falava mais se sentia deslizando para um mau lugar no qual não merecia estar. Ouviu portas de carros se abrindo e esperava que fosse a ambulância, porque ele estava pronto para partir. O velho policial se virou e levantou a mão, como se houvesse perigo ali, e os outros precisassem ser protegidos. Quem vinha caminhando parou.

Ele se virou de volta, empurrou os óculos nariz acima. Agora, o sol da manhã estava batendo direto no rosto dele, e AJ conseguia ver que ele não era tão velho assim, talvez sessenta, sessenta e um. A idade que seu pai teria.

— É a ambulância? Porque está doendo aqui.

— E você logo vai receber ajuda. Só me diga onde posso encontrar a menina e vou embora.

AJ balançou a cabeça, olhou para sua bota encostada na parede da vala. Em cima de seus dedos havia um pedaço afiado e enferrujado de algo preso no solo — pedaço de ferro? A ponta quebrada de uma espada? Viu o rosto da garota deitada no banco de trás do Honda, seu cabelo encaracolado parecendo um ninho.

— AJ?

— Não sabia para onde levá-la. Pensei em levá-la para vocês, mas não queria que me julgassem mal. Sabe, poderia parecer muito errado.

— Onde ela está, filho?

— Tentei colocá-la em um lugar seguro. Não estou orgulhoso de deixá-la ali.

— É só me dar a localização, AJ. Eu cuido do resto.

O rosto do policial velho não era inexpressivo; seus lábios eram uma linha fina, mas nos olhos havia uma escuridão causada pelo medo de que algo tivesse acontecido, e AJ sabia que nunca poderia convencê-lo, nem a ninguém, mesmo depois de a encontrarem inteira no Honda, como ele estava contando agora, na garagem fechada no beco da Fruitville Road, como estava contando agora.

E então o velho policial foi embora, e os paramédicos desceram ao buraco, dois homens grandes usando luvas de látex brancas, um deles pegou a pá para cavar, o outro medindo o pulso de AJ e falando com ele como se fossem velhos amigos, e, se não fosse pelo jovem policial olhando de cima, os braços fortes cruzados sobre sua insígnia, os olhos fixos em AJ no que parecia um ódio mal contido, essa seria a cena matutina que AJ esperara, com que tinha contado durante toda a noite, a que traria mudanças. Mudanças para melhor.

onnie dormia sentado no sofá dela, a cabeça contra a parede, a boca meio aberta. Era o primeiro homem a entrar nesse lugar desde que ela se mudara, e era como ser jogada em uma vida que nunca seria dela de novo; e como seguir adiante se isso fosse verdade?

Sua boca tinha gosto de metal. O coração parecia bater fraco no peito. Ela trocara de roupa, colocando o mesmo short e camiseta que tinha usado na praia ontem, o que a fez se sentir menos Spring e mais April, o que a empurrou mais para o fundo do buraco negro em que se encontrava, mesmo na sua sala cheia de luz do sol.

Eram quase oito. Tinham ficado sentados por uma hora na picape dele, e ela começou a temer que seu telefone não funcionaria tão longe de casa. No caminho, viu seu copo de café vazio no meio da poça, no chão. E agora, fazendo café, observando aquele pouco de conforto, ela sentia-se traidora, mas serviu um pouco numa caneca cor de abacate, uma que raramente usava, e segurou-a com as duas mãos, bebendo com cuidado. A questão agora era ser bem cuidadosa e ficar em silêncio, não falar alto, nem se mexer muito rápido, nem fazer qualquer coisa a não ser aguentar o silêncio que se transformou numa imobilidade. Tinha ligado três vezes para a polícia e, a cada vez, o mesmo homem, jovem e sem filhos — tinha certeza disso —, havia dito para se sentar e esperar.

Sentar.

Agora, a boca de Lonnie estava mais aberta, apesar de ele dormir sem fazer barulho, e ela andou na ponta dos pés até a sala, sentando-se na ponta da poltrona. Era xadrez, combinando com o sofá, os únicos móveis que Jean tinha fornecido, e somente agora, ou talvez antes também, quando April tinha entrado pela primeira vez com Franny, suas malas e dois caixotes de papelão da Staples, é que April tinha visto o lugar como o que era, a casa de outra pessoa, só sua quando Franny estava ali. E agora ela não estava.

Não era possível sentar e esperar mais do que já tinha esperado. Mas ela devia. Devia sentar quieta e beber seu café, ficar acordada e se sentar bem direita.

No Empire, esperar era ruim. Esperar para subir no palco pela primeira vez. Não era mais uma garçonete com os peitos balançando atrás da bandeja com a qual tentava cobri-los; agora era Spring, no palco. McGuiness a observava sob o sinal de néon da Absolut, na parede do fundo, seus olhos na sombra, a careca azulada pela luz, parecendo uma caveira; sua música começou, e ela entrou exagerando o rebolado, um bêbado gritando para ela, o resto quieto, testando, e antes de começar a desabotoar a blusa já sentiu April se fechando dentro dela, batendo a porta, trancando, passando os trincos por trás de seus olhos que agora só faiscariam, não brilhariam mais.

Aquele olhar frio que ele dera quando você estava dançando, avaliando, procurando pontos fracos. Mandy tinha saído do escritório dele com o rosto entre as mãos, chorando. Depois de fechar, Lu sentou no bar com uma dose de club soda, porque estava muito gorda, e ele dissera aos caras do bar *nada para ela que tenha uma porra de uma caloria*. Dee e Rhina pagaram a dívida que tinham com a casa de joelhos no seu escritório ou em frente a uma câmera em um de seus apartamentos. Alguns dos caras com quem elas trepavam eram seguranças, outro era McGuiness; de qualquer forma a câmera nunca filmava o rosto dos homens, e ele passava esses filmes na festa de Natal anual, Dee e Rhina rindo juntas no sofá como colegiais, enquanto assistiam a seu show de talentos filmado. April tinha ido com Stephanie, que insistira que tinham de ir lá.

Summer e Spring entrando juntas, as duas estações do ano mais quentes, mais auspiciosas, apesar de ser inverno do lado de fora, a neve e a sujeira se acumulando nos cantos dos estacionamentos dos prédios. McGuiness era dono de cinco naquele prédio.

Ninguém podia fumar, mas o lugar parecia enfumaçado. Algo com muito baixo estava tocando. Estava cheio de garotas do clube, algumas com seus namorados parados ao lado, com suéteres de Natais segurando cervejas, pasmos com os peitos falsos, rostos maquiados, dentes brilhantes e cabelos armados. O que estava com Jenna ficava olhando de Rhina para a tela onde ela cavalgava um cara, as mãos dele segurando seu quadril. A maioria dos seguranças estava parada no bar perto da cozinha, grandes e lentos, embora Alex estivesse com sua esposa, uma gorda baixa com um vestido preto que a fazia parecer atarracada e esquecida, e lá estava McGuiness na cozinha, sua careca brilhando sob a luz, os ombros e músculos do peito protuberantes sob a camisa de seda azul. Tinha uma bebida na mão e conversava com um sujeito atarracado de jaqueta de couro.

Stephanie entregou a April um copo de Jägermeister. Uma vozinha dentro dela dizia: *Não beba. Fique alguns minutos e vá embora.* Logo depois, ela estava virando o copo com Stephanie, que jogava seu charme para os seguranças como só ela sabia fazer e mostrava seu copo vazio pedindo outro.

Ao lado da tela, havia uma lareira a gás acesa, e três garotas se revezavam, ajoelhando-se para cheirar carreiras sobre um espelho. Em cima delas, na tela, um homem, talvez McGuiness, estava gozando nos peitos falsos de Dee, e alguém tinha aumentado o volume da música, baixo e bateria, um cara cantando em alemão ou polonês ou russo, e April queria ir embora. Ela iria até McGuiness e seria educada, depois puxaria Stephanie pelo braço e iriam embora.

As pessoas ficavam abrindo a porta de correr para fumar na varanda, entrava uma lufada de ar frio e logo a sala voltava a ficar quente de novo, com cheiro de suor e lã, e uma dúzia de perfumes misturados. Havia uma Jacuzzi do lado de fora, o vapor subindo da água borbulhante.

McGuiness estava olhando para ela. Seu coração começou a bater mais rápido, porque não era nenhum dos olhares comuns dele. Não estava avaliando, estava admirando, seus traços um pouco mais leves, seus olhos não tão mortiços. Ele levantou o queixo e quase sorriu; ela entendeu que estava sendo chamada e foi até lá. Tantas garotas, até Stephanie, tinham se vestido para mostrar as pernas, a bunda e os peitos, mas ela usava um vestido esmeralda sem mangas com decote alto que acentuava só sua cintura e quadris, batendo quase no joelho. O cara com McGuiness passou os olhos por ela um par de vezes e April sorriu para ele, depois para McGuiness.

— Feliz Natal, April. — O rosto dele estava inerte, a careca brilhava. — Onde está sua bebida?

— Terminei.

— Vou pegar algo para você. Spring, este é um dos meus distribuidores, Angelo.

— Você acabou de chamá-la de April.

— Para você, é Spring.

McGuiness não sorriu. Foi até a pia, parou entre duas garotas e agarrou um copo. Angelo, o distribuidor, tinha um olho ruim. Azul vítreo com manchas castanhas quando o outro era apenas castanho. Tinha feito a barba muito rente, tinha uma irritação na garganta, e ela podia ver que ele tingia o bigode, as raízes cinza embaixo do nariz.

Os dois olhos, o bom e o ruim, passearam por seu rosto e peito, seus braços desnudos.

— Você trabalha para o McGuiness?

— Não, trabalho para mim mesma.

— Boa resposta. Você deveria fazer filmes. Ganharia dinheiro pra caralho.

— Cuidado com a boca. — McGuiness entregou-lhe um copo de cristal de *eggnog*, noz-moscada salpicada por cima. — Esta aqui não é como as outras. Vá fumar ou fazer outra coisa, por favor.

O homem saiu sem dizer uma palavra. April imaginou-o na varanda fumando um cigarro, olhando para a Jacuzzi vazia com aquele olho ruim. Acima da música, da conversa e dos risos, ela ouviu Stephanie gargalhar e se virou para olhar, mas só conseguiu ver as costas largas dos seguranças, duas das garotas dançando mal em frente à lareira com chamas baixas. Acima delas e da cornija, uma enorme guirlanda de Natal pendia, com sinos dourados e prateados a balançar.

— Você decorou este lugar sozinho?

— Tenho gente para fazer isso. Prove sua bebida.

Ela provou. O *eggnog* doce e frio com uísque ou *brandy*. Não tomava um fazia muito tempo.

— Não tem medo de que eu fique gorda?

— Mandei você perder peso, e você perdeu. Não preciso me preocupar com você, não é?

— Não.

— Então por que me enche o saco?

— Não estou enchendo. — Ela sorriu, sentiu-se fraca por ter feito isso.

Ele também sorriu. Um sorriso verdadeiro. As linhas em seu rosto ficaram mais superficiais, e os olhos brilharam, como se dissessem que negócios não eram tudo. Outro homem se aproximou dele, esse era magro, com ombros caídos e um cavanhaque. April pediu licença e voltou para o lado de Stephanie. Alex estava contando uma piada, uma longa piada, e April deu um grande gole em sua bebida, evitando olhar para o telão. A música estava muito forte e alta, mas pelo menos ela não tinha de ouvir os sons da trepada. Stephanie e as outras começaram a rir. Ela cutucou April e entregou-lhe uma bebida.

— Já tenho uma.

E April levantou seu copo e brindou com o resto.

Terminou sua bebida e estava pronta para ir. Quando ia se encostar em Stephanie e dizer: "Vamos embora", McGuiness pegou o copo vazio e deixou outro cheio em sua mão. Puxou-a pelo meio da sala cheia. Stephanie estava rindo, a voz sobre a música, os olhos seguindo os de April, seu copo plástico brilhante, sua língua escura por causa do Jägermeister. Por cima de uma guitarra tonitruante, um cantor berrava "White Christmas", e April já se sentia um pouco tonta, a mão segurando a de McGuiness, grande, seca e áspera.

Atravessavam as paredes brancas do corredor. A cada dois passos havia uma fotografia em preto e branco de um carro lustroso. A maioria deles era antiga, pretos e quadrados com rodas raiadas. Ela ouvia uma música diferente, um jazz, e os carros ainda estavam brilhando, mas agora tinham buracos pelos lados e pela frente. Ao redor de cada buraco na janela havia uma rede branca saindo, e seu branco feria a vista de tão branco. Ela ficou aliviada quando entraram num quarto com mesas de bilhar.

Ali havia pessoas que ela não conhecia. O tapete tinha 2 centímetros de altura. Um homem grande de terno estava sentado em uma poltrona de couro na frente de outra lareira. No sofá, ao lado dele, duas mulheres da idade da sua mãe tomavam drinques âmbar em copos iguais ao dela. A luz era fraca, mesmo a lâmpada verde sobre a mesa de bilhar em que dois homens jogavam. Um era negro e bonito como um ator de cinema, o outro era branco, o cabelo louro comprido preso em um rabo de cavalo. Usava uma blusa com gola rulê, e a manga estava enrolada até o cotovelo; a pele toda, até os dedos, era uma tatuagem verde, azul e roxa.

No bar, ela largou a mão de McGuiness. Uma das mulheres se virou para ela. Os brincos dourados tinham 3 ou 4 centímetros; eram anjos, cujas vestes roçavam a sua clavícula. Ela olhou para outro lado, os anjos balançaram, e April deu um gole em seu *eggnog* e viu McGuiness ir para trás do bar. Pegou uma garrafa gelada de vodca de um frigobar e serviu quatro dedos em um copo. A vodca era grossa e parecia xarope, e ele levantou o copo e tocou no de April, que sentiu a vibração, mas não ouviu.

— Pelo que vamos brindar, April?

— Pela paz?

— Estou falando sério.

— Eu também.

— Você tem filho, certo?

— Tenho.

— Um menino?

— É.

— Summer me disse que era uma menina.

Um saxofone chorou no ar, escovas roçando pratos, o coração de April batia forte na garganta.

— É, foi isso que eu disse.

McGuiness parecia assentir com a cabeça sem mexê-la, seus olhos medindo-a novamente, de alto a baixo, depois medindo seu próprio desejo, como se ela fosse carne crua em exibição num açougue.

— Qual é o nome dela?

Queria mentir, mas ele já sabia. Ele já sabia.

— Franny.

— À Franny, então.

— Isso, obrigada.

Ele bateu de novo no copo de April, que engoliu mais um pouco daquele *eggnog* doce e viscoso, sonolenta, querendo parar de beber. Querendo ir para casa. Ele tinha se servido à farta, mas bebericava como se fosse chá quente.

— Quer mais alguma coisa?

A batida das bolas de bilhar atrás dela. Como um tapa. O som na sala era estranho. Parecia fora de forma.

— Está subindo direto para a minha cabeça. — No frigobar, ela vira umas latas de Coca. Uma fileira de latas vermelhas geladas. Latas de Natal. — Você tem Coca?

— Achei que não fosse chegada a isso.

— Cola.

Aquele sorriso de novo, os olhos distraídos, olhando para a frente.

— Vá ficar perto das senhoras ao lado do fogo. Eu levo uma.

Ela não queria ir, mas foi. Ou suas pernas e pés foram. Havia o tapete macio, seus passos silenciosos, o choro do saxofone, as bolas de bilhar colidindo, e o gordo olhando. O beiço inferior era muito mais grosso do que o superior, e ele a fazia lembrar alguma raça de cachorro; suas pernas estavam moles e ela se sentou numa poltrona de couro perto do sofá em que as duas senhoras conversavam. Os anjos se viraram para ela, as orelhas da mulher esticadas pelo peso. A senhora usava um vestido azul com lantejoulas e disse algo para ela, sorrindo, e April respondeu algo, mas não tinha certeza do que dissera. Mas a vibração do que ela tinha dito ainda estava em sua garganta. *Feliz Natal.* Fora isso? Os anjos voltearam, e a mulher estava falando novamente com a amiga, que ficava olhando para April, essa mulher mais bonita, e também mais velha, o nariz pequeno, os lábios vermelhos e contraídos enquanto ela ouvia. Agora a bateria estava alta, o gordo estudava suas unhas. Ele cruzou uma enorme perna sobre seu joelho, os sapatos marrons lustrosos, a sola suja de areia. Roeu uma unha e a mastigou, olhando para o fogo. Coca borbulhante em um copo na frente dela. A mão de McGuiness ao redor do copo. As veias azuis à vista.

Obrigada. Ela sentiu o ar se mover através de suas cordas vocais, sentiu sua língua montar as palavras atrás de seus dentes, mas a bateria retumbava baixinho, depois subiu, então desceu de novo, e McGuiness ficou ali de costas para o fogo como se não tivesse ouvido. O copo estava pesado e frio, e ela bebeu um grande gole. O frio doce do gás, um cubo de gelo tocando em seu lábio. *Vá para casa. Levante dessa poltrona e comece a andar.* Mas ela *era* a poltrona agora. Tinha se transformado na poltrona. Bebeu mais Coca. Tinha comido? Sim, o chop suey à americana da sua mãe. O macarrão com molho de tomate de lata e hambúrguer. A mancha vermelha no queixo de Franny. Sua mãe fumando a um metro dela, olhando para April, o vestido verde que tinha comprado barato no Marshall's. Ela tinha comido, não é?

Bebeu mais Coca. McGuiness e o gordo estavam conversando. Ela ouvia suas vozes. Via seus lábios se movendo. A bateria tinha parado. Era só o piano agora. As teclas retiniam, o bilhar se chocava. O homem de rabo de cavalo olhava fixamente para ela, as mãos ao redor de uma ponta do taco, cuja outra ponta se apoiava no tapete, perto de seu pé. Como se estivesse segurando uma alavanca que, caso puxada, faria o chão se abrir e todos sumiriam por ele. Agora estava sorrindo para ela. Era dentuço. Ela se obrigou a olhar para outro lado. Tudo denso e lento, tão denso. Como se tentasse correr dentro d'água. A mulher mais bonita sorvia vinho de uma taça, ainda ouvindo a outra moça com seus anjos e suas lantejoulas azuis. O braço de April levou a Coca até seus lábios, mas o copo parecia distante mesmo quando estava tocando seus lábios, um pouco do líquido escorrendo gelado pelo seu queixo, enquanto ela engolia uma, duas vezes. McGuiness e o gordo ainda conversando. Como iguais. Não havia medo nos olhos do gordo olhando para McGuiness. Sócios. Sozinhos. Sócios. A Coca não estava funcionando. Seu queixo pingava, e ela tentou levantar a cabeça, mas não conseguiu. Sua boca estava meio aberta agora.

A mulher bonita se levantou, brilhando dourada, parou e pegou o copo no pé de April, cuja mão estava vazia. Quando ela o tinha deixado cair? Os cubos de gelo tinindo dentro do copo. O piano, as bolas de bilhar e agora o gelo. A mulher bonita se levantando. Balançando a cabeça para McGuiness. "Garota bêbada." Orelha de anjos e lantejoulas azuis fazendo careta. Desviando o olhar. *Garotas bêbadas. Garobebadss. Garobesss.* O escuro, onde sua boca se abriu até tocar o queixo no peito, e a baba escorreu grossa para fora. Depois o sono, um sono pesado. Seu rosto subindo e descendo contra um músculo de seda, um coração batendo ali. Uma cama ampla e fria. Luzes brilhantes atrás da escuridão que ela não conseguia abrir os olhos para ver. O taco de bilhar sendo puxado, e o chão desaparecendo, depois a queda, seu corpo sendo colocado para se sentar, alguém abrindo o zíper de seu vestido, uma mão em suas costas, mas ainda caindo, seu vestido sendo passado pelos braços, depois por seus quadris, pernas e pés. Seu sutiã, rasgado. As calcinhas ficaram enroladas nos joelhos. Ainda caindo. Caindo. Agora estava frio. Frio. Uma boca quente nos bicos do peito. Chupando. Mordendo. Doía. Ela gritou, mas no sono não há som, e ninguém ouviu, e algo foi empurrado em sua boca, e ela não conseguia respirar, começou a sufocar, as pernas abertas, os cutucões, depois os rasgos, tudo isso colocando-a sobre uma estaca, da qual foi tirada, depois caiu em cima de novo. Tirada e deixada cair. Tossiu e sufocou, arquejando em busca de ar, seus braços e pernas parados e inertes como se estivessem mortos.

Ficou olhando Lonnie dormir. Ele deu um suspiro profundo e deixou-o escapar pela boca. Sua barriga plana subia e descia. As mãos pareciam acidentes da natureza pousados em seus joelhos, espécie de ovos quebrados com dedos acoplados. Os braços eram compridos, e ela o imaginou segurando Franny em um e usando o outro para derrubar os homens que vinham em sua direção, Franny se segurando apertada ao redor do pescoço, os olhos apertados, os homens caindo um de cada vez aos pés de Lonnie. Mas então todos se levantaram e o atacaram, e April murmurava entre as lágrimas que limpava com dois dedos, sua respiração afogueada, a campainha do telefone penetrando em sua cabeça e coração como uma furadeira.

Como ele está cansado. Como está cansado, sua cabeça doendo tanto do champanhe e do conhaque quanto da luz brilhante pela qual eles voavam. O sol reflete na asa, e ele não consegue tolerar, abaixando a janela. Imad come ao lado dele. Assim como Tariq do outro lado do corredor. Mas ele não tem apetite. Só de pensar em comida, enjoa, e fecha os olhos, encosta a cabeça contra a janela e a vê. As perguntas cândidas que ela fizera sobre ele. Sobre Khalid. Agora ela está longe e é o *qus* da prostituta negra que vê, de uma cor que nunca teria suspeitado. No campo, um iemenita correndo sobre obstáculos tropeçou e apertou o gatilho de sua arma, atirando em quem estava à sua frente, um buraco rasgado na perna, e Bassam pensa nisso, como era parecido, e ainda assim ele queria entrar no da prostituta negra.

Precisa parar com isso. Precisa se limpar desses pensamentos. Mas como o egípcio e seus próprios irmãos podem ter visitado esses lugares e não terem ficado tão tentados a voltar? Como podiam ter visto essas mulheres *kufar* descobertas e não — o quê? O quê, Mansoor Bassam? *Mansoor? Vitorioso?* É uma mentira terem dado esse nome para ele. Como alguém tão fraco e distraído se torna vitorioso? Como ele pôde ter sido escolhido para a maior honra, quando é tão claramente — o quê? O quê, Bassam?

Ele abre os olhos.

Medroso.

Tinha ficado com *medo.*

Nesses últimos dias, vinha ouvindo sua mãe em sua cabeça, seus gritos por Khalid, mas ela tinha o conforto de saber que seu corpo estava lavado, de ver seu corpo colocado na tumba de frente para Meca. Para Bassam, não haverá nada para Ahmed al-Jizani lavar.

Por favor, não faça bobagem. Ela consideraria essa missão sagrada algo estúpido? Em três dias, *Insha'Allah*, todo o mundo irá saber o nome de seu filho. Todo o mundo irá conhecer toda a família al-Jizani, não como comerciantes, engenheiros e construtores, mas como um *shahid*, um *shahid* para o Juiz, o Criador e o Regulador. Um *shahid* escolhido.

Não havia lua, e o céu afegão era escuro, o ar frio. Hassan al-Huda tinha enviado um garoto até a tenda deles, a tenda de Bassam, Imad e Tariq, além de um sujeito calado do Iêmen.

— Eles querem vocês três. Vocês três de Asir. Na tenda grande.

Havia outros dois. Ambos sauditas de Abha. Em seus *kaftans* negros, pareciam jovens e magros demais, mas Bassam os vira lutando, rápidos e destemidos, o mais baixo dos dois com olhos cinza. A tenda estava iluminada com lanternas de lâmpadas halógenas feitas pelos *kufar*, a luz branca brilhando. O ar tinha cheiro de poeira e lona, mirra e lubrificante de armas. Hassan al-Huda, que não permitia que ninguém fraquejasse e que perdera três dedos na Chechênia, cuja perna esquerda tinha sido despedaçada na Bósnia, instruíra-os a se sentarem ao redor da mesa de madeira. Ali, sob a ruidosa luz branca, havia um mapa da terra de al-Adou al-Baeed, o inimigo distante, sua grande massa assentada entre dois oceanos.

— Vocês foram escolhidos para uma grande honra.

E o próprio Abu Abdullah entrou e olhou para o rosto de todos eles, os olhos parecidos com o de um velho imame — sábios, límpidos e destemidos, porque era sua fé que o animava e havia amor para eles, para cada um deles, como se fossem seus filhos.

Um de cada vez, eles juraram guardar segredo, disseram não contar nada nem para seus companheiros mujahedin e fizeram o *bayat, A promessa de Alá e Sua aliança estão sobre mim, para ouvir e obedecer com energia aos superiores que estão fazendo seu trabalho, levantando cedo em tempos de dificuldade e tranquilidade.* Bassam ficou de pé, as mãos fechadas. *Está acontecendo. Está acontecendo.* Não havia mais tempo, mas, na verdade, havia muito tempo, e passava tão lento que ele não conseguia nem respirar, esse momento pelo qual estivera esperando sem saber, trabalhando sem saber, jejuando e se negando de uma forma nunca antes possível no vazio do qual ele havia escapado, e só podia agradecer ao Misericordioso por isso. Abu Abdullah tomou de uma caneta vermelha. Seus dedos eram longos e finos. Começou a circular cidades.

Do lado de fora, o mu'adhin chamou para a oração final, sua voz esganiçada, mas pura, e seu emir fez uma reverência a eles.

— Amanhã, *Insha'Allah*, vocês sairão daqui para o ocidente e terão treinamento especializado. Você deveriam ficar felizes e orgulhosos; o destino os escolheu para ficar nas melhores salas de Jannah.

Os jovens se entreolharam, Tariq a piscar como se estivesse acordando de um sonho. Esses garotos de Asir, quem poderia saber que tipo de sangue tinham nas veias? Mas por que tanta surpresa? Eles eram Qahtanis, das tribos que descendiam de Noé. Por que a surpresa? Outros guerreiros começaram a entrar na tenda para o Isha, descalços, as barbas cheias de pó por realizarem o *tayamoom* com a areia limpa, as abluções secas das mãos e do rosto em que Hassan al-Huda insistia, já que a água no acampamento era escassa.

Do lado de fora da tenda, sob o frescor da noite, Bassam e os outros tiraram as botas e ajoelharam no chão para encherem as mãos de areia.

— Bassam — sussurrou Imad —, Tariq.

Como se quisesse ter certeza que ele ainda era Imad de Khamis Mushayt, há poucos meses apenas um fofoqueiro tonto de Monte Souda. Um piloto amador de carros *kufar* na autoestrada 15. Um homem que poderia nunca ir para Jannah.

Logo eles estavam purificados e, na grande tenda, prostrados em direção a Meca, rezando em voz alta atrás do comandante, e, ao realizar as *raka'ats*, Bassam nunca tinha pronunciado as palavras tão claramente ou com tanto fervor, nunca tinha amado o Sagrado tão profundamente, nunca tinha entendido os ensinamentos do Seu Profeta — que a paz esteja sobre ele — tão completamente, e uma quentura cresceu dentro dele, subindo da sola descalça de seus pés passando pelas pernas, coxas e peito, os olhos transbordando, porque nunca se sentira tão amado antes, não meramente aceito pelo outro, mas exaltado, e aquela linha de sangue que o amarrava a seu pai e sua mãe, suas duas irmãs e 13 irmãos estava mais forte; ele era um *al-Jizani*, mas, além de ser um al-Jizani para sempre, seria mais que sua própria família, clã e tribo — era, isto sim, um filho do Criador que fizera cada um deles, o Criador que agora chamava Bassam para lutar e morrer por Ele, lutar e morrer por todos eles.

Bassam abre a janelinha. O brilho das nuvens fere seus olhos, mas ele não desvia. Esses *kufar* fizeram isso com ele. O jeito de viver *haram*, essas mulheres tão felizes em se mostrar, esse álcool banido em seu reino que o deixou enjoado, quando deveria estar forte.

— Senhor? Gostaria de um pouco de café?

Ela pega a bandeja de Imad, mas está falando com Bassam. É mais velha do que as outras. As marcas em seu rosto cobertas com cosméticos, o cabelo seco, louro quando não é realmente louro. Como seria fácil matá-la, cortá-la como uma cabra.

— Não, Coca por favor. Duas Cocas.

Os olhos de Imad estão fechados, as mãos grandes dobradas uma sobre a outra em cima da mesa, e Bassam olha além dele e vê a mulher se abaixar para pegar as latas, vê quando ela puxa uma e a abre, os botões abertos, por isso consegue ver muito mais do que deveria a divisão entre seus *nuhood* envelhecidos e pode sentir o rosto dela em sua mão, sua cabeça contra a dele enquanto passa a espada por sua garganta.

Ela entrega o copo e as duas latas vermelhas, frias e escorregadias. Seus dedos tremem, o coração bate com mais força. Ela está sorrindo para ele, que responde, mas é como se tivessem apertado um botão dentro dele, e, quando a mulher olha para outro lado, o sorriso desaparece de imediato.

Do outro lado do corredor, Tariq está sentado sozinho. Essa manhã ele raspou o bigode rápido demais, e há um pequeno corte embaixo do nariz. Olha pela janela. Acima do branco das nuvens, o céu está tão azul que, vendo-o, Bassam se lembra de quando era garoto: sua mãe e suas irmãs pintando a casa da família em Abha. Ele tinha 9 ou 10 anos e mal podia esperar pelo fim do Ramadã, por causa do Festival do Fim de Jejum e toda a boa comida: *kabsa, marquq* e *minnazzalah*, os pastéis doces de *qatayif*, e o seu preferido, *asabi' al-sit*, pastéis de canela e amêndoas empapados em calda de açúcar, todas as coisas por que tinha de esperar até o festival começar, por isso se agachava no pó brincando com pedras enquanto as mulheres repintavam os desenhos nas paredes da casa deles construída na colina, o azul parecido com o céu atrás de Tariq — fervido da planta índigo, o verde da alfafa, o negro do alcatrão vegetal. Mas era comum agora as mulheres de Abha usarem tinta de lata, tinta preparada pelos *kufar*, Shaytan rindo delas enquanto se preparam para o fim do Ramadã cobrindo suas casas com as cores dos descrentes.

Na frente de Tariq um homem e uma mulher riem. É o início da tarde, e eles bebem. A mulher risonha mastiga aipo, suas pernas gordas e enrugadas, bronzeadas e completamente expostas a ele. É como Gloria, a corretora rechonchuda, essa moça simpática. Como era fácil para Amir ignorá-la, odiá-la. E Bassam tinha tentado, mas era como querer gostar do egípcio; ele era audacioso, arrogante e nervoso, monitorando-os como se não fossem os escolhidos; geralmente transmitia ordens de Ali al-Fahd a eles para Bassam fazer isso ou aquilo. O egípcio era o comandante, sim, mas seu lugar em Jannah não seria mais alto do que o deles. Ele não seria mais amado pelo Protetor do que eles. *Obediência absoluta, vigilância eterna, paciência infinita.* Quantas vezes Amir não usara essas palavras ao falar com eles? Bassam tinha ficado ofendido quando o outro as pronunciara, porque tinha certeza de que não precisava ouvi-las. Em quantos chãos e colchões já tinha dormido desde que saíra de casa? Quantos quilômetros tinha pilotado em aeródromos? A quantos bancos e lojas de comida e lavanderias e cabines telefônicas e lojas de celulares tinha ido? Quantas bibliotecas tinha visitado para fazer o download de informações de voos, especificações de aviões, sistemas de GPS?

Mas sua obediência não tinha sido absoluta, tinha? Quando o egípcio voara para Las Vegas, ele, Imad e Tariq pegaram dinheiro da operação e alugaram motos para andar pela areia dura da praia. Faziam isso sempre que o outro viajava. Muitas vezes. Por que não? Malhavam muito na academia. A treinadora Kelly dizia que seus músculos só cresciam quando eles descansavam, então por que não descansar no banco de uma moto veloz? Com o vento em seus rostos? Com o sol, o céu e o mar? E, claro, todos os corpos expostos das jovens, que Bassam e Tariq olhavam sem cessar enquanto dirigiam pela praia, embora Imad não fizesse o mesmo. Cada vez olhava menos para mulheres *kufar*. Em sua presença, Bassam começou a se sentir como quando estava com o egípcio, não tão puro, nem forte e, claro, como se não fosse um escolhido.

Mas como poderia não olhar para elas? Nunca tinha visto tantas mulheres descobertas, a pele lustrosa dos óleos. E nada acontece por acaso. Tudo é parte do plano do Sustentador e Juiz. Elas foram colocadas nessas praias, sob sol forte, por uma razão; talvez fosse para dar a ele e seus irmãos um gostinho do que esperava por eles.

Mas para essa mulher do outro lado do corredor, Bassam não consegue mais olhar para sua perna gorda queimada de sol, sua carne caída — ela nem sabe como está pecando tão profundamente contra o Criador. Nenhuma delas sabe. É o que mais o perturba. No voo vindo de Dubai, ele esperava ver *kufar* como os oficiais norte-americanos no *souq*, guerreiros altos, sem respeito, rindo deles enquanto levavam suas vidas sabendo muito bem o que faziam. Mas não essas pessoas estúpidas que vivem para satisfazer Shaytan e nem sabem disso. São como cães, só que piores, porque trabalham muito para que você também adormeça, para deixá-lo bêbado, pegar seu dinheiro, suas roupas, sua dignidade e sua fé.

A própria forma como vivem quer que você se afaste do Regulador.

Eterna vigilância: o egípcio tinha estado certo o tempo todo ao não se juntar com nenhum deles — nem com um sorriso, nem com um aperto de mão, nunca um olá, nem um tchau educado. Tinha acertado ao assustá-los com o olhar. Tinha se protegido e protegido a missão, e agora é o que Bassam deve fazer também, é isso — separar-se daqueles que o separariam de sua fé.

A mulher ri mais uma vez, e ele sente uma raiva crescendo, queimando dentro dele: como está perto de perder seu lugar em Jannah, e seria culpa delas — de Kelly e de Gloria, de Cliff e de April, da prostituta negra, e de toda garçonete com quem fora educado, toda bibliotecária, toda atendente de posto, e só reza para que seu julgamento não tenha comprometido o que ele, *Insh'Allah*, fará. Só espera que não tenha esquecido nada no Neon.

Coloca as mãos no bolso, mas não tem nenhum papel. Esqueceu o recibo da remessa a Dubai? E por que deixou a sacola de viagem no lixo? Deveria ter colocado o conteúdo em outra bolsa dentro do contêiner. Mas agora uma empregada *kafir* pode querer a bolsa, uma Nike preta novinha, e vai esvaziar o conteúdo. E o que vai encontrar? Tudo. Os mapas aeronáuticos e manuais de voo, o transferidor do egípcio e o dicionário de alemão, os livros da escola de aviação e o livro de Imad sobre judô, as folhas impressas das empresas aéreas. O que ela vai pensar então, Bassam al-Jizani?

Era uma médica. Seu cabelo grisalho e comprido tinha mechas negras, e ela o mantinha todo preso atrás da orelha; não usava batom nem delineador, mas, quando segurou seu pulso quebrado com a mão, AJ sentiu-se cuidado de novo, primeiro pelo velho policial, e agora por essa médica. Assim, sentiu-se mal ao contar que o carregador tinha caído em cima dele. Ela apenas assentiu e ouviu. Era difícil não olhar para a pele branca de sua garganta.

— Quando isso aconteceu?

— Há uma hora, ou uma hora e meia.

Ela se fixou nos olhos dele por trás dos óculos; eram olhos de um azulacinzentado, não frios, mas neutros, como se ela não estivesse julgando, mas precisasse da verdade e soubesse que não era isso que iria obter dele.

AJ desviou o olhar. Havia um quadro colorido do corpo humano, tendões vermelhos entrelaçados de osso em osso. Ela colocou a mão dele de volta em cima da perna.

— Está fraturada. Uma enfermeira vai levá-lo à sala de raios X, e então a gente vai conversar, certo?

Sorriu para ele, mas foi aquele oficial que o levou, a mão apertando o ombro bom de AJ enquanto caminhavam pelo corredor.

— Pode ficar tranquilo, policial. Não vou a lugar nenhum.

— Tenho certeza disso.

O policial não falou mais nada. AJ podia sentir o desodorante e o cheiro de limpeza do uniforme, a reprovação de que era alvo; esse homem muito mais jovem do que ele o tratava como se ele tivesse feito algo nojento, mas logo descobririam que a garota estava bem e que ele cuidara bem dela, do jeito como havia contado.

Mas agora estava no banco de trás de uma patrulha, uma algema aberta em torno do gesso, a outra bem presa no pulso bom. Do lado de fora estava claro demais, o sol refletindo nos capôs dos carros e no concreto, uma folha de palmeira caída como se ele a tivesse decepcionado de alguma forma. Não deveria ficar surpreso por estarem levando-o para a delegacia, mas estava.

Não se pode levar embora a criança de outra pessoa, sabia disso, e talvez devesse ter pensado mais nisso do que naquilo que ficou se repetindo em sua cabeça, as palavras do velho policial: *Alan, estivemos em sua casa. Falamos com sua esposa.*

Cara, ela poderia dizer que ele estava chorando, poderia dizer que estava bêbado e dirigindo, poderia até dizer que o odiava e que nunca mais queria vê-lo — só não poderia falar nada da mão dele, Deena. Por favor, querida, diga que não falou que eu já estava machucado quando me viu na noite anterior.

Jean estava deitada no sofá com uma almofada sobre os olhos. Tentando acalmar seu coração errático, tentando respirar, tentando aceitar completamente o que devia ser aceito, o medo retornando, inchando dentro dela como se fosse engoli-la, e as palavras de April ainda bailavam em sua cabeça como um pedaço de arame farpado.

Então ouviu a voz dela pedindo a Lonnie que corresse, por favor. Ouviu o bater da porta no andar de cima, os pés de April percorrendo a escada de fora, depois os de Lonnie, mais pesados, e Jean se levantou do sofá, chegando à porta tão rápido que se sentiu tonta e agarrou o braço dele.

— Encontraram. Ela está bem.

E então saiu correndo.

Ela pode ter chorado. Lembra de se ajoelhar no chão do quarto de Franny, a testa apertada contra o travesseiro, os olhos fechados. Agora seu corpo estava leve e solto, mas não era fácil respirar, e sua boca estava seca e salgada. Disse que precisava descansar, tentar dormir um pouco, mas, quando deitou, a cama parecia estar eletrificada.

Franny, ah, Franny.

Ela fez uma torrada com manteiga. Bebeu mais café, embora isso só tenha aumentado a sensação de que seu corpo estava se afastando dela, era algo velho e cansado que tinha necessidades próprias, quisesse ela ou não. E precisava descansar. Mas não antes de Franny chegar em casa, não antes de

Jean abraçá-la e beijá-la, começar a fazer o que pudesse por ela. Mas quanto tempo isso demoraria? Eles já tinham saído havia duas horas.

Ligou a TV. Havia uma foto do homem, de uma prisão anterior por bater em sua mulher. Tinha cara de moleque, mas não era bonito; parecia burro e nervoso, algo fervendo embaixo da superfície, e Jean tinha certeza de que o mataria se pudesse. Mas *ela não está morta, ela não está morta, ela não está morta*. Essa frase se repetia o tempo todo, era mais constante que o bater do seu coração. Estava em sua cabeça quando ela saiu para sentir o calor das três-marias, da mangueira e das raízes no solo; foi então que caminhou até a sombra da escada e abriu a torneira até a mangueira se encher de água sobre o café seco que April tinha derrubado; foi então que apertou o gatilho da mangueira e molhou a ixora e a alamanda, as três-marias, a palmeira e o jacarandá; e estava lá dentro dela, um espelho de sua própria vontade de viver apenas dois dias depois da sufocante consciência de que ela, Jean Hanson, ia morrer aqui neste jardim que Harold nunca conseguira ver.

Estava sorrindo. Virou a mangueira para seu rosto, a boca aberta para a neblina quente que tinha gosto de borracha e lata. Engoliu e engoliu, a água borbulhando e escorrendo por sua testa, seu rosto e queixo.

Foi o sargento Toomey, que estava ao sol, ao lado da porta da sala de emergência. Um par de lentes verde de aviador estava sobre seus olhos, e, assim que Lonnie parou o Tacoma, o velho policial abriu um sorriso; ela abriu a porta e correu até ele, dando um abraço forte, apertando o rosto molhado contra seu peito, as mãos grandes dele batendo nas costas dela.

— Nós a encontramos, querida. Sim, encontramos.

Ele a levou até uma saleta amarela e a deixou sozinha. O ar-condicionado gelava o ambiente e April não conseguiu sentar na mesa nem nas cadeiras contra a parede. Cruzou os braços, sentindo arrepios. A única janela dava para a área de espera onde Lonnie conversava, sentado, com o sargento Toomey.

Os últimos minutos pareciam quase uma alucinação. Ele realmente tinha dito que ela não poderia ver sua filha imediatamente? Olhara para ela e dissera *isso?* "Ainda não"?

E agora Lonnie do outro lado do vidro, balançando a cabeça e encolhendo os ombros para tudo que Toomey perguntava. Esse novo amigo que não sabia nada sobre ela, e era isso que estava vendo, não era? Estavam falando sobre *ela.*

Franny adormecida no banco do carro, xarope roxo em seu queixo e nos cantos da boca, o café quente derramado sobre a coxa de April como uma bronca de Deus que ela devia ter ouvido, o estrangeiro bêbado e seu dinheiro, novamente as imagens causticantes — as perninhas de sua filha, sua barriga macia, os olhos congelados de Franny ao engasgar, essas coisas vistas por outra pessoa, de uma forma diferente, doentia, e eles a encontraram dentro de um *carro* numa *garagem*, e sua mãe não vai ficar nessa sala sem ela nem mais um segundo!

A porta se abriu bem quando April caminhava em sua direção. O sargento Toomey a estava abrindo para uma mulher baixa com um suéter de cardigã que olhou para April e puxou uma cadeira, colocando um caderno sobre a mesa. Ela levantou o olhar para April, a porta se fechando atrás dela.

— Você é April Connors?

— Sou.

— Meu nome é Marina — disse, estendendo a mão.

April a ignorou.

— Você é médica? Onde está minha filha? Quero vê-la imediatamente.

— Por favor, sente-se, Srta. Connors.

— Não quero me sentar. Quero ver minha filha.

Sua voz falhou. Ela respirou fundo. Preso à blusa da mulher, havia um crachá, uma foto, algo escrito.

— Sou investigadora do serviço de proteção à infância, Srta. Connors. Por favor, sente-se.

Infância. Proteção.

April levantou da cadeira. Sua cabeça pulsava. A boca estava seca e grudenta. Havia um cachorro morto encolhido na beira da Washington Boulevard, o pelo fosco, o peito afundado.

— Ela está bem? Só me diga... — Tentou engolir, olhou para os joelhos da mulher. — Ela está bem?

— Aparentemente, sim.

April cobriu o rosto com as mãos, e seu choro tomou conta da sala, como se o próprio ar estivesse esperando por isso, Franny envolvida num lençol em seus braços, o rosto corado, os olhos fechados, aquela fina camada de cabelos na cabeça. E era como se uma corda tivesse sido tirada do pescoço de April.

— Tome.

April abaixou as mãos. Enxugou os olhos e pegou o lenço da caixa que a mulher esticava para ela.

— Obrigada.

— De nada.

A mulher notou a camiseta de April, as pernas de fora, os chinelos. Olhou para seu caderno fechado, depois olhou de novo para cima.

— Foi tudo muito difícil, eu sei. Mas você deve saber que, em situações assim, quando uma criança é deixada desacompanhada e acaba correndo algum perigo...

— Ela não foi deixada *desacompanhada*. Eu paguei a alguém para tomar conta dela! Ela não estava desacompanhada.

A mulher levantou a mão.

— Por favor, deixe-me terminar. — Tinha cabelos grisalhos nas têmporas, embora sua pele fosse macia, os olhos calorosos, mas distantes. Como uma enfermeira. — É óbvio que você ama muito sua filha.

— Claro que amo.

— Mas temos uma série de regras a cumprir, que temos de cumprir, sempre que uma criança é colocada, consciente ou inconscientemente, numa situação potencialmente perigosa.

— Mas ela...

— Por favor, Srta. Connors, deixe-me terminar. — Ela respirou fundo, levantou os ombros. — O exame médico indica que sua filha não foi abusada sexualmente.

A mulher se tornou um borrão. April abaixou e balançou a cabeça, a inspiração trêmula enchendo os pulmões como um presente, tudo era relaxante.

A mulher deu um tapinha na mão dela.

— Sua filha terá de passar por mais exames, feitos por mim, para ter certeza disso. Mas os indicadores físicos parecem bons. Gostaria de um copo d'água?

April assentiu. Enxugou os olhos, limpou o nariz. A mulher estava no canto da sala, enchendo um copo plástico em um filtro. April olhou pela janela. Lonnie olhava para ela. Duas senhoras perto dele conversavam sentadas.

A mulher entregou-lhe o copo. A água estava fria, e April bebeu tudo.

— Só preciso vê-la. Por favor, ela precisa de mim.

— Precisa, claro. Mas... — A mulher pegou sua caneta. — Como foi colocada em uma situação na qual seu sequestro ocorreu, infelizmente sou obrigada por lei a investigar sua vida familiar antes de podermos devolvê-la.

— O quê?

— Há algum parente com quem ela possa ficar?

April sentiu um choque no peito, uma náusea se espalhando pelas entranhas.

— Como assim? Por quanto *tempo?*

— Pode demorar alguns dias, talvez mais. Temos dez dias para completar a investigação.

— Dez *dias.*

— Isso. Tem alguém para quem eu possa ligar?

April olhou bem para ela. Não tinha certeza do que acabara de falar ou queria dizer. Ela tinha falado aquilo mesmo? Franny nunca passara uma noite longe dela. *Nem uma que fosse.*

— Srta. Connors? April?

— O quê?

— Onde está o pai? Ele vive com vocês?

— Não.

— Posso contatá-lo?

— Não, ele mora no norte. É um ninguém. É um nada.

Marina DeFelipo, esse era seu nome, April lia no crachá dela, a investigadora de proteção à infância, abriu seu caderno e anotou.

— Avós? Tios?

Sua mãe fumando na mesa da cozinha, esperando Franny comer logo.

— Não tenho família aqui, mas minha senhoria cuida da minha filha. Ela tem seu próprio quarto ali e tudo o mais. Jean cuida dela o tempo todo. Só levei Franny para o trabalho na noite passada porque Jean estava no hospital; ela pode ficar com Jean, não é?

— É possível. Qual é o endereço e o telefone dela?

— É o mesmo que o meu.

— O que é o mesmo?

— O endereço dela. Moramos no andar de cima da casa.

Marina DeFelipo se encostou na cadeira. Balançou a cabeça.

— Desculpe, não pode ser a mesma residência que estamos investigando.

— Por que *não?*

— Isso seria contraproducente, não é mesmo?

April não disse nada. Sentia a batida do seu coração. O vazio dentro dela. O ar frio da sala. Mas era tudo tão irreal. Essa conversa não poderia ser real.

— Você tem algum amigo para o qual eu possa ligar?

Stephanie em seu novo apartamento em New Hampshire, os peitos falsos, as unhas pintadas e o sorriso sincero, Lonnie ali fora, sozinho agora, folheando uma revista, a camiseta do Puma Club sob luz fluorescente.

— April?

Ela fez que não.

A mulher escreveu algo no caderno e fechou-o rapidamente.

— Sua filha terá de ser colocada num abrigo temporário.

O ar da sala parecia ser afiado, parecia dar choques.

— Um lar *adotivo*?

— Ela vai ficar em segurança.

— Ela já está segura! Não acredito nessa merda, paguei a alguém para cuidar dela, que não cuidou, e a *culpa* é minha. Quero ver minha filha. Quero vê-la *agora*!

A porta se abriu, lá estava o sargento Toomey, uma mão na maçaneta.

— Está tudo bem?

— Está — disse a mulher.

April respirava forte. Não se lembrava de ter se levantado. Os joelhos pareciam líquidos, e ela estava entre os dois, essa investigadora de famílias e esse policial que também não tinha dormido a noite passada, que encontrara sua filha e a devolvera sã e salva. Na presença dele, sentia-se ingrata e muito cansada, um cansaço profundo que a fez falar:

— Eu só quero vê-la. Por favor, ela precisa saber que estou aqui. Por favor. Ela precisa *saber* disso.

les têm dois quartos conectados. Duas camas em cada, uma mesa de televisão, um banheiro limpo com piso dourado lustroso, um tipo de pedra não encontrada na sua terra. O tapete é novo e não será um insulto rezar nele, a janela tem vista para o jardim, pequenas mesas embaixo das árvores. Imad pegou um quarto só para si, embora o egípcio talvez fique com eles por uma noite, Bassam não tem certeza. Do frigobar, ele pega uma água Perrier, abre e bebe metade, depois deita na cama. O quarto está frio, confortável. Ele está cansado da viagem e da noite sem dormir. Tariq está de pé em frente à mesa de televisão, o controle remoto na mão. Aperta os botõcs até aparecer uma imagem. Aperta outros; então surge o som. Um homem balança um bastão comprido e manda a bola, pelos ares, aterrissar muito longe, na grama perto do buraco, uma bandeira saindo dele, centenas de *kufar* assistindo silenciosamente atrás de cordas dos dois lados do campo. As vozes baixas dos comentaristas. Como se fosse um lugar sagrado, como se essas pessoas estivessem fazendo algo importante.

Ele volta a ser um garoto, parado atrás de uma corda em Riad. Tem seis ou sete anos, e está aqui com seu irmão casado, Adil, e o tio Rashad. Bassam não lembra mais por que está em Riad, tão longe de Khamis Mushayt, mas está parado no meio de uma multidão, o irmão atrás dele, as mãos em seu ombro. Há uma plataforma de madeira. Dois homens em cima dela, um parado, outro de joelhos. É depois da oração do meio-dia, o sol está alto e reflete forte na lâmina da espada que o homem de *kaftan* negro segura. A seus pés, o homem ajoelhado chora embaixo de um capuz, as mãos amarradas às costas;

ele chora e recita o Al-Fatihah. Isso parece confundir o outro homem, porque para e levanta alto a espada, esperando que o homem chorando termine.

Nenhum desses que atraíram Sua ira.

Nem desses que se extraviaram.

A espada tombando na luz do sol, o som da ruptura, o baque da cabeça cortada rolando pela plataforma, o sangue vermelho jorrando da base. Na multidão, ouviu-se o grito de uma mulher, orações murmuradas por homens. E Bassam conseguia ver a cabeça encapuzada, mas não o corpo embaixo dela, isso não.

Mais tarde, na casa de chá, seu irmão e tio discutiam sobre a decisão do carrasco de esperar. O tio Rashad dizia que era correto e justo que ele esperasse, mas Adil dizia não, não, Respeitável Tio, e citava a surata Al-Tawbah:

— "Eles renegaram Deus e o seu Mensageiro e morreram na depravação... Porque Deus somente quer, com isso, atormentá-los, neste mundo, e fazer com que suas almas pereçam na incredulidade." Ele deveria ter matado o homem em puro estado de incredulidade, Tio. Que prove o gosto de Jahannam.

— Mas Alá é misericordioso, Adil. O homem deve ter a chance de se arrepender.

— Não existe arrependimento.

— Eu discordo, meu sobrinho. Eu discordo. Isso também é da Al-Tawbah: "...e se compenetraram de que não tinham mais amparo se não em Deus. E Ele os absolveu, a fim de que se arrependessem, porque Deus é o Remissório, o Misericordiosíssimo."

— Sim, Respeitável Tio, para crentes. Não para esse assassino adúltero que vimos hoje.

O Tio Rashad alisou a barba. Olhou para Bassam sentado na mesa ao lado de Adil, Bassam que adorava asabi' al-sit, mas não conseguia comê-lo. Cada vez que olhava para a comida, via a cabeça rolando pela plataforma, o sangue jorrando. E, ao mesmo tempo, ele tanto queria ter visto o rosto do homem, e estava feliz de não tê-lo feito. O Tio Rashad sorriu para ele, tomou um gole do chá e olhou pela janela.

Alguém bateu na porta.

— Tariq? Bassam?

Tariq abre a porta para Imad. Na televisão agora aparece o mapa do país, um *kafir* sorrindo em seu terno, explicando o tempo.

Imad para ao lado de Tariq. Novamente, sem barba e com o rosto liso, parece muito mais jovem, o garoto que Bassam conhecera na escola. O grandote respeitado só porque era grande.

— Que número é esse? Não consegui encontrar na minha TV.

— Veja — disse Tariq. O *kafir* sorridente de terno aponta para quadrados, cada um com o nome de um dia da semana, cada uma com uma imagem do sol brilhando.

Terça-feira é o mais brilhante, e Bassam ora: *Todas as honras para Alá, por graça de quem todas as boas obras são realizadas.* O *kafir* de terno sorri para eles nesse último quarto de hotel.

— Linda — ele diz. — A semana será linda.

A unidade médica era uma cela com seis beliches de aço, alinhados dois a dois, um de frente para o outro, ao longo das paredes de concreto. O chão era de concreto também, uma laje pintada de cinza apesar de as paredes serem cor de creme, e a luz fluorescente brilhava a uns 5 metros de altura. Quando eles o jogaram ali, um velho bêbado estava na privada, grunhindo e fazendo barulhos, e toda a cela fedia. Havia outros quatro homens na unidade, dois deles sentados na ponta de um beliche jogando damas. Um era magro e negro com bigode grisalho, o outro era careca e branco, o braço direito em uma tipoia, a barrigona esticando o macacão laranja da prisão; havia um asiático de cabelo negro estirado em seu colchão, lendo um livro, o cabelo comprido e liso em cima do travesseiro, e levantou os olhos quando um dos policiais entregou a AJ uma cesta contendo um copo plástico, um sabonete, uma escova de dente e um tubo de pasta chocalhando no fundo. Antes de fechar a porta de ferro, um dos policiais contou a AJ que sua primeira visita ao juiz seria às 9h da manhã do dia seguinte.

Sentou-se no beliche, os olhos doloridos de cansaço, mas o quinto homem na unidade estava olhando direto para ele. Tinha o cabelo claro e uma pele branca, cheia de sardas. O bigode era marrom e claro, mas os olhos eram de um azul tristonho e elétrico. Ele se levantou e mancou até onde estava AJ, abaixando-se como se os dois se conhecessem.

— Cê me viu na TV?

— Como é?

— Fui um dos que estavam no Benz, cara. Não viu? Na porra de Longboat Key? Cara, você devia ter visto. Passou no canal 5. Ficavam me filmando do helicóptero de cima o tempo todo, e sabe aquelas barreiras de pregos que jogam na estrada na sua frente?... bem, não dei a mínima, pisei fundo em cima daquela merda soltando faísca como Robbie Kneivel, cara, dirigi aquele Mercedes só nas calotas. Vi aquela quadra de tênis, varei a cerca e corri para o mar porque não tô nem aí, prefiro nadar com tubarão e água-viva do que me entregar para a polícia, porque eu puxo carro todo dia, e essa é só a quarta vez que me pegaram, e não teriam pegado se eu não tivesse quebrado o tornozelo. Mas, cara, você...

— Já terminou? — AJ se sentou. — Porque estou machucado e gostaria de descansar um pouco, então dá para, por favor, calar a boca, porra?

— Ouviu isso, O'Brien? — Era o careca com a tipoia. — O cara mandou calar a boca.

O rapaz se virou e semicerrou os olhos, como se os dois homens estivessem emitindo uma luz brilhante. Como o ignoraram completamente, voltou-se para AJ, os lábios abertos antes de fechá-los, o rosto como se estivesse querendo decidir algo.

— Tudo bem, mas só porque você pediu por favor. Eu pensei que talvez você tivesse visto, porque não tem TV nessa porra de lugar.

Ele mancou de volta para seu beliche, e AJ se deitou. Sentiu-se meio mal por ter mandado o rapaz calar a boca, mas não o suficiente para pedir desculpas. No hospital lhe deram analgésicos, que tinham funcionado bem, mas agora o efeito estava passando e a parte inferior do braço parecia enrolada em lâminas que serravam o osso.

Depois da revista, ele entregara sua carteira, as chaves da picape, a aliança e assinara um termo. Um oficial fizera várias perguntas relativas à sua saúde, e talvez ele devesse ter usado a ligação à qual tinha direito para falar com Deena em vez de sua mãe. Mas e se as ligações fossem gravadas? O que ele poderia dizer para ela? E não queria que sua mãe se preocupasse, e agora estava feliz por ter ligado para ela; sua voz tinha soado fraca no telefone, velha e fraca. Ela ficava repetindo:

— O que você fez, Alan? Não entendo, querido. O que você *fez*, exatamente?

Ele contou a verdade, que fora um mal-entendido, que ele tinha cuidado de uma criança negligenciada, só isso. Logo eles lhe agradeceriam pelo que tinha feito. Depois, para o caso de a chamada estar sendo gravada, contou sobre como o carregador tinha se soltado e caído sobre ele aquela manhã.

— Quebrou meu pulso, mãe. Quando vier visitar, diga que estou na unidade médica, certo?

A mãe tinha mais perguntas: Estava muito machucado? Quanto tempo ficaria aí? Devia conseguir um advogado para ele? Mas seu tempo tinha acabado, e eles o levaram para o andar de cima, onde lhe tiraram as digitais e fotografaram de novo; depois precisou tirar a roupa e tomar um banho gelado, deixando o gesso de fora da ducha, enquanto, com a outra mão, se lavava com um sabonete antipiolhos que cheirava a plástico derretido e água sanitária. O tempo todo, um policial ficou ali, os braços cruzados, observando AJ se secar com uma toalha fina, depois vestir com dificuldade o macacão da prisão.

Mas a ducha o fez reviver, e, quando os dois policiais o levaram por um elevador até o terceiro andar, ele começou a sentir esperanças de que Deena não tivesse dito nada sobre sua mão. Por que o faria? Eles só estavam procurando a criança. E tinham achado, não é mesmo? Deviam ter achado, certo?

Um suor frio começou a escorrer de sua testa. Ele fechou os olhos e tentou ignorar seu braço. Lá estavam os seios nus de Marianne na luz alaranjada da sala VIP, sua mão na dele. Ele dizia a ela aonde a levaria, até a melhor mesa externa do Mario's-on-the-Gulf, e seu rosto mudou, e ela ficou fria e distante; via também Deena e sua sacola de gelo, seu rosto grande chorando; Cole dormindo no brilho do abajur, e a menininha chorando na cozinha do Puma; ele a segurando e cantando na praia escura, deitando-a adormecida num carro novo. E agora o medo crescendo dentro dele, ao pensar que poderia ficar ali por algum tempo, que iria conhecer esses homens melhor do que gostaria e depois voltaria para os peitos de Marianne, sua pequena mão entre as dele, que, por alguma razão, não conseguia largar, que por alguma maldita razão só precisava *apertar*.

SÁBADO

Mike, o estrangeiro, sentado em sua cozinha, queimava dinheiro. Entre seus lábios brilhava um cigarro, e ele fechava os olhos por causa da própria fumaça, enquanto continuava pegando as notas na mochila de Franny, colocando uma a uma nas chamas. As notas de cem dólares se incendiavam antes de se transformarem em cinzas negras no chão, e Retro estava ali, de joelhos, remexendo nas cinzas e tentando enfiá-las em sua cinta-liga, as coxas morenas ficando cinza. *Filho da puta, filho da puta,* dizia. Franny estava enrolada no chão da sala assistindo a um filme. Começou a chupar o dedão. O ar estava pesado com a fumaça, e Mike, o estrangeiro, e Retro tinham sumido, e a cozinha estava pegando fogo, as chamas tocavam o teto, e April gritou para Franny sair. *Sai daqui!*

April estava enrolada no sofá, embaixo de um lençol. A TV, ligada e no mudo, um desenho de robôs atacando um ao outro. Na luz cinza, do que deve ser o início da manhã, o controle remoto está sobre uma caixinha de arroz frito, a mesinha coberta delas, porque Lonnie tinha comprado muitas.

O apartamento estava muito quieto. Vazio. Ela evocou uma imagem. *Franny está dormindo agora. Dormindo num quarto cheio de animais de pelúcia e luz natural. E, quando acordar, uma mulher gentil vai falar tranquilamente com ela e contar doces mentiras, que sua mãe quer que ela fique onde está. Vai fazer um café completo e tratá-la bem.*

Ontem ela teria matado qualquer outro ser humano só para ver Franny por cinco minutos, só para que Franny a visse. Mas eles não deixaram, e o sargento Toomey e Lonnie colocaram-na à força no carro. A apresentadora do jornal, bonita, com traços pequenos, bloqueando o caminho de April até o jardim, enfiando o microfone em seu rosto. *É verdade que você levou sua filha de 3 anos até o Puma Club for Men?* As câmeras apontavam para ela, e Lonnie bloqueou o avanço delas enquanto April corria para o jardim de Jean. *É verdade que sua filha foi levada para um lar adotivo?*

Ela prendeu a respiração e ficou à escuta. Havia o ruído mecânico do ar-condicionado em algum lugar das paredes ou do teto. Nenhum outro barulho externo. Eles tinham ido embora para cobrir a próxima história de pessoas ruins fazendo coisas ruins.

Alan James Carey. Será que ela tinha sonhado com o rosto dele? Não, tinha visto. Na TV, no jornal noturno a que não devia ter assistido. Ela e Lonnie no portão do jardim sob o sol, o delineador escorrendo pelo rosto, um rosto frio e duro como o de sua mãe. Então aparecera o rosto *dele*, Alan James Carey, uma foto de quando ele tinha sido preso, a testa baixa e os olhos fundos, as orelhas salientes. Parecia ressentido. Raivoso. Um dos clientes da Marianne, e, oh, Deus, ela já dançara para ele. Dançara para ele antes, na VIP. Aquele ressentimento olhando para sua vulva, sua barriga, seus peitos. E a apresentadora dissera que ele "sustenta" ter levado Franny para protegê-la dos homens no clube. Para *protegê-la*.

April desligou o desenho animado e empurrou o lençol. No banheiro, fez xixi, escovou os dentes e tentou não pensar em nada, a não ser em segunda de manhã, quando viriam os investigadores. Lavou as mãos e o rosto com sabão e água quente. Seu rabo de cavalo tinha se soltado, e ela o recompôs, foi até o seu quarto, por onde começaria. Eram apenas sete da manhã. Mais tarde pediria carona a Jean para ir buscar o carro. Mas as coisas terríveis que lhe dissera. Nem queria ter dito aquilo. Precisava pedir desculpas, agora, logo depois de fazer café.

A jarra estava pela metade, a sobra da noite passada. Ela serviu um pouco numa xícara com marcas de café velho. De Lonnie, talvez. Ele tinha sido tão bom com ela, tão bom; até um pouco sufocante. Lavou a xícara e colocou no micro-ondas, apertando o botão, a foto dela e de Franny na geladeira. Tirou a foto do ímã. A primeira semana deles ali. Morando num motel. Daquela máquina de fotos automática na farmácia em Bradenton. As duas estavam rindo e pareciam felizes; havia muitos lugares para alugar, e ela sabia que estava perto de encontrar um bom. Tinha dinheiro suficiente para algumas semanas. Passar todo aquele tempo com Franny tinha parecido umas férias. Passavam as manhãs na piscina, depois voltavam para o quarto, e ela fazia sanduíches. Levavam-nos para fora e comiam numa das mesas sob um guarda-sol. Do outro lado da cerca, os carros aceleravam pela autoestrada, a luz do sol piscando nos para-brisas, ela e Franny contavam os vermelhos, depois os azuis, depois os negros.

Após o almoço iam procurar apartamentos, dirigindo a esmo porque, mesmo com um mapa, April não sabia se localizar. Franny dormia ou ouvia sua fita de Raffi no som. Ela comia bolachas com suco, olhava o mundo passar pela janela. Alguns dos imóveis ficavam perto da água, todos de vidro, ferro e tapete, custavam caro demais. Outros eram em bairros ruins, com casas invadidas, alambrados, cães de guarda dormindo em suas casinhas, rádios de carros tocando alto. Nesses, April nem entrava para olhar. Mas não estava preocupada. Comprava três jornais toda manhã, e havia inúmeras ofertas de apartamentos. Ela encontraria um.

No final da tarde, iam fazer compras só de coisas de que precisavam. Comida só para o dia seguinte, para não estragar nem ficar encharcada na geladeira. E ela procurava emprego. De garçonete principalmente. Entrava em restaurantes com ar-condicionado segurando a mão de Franny. Sorria para a recepcionista e pedia para falar com o gerente, depois preenchia um formulário numa mesa enquanto Franny pintava seu livro de colorir. Havia tantos lugares, no entanto, e só alguns poucos podiam ser movimentados. Um gerente, jovem e bronzeado, com cabelo cheio de gel, pegou seu formulário sem nem ler, depois apontou para Franny.

— Tem alguém para cuidar dela? Preciso de alguém com quem possa contar.

Ela podia ver a vida que a esperava. Servindo almoços por um salário ridículo. Trabalhando meses antes de conseguir um turno de sexta ou sábado à noite, e provavelmente nunca os dois. Como iria pagar as contas? Como pagaria a alguém para cuidar da Franny? E Stephanie abraçando-a, consolando-a, chorando porque não a avisara para não aceitar bebidas de McGuiness. *Mas você foi embora, querida, e eles ganharam. Está sem trabalho, dura, e eles ganharam. É preciso voltar ao jogo, querida. É preciso usá-los até estar bem. Então você vai embora e manda todos à merda. E Louis não é nem um pouco parecido com McGuiness. Louis é um sujeito burro que tem um barco. Use-o, querida. Use-o.*

Nesse contexto, ela não parecia uma péssima mãe. Talvez, naquele dia, tenham ido à farmácia comprar mais pasta, protetor solar ou Tampax. Ela não se lembrava. Mas parecia confiante e cheia de amor pela garota em seu colo, cujo rosto não conseguia olhar agora porque parecia tão confiante. Tão confiante nela.

O micro-ondas apitou e bateram à porta. Jean do outro lado do vidro. April atendeu a porta. Sentia-se suja, culpada por tudo; Jean parecia mal, pálida demais, um brilho de suor na testa. Respirava com dificuldade por causa da subida, e seu vestido estava molhado nas axilas e sujo na bainha.

— April, por favor, não dormi: você precisa me contar o que está acontecendo. Preciso *saber*.

— Me desculpe, Jean. Me desculpe pelo que disse a você.

Jean balançou a cabeça, fez um gesto com a mão.

— Esqueça.

— Não, você sempre foi muito boa para nós.

— E vocês foram boas para mim.

— Não fui. Não fui não. — Não conseguia mais olhar para ela. Sua garganta pareceu se trancar; ela abriu a porta toda e deu um passo para trás.

— Por favor — falou —, por favor, Jean, entre.

onnie entrou com o carro no estacionamento. Era pouco depois do meio-dia, e não havia sequer um carro ou picape parado ali. Ele parou perto do toldo da entrada e deixou o motor e o ar-condicionado ligados, saiu com o café preto que tinha feito em casa. Levara muito tempo para dormir, ainda por cima acordara logo, e agora estava bebendo muito café, mas se sentia bem e leve; havia a sensação de que a máquina à qual estivera preso tinha estourado e o jogara para fora: sentia-se livre.

Caminhou sob o toldo até a entrada e o X da fita amarela cruzada em frente à porta. Preso a ela estava um aviso da secretaria de licenças do condado. Deslizou o dedo pela fita, perguntando-se onde estaria Louis. Podia ter estacionado na parte de trás, podia estar lá dentro.

Ele deu a volta até os fundos do clube. April procurando de carro um picape, de van em carro, ele correndo atrás dela.

Uma legião de moscas esvoaçava pelo lixo e ao redor do barril de gordura. Não havia nenhuma fita cruzando os batentes das portas, mas a de tela e a de ferro estavam trancadas, e um bafo quente soprava em suas costas. O cheiro do lugar tinha arruinado seu café. Ele tirou a tampa e despejou tudo no chão. O céu acima das árvores estava ficando cinza a oeste, nuvens de chuva se juntavam no golfo. Era a temporada de furacões agora, e, quando eles viessem, onde ele estaria? O que estaria fazendo?

Estava feliz por April tê-lo deixado comprar comida chinesa na noite anterior, mas fizera questão de pagar e enfiara duas notas de vinte na mão dele. Era um gesto muito familiar aos dois, e eles comeram em silêncio no sofá da sala, apesar de que ela só comera meio rolinho primavera e uma porção de arroz.

— Quer que eu vá embora, April?

Ela olhou para ele. Puxou o cabelo para trás num rabo de cavalo, e isso a fez parecer mais nova, os olhos negros e distraídos.

— Quero.

Na porta, deixou que ele a abraçasse, mas se afastou antes que aquilo significasse algo. Olhou para ele como se quisesse agradecer, mas não disse nada, e, sem a maquiagem, parecia alguém que Lonnie conhecia havia muito tempo sem saber.

— Ligo amanhã. Para ver como você está.

Ela assentiu, sorrindo tímida.

Quando ele ligou pela manhã, ninguém atendeu, nem a secretária eletrônica. Ele queria ir até a casa dela, mas tinha medo de ser inconveniente.

O vento jogou areia em seus olhos. Ele desceu o degrau e voltou para o seu Tacoma, o motor ainda ligado, como se estivesse preparado para ir a algum lugar em especial. Queria que fosse assim. Não sabia o que fazer em seguida. Tinha uns 2.500 no banco. Poderia conseguir retirar, mas quanto e por quanto tempo? Parte dele queria ir para casa, voltar para Austin, talvez ficar com seus pais no campo e reingressar na faculdade.

Ele entrou na cabine fria e ficou ali. Os bancos escolares não foram feitos para gente como ele. Tinha tentado isso, se esforçado e fracassado. Estava mentindo para si mesmo. Não queria voltar para o oeste; queria cruzar os 10 quilômetros para o sul até a casa de April. Queria abraçá-la, beijá-la e ajudá-la como pudesse.

Engatou a marcha e pegou a 301 para o sul. As nuvens estavam se aproximando, e logo cairia a chuva purificadora. Ele acelerou e colocou a fita que April não tinha conseguido ouvir:

> *"Enquanto subia e descia*
> *Ele evocava as cenas de sua maturidade e juventude*
> *Até que ao torvelinho sucumbiu.*
> *Gentio ou judeu*
> *Ó tu que o leme giras e avistas onde o vento se origina,*
> *Considera a Flebas, que foi um dia alto e belo como tu."*

Pouco antes das 9 horas dessa manhã, dois policiais passaram aquelas algemas de plástico sobre o gesso, mas apertaram no outro pulso e o levaram até o andar de baixo para sua audiência de fiança.

O nome do seu defensor público era Harvey Wilson, um merda alto e magricela, com cabelo enrolado e uma gravata barata que ficou parado ao seu lado enquanto o juiz estudava os papéis à sua frente, seu cabelo grisalho todo puxado para trás, os olhos parados atrás dos óculos bifocais. O juiz olhou para o defensor público de AJ, depois para ele; inclinou-se para a frente, sobre os cotovelos, e tirou os óculos.

— Está escrito aqui que você disse que estava tentando proteger a criança, isso é verdade?

— Sim, senhor.

— Do quê, posso perguntar?

— Ela estava andando nos fundos de uma boate de strip-tease, chorando e com medo, Excelência. Não poderia deixá-la ali.

— Por que não foi procurar sua mãe?

— Acho que não confiei nela, senhor.

— Não confiou nela?

— Isso mesmo, senhor.

— Para cuidar da própria filha?

— Isso mesmo, senhor. Quer dizer, foi ela que levou a criança para lá, Excelência.

— Por que não ligou para a polícia?

— Não sei, senhor.

— Então por que, pelo menos, não a levou até uma delegacia?

— Não tenho certeza, Excelência. Achei que alguém poderia pensar algo errado. Não sei, senhor.

— Pensar o quê?

— Não sei, senhor. Acho que não estava pensando direito.

AJ ficou olhando o juiz encará-lo e se viu como o juiz o estava vendo, parado na frente dele com um gesso azul no pulso, dentro de um macacão laranja, falando como um palerma. O juiz olhou para os papéis, virou uma página.

— Vejo que há uma ordem de restrição contra você.

— Sim, senhor.

— E na noite passada violou essa ordem.

— Sim, senhor, mas ela me deixou entrar. A gente só conversou.

— Mas você violou a ordem.

— Sim, senhor.

— Sem mencionar que foi expulso desse clube ao qual se refere por maltratar uma das dançarinas, isso não é verdade?

— Eu não usaria essa expressão, Excelência.

— Qual expressão?

— Maltratar, senhor.

O juiz olhou para o gesso, apontou para ele.

— Como se machucou?

— Um acidente com minha escavadeira, senhor.

— O relatório do policial diz outra coisa, Sr. Carey. Sua esposa afirma que o senhor apareceu na casa dela machucado e intoxicado. Então, em quem devo acreditar?

AJ balançou a cabeça, um milhão de formigas vermelhas rastejando atrás da pele do seu rosto. *Deena. O que você fez? O que você fez, caralho?* Ele tentou encarar o juiz, mas não conseguiu.

— E, em vez de chamar a polícia para essa criança, você a levou, manteve-a ao seu lado toda a noite, depois jogou-a em algum lugar como lixo.

— Não, senhor, Excelência. Eu a deixei em um lugar seguro, eu...

— Você a deixou em um veículo trancado numa garagem, onde ela poderia muito bem ter morrido de calor antes do meio-dia de hoje, Sr. Carey.

— Ele levantou a mão. — Já basta. — Virando-se para o defensor público. — As acusações contra ele são as seguintes: interferência na custódia, delito grave de terceiro grau; cárcere privado de uma criança com menos de 13 anos, delito grave de terceiro grau; e sequestro de criança com menos de 13 anos, delito grave de primeiro grau. Fiança negada.

O juiz levantou seu martelo e o abaixou, o som ecoou pela sala.

Wilson se virou para AJ e sussurrou:

— Deu azar, esse odeia quem bate na esposa.

Estava fechando a mala de couro como se fosse só isso, nada mais a falar.

— Quanto tempo até conseguir outra audiência?

— Difícil dizer. Talvez 3 meses, ou 6, até 18. Você vai encarar um bom tempo agora.

Os policiais que o escoltaram já estavam ao seu lado. Wilson disse algo mais para ele, empurrando o cartão para o bolso na blusa de AJ, mas este só ouviu as palavras que ainda retumbavam em sua cabeça — *18 meses*. Um ano e meio antes de conseguir uma audiência, quanto mais um julgamento! E por *quê*? Por fazer o que é certo? Por tentar fazer algo *bom*?

Era o final da tarde, e ele estava deitado em seu beliche, o gesso duro na frente dos olhos. Tentou ignorar o cheiro da merda que Daniels acabara de fazer. Tentou ignorar O'Brien batendo os pés contra o chão enquanto tocava a mesma música várias vezes na sua cabeça. Tentou ignorar os roncos guturais de Edwards e García virando páginas no beliche próximo. Tentou ignorar a dor que ia passando aos poucos em seu pulso, e como o enfermeiro lhe dera somente Tylenol, o que lhe causou gastrite: seu estômago parecendo um fogo ácido comendo-o por dentro. *Dezoito meses*. Mesmo se o defensor público estivesse errado e fossem somente algumas semanas, o que faria? Precisava de um advogado de verdade, não é? Esses caras custam dinheiro. E Deena tinha cuidado disso. Ela dera o melhor de si para cuidar disso.

Seu corpo parecia de concreto, como se nunca mais fosse se sentar, ficar de pé ou andar de novo. Mas a menina. Aquela menininha tinha de estar bem, porque senão ele seria acusado de mais coisas, certo?

Havia o bater do pé de O'Brien no chão, depois suas mãos batendo de leve nas pernas. Havia o ronco de Edwards, e Daniels ou Johnson deslizando as peças de xadrez sobre o tabuleiro. De vez em quando García virava uma página. Mas havia outra coisa também. Algo subindo e descendo. Como um aplauso distante. E AJ abaixou o gesso e abriu os olhos. A uns 5 metros do chão, logo abaixo das vigas de ferro, havia um basculante quadrado. Vidro temperado, inquebrável. Eddie. A vez em que tinham construído um quarto para um homem que não queria janelas. Era velho e encurvado. Usava óculos com lentes grossas e lia muitos livros. Queria que o quarto fosse uma caverna fria e escura. Um lugar onde pudesse desaparecer. Essa era a palavra que tinha usado, sorrindo com seus dentes podres — *desaparecer.* AJ cortando todas as vigas e cantoneiras sob o sol, entregando para Eddie, que levantava as paredes sem nenhuma abertura para janela, só uma enorme para o ar-condicionado. Eddie mascando seu chiclete Wrigley, os tragos perdendo o efeito.

— *Isso não está dentro do código, sabe.*

— *O quê?*

— *Esta porra de caverna. Não se pode chamar isto de quarto legalmente.*

— *Por que não?*

— *Não tem rota de fuga, burrão. É sempre necessário ter mais de uma saída.*

E essa janela, tão alta — o aplauso era a chuva, batendo forte contra o vidro.

AJ fechou os olhos de novo, recolocou o gesso sobre o rosto. Viu essa casa à prova de furacões na grama, os pinheiros altos balançando por causa do vento. Pelo menos não precisava se preocupar com o lugar em que eles cairiam. Como ela ia manter os pagamentos sem sua pensão? Poderiam perder a casa, e para onde iria seu filho? Para a casa dos avós no lago? A imagem do pai de Cole e sua casa simplesmente desaparecendo de sua cabeça? Não, AJ poderia vender a picape. Poderia pedir à sua mãe que fizesse isso. Já tinha pagado a maior parte. Isso serviria para pagar alguns meses de hipoteca. Droga, isso estava *errado.* Ele não deveria precisar se preocupar com nada disso. Tinha cuidado daquela criança, *malditos.*

Seu coração batia no peito. Daniels riu, e batia movimentando uma peça no tabuleiro. O'Brien agora murmurava alguma música metal que AJ sempre odiara. *Esse odeia quem bate na esposa.* Maldita Deena. As palavras estavam dentro dele, mas havia pouca raiva por trás delas. Não era culpa dela, era? Ela não se espancara na cozinha. Não quebrara o pulso por não soltar a mão de uma prostituta mentirosa. Marianne poderia ser a culpada. Com certeza. Mas a ideia que circulava pelo sangue de AJ apontava para ele, só para ele, e era como uma arma atirando dentro de si, o vazio e o silêncio.

Talvez fosse um furacão chegando, talvez fosse só uma tempestade. Sua família estaria em casa agora. Podia vê-los. Deena e Cole, Cole sentado no colo de Deena no sofá assistindo a um desenho animado. Deena tomando sorvete com ele. E será que ela estava pensando em seu marido? Será que sabia onde ele estava? E se importava? Ah, cara, será que ela estava *aliviada*? Por favor, não me diga que ela está lá se sentindo assim, com o sorvete doce na boca.

A lavanderia cheirava a pano, amaciante e chiclete. Jean nunca tinha entrado em nenhuma outra lavanderia antes. Agora estava sentada em uma cadeira de plástico em frente a uma fila de máquinas de lavar, vendo as roupas de estranhos girando. Via claramente sutiãs, cuecas e blusas girando uns sobre os outros. Jean insistira com April para que usasse sua máquina de lavar e secadora em casa, mas ela permanecera embaixo da garoa, no jardim, segurando o pacote de roupas sujas junto ao peito, a bolsa pendurada no ombro, o cabelo preso num rabo de cavalo, dizendo não.

— Obrigada. É que preciso de coisas familiares agora. Preciso fazer o que faço normalmente.

April colocou suas roupas molhadas numa cesta e carregou-as até as secadoras. Duas mulheres folheavam revistas, sentadas lado a lado. Um jovem com cavanhaque falava ao celular e olhava a bunda de April enquanto esta colocava as roupas na secadora. Estava vestida com uma bermuda comprida cáqui, uma blusa azul, nada provocante. Jean sentia ter perdido algo de vista na vida, sentia que deixara de ver algo evidente, de conhecer algo que deveria.

Já tinha se sentido superior a ela, mais inteligente, e mais madura, mas agora, com a chuva varrendo a calçada e a rua do lado de fora, Jean sentia-se mimada e ingênua.

April colocou a cesta vazia na pilha.

— Acha que o carro já está lá?

— Só se passou uma hora. Eles disseram duas, não foi?

April assentiu.

— Está com fome? — Arrumou a bolsa no ombro.

— Sim, gostaria que eu fosse comprar algo para nós?

— Podemos ir juntas.

— E as suas roupas?

— Não dou a mínima para elas, Jean. Preciso sair daqui.

Ela olhou para fora e começou a caminhar até a porta.

O vento dobrava os troncos das palmeiras para a frente e para trás, as folhas estalando e tremulando, a chuva caindo forte no rosto e nos braços de Jean, enquanto ela andava rápido ao lado de April. Elas caminharam até o lugar mais próximo, um bar de burritos onde alguns jovens riam em duas mesas lado a lado, e acima deles havia uma televisão grande com skatistas fazendo manobras impossíveis entre curvas de concreto. Havia um rap tocando, o persistente staccato da voz do cantor, as palavras superando qualquer acompanhamento. Jean detestou, mas a água escorria de seu rosto, seu cabelo estava uma zona, e seu terninho teria que ser lavado, logo era bom estar protegida. Ela riu.

— Bom, aqui está melhor.

April parecia distraída e pálida. Seu cabelo e ombros estavam molhados, os bicos do peito, duros.

Elas se sentaram numa mesa embaixo de uma vitrine com skates. Não havia cardápio. O cara atrás do balcão fez um gesto e perguntou o que queriam, ele mesmo prepararia. Sob o vidro havia recipientes de inox com tomates e alface picados, três tipos de queijos, quatro tipos de feijões e panelas com carne de frango, porco e boi. As duas pediram a mesma coisa, um burrito de frango com alface, tomate e feijão-rajado. Jean pediu água, e April, chá gelado. Quando o homem entregou os burritos quentes embrulhados em papel laminado, seus olhos viajaram pelos peitos e rosto de April, algo que ela ignorou completamente enquanto abria a bolsa de couro.

— Eu pago — disse Jean.

— Não. — April levantou a mão prontamente, indicando que não aceitaria tal coisa.

— Obrigada. — Jean pegou sua comida. Olhou para a pequena bolsa de couro de April aberta com maços de notas. Era todo aquele dinheiro da noite passada, o dinheiro que tinha trazido para casa no lugar de Franny, e agora ela queria levar April logo para a delegacia para pegar seu carro, depois ir para casa sozinha.

April se sentou na frente dela. A chuva batia na porta e nas janelas. Ergueu seu burrito e ficou olhando sobre o ombro de Jean, para o vidro onde a chuva batia. Seus braços eram bronzeados por causa das manhãs ao sol, mas o rosto estava lívido, os olhos brilhantes debaixo da luz elétrica.

— Você está bem?

— Ela tem medo de tempestades, Jean. — April balançou a cabeça. Começou a sacudir o pé debaixo da mesa. Tinha o burrito embrulhado junto aos lábios, mas não mordia.

— Sei disso. Mas ela está com profissionais. Sabem como distraí-la.

— Ela está na porra de um lar de *adoção*. — Uma lágrima desceu pelo seu rosto.

Jean se inclinou, tocou seu braço.

— Na segunda-feira, eles vão ver que você tem uma boa casa e trazê-la de volta imediatamente. Por que não fariam isso? — *O quarto horrível de Franny, o seu emprego.*

— Você acha que eu mereço isso, não é?

— Claro que não. Por que diz isso?

— Não sei, acho que você não me aprova.

Acho que você não sabe o que tem.

— Não. Não, acho que você é ambiciosa, April. E, às vezes, a ambição é um trem que passa por cima das outras coisas. De outras pessoas.

— Você acha que eu *gosto* do que faço?

— Não tenho ideia. E não tenho nada a ver com isso.

— Porque *não* gosto. Mas tenho objetivos. Não sou uma dessas putas estúpidas que cheiram todo o dinheiro pelo nariz, sabe. Guardei cada centavo que ganhei.

— Acredito em você. — Jean colocou seu burrito na bandeja. Pegou um guardanapo e limpou os dedos. Como era estranho conhecer alguém e, ao mesmo tempo, não conhecer. Os amigos de Jean, como a trataram diferente depois da morte de Harold, e como ela os via diferentes, como se sempre tivesse dirigido para sua própria casa vinda do sul, então uma tarde viera pelo norte, e percebera a casa bem menor. O abeto obscurecia o olmo e as ripas começavam a se abrir.

E agora Franny estava longe, Deus do céu, talvez só pelo fim de semana e quem sabe segunda, mas, sem ela constantemente presente entre Jean e April, as duas mulheres eram diferentes: agora podiam conversar.

Jean olhou além de April para a mesa dos adolescentes risonhos, três deles sentados bem de frente um para o outro, conversando no celular. Bebeu mais água. O rap estava mais baixo agora, embora a voz ainda parecesse raivosa, a chuva batia no vidro como uma rajada de balas.

A pril não conseguia mais comer. Deixou de lado o burrito e sugou seu chá gelado pelo canudinho. As rajadas de vento lançavam a chuva contra as janelas, e isso começava a parecer parte da música, a bateria de algum baterista surdo e nervoso que tinha ficado de fora do show. Sentia que Jean a observava, e pela primeira vez quis contar sua história. Queria contar sobre McGuiness. Queria contar que era um jogo, e ela sabia como jogar, por isso ganhava. Queria contar sobre a casa que compraria, não só uma, mas duas, três, mais. Queria contar como estava perto de parar, mais seis meses durante a alta temporada do inverno, talvez mais uns meses depois disso. Mas continuava vendo Franny do lado de fora, enrodilhada na calçada com seu pijama cor-de-rosa, a chuva bombardeando suas costas, seus pés descalços, e o cabelo, as mãos sobre o rosto, chamando por ela.

— Está tudo bem, querida. Está tudo bem. — Jean pôs um guardanapo em sua mão. April assentiu, levantou-se e enxugou os olhos:

— Preciso ir.

A chuva e o vento tinham diminuído quando elas entraram no Ringling Boulevard e no estacionamento atrás da delegacia. Havia cinco ou seis carros de polícia parados, uma van K-9 e um reboque, as luzes laranja no teto piscando enquanto o motorista abaixava o capô do carro de April até o asfalto encharcado. Um pouco de fita amarela da polícia pendia, toda molhada, da porta do motorista, e, sob essa luz cinza, o Sable adquiria uma tonalidade marrom que ela nunca tinha percebido antes, uma cor horrível, para dizer a verdade, a cor que você escolhe achando que é jovial, quando na verdade é melancólica e agourenta.

— Quer que entre com você?

— Não, obrigada. A gente se vê em casa.

Aquela última palavra fez com que ela se agitasse. April sentia-se tímida e olhou para o cesto de roupas limpas, dobradas e úmidas da chuva no banco de trás.

— Deixe isso aí, April. Depois você pega. — O cabelo de Jean estava molhado, sua calça enrugada.

— Obrigada por toda a ajuda.

— De nada. Me diga o que posso fazer amanhã. De preparação, quero dizer.

April fechou a porta do Cadillac. Pôs a tira de sua bolsa no ombro e correu pela chuva leve até a delegacia. Se tivesse notado as placas na parede, saberia que nos andares superiores desse prédio havia celas, e numa delas AJ Carey, deitado em seu beliche, tentava não pensar em tudo que o juiz tinha negado, tudo que tinha sido tirado dele.

DOMINGO

assam está na mesa externa, ao lado de Tariq. A manhã vai esquentando, o céu limpo sobre os edifícios da Universidade de Harvard do outro lado da rua. Os muros altos de tijolo e os portões de ferro negro desse lugar que todo o mundo conhece, até ele, um garoto da província de Asir. A melhor escola para os descrentes. A melhor escola.

É a manhã do dia de veneração. Os sinos tocam para os politeístas, as lojas e cafés abertos como todo dia. A praça está lotada de estudantes e turistas. Há tráfego na rua próxima às mesas cheias desse Au Bon Pain, e seus guarda-sóis e jovens árvores sombreiam as mesas. Em muitas delas, homens e mulheres sentam-se juntos, aos pares.

Com a idade dele, fumando cigarros, bebendo café, rindo ou se aproximando um do outro e falando baixinho. Uma garota tem o cabelo acobreado todo cacheado. Ela sorri para seu namorado somente com os olhos. Usa um jeans apertado e botas para caubóis, as pernas cruzadas no joelho, seus *nuhood* detrás de uma camiseta branca, tão redondos e doces. Mas é para o seu rosto que Bassam está olhando. Como ela está feliz e satisfeita sentada na mesa desse garoto magro com seus livros e cabelo escuro, óculos, um judeu — ela parece o animal que comeu bem e sabe que vai comer bem de novo. E ela ama o garoto por isso, não é mesmo? Adora esse garoto por dar isso a ela. E hoje eles acordaram juntos em uma cama quente, num quarto de um edifício qualquer dessa melhor escola.

Ela é bonita, sim, mas não é por isso que Bassam não consegue parar de olhar para ela. É por seu amor pelo garoto. É o seu amor por sua juventude, sua saúde, sua liberdade e sua vida neste mundo, e Bassam está mais forte agora do que um dia antes, porque não se sente fraco ao presenciar esse amor; *é* assim que Shaytan trabalha entre os *kufar*. Ele os seduz para amar muito essa vida. A prostituta April, Bassam sentira-se sozinho com ela, sozinho enquanto estava com ela. A mesma solidão que o havia infectado em casa antes de ter sido guiado para Alá. Como se não fosse amado. Como se não fosse protegido. Como se não fosse continuar vivo após a morte. Como poderia sentir essas coisas? Ele, um *shahid, Insha'Allah*.

Novamente, estava sucumbindo, sucumbindo aos *mushrikoon*. E foi Khalid quem, por meio do Criador, o salvara. Fora o corpo de seu irmão sendo baixado no túmulo que o reintegrara ao Juiz e Sustentador.

Quando Bassam saiu de casa, as coisas de Khalid ainda estavam no quarto que compartilhavam. Suas roupas sauditas e as roupas de *kufar*, os jeans Levi's e camisas feitas pela Gap, seus tênis e chapéu Nike iguais aos de Karim. Em cima das suas camas, sua mãe tinha pendurado tapetes, e atrás da de Khalid, preso na cabeceira, um maço vazio de Marlboro.

Ahmed al-Jizani, como ficaria bravo se visse isso. Como o magoaria. Quando ainda estava adormecido neste mundo, Bassam acreditava que seu pai era um verdadeiro crente. Nunca evitava suas abluções nem pulava qualquer oração diária. Orava dentro da mesquita — a mesquita que ele tinha construído — não simplesmente no Dia da Reunião, mas a semana inteira. Exigia que suas filhas andassem cobertas, mesmo em casa, que seus filhos nunca fumassem ou ouvissem música, e que um dia fizessem a peregrinação para Meca como ele tinha feito.

Mas esse era o mesmo homem que construía casas para os *kufar* viverem enquanto atacavam nossos irmãos e irmãs. Esse era o homem que ganhara muitos dólares que convertera em riales, achando que agora o dinheiro estava limpo, puro, como se ele não tivesse pecado contra o Regulador e Juiz, e seu próprio povo.

Na mesa ao lado do copo vazio de Bassam está o caderno que ele tinha comprado ontem à tarde na papelaria cheia de *kufar*. A caneta, comprara de Cliff no posto de gasolina em Boynton Beach, uma Bic preta da qual tinha acabado de tirar a tampa.

— Bassam?

— Mansoor.

— Mansoor. — Tariq estava olhando as moças, seus pés batendo embaixo da mesa, e tinha fumado dois cigarros bem rápido.

Na noite passada, antes da oração final, tinha deitado na cama e apertado o botão remoto até os filmes aparecerem: Família, Comédia, Drama. Adulto; ele apertara o controle remoto no ar, o som mudo, a mão tremendo ligeiramente. Nessa terra inimiga e distante, havia muitas oportunidades para ver esses filmes; em qualquer videolocadora, à venda em prateleiras não tão distantes dos olhos das crianças *kufar*, e em hotéis como esse, um mais caro do que aqueles onde tinham ficado antes, e, dessa forma, era a primeira oportunidade real deles. O coração de Bassam tinha começado a bater mais rápido.

— Tariq, não faça isso. Devemos nos preparar. Logo teremos de nos lavar e orar.

— Você foi para aquele clube, Bassam. Ficou lá muito tempo.

Bassam permaneceu calado. Não queria que Tariq continuasse e, ao mesmo tempo, queria.

Então Imad bateu na porta, Tariq desligou a televisão, e eles oraram juntos no quarto de Imad em cima do carpete. Ele trouxera incenso e usou-o no quarto para não fumantes, Bassam se distraiu em suas orações, esperando que não houvesse alarme, que não houvesse como saberem.

Ouviram uma buzina, o riso de uma das jovens à luz do sol. Tariq jogou o toco de cigarro na xícara de chá.

— Mansoor, devíamos ir à academia com Imad. Onde fica?

— No hotel. A sala de exercício.

— Devíamos nos encontrar com ele.

Tinham se passado mais de duas semanas, e Tariq estava certo, mas, com tão pouco tempo, Bassam não conseguia justificar.

— Não vou ficar mais forte do que isso, Tariq. Vá você. Preciso escrever para minha mãe.

Tariq olhou para ele.

— O seu testamento não basta? Deixe que nossas ações falem por si, Bassam.

— Vá ver Imad, Tariq. Vou tentar encontrá-los mais tarde, *Insha'Allah*.

— Quando Amir vai chegar?

— Esta noite, se Alá quiser. Esta noite.

Uma jovem *kafir* negra passa ao lado da mesa deles, a pele morena exposta entre a camiseta e o jeans, uma joia brilhante presa ali. Tariq se levanta rapidamente e vai embora, olhando para trás duas vezes, até a garota entrar no café. Ele não é atormentado por seus desejos. Antes de dormir, ontem à noite, deitou na cama lendo o Livro sob o abajur. Bassam estava quase dormindo ao lado dele, entrando em um sonho em que se sentava no chão de pedras do monte Souda perto de uma fogueira. A prostituta April se encontrava do outro lado da fogueira. Estava completamente vestida, e seu cabelo era comprido e brilhante; sorria para ele, a lua cheia e alta aparecia atrás do ombro dela.

— Veja, Bassam. — A voz de Tariq, deitado em cima de um cotovelo para ler algo do Corão. — Este é do sura Al-Imran, Bassam: "As mulheres são seus campos: vá, então, para seus campos quando quiser. Faça boas obras e tema Alá." Irmão, *Insha'Allah*, somos *shuhada'*. Você acha que o Criador se importa se ligarmos essa televisão e assistirmos ao que outros homens fazem nos campos?

— É *haram*, Tariq. Eu sei que você sabe disso.

— O Sagrado sabe tudo. Por que colocaria isso disponível em nosso quarto se não quisesse que víssemos o que espera por nós?

Bassam não disse nada. Nem poderia dizer, porque queria que isso fosse verdade. E talvez fosse. Não eram mulheres reais, somente as do filme, muito longe, de forma que não poderiam realmente tentá-los. Mas não, não.

— Precisamos descansar, Tariq. Apague a luz. Vamos precisar de nossas forças, se Alá quiser.

Ele fechou o Livro e apagou a luz, depois o silêncio. Carros passando na rua abaixo. No corredor, a campainha do elevador.

Vá, então, para seus campos quando quiser.

April que se chama Spring, ele não consegue parar de pensar nela. O cabelo áspero em cima de seus *qus*, a cicatriz pelo nascimento do bebê ali. Os olhos dela enquanto ficava sentada, nua, ao lado dele. Morena e quente. A sua voz enquanto perguntava sobre Khalid. Como se quisesse realmente saber.

Os gritos mais tarde no estacionamento, no meio de todos os homens. Seus gritos.

No domingo de manhã, elas se sentaram sobre toalhas nas cadeiras úmidas sob a mangueira, tomando o café que cada uma fizera em sua própria cozinha. O jardim de Jean era uma profusão de verde e branco, de vermelho e laranja. Tinha cheiro de terra fértil. Ela tinha dormido mal, Franny em seus sonhos, embora só pudesse se lembrar de sua presença, nada mais.

April cruzou as pernas. Estava descalça, as unhas ainda pintadas para o trabalho. Tinha penteado o cabelo, mas estava sem maquiagem, e suas pálpebras pareciam inchadas.

— Não consigo parar de pensar em amanhã. O que é que virão inspecionar?

— Não sei... Drogas, álcool, armas em casa.

— Eu nunca teria uma arma na minha casa.

— Nem eu permitiria.

— Ou drogas.

— Não falei que você usa. Por favor, não fique desconfiada de novo.

— Me desculpe — disse April automaticamente e Jean não acreditou nela. Abaixou sua caneca e colocou-a no braço da cadeira.

— Por que não conta a eles que vai parar?

— É o que planejo.

— De verdade?

— O quê?

— Sair daquele emprego?

— Sim. Em uns seis meses.

— Por que não agora?

— Não tenho o suficiente.

— Dinheiro?

— Sim.

— Para uma casa?

— Pelo menos uma.

— É muito dinheiro.

April assentiu. Bebeu um gole de café e olhou para os galhos da três-marias. Um telefone tocou, um som eletrônico abafado que descia pelas folhas da mangueira.

— É o seu, April. — Mas ela já tinha saído da cadeira, subindo as escadas de uma forma que Jean nunca seria capaz.

Não era Franny, não eram as pessoas cuidando dela, era Louis, a voz baixa e rouca como se ele tivesse bebido na noite anterior e não tivesse dormido. April arfava, sentia o coração bater na mão que segurava o telefone, as primeiras palavras dele em uma linguagem que não conseguia decifrar.

— Então, Spring. Como ela está? Está tudo bem?

— Não sei. Por que me ligou?

— Regras novas, querida. Desculpe, chega de mães. Venha limpar seu armário, Spring. Estou aqui até o meio-dia.

April pôs o fone no gancho. Ficou parada em sua casa sem criança. Tinha cheiro de Pinho Sol, café e um recomeço. Ela se sentiu como se tivesse ganhado um beijo e um tapa. Claro que ele a estava mandando embora. Teria de se livrar de Retro também, e Sadie, e aquela chinesa que tinha duas crianças e morava com a irmã. Não tinha tempo para mães. Era hora de fazer um expurgo de mães. E como diabos podia ser demitida por um cara a quem ela *pagava*? E amanhã? Isso seria bom? Ou prefeririam que ela tivesse um emprego? Tinha 52 mil dólares na conta, e havia mais esses mil e tantos do estrangeiro. Ontem, ela tinha dirigido na chuva, mas não conseguira depositar o dinheiro. Não antes de Franny voltar. Aí pareceria uma transação.

Mas aquela quantia de dinheiro seria boa para eles, não é mesmo? Então ela diria que iria parar de dançar e começar a procurar algo, mesmo se não pudesse, ainda não. Havia o Pink Pony em Venice. Podia entrar ali, apesar de que seria mais difícil. Wendy tinha falado dele. O pornô passando em telões enquanto você dançava, e, por causa de putas como ela, havia contato nas salas VIP, e os homens esperavam que elas batessem uma punheta ou fizessem boquetes, por muito pouco.

Ela tinha ouvido falar de um clube com mais classe em Tampa, uma franquia nacional. Gold era o nome. Algo Gold. O telefone estava tocando. April levantou o fone e o encostou no ouvido.

A umidade estava de volta ao ar. A chuva de ontem tinha evaporado do asfalto, mas a terra dos acostamentos estava mais escura, do mesmo jeito que o verde na cerca por todo o caminho do parque industrial, a cerca alambrada que brilhava prateada sob o sol. As pessoas estavam saindo da igreja metodista. Os homens estavam com camisas de mangas curtas e calças bem passadas, as mulheres, com vestidos e saias coloridas. Uma delas parou no alto da escada; usava um chapéu decorado com flores. Estava falando com o pastor, que usava sua túnica solta. Lonnie queria perguntar a April como ela estava. Queria se aproximar e colocar uma mão no seu ombro, para confortá-la. Mas ficou surpreso ao se sentir inconveniente.

Quando ligara, ela tinha contado que Louis havia acabado de enxotá-la, e, como não queria ficar sozinha com ele no clube enquanto esvaziava seu armário, queria saber se Lonnie poderia acompanhá-la. Ele tomara um banho rápido, fizera a barba, colocara uma camiseta, jeans e sapato. Ela estava esperando por ele na entrada de casa. O cabelo estava preso. Ela usava uma blusa marrom sem mangas, short cáqui, e a única maquiagem era algo nos cílios. Sorriu para ele. Era o sorriso de Spring, aquele que dava depois de cada turno, quando colocava dinheiro em sua mão, agradecida. Mas essa era a mulher que ele tinha levado ao hospital e de volta para casa, onde empurrara jornalistas para que ela pudesse passar, sentara-se com ela, dividindo uma refeição — essa era April. E quando subiu em sua picape, parecia ser uma pessoa completamente nova. Ele esperava que parecesse bonito para ela atrás do volante.

Apontou para a igreja quando passaram.

— Você frequenta?

— Quando era pequena. E você?

— Nunca. — Ele sorriu. — Somos um par de almas perdidas, não é mesmo?

Ela não disse nada.

Seu rosto ficou vermelho.

— Vou pedir demissão.

— Do clube?

Ele assentiu.

— Agora?

— É, vou. — Crescendo do outro lado da avenida estava a placa amarela do Puma, as silhuetas negras de duas mulheres nuas, espalhafatoso e patético sob o sol.

A porta de tela estava presa aberta, escorada por um tijolo, mas a porta exterior se achava trancada. Lonnie precisou bater no vidro algum tempo. Ele e April estavam parados em meio ao fedor do lixo e finalmente Louis veio até a porta e abriu. Ficou parado embaixo do brilho fluorescente da cozinha com uma camiseta mesclada. Estava apertada nele e com o peito molhado, e as pernas rosadas e sardentas apareciam embaixo de seu short. Ele arfava.

— Vocês vieram juntos?

— Viemos, eu dei carona a ela.

— Bom, você pode me ajudar a limpar essa merda. — Olhou para April.

— Vou estar ali na frente, quando você terminar.

Lonnie o seguiu pelo clube, que estava com o ar-condicionado ligado; sentia uma certa adrenalina, como se um bolsão tivesse se aberto e ele tivesse sido forçado a se levantar para fechá-lo. As luzes estavam acesas. Louis tinha empurrado todas as mesas e cadeiras contra o palco e as paredes. No meio do tapete velho havia um aspirador de pó, ao lado de uma jarra de algo azul.

— Essa coisa está me custando caro a cada porra de segundo. Vou subir no palco, e você me passa primeiro as mesas, depois as cadeiras.

— Não posso, Louis.

— Pode, sim. Horário de trabalho. Vamos passear de barco depois. Beber um pouco.

— Estou pedindo demissão, Louis. — Era como dar um soco que eles nunca imaginavam que viria, o olhar tonto de Louis, as mãos paradas, inúteis e sardentas.

— Está de sacanagem, não é?

— Não. Aprecio tudo que fez por mim, Lou, mas preciso mudar.

— Pra quê? Mais dinheiro?

— Não, preciso mudar de ares.

Ele se voltou, passou pelo aspirador e pelo palco empoeirado.

— É melhor você não ir para o Pony, Lonnie. Me diz que não está indo para a merda do Pink Pony.

Lonnie parou e olhou para ele, o sujeito rico e infeliz de short e camiseta, a boca entreaberta como se tivesse acabado de acordar e recebido más notícias. E não era diferente do remorso que Lonnie tinha sentia ao expulsar alguém, as dúvidas que tinha a respeito de si próprio.

— Não, Louis. Não vou para o Pink Pony. Boa sorte.

E foi sincero. Quanto à parte do Pony e à da sorte. April estava saindo do vestiário justamente quando ele entrou na cozinha, com um par de jeans enrolado embaixo do braço, fechando o zíper de uma bolsa roxa como se guardasse um segredo que só poderia contar quando estivessem bem longe dali.

la é feia, e o que ela faz é feio, Bassam sente-se envenenado olhando para ela, mas não consegue se mover ou falar, nem está respirando direito, e seu rosto queima de vergonha pela ereção que espera que não seja visível. Tariq está deitado em silêncio em sua própria cama, também quieto. As persianas puxadas escurecem o quarto à tarde, a tela de televisão tão clara, o som da mulher baixo, mas bem claro, seus gritos de prazer.

Ela é magra e pálida. Seu *nuhood* é pequeno, e seu cabelo está pintado de louro quase branco, como muitos desses *kufar* preferem. Em sua barriga, perto de seu *qus*, está pintado o nome de um homem: *Joseph*. No seu tornozelo, uma flor. No ombro que um dos homens agarra, está a cruz do filho de Maria que esses *ahl al-shirk* veneram como se o profeta deles fosse o Sagrado, e não simplesmente um de Seus mensageiros. Estúpidos. *Estúpidos.*

Mas Bassam não olha para essas marcas de tinta. É o homem se enfiando dentro da mulher, a forma como ela fica molhada, como ele consegue ir fundo, a velocidade. Bassam não consegue acreditar como ele consegue ir fundo e rápido.

Como isso não a machuca? Como ela gosta disso? Essa puta feia de quem Bassam não consegue tirar os olhos. E Karim, o único entre eles a sair de casa. Seus estudos na Inglaterra. A sionista com quem se gabava de ter dormido. Será que ele fazia assim com ela? Será que ele a virava e entrava nela como um cachorro? Agarrava o cabelo dela e puxava? Ela gritava como essa? Será?

Chega.

— Tariq, desligue isso. Temos que desligar.

— Pagamos por isso. A gente deve ver tudo. — A voz de Tariq alta, como se ele tivesse acabado de correr ou pouco antes de começar.

Bassam fechou os olhos, o rosto era uma fonte de calor, a vergonha o comovendo. Sua vergonha, e, sim, seu desapontamento. Esse ato tão feio quanto o dos animais. Como isso poderia ser feito de forma bela por ele? Não receberá de volta seu corpo humano em Jannah? Suas companheiras não possuirão corpos de mulheres? Como pode levar tal feiura para os salões mais distintos do Criador?

A mulher grita mais alto e diz ao homem para enfiar mais forte, mais forte.

— Tariq, por favor, desligue isso. É *haram*, irmão. Por favor.

— *Não é haram*, Bassam. Não estaria aqui se o Criador não quisesse. Por favor, deixe-me assistir a isso em paz.

Bassam se levantou. Do criado-mudo, pegou seu caderno e a caneta da Flórida.

— Sim, Tariq. Mas devemos fazer '*Asr* em menos de uma hora. Lembre-se disso.

Tariq não diz nada, e Bassam passa rapidamente pela televisão, controlando-se para não olhar mais. Na porta, coloca seus sapatos. Olha mais uma vez para o quarto, só vê a luz da televisão se movendo pelo tapete e pelas camas. O pé de Tariq, seu pé comprido. Dali, os gritos da mulher parecem artificiais.

Fecha a porta. Confere se está trancada. Passa pela porta de Imad; sabe que ele está descansando. Descansando depois de muito exercício. Talvez orando ao Sagrado, ao Protetor e Sustentador, e, novamente, uma vergonha quente transita pelo sangue e pele de Bassam; como pode sequer questionar o que espera por eles nos mais altos salões? Como poderia começar a pensar que conhece a beleza dali? As mulheres, castas e escolhidas somente para ele, deitadas em sofás macios, em jardins exuberantes regados com água corrente.

Na rua, suas pernas parecem leves sob ele, o caderno frouxo na mão. Na sua cabeça somente a pálida puta. Passa por uma mulher velha, seus lábios vermelhos pintados por um cosmético, as rugas profundas em seu rosto. Ela caminha vagarosamente com uma bengala para ajudá-la e sorri para ele, que vê as mãos do homem nela, entrando rápido e fundo em seu velho corpo. Bassam cruza a rua. O barulho de uma buzina, o grito de um motorista de táxi. Um árabe. Com sotaque egípcio. Vivendo aqui entre os *kufar*, tornando-se um deles. Três mulheres passam agora na calçada. São garotas que ainda não estão na universidade, e duas mostram a barriga, as pernas dentro de jeans apertados, seus *nuhood* balançando enquanto caminham, rindo, e será que sabem como serão penetradas? Já fizeram isso? E havia algum amor? Quando elas pecavam, achavam que era amor?

Oh, esses *kufar*! Olhe para eles. Na frente de uma loja, dois homens tocam guitarra e bateria. O cabelo de um é comprido e sujo. O outro não tem cabelo, e eles tocam alto e rápido, o guitarrista canta com uma voz que é só grito, e vê a mulher *kafir* dançando sob a luz do sol. O nariz dela tem uma jóia prateada, do mesmo modo que suas orelhas e a pele acima dos olhos. O cabelo é vermelho, preto e azul. Sua feiura só é ultrapassada por sua falta de pudor, seus *nuhood* balançando livres embaixo de sua camiseta devido ao movimento.

Ele passa rapidamente por eles e pela *kufar* feliz que está assistindo a tudo. A caixa da guitarra aberta e com dinheiro trocado em cima do tecido azul. Todo o dinheiro que ele deixou que a puta April pegasse. Ela deve ter pensado que ele estava louco ou tonto por causa da bebida. Ou ambas as coisas. Essas pessoas só estão felizes se levarem você para o fogo com elas e ele não conseguia parar de ver os movimentos do filme. Cada mulher que passava, ele via-a de quatro, as mãos do homem a agarrando, metendo dentro dela, era uma profundidade que não sabia que elas tinham.

Ele está quase com outra ereção e passa pela banca de jornais. Pilhas cinzentas de jornais, revistas em estantes de madeira e atrás de vidros, e nas sombras da loja. Será possível que nenhuma deixe de ter na capa uma mulher seminua e linda?

Como era fraco por não fazer nada enquanto Tariq apertava os botões. Como era *fraco*.

Há mais música, mais músicos sujos em mais portas de lojas. Como as várias rádios tocando nas luminosas praias da Flórida quando ele e seus irmãos dirigiam suas motos, os sons conflitantes de então. Sempre tanto barulho aqui. Três portas. Três tipos de música. Os jovens e agora um velho de barba branca, o cabelo amarrado num rabo de cavalo como uma mulher, toca sua guitarra, as notas agudas como alfinetes furando sua pele. E perto da praça principal e dos carros passando, em frente à livraria e suas colunas de pedra e portas de vidro, uma *kafir* japonesa ou chinesa está tocando um instrumento de corda que segura no ombro embaixo do queixo, sua música mais bonita do que a dos outros, mas seu cabelo é comprido, liso e negro, e ele a vê sendo penetrada, só que agora são as mãos *dele, ele* é que está metendo.

Está vendo como Shaytan opera? Está sentindo seu poder? Ele está trabalhando muito agora, não é mesmo? E não o estará fazendo para confundi-lo, para enfraquecer os dois, ele e Tariq? Shaytan não foi capaz de influenciar Imad, o egípcio ou, queira Alá, nenhum dos outros. Mas está trabalhando duro agora para corromper dois dos quatro que irão viajar primeiro.

Carros e vans passam na frente dele, que acha o cheiro da fumaça agradável, um aroma de sua terra, apesar da música conflitante atrás dele, do instrumento de cordas da garota, os agudos elétricos do velho *kafir*, a bateria mais distante, as vozes de todos os jovens e velhos *kufar* passando por ele na calçada. Novamente as buzinas o atacam, e Bassam não se lembra de ter corrido para o meio do trânsito com seu caderno, afastando-se dos músicos e da garota oriental, que agora vê nua.

Ainda existe outra banca de jornais, que é maior. Muitas centenas de revistas. Tantas. As prateleiras são cor de pele. Ele quer entrar. Mas é Shaytan que o está puxando. E Bassam corre, passando a banca, afastando-se da praça e suas multidões e lojas e músicas, o Au Bon Pain onde antes ele tentou escrever para sua mãe, mas não conseguiu. Havia muitas jovens. O ar quente — não como o da Flórida, não como o de casa — mas quente a ponto de elas usarem pouca roupa, essas *jinn* sorridentes dos fogos de Jahannam.

Ele escreveria a carta no hotel, Tariq exercitando-se com Imad. Mas Imad estava descansando, e Tariq assistia deitado à vida desse mundo segundo a câmara dos *kufar*, então apertou Filmes. Em seguida Shaytan apertou o resto.

Tariq, você deve ser forte, irmão. Você precisa me ajudar a encontrar o sul do rio. Você precisa ser limpo, irmão. Precisa ser puro.

Desta vez, nada de buzinas. Ele está a salvo do outro lado da rua. O sol brilha na pedra vermelha do muro alto da melhor escola. Brilha no cabelo das moças e rapazes *mushrikoon*, e Bassam mistura-se a eles e entra pelo portão arqueado nos campos sombreados dessa Harvard. Não há guardas para impedi-lo. Nenhum policial. Somente os jovens estudantes e a grama muito verde sob as árvores. Os caminhos pavimentados amplos e limpos. Tudo já é mais quieto. A bateria é um eco no tráfego atrás dele.

Ó, Senhor, peço pelo melhor deste lugar e peço que me proteja de seus males.

Ele está caminhando ao lado de um garoto e uma garota de mãos dadas. O cabelo dela é comprido, louro, e ela é alta, suas costas retas. Eles conversam sobre alguém, um amigo, um Jules, o "curso direito". Bassam não entende a expressão. Ela o vê. Sorri e se volta para seu amigo, continua a falar de Jules. Mas seu sorriso é imensamente doce, aberto e gratuito. Kelly, a treinadora; seu sorriso também é assim. O pescoço exposto, o cabelo preso. E April, aqueles momentos no final, quando ele falara em Khalid, o rosto olhando para Bassam, sem fingimentos. E como o sorriso dessa garota loura é cálido, Bassam começa a segui-los.

Pelos muros altos, além das árvores, levantam-se os prédios de pedra, alguns com as laterais cobertas de trepadeiras e folhas verdes. E agora os dois jovens estão subindo uma escada. Ela é comprida, cada degrau poderia abrigar vinte ou trinta pessoas. Alguns estudantes estão sentados na escada, fumando ou falando em celulares, lendo livros e escrevendo em cadernos como o que ele carrega. Ele poderia ser um deles. Na aparência, poderia ser um desses *kufar*. Está mais bem vestido que muitos deles, as calças cáqui que ele mesmo passou essa manhã, sua camisa polo limpa pelo serviço de lavanderia do hotel, e, antes de se vestir, tinha rezado. Olha os estudantes na escada, passa pelas portas de vidro, e vê muitos rostos de outras partes do mundo — Japão, Itália, talvez Argélia e Bahrein, Camboja ou Vietnã. E, é claro, todos os saudáveis rostos brancos como os daqueles dois que ele segue até o maior dos prédios.

Um segurança está sentado em um banquinho ao lado de uma mesa. Ri e balança a cabeça para uma mulher, cujos olhos cruzam com Bassam só por um momento. O chão é de pedra polida e leva a um tapete bem grosso. Há estudantes por todos os lados, sentados em cadeiras ou em longas mesas, com livros e papéis abertos, mesmo assim essa sala infinita está em silêncio. Só há o ruído das páginas virando, tossidas, sussurros. Bassam se senta. Nessa mesa de madeira brilhante há muitas cadeiras, mas as mais próximas dele estão vazias. Ao fundo, uma *kafir* negra escreve. Ela é muito escura, da cor de uma sudanesa. Seus olhos se encontram com os dele, mas ele percebe que a garota não está olhando para ele, está em sua cabeça, pensando no que vai escrever, por isso abaixa a vista, novamente a puta negra sentada ao lado de April, a carne colorida que abriu para ele, só o começo de uma profundeza, agora ele sabe. Tenta apagar a imagem. Abre seu caderno.

Estantes em frente a ele têm metros de altura, cheias de livros. Ele sente o cheiro de suas páginas empoeiradas. As capas duras. Nunca tinha estado num lugar assim, mas há a sensação de que já esteve — muitas vezes. Todas as pessoas, caladas, trabalhando juntas, mas separadamente em tarefas parecidas, o teto alto, o tapete embaixo dele — uma *mesquita*.

Bassam sente-se à beira de um conhecimento novo, mas quem são essas pessoas que oferecem à construção de livros o mesmo respeito devido ao lugar sagrado para o Ser Sagrado? Olha como estão guardados com tanta precisão e respeito, quando só existe um Livro a ser lido.

Essas pessoas *estúpidas*. Olhe para elas, seus rostos enfiados nessas páginas, estudando somente a vida desse mundo, preparando-se para crescer dentro dele, para subir, em sua descrença, ao poder que usarão contra seus irmãos e irmãs. Tantas vezes se perguntou por que esses *kufar* possuem tanto poder. Por que receberam tantas coisas?

Mas olhe, Bassam, o que eles têm. Possuem olhos, mas não veem. Possuem orelhas, mas não ouvem. E, de suas bocas, só saem seduções, glórias vãs e mentiras. E não se esqueça de Yunis 10:88: "E Moisés disse: Ó Senhor nosso, tens concedido ao Faraó e aos seus chefes esplendores e riquezas na vida terrena, e assim, ó Senhor nosso, puderam desviar os demais de Tua senda."

O coração de Bassam bate dentro dele, mas ele não sente mais suas pernas leves, e as mãos estão firmes. A mulher na mesa, ela olhou como se *você* fosse estudante dessa melhor escola; se estivesse aqui, deixaria Ahmed al-Jizani orgulhoso. Por que você está se preparando para escrever para sua honrada mãe, e não seu pai? Seus olhos cansados o ensinando sobre a *jihad*. Usando seus *thawb* recém-comprados. A roupa que ele compra com seu dinheiro sujo do trabalho para os *kufar*. E seu rei *jahili* vendendo-se, também ao seu reino, permitindo que suas terras sagradas sejam ocupadas, bloqueando a rota do Profeta, paz sobre ele, até a mesquita mais distante em Jerusalém.

Khalid tinha educação e era o irmão mais velho de Bassam, mas era fraco também. Talvez até mais fraco do que Bassam. Se *kufar* não tivesse tido permissão para penetrar essas fronteiras com sua música suja, com seus cigarros, carros e televisões, seu barulho, sua velocidade e suas distrações. Se o rei não tivesse permitido que isso entrasse no local de nascimento do Profeta, as bênçãos e saudações de Alá estejam sobre ele, Khalid não estaria ainda vivo em Khamis Mushayt? Sua mãe não teria evitado toda a tristeza? Aceite isso também, Bassam, não há garantia de que Khalid não estaria perdido da mesma forma. Sim, ele era capaz de dar um casaco a um homem com frio, mas sua mente estaria perdida para essas pessoas.

O casal *kufar* está sentado numa pequena mesa, de frente um para o outro. Os pés da mulher estão em cima da coxa nua do homem, e ele lê como se não estivesse tão perto de uma mulher, como se isso não significasse nada. Ele é grande. É atleta de algum esporte, e Bassam tinha lutado várias vezes contra homens desse tamanho, muitas vezes com Imad. Mão na testa, o puxão para trás, depois perfurar abaixo do ouvido. Ele poderia fazer isso agora. Podia caminhar até onde eles estavam, ficar um metro atrás do homem, fingir que estava olhando por uma das janelas grandes e sua luz da tarde, a hora de oração 'Asr chegando. Ela pode olhar para Bassam e sorrir novamente, de forma tão afetuosa quanto antes, e ele atacaria, a lâmina entrando no pescoço do rapaz antes de ele sentir a mão em sua testa. O sangue que sairia. Os gritos dela. Os olhos dela que agora conseguiriam ver. Suas orelhas que agora conseguiriam ouvir.

O coração de Bassam está batendo forte no seu peito. Ele abre o caderno, apoia a caneta da Flórida no lado direito da página.

Oh, Querida Mãe, ya umma al'aziz, eu disse que escreveria, mas não fiz isso. Por isso estou pedindo desculpas. Muta'assif.

Mãe, o que eu fiz, Insha'Allah, fiz pelo Criador. É uma grande honra. Espero que esteja feliz.

Bassam para de escrever. Seu pai, ele o vê rindo de forma tão pouco espalhafatosa. Sentado contra a parede atapetada do edifício exterior com seus irmãos, com tio Rashad, rindo de uma de suas piadas. Bassam era um garoto, entrou no quarto, seu pai e tio ainda rindo, os olhos de Ahmed al-Jizani molhados e brilhando quando o viram, o prazer ali, uma felicidade por ele estar ali, seu filho mais novo dentre tantos. E os anos que se seguiram. Seu único filho a não ir para a universidade. Dias intermináveis em salas com lições que ele logo esquecia, e o tempo sentado que não conseguia esquecer — por que ir para a universidade, quando as ruas, as casas de chá, *souqs* e shopping centers estão cheios de homens com educação e sem empregos? Por que ir para a universidade só para correr na autoestrada e fumar em monte Souda com homens educados que, se trabalhassem, seria para Ali al-Fahd? Por que, pai? E o que você vai pensar de mim, pai? Ficará orgulhoso? Terá vergonha? Vergonha por não ver o que estava acontecendo em sua própria casa. Um *escolhido*? Um *shahid* escolhido? Ou vai me deserdar, pai? Você é tão cego e surdo, que não *mais crê*?

A mulher *kafir* negra tosse. Está na hora da oração, hora de sair desse templo de falsos ídolos e rezar com seus irmãos. E, se Tariq não desligou o filme *haram*, Bassam vai fazer isso para ele. Vai pegar a televisão e atirá-la na rua. Sabe que é forte o suficiente para fazer isso. Consegue sentir com cada respiração, com cada respiração que o Poderoso lhe entrega.

Lê o que escreveu. Não sabe como assinar. Que palavra final para ela quando não há nenhuma para seu pai?

Ao longe, ele ouve um riso abafado. Deve correr para orar. Escreve:

SEU FILHO,

MANSOOR BASSAM AL-JIZANI

Num Wal-Mart ao sul de Bradenton, April empurrava um carrinho pelos corredores e o enchia com coisas para Franny: uma colcha verde, três pares de bermudas, dois vestidos de algodão, um deles ela adoraria porque tinha vários sóis amarelos sorrindo contra um fundo azul; em seguida, pegou dois maiôs, um par de chinelos, um kit de calcinhas e quatro pares de meias com bainhas roxas. Comprou uma pá e um balde, além de um par de óculos de mergulho. Queria compor uma caixa de brinquedos nova para seu quarto. E talvez uma poltroninha. Mas eles não deviam parecer novos. Nada disso deveria parecer novo em seu quarto.

Tinha fome. Já passava das 13 horas, e ela pensou que só tinha tomado café o dia todo. Empurrou o carrinho para a praça de fast-food, perto do janelão com insufilm, e pediu um cachorro-quente e uma Coca Diet, sentando-se na mesa laranja e comendo rapidamente. Arrependeu-se de ter aceitado o convite de Lonnie para jantar.

Saindo do clube, sabia o que queria: fazer compras para Franny, depois cuidar do seu quarto até que ele parecesse melhor do que nunca. Mas Lonnie estava tão feliz e animado depois de sair do Puma, que queria levá-la para almoçar em alguma praia.

— Preciso me preparar para amanhã, Lonnie. Você pode me levar para casa primeiro?

Ele pareceu sentir culpa por pensar em si, mas ela sentiu como se o tivesse usado e tivesse alguma dívida com ele.

— Talvez mais tarde? — perguntou ela.

— Jantar?

— Está bem.

Ela tinha o resto da tarde à frente, mas primeiro precisava encontrar uma loja de móveis. Havia aquele shopping grande em Bradenton. Franny gostava por causa do porquinho na praça de alimentação, a piscina com milhares de bolinhas plásticas, Franny deslizando pelo escorregador vermelho para cair nelas, desaparecendo como se estivesse embaixo d'água.

Na mesa do outro lado do carrinho, um homem ficara olhando para ela por cima de seu sanduíche. Estava sentado em frente à sua esposa e filha, as duas gordas, a tira do sutiã da mulher serrando a carne embaixo de sua blusa. Seu rosto era rosa, e a barba bem-feita. Ele desviou o olhar quando percebeu que ela estava olhando. April podia ter dançado para ele, mas não lembrava. Levantou-se e cruzou o salão para jogar fora o papel do cachorro-quente e o copo pela metade. Sabia que ele estava olhando, o rosto pegando fogo, com medo que o mundo noturno e o diurno estivessem no mesmo lugar ao mesmo tempo. Era como se ela fosse eletrificada, pudesse entrar ali, colocar a mão em seu ombro e fazer seu coração parar. Era um poder que não queria. Uma fama que não gostaria de ter.

À luz do estacionamento, empurrou seu carrinho pelo asfalto passando por todos os carros lustrosos. Esperava ser capaz de acomodar os móveis em seu porta-malas, que suas compras fossem pequenas o suficiente para caber no único espaço que tinha.

Os sapatos de Tariq não estavam mais perto da entrada. O quarto está escuro e silencioso, a televisão desligada, e Bassam consegue ouvi-los do outro lado da parede. As vozes baixas. Estão se preparando para a oração. Ele coloca seu caderno em cima da cama e sai rápido, permitindo que a porta se feche e tranque atrás de si. Vai realizar suas abluções no quarto de Imad e bate na porta.

— Imad? Tariq?

Imad o cumprimenta. Seu rosto está úmido. Ele sorri para Bassam e o deixa entrar, enquanto Bassam tira os sapatos, ouve a voz do egípcio, ouve Amir.

— Mansoor?

Só se passaram dez dias, mas o egípcio tinha mudado; seu rosto está barbeado como sempre, e também ali estão as linhas escuras que pinta sob os olhos, mas parece mais magro, a pele amarelada, os olhos mais escuros. Ele sorri, se aproxima, agarra sua mão e beija seu rosto.

— *Assalaamu 'alaykum.*

— *Wa 'alaykum assalaam.*

Amir mantém sua mão no ombro de Bassam, vira-se para Tariq parado perto da cama, para Imad.

— Todos estão aqui agora. E o resto está onde deveria estar. Vocês estão jejuando?

Ele pergunta isso de uma forma que Bassam nunca tinha ouvido antes, não como um comandante, sempre os monitorando, duvidando, mas gentilmente, como um amigo.

— Estamos — responde Imad. E assim Bassam não precisa dizer que não, ele não está jejuando.

— Ótimo. — Amir se senta na cama e abre uma mala de couro com fecho de metal dourado. Levanta a pasta e tira três envelopes lacrados. Bassam pensa que precisa enviar a carta para sua mãe. Precisa ir ao correio.

— Irmãos — Amir entrega os envelopes, um para cada. Não havia nada escrito neles. — Amanhã, *Insha'Allah*, é o último dia, e vocês vão abrir esses envelopes. Ler as instruções cuidadosamente e segui-las.

Olha para cada um. A luz do abajur reflete em seus olhos, e Bassam sentia o cheiro da sua colônia, a mesma de antes e agora até mais forte, mas não é esse o egípcio com quem tinha vivido e viajado esses meses. Sempre vigiando cada detalhe de cada movimento, cada plano, cada lugar onde tinham morado. Sempre os vigiando. Esse é o egípcio que Bassam viu só por um momento quando puxou o controle do Cessna, e eles subiram com tanto ímpeto para o céu. *Alá é grande, Alá é grande,* o rosto com tanta expectativa da alegria que estava por vir, sua recompensa eterna.

— A hora está próxima, irmãos, com a graça de Alá. Mas vocês devem ser vigilantes, devem se ajudar e ser fortes. Depois das orações matutinas de amanhã, leiam esses envelopes e façam o que está escrito. Vou vê-los na manhã seguinte no *matar, Insha'Allah.* Agora andem, terminem suas abluções e vamos orar juntos. Depois, preciso ir embora.

Eles empurraram a segunda cama, e havia espaço para duas fileiras de dois, Tariq e o egípcio Amir, depois Imad e Bassam. Imad tinha acendido o incenso, e que bom que a televisão ficava de costas para a direção na qual rezariam, a direção da não tão distante Meca, simplesmente varando as paredes desse hotel e a praça da melhor escola e seus muros altos que não podem protegê-los, as ruas barulhentas e sujas dos *kufar,* seus lares de falsos ídolos e o mar no qual navegam os navios-tanque de petróleo saudita, os litorais da Inglaterra, da França e da Alemanha, sobre as cabeças de suas mulheres que riem, fumam, bebem e tentam os crentes para que se afastem do caminho que ele segue agora, através da Espanha, Itália e Grécia, seus *kufar* bebedores de vinho, suas mulheres nuas nas praias que ele rejeita, os Bálcãs onde milhares de muçulmanos foram massacrados e o Ocidente ficou assistindo, depois o Mediterrâneo, que ele nunca viu, e a sangrenta Palestina ocupada pelos sionistas, seus irmãos e irmãs vivendo em campos desde que nasciam, a cidade sagrada ocupada por cristãos e judeus, com seus templos e igrejas politeístas, a adoração a Esdras e ao Messias como se não houvesse Um Só Deus, depois para o sul cruzando Egito e Sudão, cruzando o mar Vermelho até as praias do reino, onde, quando criança, ele brincava e nadava com seus irmãos mais velhos, sua mãe, tias e irmãs em *abayas* completos embaixo de guarda-sóis, e, anos depois, ele, Khalid e Karim dirigiam o carro construído pelo inimigo distante, riam e faziam piadas tolas sobre nada, mais tarde sentados muito perto em uma *mirkaz* em um dos restaurantes à beira-mar, comendo peixe frito e iogurte, novamente falando sobre nada porque eles não eram nada, porque estavam à deriva no mar da descrença e nenhum deles tinha começado a se preparar para a *hajj*, como agora. Apesar de que o *shahid* está isento, o *shahid* está isento, e Bassam está quase lá, passando as duas montanhas de Safa e Marwa e as fontes eternas encontradas pela fé da esposa de Abraão na Mesquita Al-Haram e sua pedra Ka'bah construída pelas mãos de Abraão e seu filho, e como Ahmed al-Jizani pode não estar orgulhoso? Como ele não está orgulhoso?

Mas a mente de Bassam está devaneando e ele não pode permitir isso. Eles já realizaram duas *raka'ats*, e ele sabe que recitou as orações e as palavras de elogio com os outros, apesar de não ter prestado atenção, entrou em um não tempo, e como isso pode não ser um sinal do próprio Sagrado? Essa sensação de que é quase um espírito, de que já é quase um espírito nesse mundo carnal que ama a carne. Como vai ficar feliz em se livrar disso. Como vai ficar alegre!

Agora estão sentados, o ombro de Imad tocando o seu. Seu quadril e seu joelho. Ele e Imad têm uma tarefa muito importante a cumprir. Amir e Tariq têm a sua. O coração bate forte em seu peito. A corrida de camelos no Quarteirão Vazio, como a areia subia e caía sobre os turistas. Ele precisa esquecer isso. Deve esquecer todas as lembranças de casa, porque logo subirá ao único e verdadeiro lar. Está atrasado na recitação do *tashahud*, com seus irmãos, e então começa rápido, até alcançá-los.

Amir se foi. O quarto está vazio. Imad coloca seu envelope no criado-mudo. Senta-se na cama.

— Vocês dois deveriam estar jejuando.

Tariq segura o envelope contra a luz, olhos entrecerrados.

— Sim — diz Bassam. — Você está certo.

E não há aquela sensação ruim de antes, a sensação de que Imad é mais forte, mais disciplinado e mais preparado do que ele, de que é mais merecedor dessa honra, dada a todos eles. Olha para Imad sentado na cama em sua camiseta polo. As costas da roupa estão enrugadas, e os braços estão fortes por causa do exercício. E Tariq, olhe para ele tentando ler a carta através do envelope, sempre agitado, um homem que Bassam conhece desde garoto, com quem jogava bola na rua empoeirada, e Tariq sempre a mantinha no ar, nunca deixando que tocasse o chão.

— Irmãos. — O quarto vira um borrão. Só via a luz do abajur e as sombras de seus amigos. — Sinto tanto amor por vocês. Tanto amor.

April estava parada na entrada do quarto de Franny e tentava ver o quarto com os olhos do inspetor; o tapete estava limpo, e a cama feita com a nova colcha. Por trás do armário fechado, seus vestidos pendurados em cabides, suas outras roupas guardadas na cômoda que April limpara. O baú era maior do que ela tinha imaginado. Estava pintado de amarelo com margaridas brancas, e, na loja, entre outros baús de nogueira escura e bordo polido, tinha parecido uma criança feliz numa sala cheia de adultos, e ela não conseguiu deixar de pensar em Franny. Colocou-o ao pé da cama e encheu-o com todos os brinquedos. Até o balde novo, a pá e os óculos de mergulho couberam. Colocou a casinha da Barbie no alto, o rosado contrastando com o amarelo, mas pareceu menos artificial desse jeito, por isso deixou assim.

O pufe deu um pouco mais de trabalho. Coube embaixo da janela, mas não tinha forma, era muito grande, e de sua capa de couro ordinário emanava um cheiro químico novo. Ela ainda estava suando por carregar o baú para cima. Jean tinha saído de sua casa em seu vestido largo, o cabelo meio embaraçado, os olhos inchados do sono.

— April, deixe-me ajudá-la.

— Está tudo sob controle, obrigada.

April tinha abraçado o baú. A cada poucos passos, apoiava-o na escada, e teria sido mais fácil com Jean, mas a coitada respirava mal só de desenrolar a mangueira do jardim. Foi simpático que tivesse se oferecido, no entanto.

Na noite passada, quando as duas estavam jantando juntas na cozinha de Jean, a chuva batendo contra as janelas, April tinha se sentido protegida. Jean bebera vinho, e ela, água, e fora quase como estar com Stephanie. Não conversaram muito, mas não foi por constrangimento. E agora April iria descer e comer com Jean de novo, preparar algo para ela cozinhar desta vez.

O quarto de Franny nunca tinha ficado tão bem. Por que tivera de esperar isso acontecer para finalmente jogar fora a caixa de papelão que usava para guardar os brinquedos de Franny? A mesma que tinha comprado quando se mudaram para cá? Por que isso precisara acontecer para que ela comprasse algo para sentar e um bom jogo de cama? Para limpar e organizar o quarto de sua filha melhor do que antes?

Ela podia perguntar a mesma coisa sobre todo esse lugar, no entanto. Os móveis eram de Jean — o espelho dourado pendurado na sala, os abajures e os bancos, a cama e os criados-mudos no quarto de April; não era a casa de *April*, para início de conversa. Só algo passageiro entre o lugar de onde ela vinha e aquele para onde iria. O verdadeiro quarto de Franny estava no andar de baixo. Aquele em que ela dormia quatro das cinco noites da semana, aquele em que era obrigada a dormir.

Todas as noites, durante aquela semana, depois que Jean tinha terminado tudo, April entrava na casa de Jean três horas antes do nascer do sol nascer e pegava Franny. Puxava o cobertor perfeito, levantava sua filha e subia com ela pelas escadas até seu quarto. Com uma das mãos, afastava as roupas, os brinquedos, papel e canetas, e deitava Franny em sua cama. E se ela acordasse e começasse a chorar? E daí se April tivesse de se deitar um pouco com a menina embaixo dos lençóis, abraçando-a até ela voltar a dormir?

Franny acordava cerca de três horas depois pronta para brincar, se vestir e comer, e April já estava de pé. Fazia café e servia cereal para Franny. Tentava parecer feliz e ouvia Franny falar sobre Dipsy e o barco com o qual tinha sonhado, ou sua lista de cores favoritas, começando pelo amarelo. Mas, depois de meia hora ou mais, April tinha de colocar um filme da Disney e deitar no sofá, acordando minutos depois — era o que parecia — para ver a tela em branco, e a menina apertando o braço dela com seu dedinho.

— Mamãe, posso ir brincar com a Jean agora? Mamãe?

Então, por que não deixá-la lá embaixo? Deixar que fosse amada por uma mulher que não tinha ninguém, enquanto April podia descansar e Franny ficava feliz?

Uma batida na porta. Lonnie, parado, sorria do outro lado do vidro.

m Maghrib, eles rezaram separadamente, e agora Imad está em um dos restaurantes saindo de seu jejum, enquanto Bassam tinha começado o dele. Havia deixado de lado a refeição noturna e só iria comer, se Alá quisesse, amanhã de manhã, depois de Fajr. Iria jejuar o último dia inteiro, e, depois do anoitecer, alimentar-se somente do suficiente para reservar sua força para a manhã seguinte, que, *Insha'Allah*, começará com uma última refeição.

Deitado na cama, sentia novamente o coração bater forte ao pensar nisso, a última refeição de Bassam al-Jizani. Mas não é medo. Ou não é só medo. É a sensação de estar preparado. É o motor que deve ter condições para levá-lo aonde vai, porque há calma também; a consciência de seu destino aproximando-se, que o distância do barulho e da movimentação, da preocupação e dos problemas. Não é como olhar para o fogo, tudo vai ficando longe, você para de pensar em tudo que foi, deve ser e deveria ter sido feito de forma diferente por todos, especialmente por você mesmo.

Há calma e clareza. Como tudo é claro: o teto acima de você, a luz que sai do abajur, a superfície feita por trabalhadores perdidos em sua descrença; o gabinete de madeira construído por outros *kufar*, os riscos polidos na parte da frente e de trás, a televisão dentro dele, claramente uma invenção do próprio Shaytan, porque veja como Tariq está ali com o aparelho de controle remoto apertando o botão tão rapidamente, a tela uma mistura de cores e imagens celebrando o nada. E mesmo assim, ainda assim, Bassam não o impediria de pressionar o botão Adulto mais uma vez. Não é, Bassam? Porque, mesmo na força da oração, sua fraqueza permanece. Está ali no seu desejo de que Tariq pressionasse o botão.

Tariq. Sua agitação não irá distraí-lo. Ele sempre foi desse jeito. Nunca precisou de pureza para realizar sua tarefa. Khalid era o mais rápido, mas, depois de sua morte, o mais rápido passou a ser Tariq, agitado, distraído, sempre fumando.

— Bassam?

— Mansoor.

— Mansoor?

— Sim?

— Vou comprar uma mulher.

— O quê?

— Vou comprar uma mulher.

— Quando?

— Agora. Esta noite. Amanhã vou jejuar com você e Imad, *Insha'Allah.*

O coração de Bassam bate mais forte. Queria que Tariq estivesse mentindo. E queria que estivesse falando a verdade.

— Imad não vai gostar disso.

— Não me importa, Bassam. Já liguei para o serviço de acompanhantes. Foi fácil. Ela vai chegar aqui logo, segundo a vontade de Alá. Você quer compartilhar?

— Não.

— É sua última oportunidade, Bassam. Não está curioso? Não quer saber como é?

— Vou descobrir em Jannah, *Insha'Allah.*

— Mas isso podemos pilhar dos *kufar*, Bassam. É algo que o Sagrado não nos negaria. Ele fez com que eu achasse o número de telefone no livro.

— Ou foi Shaytan, Tariq.

— Não, Bassam. Deixamos nossas casas, nossas famílias, tudo para trás por causa do Criador. Ele quer que os *shahid* pilhem essa recompensa.

— Então, pilhe-a.

— Vou fazer isso. — Tariq fechou o gabinete da televisão. — Mas aonde você vai?

— Sair. Vou sair.

Tariq balança a cabeça e vai até o banheiro. Não faz nenhuma súplica para entrar no banheiro, e Bassam o ouve colocar colônia, sente o cheiro.

Uma mulher. Aqui. Uma *kafir* que vai fazer por dinheiro. April, que dançou como Spring, como ela se afastara rapidamente quando ele a tocava acima de seu *qus*. E é verdade, ele gostaria de se sentar com ela mais uma vez. Não naquela caixa alugada, naquele lugar maldito, mas aqui neste quarto, neste último hotel na cidade do norte.

Uma batida na porta. Bassam começa a se levantar, o coração batendo forte. Imad? Não, do outro lado da parede, ouve a voz de Tariq. Seu inglês desajeitado. E agora a voz de uma mulher. Veja como ela entra no quarto. Poderia ser uma das estudantes brancas da melhor escola. Na luz do banheiro, seu cabelo é comprido e brilhante, castanho e louro ao mesmo tempo, os olhos verdes, as pernas descobertas por causa do vestido curto e os saltos altos.

— Achei que era só um, querido.

— Ele está indo embora.

— É mesmo? Posso ficar com os dois por 250. — Ela sorri diretamente para Bassam. É brincalhona, até respeitosa. É como Kelly, a treinadora, e ele não fala nada, nem se move.

— Bassam? — diz Tariq no idioma deles. — Fique. Ela gosta de você. Fique.

Ele sorri para a mulher *kafir*:

— Quer vinho? Uísque? Temos frigobar.

— Primeiramente você precisa me pagar, querido. Se for só você, ele precisa ir embora.

Vá embora. *Vá embora*, Bassam. *Vá*.

Segura uma bolsa de couro sobre o ombro, em cujo bolso lateral brilha um celular prateado. Ela ainda sorri, olhando para eles, mas toda a diversão foi apagada pelo vento frio dos negócios. É difícil não olhar para seu *nuhood* por baixo de sua blusa, para seus quadris e pernas nuas.

Bassam ouve sua voz dizer:

— Duzentos e cinquenta é muito.

— Um é 150. Acho que é um bom preço.

— Duzentos. — A respiração de Bassam está forte, suas pernas tremem

— Duzentos e vinte.

— Está bem — disse Tariq. — Está bom. Está bom. Por favor, sente-se.

Ele caminha até a mesa com o abajur entre as camas. Seu envelope selado está ao lado do Livro, perto de seu monte de dinheiro, preso por um clipe que ele comprou em Dubai; solta as notas e as coloca na mão da prostituta. Ela lambe o dedo e conta rapidamente, de forma eficiente. Sorri mais uma vez e enfia o dinheiro em sua bolsa. Como seria fácil matá-la agora. Não sabe disso? Não pensa nisso? E a calma e a clareza, para onde foram? O que é esse vidro quebrado dentro dele?

Tariq está servindo vinho de uma pequena garrafa que tirou do frigobar. Ela desabotoa sua blusa e tira os sapatos. Como é diferente vê-la fazendo isso quando Bassam não bebeu. Como se sente criança. Como sua boca está seca quando ela deixa cair a blusa e o sutiã. Como suas mãos e sua testa ficam úmidas quando a mulher solta seu vestido curto e coloca a bolsa, o celular e o dinheiro em cima. Ela está completamente descoberta, a não ser pela calcinha, que é preta e cobre sua bunda. Caminha devagar até o copo que ele encheu. E o agitado e distraído Tariq desabotoa sua camisa muito rapidamente.

Ela bebe. Bassam não consegue parar de olhar para seus *nuhood*, pequenos, menores que os da April. Tariq está sem roupa, deitado na cama. Bassam não consegue olhar para ele. Ela sorri. Sorri, deixa a taça de vinho e caminha até ele. Olha para Tariq.

— Você não precisa de nenhum incentivo, não é? Ponha alguma música, querido.

Mas fala isso de uma só vez, e, com o inglês de Tariq, ele não entende o que diz e não se mexe. No idioma deles, Bassam diz:

— Música, Tariq. Ela quer música.

E ele também. E que o abajur estivesse desligado. Para que o quarto estivesse perdido em sombras e barulho, como o clube masculino na Flórida.

— De onde vocês são? Isso é árabe?

— Não.

Uma puta inteligente. Uma puta com estudo. A música entra no quarto vindo do rádio. Não está alto, mas, mesmo assim, é alto demais. É uma música que ele conhece e entra em sua mente enquanto ela toca seu peito e começa a desabotoar sua camisa. É a música de Khalid, David Lee Roth, uma música para correr na Estrada da Morte, os gritos deles, seu chapéu de caubói, como Khalid adorava, e Bassam está duro, e por cima do cheiro da colônia de Tariq vem o cheiro dela, de cigarro e menta, de perfume e cosméticos. Ela sorri e olha diretamente para ele. Sua pele é macia. É mais velha que ele, e agora suas mãos esfregam as calças dele. Na mesa atrás da mulher, Tariq espera, seu pênis ereto, que Bassam vê e não quer ver. A guitarra de David Lee Roth o fere como uma espada, a bateria toca dentro dele. Nenhum ser já o tocou onde ela está tocando agora, e ele vê seu corpo desaparecer, evaporar. Receberá um novo corpo. Um corpo intocado. E Khalid nunca teve essa oportunidade. Khalid.

Ela tira suas calças. Fica de pé e abaixa sua calcinha. Bassam está com vergonha de expor seu pênis ereto para Tariq e se cobre, mas Tariq olha apenas para a moça *kafir*. O cabelo sobre o *qus* dela é como o da prostituta negra, uma linha fina. Ela se vira, pega sua calcinha e mexe dentro da bolsa. A bunda nua está exposta para eles.

— Bassam — fala Tariq no idioma deles —, você quer ir primeiro? É mais velho, deveria ir primeiro.

— É falta de educação falar pelas costas, rapazes. Em inglês, por favor. — Ela joga um pequeno envelope quadrado para Tariq e abre o dela, ajoelhando-se em frente a Bassam. — Tire a roupa, querido. Vamos lá, eu não mordo.

Ela abaixa as calças dele, que levanta uma perna, depois a outra. Como ele é fraco. Tão fraco. Trinta anos, mais ou menos, é o que ela tem, e a pele de suas costas é macia, Bassam a toca com dedos trêmulos. Ela desenrola a pele de borracha sobre o pênis ereto, o rosto a poucos centímetros. As pernas dele tremem.

— Pode ir, Bassam — diz Tariq. — Eu espero.

— O que ele falou, querido? Hã? Quer me dizer? Quer?

Ela o deixa de meias, levanta-se e tira a camisa dele pelo ombro, a garganta e o rosto de Bassam queimando. *Isso é demais. Isso...*

— Tariq, por favor. Apague o abajur. E o *Livro*, tire-o daqui.

Agora a música terminou, e um homem fala em voz alta, vendendo um produto, caminhões da Ford. O quarto fica escuro, e Tariq carrega o Livro para o armário, fazendo uma súplica antes de fechar a porta. Ela empurra o peito de Bassam, faz com que se deite na cama. E ela é uma profissional, excelente profissional. Onde adquiriu a pequena garrafinha que abre agora, jogando líquido nas mãos, esfregando em seu pênis ereto? Depois ela se toca com ele, limpa as mãos no lençol, e a música recomeça, a bateria pulsante, a guitarra rugindo, a voz do cantor fazendo força para sair do rádio e passar sobre os envelopes selados até entrar na cabeça de Bassam, onde desaparece. Ele faz o *du'a* a ser dito antes de se deitar com uma mulher, um que nunca tinha feito: *Em nome de Alá. Ó Alá, mantenha Shaytan longe de nós e mantenha Shaytan longe das coisas com as quais você nos abençoou.*

Como entra rápido dentro dela. Completamente dentro. Que começa a subir e descer e ela chama Tariq, o chama para junto de si. Bassam fecha os olhos. Segura os seus quadris, sente a pele e, embaixo dela, seu músculo e, embaixo dele, os ossos. Quanto tempo ele terá essas coisas? Quantos anos o Criador permitirá isso antes de queimá-la? Agora, uma tristeza se abre dentro dele, uma escuridão fria onde há tanta coisa: seu pai e seu irmão, o choro de sua mãe, o choro por Khalid e o choro que ele sabe que acontecerá por causa *dele*, se Alá quiser, se Alá quiser. Essas ondas de calor se espalhando pela sua pele, essa fogueira acesa e agora queimando. O fogo dela passando para ele, o dele dentro dela.

— Assim, querido. Isso mesmo. Venha aqui. Vamos lá.

A perna de Tariq toca a dele. A mulher emite sons enquanto o chupa, e Bassam abre os olhos e vê como, na quase escuridão, ela faz como a puta pálida. Ele fecha os olhos, a tristeza recuando porque só há o fogo dela entrando no dele, ele empurrando fundo dentro dela, e Bassam vê a prostituta negra, seu *qus*, sente-a em cima dele enquanto entra fundo nela como está fazendo com essa. Depois, ela é Kelly, a treinadora, seus dedos tocando-o enquanto se exercita. E agora é April, a cicatriz de seu bebê, seus *nuhood* maiores e o longo cabelo escuro, os olhos dela como os da garota de casa, as chamas dentro dele subindo cada vez mais alto. Ele poderia ter tido uma boa garota de boa família com quem, tivesse ele outro destino, se casaria, o Shawfa e Milka e Shabka, o Haflat al-Henna, as mãos e pés de sua noiva decorados com hena, as chamas subindo e subindo, a festa de casamento que ele teria, o dote que nunca poderia bancar sozinho, nunca, não como Bassam al-Jizani, um pobre estoquista com somente o nome do pai, ao qual nunca poderia se igualar, exceto agora, exceto agora, mostrando seu último respeito, não um status vazio, não inveja, suas chamas agora eram as chamas da prostituta, todos os seus pensamentos e deveres diminuindo, depois se lançando de forma tão quente para dentro do fogo da mulher, um som escapando dele, um som que nunca tinha feito antes e o deixa envergonhado, sua semente não na prostituta, mas dentro do reservatório de borracha, e o rádio está muito alto, uma *kafir* cantando, e essa mulher continua se movendo porque ela não sabe.

Ele abre os olhos. A luz do banheiro está atrás dela. É difícil ver o rosto dela, pois ela continua chupando Tariq, a cabeça para trás.

— Saia. Por favor, saia.

Ela para.

— Já, querido? Já?

Ela se levanta de cima dele e libera Tariq, deita na cama dele, abre suas pernas, e Bassam corre para a luz densa do banheiro. *Ó, Alá, eu me refugio em Ti de todo o mal e daqueles que o fazem.* Ele fecha a porta. Tranca-a. Seu reflexo no espelho, não consegue olhar. Está suado, as pernas fracas, e tira seu reservatório, envolve num papel higiênico e joga no lixo. Ouve a cama de Tariq bater contra a parede, a música *kufar* na rádio, os gritos de prazer da prostituta. E não minta para si mesmo, Bassam. Você gostaria de vê-la fazer isso. Gostaria de abrir a porta e ver mais, sentir mais. Gostaria de descansar e transar com ela de novo. Da forma como Tariq está fazendo agora, por cima. Seu corpo já está sujo, mas o fogo mal esfria e você já quer se queimar de novo. Mas ouça-a, ouça como seus gritos vêm de Shaytan, seu contentamento sombrio em enfraquecê-lo. Seduzindo-o com a vida desse mundo, quando menos de uma hora antes você estava num estado puro, o estado apropriado para um *shahid*. Será que Shaytan poderia estar mais feliz neste momento?

Mas, não, Bassam, acalme-se. Acalme-se. Você simplesmente pilhou uma recompensa de al-Adou al-Baeed; no Livro está escrito claramente — *mulheres são seus campos.* Essa prostituta é simplesmente a sombra de um gosto do que está por vir, *Insha'Allah*, de como as mulheres de Jannah vão deitar com eles em divãs macios em jardins fabulosos regados por água corrente. E não haverá música *kufar* tocando, nenhuma prostituta, nenhum dinheiro, apenas a carne eterna de Bassam dentro da carne eterna delas. Se Alá quiser, para sempre.

O barulho parou. Tariq fala. A música mais uma vez deu lugar a homens vendendo produtos. Como ele e Tariq tinham acabado de comprar um. É tudo que ela foi, Bassam. Um gole de vodca ou cerveja quando você estava vivendo entre eles, ou um milk-shake para emagrecer que Imad compra na academia depois de se exercitar.

O rádio fica em silêncio. Bassam pressiona o ouvido contra a porta. A voz da prostituta está próxima, e ele a ouve se vestindo. Ouve o zíper. Mas não quer ouvir mais, nem consegue olhar para a mulher. Foi ela que o fez fazer isso, e, se não atrapalhasse seus planos, ele iria pegar sua faca, jogá-la no chão, cobrir sua boca e cortar sua garganta, deixando-a sangrar, seu sangue impuro no tapete, e deixaria seu corpo ali, enquanto ele e Tariq iriam dormir confortavelmente em suas camas, cujos lençóis teriam de ser trocados por causa dela e do que tinha feito com eles.

Novamente ela ri e diz:

— Seu amigo.

Ele empurra a cortina do chuveiro. Liga a água o mais quente possível. Está *rindo* dele? Acha que ele é um *garoto*? Ele entra a fecha a cortina. Ela precisa ir embora. É bom ter ido quando ele tiver saído, do contrário, será difícil se controlar. Será difícil, e ele é grato pela água purificadora, pela chuva morna que extingue o fogo e só deixa cinzas, úmidas e negras.

Sob a luz fluorescente do Publix, April empurrava seu carrinho. Dentro havia uma alface e tomates, pacotes de peras, maçãs e uma caixa fina de tangerinas. Havia cenouras, uma caixa de passas e um pacote de amêndoas. E ainda queijo cheddar em fatias, peru, presunto defumado e bolachas Ritz. April estava comprando o que ela e Franny sempre compravam, nada a esconder aqui, nada para mudar.

Ela ficou sem vontade de sair e dissera isso para ele; disse que ainda não tinha tomado banho e que precisava fazer compras, que não sabia a que horas as pessoas estariam aqui na manhã seguinte, e que realmente não era um bom momento, Lonnie.

— Você precisa comer, não é?

Ele ficou ali parado numa camisa de manga curta cor de banana, o cabelo molhado penteado para trás. Estava olhando direto para ela com o jeito amigo de sempre. Só um rosto amigo.

Era um restaurante de frutos do mar em Sarasota Bay, um dos lugares em que April tentara trabalhar quando chegara com Franny, e, assim que eles entraram, April sentiu vontade de ir embora. Seguiu a recepcionista, que passou com eles pelo frio do ar-condicionado, pelas mesas com toalhas, nem todas ocupadas, até o bar no pátio e a mesa que Lonnie tinha reservado.

Mas o pátio era bonito. Havia pequenas mesas sob os últimos raios de sol, a maioria delas com gente, uma mulher cantando em uma plataforma sob o teto de palha do bar. Ela tinha cabelos escuros compridos e estava com um vestido branco, cantando algo em espanhol; um pianista mantinha o ritmo ao lado dela. April se sentou e olhou para os barcos brancos do cais, o sol brilhando sobre Sarasota Bay. Fechou os olhos, viu Franny pedindo colo na sala de Tina.

Ela se levantou.

— Você está bem?

— Desculpe, Lonnie. Preciso ir.

Na seção de comida saudável, abriu uma barra de proteínas, cookies e creme, e comeu devagar. Era o que fazia com Franny. Pegou um frasco de creme de amendoim com chocolate e pôs no carrinho.

Lonnie a tinha levado para casa em silêncio, como se estivesse profundamente envergonhado de si. Ela não queria deixá-lo mal, mas preocupar-se agora com os sentimentos dele era demais para ela. Na frente da casa, ele saíra rápido para dar a volta e abrir a porta para ela. April logo teria de enfrentar a situação com ele, dar um jeito nele logo, não é mesmo?

Antes de sair de casa, ela batera à porta de Jean e lhe perguntara se precisava de alguma coisa, se já tinha comido. Jean respondera que não, mas não estava se sentindo bem, e atrás dela, no balcão, havia uma caneca; o gato lambia uma bolsinha de chá em cima da colher.

April colocou a embalagem da barra em cima das tangerinas, onde poderia vê-la e não esquecer de pedir que a caixa cobrasse. Era como ela e Franny faziam. Como sempre faziam.

Na ala de laticínios, abriu uma garrafa de leite e bebeu. Estava gelado e doce. Isso também seria cobrado, e o caixa jogaria a garrafa vazia no lixo embaixo da registradora, a sensação de virtude que isso sempre dava em April, de que era uma boa cidadã, uma pessoa honesta que trabalhava muito e fazia a coisa certa sem que ninguém precisasse mandar, sua filha feliz, bem alimentada e bem cuidada. Então por que agora, parada em frente às prateleiras iluminadas de leite e queijo, iogurte e manteiga, ela se sentia mentirosa, alguém que estava a ponto de ser flagrada e castigada?

O abajur se iluminou mais uma vez, e Tariq estava vestido e sentado ao lado da janela que tinha aberto, o pé descansando em cima de uma cadeira. Está fumando, soltando a fumaça no escuro. O quarto está fresco e recende a fumaça e ao perfume da prostituta. Na mesa está a taça de vinho que ela não bebeu, e Bassam, de toalha bem apertada ao redor da cintura, pensa em Imad vendo isso, então pega a taça e a joga na privada, o vermelho se misturando à água.

Lava a taça e a coloca de novo no gabinete do minibar.

— Bassam, você gostou?

— Não.

— Não?

— Ela é uma puta, Tariq. Uma puta *kafir*. Tem sorte de não ter morrido na minha mão depois.

Tariq sorri. Olha para ele sentado ali sem pudor, como um *kafir*: pés sem meias, fumando. Não está mais distraído, nem agitado.

— Que graça tem, Tariq? Acha que estou brincando? Vou encontrá-la e matá-la agora, se for a vontade de Alá. Faço mesmo.

— Bassam, você gostou. Sei que você gostou.

— Meu corpo gostou, Tariq. Eu não.

Bassam agarrou suas calças cáqui e fez o *du'a* para se vestir. *Toda a glória é por Alá, que me vestiu com suas roupas e me supriu, sem nenhuma ingerência minha.* Ele fecha o botão das calças. Enfia pela cabeça a camiseta polo que comprou num mercadinho em Del Ray Beach. Pega seus sapatos do chão, leva-os até o armário e os guarda.

— Pense como o Jannah será melhor, Bassam. *Insha'Allah*. Só *pense* nisso.
Tariq enfiou seu cigarro na pequena garrafa de vinho, a fumaça subia.

— Não tenha orgulho, Tariq. Precisamos ser vigilantes agora.

— Não estou orgulhoso, Bassam. Estou preparado, só isso. Estou pronto.

Ele se levantou e passou por Bassam, tocando levemente no seu ombro.
Estou pronto. Como são *diferentes*. Tariq se deitou com uma prostituta
e agora está pronto para deixar este mundo. Mas por que você também se
deitou com ela, Bassam? Como você poderia se sentir tão forte na presença do
Sagrado em um momento e depois sucumbir ao pior desta vida no seguinte?

A porta se fecha, o chuveiro corre, e Bassam sabe que mentiu. Ele não
mataria a prostituta, não mataria. O que ele quer com ela é mais tempo. O que
ele quer com ela é mais do que ela vendeu, porque terminou muito rápido.
E há muitas maneiras de fazer, não é mesmo?

Ele olha para o dinheiro restante ao lado das camas, e Al-Khaliq o
ajude, porque deseja contar, para ver se há suficiente para comprá-la mais
uma vez. Ou comprar outra. Uma ainda mais bonita. Mas ele não poderá
trazê-la aqui. Imad vai voltar logo, *Insha'Allah*. Se Alá quiser. Se Alá quiser.
A vontade de Alá. O que ele está pensando?

Olha para o seu colchão. A coberta está um pouco enrugada, mas é só
isso. Não há outros sinais do que aconteceu ali. Nenhum sinal de sua semente
desperdiçada. Então por que deseja desperdiçá-la novamente? Por uma
sensação? Uma simples sensação física? Ou sua alma está tão presa à Terra e
seus prazeres como a de um *kafir*?

Cliff, na loja de conveniência, com mais de sessenta anos, cabelo branco,
fumando o dia todo e usando ouro na garganta e no pulso, as marcas de
tinta de mulheres com quadris e *nuhood* nus, a cruz do filho de Maria, os
nomes das mulheres *kufar* com quem tinha deitado, uma delas queimada
por um cigarro aceso. Cliff, que o chamava de Sammy. Cliff, que tinha
deitado, certamente, com muitas mulheres neste mundo. Seu corpo e rosto,
um mapa feio de sua perdição, seu nada, sua descrença.

O quê, Bassam? Você quer ficar aqui, é isso? Quer fumar, beber e se deitar
com prostitutas e não prostitutas como a garota alta que sorriu para você hoje?
A garota que, certamente, nesse momento, está colocando seu namorado

dentro dela, arrancando a semente preciosa dele? A força dele? Pois é isso que elas fazem, não é? Essas mulheres *kufar*? Mesmo as mais doces, como Gloria, como Kelly, principalmente as mais doces — elas tiram seu poder, sua força física, sim, mas também sua capacidade de pensar claramente, de receber a Palavra do Criador, de ver e aceitar os sinais Dele.

Bassam agarra as cobertas da cama e arranca-as do colchão. Joga no canto. Senta-se. Na mesa, o envelope selado do comandante. Para todos eles. Aqui, e do outro lado do rio, e nas duas cidades ao sul. Pense em quantos milhares de quilômetros percorreram. Pense em todo o trabalho e preparação, treino e prática, jejum e oração. Você acha que jogou tudo isso fora, Bassam? Acha que um mero vaivém dentro de uma prostituta *kafir* irá colocar tudo a perder? Não está pronto para fazer o que for preciso? Não está?

Ele abre a gaveta do criado-mudo. Tira sua navalha. É cinza e metálica, sempre gostou de sentir seu peso na mão. Mas nem sempre gostou do que planejaram fazer com isso, não é mesmo? Um *kafir* empresário, tudo bem. Mas uma mulher? Uma mulher amigável — ele está *cego*. Olhe como se sente fraco agora. Olhem o que a prostituta branca e Shaytan fizeram com ele.

Aperta o botão, revelando a lâmina. É prateada e muito curta, brilhando na luz do abajur. É tão afiada que corta papel e carne, facilmente, *Insha'Allah*, e cortará rápido. Depois de terminado, pela vontade de Alá, dos mais altos salões ele vai testemunhar o que acontece com essas *jinn* no Último Dia. Vai observá-las clamarem por suas almas. Vai vê-las se ajoelhando perante o Juiz e Governante, arranharem seus rostos e se prostrarem e implorarem, mas para elas será somente o fogo eterno, e que prazer Bassam sentirá, se Alá quiser, ao ver essas prostitutas caindo da ponte em chamas. Enquanto as vê cair.

Recolhe a lâmina, deixa dentro do livro sagrado dos *kufar* e fecha a gaveta.

la precisou conversar com ele através de uma tela de vídeo. Seu próprio filho. Precisou se sentar numa cadeira em frente a uma TV com ele olhando para ela em trajes de prisioneiro e conversar usando um telefone, no pequeno corredor barulhento onde muitos outros se sentavam em frente a telas de televisão parecidas conversando com seus entes queridos.

Ela nunca o vira tão mal. Mesmo quando viera morar com ela, longe de sua família, mesmo então. Eram os olhos dele. O propósito que tinha visto neles durante toda a sua vida. Aquela determinação perene de fazer o que tinha de ser feito, de ultrapassar o que precisava ser ultrapassado. Estava ali com seus olhos fundos quando era pequeno e batia um brinquedo no outro, quando era maior e saía para a escola que odiava, quando sua voz estava mudando e ele se trancava no quarto evitando ouvi-la fazendo sexo, quando já era grande e carregava todas as ferramentas de Eddie para a varanda a cada tarde e depois de volta a cada manhã, quando se casara com aquela Deena — mesmo então, à frente do juiz de paz no cartório só com a mãe dela, o pai dela, e Virginia como testemunhas, Alan com o casaco e a gravata que ela havia comprado, sua noiva grávida num vestido de algodão simples, ele tinha aquele olhar, de que aquilo era outra coisa a assumir, e ele iria conseguir *resolver*.

Mas, olhando para ele nessa tarde encarando-a no monitor da televisão, viu alguém que nunca tinha visto. Seus ombros, caídos, e ele ficava olhando para a câmera como se não tivesse certeza de onde estava ou do que deveria fazer ou de se sua mãe estava mesmo ali do outro lado.

Ele tinha suspirado longamente. *Estava tentando fazer algo bom, Mamãe. Estava tentando não pensar em mim.*

Você nunca pensa, querido. Nunca pensou.

A caminho de casa, começou a chorar por ele, por esse rapaz que tinha criado para assumir tudo de forma tão *solitária*. Por que não chamou a polícia? Por que não pediu a ajuda *dela*?

Mas por que faria isso? Senhor, por quê? Quando pensava na vida deles juntos, na maior parte AJ era um acompanhante — no trabalho dela, no bar ou no clube de bilhar perto de quem ela estava saindo, um menino que "segurava vela" e era colocado em frente à TV enquanto ela ficava com Eddie, ou os homens antes dele, na cozinha ou no quarto.

Depois Eddie saiu de cena, e sua vodca também. Como a casa ficou silenciosa, AJ trabalhando à noite na farmácia com roupas que ela passava. Sentia que só fumava e mudava os canais, não assistindo a nada, só esperando, é o que parecia. Mas o quê? Semanas e meses disso, e estava fumando tanto que não conseguia respirar. Precisou comprar aquele tanque. E depois aquela mulher na TV, aquela mulher bonita da idade de Virginia falando sobre o ataque que sofrera, dois homens que a tinham amarrado, amordaçado e a "violado" por um dia e meio. Virginia não se lembra de como fugiu ou o que aconteceu com os homens, somente que a mulher continuou descrevendo anos de bebedeira e promiscuidade.

— Talvez você achasse que eu não iria querer que nenhum homem tocasse em mim. Mas eu estava tentando preencher um vazio que somente o Senhor pode preencher. Somente Ele.

Virginia começou a chorar.

No domingo seguinte, ela entrou em uma igreja católica. Sentou-se, no meio de famílias bem vestidas: maridos, esposas e crianças. As paredes pareciam feitas de madeira escura e vitrais, e suspenso sobre o altar estava Jesus na cruz. O padre era jovem, o cabelo escuro penteado para trás. Ele era bonito e falava do Mal entre e dentro de nós, e era como dar nome a algo que você tinha visto ou a que tinha se acostumado durante anos, mas não conhecia. Havia a sensação de que estava sendo levantada com doçura e colocada no caminho correto, um caminho em que ela só podia continuar se soltasse o volante.

Você precisa vender minha picape, mamãe.

Mas ela não o faria. Tinha dois CDBs que descontaria para contratar um advogado.

E o tiraria dali. Deus veria como faria todo o possível por seu filho. Seu único filho.

SEGUNDA-FEIRA

O quarto está escuro. Bassam toca o peito. Toca o rosto. Vira de lado e levanta os joelhos, toda a perna, os braços — ainda aqui.

O chuveiro está ligado. A cama de Tariq está vazia, e a luz vermelha do radiorrelógio marca 5:03. Seu último dia completo, Bassam. Se Alá quiser, seu último dia completo. Ele faz sua súplica matinal: *Toda glória é para Alá, que nos deu vida depois de tomá-la de nós, e para Ele é a Ressurreição.*

Bassam puxa a coberta. Senta-se e acende o abajur; seus olhos se entrecerram por causa da luz. Ele os fecha e faz as orações da manhã: *Conseguimos alcançar a manhã, e a esta hora toda a soberania pertence a Alá, Senhor do mundo. Ó, Alá, peço a Ti pelo bem desse dia, triunfo e orientação, e me refugio em Ti do mal deste dia e o mal que o segue.*

A água corria pelos canos nas paredes. O clipe de metal estava vazio, o resto do dinheiro em cima dos dois envelopes lacrados. Bassam pega o seu e o abre, seus dedos tremendo como fizeram com a prostituta que agora teme que o tenha arruinado.

São várias páginas fotocopiadas, e é, ao mesmo tempo, um conforto e uma advertência ver seu idioma natal escrito.

A *Última Noite*

1. *Faça um juramento de morte e renove suas intenções.* Bassam esfrega os olhos. Senta-se mais ereto. *Raspe o excesso de pelos do corpo e use colônia. Tome um banho.*

2. *Tenha certeza de que conhece bem todos os aspectos do plano, e espere a resposta ou uma reação do inimigo.* O coração de Bassam começa a bater mais rápido. Respira fundo pelo nariz e espana um pouco mais de remelas dos olhos.

3. *Leia Al-Tawbah e Anfal, e reflita sobre seus significados. Lembre-se de todas as coisas que Alá prometeu para os mártires.* Sim, sim.

4. *Lembre sua alma de ouvir e obedecer a todas as ordens divinas e lembre-se de que vai encarar situações decisivas que poderiam evitar que você fosse cem por cento obediente, então desafie sua alma, purifique-a, convença-a, faça com que entenda e incite-a. Alá disse: "Obedeça Alá e Seu mensageiro, e não lutem entre si ou acabarão falhando..."*

A última noite de Imad, seus gritos, sua raiva ao sentir o perfume, Tariq orgulhoso e sem medo, gritando com ele como se Imad fosse Karim, perdido e sem conhecer a Verdade.

— Foi uma *pilhagem* e nada mais, Imad! Deixe-me em paz. Somente Al-Khaliq é meu Juiz!

— Tariq, é *assim* que você se prepara? Assim? E Bassam, você também? *Você?*

Bassam não conseguiu responder, e a porta do quarto bateu, depois a porta de Imad. Tariq riu.

— Fique quieto, Tariq. Não diga nada, por favor. Nada.

...e seja paciente, porque Alá está com o paciente.

A briga deles, os cigarros, a compra de uma mulher que poderia ter sido da polícia, como teria sido fácil que tivessem sido impedidos, detidos, *expostos.* E Bassam sente como se fosse uma criancinha a quem confiaram algo precioso, mas a que não tem direito.

A água para nos canos. Mas essa carta escrita para ele por quem? Um de seus comandantes, talvez até o próprio Abu Abdullah, que Alá o abençoe.

Bassam o imagina sentado na tenda central, escrevendo para eles. Esse santo homem. Esse santo guerreiro cujas palavras Bassam continua a ler com calma e grande cuidado.

Purifique sua alma de todas as coisas sujas. Esqueça completamente algo chamado "este mundo" ou "esta vida". A hora de brincar acabou, e o momento sério está à nossa frente.

As palavras se tornaram difíceis de enxergar, os olhos de Bassam queimam, e ele os enxuga.

A *hora de brincar acabou.*

Tudo se sabe, tudo se perdoa.

É *isso* o que o xeque está dizendo para ele. Conhece aonde foram enviados para morar. Sabe o que precisam enfrentar aqui. E deu essas instruções sábias só com um dia faltando, assim não haverá mais tempo perdido, não haverá tempo para ser pervertido. Os olhos de Abu Abdullah. Sua *fé* neles! Seu *amor* por eles!

Quanto tempo desperdiçamos em nossas vidas? Não deveríamos tirar vantagem dessas últimas horas para oferecer boas ações e obediência?

Sim, sim. Bassam senta-se em sua cama. Cobre as pernas.

Tenha em mente que, se cair em tentação, como saberá agir e como se manter firme, lembrando que irá voltar a Alá, e lembre-se que qualquer coisa que acontecer com você nunca poderia ter sido evitada, e o que não acontecer nunca poderia ter acontecido. Esse teste do Poderoso Alá é para elevar seu nível e apagar seus pecados.

Apagar seus pecados. Ele *não* perdeu seu lugar em Jannah; ele, Tariq e Imad foram escolhidos por meio de Abu Abdullah pelo próprio Criador. Esqueceu isso, Bassam? Esqueceu de tudo que já foi ensinado a você pelos santos e bons homens? Ele deve simplesmente realizar sua tarefa e, *Insha'Allah*, tudo estará garantido. Deve orar por isso. Deve orar.

Abre-se a porta do banheiro. Há vapor e cheiro de sabão, e Tariq aparece. Está completamente vestido, a camiseta polo por dentro das calças.

— Tariq. Você precisa ler isto. Precisa ler isto e parar de brigar, irmão. Chega de discutir. Você precisa ler isto, e depois vamos orar o Fajr com Imad.

Imad abre a porta. Seu quarto tem cheiro de incenso.

— *Sa'bah al-khair,* Imad.

— *Sa'bah al-khair.*

— Imad, vamos orar o Fajr juntos.

— Já orei, Bassam. O sol já está quase nascendo.

— Você já leu a carta?

— Li. E você?

— Quase a metade.

Imad olhou para ele. O alto e grande Imad. Com o rosto bem barbeado. Os olhos profundos que não mostram mais raiva, mas outra coisa. Os olhos de Karim quando ele sentiu pela primeira vez a mudança, parado na rua em suas roupas de *kafir,* olhando de Imad para Tariq e para Bassam, os seus corpos magros e puros, as barbas fortes — os olhos como os de Imad agora, tristes por essa nova distância entre eles. Para esses olhos, Bassam diz:

— A hora de brincar acabou, Imad. Eu sei disso, irmão. Tariq sabe disso também.

Chá quente, açúcar e um muffin com frutas e nozes. Bassam comeu isso pouco antes de o céu se iluminar do lado de fora da janela do hotel, e o sol colorir os tijolos marrom-avermelhados, a cor do pó que ele varria da loja de Ali al-Fahd. Aquela outra vida. É como se tivesse ouvido numa história, um garoto sem futuro neste mundo ou no outro. *Você deve sentir total tranquilidade, porque a hora do seu casamento no Céu está chegando. No fim começa a felicidade.* Juntos, ele e Tariq rezaram. Agora Tariq lê a carta na cadeira perto da janela, seus lábios se movendo, seu chá evaporando. Bassam senta-se na cama. A garota *kafir* que trouxe a comida deles era jovem. Usava o uniforme do hotel: calças pretas e camisa branca, e, assim que Bassam assinou o recibo, ela falou do tempo, do lindo dia.

— Sim — ele tinha dito —, *é* lindo mesmo.

E sorrira para essa *kafir* que nem sabia que estava na presença de dois homens que estariam em Jannah, pela vontade de Alá, em menos de trinta horas.

Sim, *está* lindo.

E Tariq agradeceu também em seu inglês ruim e olhou para sua bunda quando ela saiu. Mas Bassam, não. Ele não. Hoje é o último dia completo deles, e será, *Insha'Allah*, um dia de oração e jejum. Ele nem queria sair desse quarto, mas precisa, se quiser que sua mãe receba essa carta. E isso seria suficiente? Há algo mais que ele deveria dizer?

Não. Deixe que seu destino diga tudo. Deixe que o que ele fez, *Insha'Allah*, seja passado para eles como a boa nova que é.

— Tariq?

Ele segura as folhas perto do rosto.

— Tariq, isso tem a ver com a Última Noite?

— Sim. — A voz de Tariq estava como antes da corrida, antes da prostituta.

— Você está bem?

— Gostaria que já fosse a hora, Bassam. Não consigo esperar mais um dia.

— Sim, mas deve. Leia as palavras do Criador: "E seja paciente, porque Alá está com os pacientes."

— Mas, Bassam?

— Quê?

— Somos fortes o suficiente?

— Para ter paciência?

— Não, para o que precisamos fazer. E se eles forem mais fortes?

— Por vontade de Alá, não serão, Tariq. Não creem no Sagrado, por isso vão falhar. Leia o número 10. — Bassam desdobra sua carta, os olhos lendo da direita para a esquerda, da forma antiga, a única forma. — Lembre-se das palavras do Poderoso Alá: "Vocês estavam procurando a batalha antes mesmo de lutarem, e agora podem ver com seus próprios olhos." Lembre-se: "Quantos grupos pequenos derrotam grandes grupos pela vontade de Alá." E as palavras dele: "Se Alá lhes dá vitória, ninguém pode vencê-los. E se Ele o trai, quem pode lhe dar a vitória sem Ele? Então o crente confia em Alá." Você, Tariq, confia em Al-Qudoos?

— Confio.

— Então, se Alá quiser, iremos vencer. Não deve temer ou não temer. Não está em suas mãos.

Tariq olha para Bassam por mais um momento, seus olhos talvez no futuro. Talvez isso. Bassam se encosta na cabeceira da cama, a de Tariq, o barulho que ela fazia na noite anterior. Novamente, o pesadelo recua. Ele continua a ler:

Confira sua arma antes de sair e sempre. (Você deve deixar sua faca afiada e não deve deixar o animal desconfortável durante o abate.) A artéria. Bassam deve encontrá-la imediatamente. O sangue escoando tão rapidamente do cérebro do infiel, *Insha'Allah*. Como o *kafir* vai se sentir pequeno, como sua resistência irá diminuir também. Agora o coração de Bassam está batendo mais rápido. Sim, dê-me força, Al-Aziz. Por favor, dê-me determinação.

Bassam se levanta, e do armário tira o Livro. *Em nome de Alá.* Está gasto, um exemplar comprado por Amir no Paquistão. Simples, capa negra. Dentro dele, tudo. *Tudo.* Bassam coloca-o ao seu lado, aperta a mão contra a capa.

No quarto, só o lento virar das páginas, o ar refrescante dos respiradouros, essa crescente sensação de estar preparado. O emir aconselha agora as súplicas a dizer antes de sair do quarto, quando entrarem no táxi, antes de entrarem no *matar*. A cada palavra, Bassam sente sua alma ficando mais limpa, com cada palavra sente que se aproxima mais do Sagrado, do Compassivo e do Misericordioso, do Poderoso e do Amoroso. Como Bassam é *abençoado*.

Há mais coisas para ler, mas ele deseja saborear a leitura dessas instruções. Agora é a hora de se mexer. Seu corpo não pode mais ficar parado. Vai enviar a carta para sua mãe. Vai perguntar na recepção onde é a agência dos correios, e, se Alá quiser, vai enviar sua carta para casa.

April estava havia muito tempo parada na janela de seu quarto, foi até a cozinha para pegar uma cadeira e carregou-a pelo corredor, sentando-se em um lugar de onde poderia ver a rua. Era o começo de setembro na costa do golfo, mas o ar da manhã parecia enfumaçado, como os agostos no norte. Seu apartamento nunca estivera tão limpo e seu cabelo estava seco após o banho que tinha tomado. Trocara de roupa três vezes, finalmente escolhendo algo que usaria normalmente — bermuda e sandália, com uma blusa de algodão.

Desde que tinha vindo para o sul, nunca acordara tão cedo. Ficou vendo dois vizinhos saírem de camisa e gravata, entrarem em seus carros e irem embora. Um pouco mais tarde, viu uma jovem mãe com roupa de trabalho e tênis de corrida pôr duas crianças numa van, prender o cinto de segurança e virar para a direção oposta. Três adolescentes passaram de bicicleta. Nenhum deles usava capacete, e os três tinham mochilas nas costas. Pouco depois, um velho levando seu cachorro para passear cruzou a frente da casa. O cachorro era pequeno, de rabo curto, parou na palmeira, cheirou o tronco, levantou a perna e fez xixi. Na bruma, as folhas da palmeira pareciam azuis.

April podia ter visto algumas dessas pessoas num dia de folga, ela não se lembrava; como a rua parecia diferente agora. Nestes últimos meses, estava acordada quando as pessoas se achavam dentro de casa, no jantar quando pegava seu carro para ir ao clube, depois dormiam às três da manhã, quando voltava, os pés doendo, os olhos cansados da fumaça, dinheiro no bolso. Era como ver o bairro pela primeira vez, e ela se sentia esperançosa, porque, de onde via, ele parecia próspero, limpo e cheio de cidadãos exemplares que pagavam seus impostos.

E era isso que ela era, não? Os inspetores não veriam isso também? Imaginou sua filha desenhando em uma cozinha ensolarada com uma mulher pesada e afetuosa, que não queria fazer nada a não ser cuidar dessa garotinha em sua casa, uma casa que parecia a de Jean; ela estava com alguém tão amável e solitária quanto Jean Hanson.

Quando garoto, muitas vezes Bassam tinha um mesmo sonho. O Ramadã tinha acabado, e toda a família estava celebrando o Eid al-Fitr. Sua mãe e suas tias serviam carne de filhote de camelo numa jarra de trigo coberta com canela, cardamomo e açafrão, e, no pátio, seu pai e seus tios dançavam *mirwas*, *tablah* e *daff*. Antes, as crianças tinham recebido presentes: joias beduínas de prata para serem usadas pudicamente por suas duas irmãs; para seus 13 irmãos, facas e espadas feitas de madeira, um lindo tapete para Adil, uma brilhante *mabkhara* de bronze para Rashad. Bassam não recebia nada, mas, nesse sonho, não ficava chateado.

Em seu sonho, estava afastado e acima de sua família e sua celebração. Estava e não estava junto a eles. Comia a refeição, mas não sentia o gosto. Via os risos, mas não ouvia. Sua mãe o abraçava, mas ele não sentia. Não, havia, em vez disso, a sensação de que estavam comemorando *ele*, através do Sustentador. Que ele, o tímido Bassam, tinha feito algo para levá-los mais para perto de Alá, que não havia presentes para ele porque Bassam *era* o presente. Para sua família. Para seu clã. Para seu reino.

Ainda garoto, acordaria logo desse sonho para o Fajr e se sentiria bobo, porque tinha vergonha de sua falta de humildade, *ele* que nunca tinha feito nada especial, que tinha problemas com seus estudos, que nunca se concentrara durante as orações e que só queria jogar bola com seus amigos. Quem era *ele* para ter esse sonho?

Lembre-se que vai voltar a Alá e lembre-se que qualquer coisa que acontecer com você nunca poderia ter sido evitada, e o que não acontecer nunca poderia ter acontecido. Essas palavras dentro dele, enquanto caminhava sob o sol entre os *kufar.* Grande conforto é o destino, disseram-lhe, afortunadamente. Porque era isso que o sonho era, Bassam, uma previsão.

Ele quase sente pena dessas pessoas. Olha para elas caminhando depressa no meio de uma manhã de segunda-feira, esses homens de gravata com seus celulares junto das orelhas, essas mulheres nas ruas, conversando cheias de empáfia umas com as outras, como essas duas na frente dele. Olhe para elas conversando enquanto atravessam a rua cheia, copos fechados de café nas mãos. Tantas pessoas correndo e correndo. Elas correriam se soubessem o que as espera?

Ele também espera o trânsito diminuir e atravessa, caminha devagar, demorando o tempo necessário. Uma van com trabalhadores passa perto, o motorista grita com ele da janela aberta. Bassam olha para eles enquanto se afastam. No teto da van, uma escada com um lenço vermelho amarrado na ponta, voando. Ele sente que não pode ser atingido. Sente que está firmemente a bordo de uma grande nave invencível. Sente uma paz suprema e com esse sentimento gostaria de fazer algo bom. *Não deveríamos tirar vantagem dessas últimas horas para oferecer boas ações e obediência?* Hoje, há muito pouco ódio para com essas pessoas. Elas não têm imame, por isso fracassarão. E essa missão, *Insha'Allah*, será a primeira vitória entre muitas.

Uma jovem está parada em frente à escadaria de pedra dos Correios. É pequena, tem o cabelo curto, e Bassam se disciplina para não olhar para sua bunda, em sua calça apertada. Na frente dela, há um carrinho de bebê. Ela olha os cinco ou seis degraus. Olha para o carrinho, azul-escuro, os ferros prateados, brilhando sob o sol.

Bassam enfia a carta no bolso de trás. Aproxima-se dela bem quando a mulher se abaixa para agarrar o carrinho e levantá-lo, seus *nuhood* visíveis dentro do sutiã, a corrente de ouro e a cruz do filho de Maria.

— Senhorita? Deixe-me ajudá-la, por favor.

E sorri para ela, que parece espantada. Mas o que vê? Um jovem, limpo e de barba aparada, as roupas passadas por ele mesmo antes de deixar o ótimo hotel onde está hospedado, uma expressão em seu rosto, mistura de pena e desejo de fazer o bem. Ela sorri também, agradece e, juntos, carregam o carrinho do bebê pela escada de pedra, Bassam segurando as rodas da frente e andando de costas, a mulher segurando as alças, e olhe o bebê, Bassam. Olhe para ele olhando para você. Não há medo em seus olhos. Só uma pergunta... será que ele faz perguntas? É tão novinho, ainda não tem dúvidas?

— Muito obrigada.

— Tudo bem.

Ele abaixa o carrinho, abre a porta de vidro e agora sim olha para sua bunda quando ela entra. *Ó, Senhor, peço o melhor deste lugar e peço que me proteja dos males.* Ele segue a mulher e seu bebê até a área postal. Há uma longa fila de *kufar*. Homens e mulheres. Uma televisão no canto superior, essa CNN a que Amir geralmente assistia nos quartos de hotéis aqui. A história agora de um incêndio no Ocidente, árvores e casas queimando, muita fumaça. E ele vê acima das janelinhas do balcão a bandeira desse país. Está sob uma redoma de vidro, a mesma bandeira pendurada na base militar de Khamis Mushayt, a mesma pendurada no alto poste sobre os prédios construídos por Ahmed al-Jizani. Como é possível que a bandeira dos *kufar* tenha sido pendurada na terra dos dois lugares sagrados? E, apesar de não ter visto, certamente também está pendurada no complexo norte-americano em Riad, entre os executivos do petróleo. Nos tanques no deserto onde eles mataram centenas de milhares de iraquianos. Nos corações dos sionistas na Palestina. Está pendurada aqui em toda escola onde as crianças como esse bebê na frente dele aprendem a odiar os crentes. E por que não está pendurada na Bósnia? Por que os *kufar* não fizeram nada enquanto milhares de seus irmãos muçulmanos eram perfilados e assassinados, ou eram subjugados para que cortassem suas gargantas enquanto suas mães, irmãs e filhas eram violadas, as mesquitas sagradas incineradas? Onde estava essa bandeira *kufar* então? Claramente estava dobrada no bolso de Milosevic, pois, onde há um inimigo de Alá, não está claro que essa bandeira também está atrás do vidro em paredes pintadas acima das cabeças dos burocratas do governo? E agora Bassam não quer lhes dar o seu dinheiro. Por que deveria pagar para entregar essa importante carta no lugar de nascimento do Profeta que eles ocuparam?

Mas essa raiva é uma forma de distração. Ele fecha os olhos e faz a *du'a* por isso. *Eu me refugio do demônio abominável em Alá.*

Ele respira fundo pelo nariz. A prostituta *kafir*, seus quadris descobertos entre os dedos dele, subindo e descendo. *Já, querido? Já?* Como se ele fosse um garoto. Como se fossem todos garotos. Ele abre os olhos mais uma vez. A fila anda devagar. Na janelinha mais próxima, um velho compra selos. O cabelo dele é branco, e suas costas estão encurvadas pela força da Terra, e ele se apoia bastante na bengala para caminhar. Logo vai morrer e queimar, de acordo com a vontade de Alá. Tudo deve voltar para o Criador; essas pessoas vão fracassar, porque o Sagrado irá julgá-las. Não é preciso que Bassam seja distraído por essa raiva. Ele deve voltar ao estado de pureza e boas ações, só isso, porque Shaytan está trabalhando, não está? Como o anjo negro ficaria feliz se eles fracassassem. Como ficaria feliz em fortalecer os descrentes, protegê-los e conservá-los.

Você deveria sentir completa tranquilidade, porque o tempo entre você e seu casamento no Céu é bastante curto.

Sim, *Insha'Allah*, sim.

De seu bolso de trás, Bassam retira a carta. Está morna do seu corpo, e ele quer mandar esse calor direto para sua mãe. Seu riso quando era pequeno, o cheiro dela — transpiração e canela, alho e seda —, como era frequente o abraço dela, que apertava seu rosto com as mãos. Vai rezar pela alma dele, sabe disso. Porque ela também, como Ahmed al-Jizani, não entende o verdadeiro sentido da *jihad*. Ou talvez já tenha entendido, mas deixou de entender. Lentamente foi sendo ludibriada pelas ideias do inimigo, mas como a *jihad* pode ser apenas uma luta interna, quando o Criador mostrou tão claramente Seu inimigo aqui fora?

O bebê chora. O velho se afasta devagar da janelinha. O bebê continua a chorar, e a jovem mãe *kafir* se abaixa e o tira do carrinho, encostando-o sobre o ombro. Sua voz é baixa. Bassam não ouve suas palavras, só percebe que o bebê parou de chorar. A cabeça do menino é grande para o pescoço pequeno. Ele tem dificuldades de ficar erguido, mas olha mais uma vez para Bassam. Seus olhos são azuis, e ele olha para ele todo azul como se soubesse o que ele passava.

A fila anda um pouco mais rápido. Um homem vestido de terno se aproxima da janelinha. Uma mulher grande vai até a vizinha, e logo um *kafir* com roupas esportivas é chamado à terceira. A camiseta do homem não tem mangas, e seus ombros e braços estão descobertos, os músculos bem maiores do que os de Imad. *Seremos nós fortes o suficiente, Bassam? E se eles forem mais fortes?* Claramente Bassam e seus irmãos são mais fracos do que esse homem. Mas somente em corpo, Bassam. Somente em corpo.

Ele sente fome. Mas não haverá refeição no meio do dia. Já está de olho na grande fome, o vazio que somente o Sustentador pode preencher. E quis ter começado a jejuar dias antes com Imad. Mas, em vez disso, o que ele fez? Bebeu álcool, deixou a luxúria o controlar, e se deitou com uma prostituta e só pode orar para lutar amanhã, com a vontade de Alá, tão bom quanto as piedosas primeiras gerações. Só pode orar que seu amor pelo Criador seja mais forte do que qualquer *kafir*, como esse homem e outros como ele.

Ó Alá, proteja-me deles da forma que o Senhor escolher.

A fila anda de novo, e Bassam segue a mulher e seu filho, agora em silêncio e dormindo.

O nome da investigadora era Marina, um nome infeliz, pensou Jean, em um lugar tão cheio de barcos. Mas era agradável, sentada na ponta do sofá ao lado de Jean, assentindo respeitosamente para as respostas de Jean, com o apreço impessoal de uma enfermeira.

— Então ela dorme aqui toda noite?

— Não, só nas noites em que a mãe trabalha.

— E são cinco noites por semana?

— Às vezes quatro.

Jean deu um gole na água gelada. A mulher escreveu algo em seu caderno. Era baixa, com pele cor de oliva e um corte de cabelo masculino, as calças cáqui apertadas nos quadris. Não tinha tocado em sua água.

— A que horas ela chega em casa toda noite?

— Oh, não sei bem. Estou dormindo.

— Mas você disse que ela costumava levar a filha para cima. A que horas ela fazia isso?

— Ao redor das três, três e meia, acho.

O rosto de Jean estava vermelho. A maioria das perguntas da mulher era sobre April, mas ela começava a se sentir inspecionada em busca de algo escondido.

— Posso ver o quarto dela?

— Claro.

Jean a levou pelo corredor até o quarto de Franny, ficando de lado para deixar a mulher entrar. Jean viu como ela olhava para a cama e a colcha de retalhos, os bichinhos de pelúcia, pôsteres e cortinas; estava vendo como o quarto estava limpo e bem cuidado? O amor e o carinho investidos aqui? O que mais ela podia estar anotando em seu caderno?

A mulher olhou para ela, nem sorrindo nem carrancuda, e um peso começou a pressionar o peito de Jean: E se não deixassem que ela voltasse? E se o que ela visse não fosse o suficiente?

— Posso ver o seu quarto, por favor?

— Claro. É aquele.

Marina DeFelipe agradeceu. Jean não sabia se devia segui-la ou não. Iria parecer que a estava seguindo, tentando distraí-la para que não visse algo? Mas não podia simplesmente se virar e ir embora também; podia parecer que não se importava com o que estava sendo colocado no relatório. Ficou no umbral.

A mulher olhou os criados-mudos de mogno, os abajures combinando, o copo d'água pela metade e o livro que Jean tinha comprado na semana passada em St. Armand's Circle, *Ansiedade: A Cura*.

— A senhora sofre de ansiedade?

— Não. — O calor apertou a pele do rosto e da garganta de Jean ao mentir de forma tão óbvia. — Bem, pânico, eu diria. Às vezes tenho uns ataques.

A mulher assentiu lentamente, olhando mais sério para ela agora: seu pescoço flácido, os braços grossos e o grande vestido, as veias com varizes na barriga da perna, os chinelos que estava usando.

— Está fazendo algum tratamento?

— Não. — Jean desviou o olhar, o peso pressionando forte em seu peito. Um suor frio surgiu em sua testa e lábio superior, pela nuca. — Não é muito sério, de verdade.

Ela foi até a janela e abriu as cortinas. Estava pensando no hospital na sexta à noite, quando soltara os fios e deixara as pílulas no meio dos lençóis.

— A senhora deveria cuidar disso, Sra. Hanson. A ansiedade é um problema comum. Posso ver seu banheiro?

— Sim, por favor, venha comigo.

Jean caminhou rápido pelo corredor, porque caminhar ajudava; sua respiração vinha mais fácil, o peso de seu peito desafogava um pouco. Ela não esperou pela mulher desta vez; sabia que ela iria ali olhar os medicamentos;

no armário espelhado encontraria algo para a pressão, outro para baixar o colesterol, um pouco de aspirina. Mas nada para ansiedade ou pânico. Nada que a transformasse em mentirosa.

Enquanto a mulher inspecionava o banheiro, Jean apanhou os copos da mesinha da sala. Sua visão ficou escura quando se levantou, o coração palpitou. Agora voltava a ver bem, mas havia um suor frio que limpou com as costas da mão, a pele gelada.

— A senhora está bem? — Marina DeFelipo estava parada no final do corredor. Seu cabelo começava a ter uns fios grisalhos, e ela colocara um par de óculos de aro prateado.

— Sim, só não dormi bem. — Jean contornou o balcão. Colocou os copos na pia. Sentia a investigadora observando-a, e já estava cansada disso, não tinha feito nada de errado. — Vai falar com a April agora?

— Sim, obrigada.

Os olhos dela passearam pelos desenhos de Franny na parede, muitos de casas tortas sob o sol brilhante.

ra uma só inspetora, a mesma mulher que não tinha deixado que ela visse Franny, e April ficou surpresa quando descobriu que ela fora à casa de Jean primeiro. Passara bastante tempo lá embaixo. Agora estava de pé na sala de April olhando a fileira bem espanada de filmes da Disney sob a TV, o caderno aberto.

— Como ela está?

— Parece estar bem.

— Falo da minha filha. Os exames dela. Por favor, como ela está?

A mulher olhou bem para April.

— Ela não mostra nenhum sinal de ter sido abusada. Mas vou vê-la de novo.

April assentiu, os olhos se enchendo de água. Virou-se e passou do balcão, entrando na cozinha. *Graças a Deus, Graças a Deus, Oh, graças a Deus.* Mas não gostou porque a mulher não pediu autorização para ver sua filha, só informou que iria vê-la. Nem gostou da esperança dentro dela de que a mulher tivesse notado suas lágrimas.

— Posso ver o quarto dela, por favor?

April a levou pelo corredor. Ficou de lado e deixou-a entrar, parecia que estava mostrando uma mentira.

A mulher olhou para a cama e a casinha da Barbie ao pé dela. Olhou para o pufe novo. Caminhou e testou a janela.

— Ela é mantida trancada?

— Sim, o ar-condicionado está sempre ligado.

A mulher olhou para o pôster da lua sobre o oceano e abriu o armário, notou os vestidos e as blusas pendurados, a mochila cor-de-rosa de Franny no chão, os chinelos novos ao lado dos velhos. Olhou dentro, conferindo os cantos. Virou-se e sorriu.

— É aqui onde ela brinca? Aqui em seu quarto?

— E embaixo, com Jean. Ela fica lá toda manhã.

— Até você acordar.

— Sim, por volta das 10 horas.

— Jean disse 11.

— Entre 10 e 11 horas. — O rosto de April ficou vermelho. Ela tentou sorrir, mas não conseguiu.

— Ela sabe o que você faz?

— Jean?

— Sua filha.

— Eu contei que faço shows.

— Ela sabe o que isso significa?

— Contei que danço em um palco.

— O que ela viu na sexta à noite?

— Somente mulheres num vestiário. Só, sabe, mulheres.

Ela assentiu. Ficou olhando para ela, e April viu Mary, sua boa irmã Mary, que nunca rompera uma regra, nem nunca iria fazer isso. E deveria contar à mulher agora que não trabalhava mais lá?

— Posso ver o resto da casa?

— Por favor.

April deu passagem e deixou que ela olhasse sozinha. Ontem, tinha guardado a tábua de passar e o ferro no armário, coisa que nunca fazia, tinha pendurado suas roupas em cabides e tirado o pó da cômoda e do criado-mudo. Tinha arrumado a pilha de revistas e aspirado o tapete, lavado as janelas. Agora ouvia a porta do armário se abrir. Sua bolsa de couro estava no chão ao lado da cama. Estava fechada com zíper. Todo aquele dinheiro do estrangeiro que ainda não tinha depositado. Hoje seria sua primeira chance de fazer isso. Será que a inspetora olharia dentro da bolsa? Ela *podia* fazer isso?

Mas agora ela era uma sombra caminhando pelo corredor, sorrindo para April quando encontrou o interruptor de luz e entrou no banheiro, abrindo o armário de remédios.

— Você tem alguma arma?

— Não, nunca.

— Tem namorado?

— Não.

A mulher fechou o armário. Puxou a cortina do chuveiro e olhou para a banheira, os brinquedos de Franny arrumados, sua Barbie sereia sentada, prestando atenção.

ntre as orações 'Asr e *Maghrib*, Imad e Tariq aproveitaram para fazer mais uma sessão de exercícios na academia do hotel. Imad pediu a Bassam que ele fosse também, mas Bassam não vinha exercendo tanta disciplina e sabia que seus músculos estariam doloridos amanhã, *Insha'Allah*.

— Não terminei as instruções. Vão vocês dois, Imad. O que vocês precisam em mim é velocidade e determinação; essas coisas eu já tenho.

Imad com sua roupa para exercício, que tinha comprado na Target de Boynton Beach, e Tariq com a dele ficaram parados no corredor do hotel como dois garotos a caminho de brincar na rua. Imad assentiu, e agora era uma maravilha estar sozinho. No silêncio do quarto, ainda escuro pelas cortinas puxadas e iluminado somente pelo abajur, Bassam sente a oportunidade de estudar e orar, de se preparar melhor.

Sua boca está seca, mas ele não vai beber água. Sua fome voltou, mas ele não vai pensar em comida. Senta-se em sua cama e lê as instruções finais para a *shuhada'*, essas palavras são a única nutrição de que precisa.

Não se esqueça de sua recompensa, mesmo se for um copo de água para diminuir sua sede ou a de seus irmãos, se possível. Quando a hora da realidade se aproximar, a hora final, dê as boas-vindas à morte pelo bem de Alá. Sempre se lembre de Alá. Ou termine sua vida enquanto estiver orando, segundos antes do alvo, ou fale estas suas últimas palavras: "Não existe outro deus a não ser Alá, Maomé é Seu profeta."

No final, vamos todos nos encontrar no mais alto Céu, pela vontade de Alá

Bassam não pode mais ficar deitado. Dobra as instruções e as coloca de volta no envelope. Fica de pé e caminha entre o móvel da televisão e o frigobar.

Não se esqueça de sua recompensa.

Tariq, será que ele estava certo? Será que eles podiam — eram até incentivados — ter deitado com aquela prostituta? E podiam fazer de novo, não é mesmo? Algo para saciar a sede?

Não, *não*, isso é fraqueza. Não, ele precisa esperar. A esta hora amanhã, *Insha'Allah*, ele estará em Jannah.

Tão *perto*. Eles estão tão perto!

Sobre a mesa, embaixo da cortina da janela, está o que Imad comprou esta manhã, as latas de creme de barbear, os dois pacotes de lâminas descartáveis. Bassam deveria raspar seu corpo agora, no banheiro. Ele vai até a mesa. Mas, não, as instruções são para a última noite, ainda é de dia. Deveria ter ido com Imad e Tariq até a academia. Poderia fazer uns exercícios leves. Não, ele tinha razão; isso só deixaria seus músculos doloridos e lentos.

Vai até a janela e abre a cortina. Do lado de fora, o sol bate na parede de tijolos do hotel. Embaixo, no jardim, há árvores cheias e verdes. Ele quer ir lá. Quer ficar sob o sol, caminhando, movendo o corpo. Mas isso significa ficar entre os *kufar*. Vai estar entre eles e todas as distrações.

Não, Bassam. Acalme-se. Faça uma ablução e pegue o Livro, leia Al-Anfal e Al-Tawbah, como indicado. Leia as palavras do Sagrado.

E, sim, isso o acalma. Sim, o fortifica. Mas, logo no começo da sura, Bassam lê como se fosse pela primeira vez:

Quando o teu Senhor te ordenou abandonar o teu lar, embora isso desgostasse alguns dos fiéis. Discutem contigo acerca da verdade, apesar de esta já ter sido evidenciada, como se estivessem sendo arrastados para a morte, e a estivessem vendo. Essas palavras se referem ao Profeta, que a paz esteja sobre ele, e a vitoriosa Batalha de Badr, mas Bassam também vê Karim, ouve novamente suas palavras defendendo a aliança Sionista/Cruzada como se fizessem realmente parte do Povo do Livro, como se não fossem politeístas corruptos e descrentes. E Ahmed al-Jizani, Bassam vê seu pai quando ele se senta encostado na parede, o cotovelo levantado sobre o joelho, o chá fumegando no copo claro que segura, os olhos no filho mais novo.

— E, se for para lutar, só como defesa, Bassam. Um *fard kifaya*.

Mas a *jihad* não é um dever coletivo, é *fard'ayn*, uma obrigação *pessoal*. Uma *jihad eterna* contra os apóstatas próximos e distantes. E eles não leram as palavras de Alá? Não está claro a quem Ele favorece? Àqueles que ficam em casa no conforto e inventam desculpas ou àqueles que saem e *lutam*?

Mas esse orgulho nele está errado; o calor da vergonha sobe pelo seu rosto. Tudo isso não é para *ele*, mas para o Criador, para o Juiz e o Regulador, para o Que Sabe Tudo e o Misericordioso. E Bassam deve ter mais respeito pelo próprio pai. Sim, ele pode não estar destinado aos salões mais altos com seu filho, *Insha'Allah*, mas é o construtor de uma mesquita sagrada, pai de 14 filhos, o marido da querida mãe de Bassam, e não está prometido ao *shahid* que seu sacrifício irá apagar os pecados dos setenta membros da sua família também? Não é isso? E, sim, se Bassam for forçado a matar, pela vontade de Alá, ele deve dedicar isso a seu pai. Vai dedicar o primeiro sangue derramado a Ahmed al-Jizani.

stavam atrasados. Marina dissera uma hora, mas já passara das duas. Três carros já haviam subido a Orchid, o sol refletindo em seus tetos e vidros, cegando-a pouco antes de passarem pela sua frente.

April se recostou em seu Sable. O porta-malas estava quente, ela sentia nas costas, e sua boca estava seca, e o coração parecia estar batendo em seu estômago vazio. Jean tinha esperado por ela, mas se sentira mal com o sol e entrara para pegar um chapéu. April estava suando e com sede, mas não se mexeu.

Um cachorro latiu. Uma porta se abriu e fechou. Seus olhos estavam semicerrados e precisava dos óculos escuros.

Um carro branco entrou na Orchid, e a seguir uma van azul-escura. O sol refletiu no cromo e no vidro dos dois, e April pousou a mão sobre os olhos. O primeiro carro era o de Marina DeFelipo, e ela estava sozinha, April já na calçada caminhando rapidamente até a van, encostando no meio-fio. O veículo era novo, as janelas laterais opacas, e uma mulher estava ao volante. Quando ela desligou o carro, April já estava na porta de trás, puxando a maçaneta. Ouviu um clique, depois um soluço, os olhos cheios de água, o vidro escuro um borrão. Continuava puxando a maçaneta, mas tudo o que aconteceu foi a janela do passageiro da frente se abaixar.

— Solte para que eu possa destravar.

Uma voz educada, mas firme, e April soltou. Enxugou os olhos e pressionou seu rosto contra o vidro. Colocou as mãos para evitar o reflexo, e lá estava ela, presa à cadeirinha com um vestido branco, sorrindo e dando tchau, o cabelo enrolado, quicando, os pés em sapatos brancos novos dando chutes.

Jean sentou-se à mesa do pátio, sem tocar no cheeseburger, os tijolos mornos debaixo do pé. A luz do pôr do sol caindo sobre seu jardim e Franny e April sentadas à sua frente, a menina no colo da mãe, contando como havia bons brinquedos, uma caixa de areia e uma piscininha na qual ela tinha nadado. O cabelo estava limpo e enrolado, seu rosto sem marcas, os olhos azul-claros e iluminados com muita alegria e curiosidade, como sempre. Como era possível haver maior felicidade do que essa?

Jean levantou a taça e bebeu seu Cabernet. Queria champanhe, mas não conseguia tolerar a ideia de deixar Franny nem por um segundo. E como era bom se sentar atrás desses muros, entre os hibiscos, a três-marias, o jasmim-manga, o portão trancado, sem nenhum burocrata, as três a salvo. Agora Franny desceu do colo de sua mãe, deu a volta e subiu no de Jean. Abriu-se um buraco em sua garganta, e ela precisou abraçá-la forte, o corpinho de criança. Esse corpo forte, ileso e milagroso.

— Oh, estou tão feliz por você estar em *casa*.

— É, não gostei de não poder vir para casa.

— Nós também não gostamos, querida.

April disse:

— Lembra-se do que eu disse, Franny? Nós é que estávamos privadas de ver você. É por causa do que *eu* fiz, querida. Não por sua causa.

April olhava como se fosse chorar de novo, um joelho contra o peito. O cabelo estava preso para trás; ela estava com pouca maquiagem e seu prato de comida estava intacto. Antes disso, Jean teria ficado sem graça de abraçar

Franny assim na frente dela, como se estivesse roubando alguma coisa. Mas não agora. April estava olhando para elas como se formassem um conjunto, uma essencial para a outra.

A menina estava comendo um pedaço de tomate que pegara do prato de Jean. A mulher a beijou, cheirou seu cabelo. Tinha cheiro de xampu floral. Não era o que April usava, e parecia um odor incomum, como se Franny tivesse estado em algum lugar bem longe. Algum lugar fora do país.

O sol se pôs e, para a refeição noturna, pediram algo do serviço de quarto do hotel: frango e arroz, iogurte, apesar de ser doce, salada com pepinos extras que vão misturar com iogurte, pão e chá. E, se não estivessem quebrando o jejum juntos no quarto de Imad, será que teriam impedido o garçom *kafir* de entrar no quarto como fez Imad? Teriam sido tão puros?

Mais uma vez, não há nenhum ressentimento dentro de Bassam quando ele pensa nisso. É grato pela firmeza de Imad. E quando estão sentados ao redor da mesa, uma terceira cadeira trazida do quarto deles por Tariq, abaixam a cabeça e fazem as súplicas pelo desjejum. *A sede desapareceu, e as veias estão saciadas, e a recompensa é confirmada, se Alá quiser.*

Em nome de Alá.

A primeira coisa que Bassam mastiga é o arroz. É muito úmido, com manteiga, e ele gostaria de ter açafrão. Mas deve ser grato por essa comida, e não deve pensar em si ou nos prazeres encontrados na vida deste mundo. Comem em silêncio. Tariq, como sempre, come muito rápido, empurrando o pão em sua boca atrás do arroz. Imad o ignora. Olha para Bassam do outro lado da pequena mesa. Sorri diretamente para ele. É o sorriso que deu quando proferiram juntos o *bayat* há muitos meses em Khamis Mushayt, um amor por ele que cresce a partir do grande amor pelo Criador.

— De manhã, *Insha'Allah*, nós dois vamos lutar como Ali e Ubaydah, que suas almas descansem em Alá.

— Sim, se Alá quiser.

Bassam baixa os olhos por respeito, e, novamente, a batida de seu coração, o crescente orgulho dentro dele por ter sido chamado a lutar como os primos heroicos do Profeta, que a paz esteja sobre ele.

Morde o frango preparado pelo *kufar*. Será que eles sabem quem estão alimentando essa noite?

Tariq pega o chá.

— E eu vou lutar como Hamza, *Insha'Allah*.

— Sim. — Imad olha para ele e assente, como se já visse que isso será verdade. — Se Alá quiser, sim.

Mas é como se o sangue de Bassam tivesse esfriado uns dois ou três graus, o medo que começa a sentir agora. O medo inevitável antes da batalha. Mas o que é esse medo? Certamente não é da morte.

Não, é o medo de fracassar e permanecer aqui nesta vida. É esse sentimento. O medo de viver.

onnie encostou sua picape na calçada. Olhou pela janela aberta para a loja de materiais marítimos do outro lado da rua. Por trás do vidro, a loja estava escura, a não ser por uma luz fluorescente que brilhava por trás do balcão, os salva-vidas pendurados na sombra. Nunca tinha reparado nisso antes? E a luz de April acesa no quarto da filha. Antes de ir para casa, tinha ficado em sua picape do outro lado da rua, observando a casa feito um criminoso. Por cima do muro do jardim, havia uns galhos, a riqueza de dentro.

Como poderia ter pensado que ela estaria no clima para sair?

Estava feliz por April. De verdade. E não era burro. Sabia quando uma mulher estava interessada e quando não estava. E April *não* estava.

Lonnie saiu de sua picape, fechou a porta e abriu o apartamento que ele não poderia continuar alugando por muito mais tempo. O ar-condicionado estava ligado, mas no mínimo. O lugar estava escuro e cheirava a sujeira, a ligação de Louis hoje, sua voz tensa e incitante.

— Vamos lá, Lonnie, vou reabrir logo. O que *mais* você vai fazer? Que mais sabe fazer além de derrubar gente?

ranny dormiu enquanto April lia para ela, a cabeça da filha no ombro. Agora as duas estavam embaixo do lençol novo, Franny ao lado dela, seu corpo encurvado apoiado em April. Ela não tinha se lavado nem escovado os dentes, mas não ia sair dali. Alcançou o interruptor de luz e apagou-a.

Na escuridão, aquela mulher que tinha insistido em tirar Franny da van, o olhar em seus olhos, fazendo surgir uma espécie de resignação por ter de devolvê-la. E a voz de Marina:

— Você precisará ter algumas aulas de cuidados maternos. Usar alguns recursos que temos. Uma tentativa de ficar menos isolada.

Isolada. Ela estava isolada, não é mesmo? Sempre estivera. Como isso iria mudar? Algo ou alguém consegue *mudar de verdade?* Deitada aqui com Franny segura ao lado dela, sentia que Deus estava intervindo, mas o que ela tinha feito de errado além de confiar na mulher errada para cuidar dela? O que tinha feito para merecer esses dois últimos dias? Tinha saído daquele emprego agora. Sim, tinha dinheiro, mas não era suficiente. Não podia simplesmente parar de trabalhar e comprar algo. Ainda não. Precisava de mais. Uns 100 mil. Duzentos mil. Demoraria, mas ela tinha bastante disciplina para conseguir. Ela *tinha* de fazer, não é?

Você faz isso por isso. Os dedos do estrangeiro bêbado nela. Seu inglês ruim. Tentando dizer *carne.* Era por isso que fazia aquilo? Porque *gostava?*

Não, ele estava errado. O que ela gostava era de fazer algo tão bem, encontrar algo que fazia melhor do que outras mulheres, muitas delas bonitas, mas não tão inteligentes quanto ela. Não pensavam no futuro como ela. Fazia pelo dinheiro, sim, mas também porque isso a deixava acima dos outros. Fazia-a sentir que podia realizar algo que poucas conseguiam.

Ainda não tinha depositado o dinheiro que ele lhe dera. Amanhã estaria em sua conta. Amanhã, se o clima estivesse bom, ela e Franny iriam ao banco e depois à praia. E Jean talvez quisesse acompanhá-las.

TERÇA-FEIRA

Ainda era uma manhã silenciosa, o lobby do hotel estava vazio, seu tapete vermelho macio sob seus pés. Eles caminham juntos levando suas malas até o balcão do concierge. Há dois *kufar*, um homem e uma mulher. Ela é africana e bonita, o cabelo bastante curto, os lábios vermelhos com cosméticos. Ela sorri para todos eles, mas Imad a ignora e entrega os cartões dos quartos para o homem.

— Aproveitaram sua estada? — pergunta a mulher. Imad não olha para ela, pois, claramente, essa é uma distração de Shaytan, mas Bassam sorri e diz:

— Sim, obrigado.

Ela volta a sorrir, e é difícil ignorar seus grandes *nuhood* por baixo da blusa e do casaco de botões, Shaytan trabalhando com mais afinco, e a *kafir* negra na Flórida, aquilo que mostrara para Bassam.

— Um táxi?

Ela olha para Tariq e Imad, que não dizem nada, ficam parados no balcão esperando pelo recibo por hábito, porque certamente não precisam dele.

Seu sorriso não diminuiu, mas percebe-se a tensão de uma transação comercial nas suas feições, o rosto adorável de outra prostituta.

— Já pedimos por telefone, obrigado — diz Bassam.

E aí está ele. Do outro lado do vidro, um carro amarelo para na porta. O muro de tijolos do edifício do outro lado da rua está marcado por uma luz rosa e dourada, e agora o porteiro se aproxima deles. É tão jovem quanto eles, a mão esticada para pegar as malas.

— Não. — Imad passa por ele, Tariq também, e será fraqueza de Bassam sorrir para o garoto e dizer:

— Não, muito obrigado.

O motorista não é marroquino, paquistanês nem indiano, como muitos outros — é um *kafir* branco, um homem baixo com um pesado boné verde-limão, que abre o porta-malas para a bagagem.

Imad permanece ali com sua mala, e é evidente para Bassam que ele está fazendo um *du'a* silencioso antes de entrar no transporte. Tariq entrega sua bolsa para o motorista, assim como Bassam.

— Logan?

— Perdão, senhor?

— Aeroporto Logan?

— Isso.

O rosto do homem possui linhas abaixo de uma barba de dois ou três dias, branca e cinzenta, além de pequenas varizes no nariz e no alto das bochechas.

— Que companhia?

— Isso, o aeroporto.

O homem fecha o porta-malas com força.

— Qual *empresa aérea*, senhor? United? American? Delta?

— American.

Imad e Tariq estão sentados na parte de trás, suas súplicas concluídas. O motorista tira os jornais, Bassam se senta, fecha a porta e faz sua própria *du'a* invisível: *Em nome de Alá e toda a honra para Alá. Como Ele é perfeito, Aquele que colocou este transporte a nosso serviço, e nós mesmos não seríamos capazes de fazer isso, e nosso Senhor é o destino final. Toda a glória para Alá. Toda a glória para Alá. Toda a glória para Alá. Alá é supremo. Como o Senhor é perfeito, Ó Alá, verdadeiramente minha alma se equivocou, então me perdoe porque ninguém pode perdoar os pecados a não ser o Senhor.*

O homem dirige de um modo rápido e sem cuidado. As ruas estão quase sem outros veículos. Na luz rosada, há poucos *kafir* nas calçadas, somente uma velha passeia com seu animal em frente a uma loja de móveis, um cachorro que caminha rápido e cheira o concreto.

Um rádio toca. *Kufar* falando alto. O cheiro do café, um copo tampado preso no porta-copo embaixo do rádio. O cinzeiro está cheio de cinzas e cigarros apagados, e no espelho retrovisor está pendurada a cruz do filho de Maria. Preso ao lado da foto do motorista há um pequeno desenho dela, raios de luz brilhando de sua cabeça descoberta como se fosse sagrada, essa mãe desse mudo mensageiro que esses politeístas adoram.

Bassam olha para outro lado. *Não há nenhum deus além de Alá. Alá é tudo de que precisamos. Ele é a melhor garantia.*

Uma *kafir* negra vestida com roupas sujas e rasgadas passa por eles. No chão do carro há um jornal velho, uma garrafa vazia. Há um restaurante de comida indiana, o cartaz é uma placa amarela brilhante. Há um restaurante de comida da China, ontem a *kafir* na calçada, a música que ela tocava com seu instrumento de cordas — linda maquinação de Shaytan.

O motorista fala. Diz algo acima da música alta do rádio.

— Vocês estão indo para casa? De onde são?

Ele olha para Tariq e Imad pelo espelho retrovisor. Olha para Bassam.

— Somos estudantes.

— Imaginei. Engenharia, certo?

Bassam não diz nada. O carro cruza trilhos. Ele olha pela janela, e, no ar nebuloso entre os prédios baixos, um trem se aproxima. Está longe e vai demorar para chegar aqui, mas o coração de Bassan começa a bater forte. *Alá é tudo de que precisamos. Ele é a nossa melhor garantia.*

— Conheci muitos como vocês. Vêm aqui para estudar, depois voltam para ajudar o seu povo, certo? Eu respeito isso. Os jovens, hoje em dia, estou dizendo, são todos egoístas. Só pensam em si mesmos, entende o que digo?

Bassam assente para a pergunta, ou para o som da voz do homem, porque não está ouvindo esse *kafir* que o faz se lembrar de Cliff em Boynton Beach.

As mesmas marcas de tinta no braço com que segura o volante, a mesma prova no rosto de uma vida de bebedeiras, mas ele é simpático, amigável, e Bassam não quer gostar dele, mesmo durante essa curta viagem.

Eles passam por uma ponte baixa. Um rio separando duas partes da cidade. E agora o sol começa a aparecer, sua luz refletida nos primeiros andares dos muitos prédios comerciais do outro lado. Alguns são bastante altos, o céu acima deles de um azul profundo imaculado. Bassam começa a suar. Sente o suor escorrendo da testa e da nuca. E olhe o letreiro aceso de petróleo, Bassam. É maior do que alguns edifícios, outro monumento para esses *kufar* adorarem: CITGO.

As janelas estão abertas. O vento frio preenche o carro. São os anjos que querem acalmá-lo. É a *mala'ika* que o mantém firme.

Agora estão nas ruas da cidade e há mais tráfego, o motorista vira à esquerda e passa por uma avenida de árvores altas. Os prédios pelos quais passam são feitos de pedra escura ou cinza ou tijolos, com trepadeiras verdes subindo pelas laterais. O rádio está tocando música, não a porcaria eletrônica que os jovens ouvem, mas algo mais leve, um homem e uma mulher cantando juntos, dois amantes, e Bassam fica feliz quando o *kafir* desliga.

Imad diz, na língua deles:

— Bassam, ele está indo pelo caminho certo?

O motorista olha de relance para ele pelo retrovisor.

— Senhor? — pergunta Bassam. — Este é o melhor caminho para o aeroporto?

— Vivi toda a minha vida aqui, rapaz. Sei onde fica o aeroporto.

Um caminhão amarelo se aproxima rápido, e o motorista desvia, seu café se derramando, Bassam se inclina.

— Seu babaca! — grita o motorista da janela, mas não parece bravo como suas palavras, apenas um homem de quem se espera que cumpra um papel, por isso faz aquilo.

— Bassam, o que ele disse?

— Não se preocupe, Imad. Ele sabe para onde está indo.

Há semáforos e paradas, muitos carros na rua. Agora estão seguindo ao lado do rio que cruzaram. O sol bate mais diretamente, e desse lado há várias árvores, muitos *kufar* correndo, homens e mulheres, alguns num modelo de patins que Bassam viu muito na Flórida, outros em bicicletas. Sempre essa necessidade de manter os corpos fortes para que possam viver muitos anos, tendo o máximo de prazer.

— O que vocês fazem? Elétrica? Mecânica? É o que a maioria estuda, certo? Computadores, também. Não podemos nos esquecer disso.

— Perdão?

— O que vocês estão estudando?

Ele está perguntando o que estão estudando? Sim, deve ter perguntado isso.

— Medicina.

Bassam não sabe por que responde isso. Não há médicos na família.

— É mesmo? Faculdade de Medicina? Onde? Em Harvard?

— Sim, Harvard.

— Fantástico. E os seus amigos?

O *kafir* olha para eles pelo retrovisor, agora com mais respeito nos olhos, até mesmo subserviência. Sim, Bassam consegue ver, humildade, ele descendo de sua posição social enquanto eles sobem. E Bassam quer contar a esse *kafir* barulhento a verdade, que seus verdadeiros títulos são mais exaltados do que o de médico, que não faz nada a não ser servir os vivos.

Sua boca está seca. No aeroporto ele vai beber água, se for a vontade de Alá.

— Medicina também.

O motorista assente e parece ir mais rápido, como se agora estivesse transportando pessoas importantes. Eles entram num túnel. A luz é um amarelo fraco que toma o dia claro demais quando voltam às ruas da cidade e aos muitos carros, as portas das lojas se abrindo, seus letreiros acesos já no começo da manhã que tem cheiro de cimento, lixo e gasolina. Há um hospital, uma grande garagem. Um policial parado embaixo de um toldo de um restaurante, um copo de café na mão, e os seus olhos cruzam rapidamente com os de Bassam. Que fecha os seus e faz a *du'a* por entrar num novo lugar já que nunca esteve nessa parte da cidade e deve lembrar os anjos de que precisam ficar com ele, para guiá-los e protegê-los: *Ó, Alá, Senhor dos sete céus e tudo que eles envolvem, Senhor das sete terras e tudo que elas carregam, Senhor dos males e todos que eles enganam, Senhor dos ventos e de todos que eles enganam, Senhor dos ventos e tudo que eles arrastam, peço pela bondade deste lugarejo e me refugio em Ti dos males dele, o mal dos seus habitantes e de todo o mal dentro dele.*

Em um sinal, o motorista freia de repente, a cruz do filho de Maria balança. O *kafir* bebe de seu copo. Mais uma vez, acena com a cabeça.

— Vocês estão indo para casa fazer uma visita?

— Não. — Por que você diz a verdade, Bassam?

— Uns dias de descanso?

— Bassam — pergunta Imad. — O que ele está falando?

— Nada. Ele não é nada. — Virando para o *kafir*. — Isso, vamos visitar uns amigos.

— Que bom.

A luz fica verde, e o motorista injeta gasolina no motor Logo depois, eles passam por um mercado ao ar livre, homens com roupas sujas descarregando vegetais e frutas, peixes no gelo, os corpos de um cor-de-rosa-escuro, o cheiro — peixe e papelão molhado, de algo podre há dias, podre e jogado na rua. E quando entram em outro túnel, este maior e mais escuro, com lâmpadas apagadas ou piscando, Bassam vê os *souqs* de casa, como durante as orações ele deitava embaixo de uma mesa coberta, longe do *muttawa*, e fumava um dos cigarros Marlboro de Khalid. Poderia muito bem ser a fumaça de sua alma queimando.

A poucos metros está a luz desse dia. Ele fecha os olhos: *La ilaha illa Allah wa Muhammad ar-rasulullah.*

Eles saem sob a luz do sol em meio a vários carros. O motorista acelera, e estão num viaduto, do outro lado dele há edifícios de tijolos, com apartamentos cujo interior Bassam consegue ver, pequenas varandas. Há churrasqueiras, vasos, móveis de plástico. Em um deles é possível ver roupas secando ao sol, e no teto há um grande cartaz, a foto de uma mulher olhando diretamente para ele, sorrindo sedutora, uma pedra brilhante no dedo.

— Bassam — diz Tariq —, olhe para o céu.

É o mesmo azul ininterrupto que tinha visto por cima das nuvens quando vieram da Flórida. Com certeza, um sinal. Certamente os anjos estão trabalhando por eles.

E Imad fala baixinho as palavras do Profeta, que a paz esteja sobre ele, sempre que recebesse notícias agradáveis:

— Toda a glória para Alá, que nos possibilita a realização de boas obras.

— American, certo? — O motorista olha para Bassam.

— Sim, American.

Agora estão perto do aeroporto, a torre de controle visível para além de vários viadutos, e o tráfego de ônibus e carros. Além, no azul profundo, um jato de passageiros desce; no sul, outro sobe. É como se não houvesse nenhum líquido na boca de Bassam e jamais tivesse havido. Seu coração está batendo descompassado, e ele respira fundo, e, *por favor, Mala'ika, me acalme, me mantenha paciente, firme e tranquilo, porque de verdade, Insha'Allah, estou a menos de três horas de entrar em Jannah.*

Não há outro deus, somente Alá, e Maomé é seu profeta.

— Vocês viajam com pouco. Nossa, sempre que vou para algum lugar, acabo enchendo o porta-malas. E a patroa é ainda pior.

O *kafir* ri, apesar de Bassam não saber ao certo o que ele falou. Mas não importa mais, porque o táxi para embaixo de uma placa da American, e o *kafir* aperta um botão em seu taxímetro, os números vermelhos como os do relógio do último hotel, como todos os relógios de todos os motéis. O egípcio tentaria barganhar esse número, e estará ele tão feliz e em paz como há duas noites? Já estaria aqui?

— Trinta e dois e setenta, por favor. Precisam de recibo?

— Não.

Bassam entrega duas notas de vinte, sabe que é costume deixar uma gorjeta, mas pensa em todo aquele dinheiro que entregou gratuitamente no sul, naquela salinha escura. Sua bebedeira, sua fraqueza.

O *kafir* coloca duas moedas na palma de Bassam, depois uma nota de cinco e notas de um, e, vendo o cuidado com que o motorista faz isso, Bassam sente sua esperança de que algum dinheiro volte para ele.

Não deveríamos usar estas últimas horas para oferecer boas ações e obediência?

Bassam dá a nota de cinco para o *kafir*. O motorista olha em seus olhos e sorri o riso satisfeito de uma transação surpreendentemente satisfatória, mas, com aquele boné verde de garoto, ele parece tolo e delinquente.

— Obrigado, senhor. Tenham uma boa viagem.

Ele sai do carro e tira do porta-malas as bolsas de Bassam e de Tariq. O *kafir* manobra para a rua, e Imad já está caminhando adiante deles, o celular na orelha falando com Amir, Tariq logo atrás. Bassam quer pedir que esperem, que relembrem suas instruções, quer dizer uma deixa de local, mas eles já passaram pela porta de vidro onde vê por um momento seu reflexo, os ombros estreitos e as roupas passadas, o rosto liso, segurando a bolsa. Em seguida a porta se abre, e seu reflexo desaparece, um sinal de seu destino, outro sinal de seu abençoado Al-Qadr.

Uma família passa correndo. A mulher segura um bebê e a mão do garoto, que corre ao lado dela. O homem carrega uma menina. Sua cabeça está deitada no ombro dele, os olhos abertos e o dedão enfiado na boca fechada.

Ó Senhor, peço pelo melhor deste lugar e peço para me proteger de seus males. Bassam espera a porta de vidro se abrir de novo e depois segue essa família norte-americana até o *matar*.

A fila para passagem é curta. Logo estão parados em frente a um *kafir* que, atrás do balcão, pede seus nomes e seus destinos.

— Los Angeles — diz Bassam.

— Nome?

— Al-Jizani.

— Pode soletrar, por favor?

O *kafir* é mais velho do que eles, e alto, os ombros encurvados embaixo da camisa. Usa óculos senhoris, o tipo que só tem metade da lente, assim pode espiá-los por cima delas. Bassam soletra seu sobrenome, bem como os de Imad e Tariq, embora estes não sejam mais os seus nomes.

— Identidade, por favor?

O homem olha por uns segundos para suas carteiras de motorista da Flórida e agradece sem olhar em seus olhos.

— Bagagem para despachar?

— Não, obrigado.

E o *kafir* os direciona para o portão, imprime seus tíquetes, e, quando os entrega para Bassam, como é estranho recebê-los de um *kafir* alto e velho que nem faz ideia, queira Alá, de que entregou a esses três *shuhada'* seus tíquetes para Jannah.

Mas há o portão. Eles devem passar primeiramente pela segurança no portão.

— Bassam, Tariq — diz Imad —, por aqui.

E ele aponta para a área próxima, uma fila curta também, homens e mulheres vestidos com roupas de trabalho, um casal de velhos, e a jovem família norte-americana. Imad está quase sorrindo. Ele para e fala:

— Fiquem calmos, irmãos. Al-Aziz está conosco. Façam a *du'a* para o encontro com o inimigo.

Eles caminham devagar. Há uma loja da Starbucks, quatro ou cinco *kufar* esperando a sua vez. A loja de jornais, livros e revistas, era de um vermelho vivo. Bassam olha para as costas largas de Imad à sua frente. Mais adiante estão os seguranças com seus uniformes brancos e negros, e seus sensores de raios X. Novamente, a secura na boca e na garganta, a necessidade de água e agora a necessidade de se aliviar.

— Tariq, Imad, por favor.

O banheiro é enorme, com uma longa fila de muitas pias em frente a um espelho, e Bassam entra na privacidade das paredes fechadas e tranca a porta de metal. Abaixa as calças e se senta. O ruído da água correndo nas pias, passos no chão, uma descarga sendo puxada, a porta principal que abre e fecha. Um secador de mão é ativado. Um *kafir* atende o celular, fala.

— Sim, estarei em Denver à noite.

Essas pessoas e suas presunções. Como nunca invocam o Sagrado quando estão falando do futuro, como simplesmente acreditam que controlam seus próprios destinos, mais ninguém.

Bassam pega o papel. Em cima do porta-papel estão desenhos feitos com caneta, a figura de um homem com uma ereção, sua semente saindo, um número de telefone. A prostituta, subindo e descendo em cima dele. Novamente, sua fraqueza, a sensação de que mal tinha começado a conhecer as mulheres desse mundo, e agora precisava ir embora.

Esse lugar *amaldiçoado!* Todo lugar, uma tentação. Todo lugar, uma fortaleza de Shaytan.

Bassam se limpa e aperta a descarga. *Alá, me perdoe.*

Sua bolsa ao lado, ele lava a mão por um longo tempo, a água bem quente. O espelho começa a ficar um pouco embaçado. Nele, vê seu rosto, o nariz e a boca de sua mãe, mas os olhos de seu pai, os olhos de seu pai quando sua fé ainda era pura, quando Bassam só tinha 10 ou 11 anos, e seu pai voltava da *hajj*. A casa da família estava repleta de alegria, sua mãe e tia cozinhavam, davam presentes e louvavam o Criador. O tio de Bassam, Rashad, tinha matado uma cabra e uma ovelha, doando a carne da cabra para duas famílias pobres da periferia de Khamis Mushayt. E Bassam e seus irmãos comiam o cordeiro assado com os homens na área externa. Seu pai nunca tinha parecido tão jovem para ele, tão forte e despreocupado. Sua barba parecia mais escura, seus olhos brilhavam, e ele se sentava ereto, mas humilde, e, quando seus olhos passavam por Bassam, ele sentia o amor paterno vindo direto do Criador, porque seu pai tinha feito a peregrinação sagrada até Meca. Seu pai, Ahmed al-Jizani, agora era um *hajji*.

— Bassam — Tariq apareceu no espelho. — Imad espera por nós. E não se esqueça. Tenha calma.

Bassam assentiu. Há três outros homens nas pias, dois *kufar* brancos e um asiático. Todos usando camisa e gravata. Todos lavando as mãos. Todos pensando em suas próprias questões. E por que Tariq o chama de Bassam, e não de Mansoor, como antes? Será que Bassam não mudou desde que eram garotos? Ele é o mesmo caçula de Ahmed al-Jizani, sempre à sombra do pai? É isso que Tariq vê? Por que Tariq não o chama de Vitorioso?

Bassam joga água no rosto. Não, Tariq o chama de Bassam porque sempre o chamou assim. *Você precisa parar de procurar maus presságios. Isso é só Shaytan trabalhando. Não se esqueça do mala'ika que o guiou aqui. Alá é tudo de que precisamos. Ele é a melhor garantia. Ele é o supremo.*

Mais uma vez no *matar*, o mesmo barulho de antes: os anúncios no sistema de som, os toques de celulares — um perto, um toque musical —, as rodinhas da bagagem rolando, e o bater dos sapatos das mulheres no chão, e no meio de tudo isso está a conversa, a incessante conversa.

Uma mão aperta o ombro de Bassam. Tariq assente e sorri como se Bassam tivesse acabado de contar uma história engraçada.

— Você parece sério demais, Mansoor.

— Sim, tudo bem.

O cheiro de Tariq, sua colônia, seu rosto barbeado e cabelo limpo, o xampu do hotel. As facas estão dentro de bolsos internos nas malas. É permitido, mas agora é o teste. Agora é o teste.

Uma mulher passou com seu filho pelo scanner, e o guarda acena para o marido, que segura uma menina. Ele segue.

Imad coloca sua mala na esteira. Pega uma vasilha de plástico e coloca suas moedas e o relógio de pulseira prateada, um que Bassam sabe que foi comprado em Peshawar. Segura seu tíquete; o guarda de barriga protuberante e calças compridas demais faz um gesto para Imad avançar. O aparelho de raios X, fica em silêncio, claro, mas o coração de Bassam bate agora dentro de sua cabeça porque ele está vendo a outra guarda estudando a tela que mostra o conteúdo das malas. Ela é de meia-idade, mudou a cor do cabelo para louro e masca chiclete, os olhos semicerrados por causa do trabalho. Tariq agora é chamado para passar, e é óbvio que a mala de Imad já passou, e os olhos da mulher ainda não mudaram.

Sim, Bassam está vendo: Imad agarra sua bolsa e se afasta deles.

Bassam coloca sua mala na esteira. Só há algumas moedas no seu bolso, e ele pensa que deveria ter dado todas para o motorista, para evitar essa operação a mais. Pega a vasilha cinza e joga nela as moedas. Seu relógio é de plástico e vidro, por isso não o tira do pulso. E veja, Bassam, Tariq está se afastando com sua mala também.

O coração de Bassam fica um pouco mais calmo, mas sua respiração é curta, a língua grossa. Reza para não transparecer seus sentimentos.

— Pode vir, por favor.

O *kafir* olha para ele. Vai rapidamente do rosto aos sapatos como se escolhesse romãs, colocando as novas aqui, as velhas ali, e estivesse cansado de seus deveres, e já não fosse de hoje.

Bassam passa.

— Tenha um bom dia, senhor.

— Sim. Obrigado.

Lá vai sua mala saindo da máquina e rolando até sua mão que esperava. Nenhum *kafir* fala com ele. Nenhum *kafir* o detém. Ele aperta forte a alça e começa a caminhar. Há uma calma, um calor e uma luz em seus braços, pernas, rosto e coração, como se ele fosse água que durante esses 26 anos tivesse ficado contida em um vaso, e agora este se tivesse partido, e o que achava que ele era antes, tivesse se libertado e não houvesse medo na repentina falta de paredes para contê-lo.

— Senhor? *Senhor?*

Não há outro deus a não ser Alá. Bassam se virou. É o guarda *kafir.* Ele sorri e entrega a vasilha com moedas.

— Não se esqueça disso.

— Sim, obrigado.

Bassam solta a respiração que nem tinha percebido que estava segurando. Avança e permite que o homem derrame as moedas em sua mão. *Toda a glória para Alá, por cuja graça as boas ações são realizadas.* Depois Bassam se vira e alcança seus irmãos, que esperam por ele no meio da multidão.

onnie acordou ao meio-dia. Descobriu que não tinha café e foi dirigindo até o centro. Dentro de sua picape estava quente, e o ar-condicionado não estava esfriando rápido o suficiente, por isso abaixou a janela, o ar com cheiro de folhas de palmeiras e poeira. Precisava comprar algumas coisas no mercado. Colocar algo na geladeira. Pensou em April dando o fora nele para fazer compras. Poderia ter ido com ela. Sentiu-se patético por pensar isso.

Na esquina de Osprey e Ringling, para no sinal, um carro para ao lado dele, as janelas abertas, o rádio ligado. Ele ouve a palavra *sequestrado*, depois mais palavras. A mulher atrás do volante está balançando a cabeça, a boca aberta. Olha para o cruzamento vazio.

Ele ligou o rádio.

"Seco o suor nos poros e os pés na areia postos
Se aqui só água..."

Ele tira a fita, encontra uma estação de notícias, mas elas só veicularam outras notícias.

Adrenalina. Aquela velha amiga. Num jato, seus braços e pernas tão leves quanto navalhas, e era como se todo o clube tivesse irrompido em centenas de bolsões abertos, mas não houvesse ninguém para ele atacar, ninguém para defender.

J só conseguia pensar em Cole.

Não, ele ficava *sentindo* o menino. Seu pequeno corpo em seu colo, os pés batendo na sua canela enquanto comiam juntos em algum lugar. Ou deitado ao seu lado enquanto lhe contava uma história, a cabeça do menino encostada no seu braço. Como seu pai *não* podia estar com ele agora? Como podia não estar na casa à prova de furacões, o rifle carregado, guardando a porta contra quem quer que fossem essas pessoas?

Será que seu filho sabia o que está acontecendo? Será que Deena sabia? Será que ela estava deixando ele assistir à TV? AJ esperava que não. Senhor, esperava que não, e sentado aqui com seu uniforme laranja num banco laranja preso a uma mesa laranja, assistindo ao inferno se desenrolar numa sala cheia de caras maus, pensou que deveria rezar. Mas, com tanto sofrimento, por onde deveria começar? Meu Deus, por onde ele *começaria*?

Então a torre caiu sobre a própria coluna de fumaça, e um dos homens riu. Algum filho da puta estava *rindo*.

E ra um dia de comemoração. O dia que April, Franny e Jean tinham planejado passar juntas, e foi o que fizeram. Depois de um café da manhã com panquecas na casa de Jean, Franny sentada sobre dois livros de jardinagem no balcão da cozinha, sua voz aguda e feliz, April tinha subido e feito sanduíches de peru e queijo. Enrolou-os em papel alumínio e colocou-os na bolsa de praia com tangerinas e peras, três cenouras e um pacote de bolachas. Sua cozinha estava banhada em luz, e ela cantarolou uma música que conhecia, mas não lembrava o nome.

Essa manhã, ao acordar ao lado de Franny, o quarto estava iluminado com uma cor rosada. As pernas de sua filha adormecida estavam em cima dela. Se April já tinha rezado antes, não conseguia se lembrar quando ou por quê. Mas, naquele momento, sentiu-se abençoada por um grande amor, distante e próximo, ao mesmo tempo. Puxou Franny para perto de si e beijou seu rosto. Pensou em sua mãe. Imaginou-a acordando naquela casa vazia. Supostamente, feliz. Fumando sozinha na cozinha enquanto fazia o café. Hoje April ligaria. Ela e Franny.

Mas, primeiro, a praia.

Era uma manhã de terça de setembro, e só havia um punhado de pessoas. A maioria estava na praia principal, e não aqui, onde as folhas de palmeira balançavam à brisa morna, Franny e Jean fazendo um castelo de areia. Jean estava usando seu chapéu de palha, óculos de sol e um maiô azul que cobria com uma camisa larga desabotoada. April podia ver as varizes atrás de seus joelhos, descendo pela batata das pernas, as manchas em suas mãos de jardineira. Franny ficava enchendo o balde e jogando o conteúdo na frente de Jean, a voz aguda, quase ofegante, de Franny dizendo o que ela devia fazer com a areia e onde devia colocá-la.

April não podia procurar trabalho em Miami, não tão longe. Amanhã dirigiria até Tampa e iria conferir aquela cadeia nacional. Ver quais eram as taxas da casa. Perguntar sobre a clientela.

Porque olha como Franny era feliz com Jean. Elas não podiam deixá-la.

Às 14h50, April entrou no estacionamento do banco. Jean estava com calor e cansada no banco do carona, apesar de ainda estar animada, virando-se para conversar com Franny sobre o Slush Puppie que ia lhe comprar depois dessa parada, o café gelado que ia comprar para si. Mas sua cor não era boa. Jean usara o chapéu de sol o dia todo, mas seu rosto estava pálido e suado, por isso April deixou o motor ligado, o ar-condicionado no máximo e correu pelo asfalto quente com sua bolsa cheia de dinheiro.

O banco estava fresco e cheirava a madeira encerada e moedas. Um cara estava junto do caixa, o resto estava vazio. Ele se virou e deu uma sacada nela, os olhos parando em seus peitos sob a blusa, e ela o ignorou, colocou a bolsa no balcão e tirou o dinheiro. Começou a contar. Gastara um pouco na comida chinesa com Lonnie, um pouco mais nas coisas novas para o quarto de Franny e mais no mercado. Mas ainda havia sessenta e quatro notas de cem. Seis mil e quatrocentos dólares. Os dedos do estrangeiro nela. Seu princípio de calvície. A fumaça do cigarro subindo acima deles.

Havia uma nota de cinquenta dólares e algumas de vinte; ela as enrolou, enfiou no bolso da frente da bermuda e preencheu um comprovante de depósito. O homem tinha ido embora. April foi até a janelinha onde ele estava antes. O resto dos caixas estava contando dinheiro, fechando. Era uma mulher no máximo da sua idade, cabelo louro cacheado na altura do pescoço, a pele bronzeada. E era como se fosse Stephanie, ver uma garota mais jovem e mais bonita que podia deixar tudo isso e ganhar dinheiro de verdade se tivesse coragem, se se arriscasse. April disse oi e empurrou o dinheiro e o comprovante por baixo do vidro, sentindo-se mais do que nunca orgulhosa de quem era e de quanto dinheiro ganhava sozinha.

A garota virou para seu teclado. De lado, parecia mais velha, a boca mostrava tristeza. Ela digitou o número da conta de April e contou o dinheiro, rápido como uma máquina, mas parecia uma flor murcha.

— Dia difícil?

— Sim. — A garota balançou a cabeça. Pegou o dinheiro e começou a dividi-lo em montes de mil. — Não consigo acreditar que ficamos abertos. Todo o país deveria parar por respeito. — Ela passou um elástico numa dezena de notas de cem. -- Meu tio trabalhava num daqueles prédios. Minha mãe está tentando ligar para o celular dele o dia todo.

— Que prédios?

A garota parou de contar. Voltou-se para April, o banquinho rangendo. O branco de seus olhos estava cor-de-rosa.

— Você não *soube*?

— Não, o quê? Não soube do quê?

Ela se virou e olhou por cima do ombro, depois de novo para April com uma expressão quase de raiva.

— Está falando sério? Realmente não sabe o que *aconteceu* conosco?

O s dias e as noites da televisão. As imagens que ela não podia deixar Franny ver. Era setembro, e talvez fosse o momento de procurar uma escolinha para ela, mas April não conseguia nem pensar em deixá-la em algum lugar. Havia a sensação de que tinha recebido um grande presente, enquanto tinham roubado tudo dos outros.

Ela ligava muito para casa. Só para ouvir a voz de sua mãe. Até ligou para Mary em Connecticut. Elas conversaram bastante sobre seus filhos, o quanto os amavam, a voz de Mary falhando. Tinha dito que deveriam ir visitá-la logo.

— Por favor, April. *Logo.*

April passava as manhãs com Franny e Jean na praia. Depois disso, almoçavam na cozinha de Jean ou à sombra da mangueira nas cadeiras, Franny no colo de uma delas, e às tardes, depois de um banho para tirar a areia, April deitava com Franny em sua cama e lia uma história, às vezes até dormia com ela. Abraçava-a, o nariz em seu cabelo molhado. Havia a sensação de que era um estado de graça temporário, algo que não poderia durar muito, e ela sabia que deveria ir até Tampa ou Venice procurar trabalho.

Certa tarde do final de setembro, ela deslizou da cama de Franny e foi até a cozinha. Colocou café frio numa caneca e esquentou no microondas. Tirou as Páginas Amarelas da gaveta e abriu na letra E, onde ficava Entretenimento — Crianças e Famílias, com os números de treinadores de animais, ventríloquos e palhaços. Abaixo estava Entretenimento — Outros, nada além de Dançarinas Exóticas e Serviços de Acompanhantes. Ela fechou o guia e levou seu café para a sala.

Ela ligaria, precisava, mas não agora; talvez amanhã de manhã, quando o gerente ou o dono estivessem por ali. Ligou a televisão. Já tinham se passado dias desde que vira. Quantas vezes as pessoas poderiam assistir àquelas imagens terríveis? Deveria haver outra coisa. E lá, numa fila de fotografias de homens, todos morenos, todos jovens, estava ele; por um momento, não conseguiu se lembrar de seu nome — Mike. Não, *Bassam*. E ele olhava para ela como se fosse a primeira vez, como se tivesse coisas importantes a fazer, mas primeiro precisasse de um tempo para isso, só isso.

E depois estava o céu azul e os prédios altos; era evidente quem seriam os outros. Ela apertou o botão de desligar, jogando o controle remoto no sofá.

Pensou no rosto dele quando olhou para o meio das pernas de Retro, os lábios abertos, os olhos escuros e quase com medo. Lembrou do dedo dele nela. Na cicatriz de Franny. A fumaça do cigarro e todo o seu dinheiro, o rosto dela queimava; ela se levantou e correu para a cozinha. Ficou parada ali.

Jean estava cochilando, provavelmente, e April quis acordá-la e contar. Mas os olhos de Jean não a julgavam mais, e agora April não queria contar. Não queria contar a ninguém.

Mais tarde, quando Franny estava no jardim de Jean ajudando a molhar as plantas, Louis ligou do clube. Sua voz era grossa e ríspida. Acabara de passar o nome dela para o FBI, que estava falando com todo mundo que tinha tido algo a ver com um deles.

— E você foi com um deles para a Champanhe, não foi, Spring?

Ela não disse nada, sentiu seus lábios contra o telefone.

— Spring? Não foi?

Na manhã seguinte, o céu estava muito cinza para praia. April tinha feito mais café e estava a ponto de ligar para o clube em Tampa, quando o telefone tocou. Era Jean. Sua voz era quase um sussurro.

— Alguns homens do FBI estão subindo para falar com você.

April ouvia-os do lado de fora. Começaram a bater na porta. Ela agradeceu, perguntou se podia mandar Franny para baixo, desligou e abriu a porta para eles.

Eram mais velhos do que ela, as camisas bem passadas, as gravatas no comprimento correto. Usavam alianças e tinham uma arma presa no cinto. Franny olhou para eles quando April abriu a porta e mandou que descesse. Na base da escada, Jean estava esperando, os olhos em April, a sombra da desconfiança de volta.

April ofereceu café aos agentes, mas eles recusaram. Dois deles ficaram de pé. O mais velho se sentou numa cadeira em frente a ela, que estava no sofá, caderno e caneta no colo. O cabelo dele estava penteado para trás cobrindo a careca, e havia um sorriso na boca, mas os olhos eram frios.

Ele perguntou por quanto tempo ela tinha trabalhado no Puma Club, como era sua semana de trabalho, depois sobre aquela noite de sexta, e o momento aproximado em que fora para a Sala Champanhe.

Ela contou tudo, pensando em Franny na sala de Tina enquanto falava.

— O que você fez para ele?

— Como assim?

— Quais serviços você realizou?

— Eu dancei.

— Foi tudo que você fez?

— Sim, é tudo que eu faço.

— Ele pediu sexo?

— Não. E não teria conseguido. — Uma onda de rubor subiu por seu rosto.

— Mas, pelo que sei, você passou mais de duas horas com ele.

— É verdade, conversamos também.

— Sobre o quê?

— Não sei. Ele estava bêbado. Não falava coisas com sentido.

— Você estava bebendo também?

— Sim, é o que se deve fazer na Champanhe. Mas eu não estava bêbada.

Ele assentiu, escreveu algo em seu caderno.

Ela estava descalça e usando bermuda, sentia um dos agentes olhando para ela.

— Pelo que sei, foi uma noite difícil para você.

April assentiu. O tom dele era condescendente, e ela não gostou. Desviou o olhar dele. Lembrou da sala vazia de Tina, o vestiário com luzes fortes, a escuridão vazia sob o palco, seus gritos perdidos. Ela se forçou a olhar para ele.

— Mas agora você está bem.

— Estou.

— Ótimo. — Ele escreveu mais alguma coisa, como se tivesse acabado de verificar alguma coisa. — O que ele dizia que não fazia nenhum sentido?

— Não sei, ele falava sobre verdade e mentiras. Dizia que nada do que fazíamos era permitido.

— Estava ensinando.

— Não, não estava me ensinando.

— Mas como ele falava isso?

Agora estavam todos olhando para ela, os olhos do mais velho nos dela, como se ela soubesse algo que não estava querendo falar, embora devesse. Mais do que isso, era como se não tivesse direito de saber o que sabia, que não podia ter esse conhecimento.

— Ele falava como se nos odiasse. Sabe, dava para ver que nos odiava.

— Quem? Vocês, dançarinas? Ou os norte-americanos?

— Não, todos *nós*.

Ela fez um gesto com o braço no ar para englobar todos os homens na casa, mas sua última palavra ficou no ar, e ela se sentiu fora daquilo, não que não fosse odiada também, mas que tinha, de alguma forma, sido banida do restante.

Fizeram-lhe mais perguntas sobre ele, sobre qualquer coisa que pudesse ter dito ou feito, mas logo parecia que estavam andando em círculos. Na hora de ir embora, o mais velho colocou seu cartão em cima do balcão da cozinha como se fosse uma conta a pagar. Eles agradeceram a atenção e saíram na chuva fraca. Ela esperou que fossem embora, então desceu para a casa de Jean, pisando na escada molhada e morna. A televisão estava ligada, Franny de pernas cruzadas no tapete assistindo, com um prato de queijo e bolachas no colo.

Jean retirava uma vasilha da máquina de lavar. April limpou o pé no tapete. As cores fortes da televisão iluminavam sua filha, e o gato de Jean estava deitado ao lado dela, Jean endireitou seu cabelo, tirando um cacho de cabelo do rosto. Estava corada, e quando olhou para April não parecia mais desconfiada, só triste e um pouco impaciente, como se quisesse ouvir logo o que ela tinha para falar

Elas se sentaram na ponta da cama de Jean. O gato as seguira, e se esticou atrás delas em cima da colcha, o rabo roçando as costas de April. Havia uns traços do aspirador no carpete de Jean. Sob o pé dela a sensação era de uma grossura macia.

— Eu dancei para um deles.

— Deles quem?

A chuva tamborilava na janela. Do corredor, ouvia-se o riso de Franny. April se virou para Jean, via nos seus olhos que ela sabia, mas não queria dizer.

— Um dos sequestradores.

Jean assentiu. Olhou para o outro lado.

— Eu li que alguns deles tinham sido vistos aqui, April. Estava esperando que...

— O quê?

— Não sei.

— Não, Jean, o que foi?

— Esperava que você não tivesse nada a ver com isso.

— Não tive. Apenas dancei para um deles.

Lembrou-se da pequena Sala Champanhe enfumaçada, os olhos dele no rosto e nos seios dela, o dinheiro em cima da mesinha grudenta.

— O que eles perguntaram?

— Como ele era.

— Como ele *era*?

— Parecia um menino. Um menino bêbado e solitário.

— Você está com problemas?

— Não, por que estaria com problemas?

— Meu programa terminou. — Franny estava parada no corredor. Havia migalhas de bolacha em sua blusa, e ela tinha rido muito, mas agora não ria mais, os olhos iam de April para Jean, e voltavam para April. Ela parecia estar perto de tomar alguma decisão importante.

No dia seguinte, o sol estava de volta, e, antes de irem para a praia, April disse a Jean que precisava dar um telefonema. Ela se incomodaria em esperar com Franny no jardim? Na cozinha, abriu as Páginas Amarelas e encontrou o clube em Tampa. Pressionou os números e esperou, os olhos no número do anúncio, a silhueta de uma mulher nua deitada como se estivesse numa cama.

Os toques de telefone eram longos, com um pequeno espaço entre eles. Ela podia sentir o pulso em sua palma. Olhou para o jardim pela janela da cozinha. Perto dos canteiros de hibisco e alamanda, Jean e Franny brincavam de amarelinha nas lajes de terracota. Primeiro Jean, pesada, depois Franny, o sol no cabelo.

— Golden Stage, Clube para Cavalheiros. — Era voz de mulher. April imaginou-a parada numa entrada cor-de-rosa. Ao fundo, ouvia um barulho de máquina, talvez um aspirador de pó, um homem gritando algo, e ela imaginou um salão sem janelas que logo estaria escuro e cheio de homens.

— Alô? — A voz da mulher soava jovem e com vontade de agradar. Do lado de fora, Jean se sentou em uma das cadeiras, respirando forte, e Franny estava pulando em um pé só, tentando pousar em cada lajota.

— Alô?

Era como se April tivesse despertado uma longa cobra venenosa e agora ela estivesse deslizando perto dela, de Franny e de Jean. Abriu a boca para falar, mas ouviu um clique, então o sinal de linha livre.

Desligou.

Fechou as Páginas Amarelas e recolocou-as na estante. Talvez tentasse mais tarde. Talvez amanhã.

Pegou a bolsa de praia e saiu. O dia estava claro e brilhante. Sentia o cheiro das folhas de mangueira, conseguia ver o jardim de Jean se abrindo à sua frente. E desceu correndo as escadas para se juntar a elas, sua amiga e sua filha, que a esperavam sob o sol.

D urante dois anos, Deena tinha dado o melhor de si: um fim de semana por mês, arrumava Cole e dirigia oito horas a norte e a leste, até a ponte de Santa Rosa. Precisava ficar num motel em Milton ou Pensacola. Pagar por um quarto mesmo sem ter dinheiro. E isso teve efeito sobre ele. O fato dele passar por todos esses problemas. Aquelas primeiras visitas que fizera pelo telefone, olhando para ele através do vidro grosso, o cabelo dela finalmente ao natural, os olhos às vezes se enchendo de lágrimas. Colocava Cole no colo e deixava que ele conversasse, embora Cole nunca entendesse que a voz que ouvia era de seu pai do outro lado do vidro, por isso olhava para o outro lado e conversava com o homem do telefone.

Depois de sete anos, ele está em regime aberto, junto com 79 outros homens, em barracas do lado de fora do pátio. Tem um armário e fotos de seu filho na parede, e sua função não é mais raspar restos de comida grudenta de bandejas de plástico, ou na lavanderia lavando o suor, o mijo e o sêmen seco de vagabundos.

Por um tempo, trabalhou na biblioteca jurídica catalogando livros. Depois viram como tinha boa cabeça para números, e durante dois anos foi monitor de matemática, ajudando os caras a aprender coisas que ninguém jamais tinha ensinado antes ou às quais nunca tinham prestado atenção. Alguns o chamavam de Fessor. Às vezes vinham até ele no pátio ou quando estava deitado em seu beliche e pediam que os ajudasse em seus testes ou em um orçamento para casa, para a esposa ou namorada, ou que calculasse a possibilidade de tirar um ás num baralho quando já saíram três. Alguns vinham e perguntavam coisas porque os outros o chamavam de Fessor, por isso achavam que sabia mais do que o resto.

Um perguntou sobre Deus, se ele acreditava, e AJ deu de ombros e disse:

— Cara, só espero que ele acredite em *nós*.

Uma ou duas vezes por ano agora, Deena leva Cole para vê-lo. Seu marido fica no motel, e durante um tempo AJ preferia assim, não queria vê-lo. Mas agora é diferente. Não imagina mais os dois trepando na cama e na casa dele, que ela acabou vendendo. Não o imagina mais lendo um livro para Cole à noite, ajudando-o com a lição de casa, jogando bola com ele sob o sol, esse homem que Deena conheceu no Walgreen's, onde recuperou seu velho emprego. Ela escreveu contando como era bom voltar a trabalhar, que tinha perdido peso, e certa tarde um vendedor de computadores viera comprar uma caneta, e eles começaram a conversar.

Depois do próximo divórcio, ela parou de escrever cartas sobre si, só mandava fotos de Cole, a última de uma foto do time da Liga de Juniores. O filho de AJ era o mais magrinho na última fila, a camisa do uniforme enfiada na calça, as orelhas para fora do boné.

Mas ele parecia feliz. Isso era o importante. Seu filho parecia feliz e bem cuidado.

Nas quartas-feiras, depois da contagem das duas e meia, AJ se senta num canto com duas dúzias de presos cujas sentenças estão no final e eles conversam sobre como vão viver quando saírem, como vão evitar uma recaída. Ray Brown, o líder, um homem que durante anos enfiou uma arma na cara das pessoas e tirou tudo delas, disse que escrevera cartas para todas as suas vítimas, mesmo as que estavam mortas. Escrevera cartas e pedira perdão.

As cartas ajudam com a liberdade condicional também, mas por muito tempo AJ não conseguia nem se imaginar escrevendo algo. Ele não deveria ter feito o que fez, sabia disso. Mas quem a levara lá? E depois, quando viu e leu sobre quem mais estava lá naquela noite, que ela podia ter dançado para um *deles* — bem, aí foi demais.

São três horas de uma sexta-feira de setembro, o trabalho do dia chegando ao fim. AJ está encostado no muro do pátio. Amanhã vai ter um novo aluno, um jovem em cadeira de rodas. Ele o vê na beira da quadra de basquete, um garoto de pele escura com pernas mortas acendendo um cigarro, um bando de caras jogando uma partida barulhenta de quadra inteira na frente dele. Na academia, alguns dos mais jovens faziam flexão de braço e abdominais, os pesos tinham sido tirados dali no inverno passado, depois que um esmagou a cara do outro com um deles. Raiva o tempo todo, AJ não sentia mais. Não sentia quase nada, na verdade. Mas tinha prazer nas pequenas coisas, dormir depois do toque de recolher, uma boa mijada, café quente, depois dar aula, sentar-se ao lado de algum cara e desvendar as regras dos números para ele, como criar um problema e como resolvê-lo.

E isso não é tão mau, esse concreto contra suas costas, o sol a pino bem no seu rosto. Nesse calor, sente o aroma da seiva do outro lado da cerca de arame, vê os troncos grossos do pinheiro e do cedro vermelho. Sabe que o rio Blackwater não está longe dali e que, a uns 30 quilômetros ao sul, se encontra com o golfo, a água fresca se encontrando com a salgada, toda aquela água fluindo para mais água, aquela que nossos corpos contêm. Ele se vê com Cole num barco, pescando juntos, rindo juntos. E, mais uma vez, a garotinha, como ele a segura, canta para ela e a coloca para dormir. Por um momento, não se lembra de seu nome, mas depois este surge em sua cabeça, como uma oração.

A unidade vai ficar mais quieta agora. Ele vai pedir uma caneta e pegar seu caderno no armário. Vai deitar em seu beliche. Ainda não sabe o que vai dizer ou se ela vai receber ou mesmo ler, mas é para ela que deve escrever. E vai escrever para seu filho depois dessa. Dizer mais do que já disse antes.

O menino na cadeira joga fora o cigarro. Ele se afasta do jogo e se aproxima da cerca, olhando para as árvores do outro lado.

Era a espera que fazia isso, que a deixava mal, pressionava o peito e parecia uma mão fria apertando seu coração. Mas então algo realmente horrível acontece, e você ainda está aqui. Mais afortunada do que tantos outros. Abençoada pelo destino.

Mas ainda aqui.

Depois que April e Franny se mudaram, houve outro inquilino, um jovem do Haiti que mal falava inglês, tocava música muito alto e tinha muitos amigos. Eles ficavam até tarde, conversavam em francês e bebiam, riam e às vezes gritavam, e, depois de dois meses disso, Jean juntou coragem e pediu a Jean-Paul que fosse embora.

Ela não precisava do dinheiro. Era mais para preencher o terrível silêncio da casa.

O rosto de April quando ela se sentou ao lado de Jean embaixo da mangueira. Ela não trabalhava havia semanas e estava mais morena do que nunca por causa das manhãs na praia, mas parecia cansada, os olhos perdendo algo que tinha estado ali antes, uma certa confiança. Franny estava lá dentro, assistindo a um filme, a televisão refletindo na janela, azuis e vermelhos.

— Você sente falta do trabalho, April?

— Sinto falta do dinheiro. Mas não posso voltar a fazer aquilo.

— Ótimo.

— Não consigo me separar mais.

— Como assim?

— Eu de dia e eu de noite.

— O que você vai fazer?

Ela deu de ombros e passou os dedos pelo cabelo, sem saber que em poucos dias sua mãe ligaria de New Hampshire, sua verdadeira mãe, aquela que a tinha criado e era a avó de Franny. Ligaria para dizer que estava se mudando para um apartamento. Será que April não queria comprar a casa por um preço bem barato?

Jean ainda tinha as cartas e os desenhos de Franny, aqueles que ela havia desenhado aqui e os dois que mandara depois que April a levara para o norte. Como um presente de inauguração da nova casa, Jean tinha mandado flores de seu jardim. Cortara hibiscos e jasmins, as estrelas vermelhas de ixora e as pétalas laranja de sua três-marias. Enrolou tudo isso em folhas molhadas de sua mangueira e jacarandá, comprou gipsófila e papel crepom, enrolou tudo e enfiou numa caixa, foi até o correio e mandou para New Hampshire, um lugar onde nunca tinha estado.

Ela imaginou montanhas e fazendas, neve e picapes.

Há um ano, a última carta. Nela, April contou que estava trabalhando numa imobiliária, que tinha conhecido alguém e ia se casar. Incluiu uma foto de Franny na escola, a linda menina de 8 anos com os cabelos compridos: os cachos tinham desaparecido, também não era mais loura. Mas os olhos eram os mesmos, ainda brilhantes, ainda carinhosos, ainda curiosos a respeito do mundo e do seu lugar nele.

No verso, a letra de April: *Franny, 3ª série, ela ainda fala sobre você e o jardim!*

Mas será? Ela só tinha 3 anos. Era possível? Jean não acreditou, mas esperava que fosse verdade.

O quarto dela estava como tinha deixado. Algumas noites, quando não conseguia dormir, quando sua respiração parecia difícil e ela começava a suar, Jean ia até o quarto de Franny. Deitava na cama menor, fechava os olhos e descansava. Via suas manhãs juntas, ouvia a voz de Franny novamente enquanto conversava sobre os sonhos da noite anterior. Jean via e ouvia outras coisas — Harry sorrindo para ela detrás de seus óculos de leitura, a mão de seu pai segurando a alça de seu kit de primeiros socorros, aquela inspetora aplicada, a forma como parou no quarto de Jean e a estudou, procurando os erros, quando ela sempre fora só isso: um monte de erros.

Jean pega o jornal e sai com uma taça de Shiraz, o velho Matisse a seguindo. O sol está se pondo, é o início da primavera. Numa semana, se Deus quiser, ela vai completar setenta e sete. Como isso aconteceu? Como viveu mais que todos os seus familiares? Ela nem sempre se sentia bem, mas os ataques tinham acabado; se algo terrível ia acontecer, então não tinha muito a fazer. Sabia disso agora. Por que ficar *esperando*?

Tomou um gole de vinho. Havia uma foto no jornal que precisou olhar de novo. Abaixou a taça e colocou os óculos de leitura. A cabeça estava raspada, e ele usava um chapéu branco dos marines. Ela já tinha visto muitas fotos dessas, todos jovens olhando resolutos para a câmera e para seus próprios destinos, a bandeira atrás deles. Mas a expressão desse era neutra, como se estivesse à espera e não quisesse ser visto, ainda não. E era ele. Era o leão de chácara educado de April, e o coração de Jean parou no peito. Era um dos milhares? Havia as palavras "em ação" e "ligações anteriores com a comunidade". Como muitos, ele tinha se alistado porque queria *fazer* algo, mas era um dos que tinham realmente tido contato com um dos sequestradores e não conseguia esquecer isso.

E tinha retornado pela terceira vez.

Ela dobrou o jornal e colocou-o no colo. Do lado de fora, um carro passou, um dos vizinhos que Jean não conhecia. Ela melhoraria nisso. Tinha certeza de que morava boa gente aqui, como em todo lugar. Se abrisse o portão e os convidasse, será que eles não viriam?

O vinho esquentou o peito de Jean. Ela respirou fundo. Sentia o aroma das folhas da mangueira e dos hibiscos, das palmeiras, dos jacintos e dos campsis. Havia o solo úmido de seus plantios recentes, o cheiro indiferente, antigo e persistente.

Olhou para seu jardim e tentou não pensar em nada. Só olhar. Sua beleza duraria enquanto ela existisse, enquanto se importasse.

Uma lagartixa correu sobre os tijolos, entrando no meio da samambaia. Um de seus ramos tremeu, depois ficou parado. O gato só olhou, como se já tivesse desistido de perseguir coisas. Depois, outra folha de samambaia se mexeu, e o gato pulou no meio dela e sumiu de vista, Jean só ouvia sua frenética busca no jardim.

AGRADECIMENTOS

Sou grato às seguintes pessoas, que foram muito generosas com seu tempo e conhecimento: professor Peter Whelan, da Francis Marion University; Parkie Jones; Gale Brunault; Robin Pearson Cogan; tenente Blair Waller, do Departamento de Polícia de Sarasota; Rema Badwan; Joel Gotler; Rick Taylor; Gunner Davis; Kerrie Clapp; meu irmão Jeb Dubus; Bill Cantwell; Stephen Haley; Jim Champoux e Joseph Hurka; Shannon Conrad, técnico da Pin Print, e JoEllyn Rackleff, secretário de imprensa do Departamento Correcional da Flórida.

Devo um grande obrigado à Fundação Guggenheim, por seu apoio. E agradeço a meu agente, Philip Spitzer, por sua paciência e alento, bem como à minha tenaz e persistente editora, Alane Salierno Mason. Finalmente, agradeço à minha esposa, Fontaine, pela dádiva de sua fé.

Este livro foi composto na tipologia Electra LT
Std Regular, em corpo 11/16, e impresso em
papel off-white 80g/m² no Sistema Cameron da
Divisão Gráfica da Distribuidora Record.